D0920949

« CETTE PUTE ME FERA MOURIR… »

SAINT-SIMON

« *Cette pute*
me fera mourir… »

Intrigues et passions à la cour de Louis XIV

INTRODUCTION ET NOTES PAR FRANÇOIS RAVIEZ

LE LIVRE DE POCHE
La lettre et la plume

Maître de conférences à l'université d'Artois, François Raviez est spécialiste des mémorialistes et en particulier de Saint-Simon. Il lui a consacré de nombreux travaux, parmi lesquels une anthologie de ses *Mémoires*, parue dans Le Livre de Poche, « La Pochothèque », en 2007.

Couverture : © Photo Josse / Leemage / RMN.

© Librairie Générale Française, 2011, pour la présente édition.
ISBN : 978-2-253-08891-2 – 1re publication LGF

La vie imprévisible du duc de Saint-Simon

« L'ombre parée de Versailles nous cache son âme ravagée. »
André MALRAUX[1]

Vous qui entrez ici, pourrait-on dire à qui franchit la
porte du Château, vous n'entrez pas seulement dans un
musée ou dans un monument historique. Il vous faudra
marcher, monter des escaliers, passer porte après porte,
faire grincer vos pas sur des parquets ou les étouffer sur des
tapis ; il vous faudra vous étourdir d'ors et de marbres,
vous fatiguer le regard de tableaux et de meubles, vous
lasser de lire dans vos guides de grands noms et de grandes
dates pour comprendre enfin que vous êtes entré tout vif
dans le songe d'un roi.

Ostentatoire, subtilement démesuré, le Château est aussi
une scène où, face au Royaume, à l'Europe, face à l'éternité, une famille s'exhibe[2] : amours, mariages, naissances,
caprices, et la mort pour couronner les fastes du huis
clos. La cour s'installe à Versailles le 6 mai 1682, après des

---

1. André Malraux, *Les Voix du silence*, IV, « La Monnaie de l'absolu », VII, in
Écrits sur l'art, t. I, Gallimard, « Bibliothèque de la Pléiade », Paris, 2004, p. 899.
2. Voir les arbres généalogiques, p. 453-455.

années de travaux et avant d'autres années de plâtres et d'échafaudages. Le songe du Roi y impose la dramaturgie d'une vie réglée au geste près, surveillée, commentée, factice et en même temps terriblement humaine.

Louis XIV, depuis la Fronde, en veut à Paris[1]. À Versailles, où se concentrent les pouvoirs et les plaisirs, il est chez lui. Héliocentrique et obsessionnelle, la vie de tous et de chacun, du valet au grand seigneur, s'organise autour de sa personne. Le Roi a fait, le Roi a dit… Rien n'est trop beau pour sertir la grandeur du monarque dans un écrin de pierres et d'arbres qui domestique et le temps et l'espace : les bâtiments se multiplient, le parc se métamorphose en permanence. Le Roi compose une *Manière de montrer les jardins de Versailles* qui organise même la promenade. L'étiquette, l'emploi du temps, les titres, les pas mêmes des danseurs : Versailles est une utopie de l'ordre.

La pyramide est en réalité une nébuleuse. On s'y pousse du coude pour paraître, on se croit ce que l'on n'est guère. La Bruyère, dans ses *Caractères*, a peint, sous la brillante écorce, l'ambition nue du courtisan et l'obscène suffisance des princes[2]. «Peuple singe du maître», a lâché La Fontaine[3]. Un tout petit monde, en vérité, où l'ami trahit, où l'idiot triomphe, mais où l'on rencontre aussi des âmes d'airain, des femmes fortes, des hommes d'État. Comment donner à voir, à lire, ce tissu composite d'intérêts et de valeurs, d'usages, de petitesses et de noblesse ? Il fallait un observateur qui fût au cœur de la machine, qui eût

---

1. En février 1651, Anne d'Autriche et son jeune fils étaient restés prisonniers d'une capitale aux mains des frondeurs.   2. La Bruyère, *Les Caractères*, chap. VIII : «De la Cour», et chap. IX : «Des Grands».   3. La Fontaine, *Fables*, livre VIII, XIV, «Les Obsèques de la lionne».

bon œil et bonne langue, et qui composât une œuvre aux proportions du Château : Louis de Rouvroy, vidame de Chartres[1], fait son entrée à la cour en 1691[2], la quitte en 1723[3] ; puis, pour combattre l'ennui, pour donner aux générations à venir une leçon de morale politique, mais aussi parce qu'il aimait les mots, les souvenirs et l'histoire, il composa ses *Mémoires*.

Le genre est aristocratique. Les collections du début du XIXe siècle recenseront des dizaines de textes[4], certes d'inégale qualité, mais qui constituent autant de témoignages sur les guerres, les cours, les événements minimes ou formidables que le mémorialiste a traversés et dont il se veut le témoin. Il écrit, selon la formule consacrée, pour « servir à l'histoire » de son époque. Sa vie intime, sa sensibilité, il les laisse au second plan, où un lecteur avisé les découvrira d'autant plus patentes que latentes ; il ne manquera pas, de même, de proclamer un insouci du style qui le distingue des gens qui font métier des lettres. Nul n'a codifié le genre, qui sut se perpétuer par imitation, l'un poussant l'autre, jusqu'à son accomplissement poétique chez Chateaubriand. Un siècle avant les *Mémoires d'outre-tombe*, Saint-Simon rapporte ce qu'il a observé, démultiplie son regard en contant ce que ses informateurs lui ont rapporté, brosse des portraits, esquisse des anecdotes, compile ou compose de grandes scènes en toute liberté formelle. Son œuvre est plus un testament qu'une somme : la mémoire peut faillir, l'humeur

---

1. Titre honorifique que portera le futur mémorialiste avant de devenir duc de Saint-Simon à la mort de son père en 1693.   2. Voir la présentation au Roi, p. 33.   3. À la mort du Régent, dont il était ami d'enfance, comme on le verra (p. 32).   4. Par exemple, les séries publiées par Michaud et Poujoulat (1836-1839) et, avant elles, celles de Monmerqué et Petitot (1819-1829).

peut l'emporter ; il aura mis au moins sa griffe sur ce qui fut son monde, et qui devient, par lui, un peu du nôtre.

C'est un petit Capricorne qui naît « la nuit du 15 au 16 janvier 1675[1] », d'un père que Louis XIII, dont il fut le favori, a fait duc, et d'une mère plus jeune que lui de trente-sept ans. Le duc Claude avait trois ans à la mort d'Henri IV ; Louis XV en aura quarante-cinq quand s'éteindra le second et dernier duc de Saint-Simon, lequel avait auparavant eu la douleur de perdre en 1746 son fils aîné, en 1754 son cadet. Cette transmission interrompue est son drame, formulé à demi-mot : « J'ai toujours aimé mon nom, je n'ai rien oublié pour élever tous ceux qui l'ont porté de mon temps ; je n'y ai pas été heureux[2]. » Nulle déploration cependant. Ce n'est que par éclairs que l'on peut surprendre le mémorialiste en flagrant délit d'autobiographie. À la mort du duc de Bourgogne, petit-fils de Louis XIV, en qui Saint-Simon voyait le roi idéal, mais qu'une rougeole emporte en février 1712, il écrira : « Ces *Mémoires* ne sont pas faits pour y rendre compte de mes sentiments ; en les lisant, on ne les sentira que trop, si jamais, longtemps après moi, ils paraissent, et dans quel état je pus être, et Mme de Saint-Simon aussi. Je me contenterai de dire qu'à peine parûmes-nous les premiers jours un instant chacun, que je voulus tout quitter et me retirer de la cour et du monde, et que ce fut tout l'ouvrage de la sagesse, de la conduite, du pouvoir de Mme de Saint-Simon sur moi que de m'en empêcher avec bien de la peine[3]. » Quand l'épouse bien-aimée mourra le 21 jan-

---

1. Voir p. 29.   2. Les citations qu'on ne trouvera pas dans ce volume sont tirées de l'édition Coirault des *Mémoires*, Gallimard, « Bibliothèque de la Pléiade », Paris, 1983-1988, 8 vol. Ici, V, 719.   3. Voir p. 318-319.

vier 1743, le duc, accablé, posera la plume pendant six mois ; il la reprendra pour dessiner, d'une main malhabile, une ligne de larmes sur la page interrompue ; mais on lira, au terme d'une généalogie des La Rochefoucauld : « Monsieur de Marcillac n'eut que deux fils de sa femme : il la perdit le 14 août 1674. [...] Grand Dieu ! quel bonheur de ne survivre que six semaines[1] ! » Les *Mémoires* sont ainsi d'une transparente pudeur : derrière la vérité de l'histoire, c'est celle d'un homme qui apparaît, avec ses douleurs, ses colères, sa lucidité désenchantée, son détachement passionné, son ironie dans le tragique et, comme on le constatera à chaque ligne, son dévouement réprobateur, infructueux et tenace au bien de l'État.

Une carrière militaire l'attend, après sa présentation au Roi : tel est l'usage pour un jeune aristocrate. Certes, il ne s'illustrera pas dans le métier des armes, qu'il quittera en 1702, mais quand il contera les batailles, la plupart perdues, de la fin du règne, il décrira les manœuvres des armées avec autant de verve que les intrigues des courtisans. On ne lui ôtera pas quelques charges à Neerwinden, en 1693, dont la Providence voulut qu'il sortît indemne ; cependant, son monde n'est pas celui des camps, mais la cour.

Saint-Simon est en effet la curiosité faite homme. Quand Louville[2] revient d'Espagne en 1701, il l'interroge tant et si bien que le malheureux « arriva sans voix, ne pouvant plus parler[3] ». Quand la duchesse de Bourgogne regarde d'un œil câlin le beau Nangis[4], le « petit duc »

---

1. IV, 723.   **2.** Chef de la maison française de Philippe V, deuxième petit-fils de Louis XIV, qui accède au trône d'Espagne en 1700 à la mort de Charles II. Cet héritage sera la cause de la longue guerre de Succession d'Espagne (1701-1714).   **3.** II, 146.   **4.** Voir p. 141.

déploie autour du couple un tel réseau d'informatrices que, dit-il, « j'étais instruit exactement et pleinement d'une journée à l'autre[1] ». Il est l'homme de l'affût : toute information lui est bonne, qu'elle vienne d'en haut ou d'en bas, car « le hasard apprend souvent par les valets des choses qu'on croit bien cachées[2] ». Ce qu'il ignore, il le devine : il suppose, imagine, raisonne. À l'annonce du mariage de Mademoiselle, fille du duc d'Orléans, et du duc de Berry, troisième petit-fils de Louis XIV, il regrette de n'avoir pas vu la tête de Madame la Duchesse, qui avait aussi une fille à marier : « j'aurais, dit-il, acheté cher une cache derrière la tapisserie[3] ». Voyeur ? Par souci de véracité, même s'il subsiste des mystères qu'il reconnaît n'avoir pas pu « percer ». Ainsi, dans le Roi, pourtant en représentation perpétuelle, il reconnaît qu'il stagne des zones d'ombre. Le monarque est impénétrable mais il lit, par des moyens connus de tous les gouvernements, dans le cœur de ses sujets : « Louis XIV s'étudiait avec grand soin à être bien informé de ce qui se passait partout », et pour cela « les espions et les rapporteurs étaient infinis »[4]. Le roi est indiscret par principe de pouvoir ; Saint-Simon, lui, veut comprendre l'individu, l'événement, l'histoire. On gardera donc à l'esprit, en découvrant ces scènes et portraits de Versailles, que la basse continue de la chronique, c'est, *in situ*, la leçon de morale politique que le mémorialiste nous donne en toute occasion. Condamné à l'inactivité jusqu'à la mort du Roi, lequel, à de rarissimes exceptions près, ne voulait pas de seigneurs dans ses conseils[5], ministre d'État

---

1. II, 518.   2. III, 116.   3. III, 887.   4. V, 524.   5. Les ducs de Beauvillier et de Chevreuse, intimes de Saint-Simon, le seront, mais avec discrétion.

dans la confusion de la Régence, Saint-Simon est un homme de cabinet. Malgré les sollicitations du duc d'Orléans, il refusera les Sceaux et les Finances, c'est-à-dire l'exercice frontal des responsabilités. Il refusera de même d'être gouverneur du petit Louis XV, bien qu'il soit le fils de son cher duc de Bourgogne. Sa vraie vie est ailleurs.

Le premier texte que nous connaissons de lui est une relation des obsèques de la « Dauphine-Bavière », belle-fille du Roi, dans la basilique de Saint-Denis, le 5 juin 1690[1] : l'adolescent admire le cérémonial, s'amuse de quelques incidents, s'imprègne du faste funèbre. Il a quinze ans ; il écrira jusqu'à sa mort, non seulement ses immenses *Mémoires*, mais des pièces de toutes sortes, destinées à mettre noir sur blanc l'usage, la règle, les formes, ou à préparer un avenir dont il sait qu'il restera à jamais virtuel. Sa bibliothèque est vaste et fournie comme doit l'être celle d'un duc et pair. Nous n'avons pas le détail de ses lectures, mais nous les devinons entre les lignes : beaucoup d'histoire, et, sans doute, des œuvres contemporaines dont il ne dit pas un mot. Ce seigneur est un homme de mots, plus encore : de la jouissance des mots. Du registre bas au registre noble – car il y a une hiérarchie dans le vocabulaire comme dans les salons de Versailles –, Saint-Simon parle toute la langue française. Sujet « non académique », comme il le reconnaît lui-même[2],

---

1. On la trouvera dans *Les Siècles et les Jours*, édition par Yves Coirault de la correspondance ducale, accompagnée de plusieurs autres textes, Champion, Paris, 2000, p. 943-961.   2. « Dirais-je enfin un mot du style, de sa négligence, de répétitions trop prochaines des mêmes mots, quelquefois de synonymes trop multipliés, surtout de l'obscurité qui naît souvent de la longueur des phrases, peut-être de quelques répétitions ? J'ai senti ces défauts. Je n'ai pu les éviter, emporté toujours par la matière, et peu attentif à la manière de la rendre, sinon pour la bien expliquer. Je ne fus jamais un sujet académique, je n'ai pu me défaire

il écrit pour les générations à venir, par conséquent sans contraintes de publication, mais le manuscrit des *Mémoires* est prêt pour un imprimeur qui n'est pas encore né : onze grands portefeuilles à ses armes, que garde la Bibliothèque nationale[1]. Son écriture est rapide, pointue, sans ornements, presque sans repentirs[2]. Ici ou là, une tache nous rappelle le geste de l'écrivain trempant la plume dans l'encrier. Écrivain ? Le mot, en son siècle, désignait « celui qui écrit pour d'autres » (Littré). Comment qualifier le duc ? Historien, comme il le proclame ? Moraliste, en toile de fond ? Chroniqueur *a posteriori* ? Ou simplement mémorialiste, pour s'en tenir au genre ? Il est au moins l'auteur des *Mémoires de Sainct-Simon*, comme il le proclame en grandes lettres en tête du manuscrit ; il n'en est pas pour cela un auteur au sens où nous l'entendons, pas plus qu'il n'est homme de lettres : l'expression eût signifié pour lui plumitif, barbouilleur, amuseur. On le trouve cependant dans les manuels de littérature, tantôt du XVIIe, tantôt du XVIIIe siècle, bien qu'il n'ait été publié en intégralité qu'au XIXe, pour l'ébaudissement des romantiques. En réalité, Saint-Simon est depuis plus de deux siècles le fantôme le plus couru de tout ce qui se pique

---

d'écrire rapidement. De rendre mon style plus correct et plus agréable en le corrigeant, ce serait refondre tout l'ouvrage, et ce travail passerait mes forces, il courrait risque d'être ingrat. Pour bien corriger ce qu'on a écrit, il faut savoir bien écrire ; on verra aisément ici que je n'ai pas dû m'en piquer. Je n'ai songé qu'à l'exactitude et à la vérité. J'ose dire que l'une et l'autre se trouvent étroitement dans mes *Mémoires*, qu'ils en sont la loi et l'âme, et que le style mérite en leur faveur une bénigne indulgence. Il en a d'autant plus besoin, que je ne puis le promettre meilleur pour la suite que je me propose » (VIII, 666, dernier paragraphe des *Mémoires*).   **1.** N. A. Fr. 23096 à 23107.   **2.** « Ma petite écriture courante et pleine d'abréviations, quoique fort peu sujette aux ratures et aux renvois » (VI, 334). (Une écriture « courante » est une écriture qui court sur le papier.)

d'écrire : les plus grands l'ont lu, l'ont relu avec ferveur, et le citent un jour ou l'autre. Car une telle puissance d'écriture, une telle constance dans l'invention, une telle intelligence de la langue, une telle éloquence à peindre l'essence d'un personnage ou d'une scène, on n'avait jamais lu ça.

Trente-deux ans de vie à la cour : une foule de personnages que l'alchimie du verbe transforme en « caractères » ; un nœud d'intrigues qui nécessitent, pour être entendues, des pauses généalogiques, des retours en arrière, des gloses méticuleuses ; les événements du Royaume : guerres, finances, diplomatie, incidents extraordinaires jetant soudain des lueurs folles sur les mystères du pouvoir ; affaires religieuses, toutes politiques ; des amours, des agonies ; des bals. On ne résume pas les *Mémoires* : dix ans de rédaction (1739-1749), un long labeur préparé par les « Additions » que le duc rédige en marge du *Journal* de Dangeau, courtisan suave et maniaque ayant tenu pendant plusieurs décennies l'éphéméride de la cour. Le futur mémorialiste a-t-il pris des notes sur le vif ? Très tôt, il noircit du papier. En 1699, il soumet à Rancé, réformateur de la Trappe et son père spirituel, des pages commencées dès 1694, quand il s'ennuyait aux armées : il n'avait pas vingt ans. Nous ignorons la réponse du saint homme, mais comment douter de sa bienveillance ? Avait-il compris que le fils du duc Claude était un possédé de la plume qu'il valait mieux laisser s'entretenir avec son démon plutôt que de lui imposer un silence monacal qui, malgré de fréquentes retraites à la Trappe, n'était manifestement pas fait pour lui ? Pour Rancé, épuré du monde par le jeûne et la prière, le bruissement des mots, la rumeur des phrases que lui soumit le jeune duc durent se perdre dans le murmure des hautes forêts du Perche. À supposer, chose fort improbable, qu'il ait interdit à son disciple de poursuivre le récit de ses premières années de cour, les *Mémoires* seraient une formidable désobéissance, peu compatible avec l'«âme franche, droite, naturelle, vraie[1]» de leur auteur. On ne l'imagine donc pas vivre toute sa vie dans le sophisme pour écrire malgré Rancé.

Écrire… Quand on est duc et pair de France, on peut pratiquer avec brio l'escrime, la danse, l'équitation, mais l'écriture ? La singularité de Saint-Simon est là. Il nous faut imaginer ce que fut, pour cet aristocrate rompu aux mœurs de la cour, la découverte de sa qualité créatrice. Qu'en faire ? Avec qui la partager ? Il n'est pas né pour ça. Il peut certes distribuer la petite monnaie de son génie dans la conversation, mais une parole plus impétueuse brûle en lui, qui ne ressemble à aucune autre, et surtout pas à ce qu'il peut lire en son temps. Il n'a pas l'onctuosité majestueuse d'un Fénelon, ni le laconisme électrique d'un La Bruyère. S'il communique quelques notes, un mémoire, ce sera à quelques intimes. Reste sa correspondance[2], qui ne fait pas de lui un rival de Mme de Sévigné. À Versailles, où l'on s'avance masqué, le don de la langue est indécent.

On parle beaucoup au Château : c'est là même l'activité principale du courtisan. Lors d'une entrevue, le Roi, qui voit tout et entend tout, reprochera au duc de « tenir des discours[3] ». Mais le Roi n'aime pas l'esprit, ni le désordre sous son toit. Cependant, que d'intrigues, de cabales, de « machines », de « souterrains »… La moindre parcelle de pouvoir est l'objet de luttes sanglantes. Des clans s'affrontent, des réseaux d'amitiés, de débiteurs, d'ambitieux ; les princes ont leur clientèle, et tous veulent plaire

---

1. V, 389.   2. Voir *Les Siècles et les Jours, op. cit.*   3. Voir p. 134.

au monarque. Les rangs de la vieille cour s'éclaircissent autour de Louis XIV. Qui va régner après lui ? Monseigneur, Grand Dauphin, son fils unique et le seul légitime, meurt en 1711 au grand désespoir de ses partisans. Un règne sublime s'annonce : celui du Dauphin, duc de Bourgogne ; il meurt en février 1712. Philippe d'Orléans, le neveu débauché, intelligence éclectique et joueuse, devient régent de France en 1715. Brillant, brouillon, le prince écoute avec intérêt les conseils de Saint-Simon, et n'en suit aucun. Quelle carte abattre dans ce brassage perpétuel des influences ? Les *Mémoires* sont un manuel pratique du courtisan : on y voit les triomphes d'un jour tourner en lents désastres, on y décape jusqu'au vide les importants, on s'amuse des secrets de Polichinelles en perruque, on y mène campagne de bouche à oreille et l'on s'emploie, en toutes circonstances, à faire bonne figure, ou plutôt bon masque. De toute façon, quoi que l'on fasse, soupire le mémorialiste, « on travaille en ce monde la tête dans un sac[1] ». Il va de soi que le diable n'est jamais loin et que la Providence détient les clés.

Elle seule, en effet, « dispose des empires comme, quand et en la manière qui lui plaît par des voies si profondes et si peu possibles à attendre par ceux-mêmes qui par degrés les exécutent, qu'il ne faut pas s'étonner si toute vie et toute prudence humaine est demeurée dans les plus épaisses ténèbres jusqu'au moment de l'événement[2] ». Cause suprême, en deçà et au-delà des interprétations humaines, Dieu « souffle sur les projets des hommes[3] ». Ce n'est certes pas une raison pour n'en avoir point, ou pour ne pas démêler les « entreprises » de toutes natures qui s'enchevêtrent à

---

1. III, 930.   2. I, 757.   3. IV, 328.

Versailles. La passion de comprendre quelque chose à ceux qui veulent « être de quelque chose » est ainsi tempérée, au fil du texte, de lieux communs providentialistes, refrains de l'historiographie et de l'éloquence d'Église. Acteur sans illusions du grand théâtre de la cour, Saint-Simon reste, dans le vertige du monde, profondément croyant, de cette foi qui n'oublie pas le tragique tapi dans l'homme. Lire l'événement en dehors de ses contingences, c'est retrouver la catastrophe première, la Chute, sous les ors et les ornements d'un monde où, quoi que l'on fasse, Dieu aura le premier et le dernier mot. Loin d'être une déploration, les *Mémoires* montrent l'homme en lutte pour un bien qui se dérobe alors que les méchants exultent ; ils montrent le péché triomphant, les errements du pouvoir, mais aussi, dans l'effroi des derniers moments, la grandeur de toute mort. En août 1712, au terme du *Mémoire succinct sur les formalités*, qui pose le problème essentiel de la légitimité et de la transmission de la couronne, Saint-Simon, admirablement, écrit ceci où il est tout entier :

On ne peut finir plus convenablement un *Mémoire* uniquement entrepris pour la conservation de la patrie, que par demander à Dieu avec larmes, comme cette pièce n'a pas été écrite sans larmes dans la vue de son occasion, qu'il plaise à sa Divine Bonté d'éclairer les esprits, de leur inspirer la paix, le dépouillement des motifs particuliers, la recherche sincère du vrai et du bon, l'amour de l'État et des divers ordres de l'État, l'indignation de la jalousie, l'amour de l'ordre, le regard continuel vers la fin de cette vie ; et que ce royaume depuis si longtemps en proie aux justes châtiments qu'il a mérités, et qui s'est vu au moment d'être la conquête de ses ennemis, soit traité pour son intérieur avec la même miséricorde qui semble recommencer à luire pour ses affaires étrangères et militaires, et qu'il jouisse nombre de siècles sous le règne de la même maison en justice, en paix et en actions de grâces continuelles de l'effet entier de ces paroles du psaume [1], que Dieu conduit jusqu'aux portes de l'enfer et de la mort, et qu'il en ramène [2].

Août 1712... « J'avais souvent recours aux nuits [3] », dit le duc en évoquant les circonstances d'écriture de ce *Mémoire*, composé pendant un voyage de la cour à Fontainebleau. Dans « le chagrin mortel de la nuit d'été [4] », c'est le Dauphin que pleure Saint-Simon. Les premières « larmes » sont un *topos*, mais les secondes ? Entendons-les littéralement : est-ce là l'homme qui, dans ses *Mémoires*, refusera de « rendre compte de [ses] sentiments » ? La péroraison du *Mémoire sur les formalités* est la Prière à Dieu de ce chrétien si disert et si pudique. En cet été 1712, quelques mois avant les traités d'Utrecht, la France sort hébétée, exsangue, de la guerre de Succession d'Espagne. Quand retentit en clausule le psaume, c'est toute l'angoisse de la cour que l'on perçoit, après trop de batailles perdues et tant de morts, une barrière de corps qui a permis à la France de n'être pas envahie – un miracle. Le Roi, le royaume sont choses fragiles. Les combats de Saint-Simon pour les formes, cette fragilité essentielle les commande. Car tout peut s'évanouir, nous répètent les *Mémoires*, en moins de temps qu'il n'en faut pour l'écrire. D'où ce long désir de durer qui se manifeste

---

1. Psaume IX, XIV. **2.** On trouvera ce *Mémoire* dans les *Traités politiques et autres écrits*, édition d'Yves Coirault, Gallimard, « Bibliothèque de la Pléiade », Paris, 1996, p. 137-306. **3.** IV, 525. **4.** Marguerite Duras, *Les Yeux bleus cheveux noirs*, Éditions de Minuit, Paris, 1986, p. 20.

aussi bien dans les « beaux et grands bâtiments d'éternelle structure[1] », que dans le texte. La tradition et ses symboles sont les lettres de noblesse du temps.

Le mémorialiste écrit ainsi sous le regard divin, mais aussi sous l'œil des ancêtres, parmi leurs ombres sévères et bienveillantes. Il en pratique le culte au quotidien en incarnant le duc de Saint-Simon, deuxième du nom. Avec le nom se transmet la vertu, et avec elle les commémorations : chaque année, le 14 mai, anniversaire de la mort de Louis XIII, il se rend à Saint-Denis comme le fit son père : « C'est, à son exemple, un devoir qui l'emporte sur tout autre, et auquel je n'ai jamais manqué. Il est vrai que je m'y suis toute ma vie trouvé tout seul, et que je n'ai jamais pu m'accoutumer d'un oubli si scandaleux de tant de races comblées par ce grand monarque, dont plus d'une, sans lui, seraient inconnues et demeurées dans le néant[2]. » Fragilité, fidélité – scandale. C'est celui-ci qui donne aux *Mémoires* leur élan accusateur. N'est-il pas, étymologiquement, ce qui fait trébucher, tomber, déchoir[3] ? Le « caquetage de tabourets » dont sourit Chateaubriand[4] est, en essence, « l'amour de l'ordre », et avec lui « de l'État et des divers ordres de l'État ». Le tabouret était métaphysique.

---

1. Selon la formule de Malherbe : « Beaux et grands bâtiments d'éternelle structure, / Superbes de matière et d'ouvrages divers, / Où le plus digne Roi qui soit dans l'univers / Aux miracles de l'art fait céder la nature. » En chantant le bâtisseur Henri IV, le poète semble déjà louer son petit-fils.   2. III, 170.
3. Le mot revient près d'une centaine de fois dans les *Mémoires*.   4. « C'est un caquetage éternel de tabourets dans les *Mémoires* de Saint-Simon. Dans ce caquetage viendraient se perdre les qualités incorrectes du style de l'auteur, mais heureusement il avait un tour à lui ; il écrivait à la diable pour l'immortalité » (Chateaubriand, *Vie de Rancé*, livre IV, édition de Nicolas Perot, Le Livre de Poche « Classiques », Paris, 2003, p. 174).

La « maison » qui, selon le vœu du duc, devait défier les siècles, ne sera plus au pouvoir cent ans plus tard. En 1812, Napoléon et son armée erreront dans les neiges de Russie, Byron publiera *Childe Harold* : un autre monde. En avril 1712, Saint-Simon a composé sa « Lettre au Roi », que nous qualifions d'« anonyme » en la joignant à ses œuvres[1]. Avant la voix brisée qui conclut les *Formalités*, celle de la « Lettre » vibre et dénonce l'état « misérable » du royaume, les abus, les aveuglements. Un « Nathan invisible » tempête et propose au vieux David de Versailles des mesures nécessaires, urgentes, pour sauver ce qui peut l'être et ne pas condamner le règne qui suivra à payer les dettes de ses fautes, parmi lesquelles l'élévation des bâtards. L'indignation suscite alors la fougue maîtrisée de la période :

Il est donc temps, Sire, que Votre Majesté, humiliée sous la main du Roi des rois, déploie toute la vertu qu'elle a reçue de sa grâce, et que, satisfaite d'avoir montré avec le plus perçant et le plus continuel éclat combien est grande sa puissance et son autorité sur les hommes, elle leur montre encore qu'elle n'en a pas moins sur elle-même, et que rentrant enfin en soi-même elle entende la voix de Dieu et quelle est la pénitence personnelle qu'il vous montre attendre de vous par la nécessité si pressante de votre race et de votre monarchie, du salut desquelles en ce monde le vôtre répondra en l'autre, si vous omettez quoi que ce soit de ce qui est en vous pour l'assurer, et beaucoup plus si une superbe tendresse résiste à la volonté de Dieu si déclarée en soi et de plus si manifestée par

---

1. Saint-Simon, *Mémoires*, II, textes choisis, établis et présentés par Yves Coirault, Gallimard, « Folio », Paris, 1994, p. 343-391.

l'arrangement des causes secondes par lesquelles il plaît à Dieu de s'expliquer depuis qu'il n'y a plus de prophètes, et encore d'une manière si claire, sur ce qui par sa nature, par sa prodigieuse élévation, par votre complaisance, est effectivement abominable aux yeux du Créateur et du maître des hommes et des rois : vous avez élevé des tours contre sa volonté, abaissez-les, Sire, c'est la pénitence qui vous est singulièrement propre, et ne vous trompez pas vous-même en vous flattant que toute autre pénitence puisse lui être agréable[1].

Homme de « boutique[2] », de tête-à-tête, le duc devient, la plume à la main, un rhéteur dont la passion n'a d'égale que la science de la syntaxe. Il apostrophe un roi qui ne l'entendra pas, il harangue un régent qui ne l'écoutera pas plus, il écrit pour les lecteurs à venir sans jamais se demander ce qu'ils seront. Il y a en lui du pamphlétaire, voire de l'imprécateur. Sa colère est celle d'un croisé qui part pourfendre les décadences, non seulement celles qui se donnent en spectacle, mais celles, plus insidieuses, du cœur, de l'esprit, de l'âme. Que reproche-t-il au Roi ? Sa faiblesse, son péché, sa persévérance dans l'erreur, mais aussi cette « superbe tendresse » qui mêle génialement l'orgueil du monarque et l'affection paternelle. Aussi prêche-t-il les princes, les grands, mais en secret, affolé de déplaire, demandant audience, faisant donner ses amis pour connaître les dessous d'une secrète disgrâce.

---

1. *Ibid.*, p. 358-359.   2. C'est ainsi que le mémorialiste désigne, à Versailles, la pièce discrète et reculée où, au cœur du Château, il travaille à l'abri des regards : « J'avais dans mon arrière-cabinet un bureau, des sièges, des livres et tout ce qu'il me fallait. Les gens fort familiers qui connaissaient cela l'appelaient ma boutique ; et en effet cela n'y ressemblait pas mal » (IV, 706).

Comment imaginer l'exil? Avoir raison tout seul en son château et dans ses bois de La Ferté, la perspective ne le tente guère. Sans illusions sur « les ignorants qui font plus que jamais le très grand nombre dans tous les états[1] », il reconnaît des esprits frères, les ducs de Chevreuse et de Beauvillier, le chancelier de Pontchartrain, avec qui partager sa fièvre. Ils le tempèrent, ils le laissent parler. Quant à Mme de Saint-Simon, elle est sa plus proche conseillère : « J'avoue avec plaisir, dit-il, qu'elle m'a paré beaucoup de petits et de grands inconvénients. Je m'en suis aidé en tout sans réserve, et le secours que j'y ai trouvé a été infini pour ma conduite et pour les affaires », ce qui nous vaut un éloge comme on en trouve peu au Grand Siècle sous la plume d'un mari : « C'est un bien doux et bien rare contraste de ces femmes inutiles ou qui gâtent tout [...] ; contraste encore plus grand de ces rares capables qui font sentir leur poids, d'avec la perfection d'un sens exquis et juste en tout, mais doux et tranquille, et qui, loin de faire apercevoir ce qu'il vaut, semble toujours l'ignorer soi-même, avec une uniformité de toute la vie de modestie, d'agrément et de vertu[2]. » Ainsi, dira-t-il plus loin, « nous étions uns en toutes choses[3] », à l'exception, assurément, de l'écriture des *Mémoires*; c'est à elle aussi, cependant, que nous les devons, car c'est par elle que Saint-Simon put tenir trente-deux ans à Versailles sans exploser.

Les scènes et portraits que l'on va découvrir sont réunis autour d'un même personnage : Louis XIV, du premier regard que porte sur lui un adolescent lors de sa présentation, en 1691, à la mort du Roi le 1er septembre 1715. Un long « Tableau du règne[4] » suit le récit de la dernière

---

1. V, 86.   2. II, 675.   3. III, 911.   4. Voir p. 394.

maladie et de l'agonie de Louis le Grand : fidèle à l'esprit des *Mémoires*, on prendra ensuite la distance nécessaire pour découvrir le portrait du monarque dans son quotidien comme dans son cérémonial, dans ses bâtiments comme dans ses amours. À partir de 1709, voire de 1707 avec la disparition de Mme de Montespan, maîtresse officielle et mère des « bâtards[1] », les *Mémoires* deviennent un obituaire des princes, après avoir été chronique de leurs frasques et bizarreries. Le récit de vérité prend alors les allures d'une tératologie de luxe, qui eût pu inspirer un Fellini, et les scènes bouffonnes avoisinent les témoignages de splendeur. Aussi a-t-on souhaité que le Versailles de Saint-Simon[2] apparût dans toute sa diversité, et que ces quelques extraits d'une œuvre aussi étendue offrissent l'image la moins infidèle possible des contrastes propres au texte et à son rythme. Hâte à conter une anecdote, ralenti des nuits d'agonie, arrêt sur l'image du Roi avant d'entrer dans le récit de la Régence : le tempo de la narration varie, comme les registres de la langue, ou sa grammaire. Les notes offriront une élucidation de certaines tournures inintelligibles à force d'ellipses, comme elles apporteront le viatique nécessaire à l'intelligence des faits. Il va de soi que l'on respecte, ici, la chronologie. Le texte même du duc, en revanche, a été modernisé[3]. Une édition

---

1. Le duc du Maine et le comte de Toulouse, reconnus, affichés et même légitimés ; mais aussi deux filles, dont l'une épousera Monsieur le Duc, de l'illustre famille de Condé, et l'autre le fils unique de Monsieur, frère du Roi. 2. Mais nous suivrons aussi la cour à Marly, à Fontainebleau ou à Saint-Cloud.   3. Voir la « Note sur la présente édition » dans notre *Anthologie* des *Mémoires*, Le Livre de Poche, « La Pochothèque », Paris, 2007, p. 45-51. La plupart des textes de ce volume sont tirés de cette anthologie. L'orthographe et la ponctuation de Saint-Simon ont été modernisées, tout en gardant certains usages

diplomatique des *Mémoires* serait illisible, le mémorialiste n'étant « sujet académique » ni en matière d'orthographe, ni en matière de ponctuation. Le texte que l'on va découvrir est, on l'espère, aussi fidèle à l'original qu'à nos habitudes de lecture, et c'est littéralement en invoquant son auteur que l'on s'est permis de faire du moindre point-virgule une virgule.

C'est ici, lecteur, une édition de plaisir. Elle précédera ou suivra une visite au Château, elle donnera substance de mots à un tableau ou à un film. « Qui eût dit », pour reprendre une formule familière du duc, que ce petit homme acéré qui, trois décennies durant, hanta les couloirs et salons d'un des plus beaux palais du monde, nous apprendrait à écrire, lui qui voulait léguer à l'avenir une leçon d'histoire et de politique ? Né grand seigneur, mort les mains tachées d'encre le 2 mars 1755, Saint-Simon survit par la forme qu'il sut donner à son monde, « et cette forme, l'homme mort, commence sa vie imprévisible[1] ».

François RAVIEZ

---

du temps, voire certains archaïsmes. Quant aux notes, qu'elles soient lexicales, syntaxiques, généalogiques ou historiques, elles ont pour but la lisibilité immédiate de la page, c'est-à-dire, selon l'expression de Roland Barthes, le *plaisir du texte*.   1. André Malraux, *Les Voix du silence*, *op. cit.*, p. 899.

Mémoires de Saint-Simon

Intrigues et passions à la cour de Louis XIV

1691

Je suis né la nuit du 15 au 16 janvier 1675 de Claude, duc de Saint-Simon, pair de France, etc., et de sa seconde femme Charlotte de L'Aubespine, unique de ce lit. De Diane de Budos, première femme de mon père, il avait eu une seule fille et point de garçon. Il l'avait mariée au duc de Brissac, pair de France, frère unique de la duchesse de Villeroi. Elle était morte en 1684 sans enfants, et depuis longtemps séparée d'un mari qui ne la méritait pas[1], et par son testament m'avait fait son légataire universel.

Je portai le nom de vidame de Chartres[2], et je fus élevé avec un grand soin et une grande application. Ma mère,

─────────

1. Il meurt en 1699 ; le mémorialiste écrira alors de lui : « M. de Brissac savait beaucoup et avait infiniment d'esprit et des plus agréables, avec une figure de plat apothicaire, grosset, basset, et fort enluminé. C'était de ces hommes nés pour faire mépriser l'esprit et pour être le fléau de leur maison : une vie obscure, honteuse, de la dernière et de la plus vilaine débauche, à quoi il se ruina radicalement à n'avoir pas de pain longtemps avant de mourir, sans table, sans équipage, sans rien jamais qui ait paru, sans cour, sans guerre, et sans avoir jamais vu homme ni femme qu'on pût nommer » (I, 575).   2. Le duc Claude a soixante-neuf ans à la naissance de son fils, et la duchesse de Saint-Simon trente-cinq. Le titre de vidame est alors honorifique.

qui avait beaucoup de vertu et infiniment d'esprit de suite et de sens, se donna des soins continuels à me former le corps et l'esprit. Elle craignit pour moi le sort des jeunes gens qui se croient leur fortune faite et qui se trouvent leurs maîtres de bonne heure. Mon père, né en 1606, ne pouvait vivre assez pour me parer ce malheur, et ma mère me répétait sans cesse la nécessité pressante où se trouverait de valoir quelque chose un jeune homme entrant seul dans le monde, de son chef, fils d'un favori de Louis XIII[1], dont tous les amis étaient morts ou hors d'état de l'aider, et d'une mère qui, dès sa jeunesse élevée chez la vieille duchesse d'Angoulême sa parente, grand-mère maternelle du dernier duc de Guise, et mariée à un vieillard, n'avait jamais vu que leurs vieux amis et amies, et n'avait pu s'en faire de son âge. Elle ajoutait le défaut de tous proches, oncles, tantes, cousins germains, qui me laissait comme dans l'abandon à moi-même, et augmentait le besoin de savoir en faire un bon usage sans secours et sans appui ; ses deux frères obscurs[2], et l'aîné ruiné et plaideur de sa famille, et le seul frère de mon père sans enfants et son aîné de huit ans. En même temps, elle s'appliquait à m'élever le courage, et à m'exciter de me rendre tel que je pusse réparer par moi-même des vides aussi difficiles à surmonter. Elle réussit à m'en donner un grand désir. Mon goût pour l'étude et les sciences ne le seconda pas, mais celui qui est comme né avec moi pour la lecture et pour l'histoire, et conséquemment de faire et de devenir quelque chose par l'émulation et les exemples

---

1. Claude de Rouvroy, page, puis favori de Louis XIII, est fait duc et pair en janvier 1635.   2. Sans fonction, sans charge où s'illustrer, par conséquent sans pouvoir et sans relations.

que je trouvais, suppléa à cette froideur pour les lettres ; et j'ai toujours pensé que si on m'avait fait perdre moins de temps à celles-ci, et qu'on m'eût fait faire une étude sérieuse de celle-là, j'aurais pu y devenir quelque chose.

Où et comment ces Mémoires commencés Cette lecture de l'histoire et surtout des Mémoires particuliers[1] de la nôtre des derniers temps depuis François Ier, que je faisais de moi-même, me firent naître l'envie d'écrire aussi ceux de ce que je verrais, dans le désir et dans l'espérance d'être de quelque chose et de savoir le mieux que je pourrais les affaires de mon temps[2]. Les inconvénients ne laissèrent pas de se présenter à mon esprit ; mais la résolution bien ferme d'en garder le secret à moi tout seul me parut remédier à tout. Je les commençai donc en juillet 1694, étant mestre de camp[3] d'un régiment de cavalerie de mon nom, dans le camp de Gimsheim sur le Vieux-Rhin, en l'armée commandée par le maréchal duc de Lorges[4].

---

1. Saint-Simon possédait, à sa mort, plusieurs dizaines de Mémoires, d'Histoires et de Chroniques dans sa bibliothèque. C'est en 1694, dans le « loisir » du camp de Gau-Böckelheim, proche du village de Gimsheim, au sud de Mayence, que, dira-t-il, « je commençai ces Mémoires par le plaisir que je pris à la lecture de ceux du maréchal de Bassompierre [1579-1646], qui m'invita à écrire aussi ce que je verrais arriver de mon temps » (I, 186).   2. « Être de quelque chose », au Grand Siècle, c'est savoir tirer parti de ses dons et qualités, affinés par une solide éducation du corps et de l'esprit, pour s'illustrer dans le monde et dans l'État : le jeune aristocrate ne se contente pas de naître, il lui faut se montrer digne de son nom et de son rang. Rien de pire que l'« obscurité » d'un Brissac, dont l'évocation, dès les premières lignes, sert en quelque sorte de repoussoir. On peut ainsi supposer que le vidame de Chartres avait, dès ses plus jeunes ans, un parfait contre-modèle en la personne de son beau-frère, de trente ans son aîné, et dont on devait parler, chez le duc Claude, en termes peu amènes.   3. Colonel d'un régiment de cavalerie.   4. Futur beau-père du mémorialiste, qui épousera en 1695 sa fille Marie-Gabrielle.

En 1691 j'étais en philosophie et commençais à monter à cheval à l'académie[1] des sieurs de Mesmont et Rochefort, et je commençais aussi à m'ennuyer beaucoup des maîtres et de l'étude, et à désirer fort d'entrer dans le service. Le siège de Mons, formé par le Roi en personne à la première pointe du printemps, y avait attiré presque tous les jeunes gens de mon âge pour leur première campagne ; et, ce qui me piquait le plus, M. le duc de Chartres[2] y faisait la sienne.

Ma première liaison avec M. le duc de Chartres J'avais été comme élevé avec lui, plus jeune que lui de huit mois, et, si l'âge permet cette expression entre jeunes gens si inégaux, l'amitié nous unissait ensemble. Je pris donc ma résolution de me tirer de l'enfance, et je supprime les ruses dont je me servis pour y réussir[3]. Je m'adressai à ma mère : je reconnus bientôt qu'elle m'amusait[4] ; j'eus recours à mon père à qui je fis accroire que le Roi, ayant fait un grand siège cette année, se reposerait la prochaine. Je trompai ma mère, qui ne découvrit ce que j'avais tramé que sur le point de l'exécution et que j'avais monté mon père à ne se laisser point entamer[5].

---

1. On y apprend l'équitation et l'escrime. 2. Philippe d'Orléans, fils de Monsieur, neveu du Roi et futur Régent, dont Saint-Simon sera toujours très proche : « L'amitié et la confiance pour moi était entière, j'y répondis toujours avec le plus sincère attachement » (II, 753). 3. On ne manquera pas de le regretter, mais la plume du mémorialiste, à de très rares exceptions près, s'interdit toute anecdote familiale. Il faut attendre Rousseau, fils d'un horloger genevois, pour que le récit d'enfance s'impose en littérature. Les années d'apprentissage sont ainsi traitées en quelques paragraphes, pour arriver à cette naissance sociale qu'est la présentation au Roi. 4. Me trompait, m'abusait par de fausses espérances. 5. La négation restrictive initiale fait tanguer la syntaxe : « ma mère ne découvrit… que… et [découvrit] que… ». On constatera à de nombreuses reprises que la plume ducale galope hors des sentiers battus.

Le Roi s'était roidi à n'excepter aucun de ceux qui entraient dans le service, excepté les seuls princes du sang et ses bâtards[1], de la nécessité de passer une année dans une de ses deux compagnies de mousquetaires, à leur choix, et de là à apprendre plus ou moins longtemps à obéir, ou à la tête d'une compagnie de cavalerie, ou subalternes dans son régiment d'infanterie qu'il distinguait et affectionnait sur tous autres, avant de donner l'agrément d'acheter un régiment de cavalerie ou d'infanterie suivant que chacun s'y était destiné. Mon père me mena donc à Versailles où il n'avait encore pu aller depuis son retour de Blaye, où il avait pensé mourir[2]. Ma mère l'y était allé trouver en poste et l'avait ramené encore fort mal, en sorte qu'il avait été jusqu'alors sans avoir pu voir le Roi. En lui faisant sa révérence il me présenta pour être mousquetaire, le jour de saint Simon saint Jude à midi et demi, comme il sortait du Conseil[3]. Sa Majesté lui fit l'honneur de l'embrasser par trois fois, et comme il fut question de moi, le Roi me trouvant petit et l'air délicat, lui dit que j'étais encore bien jeune : sur quoi mon père répondit que je l'en servirais plus longtemps. Là-dessus le Roi lui demanda en laquelle des deux compagnies il voulait me mettre, et mon père choisit la première à cause de Maupertuis[4], son ami particulier, qui en était capitaine. Outre le soin qu'il s'en promettait pour moi, il n'ignorait pas l'attention avec laquelle le Roi

---

1. Le duc du Maine et le comte de Toulouse.   2. Où il avait failli mourir. Le duc Claude est gouverneur de Blaye, sur la Gironde ; son fils, qui lui succédera, s'y rendra en 1721, en descendant en Espagne.   3. Nous sommes le 28 octobre 1691, et la scène se passe probablement en public, dans la galerie des Glaces.   4. Capitaine des mousquetaires gris, «la vérité et l'honneur et la probité même» (I, 22).

s'informait à ces deux capitaines des jeunes gens distingués qui étaient dans leurs compagnies, surtout à Maupertuis, et combien leurs témoignages influaient sur les premières opinions que le Roi en prenait et dont les conséquences avaient tant de suites. Mon père ne se trompa pas, et j'ai eu lieu d'attribuer aux bons offices de Maupertuis la première bonne opinion que le Roi prit de moi[1].

———————

Un monde poudré, perruqué, clignotant de bijoux, en proie à une ferveur aussi factice que nécessaire pour un monarque vieillissant dont les apparitions obéissent à un rigoureux rituel, voilà ce que découvre le jeune vidame, qui ne dut pas être long à comprendre que l'occupation principale, à la cour, c'est l'intrigue. Sans elle, dans le château surpeuplé quel eût été l'ennui du courtisan? En ce huis clos doré, où les plus brillantes intelligences côtoient de flagrantes nullités, les naissances, les mariages, les morts sont des événements mondains qui, en même temps, par le jeu des alliances et des clientèles, engagent quiconque désire, comme le nouveau mousquetaire, « être de quelque chose ». Le mariage du neveu du Roi est ainsi de ces spectacles qu'il ne faut pas manquer.

Mariage de M. le duc de Chartres
Une après-dînée de fort bonne heure que je passais dans la galerie haute, je vis sortir M. le duc de Chartres d'une porte de derrière de son appartement, l'air fort empêtré et triste, suivi d'un seul exempt[2] des gardes

———————

1. Louis XIV a cinquante-trois ans. Dans le «Tableau du règne» qu'on découvrira plus loin, Saint-Simon écrira que «jamais homme n'a tant imposé» (p. 399), souvenir, peut-être, de ce premier face-à-face.   2. Un officier de rang inférieur.

de Monsieur ; et, comme je me trouvai là, je lui demandai
où il allait ainsi si vite et à cette heure-là. Il me répondit
d'un air brusque et chagrin qu'il allait chez le Roi qui
l'avait envoyé querir. Je ne jugeai pas à propos de
l'accompagner, et, me tournant à mon gouverneur, je lui
dis que je conjecturais quelque chose du mariage et qu'il
allait éclater. Il m'en avait depuis quelques jours transpiré
quelque chose, et comme je jugeai bien que les scènes
seraient fortes, la curiosité me rendit fort attentif et
assidu[1]. M. de Chartres trouva le Roi seul avec Monsieur
dans son cabinet, où le jeune prince ne savait pas devoir
trouver monsieur son père. Le Roi fit des amitiés à M. de
Chartres, lui dit qu'il voulait prendre soin de son établissement ; que la guerre allumée de tous côtés[2] lui ôtait des
princesses qui auraient pu lui convenir ; que, de princesses
du sang, il n'y en avait point de son âge ; qu'il ne lui
pouvait mieux témoigner sa tendresse qu'en lui offrant sa
fille, dont les deux sœurs avaient épousé deux princes du
sang[3] ; que cela joindrait en lui la qualité de gendre à celle
de neveu ; mais que, quelque passion qu'il eût de ce
mariage, il ne le voulait point contraindre et lui laissait là-
dessus toute liberté. Ce propos, prononcé avec cette
majesté effrayante si naturelle au Roi, à un prince timide

---

1. Leitmotiv des *Mémoires* : voir, savoir, par conséquent prévoir et concevoir,
sont une des activités majeures du futur mémorialiste. L'attention visuelle de
Saint-Simon à la cour, à ses personnages, à ses événements, ne se dément pas un
seul instant ; il a ses informatrices et ne manque pas, dans la moindre
conversation, de glaner tout renseignement.   2. La guerre dite « de la ligue
d'Augsbourg » (1688-1697).   3. Mlle de Blois, fille de Louis XIV et de
Mme de Montespan, a quinze ans ; sa sœur, Mlle de Nantes, a épousé Monsieur
le Duc, petit-fils du Grand Condé ; sa demi-sœur, autre Mlle de Blois, fille de
Mme de La Vallière, est veuve du premier prince de Conti.

et dépourvu de réponse, le mit hors de mesure. Il crut se tirer d'un pas si glissant en se rejetant sur Monsieur et Madame[1], et répondit en balbutiant que le Roi était le maître, mais que sa volonté dépendait de la leur. « Cela est bien à vous, répondit le Roi ; mais dès que vous y consentez, votre père et votre mère ne s'y opposeront pas » ; et se tournant à Monsieur : « Est-il pas vrai, mon frère ? » Monsieur consentit comme il avait déjà fait seul avec le Roi, qui tout de suite dit qu'il n'était donc plus question que de Madame et qui sur-le-champ l'envoya chercher ; et cependant se mit à causer avec Monsieur, qui tous deux ne firent pas semblant de s'apercevoir du trouble et de l'abattement de M. de Chartres. Madame arriva, à qui d'entrée le Roi dit qu'il comptait bien qu'elle ne voudrait pas s'opposer à une affaire que Monsieur désirait, et que M. de Chartres y consentait : que c'était son mariage avec Mademoiselle de Blois, qu'il avouait qu'il désirait avec passion, et ajouta courtement les mêmes choses qu'il venait de dire à M. le duc de Chartres ; le tout d'un air imposant, mais comme hors de doute que Madame pût n'en pas être ravie, quoique plus que certain du contraire. Madame, qui avait compté sur le refus dont monsieur son fils lui avait donné parole, qu'il lui avait même tenue autant qu'il avait pu par sa réponse si embarrassée et si conditionnelle, se trouva prise et muette. Elle lança deux regards furieux à Monsieur et à M. de Chartres, dit que, puisqu'ils le voulaient bien, elle n'avait rien à y dire, fit une courte révérence et s'en alla chez elle. Monsieur son

---

1. Connue pour sa riche correspondance, la seconde femme de Monsieur, Élisabeth Charlotte de Bavière, « la Palatine », était « d'une nation qui abhorrait la bâtardise et les mésalliances » (I, 33) : d'où les scènes qui vont suivre.

fils l'y suivit incontinent, auquel sans donner le moment de lui dire comment la chose s'était passée elle chanta pouille[1] avec un torrent de larmes, et le chassa de chez elle. Un peu après, Monsieur sortant de chez le Roi entra chez elle, et excepté qu'elle ne l'en chassa pas comme son fils, elle ne le ménagea pas davantage : tellement qu'il sortit de chez elle très confus, sans avoir eu loisir de lui dire un seul mot. Toute cette scène était finie sur les quatre heures de l'après-dînée, et le soir il y avait appartement, ce qui arrivait l'hiver trois fois la semaine, les trois autres jours comédie, et le dimanche rien.

Appartement

Ce qu'on appelait *appartement* était le concours de toute la cour depuis sept heures du soir jusqu'à dix que le Roi se mettait à table, dans le grand appartement, depuis un des salons du bout de la grande galerie jusque vers la tribune de la chapelle. D'abord il y avait une musique ; puis des tables par toutes les pièces, toutes prêtes pour toutes sortes de jeux ; un lansquenet[2] où Monseigneur et Monsieur jouaient toujours ; un billard : en un mot, liberté entière de faire des parties avec qui on voulait, et de demander des tables si elles se trouvaient toutes remplies. Au-delà du billard, il y avait une pièce destinée aux rafraîchissements ; et tout parfaitement éclairé. Au commencement que cela fut établi, le Roi y allait et y jouait quelque temps ; mais dès lors il y avait longtemps qu'il n'y allait plus, mais il voulait qu'on y fût assidu, et chacun s'empressait à lui plaire. Lui cependant

---

1. Ou pouilles (familier) : injurier, et même... engueuler quelqu'un.
2. Un jeu de cartes venu d'Allemagne.

passait les soirées chez Mme de Maintenon à travailler avec différents ministres les uns après les autres.

Fort peu après la musique finie, le Roi envoya chercher à l'appartement Monseigneur et Monsieur qui jouaient déjà au lansquenet, Madame qui à peine regardait une partie d'hombre[1] auprès de laquelle elle s'était mise, M. de Chartres qui jouait fort tristement aux échecs, et Mademoiselle de Blois qui à peine avait commencé à paraître dans le monde, qui ce soir-là était extraordinairement parée et qui pourtant ne savait et ne se doutait même de rien, si bien que, naturellement fort timide et craignant horriblement le Roi, elle se crut mandée pour essuyer quelque réprimande, et entra si tremblante que Mme de Maintenon la prit sur ses genoux, où elle la tint toujours, la pouvant à peine rassurer. À ce bruit de ces personnes royales mandées chez Mme de Maintenon et Mademoiselle de Blois avec elles, le bruit du mariage éclata à l'appartement en même temps que le Roi le déclara dans ce particulier[2]. Il ne dura que quelques moments, et les mêmes personnes revinrent à l'appartement, où cette déclaration fut rendue publique. J'arrivai dans ces premiers instants. Je trouvai le monde par pelotons[3], et un grand étonnement régner sur tous les visages. J'en appris bientôt la cause, qui ne me surprit pas, par la rencontre que j'avais faite au commencement de l'après-dînée. Madame se promenait dans la galerie avec Châteautiers, sa favorite et digne de l'être ; elle marchait à grands pas son mouchoir à la main, pleurant sans contrainte, parlant assez haut, gesticulant, et représentant fort bien Cérès après

---

1. Autre jeu de cartes, venu d'Espagne. 2. Dans ce contexte familial et (relativement) intime. 3. Par petits groupes.

l'enlèvement de sa fille Proserpine la cherchant en fureur
et la redemandant à Jupiter[1]. Chacun par respect lui laissait le champ libre et ne faisait que passer pour entrer dans
l'appartement. Monseigneur et Monsieur s'étaient remis
au lansquenet. Le premier me parut tout à son ordinaire ;
mais rien de si honteux que le visage de Monsieur, ni de si
déconcerté que toute sa personne ; et ce premier état lui
dura plus d'un mois. Monsieur son fils paraissait désolé,
et sa future dans un embarras et une tristesse extrême.
Quelque jeune qu'elle fût, quelque prodigieux que fût son
mariage, elle en voyait et en sentait toute la scène, et en
appréhendait toutes les suites. La consternation parut
générale, à un très petit nombre de gens près. Pour les
Lorrains[2], ils triomphaient. La sodomie et le double adultère les avaient bien servis en les servant bien eux-mêmes.
Ils jouissaient de leurs succès, et comme ils en avaient
toute honte bue, ils avaient raison de s'applaudir. La politique[3] rendit donc cet appartement languissant en apparence, mais en effet vif et curieux. Je le trouvai court dans
sa durée ordinaire ; il finit par le souper du Roi, duquel je
ne voulus rien perdre. Le Roi y parut tout comme à son

---

1. Fille de Jupiter et de Cérès, Proserpine a été enlevée par Pluton, qui règne
aux Enfers, où elle doit passer la moitié de l'année. Dans le livre V des
Métamorphoses, Ovide a peint le désespoir et la fureur de la mère qui cherche
sa fille. Rappelons qu'à Versailles, entouré de tableaux et de statues, le courtisan
baigne littéralement dans la mythologie gréco-romaine.   2. Louis de
Lorraine, dit Monsieur le Grand, et son frère Philippe, dit le chevalier de
Lorraine, amant de Monsieur, dont « le goût […] n'était pas celui des femmes et
[…] lui avait donné le chevalier de Lorraine pour maître » (I, 33). Le Roi a
utilisé et récompensé les deux frères pour que Monsieur consente au mariage.
Le « double adultère » désigne les amours du Roi avec Mme de Montespan,
mariée comme lui.   3. Les luttes d'intérêts.

ordinaire. M. de Chartres était auprès de Madame, qui ne le regarda jamais ni Monsieur. Elle avait les yeux pleins de larmes qui tombaient de temps en temps et qu'elle essuyait de même, regardant tout le monde comme si elle eût cherché à voir quelle mine chacun faisait. Monsieur son fils avait aussi les yeux bien rouges, et tous deux ne mangèrent presque rien. Je remarquai que le Roi offrit à Madame presque de tous les plats qui étaient devant lui, et qu'elle les refusa tous d'un air de brusquerie qui jusqu'au bout ne rebuta point l'air d'attention et de politesse du Roi pour elle. Il fut encore remarqué qu'au sortir de table et à la fin de ce cercle debout, d'un moment, dans la chambre du Roi, il fit à Madame une révérence très marquée et basse, pendant laquelle elle fit une pirouette si juste, que le Roi en se relevant ne trouva plus que son dos, et avancée[1] d'un pas vers la porte.

Le lendemain, toute la cour fut chez Monsieur, chez Madame et chez M. le duc de Chartres, mais sans dire une parole ; on se contentait de faire la révérence, et tout s'y passa en parfait silence. On alla ensuite attendre à l'ordinaire la levée du Conseil dans la galerie et la messe du Roi. Madame y vint. Monsieur son fils s'approcha d'elle comme il faisait tous les jours pour lui baiser la main ; en ce moment Madame lui appliqua un soufflet si sonore qu'il fut entendu de quelques pas, et qui, en présence de toute la cour, couvrit de confusion ce pauvre prince, et combla les infinis spectateurs, dont j'étais, d'un prodigieux étonnement. Ce même jour l'immense dot fut déclarée, et le jour suivant le Roi alla rendre visite à Mon-

---

1. Et [Madame] avancée… : l'ellipse est aussi rapide que le personnage.

sieur et à Madame, qui se passa fort tristement ; et depuis on ne songea plus qu'aux préparatifs de la noce.

─────────────

Rien de plus compliqué qu'une famille, en particulier quand elle est royale : les liens affectifs, les titres, la personnalité des uns et des autres, le souci de représentation, tout cela incite parfois à de futiles transgressions, que le mémorialiste ne manque pas de conter. Au-delà de l'insignifiance du fait se devinent des rivalités, des rancunes, des colères secrètes qui seront le sel de la fin du règne.

Tracasserie de Monsieur et des Princesses
Il était arrivé pendant la campagne[1] quelques aventures aux Princesses : c'était le nom distinctif par lequel on entendait seulement les trois filles du Roi. Monsieur avait voulu avec raison que la duchesse de Chartres appelât toujours les deux autres *ma sœur*, et que celles-ci ne l'appelassent jamais que *Madame*. Cela était juste et le Roi le leur avait ordonné, dont elles furent fort piquées. La princesse de Conti pourtant s'y soumit de bonne grâce ; mais Madame la Duchesse, comme sœur d'un même amour, se mit à appeler Mme de Chartres *mignonne* : or rien n'était moins mignon que son visage, que sa taille, que toute sa personne. Elle n'osa le trouver mauvais ; mais quand, à la fin, Monsieur le sut, il en sentit le ridicule, et l'échappatoire[2] de l'appeler *Madame*, et il éclata. Le Roi défendit très sévèrement à Madame la Duchesse cette familiarité, qui en fut encore plus piquée, mais elle fit en sorte qu'il n'y parût

─────────────

1. Saint-Simon revient de l'armée d'Allemagne, où il ne s'est rien passé de notable en cette année 1694.   2. Une façon d'échapper aux ordres du Roi.

pas. À un voyage de Trianon, ces princesses, qui y couchaient, et qui étaient jeunes[1], se mirent à se promener ensemble les nuits, et à se divertir la nuit à quelques pétarades. Soit malice des deux aînées, soit imprudence, elles en tirèrent une nuit sous les fenêtres de Monsieur qui l'éveillèrent, et qui le trouva fort mauvais : il en porta ses plaintes au Roi qui lui fit force excuses, gronda fort les Princesses, et eut grand-peine à l'apaiser. Sa colère fut surtout domestique : Mme la duchesse de Chartres s'en sentit longtemps, et je ne sais si les deux autres en furent fort fâchées ; on accusa même Madame la Duchesse de quelques chansons sur Mme de Chartres[2]. Enfin tout fut replâtré, et Monsieur pardonna tout à fait à Mme de Chartres, par une visite qu'il reçut à Saint-Cloud de Mme de Montespan, qu'il avait toujours fort aimée, qui raccommoda aussi ses deux filles, et qui avait conservé de l'autorité sur elles et en recevait de grands devoirs.

Les filles du Roi font des pétarades, mais son fils, le duc du Maine, ne fait pas des étincelles : pendant la campagne de l'été 1695, son incapacité suscite la consternation générale. Comment annoncer au Roi qu'au cœur de l'action devant Namur le « cher fils » a perdu la tête, est allé se confesser et a failli causer un désastre ?

---

1. La duchesse de Chartres a dix-sept ans, Madame la Duchesse vingt et un, la princesse de Conti vingt-huit.   2. Dans le « caractère » qu'il lui consacrera en 1708 (p. 199), Saint-Simon reviendra sur son don à composer « les chansons les plus cruelles ».

Vaudémont et son armée échappés au plus grand danger Toute notre armée était au désespoir, et personne ne se contraignait de dire ce que l'ardeur, la colère et l'évidence suggérait. Jusqu'aux soldats et aux cavaliers montraient leur rage sans se méprendre ; en un mot, officiers et soldats, tous furent plus outrés que surpris. Tout ce que put faire le maréchal de Villeroi fut de débander[1] trois régiments de dragons menés par Artagnan, maréchal de camp, sur leur arrière-garde, qui prirent quelques drapeaux et mirent quelque désordre dans les dernières troupes qui faisaient l'arrière-garde de tout. Le maréchal de Villeroi, plus outré que personne, était trop bon courtisan pour s'excuser sur autrui. Content du témoignage de toute son armée et de ce que toute son armée n'avait que trop vu et senti, et des clameurs dont elle ne s'était pas tenue, il dépêcha un de ses gentilshommes au Roi, à qui il manda que la diligence dont Vaudémont avait usé dans sa retraite[2] l'avait sauvé de ses espérances[3], qu'il avait crues certaines, et sans entrer en aucun détail se livra à tout ce qu'il pourrait lui en arriver. Le Roi, qui depuis vingt-quatre heures les comptait toutes dans l'attente de la nouvelle si décisive d'une victoire, fut bien surpris quand il ne vit que ce gentilhomme au lieu d'un homme distingué[4], et bien touché quand il apprit la tranquillité de cette journée. La cour en suspens, qui pour son fils, qui pour son mari, qui pour son frère, demeura dans l'étonnement[5], et les

---

1. Détacher. 2. En plein jour et sous les yeux des Français, qui tenaient « une victoire facile et sûre » si le duc du Maine avait obéi aux « ordres réitérés » du maréchal de Villeroi. 3. L'avait sauvé de ce que Villeroi espérait. 4. Venir annoncer une victoire au Roi est un honneur qu'on se dispute, et dont le messager est récompensé. 5. Au sens fort : stupéfaction.

amis du maréchal de Villeroi dans le dernier embarras. Un compte si général et si court rendu d'un événement si considérable et si imminent réduit à rien, tint le Roi en inquiétude : il se contint, en attendant un éclaircissement du temps. Il avait soin de se faire lire toutes les gazettes d'Hollande : dans la première qu'il parut, il lut une grosse action à la gauche[1], des louanges excessives de la valeur de M. du Maine, que ses blessures avaient arrêté le succès et sauvé M. de Vaudémont[2], et que M. du Maine avait été emporté sur un brancard. Cette raillerie fabuleuse[3] piqua le Roi, mais il le fut bien davantage de la gazette suivante, qui se rétracta du combat qu'elle avait raconté, et ajouta que M. du Maine n'avait pas même été blessé. Tout cela, joint au silence qui avait régné depuis cette journée, et au compte si succinct que le maréchal de Villeroi lui en avait rendu et sans chercher aucune excuse, donna au Roi des soupçons qui l'agitèrent. La Vienne, baigneur[4] à Paris fort à la mode, était devenu le sien du temps de ses amours.

La Vienne,
premier valet
de chambre.
Sa fortune

Il lui avait plu par des drogues qui l'avaient mis en état plus d'une fois de se satisfaire davantage, et ce chemin l'avait conduit à devenir un des quatre premiers valets de chambre. C'était un fort honnête homme, mais rustre, brutal et franc, et cette franchise, dans un homme d'ailleurs vrai, avait accoutumé le Roi à lui demander ce qu'il n'espérait pas pouvoir tirer d'ailleurs

---

1. Le duc du Maine commandait l'aile gauche.   2. M. de Vaudémont dirigeait la retraite «avec toutes les précautions d'un général qui compte bien qu'il sera attaqué dans sa marche». Mais le duc du Maine ne bouge pas. 3. Cette raillerie qui n'était que pure invention.   4. Le baigneur «tient une maison de bain et de plaisir pour les hommes de bon ton» (Littré).

quand c'étaient des choses qui ne passaient point à sa portée. Tout cela conduisit jusqu'à un voyage de Marly, et ce fut là où il questionna La Vienne. Celui-ci montra son embarras, parce que, dans la surprise, il n'eut pas la présence d'esprit de le cacher. Cet embarras redoubla la curiosité du Roi et enfin ses commandements. La Vienne n'osa pousser plus loin la résistance : il apprit au Roi ce qu'il eût voulu pouvoir ignorer toute sa vie, et qui le mit au désespoir. Il n'avait eu tant d'embarras, tant d'envie, tant de joie de mettre M. de Vendôme à la tête d'une armée que pour y porter M. du Maine[1] ; toute son application était d'en abréger les moyens en se débarrassant des princes du sang par leur concurrence entre eux. Le comte de Toulouse[2], étant amiral, avait sa destination toute faite ; c'était donc pour M. du Maine qu'étaient tous ses soins. En ce moment il les vit échoués, et la douleur lui en fut insupportable. Il sentit pour ce cher fils tout le poids du spectacle de son armée, et des railleries que les gazettes lui apprenaient qu'en faisaient les étrangers, et son dépit en fut inconcevable. Ce prince, si égal à l'extérieur et si maître de ses moindres mouvements dans les événements les plus sensibles, succomba

Le Roi, outré d'ailleurs, rompt sa canne à Marly sur un bas valet du serdeau sous cette unique occasion. Sortant de table à Marly avec toutes les dames et en présence de tous les courtisans, il aperçut un valet du serdeau[3] qui, en desservant le fruit[4], mit un biscuit dans sa poche. Dans l'instant il oublie toute sa dignité, et sa canne à la main qu'on venait

---

1. Tous deux étaient des bâtards.   2. Frère du duc du Maine, né en 1678 ; son aîné est de 1670.   3. Desserte de la table royale.   4. Le dessert, en général.

de lui rendre avec son chapeau, court sur ce valet qui ne s'attendait à rien moins, ni pas un de ceux qu'il sépara sur son passage, le frappe, l'injurie et lui casse sa canne sur le corps : à la vérité elle était de roseau et ne résista guère. De là, le tronçon à la main, et l'air d'un homme qui ne se possédait plus, et continuant à injurier ce valet qui était déjà bien loin, il traversa ce petit salon et une anti-chambre, et entra chez Mme de Maintenon, où il fut près d'une heure comme il faisait souvent à Marly après dîner. Sortant de là pour repasser chez lui, il trouva le P. de La Chaise[1]. Dès qu'il l'aperçut parmi les courtisans : « Mon Père, lui dit-il fort haut, j'ai bien battu un coquin et lui ai cassé ma canne sur le dos ; mais je ne crois pas avoir offensé Dieu » ; et tout de suite lui raconte le prétendu crime. Tout ce qui était là tremblait encore de ce qu'il avait vu ou entendu des spectateurs. La frayeur redoubla à cette reprise : les plus familiers bourdonnèrent contre ce valet ; et le pauvre Père fit semblant d'approuver entre ses dents pour ne pas irriter davantage et devant tout le monde. On peut juger si ce fut la nouvelle, et la terreur qu'elle imprima, parce que personne n'en put alors devi-ner la cause, et que chacun comprenait aisément que celle qui avait paru ne pouvait être la véritable. Enfin tout vient à se découvrir, et peu à peu et d'un ami à l'autre, on apprit enfin que La Vienne, forcé par le Roi, avait été cause d'une aventure si singulière et si indécente. Pour n'en pas faire à deux fois, ajoutons ici le mot de M. d'Elbeuf. Tout courtisan qu'il était, le vol que les bâtards avaient pris lui tenait fort au cœur, et le repentir peut-être de son adoration de la Croix[2] après MM. de

---

1. Confesseur du Roi.   2. M. d'Elbeuf a fait « un tour de courtisan » en

Vendôme. Comme la campagne vint à son déclin et les princes sur leur départ, il pria M. du Maine, et devant tout le monde, de lui dire où il comptait de servir la campagne suivante, parce que, où que ce fût, il y voulait servir aussi; et après s'être fait presser pour savoir pourquoi, il répondit que c'est qu'avec lui on était assuré de sa vie. Ce trait accablant et sans détour fit un grand bruit. M. du Maine baissa les yeux et n'osa répondre une parole. Sans doute qu'il la lui garda bonne, mais M. d'Elbeuf, fort bien avec le Roi et par lui et par les siens, était d'ailleurs en situation de ne s'en soucier guère. Plus le Roi fut outré de cette aventure, qui influa tout sur ses affaires, mais que le personnel[1] lui rendit infiniment plus sensible, plus il sut de gré au maréchal de Villeroi, et plus encore Mme de Maintenon augmenta d'amitié pour lui. Sa faveur devint depuis éclatante, la jalousie de tout ce qui était le mieux traité du Roi, et la crainte même des ministres.

On croyait les filles du Roi raccommodées : il n'en est rien. Comme il tarde à imposer sa loi à l'Europe[2], Louis le Grand peine à régner sur sa famille, qui traverse une nouvelle zone de turbulences. Rien n'est réglé et ne le sera jamais entre les Princesses, ou plutôt entre trois jeunes femmes qui n'ont pas leur langue dans leur poche.

---

cette même année 1695 : malgré une « dispute de préséance » avec les ducs et « MM. de Vendôme », il s'est rendu, après eux, à l'adoration de la Croix, le vendredi saint, et « le Roi lui en sut très bon gré » (I, 219-220).
1. Le contexte personnel, intime, du scandale, c'est-à-dire son affection pour son fils.   2. La paix de Ryswick, en 1697, mettra fin à la guerre de la ligue d'Augsbourg.

Forte picoterie des Princesses

Peu de jours après[1] nous fûmes d'un voyage de Marly, qui fut pour moi le premier[2], où il arriva une singulière scène. Le Roi et Monseigneur y tenaient chacun une table à même heure et en même pièce, soir et matin ; les dames s'y partageaient sans affectation, sinon que Mme la princesse de Conti était toujours à celle de Monseigneur, et ses deux autres sœurs toujours à celle du Roi. Il y avait dans un coin de la même pièce cinq ou six couverts, où, sans affectation aussi, se mettaient tantôt les unes, tantôt les autres, mais qui n'était tenue[3] par personne. Celle du Roi était plus proche du grand salon, l'autre plus voisine des fenêtres et de la porte par où, en sortant de dîner, le Roi allait chez Mme de Maintenon, qui alors dînait souvent à la table du Roi, se mettait vis-à-vis de lui (les tables étaient rondes), ne mangeait jamais qu'à celle-là, et soupait toujours seule chez elle. Pour expliquer le fait il fallait mettre ce tableau au net. Les Princesses n'étaient que très légèrement raccommodées, comme on l'a vu plus haut[4], et Mme la princesse de Conti intérieurement de fort mauvaise humeur du goût de Monseigneur pour la Choin[5], qu'elle ne pouvait ignorer et dont elle n'osait donner aucun signe. À un dîner

---

1. Après que le maréchal de Lorges, malade, a mis fin, poussé par le Roi, à sa carrière militaire, ce dont son gendre et sa fille se désolent, «par la différence infinie que cela faisait pour nous à l'armée, et à la considération même partout ailleurs» (I, 262). 2. Toute la cour ne va pas à Marly. Être du voyage est une marque d'estime, sinon un honneur. Le crédit de feu le duc Claude, les talents de danseur de Saint-Simon et la blonde jeunesse de son épouse devaient y être pour quelque chose. 3. Mais [cette table] n'était tenue… 4. Lors de l'épisode de la «tracasserie» des Princesses (p. 41). 5. Maîtresse de Monseigneur.

pendant lequel Monseigneur était à la chasse, et où sa table était tenue par Mme la princesse de Conti, le Roi s'amusa à badiner avec Madame la Duchesse et sortit de cette gravité qu'il ne quittait jamais, pour, à la surprise de la compagnie, jouer avec elle aux olives[1]. Cela fit boire quelques coups à Madame la Duchesse, le Roi fit semblant d'en boire un ou deux, et cet amusement dura jusqu'au fruit et à la sortie de table. Le Roi, passant devant Mme la princesse de Conti pour aller chez Mme de Maintenon, choqué peut-être du sérieux qu'il lui remarqua, lui dit assez sèchement que sa gravité ne s'accommodait pas de leur ivrognerie. La Princesse, piquée, laissa passer le Roi, puis se tournant à Mme de Châtillon dans ce moment de chaos où chacun se lavait la bouche, lui dit qu'elle aimait mieux être grave que sac à vin, entendant quelques repas un peu allongés que ses sœurs avaient faits depuis peu ensemble. Ce mot fut entendu de Mme la duchesse de Chartres qui répondit assez haut, de sa voix lente et tremblante, qu'elle aimait mieux être sac à vin que sac à guenilles, par où elle entendait Clermont et des officiers des gardes du corps qui avaient été, les uns chassés, les autres éloignés à cause d'elle. Ce mot fut si cruel qu'il ne reçut point de repartie, et qu'il courut sur-le-champ par Marly, et de là par Paris et partout. Madame la Duchesse qui, avec bien de la grâce et de l'esprit, a l'art des chansons salées, en fit d'étranges sur ce même ton. Mme la princesse de Conti, au désespoir, et qui n'avait pas les mêmes armes, ne sut que devenir. Monsieur, le roi des tracasseries, entra dans

---

1. Un jeu probablement assez familier : nous sommes à Marly, et non à Versailles.

celle-ci qu'il trouva de part et d'autre trop forte. Monseigneur s'en mêla aussi : il leur donna un dîner à Meudon, où Mme la princesse de Conti alla seule et y arriva la première ; les deux autres y furent menées par Monsieur. Elles se parlèrent peu, tout fut aride, et elles revinrent de tous points comme elles étaient allées. La fin de cette année fut orageuse à Marly. Mme la duchesse de Chartres et Madame la Duchesse, plus ralliées par l'aversion de Mme la princesse de Conti, se mirent au voyage suivant à un repas rompu[1], après le coucher du Roi, dans la chambre de Mme de Chartres au château. Monseigneur joua tard dans le salon. En se retirant chez lui il monta chez ces princesses et les trouva qui fumaient avec des pipes qu'elles avaient envoyé chercher au corps de garde suisse. Monseigneur, qui en vit les suites si cette odeur gagnait, leur fit quitter cet exercice ; mais la fumée les avait trahies. Le Roi leur fit le lendemain une rude correction, dont Mme la princesse de Conti triompha. Cependant ces brouilleries se multiplièrent, et le Roi qui avait espéré qu'elles finiraient d'elles-mêmes, s'en ennuya, et, un soir à Versailles qu'elles étaient dans son cabinet après son souper, il leur en parla très fortement, et conclut par les assurer que, s'il en entendait parler davantage, elles avaient chacune des maisons de campagne où il les enverrait pour longtemps et où il les trouverait fort bien. La menace eut son effet, et le calme et la bienséance revinrent et suppléèrent à l'amitié.

---

1. Un repas improvisé, informel.

Tous les mariages ne commencent pas par des gifles. Cinq ans après celui du duc de Chartres, l'union du petit-fils du Roi et d'une princesse de la maison de Savoie n'a que le désavantage d'être prématuré. Le premier a quinze ans, et la promise, douze. Une alliance diplomatique, la promesse de fêtes somptueuses, le souci d'assurer très tôt la descendance, la tradition, enfin, de ces mariages aussi négociés qu'anticipés : les bonnes raisons ne manquent pas de mettre au lit deux enfants.

Mariage de Mgr le duc de Bourgogne   Le samedi matin 7 décembre, toute la cour alla de bonne heure chez Mgr le duc de Bourgogne, qui alla ensuite chez la Princesse. Sa toilette finissait, où il y avait peu de dames, la plupart étant allées à la tribune ou sur les échafauds placés dans la chapelle pour voir la cérémonie. Toute la maison royale avait déjà été chez la Princesse et attendait chez le Roi où les mariés arrivèrent un peu avant midi. Ils trouvèrent le Roi dans le salon, qui, un moment après, se mit en chemin de la chapelle. La marche et tout le reste se passa comme au mariage de M. le duc de Chartres, que j'ai décrit, excepté que le cardinal de Coislin en l'absence du cardinal de Bouillon, grand aumônier, qui était à Rome, commença par les fiançailles, après lesquelles chacun fit à genoux une médiocre pause pour l'intervalle entre les fiançailles et le mariage. Le Cardinal dit une messe basse, après laquelle le Roi et la maison royale retourna comme elle était venue, et se mit tout de suite à table. La duchesse du Lude et les duchesses et princesses qui se trouvèrent en bas[1] eurent leurs carreaux[2] partout, et les ducs et princes en

---

1. En bas dans la chapelle.   2. « Coussin carré pour s'asseoir ou s'agenouiller » (Littré), mais aussi marque de distinction.

arrière du Roi. La duchesse du Lude, Mmes de Mailly, Dangeau et Tessé, s'approchèrent de la Princesse pendant la célébration des fiançailles et du mariage seulement, pendant laquelle Dangeau et Tessé soutenaient par en haut son bas de robe. Les dames du palais ne bougèrent de leurs places. Un courrier tout prêt à la porte de la chapelle partit pour Turin au moment que le mariage fut célébré. La journée se passa assez ennuyeusement. Sur les sept du soir le roi et la reine d'Angleterre arrivèrent, que le Roi avait été convier quelques jours auparavant[1]. Il tint le portique[2], et sur les huit heures ils vinrent dans le salon du bout de la galerie joignant l'appartement de Mme la duchesse de Bourgogne, d'où, malgré la pluie, ils virent tirer un feu d'artifice sur la pièce des suisses. On soupa ensuite comme on avait dîné, le roi et la reine d'Angleterre de plus, la reine entre les deux rois. En sortant de table on fut coucher la mariée, de chez laquelle le Roi fit sortir absolument tous les hommes. Toutes les dames y demeurèrent, et la reine d'Angleterre donna la chemise que la duchesse du Lude lui présenta. Mgr le duc de Bourgogne se déshabilla dans l'antichambre au milieu de toute la cour, assis sur un ployant[3]. Le Roi y était avec tous les princes. Le roi d'Angleterre donna la chemise qui lui fut présentée par le duc de Beauvillier[4]. Dès que Mme la duchesse de Bourgogne fut au lit, Mgr le duc de Bourgogne entra, et se mit dans le lit à sa droite en présence des rois et de toute la cour ; et aussitôt après le roi et la reine d'Angleterre s'en allèrent. Le Roi s'alla coucher, et

---

1. Le roi d'Angleterre est Jacques II en exil, qui a trouvé refuge au château de Saint-Germain.   2. Ou « trou-madame », jeu d'adresse.   3. Un siège pliant.   4. Rituel honorifique : les souverains anglais présentent aux souverains français virtuels leur chemise de nuit.

tout le monde sortit de la chambre nuptiale, excepté Monseigneur, les dames de la Princesse, et le duc de Beauvillier, qui demeura toujours au chevet du lit du côté de son pupille, et la duchesse du Lude de l'autre. Monseigneur y demeura un quart d'heure avec eux à causer, sans quoi ils eussent été assez empêchés de leurs personnes ; ensuite il fit relever monsieur son fils, et auparavant lui fit embrasser la Princesse malgré l'opposition de la duchesse du Lude. Il se trouva qu'elle n'avait pas tort : le Roi le trouva mauvais, et dit qu'il ne voulait pas que son petit-fils baisât le bout du doigt à sa femme jusqu'à ce qu'ils fussent tout à fait ensemble[1]. Il se rhabilla dans l'antichambre à cause du froid, et s'alla coucher chez lui à l'ordinaire. Le petit duc de Berry, gaillard et résolu[2], trouva bien mauvaise la docilité de monsieur son frère, et assura qu'il serait demeuré au lit. Le dimanche il y eut cercle chez Mme la duchesse de Bourgogne. Le feu Roi[3], qui les avait vu tenir avec beaucoup de dignité à la Reine sa mère et les avait vus tomber sur la fin de Mme la Dauphine Bavière, voulut les rétablir. Ce premier fut magnifique par le prodigieux nombre de dames, assises en cercle et d'autres debout derrière les tabourets et d'hommes derrière ces dames, et la beauté des habits. Il commença à six heures ; le Roi y vint à la fin, et mena toutes les dames dans le salon près de la chapelle, où elles trouvèrent une belle collation, puis à la musique, après quoi il

---

1. L'âge des époux justifie ce simulacre de coucher des mariés. C'est en octobre 1699 que le duc et la duchesse de Bourgogne seront « mis ensemble » : « Le Roi les voulut aller surprendre comme ils se mettraient au lit ; il s'y prit un peu trop tard, il trouva les portes fermées et il ne voulut pas les faire ouvrir » (I, 659).   2. Du haut de ses onze ans.   3. Louis XIV (Saint-Simon écrit sous Louis XV).

tint le portique. À neuf heures il conduisit M. et Mme la duchesse de Bourgogne chez cette princesse, et tout fut fini pour la journée. Elle continua à vivre comme avant d'être mariée, mais Mgr le duc de Bourgogne alla tous les jours chez elle, où les dames eurent ordre de ne les laisser jamais seuls, et souvent ils soupaient tête à tête chez Mme de Maintenon. Le mercredi 11 décembre le Roi vint sur les six chez Mme la duchesse de Bourgogne où il y avait grosse cour. Il y attendit le roi et la reine d'Angleterre, puis entrèrent dans la galerie pleine d'échafauds et superbement ornée pour le bal. La tête y tourna au duc d'Aumont qui se mêla de toutes ces fêtes à la place du duc de Beauvillier qui était en année[1], mais qui ne les put ordonner à cause de ses fonctions auprès des enfants de France. Ce fut donc une foule et un désordre dont le Roi même fut accablé ; Monsieur fut battu et foulé dans la presse : on peut juger ce que devinrent les autres. Plus de place, tout de force et de nécessité, on se fourrait où on pouvait. Cela dépara toute la fête. Il y eut un branle, et juste ce qu'il fallut de princes et de princesses du sang avec M. le comte de Toulouse pour se mener[2]. Voici ce qui dansa, outre ces princes et princesses, de dames ; d'hommes beaucoup davantage.

LES DUCHESSES DE	MESDAMES DE
Sully ;	Villequier ;
Saint-Simon ;	Châtillon, sa sœur ;
Albret ;	Tonnerre ;
Luxembourg ;	La Porte ;
Villeroi ;	Dangeau ;

---

1. Il y a quatre premiers gentilshommes de la chambre, qui servent chacun une année sur quatre.   2. Pour que chaque princesse fût « menée » par un cavalier.

Lauzun ;
Roquelaure ;
Mlle d'Elbeuf ;
Mlle d'Armagnac ;
La princesse d'Épinoy ;

La Vieuville ;
Goesbriand ;
Barbezieux ;
Montgon ;

MESDEMOISELLES DE

Mennetou,   fille de la duchesse de La Ferté ;

Tourpes,   fille de la maréchale d'Estrées ;

Fürstenberg,   nièce du cardinal de Fürstenberg ;

Melun,   sœur du prince d'Épinoy ;

Solre-Croy,   fille du comte de Solre, chevalier de l'Ordre[1] (le prince et la princesse d'Épinoy m'avaient prié de la mener)[2] ;

Trois filles d'honneur de Madame ;

Rebenac,   fille du frère de M. de Feuquières, depuis Mme de Souvré ;

Lussan,   fille de la dame d'honneur de Madame la Princesse ; M. de Lussan, son père, était chevalier de l'Ordre et premier gentilhomme de la chambre de Monsieur le Prince.

---

1. L'ordre du Saint-Esprit, la plus haute distinction de la plus haute noblesse française. Ses chevaliers portent le cordon bleu. Saint-Simon le recevra en février 1728, en même temps que les deux fils du duc du Maine.   2. Saint-Simon est un des meilleurs danseurs de son temps.

Sur les neuf heures, on porta sur des tables à la main une grande collation devant la Reine, les rois et tout autour du bal, et sur les dix heures et demie on alla souper. Les princes du sang n'y furent plus admis, il n'y eut que les princesses du sang avec la famille royale. Il n'y eut rien jusqu'au samedi 14 décembre, que fut le second bal. M. d'Aumont y eut sa revanche : tout y fut dans le plus grand ordre du monde. À sept heures, le Roi, le roi et la reine d'Angleterre, la famille royale, les princes du sang, les danseurs seulement en hommes, et toutes les dames vinrent chez Mme la duchesse de Bourgogne, d'où ils entrèrent dans la galerie, et ce bal fut admirable et tout entier en habits qui n'avaient pas encore paru. Le Roi trouva celui de Mme de Saint-Simon si à son gré qu'il se tourna à M. le maréchal de Lorges, en quartier de capitaine des gardes derrière lui, et lui donna le prix sur tous les autres. Mgr le duc de Bourgogne se trouva libre à prendre à ce bal après avoir rendu[1], ce qui ne s'était pas trouvé à l'autre, et prit la duchesse de Sully. Il se trouva encore libre une seconde fois, et il prit Mlle d'Armagnac. M. le prince de Conti venait d'arriver ; il fut au bal mais ne voulut pas danser. On servit comme l'autre fois une grande collation, et un peu après minuit on alla faire *medianoche*[2], où les princes du sang ne furent point encore, après lequel le roi et la reine d'Angleterre s'en allèrent. Mme de Maintenon ne parut à rien sinon aux deux bals qu'elle vit commencer assise derrière la reine d'Angleterre, et ne fut qu'une demi-heure à chacun. Le mardi 17 décembre, toute la cour alla sur les quatre heures à Trianon où on joua jusqu'à l'arrivée

---

1. Après avoir rendu une danse à sa partenaire initiale.   2. Comme son nom l'indique, on sert ce repas au milieu de la nuit.

du roi et de la reine d'Angleterre. Le Roi les mena dans une tribune où on montait sur la salle de la comédie de chez Mme de Maintenon, qui y monta aussi avec Monseigneur et Mme la duchesse de Bourgogne, ses dames et celles de la reine. Monseigneur, Monsieur, Madame et tout le reste de la cour était en bas dans la salle. L'opéra d'*Issé*, de Destouches, fort beau, y fut très bien joué. L'opéra fini, chacun s'en retourna, et par ce spectacle finirent toutes les fêtes du mariage.

———

Une descendance légitime, une autre illégitime, toutes deux mêlées, unies par des mariages : la personne du Roi se démultiplie en ses nombreux enfants. En existait-il de secrets ? Comme il est par définition impossible de répondre à une telle question, on relira ce mystérieux paragraphe avant de se livrer à toute supputation.

Moresse religieuse à Moret fort énigmatique　À propos de confiance du Roi et de ses domestiques intimes[1], il faut réparer un autre oubli. On fut étonné à Fontainebleau cette année qu'à peine la Princesse (car elle ne fut mariée qu'au retour) y fut arrivée, que[2] Mme de Maintenon la fit aller à un petit couvent borgne[3]

---

1. Le Roi vient de choisir la première femme de chambre de la duchesse de Bourgogne. À cette fonction de prestige il a nommé la belle-sœur de La Vienne, qu'on a vu lui annoncer la couardise du duc du Maine pendant la campagne de 1695, ce même La Vienne qui lui fournissait des « confortatifs » pour briller auprès des dames : marque extrême de confiance en ce siècle où l'on ne redoute rien tant que les empoisonnements.　　2. Redoublement de la conjonction fréquent dans la langue du temps.　　3. Un couvent peu prestigieux, à Moret-sur-Loing. Il est des couvents plus mondains, illustres par leurs pensionnaires.

de Moret où le lieu ne pouvait l'amuser, ni aucune des religieuses dont il n'y en avait pas une de connue. Elle y retourna plusieurs fois pendant le voyage, et cela réveilla la curiosité et les bruits. Mme de Maintenon y allait souvent de Fontainebleau, et à la fin on s'y était accoutumé. Dans ce couvent était professe[1] une Moresse[2] inconnue à tout le monde, et qu'on ne montrait à personne. Bontemps, premier valet de chambre et gouverneur de Versailles, dont j'ai parlé, par qui les choses du secret domestique du Roi passaient de tout temps, l'y avait mise toute jeune, avait payé une dot qui ne se disait point, et de plus continuait une grosse pension tous les ans. Il prenait exactement soin qu'elle eût son nécessaire, et tout ce qui peut passer pour abondance à une religieuse, et que tout ce qu'elle pouvait désirer de toute espèce de douceurs lui fût fourni. La feue Reine[3] y allait souvent de Fontainebleau, et prenait grand soin du bien-être du couvent, et Mme de Maintenon après elle. Ni l'une ni l'autre ne prenaient pas[4] un soin direct de cette Moresse qui pût se remarquer, mais elles n'y étaient pas moins attentives. Elles ne la voyaient pas toutes les fois qu'elles y allaient, mais souvent pourtant, et avec une grande attention à sa santé, à sa conduite et à celle de la supérieure à son égard. Monseigneur y a été quelquefois, et les princes ses enfants une ou deux fois, et tous ont demandé et vu la Moresse avec bonté. Elle était là avec plus de considération que la personne la plus connue et la

---

1. Qui a prononcé ses vœux, au terme de son noviciat.   2. Ou Mauresse. Le jeune domestique more, ou maure, était fort à la mode auprès des dames à la fin du XVIIe siècle. Il y en avait à la cour. Que faut-il en conclure ?   3. Marie-Thérèse d'Autriche, morte en 1683.   4. La langue actuelle ferait ici l'économie du second terme de la négation.

plus distinguée, et se prévalait fort des soins qu'on prenait d'elle et du mystère qu'on en faisait, et quoiqu'elle vécût régulièrement[1], on s'apercevait bien que la vocation avait été aidée. Il lui échappa une fois, entendant Monseigneur chasser dans la forêt, de dire négligemment : « C'est mon frère qui chasse. » On prétendait qu'elle était fille du Roi et de la Reine, que sa couleur l'avait fait cacher et disparaître, et publier que la Reine avait fait une fausse couche, et beaucoup de gens de la cour en étaient persuadés. Quoi qu'il en soit, la chose est demeurée une énigme[2].

―――――

Tissée de secrets, de silences, la cour est riche aussi d'incidents mémorables, qui autorisent Saint-Simon à peindre le Roi, si l'on ose dire, en majesté familière. Le lecteur peut ainsi se mêler aux grands seigneurs, et constater que dans ce monde d'une politesse exquise, il n'est pas de rire qui ne soit cruel.

Plaisante malice
du duc de Lauzun
au comte de Tessé

Il arriva, sur cette revue[3], une plaisante aventure au comte de Tessé. Il était colonel général des dragons. M. de Lauzun[4] lui demanda, deux jours auparavant, avec cet air de bonté, de douceur et de simplicité qu'il prenait presque toujours, s'il avait songé à ce qu'il lui fallait pour

―――――

1. Selon la règle de son couvent.   2. Elle est toujours, comme celle du Masque de fer, un objet de spéculations et de fantasmes.   3. Lors du camp de Compiègne, qui réunit toute l'armée pour des manœuvres et autres parades aussi ruineuses que munificentes.   4. Le duc de Lauzun, qui avait failli, en 1670, devenir le beau-frère du Roi en épousant la Grande Mademoiselle, est devenu en 1695 celui du mémorialiste en épousant, à soixante-trois ans, la sœur de Mme de Saint-Simon, qui en avait quinze. Il est le Straton des *Caractères* de La Bruyère (chap. IX, « De la Cour », n° 96) : « On ne rêve point comme il a vécu. »

saluer le Roi à la tête des dragons, et là-dessus entrèrent en récit du cheval, de l'habit et de l'équipage. Après les louanges : « Mais le chapeau ? lui dit bonnement Lauzun ; je ne vous en entends point parler. – Mais non, répondit l'autre ; je compte d'avoir un bonnet. – Un bonnet ! reprit Lauzun, mais y pensez-vous ? Un bonnet ! cela est bon pour tous les autres, mais le colonel général avoir un bonnet ! Monsieur le comte, vous n'y pensez pas. – Comment donc ? lui dit Tessé, qu'aurais-je donc ? » Lauzun le fit danser, et se fit prier longtemps, et lui faisant accroire qu'il savait mieux qu'il ne disait. Enfin, vaincu par ses prières, il lui dit qu'il ne lui voulait pas laisser commettre une si lourde faute, que cette charge ayant été créée pour lui il en savait bien toutes les distinctions, dont une des principales était, lorsque le Roi voyait les dragons, d'avoir un chapeau gris. Tessé, surpris, avoue son ignorance, et dans l'effroi de la sottise où il serait tombé sans cet avis si à propos, se répand en actions de grâces, et s'en va vite chez lui dépêcher un de ses gens à Paris pour lui rapporter un chapeau gris. Le duc de Lauzun avait pris bien garde à tirer adroitement Tessé à part pour lui donner cette instruction, et qu'elle ne fût entendue de personne ; il se doutait bien que Tessé, dans la honte de son ignorance, ne s'en vanterait à personne, et lui aussi se garda bien d'en parler. Le matin de la revue, j'allai au lever du Roi, et contre sa coutume j'y vis M. de Lauzun y demeurer, qui, avec ses grandes entrées[1], s'en allait toujours quand les courtisans entraient. J'y vis aussi Tessé avec un chapeau gris, une plume noire et une grosse cocarde, qui piaffait et se

---

1. Les « grandes entrées » aux appartements royaux sont réservées aux privilégiés.

pavanait de son chapeau. Cela, qui me parut extraordinaire, et la couleur du chapeau, que le Roi avait en aversion
et dont personne ne portait plus depuis bien des années
me frappa et me le fit regarder, car il était presque vis-à-vis
de moi, et M. de Lauzun assez près de lui un peu en arrière.
Le Roi, après s'être chaussé et parlé[1] à quelques-uns, avise
enfin ce chapeau. Dans la surprise où il en fut, il demanda
à Tessé où il l'avait pris. L'autre, s'applaudissant, répondit
qu'il lui était arrivé de Paris. « Et pour quoi faire ? dit le
Roi. – Sire, répondit l'autre, c'est que Votre Majesté nous
fait l'honneur de nous voir aujourd'hui. – Eh bien ! reprit
le Roi de plus en plus surpris ; que fait cela pour un chapeau gris ? – Sire, dit Tessé, que cette réponse commençait
à embarrasser, c'est que le privilège du colonel général est
d'avoir ce jour-là un chapeau gris. – Un chapeau gris !
reprit le Roi, où diable avez-vous pris cela ? – M. de
Lauzun, Sire, pour qui vous avez créé la charge, qui me l'a
dit. » Et à l'instant, le bon duc à pouffer de rire et s'éclipser.
« Lauzun s'est moqué de vous, répondit le Roi un peu
vivement ; croyez-moi, envoyez tout à l'heure ce chapeau-
là au général des Prémontrés[2]. » Jamais je ne vis homme
plus confondu que Tessé : il demeura les yeux baissés et
regardant ce chapeau avec une tristesse et une honte qui
rendit la scène parfaite. Aucun des spectateurs ne se
contraignit de rire, ni des plus familiers avec le Roi d'en
dire son mot. Enfin Tessé reprit assez ses sens pour s'en
aller, mais toute la cour lui en dit sa pensée et lui demanda
s'il ne connaissait point encore M. de Lauzun, qui en riait
sous cape quand on lui en parlait. Avec tout cela, Tessé

---

1. Et [avoir] parlé…   2. Humour royal : les Prémontrés sont un ordre
religieux, fondé au XIIe siècle.

n'osa s'en fâcher, et la chose, quoique un peu forte, demeura en plaisanterie dont Tessé fut longtemps tourmenté et bien honteux.

Le dindon se remettra de la farce, et deviendra maréchal. Quant à Lauzun, jusqu'à sa mort en 1723 il ne sera pas avare de ces petites méchancetés bien conduites. La scène nous a fait entrer dans l'intimité officielle du Roi ; une autre scène laisse deviner, pendant les longues soirées d'hiver, un peu de sa vie privée.

Mort de Racine

Presque en même temps on perdit le célèbre Racine, si connu par ses belles pièces de théâtre. Personne n'avait plus de fonds d'esprit, ni plus agréablement tourné ; rien du poète dans son commerce, et tout de l'honnête homme, de l'homme modeste, et sur la fin, de l'homme de bien[1]. Il avait les amis les plus illustres à la cour, aussi bien que parmi les gens de lettres : c'est à eux à qui je laisse d'en parler mieux que je ne pourrais faire. Il fit pour l'amusement du Roi et de Mme de Maintenon, et pour exercer les demoiselles de Saint-Cyr, deux chefs-d'œuvre en pièces de théâtre, *Esther* et *Athalie*, d'autant plus difficiles qu'il n'y a point d'amour et que ce sont des tragédies saintes, où la vérité de l'histoire est d'autant plus conservée que le respect dû à l'Écriture sainte n'y pourrait souffrir d'altération. La comtesse d'Ayen et Mme de

---

1. Si la notion d'« honnête homme » associe l'esprit, la culture et l'urbanité, celle d'« homme de bien » laisse entendre la vertu, la piété, voire la dévotion de Racine.

Caylus, sur toutes, excellèrent à la jouer devant le Roi et le triage[1] le plus étroit et le plus privilégié, chez Mme de Maintenon. À Saint-Cyr, toute la cour y fut plusieurs fois admise, mais avec choix. Racine fut chargé de l'histoire du Roi conjointement avec Despréaux, son ami[2]. Cet emploi, ces pièces dont je viens de parler, ses amis, lui acquirent des privances[3]. Il arrivait même quelquefois que le Roi n'avait point de ministres chez Mme de Maintenon, comme les vendredis, surtout quand le mauvais temps de l'hiver y rendait les séances fort longues,

Sa funeste distraction

qu'ils envoyaient chercher Racine pour les amuser[4]. Malheureusement pour lui, il était sujet à des distractions fort grandes. Il arriva qu'un soir qu'il était entre le Roi et Mme de Maintenon, chez elle, la conversation tomba sur les théâtres de Paris. Après avoir épuisé l'opéra, on tomba sur la comédie. Le Roi s'informa des pièces et des acteurs, et demanda à Racine pourquoi, à ce qu'il entendait dire, la comédie était si fort tombée de ce qu'il l'avait vue autrefois. Racine lui en donna plusieurs raisons, et conclut par celle qui, à son avis, y avait le plus de part, qui était que, faute d'auteurs et de bonnes pièces nouvelles, les comédiens en donnaient d'anciennes, et, entre autres, ces pièces de Scarron qui ne valaient rien et qui rebutaient tout le monde[5]. À ce mot la pauvre veuve

---

1. Les spectateurs sont, en quelque sorte, « triés » sur le volet.   2. C'est-à-dire Boileau.   3. Des relations, mais surtout des entretiens privilégiés avec le Roi.   4. Pour s'entretenir agréablement avec lui, plus que pour les divertir.   5. Ce qui s'appelle, pour parler français, une gaffe : Scarron (1610-1660), auteur burlesque, au corps tordu par la maladie, fut le premier mari de Mme de Maintenon, qu'elle épousa en 1652, quand elle n'était alors qu'une adolescente sans le sou.

rougit, non pas de la réputation du cul-de-jatte attaquée, mais d'entendre prononcer son nom, et devant le successeur. Le Roi s'embarrassa ; le silence qui se fit tout d'un coup réveilla le malheureux Racine, qui sentit le puits dans lequel sa funeste distraction le venait de précipiter. Il demeura le plus confondu des trois, sans plus oser lever les yeux ni ouvrir la bouche. Ce silence ne laissa pas de durer plus que quelques moments, tant la surprise fut dure et profonde. La fin fut que le Roi renvoya Racine, disant qu'il allait travailler. Il sortit éperdu et gagna comme il put la chambre de Cavoye : c'était son ami, il lui conta sa sottise. Elle fut telle, qu'il n'y avait point à la pouvoir raccommoder. Oncques depuis le Roi ni Mme de Maintenon ne parlèrent à Racine, ni même le regardèrent. Il en conçut un si profond chagrin qu'il en tomba en langueur, et ne vécut pas deux ans depuis. Il les mit bien à profit pour son salut. Il se fit enterrer à Port-Royal-des-Champs, avec les illustres habitants duquel il avait eu des liaisons dès sa jeunesse, que sa vie poétique[1] avait même peu interrompues, quoiqu'elle fût bien éloignée de leur approbation[2]. Le chevalier de Coislin s'y

---

1. Sa vie d'auteur dramatique.   2. On sait que Racine avait suivi l'enseignement des « Petites Écoles » de Port-Royal, que Louis XIV fera détruire en 1709 : « Il fut enjoint aux familles qui avaient des parents enterrés à Port-Royal-des-Champs de les faire exhumer et porter ailleurs, et on jeta dans le cimetière d'une paroisse voisine tous les autres comme on put, avec l'indécence qui se peut imaginer. Ensuite on procéda à raser la maison, l'église et tous les bâtiments, comme on fait les maisons des assassins des rois, en sorte qu'enfin il n'y resta pas pierre sur pierre. Tous les matériaux furent vendus, et on laboura et sema la place ; à la vérité, ce ne fut pas de sel, c'est toute la grâce qu'elle reçut. Le scandale en fut grand jusque dans Rome. Je me borne à ce simple et court récit d'une expédition si militaire et si odieuse » (III, 637-638).

était fait porter aussi auprès de son célèbre oncle M. de Pontchâteau. On ne saurait croire combien le Roi fut piqué de ces deux sépultures.

———

Le plus grand roi peut avoir des faiblesses : Louis XIV aime ses bâtards et favorise la bâtardise – ce déni de la naissance, cette menace à l'ordre du monde. Saint-Simon n'a pas de mots assez durs pour stigmatiser la « boue infecte du double adultère » (V, 593). Mme de Montespan écartée de la cour, restent les Princesses, le duc du Maine, qui a peur à la guerre, et le froid comte de Toulouse. Le Roi chérit également le duc de Vendôme : arrière-petit-fils d'Henri IV et de Gabrielle d'Estrées, n'est-il pas de la famille ?

M. de Vendôme change l'administration de ses affaires et va publiquement suer la vérole

M. de Vendôme songea aussi enfin à ses affaires et à sa santé. Il était extrêmement riche et n'avait jamais un écu pour quoi qu'il voulût faire. Le Grand prieur[1], son frère, s'était emparé de sa confiance avec un abbé de Chaulieu, homme de fort peu, mais de beaucoup d'esprit, de quelques lettres, et de forte audace qui l'avait introduit dans le monde sous l'ombre de MM. de Vendôme, des parties[2] desquels il s'ennoblissait. On avait souvent et inutilement parlé à M. de Vendôme sur le misérable état où sa confiance le réduisait ; le Roi lui en avait dit son avis, et l'avait pressé de

———

1. « Titre qui se donnait à un chevalier de Malte revêtu d'un bénéfice de l'ordre de Saint-Jean de Jérusalem, appelé grand prieuré » (Littré).   2. Parties de plaisir.

penser à sa santé que ses débauches avaient mise en fort mauvais état. À la fin il en profita : il pria Chemerault qui lui était fort attaché de dire au Grand prieur de sa part qu'il le priait de ne se plus mêler de ses affaires, et à l'abbé de Chaulieu de cesser d'en prendre soin. Ce fut un compliment amer au Grand prieur, qui faisait siens les revenus de son frère, et en donnait quelque chose à l'abbé de Chaulieu ; jamais il ne le pardonna sincèrement à son frère, et ce fut l'époque, quoique sourde, de la cessation de leur identité, car leur union se pouvait appeler telle. L'abbé de Chaulieu eut une pension de six mille livres de M. de Vendôme, et eut la misère de la recevoir. Crozat, un des plus riches hommes de Paris à toutes sortes de métiers, se mit à la tête des affaires de M. de Vendôme, après quoi il prit publiquement congé du Roi, de Monseigneur, des Princesses et de tout le monde, pour s'en aller se mettre entre les mains des chirurgiens, qui l'avaient déjà manqué une fois[1]. C'est le premier et unique exemple d'une impudence pareille. Ce fut aussi l'époque qui lui fit perdre terre[2]. Le Roi lui dit qu'il était ravi qu'il eût enfin pourvu à ses affaires, et qu'il eût pris le parti de pourvoir aussi à sa santé, et qu'il souhaitait que ce fût avec un tel succès qu'on le pût embrasser au retour en sûreté. Il est vrai qu'une race de bâtards pouvait, en ce genre-là, prétendre quelque privilège, mais d'aller en triomphe où jamais on ne fut qu'en cachant sa honte sous les replis les plus mystérieux, épouvanta et indigna tout à la fois, et montra tout ce que pouvait une naissance

---

1. Qui ne l'avaient pas guéri, une première fois, de sa vénérienne « vérole ».
2. Terme de navigation : lorsqu'un bateau perd la terre de vue, il avance sans repères.

illégitime sur un roi si dévot, si sérieux et en tout genre si esclave de toutes les bienséances. Au lieu d'Anet[1] il fut à Clichy chez Crozat pour être plus à portée de tous les secours de Paris. Il fut près de trois mois entre les mains des plus habiles, qui y échouèrent. Il revint à la cour avec la moitié de son nez ordinaire, ses dents tombées et une physionomie entièrement changée et qui tirait sur le niais. Le Roi en fut si frappé qu'il recommanda aux courtisans de n'en pas faire semblant de peur d'affliger M. de Vendôme : c'était assurément y prendre un grand intérêt. Comme il était parti pour cette expédition médicale en triomphe, il en revint aussi triomphant par la réception du Roi, dont l'exemple gagna toute la cour. Cela et le grand remède[2] qui lui avait affaibli la tête la lui tourna tout à fait, et depuis cette époque ce ne fut plus le même homme. Le miroir cependant ne le contentait pas, il ne parut que quelques jours et s'en alla à Anet voir si le nez et les dents lui reviendraient avec les cheveux.

En mars 1699, Saint-Simon a soumis à son guide spirituel, Rancé, le réformateur de la Trappe, son projet de Mémoires, *et le saint homme lui a sans doute donné, en des termes que nous ignorons, permission de raconter l'histoire de son temps. Quelques mois plus tard, un incident des plus étranges interrompt le souper du Roi. La précision du récit est telle que l'on peut s'interroger sur sa date de composition : le jeune duc aurait-il pris des notes à chaud, qu'il utilisera quelques décennies plus tard ?*

---

1. Son château, au nord de Dreux.   2. À base de mercure, le traitement avait des effets redoutables sur ce qui restait de santé aux malades.

Deux vols au Roi fort étranges

On lui fit[1] à la grande écurie[2] à Versailles un vol bien hardi, la nuit du 3 au 4 juin, le Roi étant à Versailles : toutes les housses et les caparaçons furent emportés ; il y en eut pour plus de cinquante mille écus. Les mesures furent si bien prises que qui que ce soit ne s'en aperçut dans une maison si habitée, et que dans une nuit si courte tout fut emporté sans que jamais on ait pu en avoir de nouvelles. Monsieur le Grand entra en furie et tous ses subalternes aussi. On dépêcha sur tous les chemins, on fouilla Paris et Versailles, et le tout inutilement. Cela me fait souvenir d'un autre vol qui eut quelque chose de bien plus étrange, et qui arriva fort peu avant la date du commencement de ces Mémoires. Le grand appartement, c'est-à-dire depuis la galerie jusqu'à la tribune, était meublé de velours cramoisi, avec des crépines[3] et des franges d'or : un beau matin elles se trouvèrent toutes coupées. Cela parut un prodige dans un lieu si passant tout le jour, si fermé la nuit et si gardé à toutes heures. Bontemps, au désespoir, fit et fit faire toutes les perquisitions qu'il put, et toutes sans aucun succès. Cinq ou six jours après, j'étais au souper du Roi ; il n'y avait que d'Aquin, premier médecin du Roi, entre le Roi et moi, et personne entre moi et la table. Vers l'entremets[4], j'aperçus je ne sais quoi de fort gros, et comme noir, en

---

1. On fit au Roi…   2. La grande et la petite écurie sont les écuries royales ; Monsieur le Grand, qui est le maître de la grande écurie, est un des grands officiers de la couronne, et sa charge est prestigieuse.   3. « Sorte de frange, tissue et ouvragée par le haut, qu'on emploie pour l'ornement des dais, des lits et d'autres meubles » (Littré).   4. On sert l'entremets entre deux services.

l'air sur la table, que je n'eus le temps de discerner ni de montrer par la rapidité dont ce gros tomba sur le bout de la table devant l'endroit du couvert de Monsieur et de Madame qui étaient à Paris, et qui se mettaient toujours au bout de la table, à la gauche du Roi, le dos aux fenêtres qui donnent sur la grande cour. Le bruit que cela fit en tombant, et la pesanteur de la chose, pensa l'enfoncer et fit bondir les plats, mais sans en renverser aucun, et de hasard cela tomba sur la nappe et point dans des plats. Le Roi, au coup que cela fit, tourna la tête à demi, et, sans s'émouvoir en aucune sorte : « Je pense, dit-il, que ce sont mes franges. » C'en était en effet un paquet plus large qu'un chapeau de prêtre avec ses bords tous plats, et haut, en manière de pyramide mal faite d'environ deux pieds. Cela était parti de loin derrière moi vers la porte mitoyenne des deux antichambres, et un frangeon détaché en l'air était tombé sur le haut de la perruque du Roi, que Livry[1], qui était à sa gauche, aperçut et ôta. Il s'approcha du bout de la table, et vit en effet que c'étaient les franges tortillées en paquet, et tout le monde les vit comme lui. Cela fit un moment de murmure. Livry, voulant ôter ce paquet, y trouva un billet attaché ; il le prit et laissa le paquet. Le Roi tendit la main et dit : « Voyons. » Livry avec raison ne voulut pas[2], et, se retirant en arrière, le lut tout bas, et, par-derrière le Roi, le donna à d'Aquin, avec qui je le lus entre ses mains. Il y avait dedans, d'une écriture contrefaite et longue comme de femme, ces propres mots : « Reprends tes franges, Bontemps, la peine en passe le plaisir. Mes baisemains au Roi. » Il était roulé et point fermé. Le Roi le voulut encore prendre des mains

---

1. Premier maître d'hôtel.   2. Le billet peut être empoisonné.

de d'Aquin, qui se recula, le sentit, le frotta, tourna et retourna, puis le montra au Roi sans le lui laisser toucher. Le Roi lui dit de le lire tout haut, quoique lui-même le lût en même temps. « Voilà, dit le Roi, qui est bien insolent ! » mais d'un ton tout uni et comme historique[1]. Il dit après qu'on ôtât ce paquet. Livry le trouva si pesant qu'à peine le put-il lever de dessus la table, et le donna à un garçon bleu[2] qui vint se présenter. De ce moment le Roi n'en parla plus, et personne n'osa plus en rien dire, au moins tout haut ; et le reste du souper se passa tout comme chose non avenue. Outre l'excès de l'impudence et de l'insolence, c'est un excès de péril qui ne se peut comprendre. Comment lancer de si loin un paquet de cette pesanteur et de ce volume sans être environné de complices, et au milieu d'une foule telle qu'elle était toujours au souper du Roi, où à peine pouvait-on passer dans ces derrières ? Comment, malgré ce cercle de complices, le grand mouvement des bras pour une vibration[3] aussi forte put-elle échapper à tant d'yeux ? Le duc de Gesvres[4] était en année : ni lui ni personne ne s'avisa de faire fermer les portes que du temps après que le Roi fut sorti de table. On peut juger si les coupables étaient demeurés là, ayant eu plus de trois quarts d'heure toutes les issues libres pour se retirer. Les portes fermées, il ne se trouva qu'un seul homme que personne ne connut et qu'on arrêta. Il se dit gentilhomme de Saintonge et

---

1. Le ton de l'historien se doit d'être objectif, neutre. 2. Par conséquent portant la livrée bleue du Roi. 3. Le mouvement d'oscillation qu'il a fallu au coupable pour lancer un paquet d'un tel poids jusqu'à la table du Roi, pardessus les courtisans. 4. Premier gentilhomme de la chambre alors en service.

connu du duc d'Uzès, gouverneur de la province. Il était à Versailles, on l'envoya prier de venir. Il allait se coucher ; il vint aussitôt, reconnut ce gentilhomme, en répondit, et sur ce témoignage on le laissa avec des excuses. Jamais depuis on n'a pu rien découvrir de ce vol, ni de la singulière hardiesse de sa restitution.

Le mystère des franges semble un mauvais tour joué à Bontemps ; celui qui va suivre, malgré les explications alambiquées du mémorialiste, est d'une beauté irrationnelle qui fait du chroniqueur un conteur. On y verra que le Roi n'était pas si inaccessible qu'on le pense, et le merveilleux faire son entrée au plus haut sommet de l'État.

Voyage très singulier d'un maréchal de Salon en Provence à la cour

Un événement singulier fit beaucoup raisonner tout le monde. Il arriva en ce temps-ci tout droit à Versailles un maréchal[1] de la petite ville de Salon en Provence, qui s'adressa à Brissac, major des gardes du corps, pour être conduit au Roi à qui il voulait parler en particulier. Il ne se rebuta point des rebuffades qu'il en reçut, et fit tant que le Roi en fut informé et lui fit dire qu'il ne parlait pas ainsi à tout le monde. Le Maréchal insista, et dit que, s'il voyait le Roi, il lui dirait des choses si secrètes et tellement connues à lui seul, qu'il verrait bien qu'il avait mission pour lui parler et pour lui dire des choses importantes ; qu'en attendant au moins, il demandait à être renvoyé à un de ses

---

1. Un maréchal-ferrant.

ministres d'État. Là-dessus, le Roi lui fit dire d'aller trouver Barbezieux[1], à qui il avait donné ordre de l'entendre. Ce qui surprit beaucoup, c'est que ce maréchal qui ne faisait qu'arriver, et qui n'était jamais sorti de son lieu ni de son métier, ne voulut point de Barbezieux, et répondit tout de suite qu'il avait demandé à être renvoyé à un ministre d'État, que Barbezieux ne l'était point, et qu'il ne parlerait point qu'à un ministre. Sur cela le Roi nomma Pomponne[2], et le Maréchal, sans faire ni difficulté ni réponse, l'alla trouver. Ce qu'on sut de son histoire est fort court ; le voici. Cet homme revenant tard de dehors se trouva investi[3] d'une grande lumière auprès d'un arbre assez près de Salon ; une personne vêtue de blanc, et par-dessus à la royale, belle blonde et fort éclatante, l'appela par son nom, lui dit de la bien écouter, lui parla plus d'une demi-heure, lui dit qu'elle était la Reine qui avait été l'épouse du Roi, lui ordonna de l'aller trouver et de lui dire les choses qu'elle lui avait communiquées, que Dieu l'aiderait dans tout son voyage, et qu'à une chose secrète qu'il dirait au Roi, et que le Roi seul au monde savait et qui ne pouvait être sue que de lui, il reconnaîtrait la vérité de tout ce qu'il avait à lui apprendre ; que si d'abord il ne pouvait parler au Roi, qu'il demandât à parler à un de ses ministres d'État, et que surtout il ne communiquât rien à autres, quels qu'ils fussent, et qu'il réservât certaines choses au Roi tout seul ; qu'il partît promptement, et qu'il exécutât ce qui lui était ordonné hardiment et diligemment, et qu'il s'assurât qu'il serait puni de mort s'il négligeait de s'acquitter de sa

---

1. Secrétaire d'État à la guerre.   2. Secrétaire d'État aux Affaires étrangères ; son gendre, Torcy, cité plus loin, lui succédera.   3. Entouré, enveloppé.

commission. Le Maréchal promit tout, et aussitôt la Reine disparut, et il se trouva dans l'obscurité auprès de son arbre. Il s'y coucha au pied ne sachant s'il rêvait ou s'il était éveillé, et s'en alla après chez lui, persuadé que c'était une illusion et une folie, dont il ne se vanta à personne. À deux jours de là, passant au même endroit, la même vision lui arriva encore, et les mêmes propos lui furent tenus ; il y eut de plus des reproches de son doute et des menaces réitérées, et pour fin, ordre d'aller dire à l'intendant de la province ce qu'il avait vu et l'ordre qu'il avait reçu d'aller à Versailles, et que sûrement il lui fournirait de quoi faire le voyage. À cette fois, le Maréchal demeura convaincu ; mais flottant entre la crainte des menaces et les difficultés de l'exécution, il ne sut à quoi se résoudre, gardant toujours le silence de ce qui lui était arrivé. Il demeura huit jours en cette perplexité, et enfin comme résolu à ne point faire le voyage, lorsque, repassant encore par le même endroit, il vit et entendit encore la même chose, et des menaces si effrayantes qu'il ne songea plus qu'à partir. À deux jours de là il fut trouver à Aix l'intendant de la province, qui sans balancer l'exhorta à poursuivre son voyage et lui donna de quoi le faire dans une voiture publique. On n'en a jamais su davantage. Il entretint trois fois M. de Pomponne, et fut chaque fois plus de deux heures avec lui. M. de Pomponne en rendit compte au Roi en particulier, qui voulut que Pomponne en parlât plus amplement à un conseil d'État où Monseigneur n'était point et où il n'y avait que les ministres, qui lors, outre lui, étaient le duc de Beauvillier, Pontchartrain[1] et Torcy, et nuls autres. Ce

---

1. Respectivement gouverneur des trois petits-fils du Roi et chancelier de France, tous deux très proches de Saint-Simon.

conseil fut long, peut-être aussi y parla-t-on d'autre chose après. Ce qui arriva ensuite fut que le Roi voulut entretenir le Maréchal : il ne s'en cacha point ; il le vit dans ses cabinets, et le fit monter par le petit degré qui en descend sur la cour de Marbre, par où il passe pour aller à la chasse ou se promener. Quelques jours après, il le vit encore de même, et à chaque fois fut près d'une heure seul avec lui, et prit garde que personne ne fût à portée d'eux. Le lendemain de la première fois qu'il l'eut entretenu, comme il descendait par ce même petit escalier pour aller à la chasse, M. de Duras, qui avait le bâton[1], et qui était sur le pied d'une considération et d'une liberté de dire au Roi tout ce qu'il lui plaisait, se mit à parler de ce maréchal avec mépris, et à dire le mauvais proverbe que cet homme-là était un fou ou que le Roi n'était pas noble. À ce mot, le Roi s'arrêta, et, se tournant au maréchal de Duras, ce qu'il ne faisait presque jamais en marchant : « Si cela, lui dit-il, je ne suis pas noble, car je l'ai entretenu longtemps ; il m'a parlé de fort bon sens, et je vous assure qu'il est fort loin d'être fou. » Ces derniers mots furent prononcés avec une gravité appuyée qui surprit fort l'assistance, et qui en grand silence ouvrit fort les yeux et les oreilles. Après le second entretien, le Roi convint que cet homme lui avait dit une chose qui lui était arrivée il y avait plus de vingt ans, et que lui seul savait, parce qu'il ne l'avait jamais dite à personne ; et il ajouta que c'était un fantôme qu'il avait vu dans la forêt de Saint-Germain et dont il était sûr de n'avoir jamais parlé. Il s'expliqua encore plusieurs fois très favorablement sur ce maréchal, qui était défrayé de tout par ses ordres, qui fut renvoyé aux dépens du Roi qui lui fit donner assez

---

1. Qui était capitaine des gardes en exercice.

d'argent outre sa dépense, et qui fit écrire à l'intendant de Provence de le protéger particulièrement et d'avoir soin que, sans le tirer de son état et de son métier, il ne manquât de rien le reste de sa vie. Ce qu'il y a eu de plus marqué, c'est qu'aucun des ministres d'alors n'a jamais voulu parler là-dessus. Leurs amis les plus intimes les ont poussés et tournés là-dessus, et à plusieurs reprises, sans avoir pu en arracher un mot, et tous, d'un même langage, leur ont donné le change, se sont mis à rire et à plaisanter sans jamais sortir de ce cercle, ni enfoncer cette surface d'une ligne. Cela m'est arrivé avec M. de Beauvillier et M. de Pontchartrain, et je sais par leurs plus intimes et leurs plus familiers qu'ils n'en ont rien tiré davantage, et pareillement de ceux de Pomponne et de Torcy. Ce maréchal, qui était un homme d'environ cinquante ans, qui avait famille, et bien famé dans son pays, montra beaucoup de bon sens dans sa simplicité, de désintéressement et de modestie. Il trouvait toujours qu'on lui donnait trop, ne parut[1] aucune curiosité, et dès qu'il eut achevé de voir le Roi et M. de Pomponne, ne voulut rien voir, ni se montrer, parut empressé de s'en retourner, et dit que, content d'avoir accompli sa mission, il n'avait plus rien à faire que s'en aller chez lui. Ceux qui en avaient soin firent tout ce qu'ils purent pour en tirer quelque chose ; il ne répondait rien, ou disait : « Il m'est défendu de parler », et coupait court sans se laisser émouvoir par rien. Revenu chez lui, il ne parut différent en rien de ce qu'il était auparavant, ne parlait ni de Paris ni de la cour, répondait en deux mots à ceux qui l'interrogeaient, et montrait qu'il n'aimait pas à l'être ; et sur ce qu'il avait été faire, pas un mot de plus que

---

1. Ne laissa paraître.

ce que je viens de rapporter. Surtout nulle vanterie ; ne se laissait point entamer sur les audiences qu'il avait eues, et se contentait de se louer du Roi qu'il avait vu, mais en deux mots, et sans laisser entendre s'il l'avait vu en voyeux[1] ou d'une autre manière, et ne voulant jamais s'en expliquer. Sur M. de Pomponne, quand on lui en parlait, il répondait qu'il avait vu un ministre, sans expliquer comment ni combien, qu'il ne le connaissait pas, et puis se taisait sans qu'on pût lui en faire dire davantage. Il reprit son métier, et a vécu depuis à son ordinaire. C'est ce que les prélats de la province en ont rapporté et ce que m'en a dit l'archevêque d'Arles, qui passait du temps tous les ans à Salon, qui est la maison de campagne des archevêques d'Arles, aussi bien que le lieu de la naissance et de la sépulture du fameux Nostradamus. Il n'en faut pas tant pour beaucoup faire raisonner le monde : on raisonna donc beaucoup sans avoir rien pu trouver, ni qu'aucune suite de ce singulier voyage ait pu ouvrir les yeux sur rien. Des fureteurs ont voulu se persuader et persuader aux autres que ce ne fut qu'un tissu de hardie friponnerie dont la simplicité de ce bonhomme fut la première dupe. Il y avait à Marseille une Mme Arnoul, dont la vie est un roman, et qui, laide comme le péché, et vieille, et pauvre, et veuve, a fait les plus grandes passions, a gouverné les plus considérables des lieux où elle s'est trouvée, se fit épouser par ce M. Arnoul, intendant de marine à Marseille, avec les circonstances les plus singulières, et, à force d'esprit et de manège, se fit aimer et redouter partout où elle vécut, au point que la plupart la croyaient sorcière. Elle avait été amie intime de Mme de Maintenon étant

---

1. En curieux.

Mme Scarron ; un commerce secret et intime avait toujours subsisté entre elles jusqu'alors. Ces deux choses sont vraies ; la troisième, que je me garderai bien d'assurer, est que la vision et la commission de venir parler au Roi fut un tour de passe-passe de cette femme, et que ce dont le maréchal de Salon était chargé par cette triple apparition qu'il avait eue, n'était que pour obliger le Roi à déclarer Mme de Maintenon reine. Ce maréchal ne la nomma jamais, et ne la vit point. De tout cela jamais on n'en a su davantage.

La mort de Mme de Navailles, en février 1700, est l'occasion pour Saint-Simon de remonter le temps de près de cinquante ans, et d'ouvrir ainsi la chronique sur une époque antérieure à sa naissance, mais que la mémoire de cour lui a transmise. Elle permet en même temps d'anticiper sur le « Tableau du règne » qui suivra la mort du Roi, le 2 septembre 1715, et sur le récit de ses amours, par lesquelles, comme par ses batailles et ses châteaux, Louis XIV entre tout vif dans sa légende.

**Mort de
Mme de Navailles**
Mme de Navailles, depuis son mariage en 1651, était souvent en Guyenne. La maréchale de Guébriant, nommée dame d'honneur de la Reine[1] à son mariage, étant morte en allant joindre la cour à Bordeaux, Mme de Navailles, qui était dans ses terres, fut mise en sa place, où personne ne convenait plus qu'elle au cardinal Mazarin et à la Reine mère[2]. C'était une femme d'esprit et

------

1. Louis XIV a épousé en 1660 Marie-Thérèse d'Autriche, fille de Philippe IV, roi d'Espagne. 2. Anne d'Autriche, veuve de Louis XIII.

qui avait conservé beaucoup de monde[1] malgré ses longs
séjours en province, et d'autant de vertu que son mari. La
Reine eut des filles d'honneur, et les filles d'honneur avec
leur gouvernante et sous-gouvernante sont dans l'entière
dépendance de la dame d'honneur. Le Roi était jeune et
galant. Tant qu'il n'en voulut point à la chambre des filles,
Mme de Navailles ne s'en mit pas en peine ; mais elle avait
l'œil ouvert sur ce qui la regardait. Elle s'aperçut que le
Roi commençait à s'y amuser, et bientôt après elle apprit
qu'on avait secrètement percé une porte dans leur
chambre, qui donnait sur un petit degré par lequel le Roi y
montait la nuit, et que le jour cette porte était cachée par
le dossier d'un lit. Elle tint sur cela conseil avec son mari.
Ils mirent la vertu et l'honneur d'un côté, la colère du Roi,
la disgrâce, le dépouillement, l'exil de l'autre ; ils ne balancèrent pas. Mme de Navailles prit si bien son temps, pendant le jeu et le souper de la Reine, que la porte fut
exactement murée, et qu'il n'y parut pas. La nuit, le Roi,
pensant entrer par ce petit degré, fut bien étonné de ne
trouver plus de porte : il tâte, il cherche, il ne comprend
pas comment il s'est mépris, et découvre enfin qu'elle est
devenue muraille. La colère le saisit, il ne doute point que
ce ne soit un trait de Mme de Navailles, et qu'elle ne l'a
pas fait sans la participation de son mari. Du dernier[2], il
ne put l'éclaircir que par la connaissance qu'il avait d'eux ;
mais pour la porte, il s'en informa si bien qu'il sut positive-
ment que c'était Mme de Navailles qui l'avait fait murer.
Aussitôt il leur envoie demander la démission de toutes
leurs charges, et ordre de s'en aller chez eux en Guyenne,

---

1. Qui n'avait pas oublié les manières et usages du grand monde.   2. Le
dernier point, c'est-à-dire la participation du mari.

c'était en juin 1664, et en va faire ses plaintes à la Reine mère dont il les savait fort protégés. La Reine mère, qui avait un grand crédit sur le Roi, l'employa tout entier pour parer ce coup ; tout ce qu'elle put obtenir, ce fut de leur sauver le gouvernement de La Rochelle et du pays d'Aunis, et de les y faire envoyer ; mais tout le reste sauta.

Point de cour sans fêtes somptueuses, et point de fête sans bal. Ceux-ci occupent l'hiver 1700, le dernier avant la fin du « bonheur du Roi ». Charles II, en Espagne, vit ses derniers mois : à sa mort, en novembre, débutera une longue guerre qui épuisera la France. Mais avant les désastres, la cour scintille et s'étourdit jusqu'au bout de la nuit.

Force bals à la cour

Dès avant la Chandeleur jusqu'au carême, ce ne fut que bals et plaisirs à la cour. Le Roi en donna à Versailles et à Marly, mascarades ingénieuses, entrées[1], espèces de fêtes qui amusèrent fort le Roi sous le prétexte de Mme la duchesse de Bourgogne. Il y eut des musiques et des comédies particulières chez Mme de Maintenon. Monseigneur donna aussi des bals, et les principales personnes se piquèrent d'en donner à Mme la duchesse de Bourgogne.

Bal de Monsieur le Prince. Quatre visages

Monsieur le Prince[2], dans son appartement composé de peu de pièces, et petites, trouva moyen de surprendre la cour par la fête du monde la plus galante, la

---

1. « Entrée de ballet, chaque scène que font les danseurs dans un ballet » (Furetière).   2. On lira son portrait dans la chronique de 1709 (p. 212).

mieux entendue et la mieux ordonnée : un bal paré, des
masques, des entrées, des boutiques de tout pays, une collation dont la décoration fut charmante ; le tout sans refuser
personne de la cour, et sans foule ni embarras. Une femme
depuis fort de mes amies, et qui, quoique bien jeune, commençait à pointer par elle-même à la cour, qui y figura tôt
après, et qui y serait parvenue apparemment aux situations
les plus flatteuses si la petite vérole ne l'eût emportée
quelques années après, y essuya une triste aventure. Le comte
d'Évreux lui avait plu ; à peine commençait-on à s'en apercevoir. Un masque entra vers le milieu du bal avec quatre
visages de quatre personnes de la cour : celui du comte
d'Évreux en était un ; et tous quatre en cire parfaitement
ressemblants. Ce masque était couvert d'une robe ample et
longue qui dérobait sa taille, et avait dans cette enveloppe le
moyen de tourner ces visages tout comme il voulait avec
facilité et à tous moments. La singularité de la mascarade
attira tous les yeux sur lui : il se fit force commentaires sur les
quatre visages, et il ne fut pas longtemps sans être pris à
danser. En ce premier menuet, il tourna et retourna ses
visages et en divertit fort la compagnie. Quand il l'eut achevé,
voilà mon démon qui s'en va faire la révérence à cette pauvre
femme en lui présentant le visage du comte d'Évreux. Ce
n'est pas tout : il dansait bien et était fort maître de sa danse,
tellement qu'il eut la malice de si bien faire que quelques
tours et retours qu'il fit en ce menuet, ce même visage tourna
toujours si à point et avec tant de justesse qu'il fut toujours
vis-à-vis de la dame avec qui il dansait. Elle était cependant [1]
de toutes les couleurs ; mais, sans perdre contenance, elle ne
songea qu'à couper court. Dès le second tour elle présente la

---

1. Pendant ce temps.

main : le masque fait semblant de la prendre, et d'un autre temps léger s'éloigne et fait un autre tour ; elle croit au moins à celui-là être plus heureuse ; point du tout : même fuite, et toujours ce visage sur elle. On peut juger quel spectacle cela donna : les personnes les plus éloignées en pied[1], d'autres encore plus reculées debout sur les bancs. Pourtant point de huée : la dame était grand dame, grandement apparentée, et de gens en place et en crédit. Enfin elle en eut pour le triple au moins d'un menuet ordinaire. Ce masque demeura encore assez longtemps, puis trouva le moyen de disparaître sans qu'on s'en aperçût. Le mari, masqué, vint au bal dans ce temps-là ; un de ses amis en sortait, je crois pour l'attendre : il lui dit qu'il y avait un flot de masques qu'il ferait bien de laisser sortir, s'il ne voulait étouffer, et le promena en attendant dans la galerie des Princes. À la fin il s'ennuya et voulut entrer : il vit le masque à quatre visages, mais quoiqu'il en fût choqué, il n'en fit pas semblant, et son ami lui avait sauvé le menuet. Cela fit grand bruit, mais n'empêcha pas le cours des choses, qui dura quelque temps. Ce qui est fort rare, c'est que ni devant[2] ni depuis il n'a été question de personne avec elle, quoique ce fût un des plus beaux visages de la cour, et qui, sérieuse à un cercle ou à une fête, défaisait[3] toutes les autres femmes et même plus belles qu'elle.

Malice cruelle de Monsieur le Prince à un bal à Marly — Un des bals de Marly donna encore une ridicule scène. J'en nommerai les acteurs, parce que la conduite publique ne laisse rien à apprendre. M. et Mme de Luxembourg étaient à Marly ; on manquait assez de danseurs et de danseuses, et cela fit aller Mme de Luxembourg à Marly, mais avec grand peine, parce qu'elle vivait de

---

1. Debout, pour mieux voir.   2. Avant.   3. Effaçait, éclipsait.

façon qu'aucune femme ne voulait la voir. On en était là encore quand le désordre était à un certain point ; maintenant on est malheureusement revenu de ces délicatesses. M. de Luxembourg était peut-être le seul en France qui ignorât la conduite de sa femme, qui vivait aussi avec lui avec tant d'égards, de soins et d'apparente amitié, qu'il n'avait pas la moindre défiance d'elle. Par même raison de faute de gens pour danser, le Roi fit danser ceux qui en avaient passé l'âge, entre autres M. de Luxembourg. Il fallait être masqué ; il était, comme on a vu, fort des amis de Monsieur le Duc et de M. le prince de Conti, et fort bien aussi avec Monsieur le Prince, qui était l'homme du monde qui avait le plus de goût pour les fêtes, les mascarades et les galanteries ; il s'adressa donc à lui pour le masquer. Monsieur le Prince, malin plus qu'aucun singe, et qui n'eut jamais d'amitié pour personne, y consentit pour s'en divertir et en donner une farce à toute la cour : il lui donna à souper, puis le masqua à sa fantaisie.

Ordre des bals chez le Roi
Ces bals de Marly, rangés ou en masque, étaient toujours, comme à Versailles, un carré long : le fauteuil du Roi, ou trois quand le roi et la reine d'Angleterre y étaient, ce qui arrivait souvent, et des deux côtés, sur même ligne, la famille royale, c'est-à-dire jusqu'au rang de petits-fils de France[1] inclusivement. Quelquefois, par dérangement, au milieu du bal, Madame la Duchesse et Mme la princesse de Conti s'approchaient sous prétexte de causer avec quelqu'un à côté ou derrière, et s'y mettaient aux dernières places. Les dames, les titrées les premières et sans

---

1. « Fils de France, enfant mâle du roi de France » (Littré) – on ajoutera : légitime ; « petit-fils de France » à la génération suivante.

mélange, puis les autres, occupaient les deux côtés longs à droit et à gauche, et, vis-à-vis du Roi, les danseurs, princes du sang et autres, et les princes du sang qui ne dansaient pas, avec les courtisans, derrière les dames ; et, quoique en masque, tout le monde d'abord à visage découvert, le masque à la main. Quelque temps après le bal commencé, s'il y avait des entrées ou des changements d'habits, ceux et celles qui en étaient en différentes troupes avec un prince ou une princesse sortaient, et alors on revenait masqué, et on ne savait en particulier qui étaient les masques. J'étais, moi surtout et plusieurs de nous, demeuré tout à fait brouillé avec M. de Luxembourg[1]. Je venais d'arriver, et j'étais déjà assis lorsque je vis par-derrière force mousseline plissée, légère, longue et voltigeante, surmontée d'un bois de cerf au naturel sur une coiffure bizarre, si haut qu'il s'embarrassa dans un lustre. Nous voilà tous bien étonnés d'une mascarade si étrange, à nous demander avec empressement : « Qui est-ce ? » et à dire qu'il fallait que ce masque-là fût bien sûr de son front pour l'oser parer ainsi, lorsque le masque se tourne et nous montre M. de Luxembourg. L'éclat de rire subit fut scandaleux. Le hasard fit qu'un moment après il vint s'asseoir entre M. le comte de Toulouse et moi, qui aussitôt lui demanda où il avait été prendre cette mascarade. Le bon seigneur n'y entendit jamais finesse, et la vérité est aussi qu'il était fort éloigné d'être fin en rien. Il prit bénignement les rires, qui ne se pouvaient contenir, comme excités par la bizarrerie de sa mascarade, et raconta fort simplement que c'était Monsieur le Prince à qui il s'était adressé, chez qui il avait soupé, et qui l'avait ajusté ainsi ; puis se tournant à droit et à gauche se faisait admirer et se

---

1. Un retentissant procès l'avait opposé aux ducs.

pavanait d'être masqué par Monsieur le Prince. Un moment après, les dames arrivèrent et le Roi aussitôt après elles. Les rires recommencèrent de plus belle ; et M. de Luxembourg à se présenter de plus belle aussi à la compagnie avec une confiance qui ravissait. Sa femme, toute connue qu'elle fût, et qui ne savait rien de cette mascarade, en perdit contenance ; et tout le monde à les regarder tous deux, et toujours à mourir de rire. Monsieur le Prince, en arrière du service, qui est des charges qui se placent derrière le Roi, regardait par la chatière[1] et s'applaudissait de sa malice noire. Cet amusement dura tout le bal, et le Roi, tout contenu qu'il était toujours, riait aussi, et on ne se lassait point d'admirer une invention si cruellement ridicule, ni d'en parler les jours suivants. Il n'y avait soir qu'il

Bal de la Chancellerie

n'y eût bal. Madame la Chancelière en donna un à la Chancellerie, qui fut la fête la plus galante et la plus magnifique qu'il fût possible. Le Chancelier y reçut à la portière Monseigneur, les trois princes ses fils et Mme la duchesse de Bourgogne sur les dix heures du soir, puis s'alla coucher au château. Il y eut des pièces différentes pour le bal paré, pour les masques, pour une collation superbe, pour des boutiques de tout pays, chinois, japonais, etc., qui vendaient des choses infinies et très recherchées pour la beauté et la singularité, mais qui n'en recevaient point d'argent : c'étaient des présents à Mme la duchesse de Bourgogne et aux dames ; une musique à sa louange, une comédie, des entrées. Rien de si bien ordonné, de si superbe, de si parfaitement entendu, et la Chancelière s'en démêla[2] avec une politesse, une galanterie et une liberté, comme si elle n'eût

_____

1. En catimini.   2. S'en sortit, s'en tira.

eu rien à faire. On s'y divertit extrêmement, et on en sortit après huit heures du matin. Mme de Saint-Simon, qui suivit toujours Mme la duchesse de Bourgogne, et c'était grande faveur, et moi, fûmes les dernières trois semaines sans jamais voir le jour. On tenait rigueur à certains danseurs de ne sortir du bal qu'en même temps que Mme la duchesse de Bourgogne, et m'étant voulu sauver un matin à Marly, elle me consigna aux portes du salon ; nous étions plusieurs de la sorte. Je fus ravi de voir arriver les Cendres, et j'en demeurai un jour ou deux étourdi, et Mme de Saint-Simon à bout ne put fournir le mardi gras. Le Roi joua aussi chez Mme de Maintenon, avec quelques dames choisies, au brelan et à petite prime, quelquefois au reversis[1], les jours qu'il n'y avait point de ministres ou que leur travail était court, et cet amusement se prolongea un peu dans le carême.

Le roi d'Espagne a légué sa couronne au duc d'Anjou, deuxième petit-fils de Louis XIV. Après de longs débats, le testament a été accepté, malgré le risque d'une guerre avec l'Empereur et toute l'Europe. Versailles abrite donc pendant quelques semaines deux monarques, ce qui nécessite de subtils arrangements dans l'étiquette. Cependant, on va le voir, rois et princes restent profondément humains.

Retour de Fontainebleau

Le lundi 15 novembre, le Roi partit de Fontainebleau entre neuf et dix heures, n'ayant dans son carrosse que Mgr le duc de Bourgogne, Mme la duchesse de Bourgogne, Mme la princesse de Conti et la duchesse du

---

1. Trois jeux de cartes.

Lude, mangea un morceau sans en sortir, et arriva à Versailles sur les quatre heures. Monseigneur alla dîner à Meudon, pour y demeurer quelques jours, et Monsieur et Madame à Paris. En chemin, l'ambassadeur d'Espagne reçut un courrier avec de nouveaux ordres et de nouveaux empressements pour demander M. le duc d'Anjou. La cour se trouva fort grosse à Versailles, que la curiosité y avait rassemblée dès le jour même de l'arrivée du Roi.

Déclaration du roi d'Espagne; son traitement — Le lendemain, mardi 16 novembre, le Roi au sortir de son lever fit entrer l'ambassadeur d'Espagne dans son cabinet, où M. le duc d'Anjou s'était rendu par les derrières. Le Roi, le lui montrant, lui dit qu'il le pouvait saluer comme son roi. Aussitôt il se jeta à genoux à la manière espagnole et lui fit un assez long compliment en cette langue. Le Roi lui dit qu'il ne l'entendait pas encore et que c'était à lui à répondre pour son petit-fils[1]. Tout aussitôt après, le Roi fit, contre toute coutume, ouvrir les deux battants de la porte de son cabinet, et commanda à tout le monde qui était là presque en foule d'entrer; puis, passant majestueusement les yeux sur la nombreuse compagnie : « Messieurs, leur dit-il en montrant le duc d'Anjou, voilà le roi d'Espagne. La naissance l'appelait à cette couronne, le feu roi aussi par son testament, toute la nation l'a souhaité et me l'a demandé instamment : c'était l'ordre du Ciel ; je l'ai accordé avec plaisir » ; et se tournant à son petit-fils : « Soyez bon Espagnol, c'est présentement votre premier devoir, mais souvenez-vous que vous êtes né Français, pour entretenir l'union entre les deux nations ; c'est le moyen de les rendre heureuses et de conserver la paix de l'Europe. »

---

1. Louis XIV parlait couramment espagnol.

Montrant après du doigt son petit-fils à l'Ambassadeur :
« S'il suit mes conseils, lui dit-il, vous serez grand seigneur,
et bientôt ; il ne saurait mieux faire présentement que de
suivre vos avis. » Ce premier brouhaha du courtisan passé,
les deux autres fils de France arrivèrent, et tous trois
s'embrassèrent tendrement et les larmes aux yeux à plusieurs reprises. Sinzendorf, envoyé de l'Empereur, qui a
depuis fait une grande fortune à Vienne, avait demandé
audience dans l'ignorance de ce qui se devait passer, et dans
la même ignorance, attendait en bas dans la salle des
Ambassadeurs que l'introducteur le vînt chercher, pour
donner part de la naissance de l'archiduc petit-fils de
l'Empereur, qui mourut bientôt après. Il monta donc sans
rien savoir de ce qui venait de se passer. Le Roi fit passer le
nouveau monarque et l'ambassadeur d'Espagne dans ses
arrière-cabinets, puis fit entrer Sinzendorf, qui n'apprit
qu'en sortant le fâcheux contretemps dans lequel il était
tombé. Ensuite le Roi alla à la messe à la tribune, à l'ordinaire, mais le roi d'Espagne avec lui et à sa droite. À la
tribune la maison royale, c'est-à-dire jusqu'aux petits-fils de
France inclusivement, et non plus, se mettaient à la ran-
gette [1] et de suite sur le drap de pied du Roi ; et comme, là,
à la différence du prié-Dieu [2], ils étaient tous appuyés
comme lui sur la balustrade couverte du tapis, il n'y avait
que le Roi seul qui eût un carreau par-dessus la banquette,
et eux tous étaient à genoux sur la banquette couverte du
même drap de pied, et tous sans carreau. Arrivant à la
tribune, il ne se trouva que le carreau du Roi, qui le prit et
le présenta au roi d'Espagne, lequel n'ayant pas voulu
l'accepter, il fut mis à côté, et tous deux entendirent la

---

1. En rang. 2. Ou prie-Dieu. Saint-Simon écrit l'un ou l'autre.

messe sans carreau ; mais, après, il y en eut toujours deux quand ils allaient à la même messe, ce qui arriva fort souvent. Revenant de la messe, le Roi s'arrêta dans la pièce du lit du grand appartement, et dit au roi d'Espagne que désormais ce serait le sien. Il y coucha dès le même soir, et il y reçut toute la cour, qui en foule alla lui rendre ses respects. Villequier, premier gentilhomme de la chambre du Roi en survivance du duc d'Aumont, son père, eut ordre de le servir, et le Roi lui céda deux de ses cabinets, où on entre de cette pièce, pour s'y tenir lorsqu'il serait en particulier, et ne pas rompre la communication des deux ailes qui n'est que par ce grand appartement.

MM. de Beauvillier, seul en chef, et de Noailles en supplément, accompagnent les princes au voyage Dès le même jour, on sut que le roi d'Espagne partirait le 1er décembre, qu'il serait accompagné des deux princes ses frères, qui demandèrent d'aller jusqu'à la frontière ; que M. de Beauvillier aurait l'autorité dans tout le voyage sur les princes et les courtisans, et le commandement seul sur les gardes, les troupes, les officiers et la suite, et qu'il réglerait et disposerait seul de toutes choses. Le maréchal-duc de Noailles lui fut joint, non pour se mêler ni ordonner de quoi que ce soit en sa présence, quoique maréchal de France et capitaine des gardes du corps, mais pour le suppléer en tout en cas de maladie ou d'absence du lieu où seraient les princes. Toute la jeunesse de la cour de l'âge à peu près des princes eut permission de faire le voyage, et beaucoup y allèrent, ou entre eux ou dans les carrosses de suite. On sut encore que de Saint-Jean-de-Luz, après la séparation, les deux princes iraient voir la Provence et le Languedoc, passant par un coin du Dauphiné, qu'ils reviendraient par Lyon et que le voyage serait de quatre mois[1]. Cent vingt gardes, sous Vendeuil, lieutenant, et Montesson, enseigne, avec des exempts, furent commandés pour les suivre, et MM. de Beauvillier et de Noailles eurent chacun cinquante mille livres pour leur voyage. Monseigneur, qui savait l'heure que le Roi s'était réglée pour la déclaration du roi d'Espagne, l'apprit à ceux qui étaient à Meudon, et Monsieur, qui en eut le secret en partant de Fontainebleau, se mit sous sa pendule dans l'impatience de l'annoncer, et quelques minutes avant l'heure ne put s'empêcher de dire à sa cour qu'elle allait apprendre une grande nouvelle, qu'il leur dit dès que l'aiguille arrivée sur l'heure le lui permit. Dès le vendredi précédent, Mgr le duc de Bourgogne, M. le duc d'Anjou et l'ambassadeur d'Espagne le surent, et en gardèrent si bien le secret qu'il n'en transpira rien à leur air ni à leurs manières. Mme la duchesse de Bourgogne le sut en arrivant de Fontainebleau, et M. le duc de Berry le lundi matin. Leur joie fut extrême, quoique mêlée de l'amertume de se séparer : ils étaient tendrement unis, et, si la vivacité et l'enfance excitaient quelquefois de petites riottes[2] entre le premier et le troisième, c'était toujours le second, naturellement sage, froid et réservé, qui les raccommodait. Aussitôt après la déclaration, le Roi la manda par le premier écuyer au roi et à la reine d'Angleterre. L'après-dînée, le roi d'Espagne alla voir Monseigneur à Meudon, qui le reçut à la portière et le conduisit de même. Il le fit toujours passer devant lui partout et lui donna de la *Majesté* ; en public, ils demeurèrent

---

1. Ils reprennent ainsi, en grand appareil, la tradition du voyage de formation que se devait de faire tout jeune seigneur, tout jeune homme de bonne famille, pour connaître et étudier le vaste monde.   2. De petites disputes, des prises de bec.

debout. Monseigneur parut hors de lui de joie ; il répétait souvent que jamais homme ne s'était trouvé en état de dire comme lui : « Le Roi mon père, et le roi mon fils. » S'il avait su la prophétie qui dès sa naissance avait dit de lui : « Fils de roi, père de roi, et jamais roi », et que tout le monde avait ouï répéter mille fois, je pense que, quelque vaines que soient ces prophéties[1], il ne s'en serait pas tant réjoui. Depuis cette déclaration, le roi d'Espagne fut traité comme le roi d'Angleterre : il avait à souper un fauteuil et son cadenas[2] à la droite du Roi, Monseigneur et le reste de la famille royale des ployants au bout et au retour de la table, à l'ordinaire ; pour boire, une soucoupe et un verre couvert, et l'essai[3] comme pour le Roi. Ils ne se voyaient en public qu'à la chapelle, et pour y aller et en revenir, et à souper, au sortir duquel le Roi le conduisait jusqu'à la porte de la galerie. Il vit le roi et la reine d'Angleterre à Versailles et à Saint-Germain, et ils se traitèrent comme le Roi et le roi d'Angleterre en tout ; mais les trois rois ne se trouvèrent jamais nulle part tous trois ensemble[4]. Dans le particulier, c'est-à-dire dans les cabinets et chez Mme de Maintenon, il vivait en duc d'Anjou avec le Roi, qui, au premier souper, se tourna à l'ambassadeur d'Espagne et lui dit qu'il croyait encore que tout ceci était un songe. Il ne vit qu'une fois Mme la duchesse de Bourgogne et messeigneurs ses frères en cérémonie chez lui et chez eux ; la visite se passa comme

---

1. Vaines ou non, Saint-Simon ne manque pas une occasion de s'en faire l'écho.   2. « Coffret d'or ou de vermeil contenant le couteau, la cuiller, etc., qu'on sert à la table du roi et des princes » (Littré).   3. On « essaie » – on goûte – ce que boit le Roi, par peur – par phobie – du poison : voir plus haut (p. 68) l'épisode des franges.   4. La présence de trois rois dans une même pièce, avec pour obligation de respecter l'âge et la situation de chacun, aurait tenu de la quadrature du cercle.

la première du roi d'Angleterre, et de même avec Monsieur et Madame, qu'il alla voir à Paris. Quand il sortait ou rentrait, la garde battait aux champs. En un mot, toute égalité avec le Roi. Lorsque, allant ou venant de la messe, ils passaient ensemble le grand appartement, le Roi prenait la droite, et à la dernière pièce la quittait au roi d'Espagne parce qu'alors il n'était plus dans son appartement. Les soirs il les passait chez Mme de Maintenon dans des pièces séparées de celle où elle était avec le Roi, et là, il jouait à toutes sortes de jeux, et le plus ordinairement à courre[1] comme des enfants avec messeigneurs ses frères, Mme la duchesse de Bourgogne qui s'occupait fort de l'amuser, et ce petit nombre de dames à qui cet accès était permis.

Départ du roi d'Espagne et des princes ses frères [...] Enfin le samedi 4 décembre, le roi d'Espagne alla chez le Roi avant aucune entrée et y resta longtemps seul, puis descendit chez Monseigneur avec qui il fut aussi seul longtemps. Tous entendirent la messe ensemble à la tribune ; la foule de courtisans était incroyable. Au sortir de la messe ils montèrent tout de suite en carrosse, Mme la duchesse de Bourgogne entre les deux rois au fond, Monseigneur au devant entre messeigneurs ses autres deux fils, Monsieur à une portière, et Madame à l'autre, environnés en pompe de beaucoup plus de gardes que d'ordinaire, des gendarmes et des chevau-légers ; tout le chemin jusqu'à Sceaux jonché de carrosses et de peuple, et Sceaux, où ils arrivèrent un peu après midi, plein de dames et de courtisans, gardé par les deux compagnies des mousquetaires. Dès qu'ils eurent mis pied à terre, le Roi traversa tout l'appartement bas, entra seul dans la dernière pièce avec le

---

1. À courir.

roi d'Espagne, et fit demeurer tout le monde dans le salon. Un quart d'heure après il appela Monseigneur, qui était resté aussi dans le salon, et quelque temps après l'ambassadeur d'Espagne, qui prit là congé du roi son maître. Un moment après, il fit entrer ensemble Mgr et Mme la duchesse de Bourgogne, M. le duc de Berry, Monsieur et Madame, et après un court intervalle, les princes et les princesses du sang. La porte était ouverte à deux battants, et du salon on les voyait tous pleurer avec amertume. Le Roi dit au roi d'Espagne en lui présentant ces princes : « Voici les princes de mon sang et du vôtre. Les deux nations présentement ne doivent plus se regarder que comme une même nation. Ils doivent avoir les mêmes intérêts : ainsi je souhaite que ces princes soient attachés à vous comme à moi ; vous ne sauriez avoir d'amis plus fidèles ni plus assurés. » Tout cela dura bien une heure et demie. À la fin, il fallut se séparer. Le Roi conduisit le roi d'Espagne jusqu'au bout de l'appartement et l'embrassa à plusieurs reprises et le tenant longtemps dans ses bras ; Monseigneur de même. Le spectacle fut extrêmement touchant. Le Roi rentra quelque temps pour se remettre, Monseigneur monta seul en calèche et s'en alla à Meudon, et le roi d'Espagne, avec messeigneurs ses frères et M. de Noailles, dans son carrosse pour aller coucher à Châtres. Le Roi se promena ensuite en calèche avec Mme la duchesse de Bourgogne, Monsieur et Madame, puis retournèrent tous à Versailles. Desgranges, maître des cérémonies, et Noblet, un des premiers commis de Torcy, pour servir de secrétaire, suivirent au voyage Louville, de qui j'ai souvent parlé, Montviel et Valouse pour écuyers, Hersent, premier valet de garde-robe, et La Roche pour premier valet de chambre, suivirent pour demeurer en Espagne avec quelques menus domestiques de chambre et de garde-robe et quelques gens pour la bouche[1] et de médecine. M. de Beauvillier, qui se crevait[2] de quinquina pour arrêter une fièvre opiniâtre accompagnée d'un fâcheux dévoiement, mena madame sa femme, à qui Mmes de Cheverny et de Rasilly tinrent compagnie. Le Roi voulut absolument qu'il se mît en chemin et qu'il tâchât de faire le voyage. Il l'entretint longtemps le lundi matin avant que personne fût entré, ni lui sorti du lit, d'où M. de Beauvillier monta tout de suite en carrosse pour aller coucher à Étampes et joindre le roi d'Espagne le lendemain à Orléans. Laissons-les aller, et admirons la Providence[3] qui se joue des pensées des hommes et dispose des États. Qu'auraient dit Ferdinand et Isabelle, Charles V et Philippe II, qui ont voulu envahir la France à tant de différentes reprises, qui ont été si accusés d'aspirer à la monarchie universelle, et Philippe IV même avec toutes ses précautions au mariage du Roi et à la paix des Pyrénées, de voir un fils de France devenir roi d'Espagne par le testament du dernier de leur sang en Espagne et par le vœu universel de tous les Espagnols, sans dessein, sans intrigue, sans une amorce tirée de notre part, et à l'insu du Roi, à son extrême surprise et de tous ses ministres, et qui n'eut que l'embarras de se déterminer et la peine d'accepter ? Que de grandes et sages réflexions à faire, mais qui ne seraient pas en place

---

1. Pour le service de la table. 2. Prenait de grandes quantités. 3. Dieu « se joue des hommes », écrira le mémorialiste (II, 472), qui ne manque pas d'avoir recours au providentialisme ambiant, non pour expliquer l'événement, mais pour l'admirer ; aucun hasard, dans cette perspective, mais les « ressorts inconnus » (IV, 213) d'une Providence à qui Saint-Simon dédie la litanie de ses « Qui eût dit que… ». Car « qui pourra sonder les jugements de Dieu, et qui osera ne pas s'anéantir en leur présence ? » (V, 590). Ce qui n'interdit pas de démêler l'écheveau des pensées avouées ou secrètes des hommes.

dans ces Mémoires ! Reprenons ce qui s'est passé, dont je n'ai pas voulu interrompre une suite si curieuse et si intéressante. Cependant on avait appris que la nouvelle de l'acceptation du testament avait causé à Madrid la plus

Philippe V proclamé à Madrid, à Naples, en Sicile et en Sardaigne

extrême joie, aux acclamations de laquelle le nouveau roi Philippe V avait été proclamé à Madrid, où les seigneurs, le bourgeois et le peuple donnaient tous les jours quelque marque nouvelle de sa haine pour les Allemands et pour la reine, que presque tout son service avait abandonnée, et à qui on refusait les choses les plus ordinaires de son entretien. On apprit par un autre courrier de Naples, dépêché par le duc de Medina-Celi, vice-roi, que le roi d'Espagne y avait été reconnu et proclamé avec la même joie. Il le fut de même en Sicile et en Sardaigne.

Le héros des Mémoires, *c'est Louis XIV. Le regard du mémorialiste ne le quitte pas ; il semble même que Saint-Simon voit à travers les portes, tant il rapporte avec exactitude ce qu'a fait, ce qu'a dit le Roi. Le duc a ses informateurs ; parmi eux, un des hommes les plus proches du monarque.*

Mort de Bontemps

Bontemps, le premier des quatre premiers valets de chambre du Roi[1] et gouverneur de Versailles et de Marly, dont il avait l'entière administration des maisons, des chasses et de quantité de sortes de dépenses,

---

1. Avec Blouin, Nyert et La Vienne.

mourut aussi en ce temps-là. C'était de tous les valets intérieurs celui qui avait la plus ancienne et la plus entière confiance du Roi pour toutes les choses intimes et personnelles. C'était un grand homme fort bien fait qui était devenu fort gros et fort pesant, qui avait près de quatre-vingts ans et qui périt en quatre jours, le 17 janvier, d'une apoplexie. C'était l'homme le plus profondément secret, le plus fidèle et le plus attaché au Roi qu'il eût su trouver, et pour tout dire en un mot, qui avait disposé la messe nocturne dans les cabinets du Roi que dit le P. de La Chaise à Versailles, l'hiver de 1683 à 1684, que Bontemps servit, et où le Roi épousa Mme de Maintenon en présence de l'archevêque de Paris, Harlay, Montchevreuil et Louvois. On peut dire de Bontemps et du Roi en ce genre : tel maître, tel valet ; car il était veuf, et avait chez lui à Versailles une Mlle de La Roche, mère de La Roche qui suivit le roi d'Espagne et fut son premier valet de chambre et eut son estampille[1] vingt-cinq ans jusqu'à sa mort. Cette Mlle de La Roche ne paraissait nulle part, et assez peu même chez lui, dont elle ne sortait point, et le gouvernait parfaitement sans presque le paraître. Personne ne doutait que ce ne fût sa Maintenon et qu'il ne l'eût épousée. Pourquoi ne le point déclarer ? c'est ce qu'on n'a jamais su. Bontemps était rustre et brusque, avec cela respectueux et tout à fait à sa place, qui n'était jamais que chez lui ou chez le Roi, où il entrait partout à toutes heures, et toujours par les derrières, et qui n'avait d'esprit que pour bien servir son maître, à quoi il était tout entier sans jamais sortir de sa sphère.

---

1. « Empreinte appliquée sur des lettres, brevets, diplômes, etc., pour en constater l'authenticité » (Littré).

Outre les fonctions si intimes de ces deux emplois, c'était par lui que passaient tous les ordres et les messages secrets, les audiences ignorées qu'il introduisait chez le Roi, les lettres cachées au Roi et du Roi, et tout ce qui était mystère. C'était bien de quoi gâter un homme qui était connu pour être depuis cinquante ans dans cette intimité, et qui avait la cour à ses pieds, à commencer par les enfants du Roi et les ministres les plus accrédités, et à continuer par les plus grands seigneurs. Jamais il ne sortit de son état, et, sans comparaison, moins que les plus petits garçons bleus qui tous étaient sous ses ordres. Il ne fit jamais mal à qui que ce soit, et se servit toujours de son crédit pour obliger. Grand nombre de gens, même de personnages, lui durent leur fortune, sur quoi il était d'une modestie à se brouiller avec eux s'ils en avaient parlé jusqu'à lui-même[1]. Il aimait, voulait et procurait les grâces pour le seul plaisir de bien faire, et il se peut dire de lui qu'il fut toute sa vie le père des pauvres, la ressource des affligés et des disgraciés qu'il connaissait le moins, et peut-être le meilleur des humains, avec des mains non seulement parfaitement nettes, mais un désintéressement entier et une application extrême à tout ce qui était sous sa charge. Aussi, quoique fort diminué de crédit pour les autres par son âge et sa pesanteur, sa perte causa un deuil public et à la cour, et à Paris, et dans les provinces ; chacun en fut affligé comme d'une perte particulière, et il est également innombrable et inouï tout ce qui fut volontairement rendu à sa mémoire, et de services solennels célébrés partout pour lui. J'y perdis un ami sûr, plein de respect et de reconnaissance pour mon

---

1. S'ils en avaient parlé et que leurs propos lui fussent revenus.

père, comme je l'ai dit ailleurs[1]. Il laissa deux fils qui ne lui ressemblèrent en rien, l'aîné ayant sa survivance de premier valet de chambre, l'autre premier valet de garde-robe. Blouin, autre premier valet de chambre, eut l'intendance de Versailles et de Marly, au père de qui, pour cet emploi, Bontemps avait succédé.

Blouin

Blouin eut aussi la confiance des paquets secrets et des audiences inconnues. C'était un homme de beaucoup d'esprit, qui était galant et particulier[2], qui choisissait sa compagnie dans le meilleur de la cour, qui régnait chez lui dans l'exquise chère parmi un petit nombre de commensaux grands seigneurs, ou de gens qui suppléaient d'ailleurs aux titres, qui était froid, indifférent, inabordable, glorieux[3], suffisant et volontiers impertinent, toutefois peu méchant, mais à qui pourtant il ne fallait pas déplaire. Ce fut un vrai personnage, et qui se fit valoir et courtiser par les plus grands et par les ministres, qui savait bien servir ses amis, mais rarement, et n'en servait point d'autres, et ne laissait pas d'être en tout fort dangereux et de prendre en aversion sans cause, et alors de nuire infiniment.

---

1. « Le père de Bontemps saignait dans Paris et avait très bien saigné mon père ; Louis XIII quelque temps après eut besoin de l'être et ne se fiait pas à son premier chirurgien, dont la main était appesantie. Mon père lui produisit Bontemps, qui continua à saigner le Roi et que mon père fit premier valet de chambre » (I, 67).   2. Par conséquent complexe, voire contradictoire : la « galanterie » implique d'être dans le monde, mais le « particulier » reste l'espace privé, le cercle familial.   3. Être « glorieux », c'est avoir un sentiment si élevé de soi-même qu'il peut aller jusqu'au péché d'orgueil.

Dans le Versailles des Mémoires, *tragédie et comédie se côtoient, parfois au sein du même récit. On verra ici avec quel art Saint-Simon parvient à associer à l'émotion d'une scène nocturne un portrait de groupe où le pire ne fait que passer.*

Violente indigestion de Monseigneur Le samedi 19 mars veille des Rameaux, au soir, le Roi, étant à son prie-Dieu pour se déshabiller tout de suite à son ordinaire, entendit crier dans sa chambre pleine de courtisans, et appeler Fagon et Félix[1] avec un grand trouble. C'était Monseigneur qui se trouvait extrêmement mal. Il avait passé la journée à Meudon où il n'avait fait que collation, et au souper du Roi s'était crevé de poisson : il était grand mangeur comme le Roi et comme les reines ses mère et grand-mère. Il n'y avait pas paru après le souper. Il venait de descendre chez lui du cabinet du Roi, et à son ordinaire aussi s'était mis à son prie-Dieu en arrivant, pour se déshabiller tout de suite. Sortant de son prie-Dieu et se mettant dans sa chaise pour se déshabiller, il perdit tout d'un coup connaissance. Ses valets éperdus et quelques-uns des courtisans qui étaient à son coucher coururent chez le Roi chercher le premier médecin et le premier chirurgien du Roi avec le vacarme que je viens de dire. Le Roi, tout déboutonné, se leva de son prie-Dieu à l'instant, et descendit chez Monseigneur par un petit degré noir, étroit et difficile, qui, du fond de l'anti-chambre qui joignait sa chambre, descendait tout droit dans ce qu'on appelait *le Caveau*, qui était un cabinet assez obscur sur la petite cour, qui avait une porte dans la ruelle[2] du lit de

---

1. Saint-Simon précisera lui-même dans quelques lignes que Fagon est le premier médecin du Roi, et Félix son premier chirurgien.   2. La ruelle est « l'espace qu'on laisse entre un lit et la muraille » (Furetière).

Monseigneur, et une autre qui entrait dans son premier grand cabinet sur le jardin. Ce caveau avait un lit dans une alcôve où il couchait souvent l'hiver ; mais comme c'était un fort petit lieu, il se déshabillait et s'habillait toujours dans sa chambre. Mme la duchesse de Bourgogne, qui ne faisait aussi que passer chez elle, arriva en même temps que le Roi, et dans un instant la chambre de Monseigneur, qui était vaste, se trouva pleine. Ils trouvèrent Monseigneur à demi nu que ses gens promenaient, ou plutôt traînaient par la chambre. Il ne connut[1] ni le Roi, qui lui parla, ni personne, et se défendit tant qu'il put contre Félix qui dans cette nécessité pressante se hasarda de le saigner en l'air, et y réussit : la connaissance revint, il demanda un confesseur ; le Roi avait déjà envoyé chercher le curé. On lui donna force émétique[2], qui fut longtemps à opérer, et qui sur les deux heures fit une évacuation prodigieuse haut et bas. À deux heures et demie n'y paraissant plus de danger, le Roi, qui avait répandu des larmes, s'alla coucher, laissant ordre de l'éveiller s'il survenait quelque accident. À cinq heures, tout l'effet étant passé, les médecins le laissèrent reposer, et firent sortir tout le monde de sa chambre. Tout y accourut toute la nuit de Paris. Il en fut quitte pour garder sa chambre huit ou dix jours, où le Roi l'allait voir deux fois par jour, et où, quand il fut tout à fait bien, il jouait ou voyait jouer toute la journée. Depuis, il fut bien plus attentif à sa santé, et prit fort garde à ne se pas trop charger de nourriture. Si cet accident l'eût pris un quart d'heure plus tard, le premier valet de chambre qui couchait dans sa chambre l'aurait trouvé mort dans son lit. Paris aimait Monseigneur, peut-être parce qu'il y allait souvent à l'Opéra. Les harengères[3] des Halles imaginèrent de

---

1. Reconnut. 2. Force vomitifs. 3. Femmes qui vendent, entre

se signaler : elles en députèrent quatre de leurs plus maîtresses commères pour aller savoir des nouvelles de Monseigneur. Il les fit entrer : il y en eut une qui lui sauta au collet et qui l'embrassa des deux côtés ; les autres lui baisèrent la main. Elles furent très bien reçues : Bontemps les promena par les appartements et leur donna à dîner ; Monseigneur leur donna de l'argent, le Roi aussi leur en envoya. Elles se piquèrent d'honneur : elles en firent chanter un beau *Te Deum* à Saint-Eustache, puis se régalèrent.

Voici qu'entre dans la chronique, cependant qu'en sort Monsieur, frère de Louis XIV, un personnage invisible qui va hanter la fin du règne : l'Ange exterminateur s'apprête à transformer la cour en une longue veillée funèbre où l'on dansera entre deux décès. Saint-Simon n'est jamais si grand que dans le récit de la mort des princes. Les Mémoires *semblent alors faits de tableaux subtilement hallucinés. Des carrosses traversent les ténèbres, et l'ordre du grand monde vacille.*

Retour des eaux
du roi Jacques

Le roi d'Angleterre était revenu de Bourbon[1] avec peu ou point de soulagement, et Monsieur était toujours à Saint-Cloud dans la même situation de cœur et d'esprit, et gardant avec le Roi la même conduite que j'ai expliquée[2]. C'était, pour lui, être hors de son centre à

---

autres, du poisson aux Halles, par conséquent femmes du peuple, qui s'associent, par tradition, aux événements heureux ou malheureux de la famille royale.

1. Bourbon-l'Archambault, où le roi d'Angleterre est allé prendre les eaux après une attaque de paralysie.   2. Le Roi a refusé que son neveu, connu pour ses « escapades peu mesurées », servît dans ses armées. Monsieur s'est fâché. « Il

**Peines de
Monsieur**

la faiblesse dont il était, et à l'habitude de toute sa vie d'une grande
soumission et d'un grand attache-
ment pour le Roi, et de vivre avec lui, dans le particulier,
dans une liberté de frère, et d'en être traité en frère aussi
avec toutes sortes de soins, d'amitié et d'égards dans tout
ce qui n'allait point à faire de Monsieur un personnage.
Lui ni Madame n'avaient pas mal au bout du doigt que le
Roi n'y allât dans l'instant, et souvent après pour peu que
le mal durât. Il y avait six semaines que Madame avait la
fièvre double-tierce[1], à laquelle elle ne voulait rien faire,
parce qu'elle se traitait à sa mode allemande et ne faisait
pas cas des remèdes ni des médecins. Le Roi, qui outre
l'affaire de M. le duc de Chartres, était secrètement outré
contre elle comme on le verra bientôt[2], n'avait point été

---

demanda au Roi [...] ce qu'il voulait faire de son fils à son âge ; qu'il s'ennuyait de
battre les galeries de Versailles et le pavé de la cour, d'être marié comme il l'était,
et de demeurer tout nu vis-à-vis ses beaux-frères [le duc du Maine et le comte de
Toulouse] comblés de charges, de gouvernements, d'établissements et de rangs,
sans raison, sans politique et sans exemple ; que son fils était de pire condition que
tout ce qu'il y avait de gens en France de son âge qui servaient, et à qui on donnait
des grades bien loin de les en empêcher ; que l'oisiveté était la mère de tout vice ;
qu'il lui était bien douloureux de voir son fils unique s'abandonner à la débauche,
à la mauvaise compagnie et aux folies, mais qu'il lui était cruel de ne s'en pouvoir
prendre à une jeune cervelle justement dépitée, et de n'en pouvoir accuser que
celui qui l'y précipitait par ses refus. Qui fut bien étonné de ce langage si clair ? Ce
fut le Roi » (I, 873-874). Dispute, brouille, froideurs, raccommodement. Mais
Monsieur reste « ulcéré ».

    1. « Fièvre intermittente qui paraît composée de deux tierces, c'est-à-dire
qu'elle présente un accès tous les jours comme la quotidienne, dont elle diffère
en ce que les accès, de deux jours l'un, sont dissemblables d'heure et souvent de
caractère et se correspondent respectivement en tierce » (Littré).   **2.** La poste
a saisi et ouvert une lettre de Madame à sa tante la duchesse de Hanovre, « où,
après des nouvelles de cour, elle lui disait en propres termes qu'on ne savait plus

la voir, quoique Monsieur l'en eût pressé dans ces tours
légers qu'il venait faire sans coucher. Cela était pris
par Monsieur, qui ignorait le fait particulier de Madame
au Roi, pour une marque publique d'une inconsidération
extrême, et comme il était glorieux et sensible, il en était
piqué au dernier point. D'autres peines d'esprit le tour-
mentaient encore. Il avait depuis quelque temps un
confesseur qui, bien que jésuite, le tenait de plus court
qu'il pouvait : c'était un gentilhomme de bon lieu et de
Bretagne, qui s'appelait le P. du Trévou. Il lui retrancha
non seulement d'étranges plaisirs, mais beaucoup de ceux
qu'il se croyait permis, pour pénitence de sa vie passée. Il
lui représentait fort souvent qu'il ne se voulait pas damner
pour lui, et que, si sa conduite lui paraissait trop dure, il
n'aurait nul déplaisir de lui voir prendre un autre confesseur. À cela il ajoutait qu'il prît bien garde à lui, qu'il était
vieux, usé de débauches, gras, court de col, et que selon
toute apparence il mourrait d'apoplexie, et bientôt.
C'étaient là d'épouvantables paroles pour un prince le
plus voluptueux et le plus attaché à la vie qu'on eût vu
de longtemps, qui l'avait toujours passée dans la plus
molle oisiveté, et qui était le plus incapable par nature
d'aucune application, d'aucune lecture sérieuse, ni de rentrer en lui-même. Il craignait le diable, il se souvenait que
son précédent confesseur n'avait pas voulu mourir dans
cet emploi, et qu'avant sa mort il lui avait tenu les mêmes
discours. L'impression qu'ils lui firent le forcèrent[1] de

---

que dire du commerce du Roi et de Mme de Maintenon si c'était mariage ou
concubinage, et de là tombait sur les affaires du dehors et sur celles du dedans, et
s'étendait sur la misère du Royaume, qu'elle disait ne s'en pouvoir relever »
(II, 17). D'où l'éloignement du Roi à son égard.   1. Accord par le sens.

rentrer un peu en lui-même, et de vivre d'une manière qui, depuis quelque temps, pouvait passer pour serrée à son égard. Il faisait à reprises beaucoup de prières, obéissait à son confesseur, lui rendait compte de la conduite qu'il lui avait prescrite sur son jeu, sur ses autres dépenses, et sur bien d'autres choses, souffrait avec patience ses fréquents entretiens, et il y réfléchissait beaucoup. Il en devint triste, abattu, et parla moins qu'à l'ordinaire, c'est-à-dire encore comme trois ou quatre femmes, en sorte que tout le monde s'aperçut bientôt de ce grand changement. C'en était bien à la fois que ces peines intérieures, et les extérieures du côté du Roi, pour un homme aussi faible que Monsieur, et aussi nouveau à se contraindre, à être fâché, et à le soutenir ; et il était difficile que cela ne fît bientôt une grande révolution dans un corps aussi plein et aussi grand mangeur, non seulement à ses repas, mais presque toute la journée. Le mercredi 8 juin, Monsieur

Forte prise du Roi et de Monsieur

vint de Saint-Cloud dîner avec le Roi à Marly, et, à son ordinaire, entra dans son cabinet lorsque le conseil d'État en sortit. Il trouva le Roi chagrin de ceux[1] que M. de Chartres donnait exprès à sa fille[2], ne pouvant se prendre à lui directement. Il était amoureux de Mlle de Séry, fille d'honneur de Madame, et menait cela tambour battant. Le Roi prit son thème là-dessus, et fit sèchement des reproches à Monsieur de la conduite de son fils. Monsieur qui, dans la disposition où il était, n'avait pas besoin de ce début pour se fâcher, répondit avec

---

1. Des chagrins que M. de Chartres…   2. On a lu, dans la chronique de 1692, le récit du mariage du fils de Monsieur avec Mlle de Blois, fille illégitime du Roi et de Mme de Montespan (p. 34).

aigreur que les pères qui avaient mené de certaines vies avaient peu de grâce et d'autorité à reprendre leurs enfants. Le Roi, qui sentit le poids de la réponse, se rabattit sur la patience de sa fille, et qu'au moins devrait-on éloigner de tels objets de ses yeux. Monsieur, dont la gourmette était rompue[1], le fit souvenir, d'une manière piquante, des façons qu'il avait eues pour la Reine avec ses maîtresses, jusqu'à leur faire faire les voyages dans son carrosse avec elle. Le Roi outré renchérit, de sorte qu'ils se mirent tous deux à se parler à pleine tête[2]. À Marly, les quatre grands appartements en bas étaient pareils, et seulement de trois pièces. La chambre du Roi tenait au petit salon, et était pleine de courtisans à ces heures-là pour voir passer le Roi s'allant mettre à table ; et par de ces usages propres aux différents lieux sans qu'on en puisse dire la cause, la porte du cabinet, qui partout ailleurs était toujours fermée, demeurait en tout temps ouverte à Marly hors le temps du Conseil, et il n'y avait dessus qu'une portière tirée, que l'huissier ne faisait que lever pour y laisser entrer. À ce bruit il entra, et dit au Roi qu'on l'entendait distinctement de sa chambre, et Monsieur aussi, puis ressortit. L'autre cabinet du Roi, joignant le premier, ne se fermait ni de porte ni de portière ; il sortait dans l'autre petit salon, et il était retranché[3] dans sa largeur pour la chaise percée du Roi. Les valets intérieurs se tenaient toujours dans ce second cabinet, qui avaient entendu d'un bout à l'autre tout le dialogue que je viens de rapporter. L'avis de l'huissier fit baisser le ton, mais n'arrêta pas les reproches, tellement que Monsieur, hors des gonds, dit au Roi qu'en

---

1. Terme d'équitation : Monsieur va prendre le mors au dent, ne plus pouvoir se contrôler.   2. À voix très haute.   3. Partagé.

mariant son fils il lui avait promis monts et merveilles, que cependant il n'en avait pu arracher encore un gouvernement ; qu'il avait passionnément désiré de faire servir son fils pour l'éloigner de ces amourettes, et que son fils l'avait aussi fort souhaité, comme il le savait de reste, et lui en avait demandé la grâce avec instance ; que puisqu'il ne le voulait pas, il ne s'entendait point à l'empêcher de s'amuser pour se consoler. Il ajouta qu'il ne voyait que trop la vérité de ce qu'on lui avait prédit, qu'il n'aurait que le déshonneur et la honte de ce mariage sans en tirer jamais aucun profit. Le Roi, de plus en plus outré de colère, lui repartit que la guerre l'obligerait bientôt à faire plusieurs retranchements[1] et que, puisqu'il se montrait si peu complaisant à ses volontés, il commencerait par ceux de ses pensions avant que retrancher sur soi-même. Là-dessus le Roi fut averti que sa viande était portée[2]. Ils sortirent un moment après pour se venir mettre à table, Monsieur d'un rouge enflammé avec les yeux étincelants de colère. Son visage ainsi allumé fit dire à quelqu'une des dames qui étaient à table et à quelques courtisans derrière, pour chercher à parler, que Monsieur, à le voir, avait grand besoin d'être saigné. On le disait de même à Saint-Cloud il y avait quelque temps, il en crevait de besoin, il l'avouait même, le Roi l'en avait même pressé plus d'une fois malgré leurs piques. Tancrède, son premier chirurgien, était vieux, saignait mal et l'avait manqué : il ne voulait pas se faire saigner par lui, et, pour ne lui point faire de peine il eut la bonté de ne vouloir pas être saigné par un autre et d'en mourir. À ces propos de saignée, le Roi lui en parla encore,

---

1. Des « coupes » dans les largesses que le Roi faisait à Monsieur.
2. Que le repas était servi.

et ajouta qu'il ne savait à quoi il tenait qu'il ne le menât dans sa chambre et qu'il ne le fît saigner tout à l'heure[1]. Le dîner se passa à l'ordinaire, et Monsieur y mangea extrêmement comme il faisait à tous ses deux repas, sans parler du chocolat abondant du matin, et de tout ce qu'il avalait de fruits, de pâtisseries, de confitures et de toutes sortes de friandises toute la journée, dont les tables de ses cabinets et ses poches étaient toujours remplies. Au sortir de table, le Roi seul, Monseigneur avec Mme la princesse de Conti, Mgr le duc de Bourgogne seul, Mme la duchesse de Bourgogne avec beaucoup de dames, allèrent séparément à Saint-Germain voir le roi et la reine d'Angleterre. Monsieur, qui avait amené Mme la duchesse de Chartres de Saint-Cloud dîner avec le Roi, la mena aussi à Saint-Germain, d'où il partit pour retourner à Saint-Cloud avec elle lorsque le Roi arriva à Saint-Germain. Le soir après le souper, comme le Roi était encore

Mort de Monsieur dans son cabinet avec Monseigneur et les Princesses, comme à Versailles, Saint-Pierre[2] arriva de Saint-Cloud, qui demanda à parler au Roi de la part de M. le duc de Chartres. On le fit entrer dans le cabinet, où il dit au Roi que Monsieur avait eu une grande faiblesse en soupant, qu'il avait été saigné, qu'il était mieux, mais qu'on lui avait donné de l'émétique. Le fait était qu'il soupa à son ordinaire avec les dames qui étaient à Saint-Cloud. Vers l'entremets, comme il versait d'un vin de liqueur à Mme de Bouillon, on s'aperçut qu'il balbutiait et qu'il montrait quelque chose de la main. Comme il lui arrivait quelquefois de leur parler espagnol, quelques dames lui demandèrent ce qu'il disait, d'autres s'écrièrent : tout cela en

---

1. Immédiatement.   2. Officier de la maison de Monsieur.

un instant et il tomba en apoplexie sur M. le duc de Chartres, qui le retint. On l'emporta dans le fond de son appartement. On le secoua, on le promena, on le saigna beaucoup, on lui donna force émétique sans en tirer presque aucun signe de vie. À cette nouvelle, le Roi, qui pour de riens accourait chez Monsieur, passa chez Mme de Maintenon qu'il fit éveiller ; il fut un quart d'heure avec elle, puis sur le minuit rentrant chez lui, il commanda ses carrosses tous prêts, et ordonna au marquis de Gesvres d'aller à Saint-Cloud, et, si Monsieur était plus mal, de revenir l'éveiller pour y aller, et se coucha. Outre la situation en laquelle ils se trouvaient ensemble, je pense que le Roi soupçonna quelque artifice pour sortir de ce qui s'était passé entre eux, qu'il alla en consulter Mme de Maintenon, et qu'il aima mieux manquer à toute bienséance que d'hasarder d'en être la dupe. Mme de Maintenon n'aimait pas Monsieur : elle le craignait, il lui rendait peu de devoirs, et avec toute sa timidité et sa plus que déférence, il lui était échappé des traits sur elle plus d'une fois avec le Roi, qui marquaient son mépris, et la honte qu'il avait de l'opinion publique. Elle n'était donc pas pressée de porter le Roi à lui rendre[1], et moins encore à lui conseiller de voyager la nuit, de ne se point coucher, et d'être témoin d'un aussi triste spectacle, et si propre à toucher et à faire rentrer en soi-même, et qu'elle espéra[2] que, si la chose allait vite, le Roi se l'épargnerait ainsi. Un moment après que le Roi fut au lit, arriva un page de Monsieur : il dit au Roi que Monsieur était mieux, et qu'il venait demander à M. le prince de Conti de l'eau de Schaffhouse, qui est excellente pour les apoplexies. Une heure et demie après que le Roi fut

---

1. Ici : se comporter avec amabilité, lui rendre sa visite.   2. Et [je pense] qu'elle espéra que, si la chose allait vite, le Roi s'en épargnerait ainsi le spectacle.

couché, Longeville arriva de la part de M. le duc de Chartres, qui éveilla le Roi, et qui lui dit que l'émétique ne faisait aucun effet, et que Monsieur était fort mal. Le Roi se leva, partit et trouva le marquis de Gesvres en chemin qui l'allait avertir ; il l'arrêta et lui dit les mêmes nouvelles. On peut juger quelle rumeur et quel désordre cette nuit à Marly, et quelle horreur à Saint-Cloud, ce palais des délices. Tout ce qui était à Marly courut comme il put à Saint-Cloud : on s'embarquait avec les plus tôt prêts, et chacun, hommes et femmes, se jetaient et s'entassaient dans les carrosses sans choix et sans façons. Monseigneur alla avec Madame la Duchesse ; il fut si frappé par rapport à l'état duquel il ne faisait que sortir[1], que ce fut tout ce que put faire un écuyer de Madame la Duchesse qui se trouva là, de le traîner et le porter presque et tout tremblant dans le carrosse. Le Roi arriva à Saint-Cloud avant trois heures du matin. Monsieur n'avait pas eu un moment de connaissance depuis qu'il s'était trouvé mal ; il n'en eut qu'un rayon d'un instant tandis que sur le matin le P. du Trévou était allé dire la messe, et ce rayon même ne revint plus. Les spectacles les plus horribles ont souvent des instants de contrastes ridicules. Le P. du Trévou revint et criait à Monsieur : « Monsieur, ne connaissez-vous pas votre confesseur ? ne connaissez-vous pas le bon petit P. du Trévou qui vous parle ? » et fit rire assez indécemment les moins affligés. Le Roi le parut beaucoup. Naturellement il pleurait aisément : il était donc tout en larmes. Il n'avait jamais eu lieu que d'aimer Monsieur tendrement. Quoique mal ensemble depuis deux mois, ces tristes moments rappellent toute la tendresse. Peut-être se reprochait-il d'avoir précipité sa mort par la scène du matin ;

---

1. Souvenir de sa récente indigestion, qu'on a pu lire p. 98.

enfin il était son cadet de deux ans, et s'était toute sa vie aussi bien porté que lui, et mieux. Le Roi entendit la messe à Saint-Cloud, et sur les huit heures du matin, Monsieur étant sans aucune espérance, Mme de Maintenon et Mme la duchesse de Bourgogne l'engagèrent de n'y pas demeurer davantage, et revinrent avec lui dans son carrosse. Comme il allait partir et qu'il faisait quelques amitiés à M. de Chartres en pleurant fort tous deux, ce jeune prince sut profiter du moment : « Eh ! Sire, que deviendrai-je ? lui dit-il, en lui embrassant les cuisses ; je perds Monsieur, et je sais que vous ne m'aimez point. » Le Roi surpris et fort touché l'embrassa, et lui dit tout ce qu'il put de tendre. En arrivant à Marly, il entra avec Mme la duchesse de Bourgogne chez Mme de Maintenon. Trois heures après, M. Fagon, à qui le Roi avait ordonné de ne point quitter Monsieur qu'il ne fût mort ou mieux, ce qui ne pouvait arriver que par miracle, lui dit dès qu'il l'aperçut[1] : « Eh bien ! Monsieur Fagon, mon frère est mort ? – Oui, Sire, répondit-il, nul remède n'a pu agir. » Le Roi pleura beaucoup. On le pressa de manger un morceau chez Mme de Maintenon, mais il voulut dîner à l'ordinaire avec les dames, et les larmes lui coulèrent souvent pendant le repas, qui fut court, après lequel il se renferma chez Mme de Maintenon jusqu'à sept heures qu'il alla faire un tour dans ses jardins. Il travailla avec Chamillart, puis avec Pontchartrain pour le cérémonial de la mort de Monsieur, et donna là-dessus des ordres à Desgranges, maître des cérémonies, Dreux, grand maître, étant à l'armée d'Italie. Il soupa une heure plus tôt qu'à l'ordinaire, et se coucha

---

1. Comprendre : « Trois heures après, dès qu'il aperçut M. Fagon, le Roi lui dit… » La syntaxe flottante traduit l'émotion du Roi.

fort tôt après. Il avait eu sur les cinq heures la visite du roi
et de la reine d'Angleterre, qui ne dura qu'un moment.

Spectacle
de Saint-Cloud

Au départ du Roi la foule s'écoula
de Saint-Cloud peu à peu, en sorte
que Monsieur mourant, jeté sur un
lit de repos dans son cabinet, demeura exposé aux marmi-
tons et aux bas officiers, qui la plupart par affection ou par
intérêt étaient fort affligés. Les premiers officiers et autres
qui perdaient charges et pensions faisaient retentir l'air de
leurs cris, tandis que toutes ces femmes qui étaient à Saint-
Cloud, et qui perdaient leur considération et tout leur
amusement, couraient çà et là criant échevelées comme
des bacchantes. La duchesse de La Ferté, de la seconde fille
de qui on a vu plus haut l'étrange mariage[1], entra dans ce
cabinet, où considérant attentivement ce pauvre prince
qui palpitait encore : « Pardi ! s'écria-t-elle dans la profondeur de ses réflexions, voilà une fille bien mariée ! – Voilà
qui est bien important aujourd'hui, lui répondit Châtillon
qui perdait tout lui-même, que votre fille soit bien ou mal
mariée ! » Madame était cependant dans son cabinet, qui
n'avait jamais eu ni grande affection ni grande estime pour
Monsieur, mais qui sentait sa perte et sa chute, et qui
s'écriait dans sa douleur, de toute sa force : « Point de
couvent ! qu'on ne me parle point de couvent ! je ne veux
point de couvent. » La bonne Princesse n'avait pas perdu le
jugement : elle savait que, par son contrat de mariage, elle
devait opter, devenant veuve, un couvent ou l'habitation
du château de Montargis, soit qu'elle crût sortir plus aisé-

---

1. En 1698, Monsieur marie La Carte, « gentilhomme de Poitou fort mince
et fort pauvre » à qui il s'était attaché, à une fille de la duchesse de La Ferté « qui
avait un peu rôti le balai, et qui commençait à monter en graine » (I, 523).

ment de l'un que de l'autre, soit que, sentant combien elle avait à craindre du Roi, quoiqu'elle ne sût pas encore tout, et qu'il lui eût fait les amitiés ordinaires en pareille occasion, elle eût encore plus de peur du couvent. Monsieur étant expiré, elle monta en carrosse avec ses dames et s'en alla à Versailles, suivie de M. et de Mme la duchesse de Chartres, et de toutes les personnes qui étaient à eux. Le lendemain matin, vendredi, M. le duc de Chartres vint chez le Roi qui était encore au lit et qui lui parla avec beaucoup d'amitié. Il lui dit qu'il fallait désormais qu'il le regardât comme son père, qu'il aurait soin de sa grandeur et de ses intérêts, qu'il oubliait tous les petits sujets de chagrin qu'il avait eus contre lui, qu'il espérait que de son côté il les oublierait aussi, qu'il le priait que les avances d'amitié qu'il lui faisait servissent à l'attacher plus à lui, et à lui redonner son cœur comme il lui redonnait le sien. On peut juger si M. de Chartres sut bien répondre. Après un si affreux spectacle, tant de larmes et tant de tendresses, personne ne douta que les trois jours qui restaient du voyage de Marly ne fussent extrêmement tristes, lorsque, ce même lendemain de la mort de Monsieur, des dames du palais entrant chez Mme de Maintenon, où était le Roi avec elle et Mme la duchesse de Bourgogne, sur le midi, elles l'entendirent, de la pièce où elles se tenaient joignant la sienne, chantant des prologues d'opéra. Un peu après le Roi, voyant Mme la duchesse de Bourgogne fort triste en un coin de la chambre, demanda avec surprise à Mme de Maintenon ce qu'elle avait pour être si mélancolique, et se mit à la réveiller, puis à jouer avec elle et quelques dames du palais qu'il fit entrer pour les amuser tous deux. Ce ne fut pas tout que ce particulier[1]. Au sortir du dîner ordinaire, c'est-à-dire un peu après deux heures, et vingt-six heures après la mort de Monsieur, Mgr le duc de Bourgogne demanda au duc de Montfort s'il voulait jouer au brelan : « Au brelan ! s'écria Montfort dans un étonnement extrême, vous n'y songez donc pas ! Monsieur est encore tout chaud. — Pardonnez-moi, répondit le Prince, j'y songe fort bien, mais le Roi ne veut pas qu'on s'ennuie à Marly, m'a ordonné de faire jouer tout le monde, et de peur que personne ne l'osât faire le premier, d'en donner, moi, l'exemple. » De sorte qu'ils se mirent à faire un brelan et que le salon fut bientôt rempli de tables de jeu.

Diverses sortes d'afflictions et de sentiments   Telle fut l'affliction du Roi, telle celle de Mme de Maintenon. Elle sentait la perte de Monsieur comme une délivrance, elle avait peine à retenir sa joie : elle en eût eu bien davantage à paraître affligée. Elle voyait déjà le Roi tout consolé, rien ne lui seyait mieux que de chercher à le dissiper, et ne lui était plus commode que de hâter la vie ordinaire pour qu'il ne fût plus question de Monsieur ni d'affliction. Pour des bienséances[2], elle ne s'en peina point. La chose toutefois ne laissa pas d'être scandaleuse, et tout bas d'être fort trouvée telle. Monseigneur semblait aimer Monsieur, qui lui donnait des bals et des amusements avec toute sorte d'attention et de complaisance : dès le lendemain de sa mort il alla courre le loup, et au retour trouva le salon plein de joueurs, tellement qu'il ne se contraignit pas plus que les autres. Mgr le duc de Bourgogne et M. le duc de Berry ne voyaient Monsieur qu'en représentation, et ne

---

1. L'espace privé, l'intimité, et les relations qu'ils induisent.   2. Quant aux bienséances…

pouvaient être fort sensibles à sa perte. Mme la duchesse de Bourgogne le fut extrêmement : c'était son grand-père, elle aimait tendrement Madame sa mère[1] qui aimait fort Monsieur, et Monsieur marquait toutes sortes de soins d'amitié et d'attentions à Mme la duchesse de Bourgogne, et l'amusait de toutes sortes de divertissements. Quoiqu'elle n'aimât pas grand-chose, elle aimait Monsieur, et elle souffrit fort de contraindre sa douleur, qui dura assez longtemps dans son particulier. On a vu ci-dessus en deux mots quelle fut la douleur de Madame. Pour M. de Chartres la sienne fut extrême. Le père et le fils s'aimaient tendrement. Monsieur était doux, le meilleur homme du monde, qui n'avait jamais contraint ni retenu monsieur son fils. Avec le cœur, l'esprit était aussi fort touché : outre la grande parure dont lui était un père frère du Roi, il lui était une barrière derrière laquelle il se mettait à couvert du Roi, sous la coupe duquel il retombait en plein. Sa grandeur, sa considération, l'aisance de sa maison et de sa vie en allaient dépendre sans milieu[2]. L'assiduité, les bienséances, une certaine règle, et pis que tout cela pour lui, une conduite toute différente avec madame sa femme, allaient devenir la mesure de tout ce qu'il pouvait attendre du Roi. Mme la duchesse de Chartres, quoique bien traitée de Monsieur, fut ravie d'être délivrée d'une barrière entre le Roi et elle, qui laissait à monsieur son mari toute liberté d'en user avec elle comme il lui plaisait, et des devoirs qui la tiraient plus souvent qu'elle ne voulait de la cour pour suivre Monsieur à Paris ou à Saint-Cloud, où elle se trouvait toute empruntée comme en pays inconnu avec tous visages qu'elle ne voyait jamais que là, qui tous

---

1. La duchesse de Savoie était la fille de Monsieur et de sa première femme, Henriette d'Angleterre.   2. Directement.

étaient, pour la plupart, fort sur le pied gauche[1] avec elle, et sous les mépris et les humeurs de Madame qui ne les lui épargnait pas. Elle compta donc ne plus quitter la cour, n'avoir plus affaire à la cour de Monsieur, et que Madame et M. le duc de Chartres seraient obligés à l'avenir d'avoir pour elle des manières et des égards qu'elle n'avait pas encore éprouvés.

Caractère de Monsieur

Le gros de la cour perdit en Monsieur. C'était lui qui y jetait les amusements, l'âme, les plaisirs, et quand il la quittait tout y semblait sans vie et sans action. À son entêtement près pour les princes[2], il aimait l'ordre des rangs, des préférences, des distinctions; il les faisait garder tant qu'il pouvait, et il en donnait l'exemple. Il aimait le grand monde, il avait une affabilité et une honnêteté qui lui en attirait en foule, et la différence qu'il savait faire, et qu'il ne manquait jamais de faire, des gens suivant ce qu'ils étaient y contribuait beaucoup. À sa réception, à son attention plus ou moins grande ou négligée, à ses propos, il faisait continuellement toute la différence, qui flattait, de la naissance et de la dignité, de l'âge et du mérite, et de l'état des gens, et cela avec une dignité naturellement en lui, et une facilité de tous les moments qu'il s'était formée. Sa familiarité obligeait, et se conservait sa grandeur naturelle sans repousser, mais aussi sans tenter les étourdis d'en abuser. Il visitait et envoyait[3] où il le devait faire, et il donnait chez lui une entière liberté sans que le respect et le plus grand air de cour en souffrît

---

1. Étaient dans une situation fausse, voire méfiants.   2. Monsieur, « entièrement abandonné au chevalier de Lorraine » (I, 666), favorisait les « prétentions » des princes lorrains.   3. Envoyait prendre des nouvelles.

aucune diminution. Il avait appris et bien retenu de la Reine sa mère l'art de la tenir[1] : aussi la voulait-il pleine, et y réussissait par ce maintien. La foule était toujours au Palais-Royal. À Saint-Cloud où toute sa nombreuse maison se rassemblait, il avait beaucoup de dames, qui à la vérité n'auraient guère été reçues ailleurs, mais beaucoup de celles-là du haut parage, et force joueurs. Les plaisirs de toutes sortes de jeux, de la beauté singulière du lieu, que mille calèches rendaient aisé aux plus paresseuses pour les promenades, des musiques, de la bonne chère, en faisaient une maison de délices avec beaucoup de grandeur et de magnificence, et tout cela sans aucun secours de Madame, qui dînait et soupait avec les dames et Monsieur, se promenait quelquefois en calèche avec quelques-unes, boudait souvent la compagnie, s'en faisait craindre par son humeur dure et farouche, et quelquefois par ses propos, et passait toute la journée dans un cabinet qu'elle s'était choisi, où les fenêtres étaient à plus de dix pieds de terre, à considérer les portraits des Palatins et d'autres princes allemands dont elle l'avait tapissé, et à écrire des volumes de lettres tous les jours de sa vie et de sa main dont elle faisait elle-même les copies, qu'elle gardait[2]. Monsieur n'avait pu la ployer à une vie plus humaine et la laissait faire, et vivait honnêtement avec elle sans se soucier de sa personne, avec qui il n'était presque point en particulier. Il recevait à Saint-Cloud beaucoup de gens qui, de Paris et de Versailles, lui allaient faire leur cour les après-dînées :

---

1. De tenir une cour.   2. La correspondance de la Palatine, outre qu'elle est un témoignage de premier ordre sur la vie de cour, est remarquable par son ton à la fois lucide et passionné, mais aussi par son style corrosif et, si l'on ose dire, le ton « grand seigneur » de Madame.

princes du sang, grands seigneurs, ministres, hommes et femmes n'y manquaient point de temps en temps, encore ne fallait-il pas que ce fût en passant, c'est-à-dire en allant de Paris à Versailles ou de Versailles à Paris. Il le demandait presque toujours, et montrait si bien qu'il ne comptait pas ces visites en passant, que peu de gens l'avouaient. Du reste, Monsieur, qui avec beaucoup de valeur avait gagné la bataille de Cassel[1], et qui en avait toujours montré une fort naturelle en tous les sièges où il s'était trouvé, n'avait d'ailleurs que les mauvaises qualités des femmes. Avec plus de monde[2] que d'esprit, et nulle lecture, quoique avec une connaissance étendue et juste des maisons, des naissances et des alliances, il n'était capable de rien. Personne de si mou de corps et d'esprit, de plus faible, de plus timide, de plus trompé, de plus gouverné, ni de plus méprisé par ses favoris, et très souvent de plus malmené par eux ; tracassier et incapable de garder aucun secret, soupçonneux, défiant, semant des noises dans sa cour pour brouiller, pour savoir, souvent aussi pour s'amuser, et redisant des uns aux autres. Avec tant de défauts destitués de toutes vertus, un goût abominable que ses dons et les fortunes qu'il fit à ceux qu'il avait pris en fantaisie avaient rendu public avec le plus grand scandale, et qui n'avait point de bornes pour le nombre ni pour les temps. Ceux-là avaient tout de lui, le traitaient souvent avec beaucoup d'insolence, et lui donnaient souvent aussi de fâcheuses occupations pour arrêter les brouilleries de jalousies horribles ; et tous ces gens-là ayant leurs partisans rendaient cette petite cour très orageuse, sans compter les querelles de cette troupe de

---

1. En 1677.   2. Avoir du « monde », c'est connaître les usages de la meilleure société.

femmes décidées de la cour de Monsieur, la plupart fort
méchantes, et presque toutes plus que méchantes, dont
Monsieur se divertissait, et entrait dans toutes ces misères-
là. Le chevalier de Lorraine et Châtillon y avaient fait une
grande fortune par leur figure, dont Monsieur s'était
entêté plus que de pas un autre. Le dernier, qui n'avait
ni pain, ni sens, ni esprit, s'y releva et y acquit du bien.
L'autre prit la chose en Guisard[1] qui ne rougit de rien
pourvu qu'il arrive, et mena Monsieur le bâton haut toute
sa vie, fut comblé d'argent et de bénéfices, fit pour sa
maison ce qu'il voulut, demeura toujours publiquement le
maître chez Monsieur, et comme il avait, avec la hauteur
des Guises, leur art et leur esprit, il sut se mettre entre le
Roi et Monsieur, et se faire ménager, pour ne pas dire
craindre, de l'un et de l'autre, et jouir d'une considération,
d'une distinction, et d'un crédit presque aussi marqué de
la part du Roi que de celle de Monsieur. Aussi fut-il bien
touché, moins de sa perte, que de celle de cet instrument
qu'il avait su si grandement faire valoir pour lui. Outre les
bénéfices que Monsieur lui avait donnés, l'argent manuel[2]
qu'il en tirait tant qu'il voulait, les pots-de-vin qu'il taxait
et qu'il prenait avec autorité sur tous les marchés qui se
faisaient chez Monsieur, il en avait une pension de dix
mille écus, et le plus beau logement du Palais-Royal et de
Saint-Cloud. Les logements, il les garda à la prière de M. le
duc de Chartres, mais il ne voulut pas accepter la continuation de la pension, par grandeur, comme par grandeur
elle lui fut offerte. Quoiqu'il fût difficile d'être plus timide
et plus soumis qu'était Monsieur avec le Roi, jusqu'à flat-

---

1. La maison de Guise constitue la branche française de la maison souveraine
de Lorraine.   2. Donné de la main à la main.

ter ses ministres, et auparavant ses maîtresses, il ne laissait pas de conserver avec un grand air de respect, l'air de frère, et des façons libres et dégagées. En particulier il se licenciait[1] bien davantage, il se mettait toujours dans un fauteuil, et n'attendait pas que le Roi lui dît de s'asseoir ; au cabinet, après le souper du Roi, il n'y avait aucun prince assis que lui, non pas même Monseigneur. Mais pour le service, et pour s'approcher du Roi ou le quitter, aucun particulier ne le faisait avec plus de respect, et il mettait naturellement de la grâce et de la dignité en toutes ses actions les plus ordinaires. Il ne laissait pas de faire au Roi par-ci par-là des pointes[2], mais cela ne durait pas, et comme son jeu, Saint-Cloud et ses favoris lui coûtaient beaucoup, avec de l'argent que le Roi lui donnait il n'y paraissait plus. Jamais pourtant il n'a pu se ployer à Mme de Maintenon, ni se passer d'en lâcher de temps en temps quelques bagatelles au Roi, et quelques brocards au monde. Ce n'était pas sa faveur qui le blessait, mais d'imaginer que la Scarron était devenue sa belle-sœur, cette pensée lui était insupportable. Il était extrêmement glorieux, mais sans hauteur, fort sensible et fort attaché à

Trait de hauteur tout ce qui lui était dû. Les princes
de Monsieur du sang avaient fort haussé[3] dans
à Monsieur le Duc leurs manières, à l'appui de tout ce qui avait été accordé aux bâtards, non pas trop M. le prince de Conti, qui se contentait de profiter sans entreprendre, mais Monsieur le Prince, et surtout Monsieur le Duc, qui de proche en proche évita les occasions de présenter le service à Monsieur, ce qui n'était pas difficile, et

---

1. Se laissait aller. 2. Des réflexions piquantes, querelleuses.
3. Faisaient preuve de plus en plus de hauteur dans leurs manières.

qui eut l'indiscrétion de se vanter qu'il ne le servirait point. Le monde est plein de gens qui aiment à faire leur cour aux dépens des autres : Monsieur en fut bientôt averti ; il s'en plaignit au Roi fort en colère, qui lui répondit que cela ne valait pas la peine de se fâcher, mais bien celle de trouver occasion de s'en faire servir, et s'il le refusait de lui faire un affront. Monsieur, assuré du Roi, épia l'occasion. Un matin qu'il se levait à Marly, où il logeait dans un des quatre appartements bas, il vit par sa fenêtre Monsieur le Duc dans le jardin, il l'ouvre vite et l'appelle. Monsieur le Duc vient, Monsieur se recule, lui demande où il va, l'oblige, toujours reculant, d'entrer et d'avancer pour lui répondre, et de propos en propos dont l'un n'attendait pas l'autre, tire sa robe de chambre. À l'instant le premier valet de chambre présente la chemise à Monsieur le Duc, à qui le premier gentilhomme de la chambre de Monsieur fit signe de le faire, Monsieur cependant défaisant la sienne, et Monsieur le Duc, pris ainsi au trébuchet[1], n'osa faire la moindre difficulté de la donner à Monsieur. Dès que Monsieur l'eut reçue, il se mit à rire et à dire : « Adieu, mon cousin, allez-vous-en, je ne veux pas vous retarder davantage. » Monsieur le Duc sentit toute la malice, et s'en alla fort fâché, et le fut après encore davantage par les propos de hauteur que Monsieur en tint. C'était un petit homme ventru monté sur des échasses tant ses souliers étaient hauts, toujours paré comme une femme, plein de bagues, de bracelets, de pierreries partout, avec une longue perruque toute étalée en devant, noire et poudrée, et des rubans partout où il en pouvait mettre, plein de toutes sortes de parfums, et en toutes

---

1. Au piège.

choses la propreté même[1]. On l'accusait de mettre imperceptiblement du rouge. Le nez fort long, la bouche et les yeux beaux, le visage plein, mais fort long. Tous ses portraits lui ressemblent. J'étais piqué à le voir qu'il fît souvenir qu'il était fils de Louis XIII à ceux[2] de ce grand prince, duquel, à la valeur près, il était si complètement dissemblable.

1702 : la guerre de Succession d'Espagne s'annonce longue et coûteuse. Saint-Simon, qui a entamé une carrière militaire sans panache onze ans plus tôt en entrant dans les mousquetaires, décide de quitter le service. Le dépit de ne pas être d'une promotion, mais aussi son goût pour la vie de cour plutôt que pour celle des camps l'incitent à une démission qui ne peut que déplaire au Roi, et nous permet de lire des « riens ».

J'avais mis gens de plusieurs sortes en campagne, hommes et femmes de mes amis, pour être informé de ce qu'il échapperait au Roi, où que ce fût, sur ma lettre[3]. Je demeurai huit jours à Paris, et ne retournai à Versailles que le mardi de Pâques. Je sus du Chancelier que, le Conseil appelé, et entrant le mardi saint dans le cabinet du Roi, qu'il lisait[4] ma lettre, qu'il appela aussitôt après Chamillart, auquel il parla un moment en particulier. Je

---

1. C'est-à-dire parfaitement bien habillé et paré.   2. Comparé aux portraits de ce grand prince. Monsieur, aux mœurs plus qu'équivoques, ressemble physiquement à Louis XIII, modèle de toutes les vertus, ce qui choque le mémorialiste, qui reconnaît cependant à tous deux la « valeur » guerrière. 3. « Sur ma lettre » de démission.   4. [Je sus] qu'il lisait… De même ensuite : [je sus] qu'il appela…

sus d'ailleurs qu'il lui avait dit avec émotion : « Hé bien ! Monsieur, voilà encore un homme qui nous quitte ! » et que tout de suite il lui avait raconté ma lettre mot pour mot. D'ailleurs je n'appris point qu'il lui fût rien échappé. Ce mardi de Pâques, je reparus devant lui pour la première fois depuis ma lettre, à la sortie de son souper. J'aurais honte de dire la bagatelle que je vais raconter si dans la circonstance elle ne servait à le caractériser. Quoique le

Bagatelles qui caractérisent ; bougeoir lieu où il se déshabillait fût fort éclairé, l'aumônier de jour, qui tenait à sa prière du soir un bougeoir allumé, le rendait après au premier valet de chambre, qui le portait devant le Roi venant à son fauteuil. Il jetait un coup d'œil tout autour, et nommait tout haut un de ceux qui y étaient, à qui le premier valet de chambre donnait le bougeoir. C'était une distinction et une faveur qui se comptait, tant le Roi avait l'art de donner l'être à des riens[1]. Il ne le donnait qu'à ce qui était là de plus distingué en dignité et en naissance, extrêmement rarement à des gens moindres en qui l'âge et les emplois suppléaient. Souvent il me le donnait, rarement à des ambassadeurs, si ce n'est au nonce, et dans les derniers temps à l'ambassadeur d'Espagne. On ôtait son gant, on s'avançait, on tenait ce bougeoir pendant le coucher, qui était fort court, puis on le rendait au premier valet de chambre, qui à son choix le rendait à quelqu'un du petit coucher. Je m'étais exprès peu avancé, et je fus très surpris, ainsi que l'assistance, de

---

1. Phrase fondamentale pour comprendre non seulement les rapports du Roi et de ses courtisans, mais aussi la « mécanique » de la cour, la distribution avisée et machiavélique de la faveur et les luttes internes de la cour pour des symboles que nous pourrions prendre, à tort, pour des « riens ».

m'entendre nommer, et dans la suite je l'eus presque aussi souvent que je l'avais eu jusque-là. Ce n'était pas qu'il n'y eût à ce coucher force gens très marqués à qui le donner, mais le Roi fut assez piqué pour ne vouloir pas qu'on s'en aperçût. Ce fut aussi tout ce que j'eus de lui trois ans durant, qu'il n'oublia aucune bagatelle, faute d'occasions plus importantes, de me faire sentir combien il était fâché. Il ne me parla plus ; ses regards ne tombaient sur moi que par hasard ; il ne dit pas un mot de ma lettre à M. le maréchal de Lorges, ni de ce que je quittais. Je n'allai plus à Marly, et après quelques voyages, je cessai de lui donner la satisfaction du refus. Il faut épuiser ces misères. Quatorze ou quinze mois après, il fit un voyage à Trianon. Les Princesses avaient accoutumé de nommer chacune deux dames pour le souper, et le Roi ne s'en mêlait point pour leur donner cet agrément. Il s'en lassa ; les visages qu'il voyait à sa table lui déplurent parce qu'il n'y était pas accoutumé : les matins il mangeait seul avec les Princesses et leurs dames d'honneur, et il fit une liste lui-même, et fort courte, des dames qu'il voulait le soir, et l'envoyait à la duchesse du Lude chaque jour pour les faire avertir. Ce voyage était du mercredi au samedi : ainsi trois soupers.

Soupers
de Trianon

Nous en usâmes, Mme de Saint-Simon et moi, pour ce Trianon-là comme pour Marly, et ce mercredi que le Roi y allait, nous fûmes dîner chez Chamillart à L'Étang pour aller de là coucher à Paris. Comme on s'allait mettre à table, Mme de Saint-Simon reçut un message de la duchesse du Lude pour l'avertir qu'elle était sur la liste du Roi pour le souper de ce même jour. La surprise fut grande ; nous retournâmes à Versailles. Mme de Saint-Simon se trouva seule de son âge, à beaucoup près, à la table du Roi, avec Mmes de Chevreuse et de Beauvillier, la comtesse de Gramont et trois ou quatre autres espèces de duègnes favorites ou dames du palais nécessaires, et nulle autre. Le vendredi, elle fut encore nommée, et avec les mêmes dames ; et depuis, le Roi en usa toujours ainsi aux rares voyages de Trianon. Je fus bientôt au fait et j'en ris : il ne nommait point Mme de Saint-Simon pour Marly, parce que les maris y allaient de droit quand leurs femmes y étaient, ils y couchaient, et personne n'y voyait le Roi que ce qui était sur la liste ; à Trianon liberté entière à tous les courtisans d'y aller faire leur cour à toutes les heures de la journée ; personne n'y couchait que le service le plus indispensable, pas même aucune dame. Le Roi voulait donc marquer mieux par cette différence que l'exclusion portait sur moi tout seul, et que Mme de Saint-Simon n'y avait point de part. Nous persévérâmes dans notre assiduité ordinaire sans demander pour Marly ; nous vivions agréablement avec nos amis, et Mme de Saint-Simon continua de jouir à l'ordinaire des agréments qui ne se partageaient point avec moi, et que le Roi et que Mme la duchesse de Bourgogne avaient commencé longtemps avant ceci à lui donner, et qui s'augmentèrent toujours. J'ai voulu épuiser cette matière de suite, qui, par rapport au caractère du Roi, a sa curiosité ; reprenons maintenant où nous en sommes demeurés.

Obsédée de ces « bagatelles », la cour est un mélange détonant d'êtres humains concentrés sur un espace réduit. Parmi eux, parfois, un monstre, créature de choix pour le caricaturiste.

Vie et caractère de la princesse d'Harcourt

Cette princesse d'Harcourt fut une sorte de personnage qu'il est bon de faire connaître, pour faire connaître plus particulièrement une cour qui ne laissait pas d'en recevoir de pareils. Elle avait été fort belle et galante ; quoiqu'elle ne fût pas vieille, les grâces et la beauté s'étaient tournées en gratte-cul[1]. C'était alors une grande et grosse créature fort allante[2], couleur de soupe au lait, avec de grosses et vilaines lippes et des cheveux de filasse toujours sortants et traînants comme tout son habillement sale, malpropre[3] ; toujours intriguant, prétendant, entreprenant, toujours querellant et toujours basse comme l'herbe, ou sur l'arc-en-ciel, selon ceux à qui elle avait affaire. C'était une furie blonde, et de plus une harpie : elle en avait l'effronterie, la méchanceté, la fourbe et la violence ; elle en avait l'avarice et l'avidité ; elle en avait encore la gourmandise et la promptitude à s'en soulager, et mettait au désespoir ceux chez qui elle allait dîner parce qu'elle ne se faisait faute de ses commodités au sortir de table, qu'assez souvent elle n'avait pas loisir de gagner, et salissait le chemin d'une effroyable traînée, qui l'ont maintes fois fait donner au diable par les gens de Mme du Maine et de Monsieur le Grand. Elle ne s'en embarrassait pas le moins du monde, troussait ses jupes et allait son chemin, puis revenait disant qu'elle s'était trouvée mal : on y était accoutumé. Elle faisait des affaires à toutes mains[4], et courait autant pour cent francs que pour cent mille. Les contrôleurs généraux ne s'en défaisaient pas aisément ; et, tant qu'elle pouvait, trompait les gens d'affaires

---

1. Ce qui reste d'une rose quand elle a perdu tous ses pétales.　　2. « Qui aime à aller, à courir » (Littré).　　3. Négligé, sans élégance.　　4. Sans le moindre scrupule.

pour en tirer davantage. Sa hardiesse à voler au jeu était inconcevable, et cela ouvertement. On l'y surprenait : elle chantait pouille[1] et empochait ; et comme il n'en était jamais autre chose, on la regardait comme une harengère avec qui on ne voulait pas se commettre, et cela en plein salon de Marly, au lansquenet, en présence de Mgr et de Mme la duchesse de Bourgogne. À d'autres jeux comme l'hombre, etc., on l'évitait, mais cela ne se pouvait pas toujours, et comme elle y volait aussi tant qu'elle pouvait, elle ne manquait jamais de dire à la fin des parties qu'elle donnait ce qui pouvait n'avoir pas été de bon jeu et demandait aussi qu'on le lui donnât, et s'en assurait sans qu'on lui répondît. C'est qu'elle était grande dévote de profession, et comptait de mettre ainsi sa conscience en sûreté, « parce que, ajoutait-elle, dans le jeu, il y a toujours quelque méprise ». Elle allait à toutes les dévotions et communiait incessamment, fort ordinairement après avoir joué jusqu'à quatre heures du matin. Un jour de grande fête à Fontainebleau que le maréchal de Villeroi était en quartier, elle alla voir la maréchale de Villeroi entre vêpres et le salut. De malice, la Maréchale lui proposa de jouer, pour lui faire manquer le salut. L'autre s'en défendit, et dit enfin que Mme de Maintenon y devait aller. La Maréchale insiste, et dit que cela était plaisant, comme si Mme de Maintenon pouvait voir et remarquer tout ce qui serait ou ne serait pas à la chapelle. Les voilà au jeu. Au sortir du salut, Mme de Maintenon, qui presque jamais n'allait nulle part, s'avise d'aller voir la maréchale de Villeroi devant l'appartement de qui elle passait au pied de son degré[2]. On ouvre la porte et

---

1. Ici, parlait haut et crûment. L'expression revient plus loin au sens d'injurier, et davantage.　　2. C'est-à-dire le palier.

on l'annonce ; voilà un coup de foudre pour la princesse d'Harcourt. « Je suis perdue, s'écria-t-elle de toute sa force, car elle ne pouvait se retenir ; elle me va voir jouant au lieu d'être au salut ! », laisse tomber ses cartes, et soi-même dans son fauteuil toute éperdue. La Maréchale riait de tout son cœur d'une aventure si complète. Mme de Maintenon entre lentement et les trouve en cet état avec cinq ou six personnes. La maréchale de Villeroi, qui avait infiniment d'esprit, lui dit qu'avec l'honneur qu'elle lui faisait, elle causait un grand désordre, et lui montre la princesse d'Harcourt en désarroi. Mme de Maintenon sourit avec une majestueuse bonté, et s'adressant à la princesse d'Harcourt : « Est-ce comme cela, lui dit-elle, Madame, que vous allez au salut aujourd'hui ? » Là-dessus la princesse d'Harcourt sort en furie de son espèce de pâmoison, dit que voilà des tours qu'on lui fait, qu'apparemment Mme la maréchale de Villeroi se doutait bien de la visite de Mme de Maintenon, et que c'est pour cela qu'elle l'a persécutée de jouer pour lui faire manquer le salut. « Persécutée ! répondit la Maréchale, j'ai cru ne pouvoir vous mieux recevoir qu'en vous proposant un jeu. Il est vrai que vous avez été un moment en peine de n'être point vue au salut, mais le goût l'a emporté. Voilà, Madame (s'adressant à Mme de Maintenon), tout mon crime. » Et de rire tous plus fort qu'auparavant. Mme de Maintenon, pour faire cesser la querelle, voulut qu'elles continuassent de jouer ; la princesse d'Harcourt, grommelant toujours et toujours éperdue, ne savait ce qu'elle faisait, et la furie redoublait de ses fautes. Enfin ce fut une farce qui divertit toute la cour plusieurs jours, car cette belle princesse était également crainte, haïe et méprisée. Mgr et Mme la duchesse de Bourgogne lui faisaient des espiègleries continuelles. Ils firent mettre un jour des

pétards tout du long de l'allée qui, du château de Marly, va à
la Perspective[1], où elle logeait. Elle craignait horriblement
tout : on attitra[2] deux porteurs pour se présenter à la porter
lorsqu'elle voulut s'en aller ; comme elle fut vers le milieu de
l'allée, et tout le salon à la porte pour voir le spectacle, les
pétards commencèrent à jouer, elle à crier miséricorde, et les
porteurs à la mettre à terre et à s'enfuir. Elle se débattait
dans cette chaise, de rage à la renverser, et criait comme un
démon. La compagnie accourut pour s'en donner le plaisir
de plus près, et l'entendre chanter pouille à tout ce qui s'en
approchait, à commencer par Mgr et Mme la duchesse de
Bourgogne. Une autre fois ce prince lui accommoda un
pétard sous son siège dans le salon où elle jouait au piquet ;
comme il y allait mettre le feu, quelque âme charitable
l'avisa que ce pétard l'estropierait, et l'empêcha. Quelquefois
ils lui faisaient entrer une vingtaine de suisses avec des tambours dans sa chambre, qui l'éveillaient dans son premier
somme avec ce tintamarre. Une autre fois, et ces scènes
étaient toujours à Marly, on attendit fort tard qu'elle fût
couchée et endormie. Elle logeait ce voyage-là dans le château, assez près du capitaine des gardes en quartier qui était
lors M. le maréchal de Lorges. Il avait fort neigé, et il gelait :
Mme la duchesse de Bourgogne et sa suite prirent de la
neige sur la terrasse qui est autour du haut du salon et de
plain-pied à ces logements hauts, et pour s'en mieux fournir
éveillèrent les gens du Maréchal, qui ne les laissèrent pas
manquer de pelotes ; puis, avec un passe-partout et des bougies, se glissent doucement dans la chambre de la princesse
d'Harcourt, et, tirant tout d'un coup les rideaux, l'accablent

---

1. Du nom d'une peinture murale représentant, sur le mur du bâtiment des
offices, à l'ouest du château, des paysages en perspective.　　2. On posta.

de pelotes de neige. Cette sale créature au lit, éveillée en sursaut, froissée et noyée de neige sur les oreilles et partout, échevelée, criant à pleine tête, et remuant comme une anguille sans savoir où se fourrer, fut un spectacle qui les divertit plus d'une demi-heure, en sorte que la nymphe nageait dans son lit, d'où l'eau découlant de partout noyait toute la chambre. Il y avait de quoi la faire crever. Le lendemain elle bouda : on s'en moqua d'elle encore mieux. Ces bouderies lui arrivaient quelquefois, ou quand les pièces étaient trop fortes, ou quand Monsieur le Grand l'avait malmenée. Il trouvait avec raison qu'une personne qui portait le nom de Lorraine ne se devait pas mettre sur ce pied de bouffonne, et comme il était brutal, il lui disait quelquefois en pleine table les dernières horreurs, et la princesse d'Harcourt se mettait à pleurer, puis rageait et boudait. Mme la duchesse de Bourgogne faisait alors semblant de bouder aussi, et s'en divertissait. L'autre n'y tenait pas longtemps, elle venait ramper aux reproches, qu'elle[1] n'avait plus de bonté pour elle, et en venait jusqu'à pleurer, demander pardon d'avoir boudé, et prier qu'on ne cessât plus de s'amuser avec elle. Quand on l'avait bien fait craqueter[2], Mme la duchesse de Bourgogne se laissait toucher : c'était pour lui faire pis qu'auparavant. Tout était bon de Mme la duchesse de Bourgogne auprès du Roi et de Mme de Maintenon, et la princesse d'Harcourt n'avait point de ressource ; elle n'osait même se prendre à aucune de celles qui aidaient à la tourmenter, mais d'ailleurs il n'eût pas fait bon la fâcher. Elle payait mal ou point ses gens, qui, un beau jour, de concert l'arrêtèrent sur le Pont-Neuf. Le cocher descendit, et les laquais, qui lui vinrent dire mots

---

1. [Lui disait] qu'elle…   2. Le perroquet, la cigogne… craquettent.

nouveaux[1] à sa portière. Son écuyer et sa femme de chambre l'ouvrirent, et tous ensemble s'en allèrent, et la laissèrent devenir ce qu'elle pourrait. Elle se mit à haranguer ce qui s'était amassé là de canaille, et fut trop heureuse de trouver un cocher de louage qui monta sur son siège et la mena chez elle. Une autre fois Mme de Saint-Simon, revenant dans sa chaise de la messe aux Récollets, à Versailles, rencontra la princesse d'Harcourt à pied dans la rue, seule en grand habit, tenant sa queue dans ses bras. Mme de Saint-Simon arrêta, et lui offrit secours : c'est que tous ses gens l'avaient abandonnée et lui avaient fait le second tome du Pont-Neuf, et pendant leur désertion dans la rue, ceux qui étaient restés chez elle s'en étaient allés. Elle les battait, et était forte et violente, et changeait de domestiques tous les jours. Elle prit entre autres une femme de chambre forte et robuste, à qui dès la première journée elle distribua force tapes et soufflets. La femme de chambre ne dit mot, et comme il ne lui était rien dû, n'étant entrée que depuis cinq ou six jours, elle donna le mot aux autres, de qui elle avait su l'air de la maison, et un matin qu'elle était seule dans la chambre de la princesse d'Harcourt, et qu'elle avait envoyé son paquet dehors, elle ferme la porte en dedans sans qu'elle s'en aperçût, répond à se faire battre comme elle l'avait déjà été, et au premier soufflet saute sur la princesse d'Harcourt, lui donne cent soufflets et autant de coups de poing et de pied, la terrasse, la meurtrit depuis les pieds jusqu'à la tête, et quand elle l'a bien battue à son aise et à son plaisir, la laisse à terre toute déchirée et toute échevelée, hurlant à pleine tête, ouvre la porte, la ferme dehors à double tour, gagne le degré, et sort de la maison. C'était tous les jours des combats et des

---

1. Des injures, des grossièretés.

aventures nouvelles. Ses voisines à Marly disaient qu'elles ne pouvaient dormir au tapage de toutes les nuits, et je me souviens qu'après une de ces scènes tout le monde allait voir la chambre de la duchesse de Villeroi et celle de Mme d'Épinoy, qui avaient mis leur lit tout au milieu, et qui contaient leurs veilles à tout le monde. Telle était cette favorite de Mme de Maintenon, si insolente et si insupportable à tout le monde, et qui avec cela, pour ce qui la regardait, avait toute faveur et préférence, et qui, en affaires de finances et en fils de famille et autres gens qu'elle a ruinés, avait gagné des trésors et se faisait craindre à la cour et ménager jusque par les Princesses et les ministres. Reprenons le sérieux.

La succession par primogéniture masculine est impitoyable pour les cadets. Dans ce portrait du duc d'Anjou, héritier inattendu du trône d'Espagne, comment ne pas retrouver feu Monsieur, prince ornemental face à son tout-puissant aîné ? L'histoire, cependant, a de ces ironies qui placent sur le devant de la scène ceux qui devaient rester au second plan.

Caractère de Philippe V

Ce prince, cadet d'un aîné vif, violent, impétueux, plein d'esprit, mais d'humeur terrible et de volonté outrée, je le dis d'autant plus librement qu'on verra dans la suite le triomphe de sa vertu[1], ce cadet, dis-je, avait été élevé dans une dépendance, une soumission nécessaires à bien établir pour éviter les troubles et assurer la tranquillité de la

---

1. Voir plus loin, p. 319, le portrait du duc de Bourgogne.

famille royale. Jusqu'au moment du testament de Charles II, on n'avait pu regarder le duc d'Anjou que comme un sujet pour toute sa vie, qui plus il était grand par sa naissance, plus il était à craindre sous un frère roi tel que je viens de le représenter, et qui par conséquent ne pouvait être trop abaissé par l'éducation, et duit[1] à toute patience et dépendance. La suprême loi, qui est la raison d'État, demandait cette préférence pour la sûreté et le bonheur du Royaume, sur le personnel[2] de ce prince cadet. Son esprit et tout ce qui en dépend fut donc raccourci et rabattu par cette sorte d'éducation indispensable, qui, tombant sur un naturel doux et tranquille, ne l'accoutuma pas à penser ni à produire, mais à se laisser conduire facilement, quoique la justesse fût restée pour choisir le meilleur de ce qui lui était présenté, et s'expliquer même en bons termes quand la lenteur, pour ne pas dire la paresse d'esprit, ne l'empêchait pas de parler. La grande piété qui lui avait été soigneusement inspirée, et qu'il a toujours conservée, ne trouvant pas en lui l'habitude de juger et de discerner, le rabattit et le raccourcit encore, tellement qu'avec du sens, de l'esprit, et une expression lente, mais juste et en bons termes, ce fut un prince fait exprès pour se laisser enfermer et gouverner. À tant de dispositions si favorables au dessein de la princesse des Ursins[3], il s'y en joignit une autre tout à fait singulière, née du concours de la piété avec le tempérament. Ce prince en

---

1. Habitué, accoutumé, de « duire », qui « ne se dit plus guère en ce sens qu'au participe » (Furetière).   **2.** La personnalité ; d'où le modelage psychique qui suit.   **3.** Après avoir été *camarera mayor* de la première épouse de Philippe V, la princesse des Ursins jouit d'une influence absolue sur le couple royal. Diplomate, fine politique, maîtresse femme et amie des Saint-Simon, Mme des Ursins est aussi à sa façon l'envoyée du Roi à la cour d'Espagne.

eut un si fort et si abondant, qu'il en fut incommodé jusqu'au danger pendant son voyage d'Italie : tout s'enfla prodigieusement ; la cause de l'enflure, ne trouvant point d'issue par des vaisseaux forts aussi et peu accoutumés à céder d'eux-mêmes à la nature, reflua dans le sang ; cela causa des vapeurs considérables. Enfin cela hâta son retour, et il n'eut de soulagement qu'après avoir retrouvé la Reine. De là on peut juger combien il l'aima, combien il s'attacha à elle, et combien elle sut s'en prévaloir, déjà initiée aux affaires, et conduite par son habile et ambitieuse gouvernante.

La cour est le lieu des hiérarchies les plus subtiles et les plus disputées. Pour s'assurer une « distinction » infime, les princesses de la maison de Lorraine se dispensent de quêter lors des grands-messes « auxquelles une dame de la cour quêtait pour les pauvres ». C'est là, pour le mémorialiste, « se fabriquer un avantage », aussi les duchesses, pour ne pas être en reste, se mettent-elles aussi à refuser la quête. Scandale. Le Roi est « très mal content des ducs », en particulier de Saint-Simon. Une audience s'impose.

Ce n'était pas peu à mon âge, et doublement mal avec le Roi[1], de l'aller attaquer de conversation. Je n'avais pas coutume de rien faire sans l'avis du duc de Beauvillier ; Mme de Saint-Simon n'en fut pas que je le prisse, sûre, ce me dit-elle, qu'il me conseillerait d'écrire et point de parler, ce qui n'aurait ni la même grâce ni la même force,

---

1. Le meneur de cette micro-fronde a en effet quitté le service l'année précédente.

outre qu'une lettre ne répond point, et que cet avis contraire à celui des deux autres ministres[1] me jetterait dans l'embarras. Je la crus et allai attendre que le Roi *Audience que j'eus* passât de son dîner dans son cabi-*du Roi, dont* net, où je lui demandai permission *je sortis content* de le suivre. Sans me répondre, il me fit signe d'entrer, et s'en alla dans l'embrasure de la fenêtre. Comme j'allais parler, je vis passer Fagon et d'autres gens intérieurs. Je ne dis mot que lorsque je fus seul avec le Roi. Alors je lui dis qu'il m'était revenu qu'il était mécontent de moi sur la quête; que j'avais un si grand désir de lui plaire que je ne pouvais différer de le supplier de me permettre de lui rendre compte de ma conduite là-dessus. À cet exorde il prit un air sévère et ne répondit pas un mot. «Il est vrai, Sire, continuai-je, que depuis que les Princesses ont refusé de quêter, je l'ai évité pour Mme de Saint-Simon. J'ai désiré que les duchesses l'évitassent aussi, et qu'il y en a que j'en ai empêchées parce que je n'ai point cru que Votre Majesté le désirât. – Mais, interrompit le Roi d'un ton de maître fâché, refuser la duchesse de Bourgogne, c'est lui manquer de respect, c'est me refuser moi-même.» Je répondis que, de la manière que les quêteuses se nommaient[2], nous ne pensions point que Mme la duchesse de Bourgogne y eût de part, que c'était la duchesse du Lude, souvent la première dame du palais qui s'y trouvait, qui indiquait qui elle voulait. «Mais, Monsieur, interrompit le Roi

---

1. Saint-Simon est ami intime du duc de Beauvillier, gouverneur des petits-fils du Roi, mais aussi très proche du chancelier de Pontchartrain et de Chamillart : il a consulté chacun d'entre eux sur l'attitude à adopter.
2. Étaient nommées.

encore, et du même ton haut et fâché, vous avez tenu des discours ? – Non, Sire, lui dis-je, aucun. – Quoi ? vous n'avez point parlé ?... » Et de ce ton élevé poursuivait lorsqu'en cet endroit j'osai l'interrompre aussi, et élevant ma voix au-dessus de la sienne : « Non, Sire, vous dis-je, et si j'en avais tenu je l'avouerais à Votre Majesté tout de même que je lui avoue que j'ai évité la quête à ma femme, et que j'ai empêché d'autres duchesses de l'accepter. J'ai toujours cru et eu lieu de croire que puisque Votre Majesté ne s'expliquait point là-dessus, qu'elle ignorait ce qui se passait, ou que, le sachant, elle ne s'en souciait point. Je vous supplie très instamment de nous faire la justice d'être persuadé que si les ducs, et moi en particulier, eussions pu penser que Votre Majesté le désirât le moins du monde, toutes se seraient empressées de le faire, et Mme de Saint-Simon à toutes les fêtes, et si cela n'eût pas suffi de sa part à vous témoigner mon désir de vous plaire, j'aurais moi aussi plutôt quêté dans un plat comme un marguillier de village[1]. Mais, Sire, continuai-je, Votre Majesté peut-elle imaginer que nous tenions aucune fonction au-dessous de nous en sa présence, et une encore que les duchesses et les Princesses font tous les jours encore dans les paroisses et dans les couvents de Paris, et sans aucune difficulté ? Mais il est vrai, Sire, que les princes sont si attentifs à se former des avantages de toutes choses, qu'ils nous obligent à y prendre garde, surtout ayant refusé la quête une fois. – Mais ils ne l'ont point refusée, me dit le Roi d'un ton plus radouci ; on ne leur a point dit de quêter. – Ils l'ont refusée, Sire, repris-je fortement, non

---

1. Un notable de village.

pas les Lorraines, mais les autres (par où je lui désignais Mme de Montbazon). La duchesse du Lude en a pu rendre compte à Votre Majesté et l'a dû faire, et c'est ce qui nous a fait prendre notre parti ; mais comme nous savons combien Votre Majesté se trouve importunée de tout ce qui est discussion et décision, nous avons cru qu'il suffisait d'éviter la quête pour ne pas laisser prendre cet avantage aux princes, persuadés, comme j'ai eu l'honneur de vous le dire, que Votre Majesté n'en savait rien ou ne s'en souciait point, puisqu'elle n'en témoignait aucune chose. – Ho bien ! Monsieur, me répondit le Roi d'un ton bas et tout à fait radouci, cela n'arrivera plus, car j'ai dit à Monsieur le Grand[1] que je désirais que sa fille quêtât le premier jour de l'an, et j'ai été bien aise qu'elle en donnât l'exemple, par l'amitié que j'ai pour son père. » Je répliquai, toujours regardant le Roi fixement, que je le suppliais encore une fois, et pour moi, et pour tous les ducs, de croire que personne ne lui était plus soumis que nous, ni plus persuadés, et moi plus que pas un, que nos dignités émanant de la sienne et nos personnes remplies de ses bienfaits, il était, comme roi et comme bienfaiteur de nous tous, despotiquement le maître de nos dignités, de les abaisser, de les élever, d'en faire comme d'une chose sienne et absolument dans sa main. Alors, prenant un ton tout à fait gracieux et un air tout à fait de bonté et de familiarité, il me dit à plusieurs reprises que c'était là comme il fallait penser et parler, qu'il était content de moi, et des choses pareilles et honnêtes. J'en pris

---

1. Louis de Lorraine, comte d'Armagnac, Grand Écuyer, d'une maison féconde en intrigues et en « entreprises ».

l'occasion de lui dire que je ne pouvais lui exprimer la douleur où j'étais de voir que, tandis que je ne songeais qu'à lui plaire, on ne cessait de me faire auprès de lui les desservices les plus noirs ; que je lui avouais que je ne pouvais le pardonner à ceux qui en étaient capables, et que je n'en pouvais soupçonner que Monsieur le Grand, « lequel, ajoutai-je, depuis l'affaire de la princesse d'Harcourt[1], ne me l'a pas pardonné, parce qu'ayant eu l'honneur de vous en rendre compte, Votre Majesté vit que je lui disais vrai, et non pas Monsieur le Grand, dont je crois que Votre Majesté se souvient bien, et que je ne lui répète point pour ne la pas fatiguer ». Le Roi me répondit qu'il s'en souvenait bien, et en eût je crois écouté la répétition patiemment, à la façon réfléchie, douce et honnête avec laquelle il me le dit, mais je ne jugeai pas à propos de le tenir si longtemps. Je finis donc par le supplier que, lorsqu'il lui reviendrait quelque chose de moi qui ne lui plairait pas, il me fît la grâce de m'en faire avertir, si Sa Majesté ne daignait me le dire elle-même, et qu'il verrait que cette bonté serait incontinent suivie ou de ma justification, ou de mon aveu et du pardon que je lui demanderais de ma faute. Il demeura un moment après que j'eus cessé de parler comme attendant si j'avais plus rien à lui dire ; il me quitta ensuite avec une petite révérence très gracieuse, en me disant que cela était bien et qu'il était content de moi. Je me retirai en lui faisant une profonde révérence, extrêmement soulagé et content d'avoir eu le

---

1. En 1699, la princesse d'Harcourt avait proprement, « avec ses deux bras », éjecté la duchesse de Rohan d'un siège qu'elle prétendait occuper (I, 582), mais le Roi avait ensuite ordonné qu'elle lui fît des excuses publiques.

loisir de tout ce que je lui avais placé sur moi, sur les ducs, sur les princes, en particulier sur le grand écuyer, et plus persuadé que devant, par le souvenir du Roi de l'affaire de la princesse d'Harcourt et son silence sur Monsieur le Grand, que c'était à lui que je devais ce que je venais encore une fois de confondre.

Il est fréquent que la chronique s'ouvre sur d'autres temps que ceux observés par le mémorialiste, le plus souvent à l'occasion d'une mort. Il semble alors que Saint-Simon ait vécu à la cour bien avant d'être présenté au Roi en 1691. Cette connaissance du passé, il la doit en partie à ses conversations avec les survivants d'époques révolues du règne, ce qui permet aux Mémoires d'intégrer des fragments d'un temps dont il n'était pas, mais dont son pouvoir de vision laisserait presque croire qu'il en fut.

Mort et caractère de l'abbesse de Fontevrault ; sa nièce lui succède
La mort de l'abbesse de Fontevrault dans un âge encore assez peu avancé[1], arrivée dans ce temps-ci, mérite d'être remarquée. Elle était fille du premier duc de Mortemart et sœur du duc de Vivonne, de Mme de Thiange et de Mme de Montespan ; elle avait encore plus de beauté que cette dernière[2], et, ce qui n'est pas moins dire, plus d'esprit qu'eux tous, avec ce même tour, que nul autre n'a attrapé qu'eux, ou avec eux par une fréquentation continuelle, et qui se sent si

---

1. Elle était née en 1645 ; Mme de Montespan, née en 1640, mourra trois ans plus tard.   2. Voir plus loin, p. 174, le récit de la mort de Mme de Montespan.

promptement et avec tant de plaisir[1] ; avec cela très savante, même bonne théologienne, avec un esprit supérieur pour le gouvernement, une aisance et une facilité qui lui rendait comme un jeu le maniement de tout son ordre et de plusieurs grandes affaires qu'elle avait embrassées, et où il est vrai que son crédit contribua fort au succès ; très régulière et très exacte, mais avec une douceur, des grâces et des manières qui la firent adorer à Fontevrault et de tout son ordre. Ses moindres lettres étaient des pièces à garder, et toutes ses conversations ordinaires, même celles d'affaires ou de discipline, étaient charmantes, et ses discours en chapitre, les jours de fête, admirables. Ses sœurs l'aimaient passionnément, et malgré leur impérieux naturel, gâté par la faveur au comble, elles avaient pour elle une vraie déférence. Voici le contraste. Ses affaires l'amenèrent plusieurs fois et longtemps à Paris. C'était au fort des amours du Roi et de Mme de Montespan. Elle fut à la cour et y fit de fréquents séjours, et souvent longs. À la vérité elle n'y voyait personne, mais elle ne bougeait de chez Mme de Montespan, entre elle et le Roi, Mme de Thiange et le plus intime particulier. Le Roi la goûta tellement qu'il avait peine à se passer d'elle. Il aurait voulu qu'elle fût de toutes les fêtes de sa cour, alors si galante et si magnifique. Mme de Fontevrault se défendit toujours opiniâtrement des publiques, mais elle n'en put éviter de particulières. Cela faisait un personnage extrêmement

---

1. Ce fameux « esprit Mortemart », fait de très fine ironie, d'intelligence amusée et de connivence élitiste, Proust tentera de le reconstituer, ou d'en faire entendre les harmoniques, à travers Oriane de Guermantes. Saint-Simon étant cousin, par sa mère, de Mme de Montespan, il n'est pas interdit d'entendre dans les *Mémoires* quelques échos de cet « esprit » aussi subtil que mythique.

singulier. Il faut dire que son père la força à prendre le voile et à faire ses vœux, qu'elle fit de nécessité vertu, et qu'elle fut toujours très bonne religieuse. Ce qui est très rare, c'est qu'elle conserva toujours une extrême décence personnelle dans ces lieux et ces parties où son habit en avait si peu. Le Roi eut pour elle une estime, un goût, une amitié que l'éloignement de Mme de Montespan ni l'extrême faveur de Mme de Maintenon ne purent émousser. Il la regretta fort et se fit un triste soulagement de le témoigner. Il donna tout aussitôt cette unique abbaye à sa nièce, fille de son frère, religieuse de la maison et personne d'un grand mérite.

———

Des contes de fées à la presse à scandale, les amours des princesses ont toujours été un sujet inépuisable. La duchesse de Bourgogne, objet d'admiration et d'affection de la cour, n'en est pas moins une jeune femme sentimentale. Le dessin des personnages, la cohérence de l'intrigue, la finesse de l'analyse, mais aussi l'empathie à la fois fataliste et réprobatrice du mémorialiste, font de ces pages un modèle de narration.

Anecdote curieuse ; état brillant de Mme la duchesse de Bourgogne
Il se présente ici une anecdote très sage à taire, très curieuse à écrire à qui a vu les choses d'aussi près que j'ai fait. Ce qui me détermine au second parti, c'est que le fait en gros n'a pas été ignoré, et que les trônes de tous les siècles et de toutes les nations fourmillent d'aventures pareilles. Faut-il donc le dire ? Nous avions une princesse charmante, qui, par ses grâces, ses soins et des façons uniques en elle, s'était emparée du

cœur et des volontés du Roi, de Mme de Maintenon et de Mgr le duc de Bourgogne. Le mécontentement extrême, trop justement conçu contre le duc de Savoie, son père[1], n'avait pas apporté la plus petite altération à leur tendresse pour elle. Le Roi, qui ne lui cachait rien, qui travaillait avec ses ministres en sa présence toutes les fois qu'elle y voulait entrer et demeurer, eut toujours l'attention pour elle de ne lui ouvrir jamais la bouche de rien de tout ce qui pouvait regarder le duc son père, ou avoir trait à lui. En particulier, elle sautait au col du Roi à toute heure, se mettait sur ses genoux, le tourmentait de toutes sortes de badinages, visitait ses papiers, ouvrait et lisait ses lettres en sa présence, quelquefois malgré lui, et en usait de même avec Mme de Maintenon. Dans cette extrême liberté, jamais rien ne lui échappa contre personne : gracieuse à tous, et parant même les coups toutes les fois qu'elle le pouvait, attentive aux domestiques intérieurs du Roi, n'en dédaignant pas les moindres ; bonne aux siens, et vivant avec ses dames comme une amie et en toute liberté, vieilles et jeunes. Elle était l'âme de la cour, elle en était adorée ; tous, grands et petits, s'empressaient à lui plaire ; tout manquait à chacun en son absence, tout était rempli par sa présence. Son extrême faveur la faisait infiniment compter, et ses manières lui attachaient tous les cœurs. Dans cette situation brillante le sien ne fut pas insensible. Nangis que nous voyons aujourd'hui un fort plat maréchal

---

1. Non seulement il aide les Fanatiques, c'est-à-dire les protestants rebelles du Sud-Est, mais il trahit la France : « Mme de Maintenon ne pouvait croire coupable le père de la duchesse de Bourgogne ; Chamillart, séduit par les deux généraux [Vaudémont et Vendôme], était de plus entraîné par elle, et le Roi ne voyait que par leurs yeux. À la fin, mais trop tard, ils s'ouvrirent » (II, 364).

de France était alors la fleur des pois[1] ; un visage gracieux sans rien de rare, bien fait sans rien de merveilleux.

Nangis

Élevé dans l'intrigue et dans la galanterie par la maréchale de Rochefort sa grand-mère, et Mme de Blanzac sa mère, qui y étaient des maîtresses passées[2], produit tout jeune par elles dans le grand monde dont elles étaient une espèce de centre, il n'avait d'esprit que celui de plaire aux dames, de parler leurs langages et de s'assurer les plus désirables par une discrétion qui n'était pas de son âge et qui n'était plus de son siècle. Personne que lui n'était alors plus à la mode. Il avait eu un régiment tout enfant ; il avait montré de la volonté, de l'application et une valeur brillante à la guerre, que les dames avaient fort relevée et qui suffisait à son âge. Il était fort de la cour de Mgr le duc de Bourgogne et à peu près de son âge, et il en était fort bien traité. Ce prince, passionnément amoureux de son épouse, n'était pas fait comme Nangis ; mais la Princesse répondait si parfaitement à ses empressements qu'il est mort sans soupçonner jamais qu'elle eût des regards pour un autre que pour lui. Il en tomba pourtant sur Nangis, et bientôt ils redoublèrent. Nangis ne fut pas ingrat, mais il craignit la foudre, et son cœur était pris. Mme deLa Vrillière, qui sans beauté était

Mme de La Vrillière

jolie comme les amours et en avait toutes les grâces, en avait fait la conquête. Elle était fille de Mme de Mailly dame d'atours de Mme la duchesse de Bourgogne, elle était de tout dans sa cour. La jalousie l'éclaira bientôt. Bien loin de céder à la Princesse, elle se piqua d'honneur de

---

1. *Le nec plus ultra* de l'élégance et de la séduction.   2. Qui étaient, si l'on ose dire, passées maîtresses en galanterie.

conserver sa conquête, de la lui disputer, de l'emporter. Cette lutte mit Nangis dans d'étranges embarras. Il craignait les furies de sa maîtresse qui se montrait à lui plus capable d'éclater qu'elle ne l'était en effet. Outre son amour pour elle, il craignait tout d'un emportement et croyait déjà sa fortune perdue. D'autre part, sa réserve ne le perdait pas moins auprès d'une princesse qui pouvait tant, qui pourrait tout un jour, et qui n'était pas pour céder, non pas même pour souffrir une rivale. Cette perplexité, à qui était au fait, donnait des scènes continuelles. Je ne bougeais alors de chez Mme de Blanzac à Paris et de chez la maréchale de Rochefort à Versailles ; j'étais ami intime de plusieurs dames du palais qui voyaient tout et ne me cachaient rien ; j'étais avec la duchesse de Villeroi sur un pied solide de confiance, et avec la Maréchale, tel, qu'ayant toujours été mal ensemble, je les raccommodai si bien que jusqu'à leur mort elles ont vécu ensemble dans la plus tendre intimité. La duchesse de Villeroi savait tout par Mme d'O et par la maréchale de Cœuvres qui était raffolée d'elle, et qui étaient les confidentes et quelque chose de plus. La duchesse de Lorges, ma belle-sœur, ne l'était guère moins, et tous les soirs me contait tout ce qu'elle avait vu et appris dans la journée. J'étais donc instruit exactement et pleinement d'une journée à l'autre. Outre que rien ne me divertissait davantage, les suites pouvaient être grandes, et il était important pour l'ambition d'être bien informé[1]. Enfin toute la cour assidue et éclairée s'aperçut de ce qui avait été

---

1. Saint-Simon fait de sa curiosité un leitmotiv des *Mémoires* : ses informateurs et informatrices le tiennent en permanence au fait des intrigues de la cour, mais il est aussi l'homme qui « regarde de tous ses yeux », écoute de toutes ses oreilles.

caché d'abord avec tant de soin. Mais soit crainte, soit amour de cette princesse qu'on adorait, cette même cour se tut, vit tout, se parla entre elle et garda le secret qui ne lui était pas même confié. Ce manège, qui ne fut pas sans aigreur de la part de Mme de La Vrillière pour la Princesse, et quelquefois insolemment placée, ni sans une souffrance et un éloignement doucement marqué de la Princesse pour elle, fit longtemps un spectacle fort singulier. Soit que Nangis, trop fidèle à son premier amour, eût besoin de quelque grain de jalousie, soit que la chose se fît naturellement, il arriva qu'il trouva un concurrent. Maulévrier, fils d'un frère de Colbert mort de douleur de

Maulévrier et sa femme

n'être pas maréchal de France à la promotion où le maréchal de Villeroi le fut, avait épousé une fille du maréchal de Tessé. Maulévrier n'avait point un visage agréable, sa figure était d'ailleurs très commune. Il n'était point sur le pied de la galanterie. Il avait de l'esprit, et un esprit fertile en intrigues sourdes, une ambition démesurée, et rien qui la pût retenir, laquelle allait jusqu'à la folie. Sa femme était jolie, avec fort peu d'esprit, tracassière, et, sous un extérieur de vierge, méchante au dernier point. Peu à peu elle fut admise comme fille de Tessé à monter dans les carrosses, à manger, à aller à Marly, à être de tout chez Mme la duchesse de Bourgogne, qui se piquait de reconnaissance pour Tessé qui avait négocié la paix de Savoie et son mariage, dont le Roi lui savait fort bon gré. Maulévrier écuma[1] des premiers ce qui se passait à l'égard de Nangis : il se fit donner des privances chez Mme la duchesse de Bourgogne par son beau-père, il s'y

---

1. Devina.

rendit assidu ; enfin, excité par l'exemple, il osa soupirer. Lassé de n'être point entendu, il hasarda d'écrire ; on prétendit que Mme Quantin, amie intime de Tessé, trompée par le gendre, crut recevoir de sa main des billets du beau-père, et que, les regardant comme sans conséquence, elle les rendait. Maulévrier, sous le nom de son beau-père, recevait, crut-on, les réponses aux billets par la même main qui les avait remis. Je n'ajouterai pas ce qu'on crut au-delà. Quoi qu'il en soit, on s'aperçut de celui-ci comme de l'autre, et on s'en aperçut avec le même silence. Sous prétexte d'amitié pour Mme de Maulévrier, la Princesse alla plus d'une fois pleurer avec elle et chez elle, dans des voyages de Marly, le prochain départ de son mari et les premiers jours de son absence, et quelquefois Mme de Maintenon avec elle. La cour riait. Si les larmes étaient pour lui ou pour Nangis, cela était douteux ; mais Nangis toutefois, réveillé par cette concurrence, jeta Mme de La Vrillière dans d'étranges douleurs et dans une humeur dont elle ne fut point maîtresse. Ce tocsin se fit entendre à Maulévrier. De quoi ne s'avise pas un homme que l'amour ou l'ambition possède à l'excès ? Il fit le malade de la poitrine, se mit au lait, fit semblant d'avoir perdu la voix, et sut être assez maître de soi pour qu'il ne lui échappât pas un mot à voix intelligible pendant plus d'un an, et par là ne fit point la campagne et demeura à la cour. Il fut assez fou pour conter ce projet et bien d'autres au duc de Lorges, son ami, par qui dans le temps même je le sus. Le fait était que, se mettant ainsi dans la nécessité de ne parler jamais à personne qu'à l'oreille, il se donnait la liberté de parler de même à Mme la duchesse de Bourgogne devant toute la cour sans indécence et sans soupçon que ce fût en secret. De cette sorte, il lui disait tout ce qu'il voulait tous les

jours, et il prenait son temps de manière qu'il n'était point
entendu, et que parmi des choses communes dont les
réponses se faisaient tout haut, il en mêlait d'autres dont
les réponses, courtes, se ménageaient de façon qu'elles ne
pouvaient être entendues que de lui. Il avait tellement
accoutumé le monde à ce manège qu'on n'y prenait plus
garde, sinon pour le plaindre d'un si fâcheux état ; mais il
arrivait pourtant que ce qui approchait le plus Mme la
duchesse de Bourgogne en savait assez pour ne s'empresser
pas autour d'elle quand Maulévrier s'en approchait pour
lui parler. Ce même manège dura plus d'un an, souvent en
reproches, mais les reproches réussissent rarement en
amour. La mauvaise humeur de Mme de La Vrillière le
tourmentait : il croyait Nangis heureux, et il voulait qu'il
ne le fût pas. Enfin, la jalousie et la rage le transportèrent
au point d'hasarder une extrémité de folie. Il alla à la
tribune sur la fin de la messe de Mme la duchesse de
Bourgogne. En sortant il lui donna la main et prit un jour
qu'il savait que Dangeau, chevalier d'honneur, était
absent. Les écuyers, soumis au premier écuyer son beau-
père, s'étaient accoutumés à lui céder cet honneur à cause
de sa voix éteinte, pour le laisser parler en chemin, et se
retiraient par respect pour ne pas entendre. Les dames
suivaient toujours de loin, tellement qu'en pleins appartements et au milieu de tout le monde, il avait depuis la
chapelle jusqu'à l'appartement de Mme la duchesse de
Bourgogne la commodité du tête-à-tête qu'il s'était donné
plusieurs fois. Ce jour-là il chanta pouille[1] sur Nangis à la
Princesse, l'appela par toutes sortes de noms, la menaça de
tout faire savoir au Roi, à Mme de Maintenon, au prince

---

1. Ici, faire de violents reproches, menacer.

son mari, lui serra les doigts à les lui écraser, en furieux, et la conduisit de la sorte jusque chez elle. En arrivant, tremblante et prête à s'évanouir, elle entra tout de suite dans sa garde-robe, et y appela Mme de Nogaret[1] qu'elle appelait sa *petite bonne*, et à qui elle allait volontiers au conseil[2] quand elle ne savait plus où elle en était. Là elle lui raconta ce qui venait de lui arriver, et lui dit qu'elle ne savait comment elle n'était pas rentrée sous les parquets, comment elle n'en était pas morte, comment elle avait pu arriver jusque chez elle. Jamais elle ne fut si éperdue. Le même jour Mme de Nogaret le conta à Mme de Saint-Simon et à moi, dans le dernier secret et la dernière confiance. Elle conseilla à la Princesse de filer doux avec un fou si dangereux et si fort hors de tout sens et de toute mesure, et toutefois d'éviter sur toutes choses de se commettre avec lui. Le pis fut qu'au partir de là il menaça, dit force choses sur Nangis comme un homme qui en était vivement offensé, qui était résolu d'en tirer raison et de l'attaquer partout. Quoiqu'il n'en dît pas la cause, elle était claire. On peut juger de la frayeur qu'en conçut la Princesse, de la peur et des propos de Mme de La Vrillière et de ce que devint Nangis. Il était brave de reste pour n'en craindre personne et prêter le collet[3] à quiconque, mais le prêter sur pareil sujet, il en pâmait d'effroi : il voyait sa fortune et des suites affreuses entre les mains d'un fou furieux. Il prit le parti de l'éviter avec le plus grand soin qu'il put, de paraître peu, et de se taire. Mme la duchesse de Bourgogne vivait dans des mesures et des transes mortelles, et cela dura plus de six semaines de la sorte, sans que

---

1. Dame du palais de la duchesse de Bourgogne.   2. À qui elle demandait volontiers conseil.   3. Ici, se battre en duel.

pourtant elle en ait eu autre chose que l'extrême peur. Je n'ai point su ce qui arriva, ni qui avertit Tessé, mais il le fut et fit un trait d'habile homme. Il persuada son gendre de le suivre en Espagne, où il lui fit voir les cieux ouverts pour lui. Il parla à Fagon, qui du fond de sa chambre et *Maulévrier* du cabinet du Roi, voyait tout et *va avec Tessé* savait tout. C'était un homme *en Espagne* d'infiniment d'esprit et avec cela un bon et honnête homme : il entendit à demi-mot, et fut d'avis qu'après tous les remèdes que Maulévrier avait tentés pour son extinction de voix et sa poitrine, il n'y avait plus pour lui que l'air des pays chauds ; que l'hiver où on allait entrer le tuerait infailliblement en France et lui serait salutaire dans un pays où cette saison est une des plus belles et des plus tempérées de l'année. Ce fut donc sur le pied[1] de remède et comme l'on va aux eaux, que Maulévrier alla en Espagne. Cela fut donné ainsi à toute la cour et au Roi, à qui Fagon persuada ce qu'il voulut par des raisonnements de médecine où il ne craignit point de contradicteur entre le Roi et lui, et à Mme de Maintenon tout de même, qui l'un et l'autre le prirent pour bon et ne se doutèrent de rien. Sitôt que la parole en fut lâchée, Tessé n'eut rien de plus pressé que de tirer son gendre de la cour et du Royaume, et pour mettre fin à ses folies et aux frayeurs mortelles qu'elles causaient, et pour couper court à la surprise et aux réflexions sur un si long voyage d'un homme en l'état auquel Maulévrier passait pour être. Tessé prit donc congé les premiers jours d'octobre, et partit avec son gendre de Fontainebleau pour l'Espagne.

---

1. Sous prétexte.

On comprendra mieux les précautions que prennent Nangis et Maulévrier par ce récit d'une colère mémorable du Roi. On a vu celui-ci casser sa canne sur le dos d'un valet (p. 46) ; encore ne s'agissait-il que d'un violent dépit. Dans l'anecdote suivante, c'est l'autorité royale en ses plus secrètes ramifications qui est menacée par la bêtise d'un subalterne.

Courtenvaux ; son caractère ; cruellement réprimandé par le Roi. Inquisition de ce prince

Peu de temps après qu'on fut à Fontainebleau, il arriva à Courtenvaux une aventure terrible. Il était fils aîné de M. de Louvois, qui lui avait fait donner, puis ôter la survivance de sa charge, dont il le trouva tout à fait incapable. Il l'avait fait passer à Barbezieux son troisième fils, et il avait consolé l'aîné par la survivance de son cousin Tilladet, à qui il avait acheté les Cent-suisses[1], qui, après les grandes charges de la maison du Roi, en est sans contredit la première et la plus belle. Courtenvaux était un fort petit homme obscurément débauché, avec une voix ridicule, qui avait peu et mal servi, méprisé et compté pour rien dans sa famille et à la cour, où il ne fréquentait personne, avare et taquin[2], et quoique modeste et respectueux, fort colère et peu maître de soi quand il se capriçait[3] : en tout un fort sot homme et traité comme tel jusque chez la duchesse

---

1. Compagnie qui, comme les suisses, fait partie de la garde rapprochée du Roi.   2. « Qui a une avarice outrée et sordide, qui va jusqu'à la vilenie » (Furetière). Le deuxième adjectif amplifie le premier, comme un coup de pinceau en souligne un autre.   3. Rare et beau néologisme, formé sur « caprice », au sens plus fort qu'aujourd'hui : coup de tête, tocade.

de Villeroi et la maréchale de Cœuvres, sa sœur et sa belle-sœur ; on ne l'y rencontrait jamais. Le Roi, plus avide de savoir tout ce qui se passait et plus curieux de rapports qu'on ne le pouvait croire, quoiqu'on le crût beaucoup, avait autorisé Bontemps, puis Bloin, gouverneurs de Versailles, à prendre quantité de suisses outre ceux des portes, des parcs et des jardins, et ceux de la galerie et du grand appartement de Versailles et des salons de Marly et de Trianon, qui, avec une livrée du Roi, ne dépendaient que d'eux. Ces derniers étaient secrètement chargés de rôder, les soirs, les nuits et les matins dans tous les degrés, les corridors, les passages, les privés [1], et quand il faisait beau, dans les cours et les jardins, de patrouiller, se cacher, s'embusquer, remarquer les gens, les suivre, les voir entrer et sortir des lieux où ils allaient, de savoir qui y était, d'écouter tout ce qu'ils pouvaient entendre, de n'oublier pas combien de temps les gens étaient restés où ils étaient entrés, et de rendre compte de leurs découvertes. Ce manège, dont d'autres subalternes et quelques valets se mêlaient aussi, se faisait assidûment à Versailles, à Marly, à Trianon, à Fontainebleau et dans tous les lieux où le Roi était. Ces suisses déplaisaient fort à Courtenvaux, parce qu'ils ne le reconnaissaient en rien et qu'ils enlevaient à ses Cent-suisses des postes et des récompenses qu'il leur aurait bien vendus, tellement qu'il les tracassait souvent. Entre la grande pièce des suisses et la salle des gardes du Roi à Fontainebleau, il y a un passage étroit entre le degré et le logement occupé lors par Mme de Maintenon, puis une pièce carrée où est la porte de ce logement qui, en la traversant droit, donne dans la salle des gardes, et qui a une autre porte sur le balcon qui environne la cour en ovale, lequel communique aux degrés et

---

1. Les toilettes.

en beaucoup d'endroits. Cette pièce carrée est un passage public de communication indispensable à tout le château pour qui ne va point par les cours, et par conséquent fort propre à observer les allants et venants, et par elle-même et par ses communications. Jusqu'à cette année, il y avait toujours couchés quelques gardes du corps et quelques Cent-suisses qui, lorsque le Roi entrait et sortait de chez Mme de Maintenon, s'y mettaient mêlés sous les armes, de sorte que cette pièce passait pour une extension de salle des gardes et des Cent-suisses. Le Roi s'avisa cette année d'y faire coucher de[1] suisses de Blouin au lieu de Cent-suisses et de gardes. Courtenvaux, sans en parler au capitaine des gardes en quartier, puisqu'on en avait ôté les gardes aussi bien que les suisses, eut la sottise de prendre ce changement pour une nouvelle entreprise de ces suisses sur les siens, et s'en mit en telle colère qu'il n'y eut menaces qu'il ne leur fît, ni pouilles qu'il ne leur chantât[2]. Ils le laissèrent aboyer sans s'émouvoir ; ils avaient leurs ordres et furent assez sages pour ne rien répondre. Le Roi, qui n'en fut averti que sur le soir, au sortir de son souper, entré à son ordinaire dans son grand cabinet ovale avec ce qui avait accoutumé de l'y suivre de sa famille et des dames des princesses, qui à Fontainebleau, faute d'autres cabinets, se tenaient toutes dans celui-là autour du Roi, envoya chercher Courtenvaux. Dès qu'il parut dans ce cabinet, le Roi lui parla d'un bout à l'autre sans lui donner loisir d'approcher, mais dans une colère si terrible, et pour lui si nouvelle et si extraordinaire, qu'il fit trembler non seulement Courtenvaux, mais princes, princesses, dames, et tout ce qui était dans le cabinet. On l'entendait de sa chambre. Les

---

1. On notera l'emploi partitif de l'article.   2. Chanter pouilles, c'est ici dire toutes sortes d'injures.

menaces de lui ôter sa charge, les termes les plus durs et les plus inusités dans sa bouche plurent sur Courtenvaux, qui, pâmé d'effroi et prêt à tomber par terre, n'eut ni le temps ni le moyen de proférer un mot. La réprimande finit par lui dire[1] avec impétuosité : « Sortez d'ici ! » À peine en eut-il la force et de se traîner chez lui. Quelque peu de cas que sa famille fît de lui, elle fut étrangement alarmée ; chacun eut recours à quelque protection. Mme la duchesse de Bourgogne, qui aimait fort la duchesse de Villeroi et la maréchale de Cœuvres, parla de son mieux à Mme de Maintenon, et même au Roi. À la fin il s'apaisa, mais avec avis qu'il chasserait Courtenvaux à la première de ses sottises et lui ôterait sa charge. Après cela il osa en reprendre les fonctions. La cause d'une scène si étrange était que Courtenvaux avait mis le doigt sur la lettre à toute la cour par le vacarme qu'il avait fait d'un changement dont le motif sautait aux yeux dès qu'on y prenait garde, et le Roi, qui cachait avec le plus grand soin ses espionnages, avait compté que ce changement ne s'apercevrait pas, et était outré de colère du bruit qu'il avait fait et qui l'avait appris et fait sentir à tout le monde. Quoique déjà sans considération, sans agrément, sans familiarité la moindre, il en demeura plus mal avec le Roi et ne s'en releva de sa vie ; sans sa famille il était chassé et sa charge perdue.

On se souvient que Vendôme, parti « suer publiquement la vérole », était revenu fort enlaidi (p. 65). Mais un bout de nez en plus ou en moins n'ôte rien à l'engouement du Roi et de la

---

1. Quand le Roi lui dit…

*cour pour ce personnage, que Saint-Simon observe d'autant
mieux qu'il ne l'aime pas.*

Duc de Vendôme ; La cour et Paris virent en ce temps-
ses mœurs, ci un spectacle vraiment prodi-
son caractère, gieux. M. de Vendôme n'était
sa conduite point parti d'Italie depuis qu'il
avait succédé au maréchal de Villeroi après l'affaire de
Crémone[1]. Ses combats tels quels, les places qu'il avait
prises, l'autorité qu'il avait saisie, la réputation qu'il avait
usurpée, ses succès incompréhensibles dans l'esprit et dans
la volonté du Roi, la certitude de ses appuis, tout cela lui
donna le désir de venir jouir à la cour d'une situation si
brillante, et qui surpassait de si loin tout ce qu'il avait pu
espérer[2]. Mais avant de voir arriver un homme qui va
prendre un ascendant si incroyable, et dont jusqu'ici je
n'ai parlé qu'en passant, il est bon de le faire connaître
davantage, et d'entrer même dans des détails qui ont de
quoi surprendre, et qui le peindront d'après nature. Il était
d'une taille ordinaire pour la hauteur, un peu gros, mais
vigoureux, fort, et alerte ; un visage fort noble et l'air haut ;
de la grâce naturelle dans le maintien et dans la parole ;
beaucoup d'esprit naturel qu'il n'avait jamais cultivé, une
énonciation facile, soutenue d'une hardiesse naturelle, qui
se tourna depuis en audace la plus effrénée ; beaucoup
de connaissance du monde, de la cour, des personnages
successifs, et sous une apparente incurie, un soin et une

---

1. Le maréchal de Villeroi avait été fait prisonnier lors de la « journée de
Crémone ».   2. Le duc de Vendôme et son frère, le Grand prieur, ont pour
arrière-grand-père Henri IV, mais pour arrière-grand-mère Gabrielle d'Estrées :
ils sont donc d'ascendance royale, mais bâtarde.

adresse continuelle à en profiter en tout genre ; surtout admirable courtisan, et qui sut tirer avantage jusque de ses plus grands vices à l'abri du faible du Roi pour sa naissance ; poli par art[1], mais avec un choix et une mesure avare, insolent à l'excès dès qu'il crut le pouvoir oser impunément, et en même temps familier et populaire avec le commun par une affectation qui voilait sa vanité et le faisait aimer du vulgaire ; au fond l'orgueil même, et un orgueil qui voulait tout, qui dévorait tout. À mesure que son rang s'éleva et que sa faveur augmenta, sa hauteur, son peu de ménagement, son opiniâtreté jusqu'à l'entêtement, tout cela crût à proportion, jusqu'à se rendre inutile toute espèce d'avis, et se rendre inaccessible qu'à un nombre très petit de familiers, et à ses valets. La louange, puis l'admiration, enfin l'adoration, furent le canal unique par lequel on pût approcher ce demi-dieu, qui soutenait des thèses ineptes sans que personne osât, non pas contredire, mais ne pas approuver. Il connut et abusa plus que personne de la bassesse du Français. Peu à peu il accoutuma les subalternes, puis de l'un à l'autre toute son armée, à ne l'appeler plus que *Monseigneur* et *Votre Altesse*. En moins de rien cette gangrène gagna jusqu'aux lieutenants généraux et aux gens les plus distingués, dont pas un, comme des moutons à l'exemple les uns des autres, n'osa plus lui parler autrement, et qui, l'usage ayant passé en droit, y auraient hasardé l'insulte[2] si quelqu'un d'eux se fût avisé de lui parler autrement. Ce qui est prodigieux à qui a connu le Roi galant aux dames une si longue partie de sa vie, dévot l'autre, souvent avec importunité pour autrui, et, dans toutes ces deux parties de sa vie, plein d'une juste,

1. Artifice.   2. Auraient risqué de se faire insulter si…

mais d'une singulière horreur pour tous les habitants de Sodome, et jusqu'au moindre soupçon de ce vice, M. de Vendôme y fut plus salement plongé toute sa vie que personne, et si publiquement, que lui-même n'en faisait pas plus de façon que de la plus légère et de la plus ordinaire galanterie, sans que le Roi, qui l'avait toujours su, l'eût jamais trouvé mauvais, ni qu'il en eût été moins bien avec lui. Ce scandale le suivit toute sa vie à la cour, à Anet, aux armées. Ses valets et des officiers subalternes satisfirent toujours cet horrible goût, étaient connus pour tels, et comme tels étaient courtisés des familiers de M. de Vendôme et de ce qui voulait s'avancer auprès de lui. On a vu avec quelle audacieuse effronterie il fit publiquement le grand remède par deux fois, prit congé pour l'aller faire, qu'il fut le premier qui l'ait osé, et que sa santé devint la nouvelle de la cour, et avec quelle bassesse elle y entra à l'exemple du Roi, qui n'aurait pas pardonné à un fils de France ce qu'il ménagea avec une faiblesse si étrange et si marquée pour Vendôme. Sa paresse était à un point qui ne se peut concevoir : il a pensé être enlevé plus d'une fois pour s'être opiniâtré dans un logement plus commode, mais trop éloigné, et risqué les succès de ses campagnes, donné même des avantages considérables à l'ennemi, par ne se pouvoir résoudre à quitter un camp où il se trouvait logé à son aise. Il voyait peu à l'armée par lui-même, il s'en fiait à ses familiers que très souvent encore il n'en croyait pas. Sa journée, dont il ne pouvait troubler l'ordre ordinaire, ne lui permettait guère de faire autrement. Sa saleté était extrême, il en tirait vanité ; les sots le trouvaient un homme simple. Il était plein de chiens et de chiennes dans son lit qui y faisaient leurs petits à ses côtés. Lui-même ne s'y contraignait de rien. Une de ses thèses était que tout le

monde en usait de même, mais n'avait pas la bonne foi
d'en convenir comme lui ; il le soutint un jour à Mme la
princesse de Conti, la plus propre personne du monde et
la plus recherchée dans sa propreté[1]. Il se levait assez tard à
l'armée, se mettait sur sa chaise percée, y faisait ses lettres
et y donnait ses ordres du matin. Qui avait affaire à lui,
c'est-à-dire pour les officiers généraux et les gens distingués, c'était le temps de lui parler. Il avait accoutumé
l'armée à cette infamie. Là, il déjeunait à fond, et souvent
avec deux ou trois familiers, rendait d'autant, soit en mangeant, soit en écoutant, ou en donnant ses ordres, et toujours force spectateurs debout. Il faut passer ces honteux
détails pour le bien connaître. Il rendait beaucoup ; quand
le bassin était plein à répandre, on le tirait et on le passait
sous le nez de toute la compagnie pour l'aller vider, et
souvent plus d'une fois. Les jours de barbe, le même bassin
dans lequel il venait de se soulager, servait à lui faire la
barbe. C'était une simplicité de mœurs, selon lui, digne
des premiers Romains, et qui condamnait tout le faste et le
superflu des autres. Tout cela fini, il s'habillait, puis jouait
gros jeu au piquet ou à l'hombre, ou s'il fallait absolument
monter à cheval pour quelque chose, c'en était le temps.
L'ordre donné au retour, tout était fini chez lui. Il soupait
avec ses familiers largement ; il était grand mangeur, d'une
gourmandise extraordinaire, ne se connaissait à aucun
mets, aimait fort le poisson, et mieux le passé et souvent le
puant que le bon. La table se prolongeait en thèses, en
disputes, et, par-dessus tout, louanges, éloges, hommages
toute la journée et de toutes parts. Il n'aurait pardonné le
moindre blâme à personne : il voulait passer pour le pre-

---

1. Au sens ici d'élégance, mais aussi de souci de soi.

mier capitaine de son siècle, et parlait indécemment du prince Eugène[1] et de tous les autres ; la moindre contradiction eût été un crime. Le soldat et le bas officier l'adoraient pour sa familiarité avec eux et la licence qu'il tolérait pour s'en gagner les cœurs, dont il se dédommageait par une hauteur sans mesure avec tout ce qui était élevé en grade ou en naissance. Il traitait à peu près de même ce qu'il y avait de plus grand en Italie, qui avait si souvent affaire à lui. C'est ce qui fit la fortune du fameux Alberoni[2].

Alberoni ;
commencement
de sa fortune

Le duc de Parme eut à traiter avec M. de Vendôme ; il lui envoya l'évêque de Parme, qui se trouva bien surpris d'être reçu par M. de Vendôme sur sa chaise percée, et plus encore de le voir se lever au milieu de la conférence et se torcher le cul devant lui. Il en fut si indigné que, toutefois sans mot dire, il s'en retourna à Parme sans finir ce qui l'avait amené, et déclara à son maître qu'il n'y retournerait de sa vie après ce qui lui était arrivé. Alberoni était fils d'un jardinier, qui, se sentant de l'esprit, avait pris un petit collet[3], pour, sous une figure d'abbé, aborder où son sarrau de toile eût été sans accès. Il était bouffon ; il plut à Monsieur de Parme comme un bas valet dont on s'amuse ; en s'en amusant il lui trouva de l'esprit, et qu'il pouvait n'être pas incapable d'affaires. Il ne crut pas que la chaise percée de M. de Vendôme demandât un autre envoyé, il le chargea d'aller continuer et finir ce que l'évêque de Parme

---

1. Grand stratège et général des armées impériales, qui battit les Français à de nombreuses reprises.   2. Qui deviendra cardinal et Premier ministre en Espagne.   3. « Un homme à petit collet, ou, simplement, un petit collet, un homme d'église, ainsi dit à cause de ce collet que les ecclésiastiques portaient plus petit » (Littré).

avait laissé à achever. Alberoni, qui n'avait point de morgue[1] à garder et qui savait très bien quel était Vendôme, résolut de lui plaire à quelque prix que ce fût pour venir à bout de sa commission au gré de son maître, et de s'avancer par là auprès de lui. Il traita donc avec M. de Vendôme sur sa chaise percée, égaya son affaire par des plaisanteries qui firent d'autant mieux rire le général qu'il l'avait préparé par force louanges et hommages. Vendôme en usa avec lui comme il avait fait avec l'évêque, il se torcha le cul devant lui. À cette vue Alberoni s'écrie : *O culo di angelo !...* et courut le baiser. Rien n'avança plus ses affaires que cette infâme bouffonnerie. Monsieur de Parme, qui dans sa position avait plus d'une chose à traiter avec M. de Vendôme, voyant combien Alberoni y avait heureusement commencé, se servit toujours de lui, et lui prit à tâche de plaire aux principaux valets, de se familiariser avec tous, de prolonger ses voyages. Il fit à M. de Vendôme, qui aimait les mets extraordinaires, de soupes au fromage, et d'autres ragoûts étranges, qu'il trouva excellents. Il voulut qu'Alberoni en mangeât avec lui, et de cette sorte, il se mit si bien avec lui, qu'espérant plus de fortune dans une maison de bohèmes et de fantaisies qu'à la cour de son maître, où il se trouvait de trop bas aloi[2], il fit en sorte de se faire débaucher d'avec lui, et de faire accroire à M. de Vendôme que l'admiration et l'attachement qu'il avait conçu pour lui lui faisait sacrifier tout ce qu'il pouvait espérer de fortune à Parme. Ainsi il changea de maître, et bientôt après, sans cesser son métier de bouffon et de faiseur de potages[3] et de ragoûts bizarres, il

---

1. Gravité.   2. De trop peu de valeur.   3. « Jus de viande cuite, dans lequel on fait détremper ou mitonner du pain taillé en menues tranches » (Furetière, qui précise que ces potages peuvent être faits avec « un chapon, un

mit le nez dans les lettres de M. de Vendôme, y réussit à son gré, devint son principal secrétaire, et celui à qui il confiait tout ce qu'il avait de plus particulier et de plus secret. Cela déplut fort aux autres ; la jalousie s'y mit au point que, s'étant querellés dans une marche, Magnani le courut plus de mille pas à coups de bâton, à la vue de toute l'armée. M. de Vendôme le trouva mauvais, mais ce fut tout ; et Alberoni, qui n'était pas homme à quitter prise pour si peu de chose et en si beau chemin, s'en fit un mérite auprès de son maître, qui, le goûtant de plus en plus et lui confiant tout, le mit de toutes ses parties, et sur le pied d'un ami de confiance plutôt que d'un domestique, à qui ses familiers même et les plus haut huppés [1] de son armée firent la cour.

Voyage triomphant de Vendôme à la cour On a vu ce que put sur le Roi la naissance de M. de Vendôme [2], le parti qu'il en sut tirer par M. du Maine, et dès là par Mme de Maintenon, toujours en montant, comment par là il se dévoua Chamillart, et l'intérêt que Vaudémont et ses habiles nièces trouvèrent à se lier avec lui [3]. Bien de tout temps avec Monseigneur par la chasse et par d'autres endroits de jeunesse ancienne, jusqu'à être dans l'intérieur de cette cour l'émule du prince de Conti [4], cette émulation plut au Roi qui haïssait le prince, et qui, dès avant tout ce que nous venons de voir, avait pris

---

jarret de veau, du bœuf et du mouton », et même à base « de pigeonneaux, canard aux navets, de perdrix aux choux » et autres ingrédients consistants).

1. Les plus hauts personnages.   2. En 1703, celui-ci « avait fort pressé le Roi de le faire maréchal de France. Le Roi, sur le point de le faire, en fut retenu par la grandeur de ses bâtards et la similitude qu'il avait avec eux » (II, 393). Mais le Roi l'assure en même temps « qu'il n'y perdrait rien ».   3. Proches de Monseigneur et de l'insinuante maison de Lorraine.   4. On lira son portrait dans la chronique de 1709 (p. 201).

du goût et de la distinction pour Vendôme, qui l'avait flatté par son goût pour la chasse, pour la campagne, par son assiduité près de lui, et par l'aversion de Paris sur tout, où il n'allait comme jamais. On a vu son art et son audace d'entretenir le Roi de projets, d'entreprises, de petits combats de rien grossis, de vrais combats très douteux donnés comme décisifs avec une hardiesse à l'épreuve du plus prompt démenti, en un mot, de courriers continuels dont le Roi voulait bien être la dupe, et se persuader tout ce que voulait Vendôme, appuyé et prôné si solidement dans le plus intérieur des cabinets, et contredit de personne avec la précaution qu'on a vu qu'il avait prise sur les lettres d'Italie, et le silence profond excepté pour l'exalter, que son poids et sa faveur avait imprimé à son armée. La situation où il la trouvait et l'absence du prince Eugène, qui était à Vienne, lui parut une jointure favorable pour aller recueillir le fruit de ses travaux. Il eut permission de faire un tour à la cour et laisser son armée sous les ordres de Médavy, le plus ancien lieutenant général, parce que la politique de Vaudémont, ou l'orgueil de ne commander pas par l'absence d'un autre, lui en fit faire l'honnêteté à Médavy. Vendôme arriva droit à Marly où nous étions, le 12 février. Ce fut une rumeur épouvantable : les galopins[1], les porteurs de chaise, tous les valets de la cour quittèrent tout pour environner sa chaise de poste. À peine monté dans sa chambre tout y courut. Les princes du sang, si piqués de sa préférence sur eux à servir, et de bien d'autres choses, y arrivèrent tous les premiers. On peut juger si les deux bâtards[2] s'y firent attendre. Les ministres accoururent, et

---

1. Petits valets de cuisine, employés aussi à « galoper » pour toutes sortes de commissions.   2. Le duc du Maine et le comte de Toulouse.

tellement tout le courtisan, qu'il ne resta dans le salon que les dames. M. de Beauvillier était à Vaucresson, et pour moi, je demeurai spectateur, et n'allai point adorer l'idole. Le Roi, Monseigneur, l'envoyèrent chercher. Dès qu'il put être habillé parmi cette foule, il alla au salon, porté par elle plutôt qu'environné. Monseigneur fit cesser la musique où il était pour l'embrasser. Le Roi, qui était chez Mme de Maintenon, travaillant avec Chamillart, l'envoya chercher encore, et sortit de la petite chambre où il travaillait dans le grand cabinet au-devant de lui, l'embrassa à diverses reprises, y resta quelque temps avec lui, puis lui dit qu'il le verrait le lendemain à loisir. Il l'entretint en effet chez Mme de Maintenon plus de deux heures. Chamillart, sous prétexte de travailler avec lui plus en repos à L'Étang, lui donna deux jours durant une fête superbe. À son exemple, Pontchartrain, Torcy, puis les seigneurs les plus distingués de la cour crurent faire la leur d'en user de même ; chacun voulut s'y signaler. Vendôme, retenu et couru de toutes parts, n'y put suffire. On briguait à lui donner des fêtes, on briguait d'y être invité avec lui. Jamais triomphe n'égala le sien ; chaque pas qu'il faisait lui en procurait un nouveau. Ce n'est point trop dire que tout disparut devant lui, princes du sang, ministres, et les plus grands seigneurs, ou ne parut que pour le faire éclater bien loin au-dessus d'eux, et que le Roi ne sembla demeurer roi que pour l'élever davantage. Le peuple s'y joignit à Versailles et à Paris, où il voulut jouir d'un enthousiasme si étrange sous prétexte d'aller à l'Opéra. Il y fut couru par les rues avec des accla-mations, il fut affiché, tout fut retenu à l'Opéra d'avance ; on s'y étouffait partout, et les places y furent doublées comme aux premières représentations. Vendôme, qui rece-vait tous ces hommages avec une aisance extrême, était pourtant intérieurement surpris d'une folie si universelle ; quelque court qu'il eût résolu de rendre son séjour, il craignit que cette fougue ne pût durer. Pour se rendre plus rare, il pria le Roi de trouver bon qu'il allât à Anet d'un Marly à l'autre, et ne fut que deux jours à Versailles, qu'il coupa encore d'une nuit à Meudon dont il voulut bien gratifier Monseigneur. Vendôme ne fut pas plus tôt à Anet avec fort peu de gens choisis, que de l'un à l'autre la cour devint déserte, et le château et le village d'Anet rempli jusqu'aux toits. Monseigneur y fut chasser, les princes du sang, les ministres ; ce fut une mode dont chacun se piqua. Enflé d'une réception si prodigieuse et soutenue, il traita à Anet toute cette foule en courtisans, et la bassesse fut telle qu'on le souffrit sans s'en plaindre, comme une liberté de campagne, et qu'on ne cessa d'y courir. Le Roi, si offensé d'être délaissé pour quelque occasion que ce fût, prenait plaisir à la solitude de Versailles pour Anet, et demandait aux uns s'ils y avaient été, aux autres quand ils iraient. Tout montrait que de propos délibéré on avait résolu d'élever Vendôme au rang des héros : il le sentit, il voulut en profiter. Il renouvela ses prétentions de commander aux maréchaux de France[1]. On l'érigeait en dieu Mars,

Patente de maréchal général offerte et refusée par Vendôme comment l'en refuser ? La patente de maréchal général lui fut donc sourdement accordée, et dressée pareille à celle de M. de Turenne, depuis lequel on n'en avait point vu. Ce n'était ni le compte de M. de Vendôme, ni celui de M. du Maine. La patente n'avait été offerte que pour sauver ce que le Roi n'avait jamais voulu ; elle n'avait été acceptée qu'à faute de

---

1. Le Roi le lui avait refusé en 1703.

mieux, et pour en faire un chausse-pied à la naissance[1] :
Vendôme proposa donc que ce motif y fût inséré de plus
qu'en la patente de M. de Turenne. Je ne sais pas d'où le
maréchal de Villeroi en eut le vent, mais il le sut à temps
d'en faire ses représentations au Roi. Elles étaient pour lors
encore conformes à son goût. Le Maréchal était en grande
faveur, il l'emporta et il fut déclaré à M. de Vendôme qu'il
ne serait rien ajouté à sa patente, conforme en tout à celle
de M. de Turenne. Il se piqua et n'en voulut plus. Le refus
était singulièrement hardi ; mais il connaissait à qui il avait
affaire, et la force de ses appuis. Il avait été opiniâtrement
refusé de commander ceux d'entre les maréchaux de
France qui ne l'étaient que depuis qu'il commandait les
armées ; il n'avait pas tenu aux ordres réitérés du Roi que
Tessé ne le lui eût fait éprouver, qui ne l'évita que par une
volontaire adresse[2]. De là à la patente qu'on lui offrait
pour les commander tous, il y avait plus loin qu'à parvenir
de cette offre à ce qu'il prétendait. On verra dans cette
année même qu'il ne se trompa pas[3]. Son frère, quoique
médiocrement bien avec lui, le fut trouver à Anet pour se
remettre par lui en selle. Vendôme lui offrit de le présenter

Grand prieur ;
son caractère
au Roi, et de lui faire donner une
pension de dix mille écus ; mais
l'insolent Grand prieur ne voulut
rien moins que de retourner commander une armée en
Italie, acheva pourtant le voyage d'Anet, fort mécontent

---

1. Le « chausse-pied » permettant de « faire passer » d'autres privilèges dus à
sa naissance.   2. Maréchal de France, Tessé, en 1704, avait « mis dans sa
poche sa commission pour commander l'armée » (II, 427), pour ne pas se
mettre Vendôme à dos.   3. Cette même année, Vendôme partira en effet
en Flandres « avec une lettre du Roi pour donner l'ordre et commander à tous
les maréchaux de France » (II, 764).

et refusant tout, et, quand son frère retourna à la cour, s'en revint rager à Clichy. Il avait tous les vices de son frère. Sur la débauche il avait de plus que lui d'être au poil et à la plume[1], et d'avoir l'avantage de ne s'être jamais couché le soir depuis trente ans que porté dans son lit ivre mort, coutume à laquelle il fut fidèle le reste de sa vie. Il n'avait aucune partie de général ; sa poltronnerie reconnue était soutenue d'une audace qui révoltait. Plus glorieux encore que son frère, il allait à l'insolence, et pour cela même ne voyait que des subalternes obscurs. Menteur, escroc, fripon, voleur comme on l'a vu sur les affaires de son frère[2], malhonnête homme jusque dans la moelle des os qu'il avait perdue de vérole, suprêmement avantageux et singulièrement bas et flatteur aux gens dont il avait besoin, et prêt à tout faire et à tout souffrir pour un écu, avec cela le plus désordonné et le plus grand dissipateur du monde. Il avait beaucoup d'esprit et une figure parfaite en sa jeunesse, avec un visage autrefois singulièrement beau : en tout la plus vile, la plus méprisable, et en même temps la plus dangereuse créature qu'il fût possible.

———————

Les amours impossibles de la duchesse de Bourgogne continuent à alimenter le secret des conversations, sans que le Roi, malgré tous ses espions, ni le duc de Bourgogne, trop épris, en sachent rien. Mais les histoires d'amour des princesses finissent, en général, comme celles du commun des mortels.

---

1. L'expression désigne les chiens de chasse capables de courir les deux types de gibier ; nous dirions aujourd'hui « à voile et à vapeur ».   2. Vendôme lui a ôté, en 1705, « le pillage de ses affaires » (II, 622).

*Catastrophe
curieuse
de Maulévrier*

Une folie me conduit à une autre[1], pour ne pas interrompre des matières importantes et liées en remettant de la rapporter au temps où elle arriva. Maulévrier, de retour d'Espagne et débarquant à Marly, où j'étais, et comme je l'ai dit[2], parce que sa femme était du voyage, y trouva la princesse des Ursins au plus brillant de son triomphe, et Mme de Maintenon également entêtée d'elle et impatiente de la renvoyer à Madrid. Le compagnon saisit la conjoncture. Il était chargé de mémoires de la reine d'Espagne et de Tessé ; il profita des premiers temps de la reconnaissance de Mme des Ursins qu'il avait si bien servie, il la cultiva, il eut soin de la laisser apercevoir des privances qu'il surprit[3] avec Mme la duchesse de Bourgogne, et qu'il s'était ménagées avant son voyage avec Mgr le duc de Bourgogne, qui lui avait trouvé de l'esprit ; il ne négligea pas de les grossir aux yeux de son importante amie, à qui il avait appris à Toulouse tant de choses secrètes et importantes, qu'elle n'eut pas peine à croire sur sa parole plus encore qu'elle n'en voyait. Quelque nombre d'amis qu'elle laissât en ce pays-ci, elle ne fut pas indifférente à se bien assurer de celui-ci, qu'elle vit et crut, encore plus qu'il n'était, tenir par les liens les plus intimes. Elle avait plus d'une fois éprouvé la force de ceux-là, qui si souvent gouvernent les cours, les affaires et les succès. Les secrets réci-

---

1. Saint-Simon vient de conter comment Du Mont, gouverneur de Meudon, est devenu fou et a fini par « s'aller noyer dans la Seine ». 2. L'amoureux muet a fait son chemin : dans « la plus intime confiance de la Reine », il songe à la grandesse, mais le Roi lui interdit d'y prétendre et le rappelle en France : « ce fut un étrange coup pour cet ambitieux », commente le mémorialiste (II, 595-596).   3. Des entretiens privés qu'il obtint par surprise.

proques qu'ils s'étaient confiés à Toulouse, ceux qu'il rapportait d'Espagne, les lièrent étroitement. Maulévrier s'en fit une clef de la chambre de Mme de Maintenon, si curieuse de l'intérieur de la cour d'Espagne qu'elle allait, comptait-elle, gouverner plus que jamais par Mme des Ursins, à qui elle ne put refuser d'entretenir Maulévrier. Il fut donc admis chez elle tête à tête. Ces conversations se multiplièrent et se prolongèrent quelquefois plus de trois heures ; il eut soin de les nourrir par des lettres et par des mémoires. Mme de Maintenon, toujours éprise des nouvelles connaissances avec un épanchement fort singulier, admira tout de Maulévrier, et fit goûter au Roi ce qu'il lui envoyait. Maulévrier, revenu perdu, et subitement relevé de la sorte, commença à perdre terre, à mépriser les ministres, à faire peu de compte de ce que son beau-père lui mandait. Les affaires qui lui passaient par les mains, des commerces secrets qu'il entretenait en Espagne, lui donnèrent des occasions continuelles de particuliers avec Mgr et Mme la duchesse de Bourgogne, chacun séparément, à celle-ci de le ménager et à lui de tout prétendre. Nangis le désespérait, l'abbé de Polignac[1] aussi. Il ne prétendait à rien moins qu'à toutes sortes de sacrifices, et il n'en pouvait obtenir aucun. Sa femme, piquée contre lui, se mit à faire des avances à Nangis ; celui-ci, pour se couvrir mieux, à y répondre. Maulévrier s'en aperçut : c'était trop lui en vouloir. Il connaissait sa femme assez méchante pour la craindre ; tant de vifs mouvements du cœur et de l'esprit le transportèrent. Un jour qu'il était chez lui, et qu'il y avait apparemment quelque chose à raccommoder, la maréchale de Cœuvres le vint voir : il lui ferma la porte de sa chambre, la barricada

---

1. Autre ambitieux, qui cherche à se rapprocher du couple Bourgogne.

au-dedans, et à travers la porte la querella jusqu'à lui chanter pouille[1] une grosse heure entière qu'elle eut la patience d'y demeurer sans avoir pu parvenir à le voir. De cette époque il se rendit rare à la cour et se tint fort à Paris. Il sortait souvent seul à des heures bizarres, prenait un fiacre loin de chez lui, se faisait mener derrière les Chartreux et en d'autres lieux écartés. Là, il mettait pied à terre, s'avançait seul, sifflait : tantôt un grison[2], sortant d'un coin, lui remettait des paquets ; tantôt ils lui étaient jetés d'une fenêtre ; une autre fois il ramassait une boîte auprès d'une borne, qui se trouvait remplie de dépêches. J'ai su dans le temps même ces mystérieux manèges par des gens qu'il eut quelquefois l'indiscrète vanité d'en rendre témoins. Il écrivait après à Mme de Maintenon et à Mme la duchesse de Bourgogne, mais sur les fins presque uniquement à la dernière, par l'entremise de Mme Quantin[3]. Je sais gens, et M. de Lorges entre autres, à qui Maulévrier a extérieurement montré des bottes[4] de ses lettres et des réponses, et lu, entre autres, une que Mme Quantin lui écrivait, par laquelle elle tâchait de l'apaiser sur Mme la duchesse de Bourgogne, et lui mandait de sa part, en termes les plus exprès et les plus forts, qu'il devait toujours compter sur elle. Il fit un dernier voyage à Versailles où il la vit en particulier et la querella cruellement. Il dîna ce jour-là chez Torcy, avec qui il était resté en mesures extérieures[5], et eut la folie de conter sa rage et sa conversation à l'abbé de Caumartin qu'il y trouva, qui était ami intime de Tessé et d'eux tous, et qui me la redit

---

1. L'invectiver.   2. Un homme en gris, par souci de discrétion.
3. Première femme de chambre de la duchesse de Bourgogne.
4. Liasses.   5. Avec qui, vues de l'extérieur, ses relations étaient restées mesurées, polies.

mot pour mot ensuite, et de là s'en alla à Paris. Là, déchiré de mille sortes de rages d'amour, qui était venu à force de le faire[1], de jalousie, d'ambition, sa tête se troubla au point qu'il fallut appeler des médecins, et ne le laisser voir qu'aux personnes indispensables, et encore aux heures où il était le moins mal. Cent visions lui passaient par la tête. Tantôt, comme enragé, il ne parlait que d'Espagne, que de Mme la duchesse de Bourgogne, que de Nangis qu'il voulait tuer, d'autres fois le faire assassiner ; tantôt, plein de remords sur l'amitié de Mgr le duc de Bourgogne, à laquelle il manquait si essentiellement, il faisait des réflexions si curieuses à entendre qu'on n'osait demeurer avec lui et qu'on le laissait seul. D'autres fois, doux, détaché du monde, plein des idées qui lui étaient restées de sa première éducation ecclésiastique, ce n'était que désirs de retraite et de pénitence. Alors il lui fallait un confesseur pour le remettre sur ses désespoirs de la miséricorde de Dieu. Souvent encore il se croyait bien malade et prêt à mourir. Le monde cependant, et jusqu'à ses plus proches, se persuadaient que tout cela n'était qu'un jeu, et, dans l'espérance d'y mettre fin, ils lui déclarèrent qu'il passait pour fou dans le monde, et qu'il lui importait infiniment de sortir d'un état si bizarre et de se montrer. Ce fut le dernier coup qui l'accabla. Outré de fureur de sentir que cette opinion ruinait sans ressource tous les desseins de son ambition, sa passion dominante, il se livra au désespoir. Quoique veillé avec un extrême soin par sa femme, par quelques amis très particuliers et par ses domestiques, il fit si bien que, le vendredi saint de cette année, il se déroba un moment d'eux tous sur les huit heures du matin, entra dans un passage derrière son appartement, ouvrit la fenêtre, se

---

1. À force de parler d'amour à la princesse.

jeta dans la cour et s'y écrasa la tête contre le pavé. Telle fut la catastrophe d'un ambitieux à qui les plus folles et les plus dangereuses passions, parvenues au comble renversèrent la tête et lui ôtèrent la vie, tragique victime de soi-même. Mme la duchesse de Bourgogne en apprit la nouvelle le même jour à ténèbres[1], avec le Roi et toute la cour. En public, elle ne témoigna pas s'en soucier ; en particulier, elle donna quelque cours aux larmes. Ces larmes pouvaient être de pitié, mais ne furent pas si charitablement interprétées. On remarqua fort que, dès le samedi saint, Mme Quantin alla à Paris chez ce malheureux, où dès auparavant elle avait fait divers voyages. Elle était toute à Tessé. Le prétexte fut de Mme de Maulévrier, mais personne n'y prit[2], et on crut qu'il y avait eu des raisons importantes pour ce voyage. La douleur de la veuve ne lui ôta aucune liberté d'esprit. On ne douta pas qu'elle ne se fût saisie de tous les papiers avant de se jeter dans le couvent où elle passa sa première année. Elle y reçut une lettre de Mme la duchesse de Bourgogne dont elle se para fort, et la visite des dames les plus avant auprès de cette princesse ; elle les reçut froidement, et Mme de La Vallière si mal, que d'amies intimes qu'elles étaient elles s'en brouillèrent. Incontinent après Pâques, nous fûmes à Marly. Mme de Maintenon y parut triste, embarrassée, sévère contre son ordinaire avec Mme la duchesse de Bourgogne. Elle la tint souvent et longtemps tête à tête, la princesse en sortait toujours en larmes. On ne douta plus que Mme de Maintenon n'en eût appris enfin ce que chacun voyait depuis longtemps. On soupçonna Maulévrier de s'être vengé par des papiers qu'il lui avait envoyés sur les

---

1. Office de la semaine sainte où l'on éteint les lumières dans le chœur.
2. Personne ne s'y laissa prendre.

fins. On imagina même que Desmarets, cousin germain de Maulévrier, et qui s'était toujours mêlé de ses affaires domestiques, avait été saisi[1] de papiers importants, que par le canal de Chamillart il avait fait passer à Mme de Maintenon et au Roi même. J'étais ami particulier de toute ma vie de Desmarets après mon père, comme je l'ai rapporté en son lieu[2], et à portée de tout avec lui. Je le pris au jour de conseil de finances que nous avions dîné ensemble chez Chamillart, et en nous promenant dans les jardins de Marly tête à tête, je lui en demandai la vérité. Il m'avoua que Maulévrier l'avait souvent entretenu de ses visions et de ses amours, et lui en avait tant conté de toutes les sortes, que, désespérant de l'en pouvoir déprendre, et ne doutant pas que la fin n'en fût fâcheuse, il lui avait depuis fermé la bouche toutes les fois qu'il avait voulu lui en parler. Il me dit que c'était lui qui avait ordonné du scellé, qu'il ne doutait pas qu'il n'y eût là bien des lettres et bien des papiers fort curieux, qu'il savait que, peu avant sa mort, Maulévrier en avait brûlé beaucoup et mis d'autres en dépôt dont il n'avait pas voulu se charger ; qu'il ne doutait pas que Mme de Maulévrier n'eût mis la main sur tout ce qui s'en était pu trouver ; mais il me jura qu'il n'avait eu à cet égard ni ordre, ni rien de semblable, et qu'aussi il n'avait rien trouvé. Je fus bien aise d'être éclairci d'un fait si important. Comme il n'y avait donc plus rien qui le fût là-dessus à l'égard de Desmarets, je contai cette conversation à la duchesse de Villeroi, à Mme de Lévis, à Mme de Nogaret, à Mme du Châtelet, auprès desquelles nous étions logés,

---

1. Avait été mis en possession.   2. Le duc Claude recevait Desmarest à La Ferté, bien que celui-ci fût en exil dans ses terres, à quelques lieues de là. L'amitié du père s'est poursuivie dans le fils. Desmarest est alors aux Finances.

Mme de Saint-Simon et moi, lesquelles nous disaient aussi tout ce qu'elles découvraient. À l'empressement avec lequel Mme de Nogaret m'avait pressé de confesser Desmarets, et sa joie de ce que je lui en rapportai, j'eus beaucoup de soupçon qu'elle ne l'avait pas fait d'elle-même, et de l'inquiétude de Mme la duchesse de Bourgogne là-dessus. Cependant cette tristesse profonde, et ces yeux si souvent rouges de Mme la duchesse de Bourgogne, commencèrent à inquiéter Mgr le duc de Bourgogne. Peu s'en fallut qu'il n'aperçût plus qu'il n'était besoin. Mais l'amour est crédule : il prit aisément aux raisons qui lui en furent données. Les romancines [1] s'épuisèrent ou du moins se ralentirent, la Princesse comprit la nécessité de se monter plus gaie. Nous ne laissâmes pas de douter longtemps si le Roi n'avait pas été instruit. Je me licenciai de traiter avec le duc de Beauvillier cette matière en plein : il n'en ignorait pas le fond, il souffrait cruellement pour Mgr le duc de Bourgogne, et il tremblait sans cesse de le voir tomber dans l'horrible désespoir d'apprendre ce qui, à la fin, se sait presque toujours. M. de Beauvillier n'avait jamais estimé Maulévrier : il plaignit en bon chrétien sa fin funeste mais il se sentit fort soulagé. Tessé, par d'autres raisons, ne le fut pas moins quand il apprit en Espagne qu'il était délivré d'un gendre si embarrassant ; il ne s'en cacha même pas assez. Achevons tout d'un temps cette délicate matière.

Départ de l'abbé de Polignac, etc. L'abbé de Polignac était pressé par Torcy de partir et ne s'y pouvait résoudre [2], quoique cette aventure, qui tenait les yeux si

---

1. Réprimandes.   2. Il a été nommé auditeur de rote à Rome ; il a surtout été éloigné par Torcy avant de devenir dangereux. La rote est un tribunal ecclésiastique composé de douze auditeurs.

ouverts sur lui le dût persuader, et une autre encore fort désagréable qu'il venait d'avoir avec l'abbé de Caumartin à propos du procès de M. de Bouillon avec son fils. À la fin pourtant, il fallut prendre congé. On remarqua beaucoup que Mme la duchesse de Bourgogne lui souhaita un heureux voyage tout d'une autre façon qu'elle n'avait accoutumé de congédier ceux qui prenaient congé d'elle. Peu de gens eurent foi à une migraine qui la tint tout ce même jour sur un lit de repos chez Mme de Maintenon, les fenêtres entièrement fermées, et qui ne finit que par beaucoup de larmes. Ce fut la première fois qu'elle ne fut pas épargnée. Madame, se promenant peu de jours après dans les jardins de Versailles, trouva sur une balustrade et sur quelques piédestaux deux vers aussi insolents qu'ils furent intelligibles, et Madame n'eut ni la bonté ni la discrétion de s'en taire. Tout le monde aimait Mme la duchesse de Bourgogne : ces vers firent moins de bruit parce que chacun l'étouffa.

Saint-Simon n'aime pas Vendôme, mais il a une aversion tenace et argumentée pour le duc du Maine, premier fils du Roi et de Mme de Montespan. Ce ne sont pas tant les défauts de son naturel qu'il stigmatise, que sa naissance, et surtout l'incroyable élévation des bâtards, qui ira jusqu'à leur habilitation au trône de France.

M. et Mme du Maine ; leur caractère et leur conduite Le Roi avançait en âge, et Monseigneur vers le trône ; M. du Maine en tremblait. Avec de l'esprit, je ne dirai pas comme un ange, mais comme un démon auquel il ressemblait si fort en malignité, en noirceur, en perversité d'âme, en desservices à tous, en services à personne, en marches profondes, en orgueil le plus superbe, en fausseté exquise, en artifices sans nombre, en simulations sans mesure, et encore en agréments, en l'art d'amuser, de divertir, de charmer quand il voulait plaire, c'était un poltron accompli de cœur et d'esprit, et à force de l'être, le poltron le plus dangereux, et le plus propre, pourvu que ce fût par-dessous terre, à se porter aux plus terribles extrémités pour parer ce qu'il jugeait avoir à craindre, et se porter aussi à toutes les souplesses et les bassesses les plus rampantes auxquelles le diable ne perdait rien. Il était de plus poussé par une femme de même trempe[1], dont l'esprit, et elle en avait aussi infiniment, avait achevé de se gâter et de se corrompre par la lecture des romans et des pièces de théâtre, dans les passions desquelles elle s'abandonnait tellement, qu'elle a passé des années à les apprendre par cœur et à les jouer publiquement elle-même. Elle avait du courage à l'excès, entreprenante, audacieuse, furieuse, ne connaissant que la passion présente et y postposant tout[2], indignée contre la prudence et les mesures de son mari, qu'elle appelait misères de faiblesse, à qui elle reprochait l'honneur qu'elle lui avait fait de l'épouser, qu'elle rendit petit et souple devant elle en le traitant comme un nègre, le ruinant de fond en comble sans qu'il osât proférer une parole, souffrant tout d'elle dans la frayeur qu'il en avait et dans la terreur encore que la tête achevât tout à fait de lui tourner. Quoiqu'il lui cachât assez de choses, l'ascendant qu'elle avait sur lui était incroyable, et c'était à coups de bâton qu'elle le poussait en avant. Nul concert avec le comte de Toulouse. C'était un

---

1. La duchesse du Maine est fille de Monsieur le Prince, petite-fille du « Grand Condé », et sœur de Monsieur le Duc, qui a épousé Mlle de Nantes, fille du Roi et de Mme de Montespan.   2. En faisant tout dépendre.

Comte de Toulouse ; son caractère homme fort court[1], mais l'honneur, la vertu, la droiture, la vérité, l'équité même, avec un accueil aussi gracieux qu'un froid naturel, mais glacial, le pouvait permettre ; de la valeur et de l'envie de faire[2], mais par les bonnes voies, et en qui le sens droit et juste, pour le très ordinaire, suppléait à l'esprit ; fort appliqué d'ailleurs à savoir sa marine de guerre et de commerce et l'entendant très bien. Un homme de ce caractère n'était pas pour vivre intimement avec son frère et sa belle-sœur. M. du Maine le voyait aimé et estimé parce qu'il méritait de l'être, il lui en portait envie. Le comte de Toulouse, sage, silencieux, mesuré, le sentait, mais n'en faisait aucun semblant. Il ne pouvait souffrir les folies de sa belle-sœur. Elle le voyait en plein, elle en rageait, elle ne le pouvait souffrir à son tour, elle éloignait encore les deux frères l'un de l'autre. Celui-ci était fort bien avec Monseigneur et M. et Mme la duchesse de Bourgogne qu'il avait toujours fort ménagés et respectés ; il était timide avec le Roi, qui s'amusait beaucoup plus de M. du Maine, le Benjamin[3] de Mme de Maintenon son ancienne gouvernante, à qui il sacrifia Mme de Montespan, qui toutes deux ne l'oublièrent jamais. Il avait eu l'art de persuader au Roi qu'avec beaucoup d'esprit, qu'on ne pouvait lui méconnaître, il était sans aucunes vues, sans nulle ambition, et un idiot de paresse, de solitude, d'application, et la plus grand-dupe du monde en tout genre ; aussi passait-il sa vie dans le fond de son cabinet, mangeait seul, fuyait le monde, allait seul à la chasse, et de cette vie de sauvage s'en faisait un vrai mérite

---

1. Court d'esprit.   2. De faire quelque chose, d'agir.   3. Le préféré, en référence au dernier fils de Jacob et de Rachel.

auprès du Roi, qu'il voyait tous les jours en toutes ses heures particulières ; enfin, suprêmement hypocrite : à la grand-messe, à vêpres, au salut toutes les fêtes et dimanches avec apparat. Il était le cœur, l'âme, l'oracle de Mme de Maintenon, de laquelle il faisait tout ce qu'il voulait, et qui ne songeait qu'à tout ce qui lui pouvait être le plus agréable et le plus avantageux aux dépens de quoi que ce pût être.

Le Roi a deux familles. Entouré de ses enfants et petits-enfants, qu'ils soient légitimes ou non, il fait figure de patriarche. La Reine n'est plus, Mme de Maintenon ne l'est pas, mais une troisième femme aurait mérité de l'être, au moins par métaphore : Mme de Montespan, dont Saint-Simon conte la fin avec une retenue qui n'ôte rien à l'émotion.

Mort de Mme de Montespan ; sa retraite, et sa conduite depuis, son caractère

Une autre mort fit bien plus de bruit, quoique d'une personne depuis longtemps retirée de tout, et qui n'avait conservé aucun reste du crédit dominant qu'elle avait si longtemps exercé : ce fut la mort de Mme de Montespan arrivée fort brusquement aux eaux de Bourbon, à soixante-six ans, le vendredi 27 mai à trois heures du matin. Je ne remonterai pas au-delà de mon temps à parler de celui de son règne. Je dirai seulement, parce que c'est une anecdote assez peu connue, que ce fut la faute de son mari plus que la sienne. Elle l'avertit du soupçon de l'amour du Roi pour elle, elle ne lui laissa pas ignorer qu'elle n'en pouvait plus douter, elle l'assura qu'une fête que le Roi donnait était pour elle, elle le pressa, elle le conjura avec les plus fortes instances de l'emmener dans ses terres de Guyenne, et de l'y laisser jusqu'à ce que le Roi l'eût oubliée et se fût engagé ailleurs : rien n'y put déterminer Montespan, qui ne fut pas longtemps sans s'en repentir, et qui, pour son tourment, vécut toute sa vie et mourut amoureux d'elle, sans toutefois l'avoir jamais voulu revoir depuis le premier éclat. Je ne parlerai point non plus des divers degrés que la peur du diable mit à reprises à sa séparation de la cour, et je parlerai ailleurs de Mme de Maintenon qui lui dut tout, qui prit peu à peu sa place, qui monta plus haut, qui la nourrit longtemps des plus cruelles couleuvres, et qui enfin la relégua de la cour. Ce que personne n'osa, ce dont le Roi fut bien en peine, M. du Maine, comme je l'ai dit ailleurs[1], s'en chargea, Monsieur de Meaux acheva, elle partit en larmes et en furie, et ne l'a jamais pardonné à M. du Maine, qui par cet étrange service se dévoua pour toujours le cœur et la toute-puissance de Mme de Maintenon. La maîtresse, retirée à la communauté de Saint-Joseph, qu'elle avait bâtie,

---

1. Saint-Simon écrira, dans le « Tableau du règne » de 1715 : « Le duc du Maine s'aperçut donc de bonne heure des épines de sa position entre sa mère et sa gouvernante, que l'enlèvement du cœur du Roi rendait irréconciliables. Il sentit en même temps que sa mère ne lui serait qu'un poids fort entravant, tandis qu'il pouvait tout espérer de sa gouvernante. Le sacrifice lui en fut donc bientôt fait. Il entra donc dans tout avec Monsieur de Meaux pour hâter la retraite de sa mère, il se fit mérite auprès de Mme de Maintenon de presser lui-même Mme de Montespan de s'en aller à Paris pour ne plus revenir à la cour, il se chargea de lui en porter l'ordre du Roi, et à la fin l'ordre très positif ; il s'en acquitta sans ménagement, il la fit obéir et se dévoua par là Mme de Maintenon sans réserve. Il fut longtemps très mal avec sa mère, qui ne le voulait point voir, et jamais depuis il n'y fut véritablement bien » (V, 560).

fut longtemps à s'y accoutumer. Elle promena son loisir et ses inquiétudes à Bourbon, à Fontevrault, aux terres de d'Antin[1], et fut des années sans pouvoir se rendre à elle-même. À la fin Dieu la toucha. Son péché n'avait jamais été accompagné de l'oubli, elle quittait souvent le Roi pour aller prier Dieu dans un cabinet ; rien ne lui aurait fait rompre aucun jeûne ni un jour maigre, elle fit tous les carêmes, et avec austérité quant aux jeûnes dans tous les temps de son désordre ; des aumônes, estime des gens de bien, jamais rien qui approchât du doute ni de l'impiété ; mais impérieuse, altière, dominante, moqueuse, et tout ce que la beauté et la toute-puissance qu'elle en tirait entraîne après soi. Résolue enfin de mettre à profit un temps qui ne lui avait été donné que malgré elle, elle chercha quelqu'un de sage et d'éclairé et se mit entre les mains du P. de La Tour[2], ce général de l'Oratoire si connu par ses sermons, par ses directions, par ses amis, et par la prudence et les talents du gouvernement. Depuis ce moment jusqu'à sa mort, sa conversion ne se démentit point, et sa pénitence augmenta toujours. Il fallut d'abord renoncer à l'attachement secret qui lui était demeuré pour la cour, et aux espérances qui, toutes chimériques qu'elles fussent, l'avaient toujours flattée. Elle se persuadait que la peur du diable seule avait forcé le Roi à la quitter ; que cette même peur dont Mme de Maintenon s'était habilement servie pour la faire renvoyer tout à fait, l'avait mise au comble de grandeur où elle était parvenue ; que son âge et sa mauvaise santé qu'elle se figurait, l'en pouvaient délivrer ;

---

1. Son fils légitime.   2. « Ce P. de La Tour était un grand homme bien fait, d'un visage agréable, mais imposant, fort connu par son esprit liant mais ferme, adroit mais fort, par ses sermons, par ses directions » (II, 567-568).

qu'alors se trouvant veuve[1], rien ne s'opposait à rallumer un feu autrefois si actif, dont la tendresse et le désir de la grandeur de leurs enfants communs pouvait aisément rallumer les étincelles, et qui n'ayant plus de scrupules à combattre pouvaient[2] la faire succéder à tous les droits de son ennemie. Ses enfants eux-mêmes s'en flattaient et lui rendaient de grands devoirs, et fort assidus[3]. Elle les aimait avec passion, excepté M. du Maine qui fut longtemps sans la voir, et qui ne la vit depuis que par bienséance. C'était peu dire qu'elle eût du crédit sur les trois autres, c'était de l'autorité, et elle en usait sans contrainte ; elle leur donnait sans cesse, et par amitié et pour conserver leur attachement, et pour se réserver ce lien avec le Roi, qui n'avait avec elle aucune sorte de commerce, même par leurs enfants. Leur assiduité fut retranchée ; ils ne la voyaient plus que rarement et après le lui avoir fait demander. Elle devint la mère de d'Antin dont elle n'avait été jusqu'alors que la marâtre ; elle s'occupa de l'enrichir. Le P. de La Tour tira d'elle un terrible acte de pénitence, ce fut de demander pardon à son mari et de se remettre entre ses mains. Elle lui écrivit elle-même dans les termes les plus soumis, et lui offrit de retourner avec lui si il daignait la recevoir, ou de se rendre en quelque lieu qu'il voulût lui ordonner. À qui a connu Mme de Montespan, c'était le sacrifice le plus héroïque. Elle en eut le mérite sans en essuyer l'épreuve ; M. de Montespan lui fit dire qu'il ne

---

1. Depuis 1701.   2. On attendrait *pouvait*, mais les « étincelles » de ce « feu » appellent le pluriel.   3. C'est-à-dire le duc du Maine, né en 1670 ; Mlle de Nantes, née en 1673, devenue Madame la Duchesse ; Mlle de Blois, née en 1677, devenue duchesse d'Orléans ; enfin le comte de Toulouse, né en 1678.

voulait ni la recevoir, ni lui prescrire rien, ni ouïr parler d'elle de sa vie. À sa mort, elle en prit le deuil comme une veuve ordinaire, mais il est vrai que, devant et depuis, elle ne reprit jamais ses livrées ni ses armes, qu'elle avait quittées, et porta toujours les siennes seules et pleines. Peu à peu elle en vint à donner presque tout ce qu'elle avait aux pauvres. Elle travaillait pour eux plusieurs heures par jour à des ouvrages bas et grossiers, comme des chemises et d'autres besoins semblables, et y faisait travailler ce qui l'environnait. Sa table, qu'elle avait aimée avec excès, devint la plus frugale, ses jeûnes fort multipliés ; sa prière interrompait sa compagnie et le plus petit jeu auquel elle s'amusait, et à toutes les heures du jour, elle quittait tout pour aller prier dans son cabinet. Ses macérations étaient continuelles ; ses chemises et ses draps étaient de toile jaune la plus dure et la plus grossière, mais cachés sous des draps et une chemise ordinaire. Elle portait sans cesse des bracelets, des jarretières et une ceinture à pointes de fer, qui lui faisaient souvent des plaies, et sa langue, autrefois si à craindre, avait aussi sa pénitence. Elle était de plus tellement tourmentée des affres de la mort, qu'elle payait plusieurs femmes dont l'emploi unique était de la veiller ; elle couchait tous ses rideaux ouverts, avec beaucoup de bougies dans sa chambre, ses veilleuses autour d'elle qu'à toutes les fois qu'elle se réveillait elle voulait trouver causant, jouant ou mangeant, pour se rassurer contre leur assoupissement. Parmi tout cela, elle ne put jamais se défaire de l'extérieur de reine qu'elle avait usurpé dans sa faveur et qui la suivit dans sa retraite. Il n'y avait personne qui n'y fût si accoutumé de ces temps-là, qu'on en conserva l'habitude sans murmure. Son fauteuil avait le dos joignant le pied de son lit ; il n'en fallait point chercher d'autres dans la chambre, non pas même pour ses enfants naturels, Mme la duchesse d'Orléans pas plus que les autres. Monsieur et la Grande Mademoiselle[1] l'avaient toujours aimée et l'allaient voir assez souvent ; à ceux-là on apportait des fauteuils et à Madame la Princesse ; mais elle ne songeait pas à se déranger du sien ni à les conduire. Madame n'y allait presque jamais, et trouvait cela fort étrange. On peut juger par là comme elle recevait tout le monde ; il y avait de petites chaises à dos lardées de ployants de part et d'autre depuis son fauteuil, vis-à-vis les uns des autres, pour la compagnie qui venait et pour celle qui logeait chez elle, nièces, pauvres demoiselles, filles et femmes qu'elle entretenait et qui faisaient les honneurs. Toute la France y allait ; je ne sais par quelle fantaisie cela s'était tourné de temps en temps en devoir. Les femmes de la cour en faisaient la leur à ses filles[2] ; d'hommes il y en allait peu sans des raisons particulières, ou des occasions. Elle parlait à chacun comme une reine qui tient sa cour et qui honore en adressant la parole. C'était toujours avec un air de grand respect, qui que ce fût qui entrât chez elle, et de visites elle n'en faisait jamais, non pas même à Monsieur ni à Madame, ni à la Grande Mademoiselle, ni à l'hôtel de Condé. Elle envoyait aux occasions aux gens qu'elle voulait favoriser, et point à tout ce qui la voyait. Un air de grandeur répandu partout chez elle, et de nombreux équipages toujours en désarroi[3]. Belle comme le jour jusqu'au dernier moment de sa vie, sans être malade et croyant toujours l'être et aller mourir. Cette inquiétude l'entretenait dans le goût de voyager, et dans ses voyages

---

1. Fille de Gaston d'Orléans et cousine de Louis XIV.   2. Les femmes de la cour faisaient la cour à ses filles.   3. En confusion.

elle menait toujours sept ou huit personnes de compagnie. Elle en fut toujours de la meilleure[1], avec des grâces qui faisaient passer ses hauteurs, et qui leur étaient adaptées. Il n'était pas possible d'avoir plus d'esprit, de fine politesse, des expressions singulières, une éloquence, une justesse naturelle qui lui formait comme un langage particulier, mais qui était délicieux et qu'elle communiquait si bien par l'habitude, que ses nièces et les personnes assidues auprès d'elle, ses femmes, celles que, sans l'avoir été, elle avait élevées chez elle, le prenaient toutes[2], et qu'on le sent et on le reconnaît encore aujourd'hui dans le peu de personnes qui en restent : c'était le langage naturel de la famille, de son frère et de ses sœurs. Sa dévotion, ou peut-être sa fantaisie, était de marier les gens, surtout les jeunes filles, et comme elle avait peu à donner après toutes ses aumônes, c'était souvent la faim et la soif qu'elle mariait. Jamais, depuis sa sortie de la cour, elle ne s'abaissa à rien demander pour soi ni pour autrui ; les ministres, les intendants, les juges n'entendirent jamais parler d'elle. La dernière fois qu'elle alla à Bourbon, et sans besoin, comme elle faisait souvent, elle paya deux ans d'avance toutes les pensions charitables qu'elle faisait en grand nombre, presque toutes à de pauvre noblesse[3], et doubla toutes ses aumônes. Quoique en pleine santé, et de son aveu, elle disait qu'elle croyait qu'elle ne reviendrait pas de ce voyage, et que tous ces pauvres gens auraient, avec ces avances, le temps de chercher leur subsistance ailleurs. En effet, elle avait toujours la mort présente ; elle en parlait

---

1. De la meilleure compagnie.　　2. Prenaient toutes ce « langage particulier », autrement dit le célèbre et mystérieux « esprit Mortemart ».　　3. À [des personnes] de pauvre noblesse – au sens d'abord financier.

comme prochaine dans une fort bonne santé, et, avec toutes ses frayeurs, ses veilleuses, et une préparation continuelle, elle n'avait jamais ni médecin ni même de chirurgien. Cette conduite concilie avec ses pensées de sa fin les idées éloignées de pouvoir succéder à Mme de Maintenon quand le Roi, par sa mort, deviendrait libre. Ses enfants

*Politique
des Noailles*

s'en flattaient, excepté M. du Maine, qui n'y aurait pas gagné. La cour intérieure regardait les événements les plus étranges comme si peu impossibles, qu'on a cru que cette pensée n'avait pas peu contribué à l'empressement des Noailles pour le mariage d'une de leurs filles avec le fils aîné de d'Antin. Ils s'étaient fort accrochés à Mlle Choin[1], ils cultivaient soigneusement Madame la Duchesse, et pour ne laisser Monseigneur libre d'eux par aucun côté, ils s'étaient saisis de Mme la princesse de Conti en donnant une de leurs filles à La Vallière, qui était son cousin germain, et qui pouvait tout sur elle. Liés comme ils étaient à Mme de Maintenon par le mariage de leur fils avec sa nièce qui lui tenait lieu de fille, il semblait que l'alliance de Mme de Montespan ne dût pas leur convenir par la jalousie et la haine extrême que lui portait Mme de Maintenon, et qui se marquait en tout avec une suite qu'elle n'eut jamais pour aucun autre objet. Une considération si forte et si délicate ne put les retenir ni les empêcher de profiter de cette alliance pour faire leur cour à Mme de Montespan comme à quelqu'un dont ils attendaient. La maréchale de Cœuvres n'avait point d'enfants ; ils prirent l'occasion de ce voyage de Bourbon pour lui donner leur fille à y mener comme la

---

1. Maîtresse de Monseigneur.

sienne, c'est-à-dire allant avec elle, et n'ayant de maison, de table, ni d'équipage, que ceux de Mme de Montespan. Elle fit sa cour aux personnes de la compagnie, toutes subalternes qu'elles fussent, et pour Mme de Montespan, elle lui rendit beaucoup plus de respects qu'à Mme la duchesse de Bourgogne ni à Mme de Maintenon. Elle ne fut occupée que d'elle, de lui plaire, de la gagner, et de gagner toutes celles de sa maison. Mme de Montespan la traitait en reine, s'en amusait comme d'une poupée, la renvoyait quand elle l'importunait, et lui parlait extrêmement français[1] ; la Maréchale avalait tout, et n'en était que plus flatteuse et plus rampante. Mme de Saint-Simon et Mme de Lauzun étaient à Bourbon lorsque Mme de Montespan y arriva. J'ai remarqué ailleurs[2] qu'elle était cousine issue de germain de ma mère, petits-enfants du frère et de la sœur, que Mme de Montespan la fit faire dame du palais de la Reine lorsqu'on choisit les premières, que mon père refusa, et que Mme de Montespan voyait toujours ma mère en tout temps et à toutes heures, et s'est toujours piquée de la distinguer. Ma mère la voyait donc de temps en temps à Saint-Joseph, et Mme de Saint-Simon aussi : aussi à Bourbon lui fit-elle toutes sortes d'amitiés et de caresses, on n'oserait dire de

---

1. Avec autorité.   2. « Lorsqu'on mit des dames du palais auprès de la Reine au lieu de ses filles d'honneur, Mme de Montespan qui aimait ses parents, c'en était encore la mode, obtint une place pour ma mère, qui ne se doutait de rien moins, et le lui manda. Le gentilhomme qui vint de sa part la trouva sortie, mais on lui dit que mon père ne l'était pas. Il demanda donc à le voir, et lui donna la lettre de Mme de Montespan pour ma mère. Mon père l'ouvrit et tout de suite prit une plume, remercia Mme de Montespan, et ajouta qu'à son âge il n'avait pas pris une femme pour la cour, mais pour lui, et remit cette réponse au gentilhomme. Ma mère, de retour, apprit la chose par mon père. Elle y eut grand regret, mais il n'y parut jamais » (I, 83).

distinctions avec cet air de grandeur qui lui était demeuré ; la maréchale de Cœuvres en était mortifiée de jalousie jusqu'à le montrer, et l'avouer, et on s'en divertissait. Je rapporte ces riens pour montrer que l'idée de remplacer Mme de Maintenon, toute chimérique qu'elle fût, était entrée dans la tête des courtisans les plus intérieurs, et quelle était la leur[1] du Roi et de la cour. Parmi ces bagatelles, et Mme de Montespan dans une très bonne santé, elle se trouva tout à coup si mal une nuit, que ses veilleuses envoyèrent éveiller ce qui était chez elle. La maréchale de Cœuvres accourut des premières, qui, la trouvant prête à suffoquer et la tête fort embarrassée, lui fit à l'instant donner de l'émétique de son autorité, mais une dose si forte, que l'opération leur en fit une telle peur qu'on se résolut à l'arrêter, ce qui peut-être lui coûta la vie. Elle profita d'une courte tranquillité pour se confesser et recevoir les sacrements. Elle fit auparavant entrer tous ses domestiques jusques aux plus bas, fit une confession publique de ses péchés publics, et demanda pardon du scandale qu'elle avait si longtemps donné, même de ses humeurs, avec une humilité si sage, si profonde, si pénitente que rien ne put être plus édifiant. Elle reçut ensuite les derniers sacrements avec une piété ardente. Les frayeurs de la mort, qui toute sa vie l'avaient si continuellement troublée, se dissipèrent subitement et ne l'inquiétèrent plus. Elle remercia Dieu en présence de tout le monde, de ce qu'il permettait qu'elle mourût dans un lieu où elle était éloignée des enfants de son péché, et n'en parla durant sa maladie que cette seule fois. Elle ne s'occupa plus que de l'éternité, quelque espérance de guérison dont on la voulût flatter, et de l'état d'une pécheresse dont la crainte était tempérée par

---

1. Leur idée.

une sage confiance en la miséricorde de Dieu, sans regret, et uniquement attentive à lui rendre son sacrifice plus agréable, avec une douceur et une paix qui accompagna toutes ses actions. D'Antin, à qui on avait envoyé un courrier, arriva comme elle approchait de sa fin : elle le regarda et lui dit seulement qu'il la voyait dans un état bien différent de celui où il l'avait vue à Bellegarde. Dès qu'elle fut expirée, peu d'heures après l'arrivée de d'Antin, il partit pour Paris, ayant donné ses ordres, qui furent étranges ou étrangement exécutés. Ce corps, autrefois si parfait, devint la proie de la maladresse et de l'ignorance du chirurgien[1] de la femme de Le Gendre, intendant de Montauban, qui était venue prendre les eaux, et qui mourut bientôt après elle-même. Les obsèques furent à la discrétion des moindres valets, tout le reste de la maison ayant subitement déserté. La maréchale de Cœuvres se retira sur-le-champ à l'abbaye de Saint-Menoux, à quelques lieues de Bourbon, dont une nièce du P. de La Chaise était abbesse, avec quelques-unes de la compagnie de Mme de Montespan, les autres ailleurs. Le corps demeura longtemps sur la porte de la maison tandis que les chanoines de la Sainte-Chapelle et les prêtres de la paroisse disputaient de leur rang jusqu'à plus que de l'indécence. Il fut mis en dépôt dans la paroisse comme y eût pu être celui de la moindre bourgeoise du lieu, et longtemps après porté à Poitiers dans le tombeau de sa maison à elle, avec une parcimonie indigne. Elle fut amèrement pleurée de tous les pauvres de la province, sur qui elle répandait une infinité d'aumônes, et d'autres sans nombre, de toutes les

---

1. Il était d'usage d'ouvrir les corps pour y chercher les causes du décès, mais aussi d'éventuelles traces de poison, dont ce siècle a la phobie, comme on le verra à la mort du duc et de la duchesse de Bourgogne (p. 342 et 344).

sortes, à qui elle en distribuait continuellement. D'Antin était à Livry, où Monseigneur était allé chasser et coucher une nuit, lorsqu'il reçut le courrier de Bourbon. En partant pour s'y rendre, il envoya avertir à Marly les enfants naturels de sa mère. Le comte de Toulouse l'alla dire au Roi, et lui demander la permission d'aller trouver sa mère : il la lui accorda ; et partit aussitôt ; mais il ne fut que jusqu'à Montargis, où il trouva un courrier qui apportait la nouvelle de sa mort, ce qui fit aussitôt rebrousser les médecins et les autres secours qui l'allaient trouver à Bourbon. Rien n'est

Sentiments sur la mort de Mme de Montespan des personnes intéressées pareil à la douleur que Mme la duchesse d'Orléans, Madame la Duchesse et le comte de Toulouse en témoignèrent ; ce dernier l'était allé cacher de Montargis à Rambouillet. M. du Maine eut peine à contenir sa joie ; il se trouvait délivré de tout reste d'embarras. Il n'osa rester à Marly ; mais, au bout de deux jours qu'il fut à Sceaux, il retourna à Marly et y fit mander son frère. Leurs deux sœurs, qui s'étaient aussi retirées à Versailles, eurent le même ordre de retour. La douleur de Madame la Duchesse fut étonnante, elle qui s'était piquée toute sa vie de n'aimer rien, et à qui l'amour même, ou ce que l'on croyait tel, n'avait jamais pu donner de regrets[1]. Ce qui le fut davantage, c'est celle de Monsieur le Duc, qui fut extrême, lui si peu accessible à l'amitié, et dont l'orgueil était honteux d'une telle belle-mère. Cela put confirmer dans l'opinion que j'ai expliquée plus haut de leurs

---

1. À la mort du Roi son père, Saint-Simon dira de Madame la Duchesse : « on lui reprochait depuis toute sa vie qu'elle n'avait point de cœur, mais seulement un gésier » (p. 450).

espérances, auxquelles cette mort mit fin. Mme de Maintenon, délivrée d'une ancienne maîtresse dont elle avait pris la place, qu'elle avait chassée de la cour, et sur laquelle elle n'avait pu se défaire de jalousies et d'inquiétudes, semblait devoir se trouver affranchie ; il en fut autrement. Les remords de tout ce qu'elle lui avait dû, et de la façon dont elle l'en avait payée, l'accablèrent tout à coup à cette nouvelle ; les larmes la gagnèrent, que faute de meilleur asile elle fut cacher à sa chaise percée. Mme la duchesse de Bourgogne qui l'y poursuivit en demeura sans parole, d'étonnement. Elle ne fut pas moins surprise de la parfaite insensibilité du Roi après un amour si passionné de tant d'années ; elle ne put se contenir de le lui témoigner ; il lui répondit tranquillement que, depuis qu'il l'avait congédiée, il avait compté ne la revoir jamais, qu'ainsi elle était dès lors morte pour lui. Il est aisé de juger que la douleur des enfants qu'il en avait ne lui plut pas ; quoique redouté[1] au dernier point, elle eut son cours, et il fut long. Toute la cour les fut voir, sans leur rien dire, et le spectacle ne laissa pas d'en être curieux. Un contraste entre eux et la princesse de Conti ne le fut pas moins, et les humilia beaucoup. Celle-ci était en deuil de sa tante Mme de La Vallière, qui venait de mourir ; les enfants du Roi et de Mme de Montespan n'osèrent porter aucun deuil d'une mère non reconnue ; il n'y parut qu'au négligé, au retranchement de toute parure et de tout divertissement, même du jeu, qu'elles s'interdirent pour longtemps, ainsi que le comte de Toulouse. La vie et la conduite d'une si fameuse maîtresse depuis sa retraite forcée m'a paru être une chose assez

---

1. Quoique [le Roi fût] redouté...

curieuse pour s'y étendre, et l'effet de sa mort propre à caractériser la cour.

———————

S'il est des « bagatelles » qui caractérisent, se tromper de place à table peut nous sembler insignifiant ; il n'en est rien. Dans ce monde où chacun défend le moindre de ses privilèges et où beaucoup cherchent à en conquérir de nouveaux, qu'une dame en précède une autre et voilà le Roi dans tous ses états. La cour est un langage : malheur à qui le parle mal.

Colère du Roi
sur Mme de Torcy

Il arriva une aventure à Marly, peu avant Fontainebleau, qui fit grand bruit par la longue scène qui la suivit, plus étonnante qu'on ne se le peut imaginer à qui a connu le Roi. Toutes les dames du voyage avaient alors l'honneur de manger soir et matin, à la même heure, dans le même petit salon qui séparait l'appartement du Roi et celui de Mme de Maintenon. Le Roi en tenait une[1] où tous les fils de France et toutes les princesses du sang se mettaient, excepté M. le duc de Berry, M. le duc d'Orléans et Mme la princesse de Conti, qui se mettaient toujours à celle de Monseigneur, même quand il était à la chasse. Il y en avait une troisième plus petite, où se mettaient tantôt les unes, tantôt les autres, et toutes trois étaient rondes, et liberté à toutes de se mettre à celle que bon leur semblait. Les princesses du sang se plaçaient à droit et à gauche en leur rang, les duchesses et les autres princesses comme elles se trouvaient ensemble, mais joignant les princesses du

———————

1. Une table.

sang et sans mélange entre elles d'aucunes autres ; puis les
dames non titrées achevaient le tour de la table, et Mme de
Maintenon parmi elles vers le milieu, mais elle n'y mangeait plus depuis assez longtemps : on lui servait chez elle
une table particulière, où quelques dames ses familières,
deux ou trois, mangeaient avec elle, et presque toujours les
mêmes. Au sortir de dîner le Roi entrait chez Mme de
Maintenon, se mettait dans un fauteuil près d'elle dans sa
niche, qui était un canapé fermé de trois côtés, les princesses du sang sur des tabourets auprès d'eux, et dans
l'éloignement les dames privilégiées : ce qui pour cette
entrée-là était assez étendu. On était auprès de plusieurs
cabarets[1] de thé et de café ; en prenait qui voulait. Le Roi
demeurait là plus ou moins, selon que la conversation des
princesses l'amusait ou qu'il avait affaire, puis il passait
devant toutes ces dames, allait chez lui, et toutes sortaient,
excepté quelques familières de Mme de Maintenon. Dans
l'après-dînée, à la suite de Mme la duchesse de Bourgogne,
personne n'entrait où était le Roi et Mme de Maintenon
que Mme la duchesse de Bourgogne et le ministre qui
venait travailler. La porte était fermée, et les dames qui
étaient dans l'autre pièce n'y voyaient le Roi que passer
pour souper, et elles l'y suivaient ; après souper, chez lui
avec les princesses comme à Versailles. Il fallait cet exposé
pour entendre ce qui va être raconté. À un dîner, je ne sais
comment il arriva que Mme de Torcy se trouva auprès de
Madame, au-dessus de la duchesse de Duras, qui arriva un
moment après. Mme de Torcy, à la vérité, lui offrit sa
place, mais on n'en était déjà plus à les prendre. Cela se

---

1. « Petite table ou plateau pour tasses à café, à thé, etc. » (Littré).

passa en compliment, mais la nouveauté du fait surprit Madame et toute l'assistance, qui était debout et Madame aussi. Le Roi arrive et se met à table. Chacun s'allait asseoir, comme[1] le Roi, regardant du côté de Madame, prit un sérieux[2] et un air de surprise qui embarrassa tellement Mme de Torcy qu'elle pressa la duchesse de Duras de prendre sa place, qui n'en voulut rien faire encore une fois ; et pour celle-là, elle aurait bien voulu qu'elle l'eût prise, tant elle se trouva embarrassée. Il faut remarquer que le hasard fit qu'il n'y avait que la duchesse de Duras de titrée de ce même côté de la table ; les autres apparemment avaient préféré, ou par hasard s'étaient trouvées du côté de Mme la duchesse de Bourgogne et de Madame la Duchesse, les deux princes étant ce jour-là à la chasse avec Monseigneur. Tant que le dîner fut long, le Roi n'ôta presque point les yeux de dessus les deux voisines de Madame, et ne dit presque pas un mot, avec un air de colère qui rendit tout le monde fort attentif, et dont la duchesse de Duras même fut fort en peine. Au sortir de table, on passa à l'ordinaire chez Mme de Maintenon. À peine le Roi y fut établi dans sa chaise, qu'il dit à Mme de Maintenon qu'il venait d'être témoin d'une insolence, ce fut le terme dont il se servit, incroyable et qui l'avait mis dans une telle colère qu'elle l'avait empêché de manger, et raconta ce qu'il avait vu de ces deux places ; qu'une entreprise aurait été insupportable d'une femme de qualité, de quelque haute naissance qu'elle fût, mais que d'une petite bourgeoise, fille de Pomponne, qui s'appelait Arnauld, mariée à un Colbert, il avouait qu'il avait été dix fois sur le

---

1. Lorsque.   2. Adjectif substantivé : un [air] sérieux.

point de la faire sortir de table, et qu'il ne s'en était retenu que par la considération de son mari[1]. Enfilant là-dessus la généalogie des Arnaulds qu'il eut bientôt épuisée, il passa à celle des Colberts qu'il déchiffra[2] de même, s'étendit sur leur folie d'avoir voulu descendre d'un roi d'Écosse ; que M. Colbert l'avait tant tourmenté de lui en faire chercher les titres par le roi d'Angleterre, qu'il avait eu la faiblesse de lui en écrire ; que la réponse ne venant point, et Colbert ne lui donnant sur cela aucun repos, il avait écrit une seconde fois, sur quoi enfin le roi d'Angleterre lui avait mandé que par politesse il n'avait pas voulu lui répondre, mais que, puisqu'il le voulait, qu'il sût donc que, par pure complaisance, il avait fait chercher soigneusement en Écosse sans avoir rien trouvé, sinon quelque nom approchant de celui de Colbert dans le plus petit peuple ; qu'il l'assurait que son ministre était trompé par son orgueil, et qu'il n'y donnât pas davantage. Ce récit, fait en colère, fut accompagné de fâcheuses épithètes, jusqu'à s'en donner à lui-même sur sa facilité d'avoir ainsi écrit ; après quoi il passa tout de suite à un autre discours, plus surprenant encore à qui l'a connu : il se mit à dire qu'il trouvait bien sot à Mme de Duras, car ce fut son terme, de n'avoir pas fait sortir de cette place Mme de Torcy par le bras, et s'échauffa si bien là-dessus que Mme la duchesse de Bourgogne et les princesses à son exemple, ayant peur qu'il ne lui en fît une sortie, se prirent à l'excuser sur sa jeunesse[3], et à dire qu'il seyait bien toujours à une personne de son âge d'être douce et facile, et d'éviter de faire peine à personne. Là-

---

1. Rappelons que Torcy est secrétaire d'État aux Affaires étrangères.
2. Expliqua.   3. Mme de Duras est née en 1686.

dessus le Roi reprit qu'il fallait qu'elle fût donc bien douce et bien facile en effet de l'avoir souffert de qui que ce fût sans titre, plus encore de cette petite bourgeoise, et que toutes deux ignorassent bien fort, l'une ce qui lui était dû, l'autre le respect, ce fut encore son terme, qu'elle devait porter à la dignité et à la naissance ; qu'elle devait se sentir bien honorée d'être admise à sa table et soufferte parmi les femmes de qualité ; qu'il avait vu les secrétaires d'État bien éloignés d'une confusion semblable ; que sa bonté et la sottise des gens de qualité les avait laissé mêler parmi eux ; que ce honteux mélange devait bien leur suffire à ne pas entreprendre ce que la femme de la plus haute naissance n'eût pas osé songer d'attenter, ce fut encore l'expression dont il se servit, mais encore pour respecter les femmes de qualité[1] sans titre, et ne pas abuser de l'honneur étrange et si nouveau de se trouver comme l'une d'elles, et se bien souvenir toujours de l'extrême différence qu'il y avait, et qui y serait toujours ; qu'on voyait bien à cette impertinence, ce fut le mot dont il se servit, le peu d'où elle était sortie, et que les femmes de secrétaires d'État qui avaient de la naissance se gardaient bien de sortir de leurs bornes, comme par exemple Mme de Pontchartrain, qui par sa naissance se pouvait mêler davantage avec les femmes de qualité, prenait tellement les dernières places, et cela si naturellement et avec tant de politesse, que cette conduite ajoutait infiniment à sa considération, et lui procurait aussi des honnêtetés qui, depuis son mariage, étaient bien loin de lui être dues. Après ce panégyrique de Mme de Pontchartrain sur lequel le Roi prit plaisir à s'étendre, il

---

1. D'ascendance noble.

acheva de combler l'assistance d'étonnement ; car, reprenant sa première colère que le long discours semblait avoir amortie, il se mit à exalter la dignité des ducs[1] et fit connaître pour la première fois de sa vie qu'il n'en ignorait ni la grandeur, ni la connexité de cette grandeur à celle de sa couronne et de sa propre majesté. Il dit que cette dignité était la première de l'État, la plus grande qu'il pût donner à son propre sang, le comble de l'honneur et de la récompense de la plus haute noblesse. Il s'abaissa jusqu'à avouer que, si la nécessité de ses affaires et de grandes raisons l'avaient quelquefois obligé d'élever à ce faîte de grandeur, ce fut encore sa propre expression, quelques personnes d'une naissance peu proportionnée, ç'avait été avec regret, mais que la dignité en soi n'en était point avilie ni en rien diminuée de tout ce qu'elle était ; qu'elle demeurait toujours la même, et tout aussi respectable à chacun, aussi entière dans tous ses rangs, ses distinctions, ses privilèges, ses honneurs, en ces sortes de ducs, considérables et vénérables à tous dès là qu'ils étaient ducs, comme ceux de la plus grande naissance, puisque leur dignité était la même, le soutien de la couronne, ce qui la touchait de plus près, et à la tête de toute la haute noblesse, de laquelle elle était en tout séparée et infiniment distinguée et relevée, et qu'il voulait bien qu'on sût que, leur refuser les honneurs et les respects qui leur étaient dus, c'était lui en manquer à lui-même. Ce sont là exactement les termes de son discours. De là passant à la noblesse de la maison de Bournonville,

---

1. Dans le discours qui va suivre, on peut se demander si ce n'est pas Saint-Simon qui, prenant prétexte des paroles royales, exalte la « dignité des ducs », qui lui est si chère.

dont était la duchesse de Duras, et à celle de la maison de son mari, sur lesquelles il s'étendit à plaisir, il vint à déplorer le malheur des temps, qui avait réduit tant de ducs à la mésalliance, et se mit à nommer toutes les duchesses de peu ; puis renouvelant[1] de plus belle en sa colère, il dit qu'il ne fallait pas que les femmes de la plus haute qualité par leurs maris et par elles-mêmes prissent occasion de la naissance de ces duchesses de leur rendre quoi que ce fût moins qu'à celles dont la condition répondait à leur dignité, laquelle méritait en toutes, qui qu'elles fussent par elles-mêmes, le même respect, ce fut encore son terme, puisque leur rang était le même, et que ce qui leur était dû ne leur était dû que par leur dignité, qui ne pouvait être avilie par leurs personnes, rien[2] ne pouvait excuser aucun manquement qu'on pouvait faire à leur égard ; et cela avec des termes si forts et si injurieux qu'il semblait que le Roi ne fût pas le même, et encore par la véhémence dont il parlait. Pour conclusion, le Roi demanda qui des princesses se voulait charger de dire à Mme de Torcy à quel point il l'avait trouvée impertinente. Toutes se regardèrent, et pas une ne se proposa, sur quoi le Roi, se fâchant davantage, dit que si[3] fallait-il pourtant qu'elle le sût, et làdessus s'en alla chez lui. Alors les dames, qui avaient bien vu de loin qu'il y avait eu beaucoup de colère dans la conversation, et qui pour cela même s'étaient tenues encore plus soigneusement à l'écart, s'approchèrent un peu par curiosité, qui augmenta fort en voyant l'espèce de trouble des princesses qui s'ébranlaient pour s'en

---

1. Ravivant de plus belle sa colère.   2. La colère du Roi affole la syntaxe.   3. Dit que [pourtant] il fallait pourtant : forte insistance.

aller, lesquelles, après quelque peu de discours entre elles, se séparèrent, et contèrent le fait chacune à ses amies, Mme de Maintenon à ses favorites, Mme la duchesse de Bourgogne à ses dames et à la duchesse de Duras en sorte que la chose se répandit bientôt à l'oreille et courut après partout. On crut que cela était fini ; mais, sitôt que le Roi eut passé, le même jour, de son souper dans son cabinet, la vesperie[1] recommença encore avec plus d'aigreur, tellement que Madame la Duchesse, craignant enfin pis, conta tout en sortant à Mme de Bouzols pour qu'elle en avertît Torcy, son frère, et que sa femme prît bien garde à elle. Mais la surprise fut extrême quand le lendemain, au sortir de dîner, le Roi ne put chez Mme de Maintenon parler d'autre chose, et encore sans aucun adoucissement dans les termes ; si bien que, pour l'apaiser un peu, Madame la Duchesse lui dit qu'elle avait averti Mme de Bouzols, n'osant le dire à Mme de Torcy elle-même. Sur quoi le Roi, comme soulagé, se hâta de lui répondre qu'elle lui avait fait grand plaisir, parce que cela lui épargnait la peine de bien laver la tête[2] à Torcy, qu'il avait résolu de le faire plutôt que sa femme manquât de recevoir ce qu'elle méritait. Il ne laissa pas de poursuivre encore les mêmes propos et de même façon jusqu'à ce qu'il repassât chez lui. Torcy et sa femme, outrés, furent quelques jours à ne paraître presque point. Ils firent l'un et l'autre de grandes excuses et force compliments à la duchesse de Duras, qui elle-même était, surtout devant le Roi, fort embarrassée, lequel quatre jours durant ne cessa de parler toujours

---

1. Forte réprimande.   2. Réprimander encore plus fortement.

sur ce même ton dans ses particuliers[1]. Torcy, craignant une sortie, écrivit une lettre au Roi de plainte et de douleur respectueuse d'une tempête dont la source n'était qu'un hasard, qu'il n'avait pas tenu à sa femme de corriger, mais à la duchesse de Duras, qui poliment, quoi qu'elle eût pu faire, n'avait pas voulu prendre sa place. Toutes sortes d'aveux de ce qui était dû, et dont sa femme n'avait jamais songé à s'écarter, et toutes sortes de respects et de traits délicats de modestie étaient adroitement glissés dans cette lettre. Le Roi lui témoigna en être content à son égard ; il ménagea les termes sur sa femme, mais il lui fit entendre qu'elle ferait bien d'être attentive et mesurée dans sa conduite, tellement que cela fut fini de manière que Torcy ne sortit pas trop mécontent de la conversation. On peut imaginer le bruit que fit cette aventure, et jusqu'à quel point les secrétaires d'État et les ministres si haut montés la sentirent. Le rare fut qu'il y eut des femmes de qualité qui se sentirent piquées de ce qui avait été dit sur elles ; toutes affectèrent une grande attention à rendre[2] aux femmes titrées. Le Roi, qui le remarqua, le loua, mais avec aigreur sur le contraire, et s'est toujours montré depuis le même à cet égard des femmes titrées et non titrées, et des hommes pareillement. Pour ce qui est d'ailleurs du rang et de la dignité des ducs, son règne entier, avant et depuis, s'est passé à y donner les plus grandes atteintes[3]. J'appris

---

1. En privé, en parlant avec ses proches.   2. À rendre aux femmes titrées ce qui leur était dû ; emploi intransitif du verbe, qui suppose que l'on « rende », en fonction des circonstances, honneurs, devoirs ou politesses à qui y a droit par sa naissance ou sa situation.   3. Leitmotiv des *Mémoires* ; Saint-Simon déplorera, en 1715, « l'habitude de leur continuelle décadence » (V, 426).

l'affaire en gros par ce qu'on m'en écrivit ; je la sus à mon retour, dans le dernier détail et le plus précis, par plusieurs personnes instruites dès les premiers moments, surtout par les dames de Mme la duchesse de Bourgogne, à qui cette princesse l'avait conté à mesure et à la chaude[1], et qui, n'étant pas duchesses, me furent encore moins suspectes de ne rien grossir.

───────

Pour compléter le portrait du Roi en Jupiter tonans, *on méditera sur la célèbre « scène des carpes ». Nous sommes en 1708. Monseigneur s'achemine vers le trône ; la duchesse de Bourgogne a eu un fils en 1704 ; le duc de Berry est susceptible d'en avoir un dès qu'il sera marié. Ces spéculations dynastiques ont dû traverser l'esprit d'un roi de soixante-dix ans, qui règne depuis le 14 mai 1643 : il n'en a rien laissé paraître, mais…*

Mme la duchesse de Bourgogne blessée. Mot étrange du Roi

Mme la duchesse de Bourgogne était grosse ; elle était fort incommodée. Le Roi voulait aller à Fontainebleau contre sa coutume, dès le commencement de la belle saison, et l'avait déclaré. Il voulait ses voyages de Marly en attendant. Sa petite-fille l'amusait fort, il ne pouvait se passer d'elle, et tant de mouvements ne s'accommodaient pas avec son état. Mme de Maintenon en était inquiète, Fagon en glissait doucement son avis ; cela importunait le Roi, accoutumé à ne se contraindre pour rien, et gâté par avoir vu voyager

───────

1. À l'instant même, à chaud.

ses maîtresses grosses, ou à peine relevées de couches, et toujours alors en grand habit. Les représentations sur les Marlys[1] le chicanèrent sans les pouvoir rompre. Il différa seulement à deux reprises celui du lendemain de la Quasi-modo, et n'y alla que le mercredi de la semaine suivante, malgré tout ce qu'on put dire et faire pour l'en empêcher, ou pour obtenir que la Princesse demeurât à Versailles. Le samedi suivant, le Roi se promenant après sa messe, et s'amusant au bassin des Carpes entre le château et la Perspective, nous vîmes venir à pied la duchesse du Lude[2] toute seule, sans qu'il y eût aucune dame avec le Roi, ce qui arrivait rarement le matin. Il comprit qu'elle avait quelque chose de pressé à lui dire, il fut au-devant d'elle, et quand il en fut à peu de distance, on s'arrêta, et on le laissa seul la joindre. Le tête-à-tête ne fut pas long. Elle s'en retourna, et le Roi revint vers nous, et jusque près des carpes sans mot dire. Chacun vit bien de quoi il était question, et personne ne se pressait de parler. À la fin le Roi, arrivant tout auprès du bassin, regarda ce qui était là de plus principal, et, sans adresser la parole à personne, dit d'un air de dépit ces seules paroles : « La duchesse de Bourgogne est blessée[3]. » Voilà M. de La Rochefoucauld à s'exclamer, M. de Bouillon, le duc de Tresmes et le maréchal de Boufflers à répéter à basse note[4], puis M. de La Rochefoucauld à se récrier plus fort que c'était le plus grand malheur du monde, et que, s'étant déjà blessée d'autres fois, elle n'en aurait peut-être plus. « Eh, quand cela serait, interrompit le Roi tout d'un

---

1. Les remarques qu'on lui faisait sur les voyages à Marly, que le Roi ne veut pas annuler.   2. Dame d'honneur de la duchesse de Bourgogne.
3. Elle a fait une fausse couche.   4. Sans élever la voix.

coup avec colère, qui jusque-là n'avait dit mot, qu'est-ce que cela me ferait ? Est-ce qu'elle n'a pas déjà un fils ? Et quand il mourrait, est-ce que le duc de Berry n'est pas en âge de se marier et d'en avoir ? Et que m'importe qui me succède des uns ou des autres ! Ne sont-ce pas également mes petits-fils ? » Et tout de suite avec impétuosité : « Dieu merci ! elle est blessée, puisqu'elle avait à l'être, et je ne serai plus contrarié dans mes voyages et dans tout ce que j'ai envie de faire par les représentations des médecins et les raisonnements des matrones. J'irai et viendrai à ma fantaisie et on me laissera en repos. » Un silence à entendre une fourmi marcher succéda à cette espèce de sortie ; on baissait les yeux, à peine osait-on respirer. Chacun demeura stupéfait ; jusqu'aux gens des Bâtiments et aux jardiniers demeurèrent immobiles. Ce silence dura plus d'un quart d'heure. Le Roi le rompit, appuyé sur la balustrade, pour parler d'une carpe. Personne ne répondit. Il adressa après la parole sur ces carpes, à des gens des Bâtiments, qui ne soutinrent pas la conversation à l'ordinaire ; il ne fut question que de carpes avec eux. Tout fut languissant, et le Roi s'en alla quelque temps après. Dès que nous osâmes nous regarder hors de sa vue, nos yeux se rencontrant se dirent tout : tout ce qui se trouva là de gens furent pour ce moment les confidents les uns des autres. On admira, on s'étonna, on s'affligea, on haussa les épaules. Quelque éloignée que soit maintenant cette scène, elle m'est toujours également présente. M. de La Rochefoucauld était en furie, et pour cette fois n'avait pas tort ; le Premier écuyer en pâmait d'effroi. J'examinais, moi, tous les personnages des yeux et des oreilles, et je me sus gré d'avoir jugé depuis longtemps que le Roi n'aimait et ne comptait que lui, et était à soi-même sa fin dernière. Cet étrange propos retentit bien loin au-delà de Marly.

———

Le Roi a des héritiers, mais il a aussi des filles. Parmi celles-ci, Madame la Duchesse, qui tient au moins de sa mère, Mme de Montespan, la plus aimable malveillance. On verra dans le portrait suivant que cette grande dame, séductrice et redoutable, cache un douloureux secret.

Caractère de Madame la Duchesse Dans une taille contrefaite, mais qui s'apercevait peu, sa figure était formée par les plus tendres amours, et son esprit était fait pour se jouer d'eux à son gré sans en être dominée. Tout amusement semblait le sien. Aisée avec tout le monde, elle avait l'art de mettre chacun à son aise; rien en elle qui n'allât naturellement à plaire, avec une grâce non pareille jusque dans ses moindres actions, avec un esprit tout aussi naturel qui avait mille charmes. N'aimant personne, connue pour telle, on ne se pouvait défendre de la rechercher, ni de se persuader, jusqu'aux personnes qui lui étaient les plus étrangères, d'avoir réussi auprès d'elle. Les gens même qui avaient le plus lieu de la craindre, elle les enchaînait, et ceux qui avaient le plus de raisons de la haïr avaient besoin de se les rappeler souvent pour résister à ses charmes. Jamais la moindre humeur en aucun temps, enjouée, gaie, plaisante avec le sel le plus fin, invulnérable aux surprises et aux contretemps, libre dans les moments les plus inquiets et les plus contraints, elle avait passé sa jeunesse dans le frivole et dans les plaisirs, qui, en tout genre et toutes les fois qu'elle le put, allèrent à la débauche[1]. Avec ces qualités, beaucoup d'esprit, de sens pour la cabale et les affaires, avec une souplesse qui ne lui coûtait rien. Mais peu de conduite pour les choses de long cours, méprisante, moqueuse, piquante, incapable d'amitié et fort capable de haine, et alors méchante, fière, implacable, féconde en artifices noirs et en chansons les plus cruelles dont elle affublait gaiement les personnes qu'elle semblait aimer et qui passaient leur vie avec elle. C'était la sirène des poètes, qui en avait tous les charmes et les périls. Avec l'âge, l'ambition était venue, mais sans quitter le goût des plaisirs, et ce frivole lui servit longtemps à masquer le solide. Les assiduités et l'attachement si marqué de Monseigneur pour elle, qu'elle avait enlevé au peu d'esprit, aux humeurs et à l'aigreur de Mme la princesse de Conti, la rendaient considérable[2].

Les éloges ne sont pas fréquents dans les Mémoires. *Celui du prince de Conti est remarquable par les ombres qui se mêlent aux lumières. Admiratif avec discernement, Saint-Simon compose ici une oraison funèbre ambiguë, dont les premières phrases, pour se déployer pleinement, appellent une lecture à voix haute.*

---

1. « Excès condamnable dans le boire et le manger » (Littré), sans aller nécessairement jusqu'à l'orgie. On se souvient que le Roi s'était amusé à faire « boire quelques coups » à Madame la Duchesse, que la princesse de Conti avait aimablement traitée de « sac à vin » (p. 49).   2. Dans la perspective du règne de Monseigneur, qui semble se rapprocher en cette année 1709.

Mort et caractère de M. le prince de Conti

M. le prince de Conti mourut le jeudi 21 février, sur les neuf heures du matin, après une longue maladie qui finit par l'hydropisie. La goutte l'avait réduit au lait pour toute nourriture, qui lui avait réussi longtemps. Son estomac s'en lassa ; son médecin s'y opiniâtra et le tua. Quand il n'en fut plus temps, il demanda et obtint de faire venir de Suisse un excellent médecin français réfugié, nommé Trouillon, qui le condamna dès en arrivant. Il n'avait pas encore quarante-cinq ans. Sa figure avait été charmante. Jusqu'aux défauts de son corps et de son esprit avaient des grâces infinies ; des épaules trop hautes, la tête un peu penchée de côté, un rire qui eût tenu du braire dans un autre, enfin une distraction étrange. Galant avec toutes les femmes, amoureux de plusieurs, bien traité de beaucoup, il était encore coquet avec tous les hommes ; il prenait à tâche de plaire au cordonnier, au laquais, au porteur de chaise, comme au ministre d'État, au grand seigneur, au général d'armée, et si naturellement que le succès en était certain. Il fut aussi les constantes délices du monde, de la cour, des armées, la divinité du peuple, l'idole des soldats, le héros des officiers, l'espérance de ce qu'il y avait de plus distingué, l'amour du Parlement, l'ami avec discernement des savants, et souvent l'admiration de la Sorbonne, des jurisconsultes, des astronomes et des mathématiciens les plus profonds. C'était un très bel esprit, lumineux, juste, exact, vaste, étendu, d'une lecture infinie, qui n'oubliait rien, qui possédait les histoires générales et particulières[1], qui connaissait les généalogies,

---

1. Dans « Savoir s'il est permis d'écrire l'histoire… », au début des *Mémoires*, Saint-Simon a défini l'« histoire générale » comme « celle qui l'est en effet par son

leurs chimères et leurs réalités, qui savait où il avait appris chaque chose et chaque fait, qui en discernait les sources, et qui retenait et jugeait de même tout ce que la conversation lui avait appris, sans confusion, sans mélange, sans méprise, avec une singulière netteté. M. de Montausier et Monsieur de Meaux[1], qui l'avaient vu élever auprès de Monseigneur, l'avaient toujours aimé avec tendresse, et lui eux avec confiance ; il était de même avec les ducs de Chevreuse et de Beauvillier, et avec l'archevêque de Cambrai et les cardinaux d'Estrées et de Janson. Monsieur le Prince le héros[2] ne se cachait pas d'une prédilection pour lui au-dessus de ses enfants ; il fut la consolation de ses dernières années, il s'instruisit dans son exil et sa retraite auprès de lui, il écrivit sous lui beaucoup de choses curieuses. Il fut le cœur et le confident de M. de Luxembourg dans ses dernières années. Chez lui, l'utile et le futile, l'agréable et le savant, tout était distinct et en sa place. Il avait des amis ; il savait les choisir, les cultiver, les visiter, vivre avec eux, se mettre à leur niveau sans hauteur et sans bassesse. Il avait aussi des amies indépendamment d'amour ; il en fut accusé de plus d'une sorte, et c'était un de ses prétendus rapports avec César[3]. Doux jusqu'à être complaisant dans le commerce, extrêmement poli, mais d'une politesse distinguée selon le rang, l'âge, le mérite, et

---

étendue de plusieurs nations ou de plusieurs siècles de l'Église, ou d'une même nation mais de plusieurs règnes, ou d'un fait ecclésiastique éloigné et fort étendu. J'appelle histoire particulière celle du temps et du pays où on vit » (I, 6).

1. Bossuet, évêque de Meaux.   2. Le Grand Condé, dont le prince de Conti a épousé la petite-fille, fille de Monsieur le Prince son fils, qui meurt aussi en 1709, et dont on lira plus loin (p. 212) le « caractère », comme celui de Monsieur le Duc, fils du précédent, qui mourra en 1710.   3. César, dit-on, aimait les deux sexes.

mesuré avec tous, il ne dérobait rien à personne ; il rendait tout ce que les princes du sang doivent, et qu'ils ne rendent plus[1] ; il s'en expliquait même et sur leurs usurpations, et sur l'histoire des usages et de leurs altérations. L'histoire des livres et des conversations lui fournissaient[2] de quoi placer, avec un art imperceptible, ce qu'il pouvait de plus obligeant sur la naissance, les emplois, les actions. Son esprit était naturel, brillant, vif, ses reparties promptes, plaisantes, jamais blessantes ; le gracieux répandu partout sans affectation ; avec toute la futilité du monde, de la cour, des femmes, et leur langage avec elles, l'esprit solide et infiniment sensé ; il en donnait à tout le monde, il se mettait sans cesse et merveilleusement à la portée et au niveau de tous, et parlait le langage de chacun avec une facilité non pareille. Tout en lui prenait un air aisé. Il avait la valeur des héros, leur maintien à la guerre, leur simplicité partout, qui toutefois cachait beaucoup d'art. Les marques de leurs talents pourraient passer pour le dernier coup de pinceau de son portrait, mais comme tous les hommes, il avait sa contrepartie. Cet homme si aimable, si charmant, si délicieux, n'aimait rien. Il avait et voulait des amis comme on veut et qu'on a des meubles. Encore qu'il se respectât, il était bas courtisan, il ménageait tout et montrait trop combien il sentait ses besoins en tous genres de choses et d'hommes ; avare, avide de bien, ardent, injuste. Le contraste de ses voyages de Pologne et de Neuchâtel[3] ne lui fit pas d'honneur. Ses

---

1. C'est-à-dire appliquer la « politesse distinguée » que le mémorialiste vient de définir.   2. Accord par le sens et les pluriels qui précèdent.   3. La principauté de Neuchâtel était au cœur d'un litige entre le prince et la duchesse de Nemours.

procès contre Mme de Nemours et ses manières de les suivre ne lui en firent pas davantage, bien moins encore sa basse complaisance pour la personne et le rang des bâtards, qu'il ne pouvait souffrir, et pour tous ceux dont il pouvait avoir besoin, toutefois avec plus de réserve, sans comparaison, que Monsieur le Prince. Le Roi était véritablement peiné de la considération qu'il ne pouvait lui refuser, et qu'il était exact à n'outrepasser pas d'une ligne. Il ne lui avait jamais pardonné son voyage d'Hongrie[1]. Les lettres interceptées qui lui avaient été écrites et qui avaient perdu les écrivains[2], quoique fils de favoris, avaient allumé une haine dans Mme de Maintenon, et une indignation dans le Roi, que rien n'avait pu effacer. Les vertus, les talents, les agréments, la grande réputation que ce prince s'était acquise, l'amour général qu'il s'était concilié, lui étaient tournés en crimes. Le contraste de M. du Maine excitait un dépit journalier dans sa gouvernante et dans son tendre père, qui leur échappait malgré eux. Enfin la pureté de son sang, le seul qui ne fût point mêlé avec la bâtardise, était un autre démérite qui se faisait sentir à tous moments. Jusqu'à ses amis étaient odieux, et le sentaient. Toutefois, malgré la crainte servile, les courtisans mêmes aimaient à s'approcher de ce prince ; on était flatté d'un accès familier auprès de lui ; le monde le plus important, le plus choisi, le courait. Jusque dans le salon de Marly il était environné du plus exquis ; il y tenait des conversations charmantes sur tout ce qui se présentait, indifféremment ; jeunes et vieux y trouvaient

---

1. Le prince de Conti avait été un roi éphémère de Pologne en 1697 ; dans sa correspondance il se montre très critique et très moqueur à l'égard du Roi et de Mme de Maintenon.   2. Ceux qui les avaient écrites.

leur instruction et leur plaisir, par l'agrément avec lequel il s'énonçait sur toutes matières, par la netteté de sa mémoire, par son abondance sans être parleur. Ce n'est point une figure, c'est une vérité cent fois éprouvée qu'on y oubliait l'heure des repas. Le Roi le savait, il en était piqué, quelquefois même il n'était pas fâché qu'on pût s'en apercevoir. Avec tout cela, on ne pouvait s'en déprendre ; la servitude si régnante jusque sur les moindres choses y échoua toujours. Jamais homme n'eut tant d'art caché sous une simplicité si naïve, sans quoi que ce soit d'affecté en rien. Tout en lui coulait de source ; jamais rien de tiré[1], de recherché ; rien ne lui coûtait. On n'ignorait pas qu'il n'aimait rien, ni ses autres défauts ; on les lui passait tous, et on l'aimait véritablement, quelquefois jusqu'à se le reprocher, toujours sans s'en corriger. Monseigneur, auprès duquel il avait été élevé, conservait pour lui autant de distinction qu'il en était capable, mais il n'en avait pas moins pour M. de Vendôme, et l'intérieur de sa cour était partagé entre eux. Le Roi porta toujours en tout M. de Vendôme ; la rivalité était donc grande entre eux. On a vu quelques éclats de l'insolence du Grand prieur[2]. Son aîné, plus sage, travaillait mieux en dessous ; son élévation rapide à l'aide de sa bâtardise et de M. du Maine, surtout la préférence au commandement des armées, mit le comble entre eux, sans toutefois rompre les bienséances. Mgr le duc de Bourgogne, élevé de mains favorables au prince de Conti, était au-dehors fort mesuré avec lui ; mais la liaison intérieure d'estime et

---

1. Rien d'affecté, d'artificiel.   2. En 1698, à Meudon, une dispute aux cartes avait failli dégénérer en duel, mais « l'arrivée de Monseigneur, tout nu en robe de chambre, que quelqu'un alla avertir, imposa à tous deux » (I, 527).

d'amitié était intime et solidement établie ; ils avaient l'un et l'autre mêmes amis, mêmes jaloux, mêmes ennemis, et sous un extérieur très uni, l'union était parfaite. M. le duc d'Orléans et M. le prince de Conti n'avaient jamais pu compatir[1] ensemble. L'extrême supériorité de rang[2] avait blessé par trop les princes du sang ; M. le prince de Conti s'était laissé entraîner par les deux autres ; lui et Monsieur le Duc l'avaient traité un peu trop en petit garçon à sa première campagne, à la seconde avec trop peu de déférence et de ménagement. La jalousie d'esprit, de savoir, de valeur, les écarta encore davantage. M. le duc d'Orléans, qui ne sut jamais se rassembler le monde, ne se put défaire du dépit de le voir bourdonner sans cesse autour du prince de Conti. Un amour domestique acheva de l'outrer. Conti charma qui, sans être cruelle, ne fut jamais prise que pour lui[3]. C'est ce qui le ternit sur la Pologne, et cet amour ne finit qu'avec lui. Il dura même longtemps après dans l'objet qui l'avait fait naître, et peut-être y dure-t-il encore après tant d'années[4], au fond d'un cœur qui n'a pas laissé de s'abandonner ailleurs. Monsieur le Prince ne pouvait s'empêcher d'aimer son gendre, qui lui rendait de grands devoirs ; malgré de grandes raisons domestiques, son goût et son penchant l'entraînaient vers lui. Ce n'était pas sans nuages ; l'estime venait au secours du goût, et presque

---

1. Se convenir.   2. Entre le duc d'Orléans, neveu du Roi, et les princes du sang.   3. Madame la Duchesse.   4. Madame la Duchesse mourra en 1743, trente-quatre ans après le prince. Le texte a donc été écrit avant 1743 : c'est à l'aide de tels détails que l'on peut risquer une datation de la rédaction des *Mémoires*, sans évoquer la musicalité de la phrase, et ce qu'elle laisse entrevoir de sensibilité amoureuse.

toujours, ils triomphaient du dépit. Ce gendre était le
cœur et toute la consolation de Madame la Princesse. Il
vivait avec une considération infinie pour sa femme,
même avec amitié, non sans être souvent importuné de
ses humeurs, de ses caprices, de ses jalousies. Il glissait sur
tout cela et n'était guère avec elle. Pour son fils, tout jeune
qu'il était, il ne pouvait le souffrir, et le marquait trop
dans son domestique[1] ; son discernement le lui présentait
par avance tel qu'il devait paraître un jour ; il eût mieux
aimé n'en avoir point, et le temps fit voir qu'il n'avait pas
tort, sinon pour continuer la branche. Sa fille morte
duchesse de Bourbon était toute sa tendresse ; l'autre, il se
contentait de la bien traiter. Pour Monsieur le Duc et lui,
ils furent toujours le fléau l'un de l'autre et d'autant plus
fléau réciproque que la parité de l'âge et du rang, la proximité la plus étroite redoublée, tout avait contribué à les
faire vivre ensemble à l'armée, à la cour, presque toujours
dans les mêmes lieux, quelquefois encore à Paris. Outre
les causes les plus intimes, jamais deux hommes ne furent
plus opposés. La jalousie dont Monsieur le Duc fut transporté toute sa vie était une sorte de rage qu'il ne pouvait
cacher, de tous les genres d'applaudissements qui envi-
ronnaient son beau-frère. Il en était d'autant plus piqué
que le prince de Conti coulait tout[2] avec lui, et l'accablait
de devoirs et de prévenances. Il y avait vingt ans qu'il
n'avait mis le pied chez Madame la Duchesse lorsqu'il
mourut ; elle-même n'osa jamais envoyer savoir de ses
nouvelles, ni en demander devant le monde pendant sa
longue maladie ; elle n'en apprit qu'en cachette, le plus

---

1. Ici, dans la vie quotidienne.   2. Se montrait accommodant.

souvent par Mme la princesse de Conti sa sœur[1]. Sa grossesse et sa couche de M. le comte de Clermont lui vinrent fort à propos pour cacher ce qu'elle aurait eu trop de peine à retenir. Cette princesse de Conti et son beau-frère vécurent toujours avec union, amitié et confiance ; elle entendit raison sur la Choin[2] que le prince de Conti courtisa comme les autres, et qu'il n'y avait pas moyen de négliger. Avec M. du Maine, il n'y avait que la plus indispensable bienséance, pareillement avec la duchesse du Maine[3], avec peu de contrainte d'ailleurs ; M. le prince de Conti en savait et en sentait trop là-dessus pour ne s'accorder pas quelque liberté, qui lui était d'autant plus douce qu'elle était applaudie. Quelque courtisan qu'il fût, il lui était difficile de se refuser toujours de toucher par l'endroit sensible, et qu'on n'osait guère relever, le Roi, qu'il n'avait jamais pu se réconcilier, quelques soins, quelques humiliations, quelque art, quelque persévérance qu'il y eût si constamment employés, et c'est de cette haine si implacable qu'il mourut à la fin, désespéré de ne pouvoir atteindre à quoi que ce fût, moins encore au commandement des armées, et le seul prince sans charge, sans gouvernement, même sans régiment, tandis que les autres, et plus encore les bâtards, en étaient accablés. À bout de tout il chercha à noyer ses déplaisirs dans le vin et dans d'autres amusements qui n'étaient plus de son âge et

---

1. Sœur de Madame la Duchesse, ex-Mlle de Nantes, des amours du Roi et de Mme de Montespan ; la première princesse de Conti, ex-Mlle de Blois, des amours du Roi et de Mme de La Vallière, est la veuve de Louis-Armand, frère aîné du prince, mort en 1685.   2. Maîtresse de Monseigneur, par conséquent à courtiser avant qu'il ne devienne roi.   3. Autre fille de Monsieur le Prince, par conséquent belle-sœur du prince.

pour lesquels son corps était trop faible, et que les plaisirs de sa jeunesse avaient déjà altéré. La goutte l'accabla. Ainsi, privé des plaisirs et livré aux douleurs du corps et de l'esprit, il se mina, et pour comble d'amertume, il ne vit un retour glorieux et certain que pour le regretter. On a vu qu'il fut choisi pour commander en chef toutes les diverses troupes de la ligue d'Italie[1]. Ce projet, qui ne fut jamais bien cimenté ici, n'y subsista pas même longtemps en idée. Chamillart, qui, trop gouverné, trop entêté, avec des lumières trop courtes, avait le cœur droit et français, allait toujours au bien autant qu'il le voyait, sentait le désordre des affaires, les besoins pressants de la Flandre, et se servit de ce premier retour forcé vers le prince de Conti sur l'Italie pour porter Mme de Maintenon et le Roi par elle à sentir la nécessité de relever l'état si fâcheux de cette frontière et de l'armée qui la défendait par ce même prince, dont la naissance même cédait à la réputation. Il l'emporta enfin, et il eut la permission de l'avertir qu'il était choisi pour commander l'armée de Flandres. Conti en tressaillit de joie. Il n'avait jamais trop compté sur l'exécution de la ligue d'Italie, il en avait vu le projet s'évanouir peu à peu, il ne comptait plus d'être de rien, il se laissa donc aller aux plus agréables espérances ; mais il n'était plus temps. Sa santé était désespérée ; il le sentit bientôt, et ce tardif retour vers lui ne servit qu'à lui faire regretter la vie davantage. Il périt lentement dans les regrets d'avoir été conduit à la mort par la disgrâce, et de ne pouvoir être ramené à la vie par ce retour inespéré du Roi, et par l'ouverture d'une brillante carrière. Il avait été,

---

1. En janvier 1709, un mois avant sa mort.

contre l'ordinaire de ceux de son rang, extrêmement bien élevé. Il était fort instruit ; les désordres de sa vie n'avaient fait qu'offusquer ses connaissances sans les éteindre. Il n'avait pas laissé même de lire souvent de quoi les réveiller. Il choisit le P. de La Tour, général de l'Oratoire, pour le préparer et lui aider à bien mourir. Il tenait tant à la vie et venait encore d'y être si fortement rattaché qu'il eut besoin du plus grand courage. Trois mois durant, la foule remplit toute sa maison, et celle du peuple la place qui est devant. Les églises retentissaient des vœux de tous, des plus obscurs comme des plus connus, et il est arrivé plusieurs fois aux gens des princesses sa femme et ses filles d'aller d'église en église, de leur part, pour faire dire des messes, et de les trouver toutes retenues pour lui. Rien de si flatteur n'est arrivé à personne. À la cour, à la ville, on s'informait sans cesse de sa santé ; les passants s'en demandaient dans les rues ; ils étaient arrêtés aux portes et aux boutiques, où on en demandait à tous venants. Un mieux fit plutôt respirer que rendre l'espérance ; tandis qu'il dura, on l'amusa de toutes les curiosités qu'on put : il laissait faire ; mais il ne cessait pas de voir le P. de La Tour et de penser à lui[1]. Mgr le duc de Bourgogne l'alla voir, et le vit seul longtemps ; il y fut fort sensible. Cependant le mal redoubla et devint pressant ; il reçut plus d'une fois les sacrements, avec les plus grands sentiments. Il arriva que Monseigneur, allant à l'Opéra, passa d'un côté de la rivière le long du Louvre, en même temps que le saint sacrement était porté vis-à-vis, sur l'autre quai, au prince de Conti. Mme la duchesse de Bourgogne sentit le

---

1. Au P. de La Tour, mais surtout au moyen de « bien mourir ».

contraste : elle en fut outrée, et, en entrant dans la loge, le dit à la duchesse du Lude. Paris et la cour en furent indignés. Mlle de Melun, que Mme la princesse de Conti d'abord, puis Madame la Duchesse avaient mise dans la familiarité de Monseigneur, aidée de Mme d'Épinoy sa belle-sœur, fut la seule qui osa lui rendre le service de lui apprendre le mauvais effet d'un Opéra si déplacé, et de lui conseiller d'en réparer le scandale par une visite à ce prince, chez qui il n'avait pas encore imaginé d'aller. Il la crut, la visite fut courte. Elle fut suivie d'une autre de Messeigneurs ses fils. Madame la Princesse y passait les nuits depuis longtemps. Monsieur le Prince n'était pas en état de le voir ; Monsieur le Duc garda quelque sorte de bienséance, surtout les derniers jours, M. du Maine fort peu. M. le prince de Conti avait toujours vu quelques amis, et les soirs, touché de l'affection publique, se faisait rendre compte de tout ce qui était venu. Sur la fin, il ne voulut plus voir personne, même les princesses, et ne souffrit que le plus étroit nécessaire pour son service, le P. de La Tour, M. Fleury, qui avait été son précepteur, depuis sous-précepteur des enfants de France, qui s'est immortalisé par son admirable *Histoire ecclésiastique*, et deux ou trois autres gens de bien. Il conserva toute sa présence d'esprit jusqu'au dernier moment, et en profita. Il mourut au milieu d'eux, dans son fauteuil, dans les plus grands sentiments de piété, dont j'ai ouï raconter au P. de La Tour des choses admirables. Les regrets en furent amers et universels. Sa mémoire est encore chère. Mais disons tout : peut-être gagna-t-il par sa disgrâce. La fermeté de l'esprit cédait en lui à celle du cœur. Il fut très grand par l'espérance ; peut-être eût-il été timide à la tête d'une armée, plus apparemment encore dans le Conseil du Roi, s'il y fût entré. Le Roi se sentit fort soulagé, Mme de Maintenon aussi ; Monsieur le Duc infiniment davantage. Pour M. du Maine, ce fut une délivrance, et pour M. de Vendôme un soulagement à l'état où il commençait à s'apercevoir que sa chute était possible. Monseigneur apprit sa mort à Meudon, partant pour la chasse ; il ne parut pas en lui la moindre altération.

———————

Monsieur le Prince, fils du Grand Condé, meurt trois mois après le prince de Conti, au soulagement général. C'est en miroir qu'il faut lire les portraits de ces deux grands seigneurs. On verra que Saint-Simon, maître de l'amplification rhétorique, sait se faire aussi virtuose de l'ellipse : le génie de son style n'est-il pas de s'adapter aux personnages pour en donner l'image la plus fidèle ?

Mort de Monsieur le Prince ; son caractère Monsieur le Prince, qui, depuis plus de deux ans, ne paraissait plus à la cour, mourut à Paris un peu après minuit, la nuit du dimanche de Pâques au lundi, dernier mars et 1er avril, en sa soixante-sixième année. C'était un petit homme très mince et très maigre, dont le visage d'assez petite mine ne laissait pas d'imposer par le feu et l'audace de ses yeux, et un composé des plus rares qui se soit guère rencontré. Personne n'a eu plus d'esprit et de toutes sortes d'esprits ni rarement tant de savoir en presque tous les genres, et pour la plupart à fond, jusqu'aux arts et aux mécaniques, avec un goût exquis et universel ; jamais encore une valeur plus franche et plus naturelle, ni une plus grande envie de faire[1] ; et quand il voulait plaire, jamais avec tant de discernement, de grâces, de gentillesse, de politesse, de noblesse, tant d'art caché coulant comme de source. Personne aussi n'a jamais porté si loin l'invention, l'exécution, l'industrie[2], les agréments ni la magnificence des fêtes dont il savait surprendre et enchanter, et dans toutes les espèces imaginables. Jamais aussi tant de talents inutiles, tant de génie sans usage, tant et si continuelle et si vive imagination uniquement propre à être son bourreau et le fléau des autres ; jamais tant d'épines et de danger dans le commerce, tant et de si sordide avarice, et de ménages bas et honteux, d'injustices, de rapines, de violences ; jamais encore tant de hauteur, de prétentions sourdes, nouvelles, adroitement conduites, de subtilités d'usages, d'artifice à les introduire imperceptiblement, puis de s'en avantager, d'entreprises hardies et inouïes, de conquêtes à force ouverte ; jamais en même temps une si vile bassesse, bassesse sans mesure aux plus petits besoins, ou possibilité d'en avoir. De là cette cour rampante aux gens de robe et des finances, aux commis et aux valets principaux, cette attention servile aux ministres, ce raffinement abject de courtisan auprès du Roi ; de là encore ces hauts et bas continuels avec tout le reste. Fils dénaturé, cruel père, mari terrible, maître détestable, pernicieux voisin, sans amitié, sans amis, incapable d'en avoir, jaloux, soupçonneux, inquiet[3] sans aucun relâche, plein de manèges et d'artifices à découvrir et à scruter tout, à quoi il était occupé sans cesse, aidé d'une vivacité extrême et d'une pénétration surprenante, colère[4] et d'un emportement à se

1. Agir.   2. Le savoir-faire.   3. Tourmenté.   4. Le mot est ici adjectif.

porter aux derniers excès même sur des bagatelles, difficile en tout à l'excès, jamais d'accord avec lui-même, et tenant tout chez lui dans le tremblement. À tout prendre, la fougue et l'avarice étaient ses maîtres qui le gourmandaient toujours. Avec cela un homme dont on avait peine à se défendre quand il avait entrepris d'obtenir par les grâces, le tour[1], la délicatesse de l'insinuation et de la flatterie, l'éloquence naturelle qu'il employait, mais parfaitement ingrat des plus grands services, si la reconnaissance ne lui était utile à mieux. On a vu p. 241[2], sur Rose, ce qu'il savait faire à ses voisins dont il voulait les terres, et la gentillesse du tour des renards. L'étendue qu'il sut donner à Chantilly et à ses autres terres par de semblables voies est incroyable, aux dépens de gens qui n'avaient ni l'audace de Rose, ni sa familiarité avec le Roi, et la tyrannie qu'il y exerçait était affreuse. Il déroba pour rien, à force de caresses et de souplesses, la capitainerie de Senlis et de la forêt d'Hallastre, dans laquelle Chantilly est compris, à mon oncle et à la marquise de Saint-Simon, alors fort vieux, qui, en premières noces, était, comme je l'ai dit ailleurs, veuve de son grand-oncle frère de la connétable de Montmorency, sa grand-mère ; il leur fit accroire que le Roi allait supprimer ces capitaineries éloignées des maisons royales, qu'ils perdraient celle-là qui, entre ses mains, serait conservée ; ils donnèrent dans le panneau et la lui cédèrent. Le Roi n'avait pas pensé à en supprimer pas une[3]. Monsieur le Prince

---

1. L'adresse.   2. Dans le manuscrit. En 1701, pour s'accaparer une terre de Rose, secrétaire du Roi, Monsieur le Prince avait fait jeter par-dessus les murs de la propriété plusieurs centaines de renards, qui y avaient fait de grands dégâts. Rose s'en était plaint au roi, qui avait obligé Monsieur le Prince à les réparer, et à rattraper les renards.   3. À en supprimer une seule.

leur fit une galanterie[1] de deux cents pistoles et
se moqua de leur crédulité ; mais, à la vérité, tant qu'ils
vécurent, il les laissa, et même leurs gens, maîtres de la
chasse comme ils l'étaient auparavant. Dès qu'elle fut entre
ses mains il ne cessa de l'étendre de ruse et de force, et de
réduire au dernier esclavage tout ce qui y était compris, et
ce fut un pays immense. Il n'eut les entrées chez le Roi, et
encore non les plus grandes, qu'avec les survivances de sa
charge et de son gouvernement pour son fils en le mariant à
la bâtarde du Roi[2] ; et tandis qu'à ce titre de gendre et de
belle-fille, son fils et sa fille[3] étaient, entre le souper du Roi
et son coucher, dans son cabinet avec lui, les autres légitimés et la famille royale, il dormait le plus souvent sur un
tabouret au coin de la porte, où je l'ai maintes fois vu
ainsi, attendant avec tous les courtisans que le Roi vînt se
déshabiller. La duchesse du Maine le tenait en respect ; il
courtisait M. du Maine, qui lui rendait peu de devoirs, et
qui le méprisait. Madame la Duchesse le mettait au désespoir entre le courtisan et le père, sur lequel le courtisan
l'emportait presque toujours. Sa fille mariée[4] avait doucement secoué le joug. Celles qui ne l'étaient pas le portaient
dans toute sa pesanteur ; elles regrettaient la condition
des esclaves. Mlle de Condé[5] en mourut, de l'esprit, de la

---

1. Ici, un petit cadeau.   2. Monsieur le Duc a épousé Mlle de Nantes en
juillet 1685.   3. Devenue duchesse du Maine en mars 1692.   4. Au
prince de Conti, qui vient de mourir.   5. « Mlle de Condé mourut à Paris le
24 octobre [1700] d'une longue maladie de poitrine, qui la consuma moins que
les chagrins et les tourments qu'elle essuya sans cesse de Monsieur le Prince
dont les caprices continuels étaient le fléau de tous ceux sur qui il les pouvait
exercer, et qui rendirent cette princesse inconsolable de ce que deux doigts de
taille avaient fait préférer sa cadette pour épouser M. du Maine, et sortir de sous
ce cruel joug » (I, 751). En effet, précise le mémorialiste, « tous les enfants de

vertu et du mérite de laquelle on disait merveilles. Mlle d'Enghien, laide jusqu'au dégoût, et qui n'avait rien du mérite de Mlle de Condé, lorgna longtemps, faute de mieux, le mariage de M. de Vendôme, aux risques de sa santé et de bien d'autres considérations[1]. M. et Mme du Maine, de pitié, et aussi par intérêt de bâtardise, se mirent en tête de le faire réussir. Monsieur le Prince le regardait avec indignation. Il sentait la honte du double mariage de ses enfants avec ceux du Roi, mais il en avait tiré les avantages. Celui-ci ne l'approchait point du Roi, et ne pouvait lui rien produire d'agréable. Il n'osait aussi le dédaigner à titre de bâtardise, beaucoup moins résister au Roi, si, poussé par M. du Maine, il se le mettait en gré[2], tellement qu'il prit le parti de la fuite, et de faire le malade près de quinze mois avant qu'il le devînt de la maladie dont il mourut, et ne remit jamais depuis les pieds à la cour, faisant toujours semblant d'y vouloir aller pour s'y faire attendre, et cependant gagner du temps, et n'être pas pressé. M. le prince de Conti, qui lui rendait bien plus de devoirs que Monsieur le Duc, et dont l'esprit était si aimable, réussissait auprès de lui mieux que nul autre, mais il n'y réussissait pas toujours. Pour Monsieur le Duc ce n'était que bienséance. Ils se craignaient tous deux : le fils, un père fort difficile et plein d'humeur et de caprices ; le père, un gendre du Roi ;

Monsieur le Prince étaient presque nains » : « On en attribuait la cause à un nain que Madame la Princesse avait eu longtemps chez elle. » Le spectacle de ce nain aurait, comme le voulait la croyance, influencé Madame la Princesse pendant ses grossesses, et lui aurait fait engendrer, par suggestion, des enfants de très petite taille. « Monsieur le Prince le héros, qui était grand, disait plaisamment que, si sa race allait toujours ainsi en diminuant, elle viendrait à rien. »

1. Elle l'épousera en 1710, malgré ses goûts et sa vérole.   2. Si le Roi trouvait bon ce mariage.

mais souvent le pied ne laissait pas de glisser au père, et ses sorties sur son fils étaient furieuses. Madame la Princesse était sa continuelle victime. Elle était également laide, vertueuse et sotte ; elle était un peu bossue, et avec cela un gousset [1] fin qui se faisait suivre à la piste, même de loin. Toutes ces choses n'empêchèrent pas Monsieur le Prince d'en être jaloux jusqu'à la fureur, et jusqu'à sa mort, la piété, l'attention infatigable de Madame la Princesse, sa douceur, sa soumission de novice ne la purent garantir ni des injures fréquentes, ni des coups de pied et de poing qui n'étaient pas rares. Elle n'était pas maîtresse des plus petites choses ; elle n'en osait demander ni proposer aucune. Il la faisait partir à l'instant que la fantaisie lui en prenait pour aller d'un lieu à un autre. Souvent, montée en carrosse, il l'en faisait descendre, ou revenir du bout de la rue, puis recommençait l'après-dînée, ou le lendemain. Cela dura une fois quinze jours de suite pour un voyage de Fontainebleau. D'autres fois il l'envoyait chercher à l'église, lui faisait quitter la grand-messe, et quelquefois la mandait au moment qu'elle allait communier ; et il fallait revenir à l'instant, et remettre sa communion à une autre fois. Ce n'était pas qu'il eût besoin d'elle, ni qu'elle osât faire la moindre démarche, ni celles-là mêmes sans sa permission ; mais les fantaisies étaient continuelles. Lui-même était toujours incertain ; il avait tous les jours quatre dîners prêts, un à Paris, un à Écouen, un à Chantilly, un où la cour était ; mais la dépense n'en était pas forte : c'était un potage, et la moitié d'une poule rôtie sur une croûte de pain, dont l'autre moitié servait pour le lendemain. Il travaillait tout le jour à ses affaires, et courait Paris pour la plus petite. Sa

---

1. « La mauvaise odeur qui vient de l'aisselle » (Littré).

maxime était de prêter et d'emprunter tant qu'il pouvait aux gens du Parlement pour les intéresser eux-mêmes dans ses affaires, et avoir occasion de se les dévouer par ses procédés avec eux, aussi était-il bien rare qu'il ne réussît dans toutes celles qu'il entreprenait, pour lesquelles il n'oubliait ni soins ni sollicitations. Toujours enfermé chez lui, et presque point visible, à la cour comme ailleurs, hors les temps de voir le Roi ou les ministres, s'il avait à parler à ceux-ci, qu'il désespérait alors par ses visites allongées et redoublées. Il ne donnait presque jamais à manger et ne recevait personne à Chantilly, où son domestique[1] et quelques jésuites savants lui tenaient compagnie, très rarement d'autres gens ; mais quand il faisait tant que d'y en convier, il était charmant ; personne au monde n'a jamais si parfaitement fait les honneurs de chez soi ; jusqu'au moindre particulier ne pouvait être si attentif. Aussi cette contrainte qui pourtant ne paraissait point, car toute sa politesse et ses soins avaient un air d'aisance et de liberté merveilleuse, faisait qu'il n'y voulait personne. Chantilly était ses délices. Il s'y promenait toujours suivi de plusieurs secrétaires avec leur écritoire et du papier, qui écrivaient à mesure ce qui lui passait par l'esprit pour raccommoder et embellir. Il y dépensa des sommes prodigieuses, mais qui ont été des bagatelles en comparaison des trésors que son petit-fils y a enterrés et des merveilles qu'il y a faites. Il s'amusait assez aux ouvrages d'esprit et de science, il en lisait volontiers et en savait juger avec beaucoup de goût, de profondeur et de discernement. Il se divertissait aussi quelquefois à des choses d'arts et de mécaniques, auxquelles il se connaissait très bien. Autrefois il avait été amoureux de

---

1. Ses gens et ses proches.

plusieurs dames de la cour ; alors rien ne lui coûtait : c'était les grâces, la magnificence, la galanterie même, un Jupiter transformé en pluie d'or. Tantôt il se travestissait en laquais, une autre fois en revendeuse à la toilette, tantôt d'une autre façon. C'était l'homme du monde le plus ingénieux. Il donna une fois une fête au Roi qu'il cabala[1] pour se la faire demander, uniquement pour retarder un voyage en Italie d'une grande dame qu'il aimait et avec laquelle il était bien, et dont il amusa le mari à faire les vers. Il perça tout un côté d'une rue près de Saint-Sulpice par les maisons l'une dans l'autre, qu'il loua toutes et les meubla pour cacher ses rendez-vous. Jaloux aussi et cruellement de ses maîtresses, il eut entre autres la marquise de Richelieu[2], que je nomme parce qu'elle ne vaut pas la peine d'être tue. Il en était éperdument amoureux et dépensait des millions pour elle et pour être instruit de ses déportements. Il sut que le comte de Roucy partageait ses faveurs (et c'est elle à qui ce spirituel comte proposait bien sérieusement de faire mettre du fumier à sa porte pour la garantir du bruit des cloches dont elle se plaignait). Monsieur le Prince reprocha le comte de Roucy à la marquise de Richelieu, qui s'en défendit fort. Cela dura quelque temps ; enfin Monsieur le Prince, outré d'amour, d'avis certains et de dépit, redoubla ses reproches, et les prouva si bien, qu'elle se trouva prise. La frayeur de perdre un amant si riche et si prodigue lui fournit sur-le-champ un excellent moyen de lui mettre l'esprit en repos ; elle lui proposa de donner, de concert avec lui, un rendez-vous chez elle au comte de Roucy, où Monsieur le Prince aurait des gens apostés pour s'en

---

1. Il intrigua auprès du Roi...   2. « Fameuse par les désordres et les courses de sa vie errante, belle comme le jour » (II, 543).

défaire. Au lieu du succès qu'elle se promettait d'une proposition si humaine et si ingénieuse, Monsieur le Prince en fut tellement saisi d'horreur qu'il en avertit le comte de Roucy, et ne la revit de sa vie. Ce qui ne se peut comprendre, c'est qu'avec tant d'esprit, d'activité, de pénétration, de valeur et d'envie de faire et d'être, un aussi grand maître à la guerre que l'était monsieur son père n'ait jamais pu lui faire comprendre les premiers éléments de ce grand art. Il en fit longtemps son étude et son application principale ; le fils y répondit par la sienne, sans que jamais il ait pu acquérir la moindre aptitude à aucune des parties de la guerre, sur laquelle monsieur son père ne lui cachait rien, et lui expliquait tout à la tête des armées. Il l'y eut toujours avec lui, voulut essayer de le mettre en chef, y demeurant néanmoins pour lui servir de conseil, quelquefois dans les places voisines et à portée, avec la permission du Roi sous prétexte de ses infirmités. Cette manière de l'instruire ne lui réussit pas mieux que les autres ; il désespéra d'un fils doué pourtant de si grands talents, et il cessa enfin d'y travailler, avec toute la douleur qu'il est aisé d'imaginer. Il le connaissait et le connut de plus en plus ; mais la sagesse contint le père, et le fils était en respect devant cet éclat de gloire qui environnait le Grand Condé. Les quinze ou vingt dernières années de la vie de celui dont on parle ici furent accusées de quelque chose de plus que d'emportement et de vivacité ; on crut y remarquer des égarements qui ne demeurèrent pas tous renfermés dans sa maison. Entrant un matin chez la maréchale de Noailles, dans son appartement de quartier, qui me l'a conté, comme on faisait son lit et qu'il n'y avait plus que la courtepointe à y mettre, il s'arrêta un moment à la porte, où s'écriant avec transport : « Ah ! le bon lit, le bon lit ! » prit sa course, sauta dessus, se roula dessus sept ou huit tours en tous les sens, puis descendit et fit excuse à la Maréchale, et lui dit que son lit était si propre[1] et si bien fait qu'il n'y avait pas moyen de s'en empêcher, et cela sans qu'il y eût jamais rien eu entre eux, et dans un âge où la Maréchale, qui avait toute sa vie été hors de soupçon, n'en pouvait laisser naître aucun. Ses gens demeurèrent stupéfaits, et elle bien autant qu'eux ; elle en sortit adroitement par un grand éclat de rire et par plaisanter. On disait tout bas qu'il y avait des temps où tantôt il se croyait chien, tantôt quelque autre bête, dont alors il imitait les façons, et j'ai vu des gens très dignes de foi qui m'ont assuré l'avoir vu au coucher du Roi, pendant le prier-Dieu, et lui cependant[2] près du fauteuil, jeter la tête en l'air subitement plusieurs fois de suite, et ouvrir la bouche toute grande comme un chien qui aboie, mais sans faire de bruit. Il est certain qu'on était des temps considérables sans le voir, même ses plus familiers domestiques, hors un seul vieux valet de chambre qui avait pris empire sur lui, et qui ne s'en contraignait pas. Dans les derniers temps de sa vie, et même la dernière année, il n'entra et ne sortit rien de son corps qu'il ne le vît peser lui-même, et qu'il n'en écrivît la balance, d'où il résultait des dissertations qui désolaient ses médecins. La fièvre et la goutte l'attaquèrent à reprises ; il augmenta son mal par son régime trop austère, par une solitude où il ne voulait voir personne, même le plus souvent de sa plus intime famille, par une inquiétude et des précisions[3] qui le jetaient dans des transports de fureur. Finot, son médecin, et le nôtre de tout temps, et de plus notre ami, ne savait que devenir avec lui. Ce qui l'embarrassa le plus à ce qu'il nous a conté plus

---

1. Si bien arrangé.   2. Pendant ce temps.   3. Manies.

d'une fois, fut que Monsieur le Prince ne voulut rien prendre, dit qu'il était mort, et pour toute raison que les morts ne mangeaient point. Si fallait-il pourtant qu'il prît quelque nourriture ou qu'il mourût véritablement. Jamais on ne put lui persuader qu'il vivait, et que par conséquent il fallait qu'il mangeât. Enfin Finot et un autre médecin qui le voyait le plus ordinairement avec lui s'avisèrent de convenir qu'il était mort, mais de lui soutenir qu'il y avait des morts qui mangeaient ; ils offrirent de lui en produire, et en effet ils lui amenèrent quelques gens sûrs et bien recordés [1], qu'il ne connaissait point et qui firent les morts tout comme lui, mais qui mangeaient. Cette adresse le détermina, mais il ne voulait manger qu'avec eux et avec Finot. Moyennant cela il mangea très bien, et cette fantaisie dura assez longtemps, dont l'assiduité désespérait Finot, qui toutefois mourait de rire en nous racontant ce qui se passait et les propos de l'autre monde qui se tenaient à ces repas. Il vécut encore longtemps après. Sa maladie augmentant, Madame la Princesse se hasarda de lui demander s'il ne voulait point penser à sa conscience et voir quelqu'un. Il se divertit assez longtemps à la rebuter ; il y avait déjà quelques mois qu'il voyait le P. de La Tour en cachette, le même général de l'Oratoire qui avait assisté Mlle de Condé et M. le prince de Conti. Il avait envoyé proposer à ce Père de le venir voir en bonne fortune [2], la nuit et travesti. Le messager fut un sous-secrétaire, confident unique de ce secret. Le P. de La Tour, surpris au dernier point d'une proposition si sauvage [3], répondit que le respect qu'il devait à Mon-

---

1. « À qui on a fait sa leçon » (Littré).   2. Comme s'il se déplaçait pour une bonne fortune amoureuse, d'où le déguisement.   3. Brutale, mais aussi extraordinaire.

sieur le Prince l'engagerait à le voir avec toutes les précautions qu'il voudrait lui imposer, mais que, quelque justice qu'il eût droit d'attendre de sa maison, il ne pouvait, dans son état et dans sa place, consentir à se travestir, ni à quitter le frère qui l'accompagnait toujours, mais qu'avec son habit et ce frère, tout lui serait bon pourvu encore qu'il rentrât à l'Oratoire avant qu'on y fût retiré. Monsieur le Prince passa ces conditions. Quand il le voulait voir, ce sous-secrétaire allait à l'Oratoire, s'y mettait dans un carrosse de remise[1] avec le Général et son compagnon, les menait à une petite porte ronde d'une maison qui répondait à l'hôtel de Condé, et par de longs et d'obscurs détours, souvent la lanterne à la main et une clef dans une autre, qui ouvrait et fermait sur eux un grand nombre de portes, le conduisait jusque dans la chambre de Monsieur le Prince. Là, tête à tête avec lui, quelquefois le confessait, le plus souvent l'entretenait. Quand Monsieur le Prince en avait pris sa suffisance ou que l'heure pressait, car il le retenait souvent longtemps, le même homme rentrait dans la chambre, et le remenait par les mêmes détours jusqu'au carrosse où le frère les attendait, et de là à l'Oratoire de Saint-Honoré. C'est le P. de La Tour qui me l'a conté depuis, et la surprise et la joie de Madame la Princesse quand Monsieur le Prince lui apprit enfin qu'il le voyait ainsi depuis quelques mois. Alors il n'y eut plus de mystère ; le P. de La Tour fut mandé à découvert, et se rendit assidu pendant le peu de semaines que Monsieur le Prince vécut depuis. Les jésuites y furent cruellement trompés. Ils se croyaient en possession bien assurée d'un prince élevé chez eux, qui leur avait

---

1. De location.

donné son fils unique dans leur collège, qui n'avait qu'eux à Chantilly et toujours pour compagnie, qui vivait avec eux en entière familiarité. Leur P. Lucas, homme dur, rude, grossier, quoique souvent supérieur dans leurs maisons, était son confesseur en titre, qui véritablement ne l'occupait guère[1], mais qu'il envoya chercher dans une chaise de poste jusqu'à Rouen tous les ans, à Pâques, où il était recteur. Ce Père y apprit son extrémité, arriva là-dessus par les voitures publiques, et ne put ni le voir ni se faire payer son voyage. L'affront leur parut sanglant. Monsieur le Prince pratiqua ainsi ce que j'ai rapporté que le premier président Harlay dit un jour aux jésuites et aux pères de l'Oratoire, en face, qui étaient ensemble chez lui pour une affaire, en les reconduisant devant tout le monde : « Qu'il est bon », se tournant aux jésuites, « de vivre avec vous, mes Pères » et tout de suite, se tournant aux pères de l'Oratoire : « et de mourir avec vous, mes Pères ! » Cependant la maladie augmenta rapidement et devint extrême. Les médecins le trouvèrent si mal la nuit de Pâques qu'ils lui proposèrent les sacrements pour le lendemain ; il disputa contre eux, puis leur dit qu'il les voulait donc recevoir tout à l'heure, que ce serait chose faite, et qui le délivrerait du spectacle qu'il craignait. À leur tour, les médecins disputèrent sur l'heure indue, et que rien ne pressait si fort. À la fin, de peur de l'aigrir, ils consentirent. On envoya à l'Oratoire et à la paroisse, et il reçut ainsi brusquement les derniers sacrements. Fort peu après, il appela Monsieur le Duc, qui pleurait, régla tout avec lui et avec Madame la Princesse, la

---

1. On peut comprendre : le P. Lucas, qui n'occupait guère sa charge de confesseur, ou : Monsieur le Prince, qui véritablement ne l'occupait guère.

congédia avec des marques d'estime et d'amitié, et lui dit où était son testament. Il retint Monsieur le Duc, avec qui il ne s'entretint plus que des honneurs qu'il voulait à ses obsèques, des choses omises à celles de monsieur son père qu'il ne fallait pas oublier aux siennes, et même y prendre bien garde, répéta plusieurs fois qu'il ne craignait point la mort parce qu'il avait pratiqué la maxime de monsieur son père que, pour n'appréhender point les périls de près, il fallait s'y accoutumer de loin, consola son fils, ensuite l'entretint des beautés de Chantilly, des augmentations qu'il y avait projetées, des bâtiments qu'il y avait commencés exprès pour obliger à les achever après lui, d'une grande somme d'argent comptant destinée à ces dépenses et du lieu où elle était, et persévéra dans ces sortes d'entretiens jusqu'à ce que la tête vînt à se brouiller. Le P. de La Tour et Finot étaient cependant retirés à un coin de la chambre, de qui j'ai appris ce détail. Ce prince laissa une grande idée de sa fermeté, et une bien triste de l'emploi de ses dernières heures. Finissons par un trait de Vervillon que tout le monde a tant connu, et qui était demeuré avec lui après avoir été à monsieur son père sur un pied d'estime et de considération. Pressé un jour à Chantilly d'acheter une maison qui en était fort proche : « Tant que j'aurai l'honneur de vos bonnes grâces, répondit-il à Monsieur le Prince, je ne saurais être trop près de vous ; ainsi je préfère ma chambre ici à un petit château au voisinage. Et, si j'avais jamais le malheur de les perdre, je ne pourrais être trop loin de vous. Ainsi la terre d'ici près m'est fort inutile. » Qui que ce soit, ni domestiques, ni parents, ni autres, ne regretta Monsieur le Prince que Monsieur le Duc, que le spectacle toucha un moment, et qui se trouva bien affran-

chi, et Madame la Princesse, qui eut honte de ses larmes
jusqu'à en faire excuse dans son particulier. Quoique ses
obsèques aient duré longtemps, achevons-les tout de suite,
pour n'avoir plus à y revenir. L'extrême singularité d'un
homme si marqué[1] m'a paru digne d'être rapportée ; mais
n'oublions pas la vengeance des jésuites qui fut le coup
d'essai du P. Tellier[2].

---

*Un monstre peut en cacher un autre. Un an après la mort de
Monsieur le Prince, son fils rend l'âme sans cérémonie. Si le
père, avec toutes ses fureurs, ne manquait pas de panache, Monsieur le Duc, comme lui, est digne d'entrer dans la tératologie
morale des* Mémoires.

**Mort de
Monsieur le Duc**
Une autre mort[3] épouvanta le
monde et le mit en même temps
à son aise. Monsieur le Duc, tout
occupé de son procès[4], dont la plaidoirie devait commencer le premier lundi de carême, était attaqué d'un mal
bizarre qui lui causait quelquefois des accidents équivoques d'épilepsie et d'apoplexie qui duraient peu, et
qu'il cachait avec tant de soin qu'il chassa un de ses gens

---

1. Si remarquable. 2. Ils font chasser Mlle de Tours, «demoiselle
d'Auvergne sans aucun bien», de chez la princesse de Conti fille de Monsieur
le Prince, qui l'avait recueillie, sous prétexte «d'avoir introduit le P. de La Tour
auprès du prince de Conti, et ensuite, par Madame la Princesse et Mme la
princesse sa fille, auprès de Monsieur le Prince» – les privant ainsi de deux
illustres agonies. 3. Le mémorialiste vient d'évoquer à la suite sept morts,
selon un procédé que l'on retrouve dans l'ensemble des *Mémoires*. Il fait de
même pour les mariages, qu'il présente le plus souvent par listes. 4. Les
enfants de Monsieur le Prince se disputaient farouchement son héritage.

pour en avoir parlé à d'autres de ses domestiques. Il avait depuis quelque temps un mal de tête continuel, souvent violent. Cet état troublait l'aise qu'il sentait de la délivrance d'un père très fâcheux, et d'un beau-frère[1] qui en bien des sortes avait fait continuellement le malheur et souvent le désespoir de sa vie. Madame la Princesse, pour qui il avait quelque considération et quelque amitié, le pressait de penser à Dieu et à sa santé ; à force d'exhortations, il lui promit l'un et l'autre, mais après le carnaval, qu'il voulait donner aux plaisirs. Il fit venir Madame la Duchesse à Paris le lundi gras, pour les sollicitations et les audiences, et en attendant pour lui donner deux soupers et à beaucoup de dames, et les mener courre[2] le bal toute la nuit du lundi et du mardi gras. Sur le soir du lundi, il alla à l'hôtel de Bouillon, et de là chez le duc de Coislin, son ami de tout temps, qui était déjà assez malade ; il n'avait point de flambeaux, et un seul laquais derrière son carrosse. Passant sur le Pont-Royal revenant de l'hôtel de Coislin, il se trouva si mal qu'il tira son cordon et fit monter son laquais auprès de lui, duquel il voulut savoir s'il n'avait point la bouche tournée, et il ne l'avait pas, et par qui il fit dire à son cocher de l'arrêter au petit degré de sa garde-robe pour entrer chez lui par derrière, et n'être point vu de la grande compagnie qui était à l'hôtel de Condé pour souper. En chemin il perdit la parole et même sa connaissance, il balbutia pourtant quelque chose pour la dernière fois lorsque son laquais et un frotteur[3] qui se trouva là le

---

1. Le prince de Conti, grand et secret amour de Madame la Duchesse.
2. Courir.   3. « Celui qui frotte. Il faut donner tant par mois aux frotteurs pour entretenir les planchers » (Furetière).

tirèrent du carrosse et le portèrent à la porte de sa garde-robe, qui se trouva fermée. Ils y frappèrent tant et si fort qu'ils furent entendus de tout ce qui était à l'hôtel de Condé, qui accourut. On le jeta au lit. Médecins et prêtres, mandés en diligence, firent inutilement leurs fonctions ; il ne donna nul autre signe de vie que d'horribles grimaces, et mourut de la sorte sur les quatre heures du matin du mardi gras.

Conduite de Madame la Duchesse Madame la Duchesse, au milieu des parures, des habits de masque et de tout ce grand monde convié, éperdue de surprise et du spectacle, ne perdit sur rien la présence d'esprit. Quoique mal avec M. du Maine, elle en sentit le besoin ; ainsi, fort peu après qu'on eut mis Monsieur le Duc au lit, elle envoya le chercher à Versailles, M. le comte de Toulouse, et Mme la princesse de Conti leur sœur, et ne manda rien à M. ni à Mme la duchesse d'Orléans, avec qui elle était mal, et du crédit desquels elle n'avait rien à attendre. On peut juger qu'elle n'oublia pas d'Antin[1]. Elle ne laissa pas de pleurer un peu en les attendant. Personne ne crut ses larmes excitées par la tendresse, mais plutôt par un souvenir douloureux qui l'affligeait en secret depuis un an, et d'une délivrance trop tardive[2]. Mme la princesse de Conti, sa belle-sœur, avertie de ce qui se passait, alla à l'hôtel de Condé avec ses enfants, demeura dans les antichambres parmi les laquais assez longtemps, retourna dans son carrosse sans sortir de la maison, et revint encore dans les antichambres. La maréchale d'Estrées

---

1. Tous – sauf le duc d'Orléans, bien entendu, et la princesse de Conti, fille de Mme de La Vallière – fils et filles de Mme de Montespan.   2. Le prince de Conti est mort treize mois auparavant.

douairière, fort amie de Madame la Duchesse, la trouvant là, la fit entrer malgré elle, disant qu'en l'état où elle était avec monsieur son frère[1] elle n'osait se présenter. Madame la Duchesse, toujours fort à elle-même après le premier étonnement, lui fit merveilles. Bientôt après, l'autre princesse de Conti[2] arriva de Versailles, qui se mettait au lit lorsque le message de Madame la Duchesse lui vint. Elle demeura peu à l'hôtel de Condé. Monsieur le Duc venait de mourir ; elle emmena Madame la Duchesse à Versailles. Vers Chaillot, ils trouvèrent M. du Maine qui monta dans leur carrosse, et vers Chaville, M. le comte de Toulouse, qui y monta aussi et s'en retourna avec eux. Le contretemps qui

Étrange contretemps arrivé à M. le comte de Toulouse lui arriva fit grand bruit, enfanta des chansons, et ce fut tout. Le courrier de Madame la Duchesse ne le trouva point chez lui, et pas un de ses gens ne put ou ne voulut dire où il était, ni l'aller avertir. Il n'était pas loin pourtant dans un bel appartement d'emprunt, avec une très belle dame du plus haut parage, dont le mari était dans le même qui en faisait deux beaux[3], où tout le jour il tenait le plus grand état du monde, mais qui, malgré ses jalousies quelquefois éclatantes, était hors d'état de les aller surprendre, et la dame apparemment bien sûre du secret. Ils se reposèrent tous chez Madame la Duchesse, où ses enfants arrivèrent. Mme la princesse de Conti alla éveiller Monseigneur, et huit heures du matin approchant M. et Mme la duchesse d'Orléans, avertis,

---

1. À cause du procès qui l'opposait à lui.   2. Veuve du premier prince de Conti, aîné du récent disparu.   3. Le mari était dans une pièce du même appartement, ce qui faisait, en quelque sorte, deux « beaux appartements » contigus.

vinrent chez Madame la Duchesse, où tout se passa entre eux de fort bonne grâce. M. le duc d'Orléans, M. du Maine et M. le comte de Toulouse allèrent au premier réveil du Roi, où Monseigneur arriva un moment après eux. Le Roi, surpris de les voir à une heure si peu ordinaire, leur demanda ce qu'il y avait : M. du Maine porta la parole pour tous, et aussitôt le Roi donna à M. le duc d'Enghien le gouvernement, la charge et la pension de monsieur son père, et déclara qu'il s'appellerait désormais Monsieur le Duc comme lui. Ils retour-

Nom et dépouille entière de Monsieur le Duc donnés à monsieur son fils ; d'Antin chargé du détail de ses charges, puis de ses biens et de sa conduite

nèrent chez Madame la Duchesse lui apprendre ces grâces, et tout de suite menèrent le nouveau Monsieur le Duc attendre le Roi dans ses cabinets, à qui ils le présentèrent. Ce prince, dont la sensibilité n'avait pas édifié à l'hôtel de Condé, avait plus de dix-sept ans[1] ; le Roi permit qu'il fît auprès de lui le service de grand maître, mais il ne voulut pas lui commettre l'exercice réel de cette charge, ni du gouvernement de Bourgogne, et de concert avec Madame la Duchesse, il chargea d'Antin du détail de l'un et de l'autre, de ses biens et de sa conduite, ce qui se déclara quelques jours après. Madame la Princesse était à Maubuisson ; elle avait conservé beaucoup d'affection pour cette maison, quoiqu'elle eût perdu sa célèbre tante[2] ; elle vint en diligence et apprit la mort de monsieur son fils parce que, malgré ses cris, elle fut menée, non à l'hôtel de Condé, mais chez elle au Petit-

---

1. Il deviendra chef du Conseil de régence en 1715, puis Premier ministre de Louis XV en 1723.   2. Abbesse de l'abbaye de Maubuisson.

Luxembourg, maison qu'elle avait superbement bâtie depuis la mort de Monsieur le Prince, et qu'elle achevait encore alors. Elle envoya aussitôt au Roi Xaintrailles, le

Xaintrailles, et son caractère

supplier de vouloir bien mettre la paix dans sa famille ; le Roi lui promit d'y travailler, et ordonna à Xaintrailles de demeurer auprès de Monsieur le Duc comme il était auprès du père, dont il commandait l'écurie. C'était un homme sage avec de l'esprit, fort mêlé dans la meilleure compagnie, mais qui l'avait gâté en l'élevant au-dessus de son petit état et qui l'avait rendu important jusqu'à l'impertinence. C'était un gentilhomme tout simple et brave, mais qui n'était rien moins que Poton, qui est le nom du fameux Xaintrailles.

Caractère de Monsieur le Duc

La mort du poète Santeul aux états de Bourgogne[1], l'aventure inouïe du comte de Fiesque à Saint-Maur[2], et d'autres choses encore qui se trouvent ci-devant éparses, ont déjà donné un crayon de Monsieur le

---

1. En 1697, lors d'un souper, Monsieur le Duc avait, par jeu, versé sa tabatière dans le verre du poète, qui était mort dans d'atroces souffrances.
2. La scène se passe à Saint-Maur « dans la plus jolie maison du monde » : « À table, et avant qu'il pût y avoir de vin sur jeu, il s'éleva une dispute sur un fait d'histoire entre Monsieur le Duc et le comte de Fiesque. Celui-ci, qui avait de l'esprit et de la lecture, soutint fortement son opinion, Monsieur le Duc la sienne, à qui, peut-être faute de meilleures raisons, le toupet s'échauffa à un tel excès qu'il jeta une assiette à la tête du comte de Fiesque et le chassa de la table et du logis. Une scène si subite et si étrange épouvanta les conviés. Le comte de Fiesque, qui était venu là pour y coucher ainsi que les autres, et qui n'avait point gardé de voiture, alla demander le couvert au curé et regagna Paris le lendemain aussi matin qu'il put. On se figure aisément que le reste du souper et du soir furent fort tristes » (II, 147).

Duc. C'était un homme très considérablement plus petit
que les plus petits hommes, qui, sans être gras, était gros
de partout, la tête grosse à surprendre, et un visage qui
faisait peur ; on disait qu'un nain de Madame la Princesse
en était cause. Il était d'un jaune livide, l'air presque
toujours furieux, mais en tout temps si fier, si audacieux,
qu'on avait peine à s'accoutumer à lui. Il avait de l'esprit,
de la lecture, des restes d'une excellente éducation, de la
politesse et des grâces même quand il voulait, mais il le
voulait très rarement. Il n'avait ni l'avarice, ni l'injustice,
ni la bassesse de ses pères, mais il en avait toute la valeur,
et montré[1] de l'application et de l'intelligence à la guerre.
Il en avait aussi toute la malignité et toutes les adresses
pour accroître son rang par des usurpations fines, et plus
d'audace et d'emportement qu'eux encore à embler. Ses
mœurs perverses lui parurent une vertu, et d'étranges
vengeances qu'il exerça plus d'une fois[2] et dont un particulier se serait bien mal trouvé, un apanage de sa grandeur. Sa férocité était extrême et se montrait en tout.
C'était une meule toujours en l'air[3], qui faisait fuir
devant elle, et dont ses amis n'étaient jamais en sûreté,

---

1. Et [il avait] montré…   2. « Savary fut trouvé assassiné dans sa maison
à Paris. Il n'avait qu'un valet et une servante, qui furent trouvés en même temps
assassinés, tous trois tout habillés, et en différents endroits de la maison, sans la
moindre chose volée. L'apparence fut que ce crime fut commis de jour, et
ce fut une vengeance par des écrits qui se sont trouvés chez lui. […] On n'a
jamais su la cause de cet assassinat, mais on en trouva assez pour n'oser
approfondir, et l'affaire en demeura là. On ne douta guère qu'un très vilain
petit homme ne l'eût fait faire, mais d'un sang si supérieurement respecté, que
toute formalité tomba dans la frayeur de le trouver au bout, et qu'après le
premier bruit tout le monde cessa d'oser parler de cette tragique histoire »
(I, 616).   3. Une menace pour l'entourage.

tantôt par des insultes extrêmes, tantôt par des plaisanteries cruelles en face, et des chansons qu'il savait faire sur-
le-champ, qui emportaient la pièce[1] et qui ne s'effaçaient
jamais ; aussi fut-il payé en même monnaie, plus cruellement encore. D'amis il n'en eut point, mais des connaissances plus familières, la plupart étrangement choisis, et
la plupart obscurs comme il l'était lui-même autant que
le pouvait être un homme de ce rang. Ces prétendus
amis le fuyaient, il courait après eux pour éviter la solitude, et quand il en découvrait quelque repas, il y tombait comme par la cheminée, et leur faisait une sortie de
s'être cachés de lui. J'en ai vu quelquefois Monsieur de
Metz, M. de Castries et d'autres désolés. Ce naturel
farouche le précipita dans un abus continuel de tout et
dans l'applaudissement de cet abus qui le rendait intrai-
table, et si ce terme pouvait convenir à un prince du
sang, dans cette sorte d'insolence qui a plus fait détester
les tyrans que leur tyrannie même. Les embarras domestiques, les élans continuels de la plus furieuse jalousie, les
vifs piquants d'en sentir sans cesse l'inutilité, un contraste
sans relâche d'amour et de rage conjugale, le déchirement
de l'impuissance dans un homme si fougueux et si démesuré, le désespoir de la crainte du Roi, et de la préférence
de M. le prince de Conti sur lui dans le cœur, dans
l'esprit, dans les manières de son propre père, la fureur
de l'amour et de l'applaudissement universel pour ce
même prince tandis qu'il n'éprouvait que le plus grand
éloignement du public, et qu'il se sentait le fléau de son
plus intime domestique, la rage du rang de M. le duc
d'Orléans et de celui des bâtards, quelque profit qu'il en

---

1. Raillaient cruellement.

sût usurper, toutes ces furies le tourmentèrent sans
relâche et le rendirent terrible comme ces animaux qui ne
semblent nés que pour dévorer et pour faire la guerre au
genre humain ; ainsi les insultes et les sorties étaient ses
délassements, dont son extrême orgueil s'était fait une
habitude, et dans laquelle il se complaisait. Mais s'il était
redoutable, il était encore plus déchiré. Il se fit un effort,
aux derniers états de Bourgogne qu'il tint après la mort
de Monsieur le Prince, d'y paraître plus accessible ; il y
rendit justice avec une apparence de bonté, il s'intéressa
avec succès pour la province, et il y donna de bons ordres
de police ; mais il y traita le parlement avec indignité sur
des prérogatives que monsieur son père n'avait jamais
eues, et qu'il lui arracha après quantité d'affronts. Quiconque aura connu ce prince n'en trouvera pas ici le
portrait chargé, et il n'y eut personne qui n'ait regardé
sa mort comme le soulagement personnel de tout le
monde[1].

---

*La cour respire, mais elle se fige quand le Roi annonce que les
enfants du duc du Maine bénéficieront des mêmes droits que les
bâtards – scandale moral et dynastique qui renforce la légitimité
de l'illégitime, et signe d'une confusion qui plonge les héritiers
authentiques dans une douloureuse perplexité. Le mémorialiste,
qui n'a pas assisté à la scène, la rend plus saisissante encore en la
contant telle qu'elle lui fut rapportée.*

---

1. Saint-Simon écrira plus loin : « On trouva, à l'ouverture de Monsieur le
Duc, une espèce d'excrescence ou de corps étrange dans la tête, qui, parvenu à
une certaine grosseur, le fit mourir » (III, 769).

Scène très singulière de la déclaration du rang des enfants du duc du Maine, le soir, dans le cabinet du Roi

Entrant le samedi au soir 15 mars dans son cabinet, après souper, à Versailles, et l'ordre donné à l'ordinaire, il s'avança gravement dans le second cabinet, se rangea vers son fauteuil sans s'asseoir, passa lentement les yeux sur toute la compagnie, à qui il dit, sans adresser la parole à personne, qu'il donnait aux enfants de M. du Maine le même rang et les mêmes honneurs dont M. du Maine jouissait ; et sans un moment d'intervalle marcha vers le bout du cabinet le plus éloigné, et appela Monseigneur et Mgr le duc de Bourgogne. Là, pour la première fois de sa vie, ce monarque si fier, ce père si sévère et si maître, s'humilia devant son fils et son petit-fils : il leur dit que, devant tous deux régner successivement après lui, il les priait d'agréer le rang qu'il donnait aux enfants du duc du Maine, de donner cela à la tendresse qu'il se flattait qu'ils avaient pour lui, et à celle qu'il se sentait pour ces enfants et pour leur père ; que, vieux comme il était, et considérant que sa mort ne pouvait être éloignée, il les leur recommandait étroitement et avec toute l'instance dont il était capable ; qu'il espérait qu'après lui ils les voudraient bien protéger par amitié pour sa mémoire. Il prolongea ce discours touchant assez longtemps, pendant lequel les deux princes un peu attendris, les yeux fichés à terre, se serrant l'un contre l'autre, immobiles d'étonnement et de la chose et des discours, ne proférèrent pas une unique parole. Le Roi, qui apparemment s'attendait à mieux et qui voulait les y forcer, appela M. du Maine, qui arrivant à eux de l'autre bout du cabinet, où tout était cependant dans le plus profond silence, le Roi le prit par les épaules, et en s'appuyant dessus pour le faire courber au plus bas devant les deux princes, le leur présenta, leur répéta en sa présence que c'était d'eux qu'il attendait après sa mort toute protection pour lui, qu'il la leur demandait avec toute instance, qu'il espérait cette grâce de leur bon naturel et de leur amitié pour lui et pour sa mémoire, et il finit par leur dire qu'il leur en demandait leur parole. En cet instant les deux princes se regardèrent l'un l'autre, sans presque savoir si ce qui se passait était un songe ou une réalité, sans toutefois répondre un mot jusqu'à ce que, plus vivement pressés encore par le Roi, ils balbutièrent je ne sais quoi, qui ne dit rien de précis. M. du Maine, embarrassé de leur embarras, et fort peiné de ce qu'il ne sortait rien de net de leur bouche, se mit en posture de leur embrasser les genoux. En ce moment le Roi, les yeux mouillés de larmes, les pria de le vouloir bien embrasser en sa présence et de l'assurer par cette marque de leur amitié. Il continua de là à les presser de lui donner leur parole de n'ôter point ce rang qu'il venait de déclarer, et les deux princes, de plus en plus étourdis d'une scène si extraordinaire, bredouillèrent encore ce qu'ils purent, mais sans rien promettre. Je n'entreprendrai pas ici de commenter une si grande faute, ni le peu de force d'une parole qu'ils auraient donnée de la sorte ; je me contente d'écrire ce que je sus mot à mot du duc de Beauvillier, à qui Mgr le duc de Bourgogne conta tout ce qui s'était passé le lendemain, et que ce duc me rendit le jour même. On le sut aussi par Monseigneur, qui le dit à ses intimes, en ne se cachant pas d'eux combien il était choqué de ce rang ; il n'avait jamais aimé le duc du Maine, il avait toujours été blessé de la différence du cœur du Roi et de sa familiarité, et il y avait eu des temps de jeunesse où le duc du Maine, sans de vrais manquements de respect, avait peu ménagé Monseigneur, tout au contraire du comte de Toulouse, qui s'en était acquis l'amitié. Pour le pauvre Mgr le duc de Bourgogne, je ne fus pas longtemps sans savoir bien ce qu'il pensait de cette nouvelle énormité, et l'un et l'autre ne furent point fâchés qu'on les devinât là-dessus, autre bien étrange faute. Après celle de ce dernier bredouillement informe de ces deux princes, le Roi, à bout d'en espérer davantage, sans montrer toutefois aucun mécontentement, retourna vers son fauteuil, et le cabinet reprit aussitôt sa forme accoutumée. Dès que le Roi fut assis, il remarqua promptement le sombre qui y régnait ; il se hâta de dire encore un mot sur ce rang et d'ajouter qu'il serait bien aise que chacun lui en marquât sa satisfaction en la témoignant au duc du Maine, lequel, incontinent accueilli de chacun, fut assez sérieusement félicité jusque par le comte de Toulouse, son frère, que le même honneur regardait à son tour, mais à

Les deux frères bâtards comment ensemble qui il fut aussi nouveau qu'à tous les autres. La différence d'âge[1] et d'esprit, qui donnait au duc du Maine une grande supériorité sur le comte de Toulouse, n'avait pas contribué à une union intérieure bien grande ; ils se voyaient rarement chez eux ; les bienséances étaient gardées, mais l'amitié était froide, la confiance nulle, et M. du Maine avait toujours fait sa grandeur, et conséquemment la sienne, sans le consulter et même sans lui en parler. Le bon sens, l'honneur et la droiture de cœur de celui-ci lui rendait la conduite de la duchesse du Maine insupportable ; elle s'en était bien aperçue ; aussi ne l'aima-t-elle pas, et ne contribua pas à rapprocher le comte

---

1. Le duc du Maine a huit ans de plus que le comte de Toulouse.

de Toulouse, qu'elle craignait auprès du duc du Maine, dont il n'approuvait pas les complaisances, qui pour elle étaient sans bornes, et dont avec cela il n'évitait pas les hauteurs. Le reste du cabinet fut court et mal à l'aise.

1710 : les années du Roi sont comptées. Saint-Simon n'est pas au mieux avec Monseigneur, Grand Dauphin, qui devrait lui succéder. Ami du duc de Beauvillier, son gouverneur, il a choisi le duc de Bourgogne : pari politique, mais aussi foi en un prince d'une intelligence exceptionnelle, qu'il sait partager sa vision du royaume et de la haute noblesse. À l'invitation du duc de Beauvillier, il compose un « Discours sur Mgr le duc de Bourgogne », courte « institution du prince » qu'il insère dans ses Mémoires, *et au terme de laquelle il compose le premier « caractère » d'un jeune homme de vingt-huit ans né pour régner, mais qui ne régnera jamais. C'est une autre histoire de France qu'il nous invite à imaginer.*

Crayon de Mgr le duc de Bourgogne pour lors   Une courte anatomie[1] de ce discours ne sera pas inutile pour la suite. Il faut dire d'abord que Mgr le duc de Bourgogne était né avec un naturel à faire trembler. Il était fougueux jusqu'à vouloir briser ses pendules lorsqu'elles sonnaient l'heure qui l'appelait à ce qu'il ne voulait pas, et jusqu'à s'emporter de la plus étrange manière contre la pluie, quand elle s'opposait à ce qu'il voulait faire. La résistance le mettait en fureur : c'est ce dont j'ai été souvent témoin dans sa première jeunesse. D'ailleurs un goût ardent le portait à tout ce qui est

---

1. Analyse, examen.

défendu au corps et à l'esprit. Sa raillerie était d'autant plus cruelle qu'elle était plus spirituelle et plus salée, et qu'il attrapait tous les ridicules avec justesse. Tout cela était aiguisé par une vivacité de corps et d'esprit qui allait à l'impétuosité, et qui ne lui permit jamais dans ces premiers temps d'apprendre rien qu'en faisant deux choses à la fois. Tout ce qui est plaisir, il l'aimait avec une passion violente, et tout cela avec plus d'orgueil et de hauteur qu'on n'en peut exprimer. Dangereux de plus à discerner et gens et choses, et apercevoir le faible d'un raisonnement, et à raisonner plus fortement et plus profondément que ses maîtres ; mais aussi, dès que l'emportement était passé, la raison le saisissait et surnageait à tout ; il sentait ses fautes, il les avouait, et quelquefois avec tant de dépit qu'il rappelait la fureur. Un esprit vif, actif, perçant, se raidissant contre les difficultés, à la lettre transcendant en tout genre. Le prodige est qu'en très peu de temps la dévotion et la grâce en firent un autre homme, et changèrent tant et de si redoutables défauts en vertus parfaitement contraires. Il faut donc prendre à la lettre toutes les louanges de ce discours. Ce prince, qui avait toujours eu du goût et de la facilité pour toutes les sciences abstraites, les mit à la place des plaisirs, dont l'attrait toujours subsistant en lui les lui faisait fuir avec frayeur, même des plus innocents, ce qui, joint à cet esclavage de charité du prochain, si on ose hasarder ce terme, dans un novice qui tend d'abord en tout à la perfection, et qui ignore les bornes des choses, et à une timidité qui l'embarrassait partout faute de savoir que dire et que faire à tous les instants entre Dieu, qu'il craignait d'offenser en tout, et le monde, avec lequel cette gêne perpétuelle le mettait de travers, le jeta dans ce particulier sans bornes, parce qu'il ne se trouvait en liberté que seul, et que son esprit et les sciences lui fournissaient de reste[1] de quoi ne s'y pas ennuyer, outre que la prière y occupait beaucoup de son temps. La violence qu'il s'était faite sur tant de défauts, et tous véhéments, ce désir de perfection, l'ignorance, la crainte, le peu de discernement qui accompagne toujours une dévotion presque naissante, le faisait excéder[2] dans le contre-pied de ses défauts, et lui inspirait une austérité qu'il outrait en tout, et qui lui donnait un air contraint, et souvent, sans s'en apercevoir, de censeur, qui éloigna Monseigneur de lui de plus en plus et dépitait le Roi même. J'en dirai un trait entre mille qui, parti d'un excellent principe, mit le Roi hors des gonds, et révolta toute la cour deux ou trois ans auparavant. Nous étions à Marly, où il y eut un bal le jour des Rois. Mgr le duc de Bourgogne n'y voulut seulement pas paraître, et s'en laissa entendre assez tôt pour que le Roi, qui le trouva mauvais, eût le temps de lui en parler, d'abord en plaisanterie, puis plus amèrement, enfin en sérieux et piqué de se voir condamné par son petit-fils. Mme la duchesse de Bourgogne, ses dames, M. de Beauvillier même, jamais on n'en put venir à bout ; il se renferma à dire que le Roi était le maître, qu'il ne prenait pas la liberté de blâmer rien de ce qu'il faisait, mais que l'Épiphanie étant une triple fête[3], et celle des chrétiens en particulier par la vocation des gentils et par le baptême de Jésus-Christ, il ne croyait pas la devoir profaner en se détournant de l'application qu'il devait à un si saint jour pour un spectacle tout au plus supportable un jour ordinaire. On eut beau lui représenter

1. En abondance.   2. Faire preuve d'excès, exagérer.   3. Naissance de Jésus et son adoration par les Rois mages, son baptême par saint Jean Baptiste et son premier miracle à Cana.

qu'ayant donné la matinée et l'après-dînée aux offices de l'Église, et d'autres heures encore à la prière dans son cabinet, il en pouvait et devait donner la soirée au respect et à la complaisance de sujet et de fils : tout fut inutile, et, hors le temps de souper avec le Roi, il fut enfermé tout le soir seul dans son cabinet. Avec cette austérité il avait conservé de son éducation une précision et un littéral[1] qui se répandait sur tout, et qui gênait lui et tout le monde avec lui, parmi lequel il était toujours comme un homme en peine et pressé de le quitter comme ayant toute autre chose à faire, qui sent qu'il perd son temps et qui le veut mieux employer. D'un autre côté, il ressemblait fort à ces jeunes séminaristes qui, gênés tout le jour par l'enchaînement de leurs exercices, s'en dédommagent à la récréation par tout le bruit et toutes les puérilités qu'ils peuvent, parce que toute autre chose de plaisir est interdite dans leurs maisons. Le jeune prince était passionnément amoureux de Mme la duchesse de Bourgogne ; il s'y livrait en homme sévèrement retenu sur toute autre, et toutefois s'amusait avec les jeunes dames de leurs particuliers[2], souvent en séminariste en récréation, elles en jeunesse étourdie et audacieuse[3].

---

1. Une attitude stricte, intransigeante.　**2.** En privé, ou du moins en petit comité.　**3.** Dans le « Discours », Saint-Simon avait regretté les « familiarités trop audacieuses » des jeunes dames et proposé que le prince changeât d'attitude à leur égard : « Un peu d'attention à les remettre peu à peu dans ce devoir par un air froid et surpris lorsqu'elles s'en écartent, par quelques airs graves, mais toujours polis quand il en est à propos, par une petite affectation de silence et de sérieux un peu continuée à l'égard de celles qui en auraient besoin, qui en même temps instruirait les autres qui en seraient témoins, les corrigerait bientôt toutes, et ferait un bien plus excellent effet qu'on ne se l'imagine peut-être » (III, 805). Sous la Régence, il donnera de même de nombreux – et vains – conseils de comportement au duc d'Orléans.

On trouvera donc, dans cette courte exposition, les raisons de bien des traits du discours qu'on vient de lire, qu'on ne comprendrait pas aisément sans cet éclaircissement, et surtout celle qui m'a fait étendre en raisonnement de piété pour tourner un peu plus au monde la piété de ce prince, qui n'était pas susceptible d'écouter[1], bien moins de se rendre par d'autres raisons que par celles de la piété même. Ses deux premières campagnes lui avaient été extrêmement favorables, en ce qu'étant éloigné des objets de son extrême timidité et de celui de son amour, il était plus à lui-même et se montrait plus à découvert, délivré des entraves de la charité du prochain par les matières de guerre et de tout ce qui y a rapport, qui dans le cours de ces campagnes faisait le sujet continuel des discours et de la conversation ; tellement qu'avec l'esprit, l'ouverture, la pénétration qu'il y fit paraître, il donna de soi les plus hautes espérances. La troisième campagne lui fut funeste, comme je l'ai raconté en son lieu[2], parce qu'il sentit de bonne heure, et toujours de plus en plus, qu'il avait affaire, chose également monstrueuse et vraie, à plus fort que lui à la cour et dans le monde, et que l'avantageux Vendôme, secondé des cabales qui ont été expliquées, saisit le faible du Prince, et poussa l'audace au dernier période[3]. Ce faible du Prince fut cette timidité si déplacée, cette dévotion si mal entendue, qui fit si étrangement du marteau l'enclume, et de l'enclume le marteau, dont il ne put revenir ensuite. C'est en peu de mots ce qui forme toute la matière de mon discours, par lequel, après les louanges méritées et ailleurs encore entre-

---

1. D'écouter d'autres raisons.   2. La campagne de Flandres de 1708, où le duc de Bourgogne avait dû essuyer les hauteurs du duc de Vendôme, alors au sommet de la faveur.   3. À son maximum.

lacées pour faire passer ce qui les suit, je tâche de faire voir
quel est l'usage que Mgr le duc de Bourgogne doit tirer
de son cabinet[1], l'abus qu'il en fait et dont il ne sort rien
de ce qu'il y fait peut-être de plus convenable à son état
pour son instruction particulière. Après avoir essayé à faire
voir ce qu'il y doit faire en beaucoup moins de temps qu'il
n'y en donne, je viens à combattre sa timidité, et si cette
expression se peut hasarder, ce pied gauche où il est avec
le Roi et Monseigneur, avec le monde, par tout ce qu'il
m'est possible, et encore avec Mme de Maintenon et
Mlle Choin, choses toutes si principales ; enfin à combattre son éternel particulier avec Mme la duchesse de
Bourgogne, et seule, que je loue avec sincérité, et avec ce
fatras de femmes qui abusent avec indécence de sa bonté,
de ses distractions, de sa dévotion et de ses gaietés peu
décentes qui sentent si fort le séminaire. Après avoir parlé
des indécences des autres à son égard, je viens aux siennes,
et c'est où la plume me tourne dans les doigts, frappé des
énormes abus qui se sont faits en Flandres, et de là partout,
de ces sortes de fautes dont la continuité y ajoute un
fâcheux poids. Je m'y arrête néanmoins tout aussi peu
qu'il est possible, et je viens à l'objet principal de mon
discours, qui est la connaissance des hommes ; je m'y
étends avec une liberté égale à la nécessité, et j'entre dans
un détail de moyens par le besoin d'y conduire comme par
la main le Prince, et de lui ôter occasion et prétexte de ne
savoir comment s'y prendre. En même temps je sens très
bien que ce que je propose avec tant de force et d'étendue

---

1. Dans le « Discours », Saint-Simon regrette que le duc de Bourgogne
consacre trop de temps à l'étude ; aussi lui conseille-t-il de converser avec des
interlocuteurs choisis, pour s'instruire par eux des domaines les plus divers.

est entièrement contraire à l'usage du Roi, auprès duquel
les anciens ministres, et les nouveaux après eux, n'ont rien
craint davantage ni détruit avec plus de soin, d'application
et d'industrie ; ainsi, je pallie cela comme je puis en me
jetant dans l'apothéose, à travers laquelle on peut sentir
que je ne suis pas convaincu par cet exemple. Jusque-là ce
discours est à la portée de tous les gens du monde. La
manière de penser de Mgr le duc de Bourgogne, si austère
et si littérale, et la dévotion du duc de Beauvillier, quoique
tout autrement formée et raisonnable, m'ont forcé de me
jeter ici dans une discussion du goût de peu de gens, mais
sans laquelle ce qui précède n'aurait pu entrer dans la tête
du Prince, ni si aisément dans l'esprit de son ancien gouverneur. J'avais besoin de quelque discussion sur la médi-
sance pour apprivoiser le Prince au raisonnement avec les
hommes, et sur la dévotion, pour le préparer par des
comparaisons monacales à m'écouter sur sa conduite en
Flandres pendant sa dernière campagne et à son retour
encore, et pour en sentir tous les profonds inconvénients.
Cette préparation m'était absolument nécessaire pour oser
toucher ceux de l'opinion qu'il a donné lieu de prendre
qu'il n'estime et ne mesure rien que par la dévotion[1], et
que tout devient pour lui cas de conscience. On se persuada tellement, en effet, qu'il avait fait consulter la guerre
d'Espagne, pour, sur l'avis des docteurs, former le sien au
Conseil, que le Roi lui demanda ce qu'il en était, et qu'il
ne fut pas peu surpris de la réponse nette et précise du
Prince qu'il n'y avait pas seulement pensé[2]. C'est ce qui

---

1. Pour oser toucher ceux [dont] l'opinion – qu'il a donné lieu de prendre –
[est] qu'il n'estime et ne mesure…   2. Comprendre : « Il fut [très] surpris de
la réponse nette et précise du Prince, [à laquelle] il n'avait pas [même] pensé. »

m'a obligé à traiter en deux mots la messéance de ses longs et fréquents entretiens avec son confesseur, et comme j'avais loué le précepteur pour mieux faire recevoir dès l'entrée tout ce que j'avais à dire, louer aussi ce confesseur pour ne pas choquer le pénitent, et lui mieux faire entrer dans la tête la considération des réflexions, et de la comparaison des règnes des derniers rois d'Espagne, et je reviens par tout cela aux grands inconvénients de n'être pas connu des hommes. Les louanges terminent le discours comme elles l'ont commencé ; c'est un adoucissement indispensable devant et après tout ce qu'il y avait à dire. Mais la grâce, qui avait commencé par des miracles rapides, acheva bientôt son ouvrage, et en fit un prince accompli. Les petitesses, les scrupules, les défauts disparurent et ne laissèrent plus que de la perfection en tout genre ; mais, hélas ! la perfection n'est pas pour ce monde, qui n'en est pas digne. Dieu la montra pour montrer sa bonté et sa puissance, et se hâta de la retirer pour récompenser ses dons et pour châtier nos crimes[1].

Monseigneur, Grand Dauphin, est, après le Roi, l'homme le plus important du royaume, et pour Saint-Simon le plus nul. C'est lui qui accéderait au trône si Louis XIV quittait ce monde en cette année 1711. Mais il mourra avant son père, et le mémorialiste, du parti du duc de Bourgogne, oscille, en ces pages aussi dramatiques que jubilantes, entre le plaisir de voir disparaître une menace et la gravité due aux morts. En contant une nuit d'agonie qui voit se lever l'étoile éphémère du

---

1. Il reste au prince moins de deux ans à vivre.

Dauphin, Saint-Simon rejoint La Bruyère dans sa connaissance implacable des cœurs et des intérêts.

**Maladie
de Monseigneur**

Ce prince, allant, comme je l'ai dit, à Meudon le lendemain des fêtes de Pâques, rencontra à Chaville un prêtre qui portait Notre-Seigneur à un malade, et mit pied à terre pour l'adorer à genoux avec Mme la duchesse de Bourgogne. Il demanda à quel malade on le portait ; il apprit que ce malade avait la petite vérole. Il y en avait partout quantité. Il ne l'avait eue que légère, volante[1], et enfant ; il la craignait fort. Il en fut frappé, et dit le soir à Boudin, son premier médecin, qu'il ne serait pas surpris s'il l'avait. La journée s'était cependant passée tout à fait à l'ordinaire. Il se leva le lendemain jeudi 9[2], pour aller courre le loup ; mais en s'habillant, il lui prit une faiblesse qui le fit tomber dans sa chaise. Boudin le fit remettre au lit. Toute la journée fut effrayante par l'état du pouls. Le Roi, qui en fut faiblement averti par Fagon, crut que ce n'était rien, et s'alla promener à Marly après son dîner, où il eut plusieurs fois des nouvelles de Meudon. Mgr et Mme la duchesse de Bourgogne y dînèrent, et ne voulurent pas quitter Monseigneur d'un moment. La Princesse ajouta aux devoirs de belle-fille toutes les grâces qui étaient en elle, et présenta tout de sa main à Monseigneur. Le cœur ne pouvait pas être troublé de ce que l'esprit lui faisait envisager comme possible[3] ; mais les soins et l'empressement n'en furent pas moins marqués, sans air

---

1. Sous une forme bénigne.   2. Le 9 avril 1711.   3. Ce qui est « possible », mais ne change rien à ses sentiments pour son beau-père, c'est qu'elle devienne Dauphine plus tôt que prévu.

d'affectation ni de comédie. Mgr le duc de Bourgogne, tout simple, tout saint, tout plein de ses devoirs, les remplit outre mesure ; et, quoiqu'il y eût déjà un grand soupçon de petite vérole, et que ce prince ne l'eût jamais eue, ils ne voulurent pas s'éloigner un moment de Monseigneur, et ne le quittèrent que pour le souper du Roi. À leur récit, le Roi envoya le lendemain matin, vendredi 10, des ordres si précis à Meudon qu'il apprit à son réveil le grand péril où on trouvait Monseigneur.

Le Roi à Meudon

Il avait dit la veille, en revenant de Marly, qu'il irait le lendemain matin à Meudon pour y demeurer pendant toute la maladie de Monseigneur, de quelque nature qu'elle pût être ; et en effet il s'y en alla au sortir de la messe. En partant, il défendit à ses enfants d'y aller ; il le défendit en général à quiconque n'avait pas eu la petite vérole, avec une réflexion de bonté, et permit à tous ceux qui l'avaient eue de lui faire leur cour à Meudon, ou de n'y aller pas, suivant le degré de leur peur ou de leur convenance. Du Mont renvoya plusieurs de ceux qui étaient de ce voyage de Meudon, pour y loger la suite du Roi, qu'il borna à son service le plus étroit et à ses ministres, excepté le Chancelier qui n'y coucha pas, pour y travailler avec eux. Madame la Duchesse et Mme la princesse de Conti[1], chacune uniquement avec sa dame d'honneur, Mlle de Lillebonne, Mme d'Épinoy et Mlle de Melun, comme si particulièrement attachées à Monseigneur, et Mlle de Bouillon, parce qu'elle ne quittait point son père, qui suivit comme grand chambellan, y avaient devancé le Roi, et furent les seules dames qui y demeurèrent, et qui

---

1. Toutes deux filles du Roi.

mangèrent les soirs avec le Roi, qui dîna seul comme à Marly. Je ne parle point de Mlle Choin, qui y dîna dès le mercredi, ni de Mme de Maintenon, qui vint trouver le Roi après dîner avec Mme la duchesse de Bourgogne. Le Roi ne voulut point qu'elle approchât de l'appartement de Monseigneur et la renvoya assez promptement. C'est où en étaient les choses lorsque Mme de Saint-Simon m'envoya le courrier[1], les médecins souhaitant la petite vérole, dont on était persuadé, quoiqu'elle ne fût pas encore déclarée.

Je continuerai à parler de moi avec la même vérité dont je traite les autres, et les choses avec toute l'exactitude qui m'est possible. À la situation où j'étais à l'égard de Monseigneur et de son intime cour, on sentira aisément quelle impression je reçus de cette nouvelle. Je compris, par ce qui m'était mandé de l'état de Monseigneur, que la chose en bien ou en mal serait promptement décidée ; je me trouvais fort à mon aise à La Ferté ; je résolus d'y attendre des nouvelles de la journée ; je renvoyai un courrier à Mme de Saint-Simon, et je lui en demandai un pour le lendemain. Je passai la journée dans un mouvement vague et de flux et de reflux qui gagne et qui perd du terrain, tenant l'homme et le chrétien en garde contre l'homme et le courtisan, avec cette foule de choses et d'objets qui se présentaient à moi dans une conjoncture si

---

1. Saint-Simon a appris la maladie de Monseigneur à La Ferté le samedi 11 avril par une lettre de son épouse. À propos de Meudon et des agissements de la « cour intérieure » de Monseigneur, il la décrit, en une formule saisissante, « hérissée pour [lui] de dangers et d'abîmes », avant d'avouer : « Mais cette épine, et sans remède, m'était cruellement poignante, lorsqu'il plut à Dieu de m'en délivrer au moment le plus inattendu » (IV, 55-56).

critique, qui me faisait entrevoir une délivrance inespérée, subite, sous les plus agréables apparences pour les suites. Le courrier, que j'attendais impatiemment, arriva le lendemain, dimanche de Quasimodo, de bonne heure dans l'après-dînée. J'appris par lui que la petite vérole était déclarée, et allait aussi bien qu'on le pouvait souhaiter, et je le crus d'autant mieux que j'appris que, la veille, qui était celle du dimanche de Quasimodo, Mme de Maintenon, qui à Meudon ne sortait point de sa chambre, et qui y avait Mme de Dangeau pour toute compagnie, avec qui elle mangeait, était allée dès le matin à Versailles, y avait dîné chez Mme de Caylus[1], où elle avait vu Mme la duchesse de Bourgogne, et n'était pas retournée de fort bonne heure à Meudon. Je crus Monseigneur sauvé, et voulus demeurer chez moi ; néanmoins je crus conseil[2], comme j'ai fait toute ma vie, et m'en suis toujours bien trouvé ; je donnai ordre à regret pour mon départ le lendemain, qui était celui de la Quasimodo, 13 avril, et je partis en effet de bon matin. Arrivant à La Queue, à quatorze lieues de La Ferté et à six de Versailles, un financier, qui s'appelait La Fontaine et que je connaissais fort pour l'avoir vu toute ma vie à La Ferté chargé de Senonches et des autres biens de feu Monsieur le Prince de ce voisinage, aborda ma chaise comme je relayais ; il venait de Paris et de Versailles, où il avait vu des gens de Madame la Duchesse ; il me dit Monseigneur le mieux du monde, et avec des détails qui le faisaient compter hors de

---

1. Nièce de Mme de Maintenon, qui a laissé des *Souvenirs* sur sa tante et la cour de France.   2. Mme de Saint-Simon, dont les deux propositions qui suivent constituent un nouvel éloge, lui conseille donc de revenir au plus vite de La Ferté.

danger. J'arrivai à Versailles rempli de cette opinion, qui me fut confirmée par Mme de Saint-Simon et tout ce que je vis de gens, en sorte qu'on ne craignait plus que par la nature traîtresse de cette sorte de maladie dans un homme de cinquante ans fort épais. Le Roi tenait son Conseil et travaillait le soir avec ses ministres, comme à l'ordinaire. Il voyait Monseigneur les matins et les soirs, et plusieurs fois l'après-dînée, et toujours longtemps dans la ruelle de son lit[1]. Ce lundi que j'arrivai, il avait dîné de bonne heure, et s'était allé promener à Marly, où Mme la duchesse de Bourgogne l'alla trouver. Il vit, en passant au bord des jardins de Versailles, messeigneurs ses petits-fils, qui étaient venus l'y attendre, mais qu'il ne laissa pas approcher, et leur cria bonjour. Mme la duchesse de Bourgogne avait eu la petite vérole, mais il n'y paraissait point[2]. Le

Le Roi mal à son aise hors de ses maisons, Mme de Maintenon encore plus Roi ne se plaisait que dans ses maisons et n'aimait point à être ailleurs. C'est par ce goût que ses voyages à Meudon étaient rares et courts, et de pure complaisance. Mme de Maintenon s'y trouvait encore plus déplacée. Quoique sa chambre fût partout un sanctuaire où il n'entrait que des femmes de la plus étroite privance, il lui fallait partout une autre retraite entièrement inaccessible, sinon à Mme la duchesse de Bourgogne, encore pour des instants, et seule. Ainsi elle avait Saint-Cyr pour Versailles et pour Marly, et à Marly encore ce Repos dont j'ai parlé ailleurs[3], à Fontainebleau

---

1. C'est-à-dire que le Roi s'assied juste à côté du lit de son fils.   2. La maladie n'avait pas laissé de traces sur son visage.   3. À Marly, Mme de Maintenon avait un « petit appartement, avec une tribune sur la chapelle, qu'on

sa maison à la ville. Voyant donc Monseigneur si bien, et conséquemment un long séjour à Meudon, les tapissiers du Roi eurent ordre de meubler Chaville, maison du feu chancelier Le Tellier que Monseigneur avait achetée et mise dans le parc de Meudon ; et ce fut à Chaville où Mme de Maintenon destina ses retraites pendant la journée. Le Roi avait commandé la revue des gendarmes et des chevau-légers pour le mercredi, tellement que tout semblait aller à souhait. J'écrivis, en arrivant à Versailles, à M. de Beauvillier, à Meudon, pour le prier de dire au Roi que j'étais revenu sur la maladie de Monseigneur, et que je serais allé à Meudon, si, n'ayant pas eu la petite vérole, je ne me trouvais dans le cas de la défense[1]. Il s'en acquitta, me manda que mon retour avait été fort à propos, et me réitéra de la part du Roi la défense d'aller à Meudon, tant pour moi que pour Mme de Saint-Simon qui n'avait point eu non plus la petite vérole. Cette défense particulière ne m'affligea point du tout. Mme la duchesse de Berry, qui l'avait eue, n'eut point le privilège de voir le Roi comme Mme la duchesse de Bourgogne : leurs deux époux ne l'avaient point eue. La même raison exclut M. le duc d'Orléans de voir le Roi ; mais Mme la duchesse d'Orléans, qui n'était pas dans le même cas, eut permission de l'aller voir, dont elle usa pourtant fort sobrement. Madame ne le vit point, quoiqu'il n'y eût point pour elle de raison d'exclusion, qui[2],

---

appelait le Repos, sanctuaire tout particulier où elle allait souvent se cacher quand elle n'allait pas à Saint-Cyr » (III, 856).

1. Saint-Simon aura la petite vérole au plus mauvais moment possible, pendant son ambassade extraordinaire en Espagne, en 1721.   2. Le relatif a pour antécédent « exclusion ».

excepté les deux fils de France, par juste crainte pour eux, ne s'étendit dans la famille royale que selon le goût du Roi. Meudon, pris en soi, avait aussi ses contrastes ; la Choin y était dans son grenier ; Madame la Duchesse,

Contrastes
dans Meudon

Mlle de Lillebonne et Mme d'Épinoy ne bougeaient de la chambre de Monseigneur, et la recluse n'y entrait que lorsque le Roi n'y était pas, et que Mme la princesse de Conti, qui y était aussi fort assidue, était retirée. Cette princesse sentit bien qu'elle contraindrait cruellement Monseigneur si elle ne le mettait en liberté là-dessus, et elle le fit de fort bonne grâce. Dès le matin du jour que le Roi arriva, et elle y avait déjà couché, elle dit à Monseigneur qu'il y avait longtemps qu'elle n'ignorait pas ce qui était dans Meudon, qu'elle n'avait pu vivre hors de ce château dans l'inquiétude où elle était, mais qu'il n'était pas juste que son amitié fût importune ; qu'elle le priait d'en user très librement, de la renvoyer toutes les fois que cela lui conviendrait, et qu'elle aurait soin, de son côté, de n'entrer jamais dans sa chambre sans savoir si elle pouvait le voir sans l'embarrasser. Ce compliment plut infiniment à Monseigneur. La Princesse fut en effet fidèle à cette conduite, et docile aux avis de Madame la Duchesse et des deux Lorraines[1] pour sortir quand il était à propos sans air de chagrin ni de contrainte, et revenait après, quand cela se pouvait, sans la plus légère humeur, en quoi elle mérita de vraies louanges. C'était Mlle Choin dont il était question, qui figurait à Meudon avec le P. Tellier, d'une façon tout à fait étrange : tous deux *incognito*, relégués chacun dans

---

1. Il s'agit de Mlle de Lillebonne et de Mme d'Épinoy.

leur grenier, servis seuls chacun dans leur chambre, vus des seuls indispensables, et sus pourtant de chacun, avec cette différence que la demoiselle voyait Monseigneur nuit et jour sans mettre le pied ailleurs, et que le confesseur allait chez le Roi et partout, excepté dans l'appartement de Monseigneur, ni dans tout ce qui en approchait. Mme d'Épinoy portait et rapportait les compliments entre Mme de Maintenon et Mlle Choin. Le Roi ne la vit point. Il croyait que Mme de Maintenon l'avait vue, il le lui demanda un peu sur le tard ; il sut que non, et il ne l'approuva pas. Là-dessus, Mme de Maintenon chargea Mme d'Épinoy d'en faire ses excuses à Mlle Choin, et de lui dire qu'elle espérait qu'elles se verraient, compliment bizarre d'une chambre à l'autre sous le même toit. Elles ne se virent jamais depuis.

Versailles   Versailles présentait une autre scène : Mgr et Mme la duchesse de Bourgogne y tenaient ouvertement la cour, et cette cour ressemblait à la première pointe de l'aurore. Toute la cour était là rassemblée, tout Paris y abondait, et comme la discrétion et la précaution ne furent jamais françaises, tout Meudon y venait, et on en croyait les gens sur leur parole de n'être pas entrés chez Monseigneur ce jour-là[1]. Lever et coucher, dîner et souper avec les dames, conversations publiques après les repas, promenades, étaient les heures de faire sa cour, et les appartements ne pouvaient contenir la foule ; courriers à tous quarts d'heure, qui rappelaient l'attention aux

---

1. Ils ne présentaient donc pas, pensait-on, de risques de contagion. Comportement prophylactique et courtisan : ce qui s'ébauche autour du duc de Bourgogne, c'est un nouveau règne.

nouvelles de Monseigneur, cours de maladie à souhait, et facilité extrême d'espérance et de confiance ; désir et empressement de tous de plaire à la nouvelle cour ; majesté et gravité gaie dans le jeune prince et la jeune princesse, accueil obligeant à tous, attention continuelle à parler à chacun, et complaisance dans cette foule, satisfaction réciproque ; duc et duchesse de Berry à peu près nuls. De cette sorte s'écoulèrent cinq jours, chacun pensant sans cesse aux futurs contingents[1], tâchant d'avance de s'accommoder à tout événement. Le mardi 14 avril, lendemain de mon retour de La Ferté à Versailles, le Roi, qui, comme j'ai dit, s'ennuyait à Meudon, donna à l'ordinaire Conseil des finances le matin et contre sa coutume Conseil de dépêches l'après-dînée pour en remplir le vide. J'allai voir le Chancelier à son retour de ce dernier conseil, et je m'informai beaucoup à lui de l'état de Monseigneur. Il me l'assura bon, et me dit que Fagon lui avait dit ces mêmes mots : que les choses allaient selon leurs souhaits et au-delà de leurs espérances. Le Chancelier me parut dans une grande confiance, et j'y ajoutai foi d'autant plus aisément qu'il était extrêmement bien avec Monseigneur, et qu'il ne bannissait pas toute crainte, mais sans en avoir d'autre que celle de la nature propre à cette sorte de maladie. Les

Harengères harengères de Paris, amies fidèles
à Meudon ; de Monseigneur, qui s'étaient déjà
bien reçues signalées à cette forte indigestion

qui fut prise pour apoplexie[2], donnèrent ici le second tome de leur zèle. Ce même matin, elles arrivèrent en plusieurs carrosses de louage à Meudon. Monseigneur les voulut

---

1. Aux futurs possibles, virtuels.   2. On a pu lire la scène dans la chronique de 1701, lors de la « violente indigestion de Monseigneur » (p. 98).

voir ; elles se jetèrent au pied de son lit, qu'elles baisèrent plusieurs fois, et, ravies d'apprendre de si bonnes nouvelles, elles s'écrièrent dans leur joie qu'elles allaient réjouir tout Paris et faire chanter le *Te Deum*. Monseigneur, qui n'était pas insensible à ces marques d'amour du peuple, leur dit qu'il n'était pas encore temps, et, après les avoir remerciées, il ordonna qu'on leur fît voir sa maison, qu'on les traitât à dîner, et qu'on les renvoyât avec de l'argent. Revenant chez moi de chez le Chancelier par les cours, je vis Mme la duchesse d'Orléans se promenant sur la terrasse de l'aile Neuve, qui m'appela, et que je ne fis semblant de voir ni d'entendre parce que la Montauban [1] était avec elle, et je gagnai mon appartement l'esprit fort rempli de ces bonnes nouvelles de Meudon. Ce logement était dans la galerie haute de l'aile Neuve, qu'il n'y avait presque qu'à traverser pour être dans l'appartement de M. et de Mme la duchesse de Berry, qui ce soir-là devaient donner à souper chez eux à M. et à Mme la duchesse d'Orléans et à quelques dames, dont Mme de Saint-Simon se dispensa sur ce qu'elle avait été un peu incommodée. Il y avait peu que j'étais dans mon cabinet seul avec Coëtenfao [2] qu'on m'annonça Mme la duchesse d'Orléans, qui venait causer en attendant l'heure du souper. J'allai la recevoir dans l'appartement de Mme de Saint-Simon, qui était sortie, et

---

1. « C'était une bossue tout de travers, fort laide, pleine de blanc, de rouge et de filets bleus pour marquer les veines, de mouches, de parures et d'affiquets, quoique déjà vieille, qu'elle a conservés jusqu'à plus de quatre-vingts ans qu'elle est morte. Rien de si effronté, de si débordé, de si avare, de si étrangement méchant que cette espèce de monstre, avec beaucoup d'esprit et du plus mauvais, et toutefois de l'agrément quand elle voulait plaire » (II, 522-523).
2. « Mon ami de tout temps » (III, 1038).

qui revint bientôt après se mettre en tiers avec nous. La Princesse et moi étions, comme on dit, gros de nous voir

Singulière conversation avec Mme la duchesse d'Orléans chez moi

et de nous entretenir dans cette conjoncture, sur laquelle elle et moi nous pensions si pareillement. Il n'y avait guère qu'une heure qu'elle était revenue de Meudon, où elle avait vu le Roi, et il en était alors huit du soir de ce même mardi 14 avril. Elle me dit la même expression dont Fagon s'était servi, que j'avais apprise du Chancelier ; elle me rendit la confiance qui régnait dans Meudon ; elle me vanta les soins et la capacité des médecins, qui ne négligeaient pas jusqu'aux plus petits remèdes qu'ils ont coutume de mépriser le plus ; elle nous en exagéra le succès, et, pour en parler franchement et en avouer la honte, elle et moi nous lamentâmes ensemble de voir Monseigneur échapper, à son âge et à sa graisse, d'un mal si dangereux. Elle réfléchissait tristement, mais avec ce sel et ces tons à la Mortemart, qu'après une dépuration de cette sorte il ne restait plus la moindre pauvre petite espérance aux apoplexies, que celle des indigestions était ruinée sans ressources depuis la peur que Monseigneur en avait prise, et l'empire qu'il avait donné sur sa santé aux médecins, et nous conclûmes plus que langoureusement qu'il fallait désormais compter que ce prince vivrait et régnerait longtemps : de là des raisonnements sans fin sur les funestes accompagnements de son règne, sur la vanité des apparences les mieux fondées d'une vie qui promettait si peu, et qui trouvait son salut et sa durée au sein du péril et de la mort. En un mot, nous nous lâchâmes, non sans quelque scrupule qui interrompait de fois à autre cette rare [1]

---

1. Bizarre, singulière.

conversation, mais qu'avec un tour languissamment plaisant elle ramenait toujours à son point. Mme de Saint-Simon, tout dévotement, enrayait[1] tant qu'elle pouvait ces propos étranges ; mais l'enrayure cassait, et entretenait ainsi un combat très singulier entre la liberté des sentiments humainement pour nous très raisonnables, mais qui ne laissait pas de nous faire sentir qui n'étaient pas selon la religion. Deux heures s'écoulèrent de la sorte entre nous trois, qui nous parurent courtes, mais que l'heure du souper termina. Mme la duchesse d'Orléans s'en alla chez madame sa fille, et nous passâmes dans ma chambre, où bonne compagnie s'était cependant assemblée, qui soupa avec nous. Tandis qu'on était si tranquille à Versailles, et même à Meudon, tout y changeait de face. Le Roi

Spectacle de Meudon

avait vu Monseigneur plusieurs fois dans la journée, qui était sensible à ces marques d'amitié et de considération. Dans la visite de l'après-dînée, avant le Conseil de dépêches, le Roi fut si frappé de l'enflure extraordinaire du visage et de la tête qu'il abrégea, et qu'il laissa échapper quelques larmes en sortant de la chambre. On le rassura tant qu'on put, et après le Conseil de dépêches, il se promena dans les jardins. Cependant Monseigneur avait déjà méconnu[2] Mme la princesse de Conti, et Boudin en avait été alarmé. Ce prince l'avait toujours été[3]. Les courtisans le voyaient tous les uns après les autres ; les plus familiers n'en bougeaient jour et nuit. Il s'informait sans cesse à eux si on avait coutume d'être, dans cette maladie, dans l'état où il se sentait. Dans les temps où ce qu'on lui disait

---

1. Arrêtait. 2. N'avait pas reconnu. 3. Monseigneur avait toujours été alarmé, inquiet, des symptômes de son mal.

pour le rassurer lui faisait le plus d'impression, il fondait sur cette dépuration des espérances de vie et de santé, et en une de ces occasions, il lui échappa d'avouer à Mme la princesse de Conti qu'il y avait longtemps qu'il se sentait fort mal sans en avoir voulu rien témoigner, et dans un tel état de faiblesse que, le jeudi saint dernier[1], il n'avait pu durant l'office tenir sa *Semaine sainte* dans ses mains. Il se trouva plus mal vers quatre heures après midi, pendant

Extrémité
de Monseigneur

le Conseil de dépêches, tellement que Boudin proposa à Fagon d'envoyer querir du conseil, lui représenta qu'eux, médecins de la cour, qui ne voyaient jamais aucune maladie de venin[2], n'en pouvaient avoir d'expérience, et le pressa de mander promptement des médecins de Paris ; mais Fagon se mit en colère, ne se paya d'aucunes raisons, s'opiniâtra au refus d'appeler personne, à dire qu'il était inutile de se commettre à des disputes et à des contrariétés, soutint qu'ils feraient aussi bien et mieux que tout le secours qu'ils pourraient faire venir, voulut enfin tenir secret l'état de Monseigneur, quoiqu'il empirât d'heure en heure, et que, sur les sept heures du soir, quelques valets et quelques courtisans même commençassent à s'en apercevoir ; mais tout en ce genre tremblait sous Fagon : il était là, et personne n'osait ouvrir la bouche pour avertir le Roi ni Mme de Maintenon. Madame la Duchesse et Mme la princesse de Conti, dans la même impuissance, cherchaient à se rassurer. Le rare fut qu'on voulut laisser mettre le Roi à table pour souper, avant d'effrayer par de grands remèdes, et laisser achever son souper sans l'interrompre et sans l'avertir de rien, qui, sur

---

1. Douze jours auparavant.   2. Maladie contagieuse.

la foi de Fagon et le silence public, croyait Monseigneur en bon état, quoiqu'il l'eût trouvé enflé et changé dans l'après-dînée, et qu'il en eût été fort peiné. Pendant que le Roi soupait ainsi tranquillement, la tête commença à tourner à ceux qui étaient dans la chambre de Monseigneur. Fagon et les autres entassèrent remèdes sur remèdes sans en attendre l'effet. Le curé, qui tous les soirs avant de se retirer chez lui, allait savoir des nouvelles, trouva, contre l'ordinaire, toutes les portes ouvertes et les valets éperdus. Il entra dans la chambre, où, voyant de quoi il n'était que trop tardivement question, il courut au lit, prit la main de Monseigneur, lui parla de Dieu, et, le voyant plein de connaissance, mais presque hors d'état de parler, il en tira ce qu'il put pour une confession, dont qui que ce soit ne s'était avisé, lui suggéra des actes de contrition. Le pauvre prince en répéta distinctement quelques mots, confusément les autres, se frappa la poitrine, serra la main au curé, parut pénétré des meilleurs sentiments, et reçut d'un air contrit et désireux l'absolution du curé. Cependant le Roi sortait de table, et pensa tomber à la renverse lorsque Fagon, se présentant à lui, lui cria, tout troublé, que tout était perdu. On peut juger quelle horreur saisit tout le monde en ce passage si subit d'une sécurité entière à la plus désespérée extrémité.

Le Roi, à peine à lui-même[1], prit à l'instant le chemin de l'appartement de Monseigneur, et réprima très sèchement l'indiscret empressement de quelques courtisans à le retenir, disant qu'il voulait voir encore son fils, et s'il n'y avait plus de remède. Comme il était près d'entrer dans la chambre, Mme la princesse de Conti, qui avait eu le

---

1. Bouleversé.

temps d'accourir chez Monseigneur dans ce court intervalle de la sortie de table, se présenta pour l'empêcher
d'entrer ; elle le repoussa même des mains, et lui dit qu'il
ne fallait plus désormais penser qu'à lui-même. Alors, le
Roi, presque en faiblesse d'un renversement si subit et si
entier, se laissa aller sur un canapé qui se trouva à l'entrée
de la porte du cabinet par lequel il était entré, qui donnait
dans la chambre ; il demandait des nouvelles à tout ce qui
en sortait, sans que presque personne osât lui répondre.
En descendant chez Monseigneur, car il logeait au-dessus
de lui, il avait envoyé chercher le P. Tellier, qui venait de
se mettre au lit. Il fut bientôt rhabillé et arrivé dans la
chambre ; mais il n'était plus temps, à ce qu'ont dit depuis
tous les domestiques, quoique le jésuite, peut-être pour
consoler le Roi, lui eût assuré qu'il avait donné une absolution bien fondée. Mme de Maintenon, accourue auprès
du Roi et assise sur le même canapé, tâchait de pleurer.
Elle essayait d'emmener le Roi, dont les carrosses étaient
déjà prêts dans la cour, mais il n'y eut pas moyen de l'y
faire résoudre que Monseigneur ne fût expiré. Cette agonie sans connaissance dura près d'une heure depuis que
le Roi fut dans le cabinet. Madame la Duchesse et Mme
la princesse de Conti se partageaient entre les soins du
mourant et ceux du Roi, près duquel elles revenaient souvent, tandis que la Faculté confondue, les valets éperdus,
le courtisan bourdonnant, se poussaient les uns les autres,
et cheminaient sans cesse sans presque changer de lieu.

Mort de   Enfin le moment fatal arriva ;
Monseigneur.   Fagon sortit, qui le laissa entendre.
Le Roi va à Marly   Le Roi, fort affligé, et très peiné du
défaut de confession, maltraita un peu ce premier médecin,
puis sortit, emmené par Mme de Maintenon et par les deux

princesses. L'appartement était de plain-pied à la cour, et, comme il se présenta pour monter en carrosse, il trouva devant lui la berline de Monseigneur ; il fit signe de la main qu'on lui amenât un autre carrosse, par la peine que lui faisait celui-là. Il n'en fut pas néanmoins tellement occupé que, voyant Pontchartrain, il ne l'appelât pour lui dire d'avertir son père et les autres ministres de se trouver le lendemain matin, un peu tard, à Marly, pour le Conseil d'État ordinaire du mercredi. Sans commenter ce sens froid, je me contenterai de rapporter la surprise extrême de tous les témoins et de tous ceux qui l'apprirent. Pontchartrain répondit que, ne s'agissant que d'affaires courantes, il vaudrait mieux remettre le Conseil d'un jour que de l'en importuner. Le Roi y consentit. Il monta avec peine en carrosse, appuyé des deux côtés, Mme de Maintenon tout de suite après, qui se mit à côté de lui ; Madame la Duchesse et Mme la princesse de Conti montèrent après elle, et se mirent sur le devant. Une foule d'officiers de Monseigneur se jetèrent à genoux tout du long de la cour, des deux côtés, sur le passage du Roi, lui criant avec des hurlements étranges d'avoir compassion d'eux, qui avaient tout perdu et qui mouraient de faim.

Spectacle de Versailles Tandis que Meudon était rempli d'horreur, tout était tranquille à Versailles sans en avoir le moindre soupçon. Nous avions soupé ; la compagnie, quelque temps après, s'était retirée, et je causais avec Mme de Saint-Simon, qui achevait de se déshabiller pour se mettre au lit, lorsqu'un ancien valet de chambre à qui elle avait donné une charge de garçon de la chambre de Mme la duchesse de Berry, et qui y servait à table, entra tout effarouché. Il nous dit qu'il fallait qu'il y eût de mauvaises nouvelles de Meudon ; que Mgr le duc de Bourgogne venait d'envoyer parler à l'oreille à M. le duc de Berry, à qui les yeux avaient rougi à l'instant ; qu'aussitôt il était sorti de table ; et que, sur un second message fort prompt, la table, où la compagnie était restée, s'était levée avec précipitation, et que tout le monde était passé dans le cabinet. Un changement si subit rendit ma surprise extrême ; je courus chez Mme la duchesse de Berry aussitôt ; il n'y avait plus personne ; ils étaient tous allés chez Mme la duchesse de Bourgogne. J'y poussai tout de suite. J'y trouvai tout Versailles rassemblé ou y arrivant, toutes les dames en déshabillé, la plupart prêtes à se mettre au lit, toutes les portes ouvertes et tout en trouble. J'appris que Monseigneur avait reçu l'extrême-onction, qu'il était sans connaissance et hors de toute espérance, et que le Roi avait mandé à Mme la duchesse de Bourgogne qu'il s'en allait à Marly, et de le venir attendre dans l'avenue, entre les deux écuries, pour le voir en passant. Le spectacle attira toute l'attention que j'y pus donner parmi les divers mouvements de mon âme, et ce qui tout à la fois se présenta à mon esprit. Les deux princes et les deux princesses étaient dans le petit cabinet derrière la ruelle du lit ; la toilette[1] pour le coucher était à l'ordinaire dans la chambre de Mme la duchesse de Bourgogne, remplie de toute la cour en confusion ; elle allait et venait du cabinet dans la chambre, en attendant le moment d'aller au passage du Roi, et son maintien, toujours avec ses mêmes grâces, était un maintien de trouble et de compassion que celui de chacun semblait prendre pour douleur ; elle disait

---

1. Les femmes de chambre ayant avec elles le nécessaire de toilette de la princesse.

ou répondait en passant devant les uns et les autres quelques mots rares. Tous les assistants étaient des personnages vraiment expressifs. Il ne fallait qu'avoir des yeux, sans aucune connaissance de la cour, pour distinguer les intérêts peints sur les visages, ou le néant de ceux qui n'étaient de rien : ceux-ci tranquilles à eux-mêmes, les autres pénétrés de douleur ou de gravité et d'attention sur eux-mêmes pour cacher leur élargissement[1] et leur joie. Mon premier mouvement fut de m'informer à plus d'une fois, de ne croire qu'à peine au spectacle et aux paroles, ensuite de craindre trop peu de cause pour tant d'alarme, enfin de retour sur moi-même par la considération de la misère commune à tous les hommes, et que moi-même je me trouverais un jour aux portes de la mort. La joie néanmoins perçait à travers les réflexions momentanées de religion et d'humanité par lesquelles j'essayais de me rappeler[2] ; ma délivrance particulière me semblait si grande et si inespérée qu'il me semblait, avec une évidence encore plus parfaite que la vérité, que l'État gagnait tout en une telle perte. Parmi ces pensées, je sentais malgré moi un reste de crainte que le malade en réchappât, et j'en avais une extrême honte. Enfoncé de la sorte en moi-même, je ne laissai pas de mander à Mme de Saint-Simon qu'il était à propos qu'elle vînt[3], et de percer de mes regards clandestins chaque visage, chaque maintien, chaque mouvement ; d'y délecter ma curiosité, d'y nourrir les idées que je m'étais formées de chaque personnage, qui ne m'ont

---

1. Libération.   2. De me rappeler à moi-même et à la gravité du moment. Ces pages de haute comédie sont aussi de grandes pages tragiques. 3. Je pressai Mme de Saint-Simon de venir. Rappelons qu'elle allait « se mettre au lit ».

jamais guère[1] trompé, et de tirer de justes conjectures de la vérité de ces premiers élans dont on est si rarement maître, et qui par là, à qui connaît la carte[2] et les gens, deviennent des indications sûres des liaisons et des sentiments les moins visibles en tous autres temps rassis. Je vis arriver Mme la duchesse d'Orléans, dont la contenance majestueuse et compassée[3] ne disait rien ; elle entra dans le petit cabinet, d'où bientôt après elle sortit avec M. le duc d'Orléans, duquel l'activité et l'air turbulent marquaient plus l'émotion du spectacle que tout autre sentiment. Ils s'en allèrent, et je le remarque exprès par ce qui bientôt après arriva en ma présence. Quelques moments après, je vis de loin, vers la porte du petit cabinet, Mgr le duc de Bourgogne avec un air fort ému et peiné ; mais le coup d'œil que j'assenai vivement sur lui ne m'y rendit rien de tendre, et ne me rendit que l'occupation profonde d'un esprit saisi. Valets et femmes de chambre criaient déjà indiscrètement, et leur douleur prouva bien tout ce que cette espèce de gens allait perdre. Vers minuit et demi, on eut des nouvelles du Roi, et aussitôt je vis Mme la duchesse de Bourgogne sortir du petit cabinet avec Mgr le duc de Bourgogne, l'air alors plus touché qu'il ne m'avait paru la première fois, et qui rentra aussitôt dans le cabinet. La Princesse prit à sa toilette son écharpe et ses coiffes, debout et d'un air délibéré, traversa la chambre les yeux à peine mouillés, mais trahie par de curieux regards lancés de part et d'autre à la dérobée, et, suivie seulement de ses dames, gagna son carrosse

---

1. Qui ne m'ont jamais beaucoup trompé.   2. La carte de la cour, image fréquente dans les *Mémoires*.   3. La duchesse d'Orléans surveille et en quelque sorte mesure sa contenance.

par le grand escalier. Comme elle sortit[1] de sa chambre, je pris mon temps pour aller chez Mme la duchesse d'Orléans, avec qui je grillais d'être. Entrant chez elle, j'appris qu'ils étaient chez Madame ; je poussai jusque-là à travers leurs appartements. Je trouvai Mme la duchesse d'Orléans qui retournait chez elle, et qui d'un air fort sérieux me dit de revenir avec elle. M. le duc d'Orléans était demeuré. Elle s'assit dans sa chambre, et auprès d'elle la duchesse de Villeroi, la maréchale de Rochefort, et cinq ou six dames familières. Je pétillais cependant de tant de compagnie. Mme la duchesse d'Orléans, qui n'en était pas moins importunée, prit une bougie et passa derrière sa chambre. J'allai alors dire un mot à l'oreille à la duchesse de Villeroi : elle et moi pensions de même sur l'événement présent ; elle me poussa et me dit tout bas de me bien contenir. J'étouffais de silence parmi les plaintes et les surprises narratives[2] de ces dames, lorsque M. le duc d'Orléans parut à la porte du cabinet et m'appela. Je le suivis dans son arrière-cabinet en bas sur la galerie, lui près de se trouver mal, et moi les jambes tremblantes de tout ce qui se passait sous mes yeux et au-dedans de moi.

Surprenantes larmes de M. le duc d'Orléans Nous nous assîmes par hasard vis-à-vis l'un de l'autre ; mais quel fut mon étonnement lorsque, incontinent après, je vis les larmes lui tomber des yeux. « Monsieur ! » m'écriai-je en me levant dans l'excès de ma surprise. Il me comprit aussitôt et me répondit d'une voix coupée et pleurant véritablement : « Vous avez raison d'être surpris, et je le suis moi-même ; mais le

---

1. Au moment où elle sortit. 2. L'expression condense les récits des dames et le ton avec lequel elles les font.

spectacle touche. C'est un bon homme avec qui j'ai passé ma vie ; il m'a bien traité et avec amitié tant qu'on l'a laissé faire et qu'il a agi de lui-même. Je sens bien que l'affliction ne peut pas être longue ; mais ce sera dans quelques jours que je trouverai tous les motifs de me consoler dans l'état où on m'avait mis avec lui ; mais présentement le sang, la proximité, l'humanité, tout touche, et les entrailles s'émeuvent. » Je louai ce sentiment, mais j'en avouai mon extrême surprise par la façon dont il était avec Monseigneur. Il se leva, se mit la tête dans un coin, le nez dedans, et pleura amèrement et à sanglots, chose que, si je n'avais vue, je n'eusse jamais crue. Après quelque peu de silence, je l'exhortai à se calmer ; je lui représentai qu'incessamment il faudrait retourner chez Mme la duchesse de Bourgogne, et que si on l'y voyait avec des yeux pleureux, il n'y avait personne qui ne s'en moquât comme d'une comédie très déplacée, à la façon dont toute la cour savait qu'il était avec Monseigneur. Il fit donc ce qu'il put pour arrêter ses larmes, et pour bien essuyer et retaper ses yeux. Il y travaillait encore lorsqu'il fut averti que Mme la duchesse de Bourgogne arrivait, et que Mme la duchesse d'Orléans allait retourner chez elle. Il la fut joindre et je les y suivis.

Continuation du spectacle de Versailles Mme la duchesse de Bourgogne, arrêtée dans l'avenue entre les deux écuries, n'avait attendu le Roi que fort peu de temps. Dès qu'il approcha, elle mit pied à terre et alla à sa portière. Mme de Maintenon, qui était de ce même côté, lui cria : « Où allez-vous, madame ? N'approchez pas ; nous sommes pestiférés. » Je n'ai point su quel mouvement fit le Roi, qui ne l'embrassa point à cause du mauvais air. La Princesse à l'instant regagna son carrosse et s'en revint. Le beau secret que Fagon avait imposé sur l'état de Monseigneur avait si bien trompé tout le monde, que le duc de Beauvillier était revenu à Versailles après le Conseil de dépêches, et qu'il y coucha, contre son ordinaire depuis la maladie de Monseigneur. Comme il se levait fort matin, il se couchait toujours sur les dix heures, et il s'était mis au lit sans se défier de rien. Il n'y fut pas longtemps sans être réveillé par un message de Mme la duchesse de Bourgogne, qui l'envoya chercher, et il arriva dans son appartement peu avant son retour du passage du Roi. Elle retrouva les deux princes et Mme la duchesse de Berry avec le duc de Beauvillier, dans ce petit cabinet où elle les avait laissés. Après les premiers embrassements d'un retour qui signifiait tout, le duc de Beauvillier, qui les vit étouffant dans ce petit lieu, les fit passer par la chambre dans le salon qui la sépare de la galerie, dont, depuis quelque temps, on avait fermé ce salon d'une porte[1] pour en faire un grand cabinet. On y ouvrit des fenêtres, et les deux princes, ayant chacun sa princesse à son côté, s'assirent sur un même canapé près des fenêtres, le dos à la galerie ; tout le monde épars, assis et debout, et en confusion dans ce salon, et les dames les plus familières par terre, aux pieds ou proche du canapé des princes. Là, dans la chambre, et par tout l'appartement, on lisait apertement[2] sur les visages. Monseigneur n'était plus ; on le savait, on le disait, nulle contrainte ne retenait plus à son égard, et ces premiers moments étaient ceux des premiers mouvements peints au naturel et pour lors affranchis de toute politique, quoique avec sagesse, par le trouble, l'agitation, la surprise, la foule, le spectacle confus de cette

---

1. Première rédaction de ce passage : « la galerie, dont, depuis quelque temps, on avait *séparé* ce salon d'une porte ».   2. Ouvertement.

nuit si rassemblée[1]. Les premières pièces offraient les mugissements contenus des valets, désespérés de la perte d'un maître si fait exprès pour eux, et pour les consoler d'une autre qu'ils ne prévoyaient qu'avec transissement[2] et qui par celle-ci devenait la leur propre. Parmi eux s'en remarquaient d'autres des plus éveillés de gens principaux de la cour, qui étaient accourus aux nouvelles, et qui montraient bien à leur air de quelle boutique ils étaient balayeurs. Plus avant commençait la foule des courtisans de toute espèce. Le plus grand nombre, c'est-à-dire les sots, tiraient des soupirs de leurs talons[3], et, avec des yeux égarés et secs, louaient Monseigneur, mais toujours de la même louange, c'est-à-dire de bonté, et plaignaient le Roi de la perte d'un si bon fils. Les plus fins d'entre eux, ou les plus considérables, s'inquiétaient déjà de la santé du Roi ; ils se savaient bon gré de conserver tant de jugement parmi ce trouble, et n'en laissaient pas douter par la fréquence de leurs répétitions. D'autres, vraiment affligés, et de cabale frappée, pleuraient amèrement, ou se contenaient avec un effort aussi aisé à remarquer que les sanglots. Les plus forts de ceux-là, ou les plus politiques, les yeux fichés à terre, et reclus en des coins, méditaient profondément aux suites d'un événement si peu attendu, et bien davantage sur eux-mêmes. Parmi ces diverses sortes d'affligés, point ou peu de propos, de conversation nulle, quelque exclamation parfois échappée à la douleur et parfois répondue par une douleur voisine[4], un mot en un

---

1. « Où beaucoup d'événements se rassemblent, se pressent » (Littré, avec cet exemple des *Mémoires*).   2. Les valets sont « transis » de perdre leur emploi. 3. Soupiraient profondément.   4. À laquelle répondait parfois une douleur voisine.

quart d'heure, des yeux sombres ou hagards, des mouvements de mains moins rares qu'involontaires, immobilité du reste presque entière. Les simples curieux et peu soucieux presque nuls, hors les sots qui avaient le caquet en partage[1] ; les questions, et le redoublement du désespoir des affligés, et l'importunité pour les autres. Ceux qui déjà regardaient cet événement comme favorable avaient beau pousser la gravité jusqu'au maintien chagrin et austère, le tout n'était qu'un voile clair qui n'empêchait pas de bons yeux de remarquer et de distinguer tous leurs traits. Ceux-ci se tenaient aussi tenaces en place[2] que les plus touchés, en garde contre l'opinion, contre la curiosité, contre leur satisfaction, contre leurs mouvements ; mais leurs yeux suppléaient au peu d'agitation de leurs corps. Des changements de posture, comme des gens peu assis ou mal debout ; un certain soin de s'éviter les uns les autres, même de se rencontrer des yeux ; les accidents momentanés qui arrivaient de ces rencontres ; un je ne sais quoi de plus libre en toute la personne, à travers le soin de se tenir et de se composer ; un vif, une sorte d'étincelant autour d'eux les distinguait malgré qu'ils en eussent. Les deux princes et les deux princesses assises à leurs côtés, prenant soin d'eux, étaient les plus exposés à la pleine vue. Mgr le duc de Bourgogne pleurait d'attendrissement et de bonne foi, avec un air de douceur, des larmes de nature, de religion, de patience. M. le duc de Berry, tout d'aussi bonne foi, en versait en abondance, mais des larmes pour ainsi dire sanglantes, tant l'amertume en paraissait grande, et poussait non des sanglots, mais des cris, mais des hurle-

---

1. Les sots, qui « caquetaient », bavardaient entre eux.   2. Immobiles à leur place.

ments. Il se taisait parfois, mais de suffocation, puis écla-
tait, mais avec un tel bruit, et un bruit si fort, la trompette
forcée du désespoir, que la plupart éclataient aussi à ces
redoublements si douloureux, ou par un aiguillon d'amertume, ou par un aiguillon de bienséance. Cela fut au point
qu'il fallut le déshabiller là même, et se précautionner de
remèdes et de gens de la Faculté[1]. Mme la duchesse de
Berry était hors d'elle, on verra bientôt pourquoi[2]. Le
désespoir le plus amer était peint avec horreur sur son
visage ; on y voyait comme écrit une rage de douleur, non
d'amitié mais d'intérêt. Les intervalles secs, mais profonds
et farouches, puis un torrent de larmes et de gestes involontaires, et cependant retenus, qui montraient une amertume d'âme extrême, fruit de la méditation profonde qui
venait de précéder. Souvent réveillée par les cris de son
époux, prompte à le secourir, à le soutenir, à l'embrasser, à
lui présenter quelque chose à sentir, on voyait un soin vif
pour lui, mais tôt après une chute profonde en elle-même,
puis un torrent de larmes qui lui aidaient à suffoquer ses
cris. Mme la duchesse de Bourgogne consolait aussi son
époux, et y avait moins de peine qu'à acquérir le besoin

---

1. C'est-à-dire aller chercher des médecins.   2. Un peu plus loin, le
mémorialiste esquissera ainsi le portrait de la duchesse de Berry, fille du duc
d'Orléans, que le troisième petit-fils du Roi a épousée en 1710 : « C'était un
prodige d'esprit, d'orgueil, d'ingratitude et de folie, et c'en fut un aussi de
débauche et d'entêtement. À peine fut-elle huit jours mariée qu'elle commença
à se développer sur tous ces points, que la fausseté suprême qui était en elle et
dont même elle se piquait comme d'un excellent talent, ne laissa pas d'envelop-
per un temps, quand l'humeur la laissait libre, mais qui la dominait souvent »
(IV, 92). Cette « furie », selon Saint-Simon, avait pour dessein de « brouiller les
frères » et de « gouverner Monseigneur, dauphin et roi », et même « l'État quand
il en serait devenu le maître » (IV, 93). Mais tout s'effondre à sa mort.

d'être elle-même consolée, à quoi pourtant, sans rien montrer de faux, on voyait bien qu'elle faisait de son mieux pour s'acquitter d'un devoir pressant de bienséance sentie, mais qui se refuse au plus grand besoin ; le fréquent moucher répondait aux cris du prince son beau-frère ; quelques larmes amenées du spectacle, et souvent entretenues avec soin, fournissaient à l'art du mouchoir pour rougir et grossir les yeux et barbouiller le visage, et cependant le coup d'œil fréquemment dérobé se promenait sur l'assistance et sur la contenance de chacun. Le duc de Beauvillier, debout auprès d'eux, l'air tranquille et froid comme à chose non avenue ou à spectacle ordinaire, donnait ses ordres pour le soulagement des princes, pour que peu de gens entrassent quoique les portes fussent ouvertes à chacun, en un mot pour tout ce qu'il était besoin, sans empressement, sans se méprendre en quoi que ce soit ni aux gens ni aux choses : vous l'auriez cru [1] au lever ou au petit couvert servant à l'ordinaire. Ce flegme dura sans la moindre altération, également éloigné d'être aise par religion et de cacher aussi le peu d'affliction qu'il ressentait, pour conserver toujours la vérité. Madame, rhabillée en grand habit, arriva hurlante, ne sachant bonnement pourquoi ni l'un ni l'autre, les inonda tous de ses larmes en les embrassant, fit retentir le château d'un renouvellement de cris, et fournit un spectacle bizarre d'une princesse qui se remet en cérémonie en pleine nuit pour venir pleurer et crier parmi une foule de femmes en déshabillé de nuit, presque en mascarades. Mme la duchesse d'Orléans s'était éloignée des princes, et s'était assise le dos à la galerie, vers la cheminée, avec quelques dames. Tout étant fort silen-

---

1. Rarissime adresse au lecteur.

cieux autour d'elle, ces dames peu à peu se retirèrent d'auprès d'elle, et lui firent grand plaisir. Il n'y resta que la duchesse Sforze, la duchesse de Villeroi, Mme de Castries, sa dame d'atours, et Mme de Saint-Simon. Ravies de leur liberté, elles s'approchèrent en un tas, tout le long d'un lit de veille à pavillon et le joignant, et comme elles étaient toutes affectées de même à l'égard de l'événement qui rassemblait là tant de monde, elles se mirent à en deviser tout bas ensemble dans ce groupe avec liberté. Dans la galerie et dans ce salon il y avait plusieurs lits de veille, comme dans tout le grand appartement, pour la sûreté, où couchaient des suisses de l'appartement et des frotteurs[1], et ils y avaient été mis à l'ordinaire avant les mauvaises nouvelles de Meudon. Au fort de la conversation de ces dames, Mme de Castries, qui touchait au lit, le sentit remuer et en fut effrayée, car elle l'était de tout quoique avec beaucoup d'esprit. Un moment après elles virent un gros bras presque nu relever tout à coup le pavillon, qui leur montra un bon gros suisse entre deux draps, demi-éveillé et tout ébahi, très long à reconnaître son monde, qu'il regardait fixement l'un après l'autre, qui, enfin, ne jugeant pas à propos de se lever en si grande compagnie, se renfonça dans son lit et ferma son pavillon. Le bonhomme s'était apparemment couché avant que personne eût rien appris, et avait assez profondément dormi depuis pour ne s'être réveillé qu'alors. Les plus tristes spectacles sont assez souvent sujets aux contrastes les plus ridicules ; celui-ci fit rire quelque dame de là autour, et quelque peur à Mme la duchesse d'Orléans et à ce qui

Plaisante aventure d'un suisse

―――――――――

1. Frotteurs de parquet.

causait avec elle d'avoir été entendues ; mais, réflexion faite, le sommeil et la grossièreté du personnage les rassura. La duchesse de Villeroi, qui ne faisait presque que les joindre, s'était fourrée un peu auparavant dans le petit cabinet avec la comtesse de Roucy et quelques dames du palais, dont Mme de Lévis n'avait osé approcher par penser trop conformément à la duchesse de Villeroi. Elles y étaient quand j'arrivai. Je voulais douter encore, quoique tout me montrât ce qui était, mais je ne pus me résoudre à m'abandonner à le croire que le mot ne m'en fût prononcé par quelqu'un à qui on pût ajouter foi. Le hasard me fit rencontrer M. d'O, à qui je le demandai, et qui me le dit nettement. Cela su, je tâchai de n'en être pas bien aise. Je ne sais pas trop si j'y réussis bien, mais au moins est-il vrai que ni joie ni douleur n'émoussèrent ma curiosité, et qu'en prenant bien garde à conserver toute bienséance, je ne me crus pas engagé par rien au personnage douloureux[1]. Je ne craignais plus les retours du feu de la citadelle de Meudon, ni les cruelles courses[2] de son implacable garnison, et je me contraignis moins qu'avant le passage du Roi pour Marly, de considérer plus librement toute cette nombreuse compagnie, d'arrêter mes yeux sur les plus touchés et sur ceux qui l'étaient le moins avec une affection différente, de suivre les uns et les autres de mes regards et de les en percer tous à la dérobée. Il faut avouer que, pour qui est bien au fait de la carte intime d'une cour, les premiers spectacles d'événements rares de cette nature si intéressante à tant de divers égards sont d'une satisfaction extrême ; chaque visage vous rappelle les soins, les intrigues, les sueurs employées à l'avancement des fortunes, à la formation, à la

---

1. À jouer la comédie de la douleur.   2. Expéditions, attaques.

force des cabales, les adresses à se maintenir et à en écarter d'autres, les moyens de toute espèce mis en œuvre pour cela, les liaisons plus ou moins avancées, les éloignements, les froideurs, les haines, les mauvais offices, les manèges, les avances, les ménagements, les petitesses, les bassesses de chacun, le déconcertement des uns au milieu de leur chemin, au milieu ou au comble de leurs espérances, la stupeur de ceux qui en jouissaient en plein, le poids donné du même coup à leurs contraires et à la cabale opposée, la vertu de ressort qui pousse dans cet instant leurs menées et leurs concerts à bien, la satisfaction extrême et inespérée de ceux-là, et j'en étais des plus avant, la rage qu'en conçoivent les autres, leur embarras et leur dépit à le cacher. La promptitude des yeux à voler partout en sondant les âmes à la faveur de ce premier trouble de surprise et de dérangement subit, la combinaison de tout ce qu'on y remarque, l'étonnement de ne pas trouver ce qu'on avait cru de quelques-uns, faute de cœur ou d'assez d'esprit en eux, et plus en d'autres qu'on n'avait pensé, tout cet amas d'objets vifs et de choses si importantes, forme un plaisir à qui le sait prendre qui, tout peu solide qu'il devient, est un des plus grands dont on puisse jouir dans une cour. Ce fut donc à celui-là que je me livrai tout entier en moi-même, avec d'autant plus d'abandon que, dans une délivrance bien réelle, je me trouvais étroitement lié et embarqué avec les têtes principales qui n'avaient point de larmes à donner à leurs yeux. Je jouissais de leur avantage sans contrepoids, et de leur satisfaction qui augmentait la mienne, qui consolidait mes espérances, qui me les élevait, qui m'assurait un repos auquel, sans cet événement, je voyais si peu d'apparence que je ne cessais point de m'inquiéter d'un triste avenir, et que, d'autre part, ennemi de liaison et presque

personnel des principaux personnages que cette perte accablait, je vis, du premier coup d'œil vivement porté, tout ce
qui leur échappait et tout ce qui les accablerait, avec un
plaisir qui ne se peut rendre. J'avais si fort imprimé dans
ma tête les différentes cabales, leurs subdivisions, leurs
replis, leurs divers personnages et leurs degrés, la connaissance de leurs chemins, de leurs ressorts, de leurs divers
intérêts, que la méditation de plusieurs jours ne m'aurait
pas développé et représenté toutes ces choses plus nettement que ce premier aspect de tous ces visages, qui me
rappelaient encore ceux que je ne voyais pas, et qui
n'étaient pas les moins friands à s'en repaître[1]. Je m'arrêtai
donc un peu à considérer le spectacle de ces différentes
pièces de ce vaste et tumultueux appartement. Cette sorte
de désordre dura bien une heure, où la duchesse du Lude
ne parut point, retenue au lit par la goutte. À la fin M. de
Beauvillier s'avisa qu'il était temps de délivrer les deux
princes d'un si fâcheux public. Il leur proposa donc que
M. et Mme la duchesse de Berry se retirassent dans leur
appartement, et le monde de celui de Mme la duchesse de
Bourgogne. Cet avis fut aussitôt embrassé. M. le duc de
Berry s'achemina donc, partie seul et quelquefois appuyé
par son épouse, Mme de Saint-Simon avec eux et une
poignée de gens. Je les suivis de loin pour ne pas exposer
ma curiosité plus longtemps. Ce prince voulait coucher
chez lui, mais Mme la duchesse de Berry ne le voulut pas
quitter. Il était si suffoqué et elle aussi qu'on fit demeurer
auprès d'eux une Faculté complète et munie[2]. Toute leur

---

1. Comprendre : le mémorialiste est «friand», se régale d'avance de «se
repaître» de «tous ces visages» qu'il n'a pas encore sous les yeux.   2. Munie
de tous les remèdes possibles.

nuit se passa en larmes et en cris. De fois à autre M. le duc de Berry demandait des nouvelles de Meudon, sans vouloir comprendre la cause de la retraite du Roi à Marly. Quelquefois il s'informait s'il n'y avait plus d'espérance, il voulait envoyer aux nouvelles, et ce ne fut qu'assez avant dans la matinée que le funeste rideau fut tiré de devant ses yeux, tant la nature et l'intérêt ont de peine à se persuader des maux extrêmes sans remède. On ne peut rendre l'état où il fut quand il le sentit enfin dans toute son étendue. Celui de Mme la duchesse de Berry ne fut guère meilleur, mais qui ne l'empêcha pas de prendre de lui tous les soins possibles. La nuit de M. et de Mme la duchesse de Bourgogne fut plus tranquille ; ils se couchèrent assez paisiblement. Mme de Lévis dit tout bas à la Princesse que, n'ayant pas lieu d'être affligée, il serait horrible de lui voir jouer la comédie. Elle répondit bien naturellement que, sans comédie, la pitié et le spectacle la touchaient, et la bienséance la contenait, et rien de plus ; et en effet elle se tint dans ces bornes-là avec vérité et avec décence. Ils voulurent que quelques-unes des dames du palais passassent la nuit dans leur chambre dans des fauteuils. Le rideau demeura ouvert, et cette chambre devint aussitôt le palais de Morphée. Le Prince et la Princesse s'endormirent promptement, s'éveillèrent une fois ou deux un instant ; à la vérité ils se levèrent d'assez bonne heure, et assez doucement. Le réservoir d'eau était tari chez eux ; les larmes ne revinrent plus depuis que rares et faibles, à force d'occasion. Les dames qui avaient veillé et dormi dans cette chambre contèrent à leurs amis ce qui s'y était passé. Personne n'en fut surpris, et comme il n'y avait plus de Monseigneur, personne aussi n'en fut scandalisé. Mme de Saint-Simon et moi, au sortir de chez M. et Mme la duchesse de Berry, nous fûmes encore deux heures ensemble. La raison plutôt que le besoin, nous fit coucher, mais avec si peu de sommeil qu'à sept heures du matin j'étais debout ; mais, il faut l'avouer, de telles insomnies sont douces, et de tels réveils savoureux.

*Horreur
de Meudon*

L'horreur régnait à Meudon. Dès que le Roi en fut parti, tout ce qu'il y avait de gens de la cour le suivirent, et s'entassèrent dans ce qui se trouva de carrosses, et dans ce qu'il en vint aussitôt après. En un instant Meudon se trouva vide. Mlle de Lillebonne et Mlle de Melun montèrent chez Mlle Choin qui, recluse dans son grenier, ne faisait que commencer à entrer dans les transes funestes. Elle avait tout ignoré, personne n'avait pris soin de lui apprendre de tristes nouvelles ; elle ne fut instruite de son malheur que par les cris. Ces deux amies la jetèrent dans un carrosse de louage qui se trouva encore là par hasard, y montèrent avec elle, et la menèrent à Paris. Pontchartrain, avant partir, monta chez Voysin. Il trouva ses gens difficiles à ouvrir et lui profondément endormi ; il s'était couché sans aucun soupçon sinistre, et fut étrangement surpris à ce réveil. Le comte de Brionne[1] le fut bien davantage. Lui et ses gens s'étaient couchés dans la même confiance, personne ne songea à eux. Lorsqu'en se levant il sentit ce grand silence, il voulut aller aux nouvelles et ne trouva personne, jusqu'à ce que, dans cette surprise, il apprît enfin ce qui était arrivé. Cette foule de bas officiers de Monseigneur, et bien d'autres, errèrent toute la nuit dans les jardins. Plusieurs courtisans étaient partis épars à pied. La dissipation fut entière[2] et la dispersion générale. Un ou

---

1. Fils de Monsieur le Grand, Grand Écuyer de France.   2. Autrement dit, tout le monde quitte Meudon.

deux valets au plus demeurèrent auprès du corps, et, ce qui
est très digne de louange, La Vallière fut le seul des courtisans qui, ne l'ayant point abandonné pendant sa vie, ne
l'abandonna point après sa mort. Il eut peine à trouver
quelqu'un pour aller chercher des capucins pour venir prier
Dieu auprès du corps. L'infection en devint si prompte et
si grande que l'ouverture des fenêtres qui donnaient en
portes sur la terrasse ne suffit pas, et que La Vallière, les
capucins et ce très peu de bas étage qui était demeuré
passèrent la nuit dehors. Du Mont[1] et Casaus son neveu,
navrés de la plus extrême douleur, y étaient ensevelis dans
la Capitainerie. Ils perdaient tout après une longue vie
toute de petits soins, d'assiduité, de travail, soutenue par
les plus flatteuses et les plus raisonnables espérances, et les
plus longuement prolongées, qui leur échappaient en un
moment. À peine sur le matin Du Mont put-il donner
quelques ordres. Je plaignis celui-là avec amitié.

Confusion
de Marly

On s'était reposé sur une telle
confiance, que personne n'avait
songé que le Roi pût aller à Marly.
Aussi n'y trouva-t-il rien de prêt ; point de clefs des appartements, à peine quelque bout de bougie, et même de
chandelle. Le Roi fut plus d'une heure dans cet état, avec
Mme de Maintenon, dans son antichambre à elle,
Madame la Duchesse, Mme la princesse de Conti,
Mmes de Dangeau et de Caylus, celle-ci accourue de
Versailles auprès de sa tante[2]. Mais ces deux dames ne se
tinrent que peu, par-ci par-là, dans cette antichambre, par
discrétion. Ce qui avait suivi et qui arrivait à la file était
dans le salon en même désarroi, et sans savoir où gîter. On

---

1. Gouverneur de Meudon.   2. Mme de Maintenon.

fut longtemps à tâtons, et toujours sans feu, et toujours les clefs mêlées, égarées par l'égarement des valets. Les plus hardis de ce qui était dans le salon montrèrent peu à peu le nez dans l'antichambre, où Mme d'Épinoy ne fut pas des dernières, et de l'un à l'autre tout ce qui était venu s'y présenta, poussés de curiosité et de désir de tâcher que leur empressement fût remarqué. Le Roi, reculé en un coin, assis entre Mme de Maintenon et les deux princesses, pleurait à longues reprises. Enfin la chambre de Mme de Maintenon fut ouverte, qui le délivra de cette importunité. Il y entra seul avec elle, et y demeura encore une heure. Il alla ensuite se coucher, qu'il était près de quatre heures du matin, et la laissa en liberté de respirer et de se rendre à elle-même. Le Roi couché, chacun sut enfin où loger, et Blouin eut ordre de répandre que les gens qui désireraient des logements à Marly s'adressassent à lui, pour qu'il en rendît compte au Roi et qu'il avertît les élus.

Caractère
de Monseigneur

Monseigneur était plutôt grand que petit, fort gros, mais sans être trop entassé, l'air fort haut et fort noble, sans rien de rude, et il aurait eu le visage fort agréable, si M. le prince de Conti le dernier mort ne lui avait pas cassé le nez par malheur en jouant, étant tous deux enfants. Il était d'un fort beau blond, avait le visage fort rouge de hâle partout et fort plein, mais sans aucune physionomie ; les plus belles jambes du monde ; les pieds singulièrement petits et maigres. Il tâtonnait toujours en marchant, et mettait le pied à deux fois : il avait toujours peur de tomber, et il se faisait aider pour peu que le chemin ne fût pas parfaitement droit et uni. Il était fort bien à cheval et y avait grand-mine, mais il n'y était pas hardi. Casaus courait devant lui à la chasse ; s'il le perdait de vue il croyait tout perdu ; il n'allait guère qu'au petit galop, et attendait souvent sous un arbre ce que devenait la chasse, la cherchait lentement et s'en revenait. Il avait fort aimé la table, mais toujours sans indécence. Depuis cette grande indigestion[1] qui fut prise d'abord pour apoplexie, il ne faisait guère qu'un vrai repas, et se contenait fort, quoique grand mangeur comme toute la maison royale. Presque tous ses portraits lui ressemblent bien. De caractère, il n'en avait aucun ; du sens assez, sans aucune sorte d'esprit, comme il parut dans l'affaire du testament du roi d'Espagne[2] ; de la hauteur, de la dignité par nature, par prestance, par imitation du Roi ; de l'opiniâtreté sans mesure, et un tissu de petitesses arrangées, qui formaient tout le tissu de sa vie. Doux par paresse et par une sorte de stupidité, dur au fond, avec un extérieur de bonté qui ne portait que sur des subalternes et sur des valets, et qui ne s'exprimait que par des questions basses ; il était avec eux d'une familiarité prodigieuse, d'ailleurs insensible à la misère et à la douleur des autres, en cela peut-être plutôt en proie à l'incurie et à l'imitation qu'à un mauvais naturel. Silencieux jusqu'à l'incroyable, conséquemment fort secret, jusque-là qu'on a cru qu'il n'avait jamais parlé d'affaires d'État à la Choin, peut-être parce que tous deux n'y entendaient guère. L'épaisseur d'une part, la crainte de l'autre, formaient en ce prince une retenue qui a peu d'exemples ; en même temps glorieux[3] à l'excès, ce qui est

---

1. Voir p. 98.   2. Sans peser le pour et le contre, il avait insisté avec force, en 1700, pour que le duc d'Anjou, son fils, acceptât de devenir roi d'Espagne.   3. « Celui qui a bonne opinion de soi, et que le vulgaire appelle un glorieux » (La Bruyère, *Les Caractères*, chap. II, « Du mérite personnel », n° 14).

plaisant à dire d'un dauphin, jaloux du respect, et presque uniquement attentif et sensible à ce qui lui était dû, et partout. Il dit une fois à Mlle Choin, sur ce silence dont elle lui parlait, que les paroles de gens comme lui portant un grand poids, et obligeant ainsi à de grandes réparations quand elles n'étaient pas mesurées, il aimait mieux très souvent garder le silence que de parler. C'était aussi plus tôt fait pour sa paresse et sa parfaite incurie, et cette maxime excellente, mais qu'il outrait, était apparemment une des leçons du Roi ou du duc de Montausier[1] qu'il avait le mieux retenue. Son arrangement était extrême pour ses affaires particulières ; il écrivait lui-même toutes ses dépenses prises sur lui[2] ; il savait ce que lui coûtaient les moindres choses, quoiqu'il dépensât infiniment en bâtiments, en meubles, en joyaux de toute espèce, en voyages de Meudon, et à l'équipage[3] du loup, dont il s'était laissé accroire qu'il aimait la chasse. Il avait fort aimé toute sorte de gros jeu, mais depuis qu'il s'était mis à bâtir, il s'était réduit à des jeux médiocres. Du reste avare au-delà de toute bienséance, excepté de très rares occasions, qui se bornaient à quelques pensions à des valets ou à quelques médiocres domestiques, mais assez d'aumônes au curé et aux capucins de Meudon. Il est inconcevable le peu qu'il donnait à la Choin, si fort sa bien-aimée ; cela ne passait point quatre cents louis par quartier, en or, quoi qu'ils valussent[4], faisant pour tout seize cents louis par an. Il les lui donnait lui-même, de la main à la main, sans y ajouter ni s'y méprendre jamais d'une pistole, et tout au

---

1. Son gouverneur.   2. Sur son argent personnel.   3. Les piqueurs, chiens et chevaux destinés à « courre » le loup.   4. Quel que fût le cours du louis.

plus une boîte[1] ou deux par an, encore y regardait-il de fort près. Il faut rendre justice à cette fille et convenir aussi qu'il est difficile d'être plus désintéressée qu'elle l'était, soit qu'elle en connût la nécessité avec ce prince, soit plutôt que cela lui fût naturel, comme il a paru dans tout le tissu de sa vie. C'est encore un problème si elle était mariée ; tout ce qui a été le plus intimement initié dans *Si Monseigneur* leurs mystères s'est toujours forte-*avait épousé* ment récrié qu'il n'y a jamais eu de *Mlle Choin* mariage. Ce n'a jamais été qu'une grosse camarde[2] brune, qui, avec toute la physionomie d'esprit et aussi le jeu[3], n'avait l'air que d'une servante, et qui longtemps avant cet événement-ci était devenue excessivement grasse, et encore vieille et puante ; mais de la voir aux *parvulo*[4] de Meudon dans un fauteuil devant Monseigneur, en présence de tout ce qui y était admis, Mme la duchesse de Bourgogne et Mme la duchesse de Berry, qui y fut tôt introduite, chacune sur un tabouret, dire devant Monseigneur et tout cet intérieur *la duchesse de Bourgogne* et *la duchesse de Berry* et *le duc de Berry*, en parlant d'eux, répondre souvent sèchement aux deux filles de la maison, les reprendre, trouver à redire à leur ajustement, et quelquefois à leur air et à leur conduite, et le leur dire, on a peine, à tout cela, à ne pas reconnaître la belle-mère et la parité avec Mme de Maintenon. À la vérité, elle ne disait pas *mignonne* en parlant à Mme la duchesse de Bourgogne, qui l'appelait *Mademoiselle*, et non *ma tante* ; mais aussi c'était toute la différence d'avec Mme de Maintenon. D'ailleurs encore cela n'avait jamais pris de

1. Une boîte d'orfèvrerie. 2. « Qui a le nez plat et écrasé » (Littré).
3. Les attitudes, les manières. 4. Réunions intimes chez Monseigneur.

même entre elles. Madame la Duchesse, les deux Lillebonnes et tout cet intérieur y était un obstacle ; et Mme la duchesse de Bourgogne, qui le sentait et qui était timide, se trouvait toujours gênée et en brassière[1] à Meudon, tandis qu'entre le Roi et Mme de Maintenon, elle jouissait de toute aisance et de toute liberté. De voir encore Mlle Choin à Meudon, pendant une maladie si périlleuse, voir Monseigneur plusieurs fois le jour, le Roi non seulement le savoir, mais demander à Mme de Maintenon, qui, à Meudon non plus qu'ailleurs, ne voyait personne, et qui n'entra peut-être pas deux fois chez Monseigneur, lui demander, dis-je, si elle avait vu la Choin, et trouver mauvais qu'elle ne l'eût pas vue, bien loin de la faire sortir du château, comme on le fait toujours en ces occasions, c'est encore une preuve du mariage d'autant plus grande que Mme de Maintenon, mariée elle-même, et qui affichait si fort la pruderie et la dévotion, n'avait, ni le Roi non plus, aucun intérêt d'exemple et de ménagement à garder là-dessus s'il n'y avait point de sacrement, et on ne voit point qu'en aucun temps la présence de Mlle Choin ait causé le plus léger embarras. Cet attachement incompréhensible et si semblable en tout à celui du Roi, à la figure près de la personne chérie, est peut-être l'unique endroit par où le fils ait ressemblé au père. Monseigneur, tel pour l'esprit qu'il vient d'être représenté, n'avait pu profiter de l'excellente culture qu'il reçut du duc de Montausier, et de Bossuet et de Fléchier, évêques de Meaux et de Nîmes. Son peu de lumières, s'il en eut jamais, s'éteignit au contraire sous la rigueur d'une éducation dure et austère, qui donna le der-

---

1. Peu libre.

nier poids à sa timidité naturelle, et le dernier degré d'aversion pour toute espèce, non pas de travail et d'étude, mais d'amusement d'esprit, en sorte que, de son aveu, depuis qu'il avait été affranchi des maîtres, il n'avait de sa vie lu que l'article de Paris de la *Gazette de France* pour y voir les morts et les mariages. Tout contribua donc en lui, timidité naturelle, dur joug d'éducation, ignorance parfaite et défaut de lumière, à le faire trembler devant le Roi, qui, de son côté, n'omit rien pour entretenir et prolonger cette terreur toute sa vie. Toujours roi, presque jamais père avec lui, ou, s'il lui en échappa bien rarement quelques traits, ils ne furent jamais purs et sans mélange de royauté, non pas même dans les moments les plus particuliers et les plus intérieurs. Ces moments même étaient rares tête à tête, et n'étaient que des moments, presque toujours en présence des bâtards et des valets intérieurs, sans liberté, sans aisance, toujours en contrainte et en respect, sans jamais oser rien hasarder ni usurper, tandis que tous les jours il voyait faire l'un et l'autre au duc du Maine avec succès, et Mme la duchesse de Bourgogne dans une habitude, de tous les temps particuliers, des plus familiers badinages et des privautés avec le Roi quelquefois les plus outrées. Il en sentait contre eux une secrète jalousie, mais qui ne l'élargissait pas[1]. L'esprit ne lui fournissait rien comme à M. du Maine, fils d'ailleurs de la personne et non de la royauté[2], et en telle disproportion qu'elle[3] n'était point en garde. Il n'était plus de l'âge de Mme la duchesse de Bourgogne, à

Monseigneur sans agrément, sans liberté, sans crédit avec le Roi

---

1. Qui ne le rendait pas plus libre. 2. Fils de l'homme, et non du monarque. 3. Le Roi en tant que père, et non sa personne sacrée.

qui on passait encore les enfances[1] par habitude et par la grâce qu'elle y mettait ; il ne lui restait donc que la qualité de fils et de successeur, qui était précisément ce qui tenait le Roi en garde, et lui sous le joug. Il n'avait donc pas l'ombre seulement de crédit auprès du Roi ; il suffisait même que son goût se marquât pour quelqu'un pour que ce quelqu'un en sentît un contrecoup nuisible, et le Roi était si jaloux de montrer qu'il ne pouvait rien, qu'il n'a rien fait pour aucun de ceux qui se sont attachés à lui faire une cour plus particulière, non pas même pour aucun de ses menins[2], quoique choisis et nommés par le Roi, qui même eût trouvé très mauvais qu'ils n'eussent pas suivi Monseigneur avec grande assiduité. J'en excepte d'Antin qui a été sans comparaison de personne, et Dangeau qui ne l'a été que de nom, qui tenait au Roi d'ailleurs, et dont la femme était dans la parfaite intimité de Mme de Maintenon. Les ministres n'osaient s'approcher de Monseigneur, qui aussi ne se commettait comme jamais à leur rien demander, et si quelqu'un d'eux, ou des courtisans considérables, étaient bien avec lui, comme le Chancelier, le Premier[3], Harcourt, le maréchal d'Huxelles, ils s'en cachaient avec un soin extrême, et Monseigneur s'y prêtait. Si le Roi en découvrait, il traitait cela de cabale ; on lui devenait suspect et on se perdait. Ce fut la cause de l'éloignement si marqué pour M. de Luxembourg, que ni la privance de sa charge, ni la nécessité de s'en servir à la tête des armées, ni les succès qu'il y eut, ni toutes les flatteries et les bassesses qu'il employa, ne purent jamais rapprocher. Aussi Monseigneur, pressé de s'intéresser pour

---

1. Manières enfantines. 2. Les gentilshommes attachés à lui. 3. Le Premier écuyer, Beringhen.

quelqu'un, répondait franchement que ce serait le moyen de tout gâter pour lui. Il lui est quelquefois échappé des monosyllabes de plaintes amères là-dessus, quelquefois après avoir été refusé du Roi, et toujours avec sécheresse ; et la dernière fois de sa vie qu'il alla à Meudon, d'où il ne revint plus, il y arriva si outré d'un refus de fort peu de chose qu'il avait demandé au Roi pour Casaus, qui me l'a conté, qu'il lui protesta qu'il ne lui arriverait jamais plus de s'exposer pour personne, et de dépit le consola par les espérances d'un temps plus favorable lorsque la nature l'ordonnerait, qui était, pour lui, dire comme par prodige[1].

Monsieur et Monseigneur morts outrés contre le Roi Ainsi on remarquera en passant que Monsieur et Monseigneur moururent tous deux dans des moments où ils étaient outrés contre le Roi[2]. La part entière que Monseigneur avait à tous les secrets de l'État depuis bien des années, n'avait jamais eu aucune influence aux affaires : il les savait et c'était tout. Cette sécheresse, peut-être aussi son peu d'intelligence, l'en faisait retirer tant qu'il pouvait. Il était cependant assidu aux conseils d'État ; mais, quoiqu'il eût la même entrée en ceux de finances et de dépêches, il n'y allait presque jamais. Pour au travail particulier du Roi, il n'en fut pas question pour lui, et hors de grandes nouvelles, pas un ministre n'allait jamais lui rendre compte de rien, beaucoup moins les généraux d'armée, ni ceux qui revenaient d'être employés au-dehors. Ce peu d'onction et de considération, cette dépendance, jusqu'à la mort, de n'oser faire un pas hors de la cour sans le dire au Roi,

---

1. Il parlait de la mort du Roi son père comme d'un prodige. 2. Voir le récit de la mort de Monsieur, p. 106.

équivalent de permission, y mettait Monseigneur en
malaise. Il y remplissait les devoirs de fils et de courtisan
avec la régularité la plus exacte, mais toujours la même
sans y rien ajouter, et avec un air plus respectueux et plus
mesuré qu'aucun sujet. Tout cela ensemble lui faisait trouver Meudon et la liberté qu'il y goûtait délicieuse, et bien
qu'il ne tînt qu'à lui de s'apercevoir souvent que le Roi
était peiné de ces fréquentes séparations, et par la séparation même, et par celle de la cour, surtout les étés qu'elle
n'était pas nombreuse à cause de la guerre, il n'en fit jamais
semblant, et ne changea rien en ses voyages, ni pour leur
nombre, ni pour leur durée. Il était fort peu à Versailles, et

Monseigneur
peu à Versailles
rompait souvent par des Meudons
de plusieurs jours les Marlys
quand ils s'allongeaient trop. De
tout cela, on peut juger quelle pouvait être la tendresse de
cœur ; mais le respect, la vénération, l'admiration, l'imitation en tout ce qui était de sa portée était visible, et ne se
démentit jamais, non plus que la crainte, la frayeur et la
conduite. On a prétendu qu'il avait une appréhension
extrême de perdre le Roi. Il n'est pas douteux qu'il n'ait
montré ce sentiment ; mais d'en concilier la vérité avec
celles qui viennent d'être rapportées, c'est ce qui ne paraît
pas aisé. Toujours est-il certain que, quelques mois avant
sa mort, Mme la duchesse de Bourgogne l'étant allée voir
à Meudon, elle monta dans le sanctuaire de son entresol,
suivie de Mme de Nogaret, qui, par Biron et par elle-
même encore, en avait la privance, et qu'elles y trouvèrent
Monseigneur avec Mlle Choin, Madame la Duchesse et
les deux Lillebonnes, fort occupés à une table sur laquelle
était un grand livre d'estampes du sacre, et Monseigneur

*Complaisant aux
choses du sacre*

fort appliqué à les considérer, à les expliquer à la compagnie, et recevant avec complaisance les propos qui le regardaient là-dessus, jusqu'à lui dire : « Voilà donc celui qui vous mettra les éperons, cet autre le manteau royal, les pairs qui vous mettront la couronne sur la tête », et ainsi du reste, et que cela dura fort longtemps. Je le sus deux jours après de Mme de Nogaret, qui en fut fort étonnée, et que l'arrivée de Mme la duchesse de Bourgogne n'eût pas interrompu cet amusement singulier, qui ne marquait pas une si grande appréhension de perdre le Roi et de le devenir lui-même.

Quelque dure qu'eût été son éducation, il avait conservé de l'amitié et de la considération pour le célèbre évêque de Meaux[1], et un vrai respect pour la mémoire du duc de

*Monseigneur
attaché
à la mémoire
et à la famille du
duc de Montausier*

Montausier : tant il est vrai que la vertu se fait honorer des hommes malgré leur goût et leur amour de l'indépendance et de la liberté[2]. Monseigneur n'était pas même insensible au plaisir de la marquer[3] à tout ce qui était de sa famille, et jusqu'aux anciens domestiques qu'il lui avait connus. C'est peut-être une des choses qui a le plus soutenu d'Antin auprès de lui dans les diverses aventures de sa vie, dont la femme était fille de la duchesse d'Uzès, fille unique du duc de Montausier, et qu'il aimait passionnément. Il

---

1. Bossuet, qui avait composé pour lui le *Discours sur l'histoire universelle*.
2. M. de Montausier aurait été le modèle de l'Alceste du *Misanthrope*.
3. L'amitié et la considération.

le marqua encore à Sainte-Maure, qui, embarrassé dans ses affaires sur le point de se marier, reçut une pension de Monseigneur sans l'avoir demandée, avec ces obligeantes paroles, mais qui faisaient tant d'honneur au prince, qu'il ne manquerait jamais au nom et au neveu de M. de Montausier. Sainte-Maure se montra digne de cette grâce ; son mariage se rompit, et il ne s'est jamais marié ; il remit la pension qui n'était donnée qu'en faveur du mariage. Monseigneur la reprit ; je ne dirai pas qu'il eût mieux fait de la lui laisser. C'était peut-être le seul homme de qualité qu'il aidât de sa poche. Aussi tenait-il à lui par des confidences

Amours de Monseigneur

tandis qu'il[1] eut des maîtresses, que le Roi ne lui souffrit guère. En leur place, il eut plutôt des soulagements passagers et obscurs que des galanteries dont il était peu capable, et que Du Mont et Francine, gendre de Lully, et qui eurent si longtemps ensemble l'Opéra, lui fournirent. À ce propos, je ne puis m'empêcher de

Ridicule aventure

rapporter un échantillon de sa délicatesse. Il avait eu envie d'une de ces créatures fort jolie. À jour pris, elle fut introduite à Versailles dans un premier cabinet, avec une autre, vilaine, pour l'accompagner. Monseigneur, averti qu'elles étaient là, ouvrit la porte et prenant celle qui se trouva la plus proche, la tira après lui. Elle se défendit : c'était la vilaine, qui vit bien qu'il se méprenait. Lui, au contraire, crut qu'elle faisait des façons, la poussa dedans et ferma sa porte. L'autre, cependant, riait de la méprise et de l'affront qu'elle s'attendait qu'allait avoir sa compagne d'être renvoyée, et elle appelée. Fort peu après, Du Mont entra,

---

1. Tout le temps qu'il...

qui, fort étonné de la voir là et seule, lui demanda ce qu'elle faisait là, et qu'était devenue son amie ; elle lui conta l'aventure. Voilà Du Mont à frapper à la porte, et à crier : « Ce n'est pas celle-là ; vous vous méprenez. » Point de réponse. Du Mont redouble encore sans succès. Enfin Monseigneur ouvre sa porte et pousse la créature dehors. Du Mont s'y présente avec l'autre, en disant : « Tenez donc, la voilà. – L'affaire est faite, dit Monseigneur ; ce sera pour une autre fois », et referma sa porte. Qui fut honteuse et outrée ? ce fut celle qui avait ri, et plus qu'elle Du Mont encore. La laide avait profité de la méprise, mais elle n'osa se moquer d'eux. La jolie fut si piquée qu'elle le conta à ses amis, tellement qu'en bref toute la cour en sut l'histoire. La Raisin, fameuse comédienne, et fort belle, fut la seule de celles-là qui dura et qui figura dans son obscurité. On la ménageait, et le maréchal de Noailles, à son âge et avec sa dévotion, n'était pas honteux de l'aller voir, et de lui fournir, à Fontainebleau, de sa table, tout ce qu'il y avait de meilleur. Il n'eut d'enfants de toutes ces sortes de créatures qu'une seule fille de celle-ci, assez médiocrement entretenue à Chaillot, chez les Augustines. Cette fille fut mariée, depuis sa mort, par Mme la princesse de Conti, qui en prit soin, à un gentilhomme qui la perdit bientôt après. Cette indigestion qu'on prit pour une apoplexie mit fin à tous ces commerces.

Portrait raccourci de Monseigneur

De ce long et curieux détail, il résulte que Monseigneur était sans vice ni vertu, sans lumières ni connaissances quelconques, radicalement incapable d'en acquérir, très paresseux, sans imagination ni production[1], sans goût, sans choix, sans discernement, né pour l'ennui, qu'il communiquait aux autres, et pour être une boule roulante au hasard par l'impulsion d'autrui, opiniâtre et petit en tout à l'excès, de l'incroyable facilité à se prévenir et à tout croire qu'on a vue, livré aux plus pernicieuses mains, incapable d'en sortir ni de s'en apercevoir, absorbé dans sa graisse et dans ses ténèbres, et que, sans avoir aucune volonté de mal faire, il eût été un roi pernicieux.

Ses obsèques

Le pourpre[2], mêlé à la petite vérole dont il mourut, et la prompte infection qui en fut la suite, firent juger également inutile et dangereuse l'ouverture de son corps. Il fut enseveli, les uns ont dit par des Sœurs grises, les autres par des frotteurs du château, d'autres par les plombiers mêmes qui apportèrent le cercueil. On jeta dessus un vieux poêle[3] de la paroisse, et sans aucun accompagnement que des mêmes qui y étaient restés, c'est-à-dire du seul La Vallière, de quelques subalternes et des capucins de Meudon qui se relevèrent à prier Dieu auprès du corps, sans aucune tenture, ni luminaire que quelques cierges. Il était mort vers minuit du mardi au mercredi ; le jeudi il fut porté à Saint-Denis dans un carrosse du Roi, qui n'avait rien de deuil, et dont on ôta la glace de devant pour laisser passer le bout du cercueil. Le curé de Meudon et le chapelain en quartier chez Monseigneur y montèrent. Un autre carrosse du Roi suivit, aussi sans aucun deuil, au derrière duquel montèrent le duc de La Trémoille, premier gentilhomme de la chambre point en année, et Monsieur de Metz, premier aumônier ; sur le devant, Dreux, grand

---

1. Sans réflexion.   2. Éruption cutanée de couleur pourpre.   3. Un vieux drap noir.

maître des cérémonies, et l'abbé de Brancas, aumônier de quartier chez Monseigneur, depuis évêque de Lisieux, et frère du maréchal de Brancas ; des gardes du corps, des valets de pied, et vingt-quatre pages du Roi portant des flambeaux. Ce très simple convoi partit de Meudon sur les six ou sept heures du soir, passa sur le pont de Sèvres, traversa le bois de Boulogne, et par la plaine de Saint-Ouen gagna Saint-Denis, où tout de suite le corps fut descendu dans le caveau royal sans aucune sorte de cérémonies. Telle fut la fin d'un prince qui passa près de cinquante ans à faire faire des plans aux autres, tandis que sur le bord du trône il mena toujours une vie privée, pour ne pas dire obscure, jusque-là[1] qu'il ne s'y trouve rien de marqué que la propriété de Meudon, et ce qu'il y a fait d'embellissement. Chasseur sans plaisir, presque voluptueux mais sans goût, gros joueur autrefois pour gagner, mais depuis qu'il bâtissait sifflant dans un coin du salon de Marly et frappant des doigts sur sa tabatière, ouvrant de grands yeux sur les uns et les autres sans presque regarder, sans conversation, sans amusement, je dirais volontiers sans sentiment et sans pensée ; et toutefois, par la grandeur de son être, le point aboutissant[2], l'âme, la vie de la cabale la plus étrange, la plus terrible, la plus profonde, la plus unie nonobstant ses subdivisions, qui ait existé depuis la paix des Pyrénées, qui a scellé la dernière fin des troubles nés de la minorité du Roi. Je me suis un peu longuement arrêté sur ce prince presque indéfinissable, parce qu'on ne peut le faire connaître que par des détails. On serait infini à les rapporter tous. Cette matière d'ailleurs est assez curieuse pour permettre de s'étendre sur un dauphin si peu connu, qui n'a jamais été

---

1. À ce point…   2. Le point de convergence.

rien, ni de rien en une si longue et si vaine attente de la couronne, et sur qui enfin la corde a cassé de tant d'espérances, de craintes et de projets.

***

Après un tel deuil, on pourrait imaginer que le Roi, dans l'affliction et l'affection des siens, soit moins roi et un peu plus père avec ses proches. Il n'en est rien. La mort a frappé, va frapper, mais il reste, comme devant ses carpes (p. 196), d'une dureté qui frôle l'indifférence, ou le déni de réalité. Le récit qui suit est ainsi à joindre au portrait du Roi par fragments que le mémorialiste esquisse dans les Mémoires, *avant la fresque du « Tableau du règne » qu'il entreprendra à sa mort (p. 394).*

Voyage de Fontainebleau par Petit-Bourg. Dureté du Roi dans sa famille Le Roi était à Marly depuis la mort de Monseigneur, c'est-à-dire qu'il y était arrivé de Meudon la nuit du 14 au 15 avril, et il y avait été retenu, comme je l'ai remarqué[1], à cause du mauvais air, que Versailles[2] était plein de petites véroles, et par la considération des princes ses petits-fils. Il fut trois mois pleins à Marly, et il en partit le mercredi 15 juillet après y avoir tenu Conseil et dîné, passa à Versailles, où il monta un moment dans son appartement, et alla coucher à Petit-Bourg chez d'Antin, et le lendemain à Fontainebleau, où il demeura jusqu'au 14 septembre. Je supprimerais cette bagatelle arrivée à l'occasion de ce voyage, si elle ne servait de plus en plus à caractériser le Roi. Mme la duchesse de Berry

---

1. « Les petites véroles [...] accablaient Versailles » (IV, 225).   2. Comme [j'ai remarqué] que Versailles... Un tel télescopage du pronom et de la complétive n'est pas rare sous la plume du mémorialiste.

était grosse pour la première fois de près de trois mois, fort
incommodée et avait la fièvre assez forte. M. Fagon trouva
beaucoup d'inconvénient à ne lui pas faire différer le voyage
de quelques jours. Ni elle, ni M. le duc d'Orléans n'osèrent
en parler. M. le duc de Berry en hasarda timidement un
mot, et fut mal reçu. Mme la duchesse d'Orléans, plus
timide encore, s'adressa à Madame et à Mme de Maintenon,
qui, toutes peu tendres qu'elles fussent pour Mme la
duchesse de Berry, trouvèrent si hasardeux de la faire partir,
qu'appuyées de Fagon, elles en parlèrent au Roi. Ce fut
inutilement. Elles ne se rebutèrent pas, et cette dispute dura
trois ou quatre jours. La fin en fut que le Roi se fâcha tout de
bon, et que, par capitulation, le voyage se fit en bateau au
lieu du carrosse du Roi. Pour l'exécuter, ce fut une autre
peine d'obtenir que Mme la duchesse de Berry partirait de
Marly le 13 pour aller coucher au Palais-Royal, s'y reposer
le 14 et s'embarquer le 15 pour arriver à Petit-Bourg, où le
Roi devait coucher ce jour-là, et arriver comme lui le 16 à
Fontainebleau, mais toujours par la rivière. M. le duc de
Berry eut permission d'aller avec madame sa femme ; mais le
Roi lui défendit avec colère de sortir du Palais-Royal pour
aller nulle part, même l'Opéra, à l'un et à l'autre, quoiqu'on
y allât du Palais-Royal sans sortir, et de plain-pied des appartements dans les loges de M. le duc d'Orléans. Le 14, le Roi,
sous prétexte d'envoyer savoir de leurs nouvelles, leur fit
réitérer les mêmes défenses, et à M. et à Mme la duchesse
d'Orléans, à qui il les avait déjà faites à leur départ de Marly.
Il les poussa jusqu'à les faire à Mme de Saint-Simon[1] pour
ce qui regardait Mme la duchesse de Berry, et lui enjoignit

---

1. Saint-Simon a été un des instigateurs du mariage du duc de Berry ; la
duchesse de Saint-Simon a été nommée dame d'honneur de la jeune princesse, à

de ne la pas perdre de vue, ce qui lui fut encore réitéré à Paris de sa part. On peut juger que ses ordres furent ponctuellement exécutés. Mme de Saint-Simon ne put se défendre de demeurer et de coucher au Palais-Royal, où on lui donna l'appartement de la Reine mère. Il y eut grand jeu tant qu'ils y furent pour consoler M. le duc de Berry de sa prison. Le prévôt des marchands avait reçu ordre de faire préparer des bateaux pour le voyage ; il eut si peu de temps qu'ils furent mal choisis. Mme la duchesse de Berry s'embarqua le 15, et arriva avec la fièvre, à dix heures du soir, à Petit-Bourg, où le Roi parut épanoui d'une obéissance si exacte. Le lendemain, Madame la Dauphine la vit embarquer. Le pont de Melun pensa être funeste ; le bateau de Mme la duchesse de Berry heurta, pensa tourner, et s'ouvrit à grand bruit, en sorte qu'ils furent en très grand danger. Ils en furent quittes pour la peur et pour du retardement. Ils débarquèrent en grand désordre à Valvin où leurs équipages les attendaient, et ils arrivèrent à Fontainebleau à deux heures après minuit. Le Roi, content au possible, l'alla voir le lendemain matin dans ce bel appartement de la Reine mère que le feu roi et la reine d'Angleterre, et après eux Monseigneur, avaient toujours occupé. Mme la duchesse de Berry, à qui on avait fait garder le lit depuis son arrivée, se blessa[1] et accoucha, sur les six heures du matin du mardi 21 juillet, d'une fille. Mme de Saint-Simon l'alla dire au Roi à son premier réveil, avant que les grandes entrées fussent appelées ; il n'en parut pas fort ému, et il avait été obéi. La duchesse de Beauvillier, accompagnée de la marquise de Châtillon, nommées par le Roi, l'une comme duchesse,

---

son grand désespoir et au grand dépit de son mari, qui l'eût préférée dame d'honneur de la duchesse de Bourgogne.

1. Fit une fausse couche.

l'autre comme dame de qualité, eurent la corvée de porter l'embryon à Saint-Denis. Comme ce n'était qu'une fille on s'en consola, et que la couche n'eut point de mauvaises suites.

Février 1712 : à la jubilation tragique de la mort de Monseigneur succède l'accablement face à un drame dynastique : la disparition, en quelques jours, du duc et de la duchesse de Bourgogne. Empoisonnement ? Rougeole foudroyante ? L'espoir de voir le royaume de France guidé, réformé, régénéré par un nouveau Saint Louis disparaît comme un songe, ou plutôt comme un cauchemar qui laisse la cour atterrée, et Saint-Simon dans une indicible douleur. Ces grandes pages de deuil, où le mémorialiste rend palpable la panique poignante des vivants au spectacle de deux agonies, Saint-Simon les conclut en oraison funèbre : le chrétien survit au politique, mais l'homme est atteint au cœur.

Tabatière très singulièrement perdue. La Dauphine malade — Le vendredi 5 février, le duc de Noailles donna une fort belle boîte pleine d'excellent tabac d'Espagne à la Dauphine, qui en prit et le trouva fort bon. Ce fut vers la fin de la matinée. En entrant dans son cabinet, où personne n'entrait, elle mit cette boîte sur la table et l'y laissa. Sur le soir la fièvre lui prit par frisson. Elle se mit au lit et ne put se lever, même pour aller dans le cabinet du Roi après le souper. Le samedi 6, la Dauphine, qui avait eu la fièvre toute la nuit, ne laissa pas de se lever à son heure ordinaire et de passer la journée à l'ordinaire, mais le soir la fièvre la reprit. Elle continua médiocrement toute la nuit, et le dimanche 7 encore moins ; mais sur les six heures du soir, il lui prit tout à coup une douleur au-dessous de la tempe, qui ne s'étendait pas tant qu'une pièce de six sous, mais si violente qu'elle fit prier le Roi qui la venait voir de ne point entrer. Cette sorte de rage de douleur dura sans relâche jusqu'au lundi 8, et résista au tabac en fumée et à mâcher, à quantité d'opium et à deux saignées du bras. La fièvre se montra davantage lorsque les douleurs furent un peu calmées. Elle dit qu'elle avait plus souffert qu'en accouchant. Un état si violent mit la chambre en rumeur sur la boîte que le duc de Noailles lui avait donnée. En se mettant au lit le jour qu'elle l'avait reçue et que la fièvre lui prit, qui était le vendredi 5, elle en parla à ses dames, louant fort la boîte et le tabac, puis dit à Mme de Lévis de la lui aller chercher dans son cabinet, où elle la trouverait sur la table. Mme de Lévis y fut, ne la trouva point, et pour le faire court, toutes espèces de perquisition faites, jamais on ne la revit depuis que la Dauphine l'eut laissée dans son cabinet sur cette table. Cette disparition avait paru fort extraordinaire dès le moment qu'on s'en aperçut, mais les recherches inutiles qui continuèrent à s'en faire, suivies d'accidents si étranges et si prompts, jetèrent les plus sombres soupçons. Ils n'allèrent pas jusqu'à celui qui avait donné la boîte, ou ils furent contenus avec une exactitude si générale qu'ils ne l'atteignirent point; la rumeur s'en restreignit même dans un cercle peu étendu. On espérait toujours beaucoup d'une princesse adorée, et à la vie de laquelle tenait la fortune, diverse suivant les divers états, de ce qui composait ce petit cercle. Elle prenait du tabac à l'insu du Roi, avec confiance, parce que Mme de Maintenon ne l'ignorait pas; mais cela lui aurait fait une vraie affaire auprès de lui, s'il l'avait découvert[1],

---

1. « Le Roi haïssait fort le tabac » (II, 310).

et c'est ce qu'on craignit en divulguant la singularité de la perte de cette boîte. La nuit du lundi au mardi 9 février, l'assoupissement fut grand ; toute cette journée, pendant laquelle le Roi s'approcha du lit bien des fois, la fièvre forte, les réveils courts avec la tête engagée[1], et quelques marques sur la peau qui firent espérer que ce serait la rougeole, parce qu'il en courait beaucoup, et que quantités de personnes connues en étaient en ce même temps attaquées à Versailles et à Paris. La nuit du mardi au mercredi 10 se passa d'autant plus mal que l'espérance de rougeole était déjà évanouie. Le Roi vint dès le matin chez Madame la Dauphine, à qui on avait donné l'émétique. L'opération en fut telle qu'on la pouvait désirer, mais sans produire aucun soulagement. On força le Dauphin, qui ne bougeait de sa ruelle, de descendre dans les jardins pour prendre l'air dont il avait grand besoin, mais son inquiétude le ramena incontinent dans la chambre. Le mal augmenta sur le soir. À onze heures il y eut un redoublement de fièvre considérable. La nuit fut très mauvaise. Le jeudi 11 février, le Roi entra à neuf heures du matin chez la Dauphine, d'où Mme de Maintenon ne sortait presque point, excepté les temps où le Roi était chez elle. La Princesse était si mal qu'on résolut de lui parler de recevoir ses sacrements. Quelque accablée qu'elle fût, elle s'en trouva surprise ; elle fit des questions sur son état, on lui fit les réponses les moins effrayantes qu'on put, mais sans se départir de la proposition, et peu à peu des raisons de ne pas différer. Elle remercia de la sincérité de l'avis, et dit qu'elle allait se disposer. Au bout de peu de temps on craignit les accidents. Le P. La Rue,

---

1. L'esprit confus.

La Dauphine change de confesseur et reçoit les sacrements

jésuite, son confesseur, et qu'elle avait toujours paru aimer, s'approcha d'elle pour l'exhorter à ne différer pas sa confession ; elle le regarda, répondit qu'elle l'entendait bien et en demeura là. La Rue lui proposa de le faire à l'heure même et n'en tira aucune réponse. En homme d'esprit il sentit ce que c'était, et en homme de bien[1] il tourna court à l'instant ; il lui dit qu'elle avait peut-être quelque répugnance de se confesser à lui, qu'il la conjurait de ne s'en pas contraindre, surtout de ne pas craindre quoi que ce soit là-dessus ; qu'il lui répondait de prendre tout sur lui ; qu'il la priait seulement de lui dire qui elle voulait, et que lui-même l'irait chercher et le lui amènerait. Alors elle lui témoigna qu'elle serait bien aise de se confesser à M. Bailly, prêtre de la Mission de la Paroisse de Versailles. C'était un homme estimé, qui confessait ce qui était de plus régulier à la cour, et qui, au langage du temps, n'était pas net du soupçon de jansénisme, quoique fort rare parmi ces barbichets[2]. Il confessait Mmes du Châtelet et de Nogaret, dames du palais, à qui quelquefois la Dauphine en avait entendu parler. Bailly se trouva être allé à Paris. La Princesse en parut peinée et avoir envie de l'attendre ; mais, sur ce que lui remontra le P. La Rue qu'il était bon de ne pas perdre un temps précieux, qui, après qu'elle aurait reçu les sacrements, serait utilement employé par les médecins, elle demanda un récollet qui s'appelait le P. Noël, que le P. La Rue fut chercher lui-même à l'instant et le lui amena. On peut imaginer l'éclat que fit ce changement de confesseur en un moment si

---

1. Ici, en religieux.   2. Les prêtres de la congrégation de Saint-Lazare.

critique et si redoutable, et tout ce qu'il fit penser. J'y reviendrai après[1] : il ne faut pas interrompre un récit si intéressant et si funestement curieux. Le Dauphin avait succombé ; il avait caché son mal tant qu'il avait pu pour ne pas quitter le chevet du lit de la Dauphine. La fièvre, trop forte pour être plus longtemps dissimulée, l'arrêtait, et les médecins, qui lui voulaient épargner d'être témoin des horreurs qu'ils prévoyaient, n'oublièrent rien et par eux-mêmes et par le Roi pour le retenir chez lui, et l'y soutenir de moment en moment par les nouvelles factices de l'état de son épouse.

La confession fut longue. L'extrême-onction fut administrée incontinent après, et le saint viatique tout de suite, que le Roi fut recevoir au pied du grand escalier. Une heure après, la Dauphine demanda qu'on fît les prières des agonisants. On lui dit qu'elle n'était point en cet état-là, et avec des paroles de consolation, on l'exhorta à essayer de se rendormir. La reine d'Angleterre vint de bonne heure l'après-dînée ; elle fut conduite par la galerie dans le salon qui la sépare de la chambre où était la Dauphine. Le Roi et Mme de Maintenon étaient dans ce salon, où on fit entrer les médecins pour consulter en leur présence : ils étaient sept de la cour ou mandés de Paris. Tous d'une voix opinèrent à la saignée du pied avant le

---

1. « Dans le moment que le P. La Rue sortit de chez la Dauphine instruit de son intention, il fut au cabinet du Roi, à qui il fit dire qu'il avait à lui parler au moment même. Le Roi le fit entrer. Il vainquit son embarras comme il put, et apprit au Roi ce qui l'amenait. On ne peut jamais être plus frappé que le Roi le fut. Mille idées fâcheuses lui entrèrent dans la tête. J'ignore si les scrupules y trouvèrent leur place ; ils devaient être grands. L'extrémité retint l'indignation, mais laissa cours au dépit. La Rue se servit avantageusement de ce qu'il n'y avait pas un moment à perdre pour abréger une si fâcheuse conversation » (IV, 431).

redoublement[1], et, au cas qu'elle n'eût pas le succès qu'ils en désiraient, à donner l'émétique dans la fin de la nuit. La saignée du pied fut exécutée à sept heures du soir. Le redoublement vint, ils le trouvèrent moins violent que le précédent. La nuit fut cruelle. Le Roi vint de fort bonne heure chez la Dauphine. L'émétique qu'elle prit sur les neuf heures fit peu d'effet. La journée se passa en symptômes plus fâcheux les uns que les autres ; une connaissance par rares intervalles. Tout à fait sur le soir la tête

Mort de la Dauphine tourna dans la chambre, où on laissa entrer beaucoup de gens, quoique le Roi y fût, qui peu avant qu'elle expirât, en sortit, et monta en carrosse au pied du grand escalier avec Mme de Maintenon et Mme de Caylus, et s'en alla à Marly. Ils étaient l'un et l'autre dans la plus amère douleur, et n'eurent pas la force d'entrer chez le Dauphin.

Éloge, traits et caractère de la Dauphine Jamais princesse arrivée si jeune ne vint si bien instruite, et ne sut mieux profiter des instructions qu'elle avait reçues. Son habile père[2], qui connaissait à fond notre cour, la lui avait peinte, et lui avait appris la manière unique de s'y rendre heureuse. Beaucoup d'esprit naturel et facile l'y seconda, et beaucoup de qualités aimables lui attachèrent les cœurs, tandis que sa situation personnelle avec son époux, avec le Roi, avec Mme de Maintenon, lui attirèrent les hommages de l'ambition. Elle avait su travailler à s'y mettre dès les premiers moments de son arrivée ; elle ne cessa, tant qu'elle vécut, de continuer

---

1. Augmentation de la fièvre.   2. Le duc de Savoie, père également de la première épouse de Philippe V, « n'ignorait rien, jusque des moindres choses, des principales cours de l'Europe » (I, 306).

un travail si utile, et dont elle recueillit sans cesse tous les fruits. Douce, timide, mais adroite, bonne jusqu'à craindre de faire la moindre peine à personne, et, toute légère et vive qu'elle était, très capable de vues et de suite de la plus longue haleine ; la contrainte jusqu'à la gêne, dont elle sentait tout le poids, semblait ne lui rien coûter. La complaisance lui était naturelle, coulait de source, elle en avait jusque pour sa cour. Régulièrement laide, les joues pendantes, le front trop avancé, un nez qui ne disait rien, de grosses lèvres mordantes, des cheveux et des sourcils châtains bruns fort bien plantés, des yeux les plus parlants et les plus beaux du monde, peu de dents et toutes pourries, dont elle parlait et se moquait la première, le plus beau teint et la plus belle peau, peu de gorge mais admirable, le cou long, avec un soupçon de goitre qui ne lui seyait point mal, un port de tête galant, gracieux, majestueux, et le regard de même, le sourire le plus expressif, une taille longue, ronde, menue, aisée, parfaitement coupée, une marche de déesse sur les nuées : elle plaisait au dernier point. Les grâces naissaient d'elles-mêmes de tous ses pas, de toutes ses manières et de ses discours les plus communs. Un air simple et naturel toujours, naïf assez souvent, mais assaisonné d'esprit, charmait, avec cette aisance qui était en elle jusqu'à la communiquer à tout ce qui l'approchait. Elle voulait plaire, même aux personnes les plus inutiles et les plus médiocres, sans qu'elle parût le rechercher. On était tenté de la croire toute et uniquement à celles avec qui elle se trouvait. Sa gaieté jeune, vive, active, animait tout, et sa légèreté de nymphe la portait partout comme un tourbillon qui remplit plusieurs lieux à la fois, et qui y donne le mouvement et la vie. Elle ornait tous les spectacles, était l'âme des fêtes, des plaisirs, des bals, et y ravissait par les grâces, la justesse et la perfection de sa danse. Elle aimait le jeu, s'amusait au petit jeu : car tout l'amusait ; elle préférait le gros, y était nette, exacte, la plus belle joueuse du monde, et en un instant faisait le jeu de chacun ; également gaie et amusée à faire, les après-dînées, des lectures sérieuses, à converser dessus, et à travailler avec ses dames sérieuses ; on appelait ainsi ses dames du palais les plus âgées. Elle n'épargna rien, jusqu'à sa santé, elle n'oublia pas jusqu'aux plus petites choses, et sans cesse, pour gagner Mme de Maintenon, et le Roi par elle. Sa souplesse à leur égard était sans pareille et ne se démentit jamais d'un moment. Elle l'accompagnait de toute la discrétion que lui donnait la connaissance d'eux que l'étude et l'expérience lui avaient acquise, pour les degrés d'enjouement ou de mesure qui étaient à propos. Son plaisir, ses agréments, je le répète, sa santé même, tout leur fut immolé. Par cette voie elle s'acquit une familiarité avec eux dont aucun des enfants du Roi, non pas même ses bâtards, n'avaient pu approcher. En public, sérieuse, mesurée, respectueuse avec le Roi, et en timide bienséance avec Mme de Maintenon, qu'elle n'appelait jamais que *ma tante*, pour confondre joliment le rang et l'amitié ; en particulier [1], causante, sautante, voltigeante autour d'eux, tantôt perchée sur le bras du fauteuil de l'un ou l'autre, tantôt se jouant sur leurs genoux, elle leur sautait au col, les embrassait, les baisait, les caressait, les chiffonnait, leur tirait le dessous du menton, les tourmentait, fouillait leurs tables, leurs papiers, leurs lettres, les décachetait, les lisait quelquefois malgré eux selon qu'elle les voyait en humeur d'en rire, et parlant quelquefois dessus ; admise à tout, à la réception des courriers qui

---

1. En privé.

apportaient les nouvelles les plus importantes ; entrant chez le Roi à toute heure, même des moments pendant le Conseil ; utile et fatale aux ministres mêmes, mais toujours portée à obliger, à servir, à excuser, à bien faire, à moins qu'elle ne fût violemment poussée contre quelqu'un, comme elle fut contre Pontchartrain, qu'elle nommait quelquefois au Roi *votre vilain borgne*[1], ou par quelque cause majeure, comme elle la fut[2] contre Chamillart. Si libre, qu'entendant un soir le Roi et Mme de Maintenon parler avec affection de la cour d'Angleterre dans les commencements qu'on espéra la paix par la reine Anne : « Ma tante, se mit-elle à dire, il faut convenir qu'en Angleterre les reines gouvernent mieux que les rois, et savez-vous bien pourquoi, ma tante ? » et toujours courant et gambadant, « c'est que, sous les rois, ce sont les femmes qui gouvernent, et ce sont les hommes sous les reines. » L'admirable est qu'ils en rirent tous deux et qu'ils trouvèrent qu'elle avait raison. Je n'oserais jamais écrire dans des Mémoires sérieux le trait que je vais rapporter, s'il ne servait plus qu'aucun à montrer jusqu'à quel point elle était parvenue d'oser tout dire et tout faire avec eux. J'ai décrit ailleurs la position ordinaire où le Roi et Mme de Maintenon étaient chez elle[3]. Un soir qu'il y avait comédie à Versailles,

---

1. Secrétaire d'État à la Marine, le fils du Chancelier est un des ennemis mortels du mémorialiste : « Sa taille était ordinaire, son visage long, mafflé, fort lippu, dégoûtant, gâté de petite vérole qui lui avait crevé un œil. Celui de verre dont il l'avait remplacé était toujours pleurant, et lui donnait une physionomie fausse, rude, refrognée, qui faisait peur d'abord, mais pas tant encore qu'il en devait faire » (IV, 250-251).   2. Comme elle fut poussée...   3. « Tous les soirs, Mme la duchesse de Bourgogne jouait dans le grand cabinet de Mme de Maintenon avec les dames à qui on avait donné l'entrée, qui ne laissait pas d'être assez étendue, et de là entrait tant et si souvent qu'elle voulait dans la

la Princesse, après avoir bien parlé toutes sortes de langages, vit entrer Nanon, cette ancienne femme de chambre de Mme de Maintenon dont j'ai fait mention plusieurs fois[1], et aussitôt s'alla mettre, tout en grand habit comme elle était et parée, le dos à la cheminée, debout, appuyée sur le petit paravent entre les deux tables. Nanon, qui avait une main comme dans sa poche, passa derrière elle, et se mit comme à genoux. Le Roi, qui en était le plus proche, s'en aperçut, et leur demanda ce qu'elles faisaient là. La Princesse se mit à rire, et répondit qu'elle faisait ce qu'il lui arrivait souvent de faire les jours de comédie. Le Roi insista : « Voulez-vous le savoir, reprit-elle, puisque vous ne l'avez point encore remarqué ? C'est que je prends un lavement d'eau. – Comment ! s'écria le Roi mourant de rire, actuellement, là, vous prenez un lavement ? – Eh ! vraiment oui, dit-elle. – Et comment faites-vous cela ? » Et les voilà tous quatre à rire de tout leur cœur. Nanon apportait la seringue toute prête sous ses jupes, troussait celles de la Princesse qui les tenait comme se chauffant, et Nanon lui glissait le clystère. Les jupes retombaient, et Nanon remportait sa seringue sous les siennes ; il n'y paraissait pas. Ils n'y avaient pas pris garde, ou avaient cru que Nanon rajustait quelque chose à l'habillement. La surprise fut extrême et tous deux trouvèrent cela fort plaisant. Le rare est qu'elle allait avec ce lavement à la comédie sans être pressée de le rendre ; quelquefois même elle ne le rendait qu'après le

---

pièce joignante, qui était la chambre de Mme de Maintenon, où elle était avec le Roi, la cheminée entre eux deux » (III, 313).

1. Dans la chronique de 1696, Saint-Simon l'a décrite comme « une demi-fée », qui « se coiffait et s'habillait » comme Mme de Maintenon, « imitait son précieux, son langage, sa dévotion, ses manières » (I, 310).

souper du Roi et le cabinet ; elle disait que cela la rafraîchis-
sait, et empêchait que la touffeur[1] du lieu de la comédie ne
lui fît mal à la tête. Depuis la découverte elle ne s'en
contraignit pas plus qu'auparavant. Elle les connaissait en
perfection, et ne laissait pas de voir et de sentir ce que
c'était que Mme de Maintenon et Mlle Choin. Un soir
qu'allant se mettre au lit, où Mgr le duc de Bourgogne
l'attendait, et qu'elle causait sur sa chaise percée avec
Mmes de Nogaret et du Châtelet, qui me le contèrent le
lendemain, et c'était là où elle s'ouvrait le plus volontiers,
elle leur parla avec admiration de la fortune de ces deux
fées, puis ajouta en riant : « Je voudrais mourir avant M. le
duc de Bourgogne, mais voir pourtant ici ce qui s'y passerait ; je suis sûre qu'il épouserait une Sœur grise ou une
tourière[2] des Filles de Sainte-Marie. » Aussi attentive à
plaire à Mgr le duc de Bourgogne qu'au Roi même,
quoique souvent trop hasardeuse, et se fiant trop à sa passion pour elle et au silence de tout ce qui pouvait l'approcher, elle prenait l'intérêt le plus vif en sa grandeur
personnelle et en sa gloire. On a vu à quel point elle fut
touchée des événements de la campagne de Lille et de ses
suites[3], tout ce qu'elle fit pour le relever, et combien elle
lui fut utile en tant de choses si principales dont, comme
on l'a expliqué il n'y a pas longtemps, il lui fut entièrement
redevable. Le Roi ne se pouvait passer d'elle. Tout lui manquait dans l'intérieur, lorsque des parties de plaisir, que la

---

1. Chaleur confinée.   2. À l'intérieur d'un couvent, la sœur qui récep-
tionne au « tour » ce qui vient de l'extérieur.   3. En 1708, avant la défaite
d'Audenarde et la chute de Lille malgré la défense héroïque de Boufflers,
Vendôme avait osé par son insolence prendre l'ascendant sur le duc de
Bourgogne, qui s'était effacé pour ne pas causer de scandale.

tendresse et la considération du Roi pour elle voulait souvent qu'elle fît pour la divertir, l'empêchaient d'être avec
lui ; et jusqu'à son souper public, quand rarement elle y
manquait, il y paraissait par un nuage de plus de sérieux et
de silence sur toute la personne du Roi. Aussi, quelque
goût qu'elle eût pour ces sortes de parties, elle y était fort
sobre, et se les faisait toujours commander. Elle avait grand
soin de voir le Roi en partant et en arrivant et, si quelque
bal en hiver, ou quelque partie en été, lui faisait percer la
nuit, elle ajustait si bien les choses qu'elle allait embrasser le
Roi dès qu'il était éveillé, et l'amuser du récit de la fête. Je
me suis tant étendu ailleurs sur la contrainte où elle était
du côté de Monseigneur et de toute sa cour particulière[1],
que je n'en répéterai rien ici, sinon qu'au gros de la cour il
n'y paraissait rien, tant elle avait soin de le cacher par un air
d'aisance avec lui, de familiarité avec ce qui lui était le plus
opposé dans cette cour, et de liberté à Meudon parmi eux,
mais avec une souplesse et une mesure infinie. Aussi le
sentait-elle bien, et depuis la mort de Monseigneur se
promettait-elle bien de le leur rendre. Un soir qu'à
Fontainebleau, où toutes les dames des princesses étaient
dans le même cabinet qu'elle et le Roi après le souper, elle

---

1. Après la fâcheuse campagne de Lille, Monseigneur avait commencé à
« traiter moins bien » la duchesse de Bourgogne, et le mémorialiste avait ainsi
filé la métaphore : « Ce n'était pas que l'adroite princesse ne ramât contre le fil
de l'eau, avec une application et des grâces capables de désarmer un ressenti-
ment fondé, et que souvent elle ne réussît à ramener Monseigneur par
intervalles ; mais les personnes qui l'obsédaient regardaient la fonte de ses glaces
comme trop dangereuse pour leurs projets, pour souffrir que la fille de la maison
se remît en grâces ; tellement que Mgr le duc de Bourgogne, privé des secours
qu'il avait auparavant de ce côté-là par elle, tous deux se trouvaient de jour en
jour plus éloignés, et moins en état de se rapprocher » (IV, 91).

avait baragouiné toutes sortes de langues, et fait cent
enfances pour amuser le Roi, qui s'y plaisait, elle remarqua
Madame la Duchesse et Mme la princesse de Conti[1] qui se
regardaient, se faisaient signe et haussaient les épaules avec
un air de mépris et de dédain. Le Roi levé et passé à l'ordinaire dans un arrière-cabinet pour donner à manger à ses
chiens, et venir après donner le bonsoir aux princesses,
la Dauphine prit Mme de Saint-Simon d'une main et
Mme de Lévis de l'autre, et leur montrant Madame la
Duchesse et Mme la princesse de Conti qui n'étaient qu'à
quelques pas de distance : «Avez-vous vu, avez-vous vu ?
leur dit-elle ; je sais comme elles qu'à tout ce que j'ai dit et
fait, il n'y a pas le sens commun, et que cela est misérable ;
mais il lui faut du bruit, et ces choses-là le divertissent » ; et
tout de suite, s'appuyant sur leurs bras, elle se mit à sauter
et à chantonner : «Eh ! je m'en ris ! Eh ! je me moque
d'elles ! Eh ! je serai leur reine ! Eh ! je n'ai que faire d'elles,
ni à cette heure ni jamais ! Eh ! elles auront à compter avec
moi ! Eh ! je serai leur reine !» sautant et s'élançant, et
s'éjouissant de toute sa force. Ces dames lui criaient tout
bas de se taire, que ces princesses l'entendaient, et que tout
ce qui était là la voyait faire, et jusqu'à lui dire qu'elle était
folle, car d'elles elle trouvait tout bon. Elle de sauter plus
fort et de chantonner plus haut : «Hé ! je me moque
d'elles ; je n'ai que faire d'elles ! Eh ! je serai leur reine !» et
ne finit que lorsque le Roi rentra. Hélas ! elle le croyait, la
charmante princesse, et qui ne l'eût cru avec elle ? Il plut à
Dieu, pour nos malheurs, d'en disposer autrement bientôt
après. Elle était si éloignée de le penser que, le jour de la
Chandeleur, étant presque seule avec Mme de Saint-Simon

---

1. Demi-sœurs et bâtardes du Roi.

dans sa chambre, presque toutes les dames étant allées devant à la chapelle, et Mme de Saint-Simon demeurée pour l'y suivre au sermon, parce que la duchesse du Lude avait la goutte, et que la comtesse de Mailly n'y était pas, auxquelles elle suppléait toujours, la Dauphine se mit à parler de la quantité de personnes de la cour qu'elle avait connues et qui étaient mortes, puis de ce qu'elle ferait quand elle serait vieille, de la vie qu'elle mènerait, qu'il n'y aurait plus guère que Mme de Saint-Simon et Mme de Lauzun[1] de son jeune temps, qu'elles s'entretiendraient ensemble de ce qu'elles auraient vu et fait, et elle poussa ainsi la conversation jusqu'à ce qu'elle allât au sermon.

Elle aimait véritablement M. le duc de Berry, et elle avait aimé Mme la duchesse de Berry, et compté d'en faire comme de sa fille. Elle avait de grands égards pour Madame, et avait tendrement aimé Monsieur, qui l'aimait de même, et lui avait sans cesse procuré tous les amusements et tous les plaisirs qu'il avait pu, et tout cela retomba sur M. le duc d'Orléans, en qui elle prenait un véritable intérêt, indépendamment de la liaison qui se forma depuis entre elle et Mme la duchesse d'Orléans. Ils savaient et s'aidaient de mille choses par elle sur le Roi et Mme de Maintenon. Elle avait conservé un grand attachement pour M. et pour Mme de Savoie, qui étincelait,

---

1. Toutes deux filles du maréchal de Lorges. En 1695, Saint-Simon avait eu le choix entre les deux sœurs : « Celle-ci [la future duchesse de Lauzun] était une brune, avec de beaux yeux ; l'autre, blonde avec un teint et une taille parfaite, un visage fort aimable, l'air extrêmement noble et modeste, et je ne sais quoi de majestueux par un air de vertu et de douceur naturelle. C'était aussi celle que j'aimai le mieux dès que je les vis l'une et l'autre, sans aucune comparaison, et avec qui j'espérai le bonheur de ma vie, qui depuis l'a fait uniquement et tout entier » (I, 223).

et pour son pays, même quelquefois malgré elle. Sa force et sa prudence parurent singulièrement dans tout ce qui se passa lors et depuis la rupture. Le Roi avait l'égard d'éviter devant elle tout discours qui pût regarder la Savoie, elle tout l'art d'un silence éloquent qui, par des traits rarement échappés, faisait sentir qu'elle était toute française, quoiqu'elle laissât sentir en même temps qu'elle ne pouvait bannir de son cœur son père et son pays. On a vu combien elle était unie à la reine sa sœur d'amitié, d'intérêt et de commerce[1]. Avec tant de grandes, de singulières et de si aimables parties, elle en eut et de princesse et de femme, non pour la fidélité et la sûreté du secret (elle en fut un puits), ni pour la circonspection sur les intérêts des autres, mais pour des ombres de tableau plus humaines. Son amitié suivait son commerce, son amusement, son habitude, son besoin ; je n'en ai guère vu que Mme de Saint-Simon d'exceptée, elle-même l'avouait avec une grâce et une naïveté qui rendait cet étrange défaut presque supportable en elle. Elle voulait, comme on l'a dit, plaire à tout le monde ; mais elle ne se put défendre que quelques-uns ne lui plussent aussi. À son arrivée, et longtemps, elle avait été tenue dans une grande séparation, mais dès lors approchée par de vieilles prétendues repenties, dont l'esprit romanesque était demeuré pour le moins galant, si la caducité de l'âge en avait banni les plaisirs. Peu à peu dans la suite plus livrée au monde, les choix de ce qui l'environna de son âge se firent pour la plupart moins pour la vertu que par la faveur. La facilité naturelle de la Princesse se laissait conformer aux

---

1. La reine d'Espagne était « intimement unie » (IV, 195) avec la princesse et correspondait avec elle.

personnes qui lui étaient les plus familières, et ce dont on ne sut pas profiter, elle se plaisait autant et se trouvait aussi à son aise et aussi amusée d'après-dînées raisonnables mêlées de lectures et de conversations utiles, c'est-à-dire pieuses ou historiques, avec les dames âgées qui étaient auprès d'elle, que des discours plus libres et dérobés des autres qui l'entraînaient plutôt qu'elle ne s'y livrait, retenue par sa timidité naturelle, et par un reste de délicatesse. Il est pourtant vrai que l'entraînement alla bien loin, et qu'une princesse moins aimable et moins universellement aimée, pour ne pas dire adorée, se serait trouvée dans de cruels inconvénients. Sa mort indiqua bien ces sortes de mystères, et manifesta toute la cruauté de la tyrannie que le Roi ne cessa point d'exercer sur les âmes de sa famille. Quelle fut sa surprise, quelle fut celle de la cour, lorsque, dans ces moments si terribles où on ne redoute plus que ce qui les suit, et où tout le présent disparaît, elle voulut changer de confesseur, dont elle répudia même tout l'ordre, pour recevoir les derniers sacrements ! On a vu ailleurs [1] qu'il n'y avait que son époux et le Roi qui fussent dans l'ignorance, que Mme de Maintenon n'y était pas, et qu'elle était extrêmement occupée qu'ils y demeurassent profondément l'un et l'autre, tandis qu'elle lui faisait peur d'eux ; mais elle aimait ou plutôt elle adorait la Princesse, dont les manières et les charmes lui avaient gagné le cœur ; elle en amusait le Roi fort utilement pour elle ; elle-même s'en amusait et, ce qui est très véritable, quoique surprenant, elle s'en appuyait et quelquefois se conseillait à elle. Avec

---

1. Allusion à la « catastrophe curieuse de Maulévrier » (p. 164) et aux « galanteries » de la princesse avec Nangis (p. 141).

toute cette galanterie, jamais femme ne parut se soucier moins de sa figure, ni y prendre moins de précaution et de soin ; sa toilette était faite en un moment, le peu même qu'elle durait n'était que pour la cour. Elle ne se souciait de parure que pour les bals et les fêtes, et ce qu'elle en prenait en tout autre temps, et le moins encore qu'il lui était possible, n'était que par complaisance pour le Roi. Avec elle s'éclipsèrent joie, plaisirs, amusements mêmes, et toutes espèces de grâces. Les ténèbres couvrirent toute la surface de la cour. Elle l'animait toute entière, elle en remplissait tous les lieux à la fois, elle y occupait tout, elle en pénétrait tout l'intérieur. Si la cour subsista après elle, ce ne fut plus que pour languir. Jamais princesse si regrettée, jamais il n'en fut si digne de l'être. Aussi les regrets n'en ont-ils pu passer, et l'amertume involontaire et secrète en est constamment demeurée, avec un vide affreux qui n'a pu être diminué.

Le Roi à Marly   Le Roi et Mme de Maintenon, pénétrés de la plus vive douleur, qui fut la seule véritable qu'il ait jamais eue en sa vie, entrèrent d'abord chez Mme de Maintenon en arrivant à Marly ; il soupa seul chez lui dans sa chambre, fut peu dans son cabinet avec M. le duc d'Orléans et ses enfants naturels. M. le duc de Berry, tout occupé de son affliction, qui fut véritable et grande, et plus encore de celle de Monseigneur son frère, qui fut extrême, était demeuré à Versailles avec Mme la duchesse de Berry, qui, transportée de joie de se voir délivrée d'une plus grande et mieux aimée qu'elle, et à qui elle devait tout, suppléa tant qu'elle put au cœur par l'esprit, et tint une assez bonne contenance. Ils allèrent le lendemain matin à Marly pour se trouver au réveil du Roi.

*Le Dauphin
à Versailles,
puis à Marly*

Monseigneur le Dauphin, malade
et navré de la plus intime et de la
plus amère douleur, ne sortit point
de son appartement, où il ne voulut voir que monsieur
son frère, son confesseur, et le duc de Beauvillier qui,
malade depuis sept ou huit jours dans sa maison de la ville,
fit un effort pour sortir de son lit pour aller admirer dans
son pupille tout ce que Dieu y avait mis de grand, qui ne
parut jamais tant qu'en cette affreuse journée, et en celles
qui suivirent jusqu'à sa mort. Ce fut, sans s'en douter, la
dernière fois qu'ils se virent en ce monde. Cheverny, d'O
et Gamaches passèrent la nuit dans son appartement, mais
sans le voir que des instants. Le samedi matin 13 février,
ils le pressèrent de s'en aller à Marly pour lui épargner
l'horreur du bruit qu'il pouvait entendre sur sa tête, où la
Dauphine était morte. Il sortit à sept heures du matin,
par une porte de derrière de son appartement, où il se
jeta dans une chaise bleue [1] qui le porta à son carrosse. Il
trouva, en entrant dans l'une et dans l'autre, quelques
courtisans plus indiscrets encore qu'éveillés, qui lui firent
leur révérence, et qu'il reçut avec un air de politesse. Ces
trois menins vinrent dans son carrosse avec lui. Il descendit à la chapelle, entendit la messe, d'où il se fit porter en
chaise à une fenêtre de son appartement, par où il entra.
Mme de Maintenon y vint aussitôt ; on peut juger quelle
fut l'angoisse de cette entrevue ; elle ne put y tenir longtemps et s'en retourna. Il lui fallut essuyer princes et princesses, qui par discrétion n'y furent que des moments,
même Mme la duchesse de Berry, et Mme de Saint-Simon

---

1. Chaise à porteurs à la livrée du Roi.

avec elle, vers qui le Dauphin se tourna avec un air expressif de leur commune douleur. Il demeura quelque temps *État du Dauphin,* seul avec M. le duc de Berry. *que je vois pour* Le réveil du Roi approchant, ses *la dernière fois* trois menins entrèrent, et j'hasardai d'entrer avec eux. Il me montra qu'il s'en apercevait avec un air de douceur et d'affection qui me pénétra; mais je fus épouvanté de son regard, également contraint, fixe, avec quelque chose de farouche, du changement de son visage, et des marques plus livides que rougeâtres que j'y remarquai en assez grand nombre et assez larges, et dont ce qui était dans la chambre s'aperçut comme moi. Il était debout, et peu d'instants après on le vint avertir que le Roi était éveillé. Les larmes qu'il retenait lui roulaient dans les yeux. À cette nouvelle il se tourna sans rien dire, et demeura. Il n'y avait que ses trois menins et moi, et Du Chesne[1]. Les menins lui proposèrent une fois ou deux d'aller chez le Roi, il ne remua ni ne répondit. Je m'approchai et je lui fis signe d'aller; puis je lui proposai à voix basse. Voyant qu'il demeurait et se taisait, j'osai lui prendre le bras, lui représenter que tôt ou tard il fallait bien qu'il vît le Roi, qu'il l'attendait, et sûrement avec désir de le voir et de l'embrasser, qu'il y avait plus de grâce à ne pas différer; et en le pressant de la sorte, je pris la liberté de le pousser doucement. Il me jeta un regard à percer l'âme et partit. Je le suivis quelques pas, et m'ôtai de là pour prendre haleine. Je ne l'ai pas vu depuis. Plaise à la miséricorde de Dieu que je le voie éternellement où sa bonté sans doute[2] l'a mis!

---

1. Le premier valet de chambre du prince. 2. Sans aucun doute.

Tout ce qui était dans Marly, pour lors en très petit nombre, était dans le grand salon. Princes, princesses, grandes entrées étaient dans le petit entre l'appartement du Roi et celui de Mme de Maintenon, elle dans sa chambre qui, avertie du réveil du Roi, entra seule chez lui à travers ce petit salon et tout ce qui y était, qui entra fort peu après. Le Dauphin, qui entra par les cabinets, trouva tout ce monde dans la chambre du Roi qui, dès qu'il le vit, l'appela pour l'embrasser tendrement, longuement et à reprises. Ces premiers moments si touchants ne se passèrent qu'en paroles fort entrecoupées de larmes et de sanglots. Le Roi, un peu après, regardant le Dauphin, fut effrayé des mêmes choses dont nous l'avions été dans sa chambre. Tout ce qui était dans celle du Roi le fut, les médecins plus que les autres. Le Roi leur ordonna de lui tâter le pouls, qu'ils trouvèrent mauvais à ce qu'ils dirent après ;

Le Dauphin malade

pour lors ils se contentèrent de dire qu'il n'était pas net, et qu'il serait fort à propos qu'il allât se mettre dans son lit. Le Roi l'embrassa encore, lui recommanda fort tendrement de se conserver, et lui ordonna de s'aller coucher ; il obéit, et ne se releva plus. Il était assez tard dans la matinée ; le Roi avait passé une cruelle nuit, et avait fort mal à la tête ; il vit à son dîner le peu de courtisans considérables qui s'y présentèrent. L'après-dînée il alla voir le Dauphin, dont la fièvre était augmentée et le pouls encore plus mauvais, passa chez Mme de Maintenon, soupa seul chez lui, et fut peu dans son cabinet après, avec ce qui avait accoutumé d'y entrer. Le Dauphin ne vit que ses menins, et des instants, les médecins, peu de suite monsieur son frère, assez son confesseur, un peu M. de Chevreuse, et passa sa journée en prières et à se faire faire de saintes lectures. La liste pour Marly se fit, et les admis avertis comme il s'était pratiqué à la mort de Monseigneur, qui arrivèrent successivement. Le lendemain dimanche le Roi vécut comme il avait fait la veille. L'inquiétude augmenta sur le Dauphin.

Le Dauphin croit Lui-même ne cacha pas à Boudin,
Boudin bien averti en présence de Du Chesne, et de M. de Cheverny, qu'il ne croyait pas en relever, et qu'à ce qu'il sentait, il ne doutait pas que l'avis que Boudin avait eu ne fût exécuté[1]. Il s'en expliqua plus d'une fois de même, et toujours avec un détachement, un mépris du monde et de tout ce qu'il a de grand, une soumission et un amour de Dieu incomparables. On ne peut exprimer la consternation générale. Le lundi 15 le

---

1. « Le lundi 18 janvier, le Roi alla à Marly. [...] À peine y fut-on établi que Boudin, premier médecin de la Dauphine, qui l'amusait fort, qui l'avait été de Monseigneur et duquel j'ai parlé ailleurs, l'avertit de prendre garde à elle, et qu'il avait des avis sûrs qu'on la voulait empoisonner, et le Dauphin aussi, à qui il en parla de même. Il ne s'en contenta pas ; il le débita en plein salon, d'un air effarouché, et il épouvanta tout le monde. Le Roi voulut lui parler en particulier ; il assura toujours que l'avis était bon, sans qu'il sût pourtant d'où il lui venait, et demeura ferme dans cette contradiction ; car, s'il ignorait d'où lui venait l'avis, comment pouvait-il le juger et l'assurer bon ? Ce fut une première bouffée que ses amis arrêtèrent ; mais le propos public avait été lâché et réitéré. Ce qu'il y eut de fort singulier, c'est qu'à vingt-quatre heures près de cet avis donné par Boudin, le Dauphin en reçut un pareil du roi d'Espagne, qui le lui donnait vaguement, et sans citer personne, mais comme étant bien averti. En celui-ci il ne fut mention que du Dauphin nettement, et implicitement et obscurément de la Dauphine ; au moins ce fut ainsi que le Dauphin s'en expliqua, et je n'ai point su qu'il en ait dit davantage à personne. On eut l'air de mépriser des choses en l'air, dont on ne connaissait point l'origine, mais l'intérieur ne laissa pas d'en être frappé, et il se répandit un sérieux de silence et de consternation dans la cour à travers des occupations et des amusements ordinaires » (IV, 386-387).

Roi fut saigné, et le Dauphin ne fut pas mieux que la veille. Le Roi et Mme de Maintenon le voyaient séparément plus d'une fois le jour ; du reste personne que monsieur son frère des moments, ses menins comme point, M. de Chevreuse quelque peu, toujours en lectures et en prières. Le mardi 16 il se trouva plus mal : il se sentait dévorer par un feu consumant auquel la fièvre ne répondait pas à l'extérieur ; mais le pouls, enfoncé et fort extraordinaire, était très menaçant. Le mardi fut encore plus mauvais, mais il fut trompeur ; ces marques de son visage s'étendirent sur tout le corps ; on les prit pour des marques de rougeole. On se flatta là-dessus, mais les médecins et les plus avisés de la cour n'avaient pu oublier si tôt que ces mêmes marques s'étaient montrées sur le corps de la Dauphine, ce qu'on ne sut hors de sa chambre qu'après sa mort. Le mercredi 17, le mal augmenta considérablement. J'en savais à tout moment des nouvelles par Cheverny, et quand Boulduc pouvait sortir des instants de la chambre, il me venait parler. C'était un excellent apothicaire du

Boulduc ; quel.
Juge Boudin
bien averti

Roi, qui, après son père, avait toujours été et était encore le nôtre, avec un grand attachement, et qui en savait pour le moins autant que les meilleurs médecins, comme nous l'avons expérimenté, et, avec cela, beaucoup d'esprit et d'honneur, de discrétion et de sagesse. Il ne nous cachait rien à Mme de Saint-Simon et à moi. Il nous avait fait entendre plus clairement ce qu'il croyait de la Dauphine ; il m'avait parlé aussi net dès le second jour sur le Dauphin. Je n'espérais donc plus, mais il se trouve pourtant qu'on espère jusqu'au bout contre toute espérance. Le mercredi, les douleurs augmentèrent comme d'un feu dévorant plus violent encore. Le soir fort tard, le Dauphin envoya demander au Roi la permission de communier le lendemain de grand matin sans cérémonie et sans assistants, à la messe qui se disait dans sa chambre ; mais personne n'en sut rien ce soir-là, et on ne l'apprit que le lendemain dans la matinée. Ce même soir du mercredi, j'allai assez tard chez le duc et la duchesse de Chevreuse, qui logeaient au premier pavillon, et nous au second, tous deux du côté du village de Marly. J'étais dans une désolation extrême ; à peine voyais-je le Roi une fois le jour ; je ne faisais qu'aller plusieurs fois le jour aux nouvelles, et uniquement chez M. et Mme de Chevreuse, pour ne voir que gens aussi touchés que moi, et avec qui je fusse tout à fait libre. Mme de Chevreuse non plus que moi n'avait aucune espérance ; M. de Chevreuse, toujours équanime, toujours espérant, toujours voyant tout en blanc, essaya de nous prouver, par ses raisonnements de physique et de médecine, qu'il y avait plus à espérer qu'à craindre, avec une tranquillité qui m'excéda et qui me fit fondre sur lui avec assez d'indécence, mais au soulagement de Mme de Chevreuse et de ce peu qui était avec eux. Je m'en revins passer une cruelle nuit. Le jeudi matin 18 février, j'appris dès le grand matin que le Dauphin, qui avait attendu minuit avec impatience, avait ouï la messe bientôt après, y avait communié, avait passé deux heures après dans une grande communication avec Dieu, que la tête s'était après embarrassée, et Mme de Saint-Simon me dit ensuite qu'il avait reçu l'extrême-onction, enfin qu'il était mort à huit heures et demie. Ces *Mémoires* ne sont pas faits pour y rendre compte

Mort du Dauphin

Je veux tout quitter, et me retirer de la cour et du monde ; Mme de Saint-Simon m'en empêche sagement

de mes sentiments ; en les lisant, on ne les sentira que trop, si jamais, longtemps après moi, ils paraissent[1], et dans quel état je pus être, et Mme de Saint-Simon aussi. Je me contenterai de dire qu'à peine parûmes-nous les premiers jours un instant chacun, que je voulus tout quitter et me retirer de la cour et du monde, et que ce fut tout l'ouvrage de la sagesse, de la conduite, du pouvoir de Mme de Saint-Simon sur moi, que de m'en empêcher avec bien de la peine.

Éloge, traits et caractère du Dauphin

Ce prince, héritier nécessaire puis présomptif de la couronne, naquit terrible, et sa première jeunesse fit trembler. Dur et colère jusqu'aux derniers emportements, et jusque contre les choses inanimées ; impétueux avec fureur, incapable de souffrir la moindre résistance, même des heures et des éléments, sans entrer en des fougues à faire craindre que tout ne se rompît dans son corps ; opiniâtre à l'excès ; passionné pour toute espèce de volupté, et des femmes, et, ce qui est rare à la fois, avec un autre penchant tout aussi fort. Il n'aimait pas moins le vin, la bonne chère, la chasse avec fureur, la musique avec une sorte de ravissement, et le jeu encore, où il ne pouvait supporter d'être vaincu, et où le danger avec lui était extrême. Enfin, livré à toutes les passions et transporté de tous les plaisirs ; souvent farouche, naturellement porté à

---

1. Phrase capitale : les hautes pages du manuscrit, couvertes d'une elliptique et ferme écriture, ne sont pas noircies « à la diable », et les onze volumes reliés que conserve la Bibliothèque nationale (N.A.Fr. 23096 à 23107) sont manifestement prêts pour l'impression.

la cruauté ; barbare en railleries et à produire les ridicules avec une justesse qui assommait. De la hauteur des cieux il ne regardait les hommes que comme des atomes avec qui il n'avait aucune ressemblance, quels qu'ils fussent. À peine messieurs ses frères lui paraissaient-ils intermédiaires entre lui et le genre humain, quoiqu'on eût toujours affecté de les élever tous trois ensemble dans une égalité parfaite. L'esprit, la pénétration brillaient en lui de toutes parts ; jusque dans ses furies ses réponses étonnaient ; ses raisonnements tendaient toujours au juste et au profond, même dans ses emportements. Il se jouait des connaissances les plus abstraites. L'étendue et la vivacité de son esprit étaient prodigieuses, et l'empêchaient de s'appliquer à une seule chose à la fois jusqu'à l'en rendre incapable. La nécessité de le laisser dessiner en étudiant, à quoi il avait beaucoup de goût et d'adresse, et sans quoi son étude était infructueuse, a peut-être beaucoup nui à sa taille. Il était plutôt petit que grand, le visage long et brun, le haut parfait, avec les plus beaux yeux du monde, un regard vif, touchant, frappant, admirable, assez ordinairement doux, toujours perçant, et une physionomie agréable, haute, fine, spirituelle jusqu'à inspirer de l'esprit ; le bas du visage assez pointu, et le nez long, élevé, mais point beau, n'allait pas si bien ; des cheveux châtains, si crépus et en telle quantité qu'ils bouffaient à l'excès ; les lèvres et la bouche agréables quand il ne parlait point mais quoique ses dents ne fussent pas vilaines, le râtelier [1] supérieur s'avançait trop, et emboîtait presque celui de dessous, ce qui, en parlant et en riant, faisait un effet désagréable. Il avait les plus belles jambes et les plus beaux pieds qu'après le Roi

---

1. La mâchoire.

j'aie jamais vues[1] à personne, mais trop longues, aussi bien que ses cuisses, pour la proportion de son corps. Il sortit droit d'entre les mains des femmes. On s'aperçut de bonne heure que sa taille commençait à tourner ; on employa aussitôt et longtemps le collier et la croix de fer, qu'il portait tant qu'il était dans son appartement, même devant le monde, et on n'oublia aucun des jeux et des exercices propres à le redresser. La nature demeura la plus forte ; il devint bossu, mais si particulièrement d'une épaule, qu'il en fut enfin boiteux, non qu'il n'eût les cuisses et les jambes parfaitement égales, mais parce qu'à mesure que cette épaule grossit, il n'y eut plus des deux hanches jusqu'aux deux pieds la même distance, et au lieu d'être à plomb il pencha d'un côté. Il n'en marchait ni moins aisément, ni moins longtemps, ni moins vite, ni moins volontiers, et il n'en aima pas moins la promenade à pied, et à monter à cheval, quoiqu'il y fût très mal[2]. Ce qui doit surprendre, c'est qu'avec des yeux, tant d'esprit si élevé, et parvenu à la vertu la plus extraordinaire et à la plus éminente et la plus solide piété, ce prince ne se vit jamais tel qu'il était pour sa taille, ou ne s'y accoutuma jamais ; c'était une faiblesse qui mettait en garde contre les distractions et les indiscrétions, et qui donnait de la peine à ceux de ses gens qui, dans son habillement et dans

---

1. Accord avec « jambes », comme par la suite.   2. « Lorsque les enfants de France commencèrent à apprendre sérieusement à monter, le Roi pria M. de Duras de vouloir bien les voir monter et présider à leur manège. Il y fut quelque temps, et à la grande écurie et à des promenades avec eux, puis dit au Roi qu'il n'irait plus, que c'était peine perdue, que ses petits-fils n'auraient jamais ni grâce ni adresse à cheval, qu'il pouvait s'en détacher, quoi que les écuyers lui pussent dire dans la suite, et qu'ils ne seraient jamais à cheval que des paires de pincettes. Il tint parole, et eux aussi » (II, 527).

l'arrangement de ses cheveux, masquaient ce défaut naturel le plus qu'il leur était possible, mais bien en garde de lui laisser sentir qu'ils aperçussent ce qui était si visible. Il en faut conclure qu'il n'est pas donné à l'homme d'être ici-bas exactement parfait.

Tant d'esprit, et une telle sorte d'esprit, joint à une telle vivacité, à une telle sensibilité, à de telles passions, et toutes si ardentes, n'était pas d'une éducation facile. Le duc de Beauvillier, qui en sentait également les difficultés et les conséquences, s'y surpassa lui-même par son application, sa patience, la variété des remèdes. Peu aidé par les sous-gouverneurs, il se secourut de tout ce qu'il trouva sous sa main. Fénelon, Fleury, sous-précepteur, qui a donné une si belle *Histoire de l'Église*, quelques gentilshommes de la manche, Moreau, premier valet de chambre, fort au-dessus de son état sans se méconnaître, quelques rares valets de l'intérieur, le duc de Chevreuse seul du dehors, tous mis en œuvre et tous en même esprit, travaillèrent chacun sous la direction du gouverneur, dont l'art, déployé dans un récit, ferait un juste ouvrage également curieux et instructif. Mais Dieu, qui est le maître des cœurs, et dont le Divin Esprit souffle où il veut, fit de ce prince un ouvrage de sa droite, et entre dix-huit et vingt ans, il accomplit son œuvre. De cet abîme sortit un prince affable, doux, humain, modéré, patient, modeste, pénitent, et autant et quelquefois au-delà de ce que son état pouvait comporter, humble et austère pour soi. Tout appliqué à ses devoirs, et les comprenant immenses, il ne pensa plus qu'à allier les devoirs de fils et de sujet avec ceux auxquels il se voyait destiné. La brèveté des jours faisait toute sa douleur. Il mit toute sa force et sa consolation dans la prière, et ses préservatifs en de pieuses lectures. Son goût pour les sciences abstraites, sa facilité à les pénétrer lui déroba d'abord un temps qu'il reconnut bientôt devoir à l'instruction des choses de son état, et à la bienséance d'un rang destiné à régner, et à tenir en attendant une cour. L'apprentissage de la dévotion et l'appréhension de sa faiblesse pour les plaisirs le rendirent d'abord sauvage. La vigilance sur lui-même, à qui il ne passait rien et à qui il croyait devoir ne rien passer, le renferma dans son cabinet comme dans un asile impénétrable aux occasions. Que le monde est étrange ! il l'eût abhorré dans son premier état, et il fut tenté de mépriser le second. Le Prince le sentit, il le supporta ; il attacha avec joie cette sorte d'opprobre à la croix de son Sauveur pour se confondre soi-même dans l'amer souvenir de son orgueil passé. Ce qui lui fut de plus pénible, il le trouva dans les traits appesantis de sa plus intime famille. Le Roi, avec sa dévotion et sa régularité d'écorce, vit bientôt avec un secret dépit un prince de cet âge censurer, sans le vouloir, sa vie par la sienne, se refuser un bureau neuf pour donner aux pauvres le prix qui y était destiné, et le remercier modestement d'une dorure nouvelle dont on voulait rajeunir son petit appartement. On a vu[1] combien il fut piqué de son refus trop obstiné de se trouver à un bal de Marly le jour des Rois. Véritablement ce fut la faute d'un novice ; il devait ce respect, tranchons le mot, cette charitable condescendance, au Roi son grand-père, de ne l'irriter pas par cet étrange contraste ; mais au fond et en soi action bien grande, qui l'exposait à toutes les suites du dégoût de soi qu'il donnait au Roi, et aux propos d'une cour dont ce roi était l'idole, et qui tournait en ridicule une telle singularité. Monseigneur ne

---

1. Dans le « Crayon du duc de Bourgogne » de la chronique de 1710, p. 238.

lui était pas une épine moins aiguë ; tout livré à la matière et à autrui, dont la politique, je dis longtemps avant les complots de Flandres, redoutait déjà ce jeune prince, il n'en apercevait que l'écorce et sa rudesse, et s'en aliénait comme d'un censeur. Mme la duchesse de Bourgogne, alarmée d'un époux si austère, n'oubliait rien pour lui adoucir les mœurs. Ses charmes, dont il était pénétré, la politique et les importunités effrénées des jeunes dames de sa suite déguisées en cent formes diverses, l'appât des plaisirs et des parties auxquels il n'était rien moins qu'insensible, tout était déployé chaque jour. Suivaient dans l'intérieur des cabinets les remontrances de la dévote fée [1], et les traits piquants du Roi, l'aliénation de Monseigneur grossièrement marquée, les préférences malignes de sa cour intérieure et les siennes trop naturelles pour M. le duc de Berry, que son aîné, traité là en étranger qui pèse, voyait chéri et attiré avec applaudissement. Il faut une âme bien forte pour soutenir de telles épreuves et tous les jours, sans en être ébranlée ; il faut être puissamment soutenu de la Main invisible quand tout appui se refuse au-dehors, et qu'un prince de ce rang se voit livré aux dégoûts des siens devant qui tout fléchit, et presque au mépris d'une cour qui n'était plus retenue, et qui avait une secrète frayeur de se trouver un jour sous ses lois. Cependant, rentré de plus en plus en lui-même par le scrupule de déplaire au Roi, de rebuter Monseigneur, de donner aux autres de l'éloignement de la vertu, l'écorce rude et dure peu à peu s'adoucit, mais sans intéresser la solidité du tronc. Il comprit enfin ce que c'est que quitter Dieu pour Dieu, et que la pratique fidèle des devoirs propres de l'état où Dieu a mis, est la

---

1. Mme de Maintenon.

piété solide qui lui est la plus agréable. Il se mit donc à s'appliquer presque uniquement aux choses qui pouvaient l'instruire au gouvernement ; il se prêta plus au monde. Il le fit même avec tant de grâce et un air si naturel, qu'on sentit bientôt sa raison de s'y être refusé, et sa peine à ne faire que s'y prêter, et le monde, qui se plaît tant à être aimé, commença à devenir réconciliable. Il réussit fort au gré des troupes en sa première campagne en Flandres avec le maréchal de Boufflers. Il ne plut pas moins à la seconde, où il prit Brisach avec le maréchal de Tallard ; il s'y montra partout fort librement, et fort au-delà de ce que voulait Marsin, qui lui avait été donné pour son Mentor. Il fallut lui cacher le projet de Landau pour le faire revenir à la cour, qui n'éclata qu'ensuite[1]. Les tristes conjonctures des années suivantes ne permirent pas de le renvoyer à la tête des armées. À la fin on y crut sa présence nécessaire pour les ranimer et y rétablir la discipline perdue. Ce fut en 1708. On a vu l'horoscope que la connaissance des intérêts et des intrigues m'en fit faire au duc de Beauvillier dans les jardins de Marly[2], avant que la déclaration fût publique, et on en a vu l'incroyable succès, et par quels rapides degrés de mensonges, d'art, de hardiesse démesurée, d'une impudence à trahir le Roi, l'État, la vérité, jusqu'alors inouïe, une infernale cabale, la mieux organisée qui fût jamais, effaça ce prince dans le royaume dont il devait porter la couronne, et dans sa maison paternelle, jusqu'à rendre odieux et dangereux d'y dire un mot en sa faveur. Cette

---

1. Allusions aux campagnes de 1702 et 1703.   2. Loin d'imaginer que le prince pût remettre de l'ordre dans l'armée des Flandres, que commandait Vendôme, Saint-Simon avait prédit au duc de Beauvillier que, victime des cabales, le petit-fils du Roi y perdrait son peu d'autorité.

monstrueuse anecdote a été si bien expliquée en son lieu que je ne fais que la rappeler ici. Une épreuve si étrangement nouvelle et cruelle était bien dure à un prince qui voyait tout réuni contre lui, et qui n'avait pour soi que la vérité suffoquée[1] par tous les prestiges des magiciens de Pharaon. Il la sentit dans tout son poids, dans toute son étendue, dans toutes ses pointes ; il la soutint aussi avec toute la patience, la fermeté, et surtout avec toute la charité d'un Élu qui ne voit que Dieu en tout, qui s'humilie sous sa main, qui se purifie dans le creuset que cette divine Main lui présente, qui lui rend grâces de tout, qui porte la magnanimité jusqu'à ne vouloir dire ou faire que très précisément ce qu'il se doit, à l'État, à la vérité, et qui est tellement en garde contre l'humanité qu'il demeure bien en deçà des bornes les plus justes et les plus saintes. Tant de vertu trouva enfin sa récompense dès ce monde, et avec d'autant plus de pureté, que le Prince, bien loin d'y contribuer, se tint encore fort en arrière. J'ai assez expliqué tout ce qui regarde cette précieuse révolution[2], pour que je me contente ici de la montrer, et les ministres et la cour aux pieds de ce prince devenu le dépositaire du cœur du Roi, de son autorité dans les affaires et dans les grâces, et de ses soins pour le détail du gouvernement. Ce fut alors qu'il redoubla plus que jamais d'application aux choses du gouvernement, et à s'instruire de tout ce qui pouvait l'en rendre plus capable. Il bannit tout amusement de sciences pour partager son cabinet entre la prière qu'il abrégea, et l'instruction qu'il multiplia ; et le dehors entre son assiduité auprès du Roi, ses soins pour Mme de Maintenon, la

---

1. Étouffée.   2. C'est-à-dire le changement d'attitude de la cour à la mort de Monseigneur.

bienséance et son goût pour son épouse, et l'attention à tenir une cour et à s'y rendre accessible et aimable. Plus le Roi l'éleva, plus il affecta de se tenir soumis en sa main, plus il lui montra de considération et de confiance, plus il y sut répondre par le sentiment, la sagesse, les convenances, surtout par une modération éloignée de tout désir et de toute complaisance en soi-même, beaucoup moins de la plus légère présomption. Son secret[1] et celui des autres fut toujours impénétrable chez lui. Sa confiance en son confesseur n'allait pas jusqu'aux affaires ; j'en ai rapporté deux exemples mémorables sur deux très importantes aux jésuites[2], qu'ils attirèrent devant le Roi, contre lesquels il fut de toutes ses forces. On ne sait si celle qu'il aurait prise en Monsieur de Cambrai[3] aurait été plus étendue ; on n'en peut juger que par celle qu'il avait en M. de Chevreuse, et plus en M. de Beauvillier qu'en qui que ce fût. On peut dire de ces deux beaux-frères qu'ils n'étaient qu'un cœur et qu'une âme, et que Monsieur de Cambrai en était la vie et le mouvement. Leur abandon pour lui était sans bornes ; leur commerce secret était continuel ; il était sans cesse consulté sur grandes et sur petites choses, publiques, politiques, domestiques ; leur conscience de plus était entre ses mains. Le Prince ne l'ignorait pas, et je me suis toujours persuadé, sans néanmoins aucune notion autre que présomption, que le Prince même le consultait par eux, et que c'était par eux que s'entretenait cette amitié, cette estime, cette confiance pour lui si haute et si

---

1. Discrétion.   2. Dans la première, les jésuites «emportent la cure de Brest devant le Roi» (II, 648), en 1705 ; dans la seconde, peu avant sa mort, le prince arbitre un conflit, qui tient du complot, entre le P. Tellier et le cardinal de Noailles (IV, 374-377).   3. Fénelon.

connue. Il pouvait donc compter, et il comptait sûrement aussi, parler et entendre tous les trois quand il parlait ou écoutait l'un d'eux. Sa confiance néanmoins avait des degrés entre les deux beaux-frères ; s'il l'avait avec abandon pour quelqu'un, c'était certainement pour le duc de Beauvillier ; toutefois il y avait des choses où ce duc n'entamait pas son sentiment, par exemple beaucoup de celles de la cour de Rome, d'autres qui regardaient le cardinal de Noailles, quelques autres de goût et d'affections. C'est ce que j'ai vu de mes yeux et ouï de mes oreilles. Je ne tenais à lui que par M. de Beauvillier, et je ne crois pas faire un acte d'humilité de dire qu'en tous sens et en tous genres j'étais sans aucune proportion avec lui. Néanmoins il a souvent concerté avec moi pour faire, ou sonder, ou parler, ou inspirer, approcher, écarter de ce prince par moi, pris ses mesures sur ce que je lui disais ; et plus d'une fois lui rendant compte de mes tête-à-tête avec le Prince, il m'a fait répéter de surprise des choses qu'il m'avouait sur lesquelles il ne s'était jamais tant ouvert avec lui, et d'autres qu'il ne lui avait jamais dites. Il est vrai que celles-là ont été rares, mais elles ont été, et elles ont été plus d'une fois. Ce n'est pas assurément que ce prince eût en moi plus de confiance ; j'en serais si honteux et pour lui et pour moi, que, s'il avait été capable d'une si lourde faute, je me garderais bien de la laisser sentir, mais je m'étends sur ce détail qui n'a pu être aperçu que de moi, pour rendre témoignage à cette vérité que la confiance la plus entière de ce prince, et la plus fondée sur tout ce qui la peut établir et la rendre toujours durable, n'alla jamais jusqu'à l'abandon, et à une transformation qui devient trop souvent le plus grand malheur des rois, des cours, des peuples, et des États mêmes.

Le discernement de ce prince n'était donc point asservi, mais comme l'abeille il recueillait la plus parfaite substance des plus belles et des meilleures fleurs ; il tâchait à connaître les hommes, à tirer d'eux les instructions et les lumières qu'il en pouvait espérer ; il conférait quelquefois, mais rarement, avec quelques-uns, mais à la passade[1], sur des matières particulières ; plus rarement en secret sur des éclaircissements qu'il jugeait nécessaires, mais sans retour et sans habitude. Je n'ai point su, et cela ne m'aurait pas échappé, qu'il travaillât habituellement avec personne qu'avec les ministres, et le duc de Chevreuse l'était, et avec les prélats dont j'ai parlé sur l'affaire du cardinal de Noailles. Hors ce nombre, j'étais seul qui eusse ses derrières libres et fréquents, soit de sa part ou de la mienne[2]. Là, il découvrait son âme, et pour le présent et pour l'avenir, avec confiance, et toutefois avec sagesse, avec retenue, avec discrétion. Il se laissait aller sur les plans qu'il croyait nécessaires, il se livrait sur les choses générales, il se retenait sur les particulières, et plus encore sur les particuliers ; mais, comme il voulait sur cela même tirer de moi tout ce qui pouvait lui servir, je lui donnais adroitement lieu à des échappées, et souvent avec succès, par la confiance qu'il avait prise en moi de plus en plus, et que je devais toute au duc de Beauvillier, et en sous-ordre au duc de Chevreuse, à qui je ne rendais pas le même compte qu'à son beau-frère, mais à qui je ne laissais de

---

1. En passant.   2. Lors d'une conversation de travail, Saint-Simon avait été surpris dans le cabinet du prince par la duchesse de Bourgogne, qui ignorait tout de leurs relations. Préparer le prochain règne du vivant du Roi, il n'en fallait pas plus pour perdre Saint-Simon « sans ressource » (IV, 286). Mais la princesse avait gardé le secret.

m'ouvrir fort souvent, comme lui à moi. Un volume ne décrirait pas suffisamment ces divers tête-à-tête entre ce prince et moi. Quel amour du bien! Quel dépouillement de soi-même! Quelles recherches! Quels fruits! Quelle pureté d'objet! Oserais-je le dire, quel reflet de la Divinité dans cette âme candide, simple, forte, qui, autant qu'il leur est donné[1] ici-bas, en avait conservé l'image! On y sentait briller les traits d'une éducation également laborieuse et industrieuse, également savante, sage, chrétienne, et les réflexions d'un disciple lumineux, qui était né pour le commandement. Là s'éclipsaient les scrupules qui le dominaient en public. Il voulait savoir à qui il avait et à qui il aurait affaire. Il mettait au jeu[2] le premier pour profiter d'un tête-à-tête sans fard et sans intérêt; mais que le tête-à-tête avait de vaste, et que les charmes qui s'y trouvaient étaient agités par la variété où le Prince s'espaçait[3] et par art, et par entraînement de curiosité, et par la soif de savoir! De l'un à l'autre il promenait son homme sur tant de matières, sur tant de choses, de gens et de faits, que qui n'aurait pas eu à la main de quoi le satisfaire[4], en serait sorti bien mal content de soi, et ne l'aurait pas laissé satisfait. La préparation était également imprévue et impossible. C'était dans ces impromptus que le Prince cherchait à puiser des vérités qui ne pouvaient ainsi rien emprunter d'ailleurs, et à éprouver, sur des connaissances ainsi variées, quel fonds il pouvait faire en ce genre sur le choix qu'il avait fait. De cette façon, son homme, qui avait compté ordinairement sur une matière à traiter avec lui, et en avoir pour un quart d'heure, pour une demi-

---

1. À ces âmes candides.   2. Se risquait.   3. Parlait librement.
4. Qui n'aurait pas eu de quoi répondre.

heure, y passait deux heures et plus, suivant que le temps
en laissait plus ou moins de liberté au Prince. Il se ramenait toujours à la matière qu'il avait destiné de traiter en
principal, mais à travers les parenthèses qu'il présentait, et
qu'il maniait en maître, et dont quelques-unes étaient
assez souvent son principal objet. Là, nul verbiage, nul
compliment, nulles louanges, nulles chevilles, aucune pré-
face, aucun conte, pas plus légère plaisanterie ; tout
objet, tout dessein, tout serré, substantiel, au fait, au but,
rien sans raison, sans cause, rien par amusement et par
plaisir. C'était là que la charité générale l'emportait sur
la charité particulière, et que ce qui était sur le compte de
chacun se discutait exactement ; c'était là que les plans,
les arrangements, les changements, les choix se formaient,
se mûrissaient, se découvraient, souvent tout mâchés, sans
le paraître, avec le duc de Beauvillier, quelquefois avec
lui et le duc de Chevreuse, qui néanmoins étaient tous
deux ensemble très rarement avec lui. Quelquefois encore
il y avait de la réserve pour tous les deux ou pour l'un
ou l'autre, quoique rare pour M. de Beauvillier ; mais,
en tout et partout, un inviolable secret dans toute sa
profondeur.

Avec tant et de si grandes parties, ce prince si admirable
ne laissait pas de laisser voir un recoin d'homme, c'est-
à-dire quelques défauts, et quelquefois même peu décents ;
et c'est ce qu'avec tant de solide et de grand on avait peine
à comprendre, parce qu'on ne voulait pas se souvenir qu'il
n'avait été que vice et que défaut, ni réfléchir sur le prodigieux changement, et ce qu'il avait dû coûter, qui en avait
fait un prince déjà si proche de toute perfection, qu'on
s'étonnait, en le voyant de près, qu'il n'eût pas encore
atteinte jusqu'à son comble. J'ai touché ailleurs quelques-

uns de ces légers défauts, qui, malgré son âge, étaient encore des enfances[1], qui se corrigeaient assez tous les jours pour faire sainement augurer que bientôt elles disparaîtraient toutes. Un plus important, et que la réflexion et l'expérience auraient sûrement guéri, c'est qu'il était quelquefois des personnes, mais rarement, pour qui l'estime et l'amitié de goût, même assez familière, ne marchaient pas de compagnie. Ses scrupules, ses malaises, ses petitesses de dévotion diminuaient tous les jours, et tous les jours il croissait en quelque chose ; surtout il était bien guéri de l'opinion de préférer pour les choix la piété à tout autre talent, c'est-à-dire de faire un ministre, un ambassadeur, un général plus par rapport à sa piété qu'à sa capacité et à son expérience. Il l'était encore sur le crédit à donner à la piété, persuadé qu'il était enfin que de fort honnêtes gens, et propres à beaucoup de choses, le peuvent être sans dévotion, et doivent cependant être mis en œuvre, et du danger encore de faire des hypocrites. Comme il avait le sentiment fort vif, il le passait aux autres, et ne les en aimait et n'estimait pas moins. Jamais homme si amoureux de l'ordre, ni qui le connût mieux, ni si désireux de le rétablir en tout, d'ôter la confusion, et de mettre gens et

---

1. Dans le « Discours sur Mgr le duc de Bourgogne » que Saint-Simon compose en 1710 à l'intention du duc de Beauvillier, le mémorialiste regrette les « bagatelles » qui dénaturent l'image du prince : « Je ne me lasse point de m'indigner du pernicieux usage que le monde en fait, et je gémis sans cesse de voir encore des mouches étouffées dans de l'huile, des grains de raisin écrasés en rêvant, des crapauds crevés avec de la poudre, des bagatelles de mécaniques, une paume et des volants déplacés sans y prendre garde, des propos trop badins, soutenir avec un audacieux poids les attentats de Flandres, et le trop continuel amusement de cire fondue, et surtout de dessins griffonnés, augmenter les insolences par des problèmes scandaleux » (III, 805-806). Sont-ce là jeux de prince ?

choses en leur place ; instruit au dernier point de tout ce qui doit régler cet ordre par maximes, par justice, et par raison, et attentif, avant qu'il fût le maître, de rendre à l'âge, au mérite, à la naissance, au rang, la distinction propre à chacune de ces choses, et de la marquer en toutes occasions. Ses desseins allongeraient trop ces *Mémoires* ; les expliquer serait un ouvrage à part, mais un ouvrage à faire mourir de regrets. Sans entrer dans mille détails sur le comment, sur les personnes, je ne puis toutefois m'en refuser ici quelque chose en gros. L'anéantissement de la noblesse lui était odieux, et son égalité entre elle insupportable. Cette dernière nouveauté, qui ne cédait qu'aux dignités, et qui confondait le noble avec le gentilhomme, et ceux-ci avec les seigneurs, lui paraissait de la dernière injustice, et ce défaut de gradation, une cause prochaine et destructive d'un royaume tout militaire. Il se souvenait qu'il n'avait dû son salut, dans ses plus grands périls sous Philippe de Valois, sous Charles V, sous Charles VII, sous Louis XII, sous François Ier, sous ses petits-fils, sous Henri IV, qu'à cette noblesse qui se connaissait et se tenait dans les bornes de ses différences réciproques, qui avait la volonté et le moyen de marcher au secours de l'État par bandes et par provinces, sans embarras et sans confusion, parce qu'aucun n'était sorti de son état et ne faisait difficulté d'obéir à plus grand que soi. Il voyait au contraire ce secours éteint par les contraires ; pas un qui n'en soit venu à prétendre l'égalité à tout autre, par conséquent plus rien d'organisé, plus de commandement et plus d'obéissance. Quant aux moyens, il était touché jusqu'au plus profond du cœur de la ruine de la noblesse, des voies prises et toujours continuées pour l'y réduire et l'y tenir, l'abâtardissement que la misère et le mélange du sang, par les continuelles mésalliances nécessaires pour avoir du pain, avait établi dans les courages et pour valeur, et pour vertu, et pour sentiments. Il était indigné de voir cette noblesse française si célèbre, si illustre, devenue un peuple presque de la même sorte que le peuple même, et seulement distingué de lui en ce que le peuple a la liberté de tout travail, de tout négoce, des armes mêmes, au lieu que la noblesse est devenue un autre peuple qui n'a d'autre choix qu'une mortelle et ruineuse oisiveté, qui par son inutilité à tout la rend à charge et méprisée, ou d'aller à la guerre se faire tuer à travers les insultes des commis des secrétaires d'État et des secrétaires des intendants, sans que les plus grands de toute cette noblesse par leur naissance et par les dignités, qui, sans sortir de son Ordre, les met[1] au-dessus d'elle, puissent éviter ce même sort d'inutilité, ni les dégoûts des maîtres de la plume[2] lorsqu'ils servent dans les armées. Surtout il ne pouvait se contenir contre l'injure faite aux armes, par lesquelles cette monarchie s'est fondée et maintenue ; qu'un officier vétéran, souvent couvert de blessures, même lieutenant général des armées, retiré chez soi avec estime, réputation, pensions même, y soit réellement mis à la taille avec tous les autres paysans de sa paroisse, s'il n'est pas noble, par eux et comme eux, et comme je l'ai vu arriver à d'anciens capitaines chevaliers de Saint-Louis et à pension, sans remède pour les en exempter, tandis que les exemptions sont sans nombre pour les plus vils emplois de la petite

---

1. On attendrait « les mettent », mais la « naissance » englobe en quelque sorte les « dignités ».   2. Les « commis » et autres gens de bureau.

robe et de la finance, même après les avoir vendus, et quelquefois héréditaires. Ce prince ne pouvait s'accoutumer qu'on ne pût[1] parvenir à gouverner l'État en tout ou en partie, si on n'avait été maître des requêtes, et que ce fût entre les mains de la jeunesse de cette magistrature que toutes les provinces fussent remises pour les gouverner en tout genre, et seuls, chacun la sienne à sa pleine et entière discrétion, avec un pouvoir infiniment plus grand, et une autorité plus libre et plus entière sans nulle comparaison, que les gouverneurs de ces provinces en avaient jamais eu, qu'on avait pourtant voulu si bien abattre qu'il ne leur en était resté que le nom et les appointements uniques, et il ne trouvait pas moins scandaleux que le commandement de quelques provinces fût joint et quelquefois attaché à la place du chef du parlement de la même province en absence du gouverneur et du lieutenant général en titre, laquelle était nécessairement continuelle, avec le même pouvoir sur les troupes qu'eux. Je ne répéterai point ce qu'il pensait sur le pouvoir et sur l'élévation des secrétaires d'État, des autres ministres, et la forme de leur gouvernement : on l'a vu il n'y a pas longtemps, comme, sur le dixième, on a vu ce qu'il pensait et sentait sur la finance et les financiers[2]. Le nombre immense de gens employés à

---

1. [À ce] qu'on ne pût...   2. On lit, dans la chronique de 1710 : « Quelques jours après la publication de l'édit [du dixième], Monseigneur, par grand extraordinaire, alla dîner à la Ménagerie avec les princes ses enfants et leurs épouses, et des dames en petit nombre. Là Mgr le duc de Bourgogne, moins gêné que d'ordinaire, se mit sur les partisans, dit qu'il fallait qu'il en parlât parce qu'il en avait jusqu'à la gorge, déclama contre le dixième denier et contre cette multitude d'autres impôts, s'expliqua avec plus que de la dureté sur les financiers et les traitants, même sur les gens de finance, et, par cette juste et sainte colère, rappela le

lever et à percevoir les impositions ordinaires et extraordinaires, et la manière de les lever, la multitude énorme
d'offices et d'officiers de justice de toute espèce, celle des
procès, des chicanes, des frais, l'iniquité de la prolongation
des affaires, les ruines et les cruautés qui s'y commettent,
étaient des objets d'une impatience qui lui inspirait
presque celle d'être en pouvoir d'y remédier. La comparaison qu'il faisait des pays d'états avec les autres lui avait
donné la pensée de partager le Royaume en parties autant
qu'il se pourrait égales pour la richesse, de faire adminis-
trer chacune par ses états, de les simplifier tous extrêmement pour en bannir la cohue et le désordre, et d'un
extrait aussi fort simplifié de tous ces états des provinces
en former quelquefois des états généraux du Royaume. Je
n'ose achever un grand mot, un mot d'un prince pénétré
qu'un roi est fait pour les sujets et non les sujets pour lui [1],
comme il ne se contraignait pas de le dire en public et
jusque dans le salon de Marly, un mot enfin de Père de la
Patrie, mais un mot qui, hors de son règne que Dieu n'a
pas permis, serait le plus affreux blasphème. Pour en revenir aux états généraux, ce n'était pas qu'il leur crût aucune

---

souvenir de saint Louis, de Louis XII père du peuple, et de Louis le Juste » (III,
1024).

1. Maxime fondamentale de toute « institution du prince », de saint Thomas à
Fénelon, qui la reprend dans le livre V des *Aventures de Télémaque* : le roi, écrit-il,
« a une puissance absolue pour faire le bien et les mains liées dès qu'il veut faire le
mal. Les lois lui confient les peuples comme le plus précieux de tous les dépôts, à
condition qu'il sera le père de ses sujets. Elles veulent qu'un seul homme serve, par
sa sagesse et par sa modération, à la félicité de tant d'hommes ; et non pas que tant
d'hommes servent, par leur misère et par leur servitude lâche, à flatter l'orgueil et la
mollesse d'un seul homme ».

sorte de pouvoir ; il était trop instruit pour ignorer que ce corps, tout auguste que sa représentation le rende, n'est qu'un corps de plaignants, de remontrants, et quand il plaît au Roi de le lui permettre, un corps de proposants ; mais ce prince, qui se serait plu dans le sein de sa nation rassemblée, croyait trouver des avantages infinis d'y être informé des maux et des remèdes par des députés qui connaîtraient les premiers par expérience, et de consulter les derniers[1] avec ceux sur qui ils devaient porter, mais dans ces états il n'en voulait connaître que trois, et laissait fermement dans le troisième celui qui si nouvellement a paru vouloir s'en tirer. À l'égard des rangs, des dignités et des charges, on a vu que les rangs étrangers, ou prétendus tels, n'étaient pas dans son goût et dans ses maximes[2], et ce qui en était pour la règle des rangs. Il n'était pas plus favorable aux dignités étrangères. Son dessein aussi n'était pas de multiplier les premières dignités du Royaume. Il voulait néanmoins favoriser la première noblesse par des distinctions ; il sentait combien elles étaient impossibles et irritantes par naissance entre les vrais seigneurs, et il était choqué qu'il n'y eût ni distinction ni récompense à leur donner, que les premières et le comble de toutes. Il pensait donc, à l'exemple, mais non sur le modèle de l'Angleterre, à des dignités moindres en tout que celles de ducs, les unes héréditaires et de divers degrés, avec leurs rangs et leurs distinctions propres, les autres à vie sur le modèle, en leur

---

1. Réfléchir aux remèdes.   2. Saint-Simon lui ayant démontré, lors d'un tête-à-tête, le danger des princes étrangers dans un État, le Dauphin, écrit-il, « activement attentif, goûtait toutes mes raisons, les achevait souvent en ma place, recevait avidement l'impression de toutes ces vérités » (IV, 275).

manière, des ducs non vérifiés ou à brevet. Le militaire en aurait eu aussi, dans le même dessein et par la même raison, au-dessous des maréchaux de France. L'ordre de Saint-Louis aurait été beaucoup moins commun, et celui de Saint-Michel tiré de la boue où on l'a jeté, et remis en honneur pour rendre plus réservé celui de l'ordre du Saint-Esprit. Pour les charges, il ne comprenait pas comment le Roi avait eu pour ses ministres la complaisance de laisser tomber les premières après les grandes de sa cour dans l'abjection où de l'une à l'autre toutes sont tombées. Le Dauphin aurait pris plaisir d'y être servi et environné par de véritables seigneurs, et il aurait illustré d'autres charges moindres, et ajouté quelques-unes de nouveau pour des personnes de qualité moins distinguées. Ce tout ensemble, qui eût décoré sa cour et l'État, lui aurait fourni beaucoup plus de récompenses ; mais il n'aimait pas les perpétuelles, que la même charge, le même gouvernement devînt comme patrimoine par l'habitude de passer toujours de père en fils. Son projet de libérer peu à peu toutes les charges de cour et de guerre, pour en ôter à toujours la vénalité, n'était pas favorable aux brevets de retenue ni aux survivances[1], qui ne laissaient rien aux jeunes gens à prétendre ni à désirer. Quant à la guerre, il ne pouvait goûter l'ordre du tableau[2], que Louvois a introduit pour son autorité particulière, pour confondre qualité, mérite et néant, et pour rendre peuple tout ce qui sert. Ce prince regardait cette invention

---

1. Qui assuraient la transmission des charges de père en fils.   2. C'est en grande partie à cause de cette forme de promotion à l'ancienneté, et non selon le rang ou la bravoure, que Saint-Simon « quitte le service » en 1702.

comme la destruction de l'émulation, par conséquent du désir de s'appliquer, d'apprendre et de faire, comme la cause de ces immenses promotions qui font des officiers généraux sans nombre, qu'on ne peut pour la plupart employer ni récompenser, et parmi lesquels on en trouve si peu qui aient de la capacité et du talent, ce qui remonte enfin jusqu'à ceux qu'il faut bien faire maréchaux de France, et entre ces derniers, jusqu'aux généraux des armées, dont l'État éprouve les funestes suites, surtout depuis le commencement de ce siècle, parce que ceux qui ont précédé cet établissement n'étaient déjà plus ou hors d'état de servir.

Cette grande et sainte maxime, que les rois sont faits pour leurs peuples, et non les peuples pour les rois ni aux rois, était si avant imprimée en son âme qu'elle lui avait rendu le luxe et la guerre odieuse. C'est ce qui le faisait quelquefois expliquer trop vivement sur la dernière, emporté par une vérité trop dure pour les oreilles du monde, qui a fait quelquefois dire sinistrement[1] qu'il n'aimait pas la guerre. Sa justice était munie de ce bandeau impénétrable qui en fait toute la sûreté. Il se donnait la peine d'étudier les affaires qui se présentaient à juger devant le Roi aux Conseils de finance et des dépêches, et, si elles étaient grandes, il y travaillait avec les gens du métier, dont il puisait des connaissances, sans se rendre esclave de leurs opinions. Il communiait au moins tous les quinze jours, avec un recueillement et un abaissement qui frappait, toujours en collier de l'Ordre et en rabat et manteau court. Il voyait son confesseur jésuite une ou deux fois la semaine, et quelquefois fort longtemps, ce qu'il

---

1. Avec malignité.

abrégea beaucoup dans la suite quoiqu'il approchât plus souvent de la communion. Sa conversation était aimable, tant qu'il pouvait solide, et par goût ; toujours mesurée à ceux avec qui il parlait. Il se délassait volontiers à la promenade : c'était là où elles [1] paraissaient le plus. S'il s'y trouvait quelqu'un avec qui il pût parler de sciences, c'était son plaisir, mais plaisir modeste, et seulement pour s'amuser et s'instruire en dissertant quelque peu, et en écoutant davantage. Mais ce qu'il y cherchait le plus c'était l'utile, des gens à faire parler sur la guerre et les places, sur la marine et le commerce, sur les pays et les cours étrangères, quelquefois sur des faits particuliers mais publics, et sur des points d'histoire ou des guerres passées depuis long-temps. Ces promenades, qui l'instruisaient beaucoup, lui conciliaient les esprits, les cœurs, l'admiration, les plus grandes espérances. Il avait mis à la place des spectacles, qu'il s'était retranchés depuis fort longtemps, un petit jeu où les plus médiocres bourses pouvaient atteindre, pour pouvoir varier et partager l'honneur de jouer avec lui, et se rendre cependant visible à tout le monde. Il fut toujours sensible au plaisir de la table et de la chasse ; il se laissait aller à la dernière avec moins de scrupule, mais il craignait son faible pour l'autre, et il y était d'excellente compagnie quand il s'y laissait aller. Il connaissait le Roi parfaitement ; il le respectait, et sur la fin il l'aimait en fils, et lui faisait une cour attentive de sujet, mais qui sentait quel il était. Il cultivait Mme de Maintenon avec les égards que leur situation demandait. Tant que Monseigneur vécut, il lui

---

1. Le pronom ne reprend aucun nom immédiat ; peut-être rappelle-t-il les « connaissances », huit lignes plus haut. On peut comprendre : « C'était là où [ses qualités] paraissaient le plus. »

rendait tout ce qu'il devait avec soin ; on y sentait la contrainte, encore plus avec Mlle Choin, et le malaise avec tout cet intérieur de Meudon. On en a tant expliqué les causes qu'on n'y reviendra pas ici. Le Prince admirait, autant pour le moins que tout le monde, que Monseigneur, qui, tout matériel qu'il était, avait beaucoup de gloire, n'avait jamais pu s'accoutumer à Mme de Maintenon, ne la voyait que par bienséance, et le moins encore qu'il pouvait, et toutefois avait aussi en Mlle Choin sa Maintenon autant que le Roi avait la sienne, et ne lui asservissait pas moins ses enfants que le Roi les siens à Mme de Maintenon. Il aimait les princes ses frères avec tendresse, et son épouse avec la plus grande passion. La douleur de sa perte pénétra ses plus intimes moelles. La pitié y surnagea par les plus prodigieux efforts. Le sacrifice fut entier, mais il fut sanglant. Dans cette terrible affliction rien de bas, rien de petit, rien d'indécent ; on voyait un homme hors de soi, qui s'extorquait une surface unie, et qui y succombait. Les jours en furent tôt abrégés. Il fut le même dans sa maladie ; il ne crut point en relever ; il en raisonnait avec ses médecins dans cette opinion. Il ne cacha pas sur quoi elle était fondée[1] ; on l'a dit il n'y a pas longtemps, et tout ce qu'il sentit depuis le premier jour jusqu'au dernier l'y confirma de plus en plus. Quelle épouvantable conviction de la fin de son épouse et de la sienne ! Mais, grand Dieu ! quel spectacle vous donnâtes en lui, et que n'est-il permis encore d'en révéler des parties également secrètes, et si sublimes qu'il n'y a que Vous qui les puissiez donner et en connaître tout le prix ! Quelle imitation de Jésus-Christ sur la croix ! on ne dit pas seulement à

---

1. Le poison.

l'égard de la mort et des souffrances, elle s'éleva bien au-dessus. Quelles tendres, mais tranquilles vues ! Quel surcroît de détachement ! Quels vifs élans d'actions de grâces d'être préservé du sceptre et du compte qu'il en faut rendre ! Quelle soumission, et combien parfaite ! Quel ardent amour de Dieu ! Quel perçant regard sur son néant et ses péchés ! Quelle magnifique idée de l'infinie miséricorde ! Quelle religieuse et humble crainte ! Quelle tempérée confiance ! Quelle sage paix ! Quelles lectures, quelles prières continuelles ! Quel ardent désir des derniers sacrements ! Quel profond recueillement ! Quelle invincible patience ! Quelle douceur, quelle constante bonté pour tout ce qui l'approchait ! Quelle charité pure qui le pressait d'aller à Dieu ! La France tomba enfin sous ce dernier châtiment ; Dieu lui montra un prince qu'elle ne méritait pas. La terre n'en était pas digne, il était mûr déjà pour la bienheureuse Éternité.

À l'épouvante de la mort succède celle du soupçon. S'il est d'usage de pratiquer une autopsie sur le corps des grands, celles qui vont suivre laissent le champ libre à toutes les interrogations : la cour, en état de choc, attend de nouvelles tragédies. Après un premier garçon, mort en 1705, le duc et la duchesse de Bourgogne ont eu deux enfants ; mais le duc de Bretagne, leur second fils, meurt bientôt après ses parents, de la rougeole et des soins des médecins. Il reste un bambin de deux ans, sans père, sans mère, sans frère – Louis XV.

Dauphine empoisonnée

Les horreurs qui ne se peuvent plus différer d'être racontées glacent ma main. Je les supprimerais si la vérité si entièrement due à ce qu'on écrit, si d'autres hor-

reurs qui ont augmenté celles des premières, s'il est possible, si la publicité[1] qui en a retenti dans toute l'Europe,
si les suites les plus importantes auxquelles elles ont donné
lieu, ne me forçaient de les exposer ici comme faisant une
partie intégrante et des plus considérables de ce qui s'est
passé sous mes yeux. La maladie de la Dauphine, subite,
singulière, peu connue aux médecins, et très rapide, avait
dans sa courte durée noirci les imaginations déjà fort
ébranlées par l'avis venu à Boudin si peu auparavant, et
confirmé par celui du roi d'Espagne. La colère du Roi du
changement de confesseur, qui se serait durement fait sentir à la Princesse si elle eût vécu, céda à la douleur de sa
perte, peut-être mieux à celle de tout son amusement et
de tout son plaisir, et la douleur voulut être éclaircie de la
cause d'un si grand malheur pour tâcher de se mettre en
état d'en éviter d'autres, ou de rentrer en repos sur
l'inquiétude qui le frappait. La Faculté reçut donc de sa
bouche les ordres les plus précis là-dessus. Le rapport de
l'ouverture du corps n'eut rien de consolant : nulle cause
naturelle de mort, mais d'autres vers les parties intérieures
de la tête voisines de cet endroit fatal où elle avait tant
souffert. Fagon et Boudin ne doutèrent pas du poison,
et le dirent nettement au Roi en présence de Mme
de Maintenon seule. Boulduc, qui m'assura en être
convaincu, et le peu des autres à qui le Roi en voulut parler
et qui avaient assisté à l'ouverture, le confirmèrent par leur
morne silence. Mareschal fut le seul qui soutint qu'il n'y
avait de marques de poison que si équivoques, qu'il avait
ouvert plusieurs corps où il s'en était trouvé de pareilles, et
sur la mort desquels il n'y avait jamais eu le plus léger

---

1. Ce qui s'est répandu dans le public.

soupçon. Il m'en parla de même, à moi à qui il ne cachait rien, mais il ajouta que néanmoins, à ce qu'il avait vu, il ne voudrait pas jurer du oui ou du non, mais que c'était assassiner le Roi et le faire mourir à petit feu que de nourrir en lui une opinion en soi désolante, et qui pour les suites et pour sa propre vie ne lui laisserait plus aucun repos. En effet, c'est ce qu'opéra ce rapport, et pour assez longtemps. Le Roi, outré, voulut chercher à savoir d'où le coup infernal pouvait être parti, sans pouvoir s'apaiser par tout ce que Mareschal lui put dire, et qui disputa vivement contre Fagon et Boudin, lesquels maintinrent aussi vivement leurs avis en ce premier rapport, et n'en démordirent point dans la suite. Boudin, outré d'avoir perdu sa charge et une princesse pleine de bontés pour lui, même de confiance, et ses espérances avec elle, répandit comme un forcené qu'on ne pouvait pas douter qu'elle ne fut empoisonnée ; quelques autres qui avaient été à l'ouverture le dirent à l'oreille à leurs amis ; en moins de vingt-quatre heures, la cour et Paris en furent remplis. L'indignation se joignit à la douleur de la perte d'une princesse adorée, et à l'une et à l'autre la frayeur et la curiosité, qui furent incontinent augmentées par la maladie du Dauphin.

Le Dauphin L'espèce de la maladie du Dauphin,
empoisonné ce qu'on sut que lui-même en avait
cru, le soin qu'il eut de faire commander au Roi les précautions pour la conservation de sa personne, la promptitude et la manière de sa fin, comblèrent la désolation et les affres, et redoublèrent les ordres du Roi sur l'ouverture de son corps. Elle fut faite dans l'appartement du Dauphin à Versailles comme elle a été marquée. Elle épouvanta. Ses parties nobles se trouvèrent en bouillie ; son cœur, présenté au duc d'Aumont

pour le tenir et le mettre dans le vase, n'avait plus de consistance ; sa substance coula jusqu'à terre entre leurs mains ; le sang dissous, l'odeur intolérable dans tout ce vaste appartement. Le Roi et Mme de Maintenon en attendaient le rapport avec impatience ; il leur fut fait le soir même chez elle sans aucun déguisement. Fagon, Boudin et quelques autres y déclarèrent le plus violent effet d'un poison très subtil et très violent, qui, comme un feu très ardent, avait consumé tout l'intérieur du corps à la différence de la tête, qui n'avait pas été précisément attaquée, et qui seule l'avait été d'une manière très sensible en la Dauphine. Mareschal, qui avait fait l'ouverture, s'opiniâtra contre Fagon et les autres. Il soutint qu'il n'y avait aucune marque précise de poison ; qu'il avait vu des corps ouverts à peu près dans le même état, dont on n'avait jamais eu de soupçon ; que le poison qui les avait emportés, et tué aussi le Dauphin, était un venin naturel de la corruption de la masse du sang enflammé par une fièvre ardente qui paraissait d'autant moins qu'elle était plus interne ; que de là était venue la corruption qui avait gâté toutes les parties, et qu'il ne fallait point chercher d'autre cause que celle-là, qui était celle de la fin très naturelle qu'il avait vue arriver à plusieurs personnes, quoique rarement à un degré semblable, et qui alors n'allait que du plus au moins. Fagon répliqua, Boudin aussi, avec aigreur tous deux. Mareschal s'échauffa à son tour et maintint fortement son avis ; il le conclut par dire au Roi et à Mme de Maintenon, devant ces médecins, qu'il ne disait que la vérité comme il l'avait vue et comme il la pensait, que parler autrement, c'était vouloir deviner, et faire en même temps tout ce qu'il fallait pour faire mener au Roi la vie la plus douloureuse, la plus méfiante et la plus remplie des plus fâcheux soupçons, les plus noirs, et en même temps les plus inutiles, et que c'était effectivement l'empoisonner. Il se prit après à l'exhorter, pour le repos et la prolongation de sa vie, à secouer des idées terribles en elles-mêmes, fausses suivant toute son expérience et ses connaissances, et qui n'enfante-raient que les soucis et les soupçons les plus vagues, les plus poignants, les plus irrémédiables, et se fâcha fortement contre ceux qui s'efforçaient de les lui inspirer. Il me conta ce détail ensuite, et me dit, en même temps, qu'outre qu'il croyait que la mort pouvait être naturelle, quoique véritable-ment il en doutât à tout ce qu'il avait remarqué d'extraordi-naire, il avait principalement insisté par la compassion de la situation de cœur et d'esprit où l'opinion de poison allait jeter le Roi, et par l'indignation d'une cabale qu'il voyait se former dans l'intérieur dès la maladie, et surtout depuis la mort de Madame la Dauphine, pour en donner le paquet à M. le duc d'Orléans[1], et qu'il m'en avertissait comme son ami et le sien ; car Mareschal, qui était effectif[2], et la probité, et la vérité, et la vertu même, était d'ailleurs grossier, et ne savait ni la force ni la mesure des termes, étant d'ailleurs tout à fait respectueux et parfaitement éloigné de se méconnaître[3]. Je ne fus pas longtemps, malgré ma clôture, à apprendre d'ailleurs ce qui commençait à percer sur M. le duc d'Orléans[4]. Ce bruit sourd, secret, à l'oreille, n'en

---

1. En rejeter la responsabilité sur le duc d'Orléans.   2. «Un homme effectif, homme qui ne promet rien qu'il ne donne» (Littré).   3. Parfaite-ment éloigné d'oublier qui il était.   4. Le neveu du Roi a une réputation sulfureuse. «Jeté, écrit Saint-Simon, dans la recherche des arts, il se mit à souffler, non pour chercher à faire de l'or, dont il se moqua toujours, mais pour s'amuser des curieuses opérations de la chimie. Il se fit un laboratoire le mieux fourni, il prit un artiste de grande réputation, qui s'appelait Homberg, et qui n'en avait pas moins en probité et en vertu qu'en capacité pour son métier. Il lui vit suivre et faire plusieurs opérations ; il y travailla avec lui, mais tout cela très

demeura pas longtemps dans ces termes. La rapidité avec laquelle il remplit la cour, Paris, les provinces, les recoins les moins fréquentés, le fond des monastères les plus séparés, les solitudes les plus inutiles au monde et les plus désertes, enfin les pays étrangers et tous les peuples de l'Europe, me retraça celle avec laquelle y furent si subitement répandus ces noirs attentats de Flandres contre l'honneur de celui que le monde entier pleurait maintenant. La cabale d'alors, si bien organisée, par qui tout ce qui lui convenait se trouvait répandu de toutes parts en un instant avec un art inconcevable, cette cabale, dis-je, avait été frappée comme on l'a vu, et son détestable héros[1] réduit à l'aller faire en Espagne ; mais, pour frappée[2], quoique hors de mesure et d'espérance par tous les changements arrivés, elle n'était pas dissipée. M. du Maine et ceux qui restaient de la cabale et qui continuaient de figurer comme ils pouvaient à la cour, Vaudémont, sa nièce d'Épinoy[3], d'autres restes de Meudon, vivaient. Ils espéraient contre toute espérance ; ils se roidissaient contre la fortune si apparemment contraire. Ils en saisirent ce funeste retour ; ils ressuscitèrent, et avec Mme de Maintenon à leur tête, que ne se promirent-ils point, et, en effet, jusqu'où n'allèrent-ils pas ?

On se souvient du triomphe de Vendôme à la cour, en 1706. Plus dérisoire sera la chute. Les Mémoires *tournent à la nécro-*

publiquement, et il en raisonnait avec tous ceux de la profession de la cour et de la ville, et en menait quelquefois voir travailler Homberg, et lui-même » (IV, 456). De là à penser qu'il concocte des poisons dans ses alambics…

1. Le duc de Vendôme.   2. Bien que frappée.   3. Tous deux proches de Monseigneur.

logie : mise en scène des derniers instants, dernières paroles, ultime « caractère ». Voici, nous dit le mémorialiste, ce qui fut un homme ; voici ce qui n'est plus déjà que l'ombre de son nom.

**Mort du duc
de Vendôme**

Vendôme triomphait en Espagne, non des ennemis de cette couronne, mais des Espagnols et de nos malheurs. À son âge et à celui de ceux que nous pleurions[1], il se comptait expatrié pour le reste de sa vie ; leur mort le rendit aux plus flatteuses espérances d'en revenir jouir à notre cour, et d'y redevenir un personnage qui y ferait de nouveau bien compter avec lui. L'*Altesse*[2] avait été un fruit aussi prompt que délicieux d'une si surprenante délivrance ; l'assimilation aux dons Juans[3] en fut un autre coup sur coup qui acheva de l'enivrer des larmes de la France, où, porté sur ce nouveau piédestal, il projetait de venir faire le prince du sang en plein, par le titre d'en avoir désespéré l'Espagne. Sa paresse, sa liberté de vie, ses débauches avaient

---

1. Le duc de Bourgogne était dans sa trentième année, la duchesse avait vingt-sept ans.　　2. La princesse des Ursins et le duc de Vendôme ont obtenu du roi d'Espagne d'être traités d'*Altesse*. « Cette nouveauté fit en Espagne un éclat prodigieux et y causa un dépit et une consternation générale » (IV, 477), note Saint-Simon, qui rappelle que le terme était réservé aux infants.　　3. La bâtardise n'a pas en Espagne le même succès qu'en France : « De bâtards reconnus, on n'y en a vu que deux, tous deux du nom de don Juan d'Autriche, et tous deux personnages, surtout le premier, fils de Charles V, né d'une mère inconnue en 1543, célèbre par le gain de la bataille de Lépante, et qui commanda presque toujours en chef les armées de terre et de mer ; il mourut sans alliance, en 1578, à trente-cinq ans ; l'autre don Juan, fils de Philippe IV, né d'une comédienne en 1629, mort sans alliance en 1679, à cinquante ans » ; celui-ci, continue le mémorialiste, « fit un parti contre [la reine] qui, après une longue lutte, lui arracha toute l'autorité, que don Juan exerça tout entière, et se fit grandement compter jusqu'à sa mort [...] et eut l'*Altesse* » (IV, 478).

prolongé son séjour sur la frontière, où il se trouvait plus
commodément pour satisfaire à tous ses goûts qu'à Madrid,
où, bien qu'il ne se contraignît guère, il ne pouvait éviter
quelque sorte de contrainte de représentation et de paraître
à la cour. Il y arriva pour y recevoir les profusions intéressées
de la toute-puissance de la princesse des Ursins ; mais
comme je l'ai remarqué, son dessein se bornait à l'*Altesse*
commune et au leurre plutôt qu'à l'effet bien établi des
traitements des deux dons Juans qu'elle lui avait fait donner.
Elle se hâta donc de faire expédier avec lui ce qui pour le
militaire demandait nécessairement sa présence, et de le
renvoyer promptement à la frontière. Lui-même, comblé
des distinctions où il n'avait osé prétendre, embarrassé de la
solution où le laissait l'extrême dépit des grands et des seigneurs de leur subite humiliation à son égard, et rappelé
dans ses quartiers par sa paresse et ses infâmes délices, il s'en
retourna volontiers très promptement. Il n'y avait rien à y
faire. Les Autrichiens, étonnés et affaiblis du départ des
Anglais, se trouvaient bien éloignés de l'offensive, et
Vendôme, nageant dans les charmes de son nouveau sort,
ne pensait qu'à en jouir dans une oisiveté profonde, sous
prétexte que tout n'était pas prêt pour commencer les opérations. Pour être plus en liberté, il se sépara des officiers
généraux et s'alla établir avec deux ou trois de ses plus familiers et ses valets, qui faisaient partout sa compagnie la plus
chérie, à Viñaroz, petit bourg presque abandonné et loin de
tout au bord de la mer, dans le royaume de Valence, pour y
manger du poisson tout son saoul. Il tint parole et s'y donna
de tout au cœur joie[1] près d'un mois. Il se trouva incommodé, on crut aisément qu'il ne lui fallait que de la diète ;

---

1. À satiété.

mais le mal augmenta si promptement et d'une façon si bizarre, après avoir semblé assez longtemps n'être rien, que ceux qui étaient auprès de lui en petit nombre, ne doutèrent pas du poison et envoyèrent aux secours de tous côtés. Mais le mal ne les voulut pas attendre ; il redoubla précipitamment avec des symptômes étranges. Il ne put signer un testament qu'on lui présenta, ni une lettre au Roi par laquelle il lui demandait le retour de son frère[1] à la cour. Tout ce qui était autour de lui s'enfuit et l'abandonna, tellement qu'il demeura entre les mains de trois ou quatre des plus bas valets, tandis que les autres pillaient tout et faisaient leur main[2] et s'en allaient. Il passa ainsi les deux ou trois derniers jours de sa vie sans prêtre, sans qu'il eût été question seulement d'en parler, sans autre secours que d'un seul chirurgien. Les trois ou quatre valets demeurés auprès de lui, le voyant à la dernière extrémité, se saisirent du peu de choses qui restaient autour de lui, et, faute de mieux, lui tirèrent sa couverture et ses matelas de dessous lui. Il leur cria pitoyablement de ne le laisser pas mourir au moins à nu sur sa paillasse, et je ne sais s'il obtint. Ainsi mourut, le vendredi 10 juin, le plus superbe des hommes, et pour n'en rien dire davantage après avoir été obligé de parler si souvent de lui, le plus heureux jusqu'à ses derniers jours. Il avait cinquante-huit ans, sans qu'une faveur si prodigieuse et si aveugle ait pu faire qu'un héros de cabale d'un capitaine qui a été un très mauvais général, d'un sujet qui s'est montré le plus pernicieux, et d'un homme dont les vices ont fait en tout genre la honte de l'humanité. Sa mort rendit la vie et la joie à toute l'Espagne. Aguilar, l'ami du duc de

---

1. Le Grand prieur, banni de la cour depuis 1705.　　2. Volaient tout.

Noailles[1], revenu d'exil pour servir sous lui, fut fort accusé de l'avoir empoisonné, et se mit aussi peu en peine de s'en défendre, comme on s'y mit peu de faire aucune recherche. La princesse des Ursins, qui pour sa grandeur particulière avait si bien su profiter de sa vie, ne profita pas moins de sa mort. Elle sentit sa délivrance d'un nouveau don Juan à la tête des armées d'Espagne, qui n'y était plus en refuge et en asile, souple par nécessité sous sa main, et qui au contraire délivré de tout ce[2] qui l'y avait relégué, recouvrait en plein toutes ses anciennes forces en France, d'où il tirerait toute sorte de protection et d'autorité. Elle ne se choqua donc point de la joie qui éclata sans contrainte, ni des discours les plus libres de la cour, de la ville, de l'armée, de toute l'Espagne, ni par conséquent le roi et la reine, qui n'en firent aucun semblant. Mais pour soutenir ce qu'elle avait fait, et faire à bon marché sa cour à M. du Maine, à Mme de Maintenon, au Roi même, elle fit ordonner que le corps de ce monstre hideux de grandeur et de fortune serait porté à l'Escurial. C'était combler la mesure des plus grands traitements. Il n'était point mort en bataille, et de plus on ne voit aucun particulier enterré à l'Escurial comme il y en a plusieurs à Saint-Denis. Cet honneur fut donc déféré à ceux qui venaient d'être donnés à sa naissance ; c'est aussi ce qui enfla M. du Maine jusqu'à ne pouvoir s'en contenir. Mais en attendant que je parle du voyage que j'ai fait à l'Escurial[3], si j'ai assez de vie pour

Éclaircissement sur la sépulture du duc de Vendôme

---

1. Avec qui, en 1711, il avait comploté de donner une maîtresse au roi d'Espagne, dont la première épouse, sœur de la Dauphine, était gravement malade.
2. Comprendre : de tous ceux… 3. En 1721, Saint-Simon partira en Espagne comme ambassadeur extraordinaire.

pousser ces *Mémoires* jusqu'à la mort de M. le duc
d'Orléans[1], il faut expliquer ici cette illustre sépulture. Le
Panthéon est le lieu où il n'entre que les corps des rois et
des reines qui ont eu postérité. Un autre lieu séparé, non
de plain-pied, mais proche, fait en bibliothèque, est celui
où sont rangés les corps des reines qui n'ont point eu de
postérité, et des infants. Un troisième lieu, qui est comme
l'antichambre de ce dernier, s'appelle proprement le pour-
rissoir, quoique ce dernier en porte aussi improprement
le nom. Il n'y paraît que les quatre murailles blanches,
avec une longue table nue au milieu. Ces murs sont fort
épais. On y fait des creux où on met un corps dans chacun,
qu'on muraille par-dessus, en sorte qu'il n'en paraît rien.
Quand on juge qu'il y a assez longtemps pour que tout
soit assez consommé et ne puisse plus exhaler d'odeur, on
rouvre la muraille, on en tire le corps, on le met dans un
cercueil qui en laisse voir quelque chose par les pieds ; ce
cercueil est couvert d'une étoffe riche, et on le porte dans
la pièce voisine. Le corps du duc de Vendôme était encore
depuis neuf ans dans cette muraille lorsque j'entrai dans ce
lieu, où on me montra l'endroit où il était, qui était uni
comme tout le reste des quatre murs, et sans aucune
marque. Je m'informai doucement aux moines chargés de
me conduire et de me faire les honneurs, dans combien[2] il
serait transporté dans l'autre pièce ; ils ne répondirent
qu'en évitant de satisfaire cette curiosité, en laissant échapper un air d'indignation, et ne se contraignirent pas de
me laisser entendre qu'on ne songeait point à ce transport,
et que, puisqu'on avait tant fait que de l'emmurailler, il

---

1. En 1723 ; la formule, ou équivalente, va devenir un leitmotiv des
Mémoires.   2. Combien de temps.

y pourrait demeurer. Je ne sais ce que M. du Maine fit du testament non signé qui lui fut envoyé et dont il fit son affaire, mais il ne put obtenir du Roi aucune démonstration en faveur de M. de Vendôme, ni le retour du Grand prieur, qui demeura à Lyon jusqu'à la mort du Roi ; mais le Roi prit le deuil quelques jours en noir. Mme de Vendôme recueillit les grands avantages qui lui avaient été faits par son contrat de mariage, dont Anet et Dreux ont passé d'elle à Mme du Maine[1], et les autres terres réparties de même aux autres héritiers de la duchesse de Vendôme après elle ; mais le Roi reprit aussitôt Vendôme et ce qui se trouva de reversible à la couronne. Le Grand prieur ne prétendit rien et n'eut rien aussi, comme exclu de tout héritage par ses vœux de l'ordre de Malte. On paya les créanciers peu à peu, et les valets devinrent ce qu'ils purent. Il n'est pas encore temps de parler de ce que devint Alberoni[2]. Ce fut à peu près en ce temps-ci que la reine, n'ayant plus de filles ni de menines, prit des dames du palais à peu près comme celles de Madame la Dauphine et de la Reine.

Dames du palais en Espagne

La mort n'a pas fini son œuvre, mais avant d'en découvrir la nouvelle victime, une anecdote traduira l'atmosphère de la cour en cette sinistre fin de règne. Tel est le propre des Mémoires *que de mettre aussi en lumière les coulisses de ce huis clos où chacun évolue masqué sous l'œil royal.*

------

1. Sa sœur.   2. Cardinal, puis Premier ministre jusqu'à sa disgrâce, en 1719.

Plaisant tour de Brissac aux dames dévotes de la cour

Le vieux Brissac mourut aussi à pareil âge[1], retiré chez lui depuis plusieurs années. Il était lieutenant général et gouverneur de Guise, et avait été longtemps major des gardes du corps[2]. C'était un très petit gentilhomme[3] qui avait percé tous les grades des gardes du corps, qui avait plu au Roi par son application, par ses détails, par son assiduité, par ne compter que le Roi et ne ménager personne. Il en avait tellement acquis la familiarité et la confiance sur ce qui regardait les gardes du corps, que les capitaines des gardes, tout grands seigneurs et généraux d'armée qu'ils étaient, le ménageaient et avaient à compter avec lui, à plus forte raison tous les officiers des gardes. Il était rustre, brutal, d'ailleurs fort désagréable et gâté à l'excès par le Roi, mais homme d'honneur et de vertu, de valeur et de probité, et estimé tel, quoique haï de beaucoup de gens et redouté de tout ce qui avait affaire à lui, même de toute la cour et des plus importants, tant il était dangereux. Il n'y avait que lui qui osât attaquer Fagon sur la médecine. Il lui donnait des bourrades devant le Roi qui mettaient Fagon en véritable furie[4], et qui faisaient rire le Roi et les assistants de tout leur cœur. Fagon aussi, avec bien de l'esprit, mais avec fougue, lui en lâchait de bonnes qui ne divertissaient pas moins, mais en tout temps Fagon ne le pouvait voir ni en ouïr parler de sang-froid. Un trait

---

1. Saint-Simon vient d'évoquer la mort de la marquise de Mailly, « à quatre-vingt-cinq ou six ans ». 2. Les gardes du corps, comme les suisses, constituent la garde rapprochée du Roi ; ils sont également en charge de la sécurité du Château. 3. De très petite naissance. 4. « Tyran de la médecine » (III, 1041), le premier médecin de Louis XIV a une réputation bien établie d'irascibilité.

de ce major des gardes donnera un petit crayon de la cour. Il y avait une prière publique tous les soirs dans la chapelle à Versailles à la fin de la journée, qui était suivie d'un salut avec la bénédiction du saint sacrement tous les dimanches et les jeudis. L'hiver, le salut était à six heures ; l'été, à cinq, pour pouvoir s'aller promener après. Le Roi n'y manquait point les dimanches et très rarement les jeudis en hiver. À la fin de la prière, un garçon bleu[1] en attente dans la tribune courait avertir le Roi, qui arrivait toujours un moment avant le salut ; mais qu'il dût venir ou non, jamais le salut ne l'attendait. Les officiers des gardes du corps postaient les gardes d'avance dans la tribune, d'où le Roi l'entendait toujours. Les dames étaient soigneuses d'y garnir les travées des tribunes, et, l'hiver, de s'y faire remarquer par de petites bougies qu'elles avaient pour lire dans leurs livres et qui donnaient à plein sur leur visage. La régularité était un mérite, et chacune, vieille, et souvent jeune, tâchait de se l'acquérir auprès du Roi et de Mme de Maintenon[2]. Brissac, fatigué d'y voir des femmes qui n'avaient pas le bruit[3] de se soucier beaucoup d'entendre le salut, donna le mot un jour aux officiers qui postaient, et pendant la prière il arrive dans la travée du Roi, frappe dessus de son bâton, et se met à crier d'un ton d'autorité: « Gardes du Roi, retirez-vous, le Roi ne vient point au salut. » À cet ordre tout obéit, les gardes s'en vont, et Brissac se colle derrière un pilier. Grand murmure dans les travées, qui étaient pleines, et, un moment après, chaque femme souffle sa bougie et s'en va, tant et si bien qu'il n'y demeura en tout que Mme de Dangeau[4] et deux autres assez du commun. C'était dans

---

1. Un jeune valet en livrée bleue.   2. Rappel indirect de l'atmosphère bigote de la fin du règne.   3. La réputation.   4. Femme de l'auteur

l'ancienne chapelle. Les officiers, qui étaient avertis, avaient arrêté les gardes dans l'escalier de Blouin[1] et dans les paliers, où ils étaient bien cachés, et quand Brissac eut donné tout loisir aux dames de s'éloigner et de ne pouvoir entendre le retour des gardes, il les fit reposter. Tout cela fut ménagé si juste que le Roi arriva un moment après, et que le salut commença. Le Roi, qui faisait toujours des yeux le tour des tribunes et qui les trouvait toujours pleines et pressées, fut dans la plus grande surprise du monde de n'y trouver en tout et pour tout que Mme de Dangeau et ces deux autres femmes. Il en parla dès en sortant de sa travée avec un grand étonnement. Brissac, qui marchait toujours près de lui, se mit à rire et lui conta le tour qu'il avait fait à ces bonnes dévotes de cour dont il s'était lassé de voir le Roi la dupe. Le Roi en rit beaucoup, et encore plus le courtisan. On sut à peu près qui étaient celles qui avaient soufflé leurs bougies et pris leur parti sur ce que le Roi ne viendrait point[2], et il y en eut de furieuses qui voulaient dévisager[3] Brissac, qui ne le méritait pas mal par tous les propos qu'il tint sur elles.

———

En trois années, le Roi a perdu son fils, son premier petit-fils et sa belle-fille, ainsi que ses deux premiers arrière-petits-fils. S'il meurt, en ce printemps de 1714, le duc de Berry sera son successeur : rien ne l'a préparé à une telle tâche. Mais c'est là un futur

d'un long et méticuleux *Journal* de la cour et des activités du Roi, auquel Saint-Simon ajoutera de nombreuses Additions, promises à devenir *Mémoires*.

   1. Premier valet de chambre du Roi ; voir son portrait p. 97.   2. En apprenant que le Roi ne viendrait point.   3. « Déchirer le visage avec les ongles ou les griffes » (Littré).

« *contingent* », *pure spéculation virtuelle sur ce qui aurait pu être : le duc de Berry, qui n'avait ni la vertu tourmentée du duc de Bourgogne, ni la piété hiératique de Philippe V, quitte aussi ce monde.*

M. le duc de Berry malade et empoisonné Le lundi 30 avril, le Roi prit médecine[1], et travailla l'après-dînée avec Pontchartrain. Sur les six heures du soir, il entra chez M. le duc de Berry, qui avait eu la fièvre toute la nuit. Il s'était levé sans en rien dire, avait été à la médecine du Roi, et comptait aller courre le cerf ; mais, en sortant de chez le Roi sur les neuf heures du matin, il lui prit un grand frisson qui l'obligea de se remettre au lit. La fièvre fut violente ensuite. Il fut saigné, le Roi dans sa chambre, et le sang fut trouvé très mauvais. Au coucher du Roi, les médecins lui dirent que la maladie était de nature à leur faire désirer que c'en fût une de venin[2]. Il avait beaucoup vomi, et ce qu'il avait vomi était noir. Fagon disait avec assurance que c'était du sang ; les autres médecins se rejetaient sur du chocolat dont il avait pris le dimanche. Dès ce jour-là je sus qu'en croire : Boulduc, apothicaire du Roi, qui était extrêmement attaché à Mme de Saint-Simon et à moi, et dont j'ai eu quelquefois occasion de parler, me glissa à l'oreille qu'il n'en reviendrait pas, et qu'avec quelque petit changement c'était au fond la même chose qu'à Monsieur et Madame la Dauphine. Il me le confirma le lendemain, ne varia ni pendant la courte maladie ni depuis, et il me dit le troisième jour que nul des médecins qui voyaient ce

---

1. Prendre médecine, c'est se purger. Voir le « Tableau du règne », p. 444.
2. C'est-à-dire une maladie contagieuse connue.

prince n'en doutait, et ne s'en étaient pas cachés à lui qui me parlait. Ces médecins en demeurèrent persuadés dans la suite, et s'en expliquèrent même assez familièrement.

Le mardi 1er mai, saignée du pied à sept heures du matin après une très mauvaise nuit ; deux fois de l'émétique, qui fit un grand effet, puis de la manne[1], mais deux redoublements[2]. Le Roi y alla au sortir de sa messe, tint Conseil de finances, ne voulut point aller tirer comme il l'avait résolu, et se promena dans ses jardins. Les médecins, contre leur coutume, ne le rassurèrent jamais. La nuit fut cruelle. Le mercredi 2 mai, le Roi alla après sa messe chez M. le duc de Berry qui avait été encore saigné du pied. Le Roi tint le Conseil d'État à l'ordinaire, dîna chez Mme de Maintenon, et alla après faire la revue de ses gardes du corps. Coëtenfao, chevalier d'honneur de Mme la duchesse de Berry, était venu le matin prier le Roi de sa part que Chirac, médecin fameux de M. le duc d'Orléans, vît M. le duc de Berry. Le Roi le refusa sur ce que tous les médecins étaient d'accord entre eux, et que Chirac, qui serait peut-être d'avis différent, ne ferait que les embarrasser. L'après-dînée, Mmes de Pompadour et de La Vieuville vinrent de sa part prier le Roi de trouver bon qu'elle vînt[3], avec force propos de son inquiétude, et qu'elle viendrait plutôt à pied. Il y fallait venir en carrosse si elle en avait eu tant d'envie, et avant de descendre, le faire demander au Roi. La vérité est qu'elle n'avait pas plus d'envie de venir que M. le duc de Berry de désir de la voir, qui ne proféra jamais son nom, ni n'en parla indirectement même. Le Roi répondit des raisons à ces dames ; sur ce qu'elles insistèrent,

---

1. Un purgatif.   2. La fièvre avait redoublé par deux fois.   3. Que la duchesse de Berry, qui est enceinte, vînt de Versailles à Marly.

il leur dit qu'il ne lui fermerait pas la porte, mais qu'en l'état où elle était, cela serait fort imprudent. Il dit ensuite à Madame et à M. le duc d'Orléans d'aller à Versailles pour l'empêcher de venir. Au retour de la revue, le Roi entra chez M. le duc de Berry. Il avait encore été saigné du bras ; il avait eu tout le jour de grands vomissements où il y avait beaucoup de sang, et il avait pris pour l'arrêter de l'eau de Rabel[1] jusqu'à trois fois. Ce vomissement fit différer la communion ; le P. de La Rue était auprès de lui dès le mardi matin, qui le trouva fort patient et fort résigné.

Le jeudi 3, après une nuit encore plus mauvaise, les médecins dirent qu'ils ne doutaient pas qu'il n'y eût une veine rompue dans son estomac. Il commençait dès la veille, mercredi, à se débiter que cet accident était arrivé par un effort qu'il avait fait à la chasse le jeudi précédent, que l'électeur de Bavière y était venu, en retenant son cheval qui avait fait une grande glissade, et on ajouta que le corps avait porté sur le pommeau de la selle, et que depuis il avait craché et rendu du sang tous les jours. Les vomissements cessèrent à neuf heures du matin, mais sans aucun mieux. Le Roi, qui devait courre le cerf, contremanda la chasse. À six heures du soir, M. le duc de Berry étouffait tellement, qu'il ne put plus demeurer au lit ; sur les huit heures, il se trouva si soulagé, qu'il dit à Madame qu'il espérait n'en pas mourir ; mais bientôt après le mal augmenta si fort, que le P. de La Rue lui dit qu'il était temps de ne plus penser qu'à Dieu, et à recevoir le viatique. Le pauvre prince parut lui-même le désirer. Un peu après dix heures du soir le Roi alla à la chapelle où on gardait une hostie consacrée dès les premiers jours de la maladie ; M. le

---

1. Solution qui pouvait servir de contrepoison.

duc de Berry la reçut, et l'extrême-onction, en présence du Roi, avec beaucoup de dévotion et de respect. Le Roi demeura près d'une heure dans sa chambre, vint souper seul dans la sienne, ne vit point les princesses après souper, et se coucha. M. le duc d'Orléans alla à deux heures après minuit à Versailles, sur ce que Mme la duchesse de Berry voulait encore venir à Marly. Un peu avant de mourir, M. le duc de Berry dit au P. de La Rue, qui au moins le conta ainsi, l'accident de la glissade dont on vient de parler, mais, à ce qui fut ajouté, la tête commençait à s'embarrasser. Après qu'il eut perdu la parole, il prit le crucifix que le P. de La Rue tenait ; il le baisa et le mit sur son cœur. Il expira le vendredi 4 mai, à quatre heures du matin, en sa vingt-huitième année, étant né à Versailles le dernier août 1686.

Mort de M. le duc de Berry ; son caractère

M. le duc de Berry était de la hauteur ordinaire de la plupart des hommes, assez gros et de partout, d'un beau blond, un visage frais assez beau, et qui marquait une brillante santé. Il était fait pour la société et pour les plaisirs, qu'il aimait tous. Le meilleur homme, le plus doux, le plus compatissant, le plus accessible, sans gloire et sans vanité, mais non sans dignité ni sans se sentir[1]. Il avait un esprit médiocre, sans aucunes vues et sans imagination, mais un très bon sens, et le sens droit, capable d'écouter, d'entendre, et de prendre toujours le bon parti entre plusieurs spécieux. Il aimait la vérité, la justice, la raison. Tout ce qui était contraire à la religion le peinait à l'excès, sans avoir une piété marquée. Il n'était pas sans fermeté, et haïssait la contrainte. C'est ce qui fit craindre qu'il ne

---

1. Avoir conscience de qui il était.

fût pas aussi souple qu'on le désirait d'un troisième fils de
France, qui ne pouvait entendre dans sa première jeunesse
qu'il y eût aucune différence entre son aîné et lui, et dont
les querelles d'enfants avaient souvent fait peur. C'était le
plus beau et le plus accueillant des trois frères, par conséquent le plus aimé, le plus caressé, le plus attaqué du
monde, et comme son naturel était ouvert, libre, gai, on
ne parlait dans sa jeunesse que de ses reparties à Madame
et à M. de La Rochefoucauld, qui l'attaquaient tous les
jours. Il se moquait des précepteurs et des maîtres, souvent des punitions ; il ne sut jamais guère que lire et écrire,
et n'apprit jamais rien depuis qu'il fut délivré de la nécessité d'apprendre. Ces choses avaient engagé à appesantir
l'éducation ; mais cela lui émoussa l'esprit, lui abattit le
courage et le rendit d'une timidité si outrée qu'il en devint
inepte[1] à la plupart des choses, jusqu'aux bienséances de
son état, jusqu'à ne savoir que dire aux gens avec qui il
n'était pas accoutumé, et n'oser ni répondre ni faire une
honnêteté dans la crainte de mal dire, enfin jusqu'à s'être
persuadé qu'il n'était qu'un sot et une bête propre à rien.
Il le sentait, et il en était outré. On peut se souvenir là-
dessus de son aventure du Parlement et de Mme de
Montauban[2]. Mme de Saint-Simon, pour qui il avait une
ouverture entière, ne pouvait le rassurer là-dessus, et il est
vrai que cette excessive défiance de lui-même lui nuisait

---

1. Incapable.   2. Lors de la séance de novembre 1712, au Parlement, au
cours de laquelle le duc d'Anjou, devenu roi d'Espagne, avait renoncé à ses
droits sur la couronne de France, le duc de Berry devait réciter une courte page
que lui avait écrite Saint-Simon. Mais il s'était troublé et n'avait pas réussi à dire
un mot. À son retour à Versailles, la princesse de Montauban, qui ignorait
l'incident, avait eu la mauvaise idée de le féliciter pour son éloquence.

infiniment. Il s'en prenait à son éducation, dont il disait fort bien la raison ; mais elle ne lui avait pas laissé de tendresse pour ceux qui y avaient eu part. Il était le fils favori de Monseigneur par goût, par le naturel du sien

Quel avec sa famille

pour la liberté et pour le plaisir, par la préférence du monde, et par cette cabale expliquée ailleurs [1], qui était si intéressée et si appliquée à éloigner et à écraser Mgr le duc de Bourgogne. Comme ce prince, depuis leur sortie de première jeunesse, n'avait jamais fait sentir son aînesse, et avait toujours vécu avec M. le duc de Berry dans la plus intime amitié et familiarité, et avait eu pour lui toutes les prévenances de toute espèce, aussi M. le duc de Berry, qui était tout bon et tout rond, ne se prévalut jamais à son égard de la prédilection. Mme la duchesse de Bourgogne ne l'aimait pas moins, et n'était pas moins occupée de lui faire tous les petits plaisirs qu'elle pouvait que s'il avait été son propre frère, et les retours de sa part étaient la tendresse même et le respect les plus sincères et les plus marqués pour l'un et pour l'autre. Il fut pénétré de douleur à la mort de l'un et à celle de l'autre, surtout à celle de Mgr le duc de Bourgogne lors dauphin, et de la douleur la plus vraie, car jamais homme n'a su moins feindre que celui-là. Pour le Roi, il le craignait à un tel point qu'il n'en osait presque approcher, et si interdit dès que le Roi le regardait d'un œil sérieux, ou lui parlait d'autre chose que de jeu et de chasse, qu'à peine l'entendait-il, et que les pensées lui tarissaient. On peut juger qu'une telle frayeur ne va guère de compagnie avec une grande amitié.

---

1. La cabale de Vendôme.

M. et Mme la duchesse de Berry comment ensemble Il avait commencé avec Mme la duchesse de Berry comme font presque tous ceux qu'on marie fort jeunes et tous neufs ; il en était devenu extrêmement amoureux, ce qui, joint à sa douceur et à sa complaisance naturelle, fit aussi l'effet ordinaire, qui fut de la gâter parfaitement. Il ne fut pas longtemps sans s'en apercevoir ; mais l'amour fut plus fort que lui. Il trouva une femme haute, altière, emportée, incapable de retour, qui le méprisait, qui le lui laissait sentir parce qu'elle avait infiniment plus d'esprit que lui, et qu'elle était de plus suprêmement fausse et parfaitement déterminée. Elle se piquait même de l'un et de l'autre, et de se moquer de la religion, de railler avec dédain M. le duc de Berry parce qu'il en avait, et toutes ces choses lui devinrent insupportables. Tout ce qu'elle fit pour le brouiller avec M. et Mme la duchesse de Bourgogne, et à quoi elle ne put parvenir pour les deux frères, acheva de l'outrer. Ses galanteries furent si promptes, si rapides, si peu mesurées, qu'il ne put se les cacher. Ses particuliers journaliers et sans fin avec M. le duc d'Orléans, et où tout languissait pour le moins quand il y était en tiers, le mettaient hors des gonds. Il y eut entre eux des scènes violentes et redoublées. La dernière, qui se passa à Rambouillet par un fâcheux contretemps, attira un coup de pied dans le cul à Mme la duchesse de Berry, et la menace de l'enfermer dans un couvent pour le reste de sa vie, et il en était, quand il tomba malade, à tourner son chapeau autour du Roi comme un enfant, pour lui déclarer toutes ses peines, et lui demander de le délivrer de Mme la duchesse de Berry. Ces choses en gros suffisent, les détails seraient et misérables et affreux, un seul suffira pour tous. Elle voulut à toute force se faire enlever au milieu de la cour par La Haye, écuyer de M. le duc de Berry, qu'elle avait fait son chambellan. Les lettres les plus passionnées et les plus folles de ce projet ont été surprises, et d'un tel projet, le Roi, son père et son mari pleins de vie, on peut juger de la tête qui l'avait enfanté et qui ne cessait d'en presser l'exécution. On en verra dans la suite encore d'autres. Elle sentit donc moins sa chute à la mort de M. le duc de Berry que sa délivrance. Elle était grosse, elle espérait un garçon[1], et elle compta bien de jouir en plein de sa liberté, délivrée de ce qui lui avait attiré tant de choses fâcheuses du Roi et de Mme de Maintenon, qui ne prendraient plus la même part dans sa conduite.

Février 1715 : il reste au Roi moins de six mois à vivre. En Angleterre, au printemps, les paris seront ouverts sur la date de sa mort. Louis XIV, que l'on voit chaque jour « décliner sensiblement », n'a cependant pas « changé la moindre chose en la manière accoutumée de sa vie ni en l'arrangement divers de ses journées ». Quand il apprendra que les gazettes de Hollande ont charitablement fixé sa mort au 1er septembre, le Roi « parut touché en homme qui ne le voulait pas paraître ». Pour montrer qu'il va bien, il se force à manger, sans parvenir à avaler ; aussi, note Saint-Simon, « les morceaux lui croissaient à la bouche[2] ». Face à un ambassadeur de Perse, l'épreuve est celle des diamants.

---

1. Par conséquent un héritier de la couronne ; mais la duchesse fera peu après une fausse couche, et perdra une fille.   2. « Cette bagatelle ne laissa pas d'augmenter la circonspection de la cour, surtout de ceux qui, par leur position, avaient lieu d'y être plus attentifs que les autres » (V, 207-208) – en particulier Saint-Simon, proche du duc d'Orléans, futur Régent.

*Ambassadeur
de Perse plus que
douteux à Paris ;
son entrée, sa
première audience,
sa conduite ;
magnificences
étalées devant lui*

Un ambassadeur de Perse était arrivé à Charenton, défrayé depuis son débarquement ; le Roi s'en fit une grande fête, et Pontchartrain lui en fit fort sa cour. Il fut accusé d'avoir créé cette ambassade, en laquelle en effet il ne parut rien de réel, et que toutes les manières de l'ambassadeur démentirent, ainsi que sa misérable suite et la pauvreté des présents qu'il apporta. Nulle instruction ni pouvoir du roi de Perse, ni d'aucun de ses ministres. C'était un espèce d'intendant de la province de Erivan, que le gouverneur chargea de quelques affaires particulières de négoce, que Pontchartrain travestit en ambassadeur, et dont le Roi presque seul demeura la dupe. Il fit son entrée le jeudi 7 février à Paris, à cheval, entre le maréchal de Matignon et le baron de Breteuil, introducteur des ambassadeurs, avec lequel il eut souvent des grossièretés de bas marchand, et tant de folles disputes sur le cérémonial avec le maréchal de Matignon, que, dès qu'il l'eut remis à l'hôtel des ambassadeurs extraordinaires, il le laissa là sans l'accompagner dans sa chambre, comme c'est la règle, et s'en alla faire ses plaintes au Roi, qui l'approuva en tout et trouva l'Ambassadeur très malappris. Sa suite fut pitoyable. Torcy le fut voir aussitôt. Il s'excusa à lui sur la lune d'alors, qu'il prétendait lui être contraire, de toutes les impertinences qu'il avait faites, et obtint par la même raison de différer sa première audience, contre la règle qui la fixe au surlendemain de l'entrée. Dans ce même temps, Dipy mourut, qui était interprète du Roi pour les langues orientales. Il fallut faire venir un curé d'auprès d'Amboise, qui avait passé plusieurs années en Perse, pour remplacer cet interprète. Il s'en acquitta très bien, et en fut mal récompensé. Le hasard me le fit fort connaître et entretenir[1]. C'était un homme de bien, sage, sensé, qui connaissait fort les mœurs et le gouvernement de Perse, ainsi que la langue, et qui, par tout ce qu'il vit et connut de cet ambassadeur, auprès duquel il demeura toujours tant qu'il fut à Paris, jugea toujours que l'ambassade était supposée[2], et l'Ambassadeur un marchand de fort peu de chose, fort embarrassé à soutenir son personnage, où tout lui manquait. Le Roi, à qui on la donna toujours pour véritable, et qui fut presque le seul de sa cour qui le crût de bonne foi, se trouva extrêmement flatté d'une ambassade de Perse sans se l'être attirée par aucun envoi. Il en parla souvent avec complaisance, et voulut que toute la cour fût de la dernière magnificence le jour de l'audience, qui fut le mardi 19 février ; lui-même en donna l'exemple, qui fut suivi avec la plus grande profusion. On plaça un magnifique trône, élevé de plusieurs marches, dans le bout de la galerie adossé au salon qui joint l'appartement de la Reine, et des gradins à divers étages de bancs des deux côtés de la galerie, superbement ornée ainsi que tout le grand appartement. Les gradins les plus proches du trône étaient pour les dames de la cour, les autres pour les hommes et pour les bayeuses[3] ; mais on n'y laissait entrer hommes ni femmes que fort parées. Le Roi prêta une

---

1. Cette curiosité est un trait caractéristique du mémorialiste. Avide de voir, de savoir tout ce qui se passe à la cour et dans ses coulisses, Saint-Simon est à la fois un homme de conversation et d'érudition. Ajoutons que l'Orient est alors très à la mode : la première traduction des *Mille et Une Nuits*, par Antoine Galland, date de 1704, mais dès 1670 Molière et son *Bourgeois gentilhomme* avaient mis en scène de mémorables « turqueries ». Et Montesquieu s'apprête à publier, en 1721, ses *Lettres persanes*. 2. Factice. 3. Les curieuses, qui restent bouche bée devant le spectacle.

garniture de perles et de diamants au duc du Maine, et une de pierres de couleur au comte de Toulouse. M. le duc d'Orléans avait un habit de velours bleu brodé en mosaïque, tout chamarré de perles et de diamants, qui remporta le prix de la parure et du bon goût. La maison royale, les princes et princesses du sang et les bâtards s'assemblèrent dans le cabinet du Roi. Les cours, les toits, l'avenue, fourmillaient de monde, à quoi le Roi s'amusa fort par ses fenêtres, et y prit grand plaisir en attendant l'Ambassadeur, qui arriva sur les onze heures dans les carrosses du Roi avec le maréchal de Matignon et le baron de Breteuil, introducteur des ambassadeurs. Ils montèrent à cheval dans l'avenue, et précédés de la suite de l'Ambassadeur, ils vinrent mettre pied à terre dans la grand-cour à l'appartement du colonel des gardes, par le cabinet. Cette suite parut fort misérable en tout, et le prétendu Ambassadeur fort embarrassé et fort mal vêtu, les présents au-dessous du rien. Alors le Roi, accompagné de ce qui remplissait son cabinet, entra dans la galerie, se fit voir aux dames des gradins ; les derniers étaient pour les princesses du sang. Il avait un habit d'étoffe or et noir, avec l'Ordre par-dessus, ainsi que le très peu de chevaliers qui le portaient ordinairement dessous ; son habit était garni des plus beaux diamants de la couronne, il y en avait pour douze millions cinq cent mille livres ; il ployait sous le poids, et parut fort cassé, maigri et très méchant visage. Il se plaça sur le trône, les princes du sang et bâtards debout à ses côtés, qui ne se couvrirent point. On avait ménagé un petit degré et un espace derrière le trône pour Madame et pour Mme la duchesse de Berry, qui était dans sa première année de deuil, et pour leurs principales dames. Elles étaient là incognito et fort peu vues, mais voyant et entendant tout. Elles entrèrent et sortirent par l'appartement de la Reine, qui n'avait pas été ouvert depuis la mort de Madame la Dauphine. La duchesse de Ventadour était debout à la droite du Roi, tenant le Roi d'aujourd'hui par la lisière[1]. L'électeur de Bavière était sur le second gradin avec les dames qu'il avait amenées, et le comte de Lusace, c'est-à-dire le prince électoral de Saxe, sur celui de la princesse de Conti fille de Monsieur le Prince. Coypel, peintre[2], et Boze, secrétaire de l'Académie des inscriptions, étaient au bas du trône, l'un pour en faire le tableau, l'autre la relation. Pontchartrain n'avait rien oublié pour flatter le Roi, lui faire accroire que cette ambassade ramenait l'apogée de son ancienne gloire, en un mot le jouer impudemment pour lui plaire. Personne déjà n'en était plus la dupe que ce monarque. L'Ambassadeur arriva par le grand escalier des Ambassadeurs, traversa le grand appartement, et entra dans la galerie par le salon opposé à celui contre lequel le trône était adossé. La splendeur du spectacle acheva de le déconcerter. Il se fâcha une fois ou deux pendant l'audience contre son interprète, et fit soupçonner qu'il entendait un peu le français. Au sortir de l'audience, il fut traité à dîner par les officiers du Roi, comme on a accoutumé. Il fut ensuite saluer le Roi d'aujourd'hui dans l'appartement de la Reine, qu'on avait superbement orné, de là voir Pontchartrain et Torcy, où il monta en carrosse pour retourner à Paris. Les présents, aussi peu dignes du roi de Perse que du Roi, consistèrent en tout en cent quatre perles

---

1. « Cordons attachés à la robe d'un enfant pour le soutenir quand il marche » (Littré). Le « Roi d'aujourd'hui » est le petit Louis XV.   2. Il reste de cette fastueuse réception un tableau : *Louis XIV reçoit l'ambassadeur de Perse dans la Grande Galerie de Versailles, 19 février 1715*, mais il est attribué à Nicolas de Largillière, et non à Antoine Coypel.

fort médiocres, deux cents turquoises fort vilaines, et deux boîtes d'or pleines de baume de mumie[1], qui est rare, sort d'un rocher renfermé dans un antre, et se congèle un peu par la suite du temps ; on le dit merveilleux pour les blessures. Le Roi ordonna qu'on ne défît rien dans la galerie ni dans le grand appartement. Il avait résolu de donner l'audience de congé dans le même lieu et avec la même magnificence qu'il avait donné cette première audience à ce prétendu ambassadeur. Il eut pour commissaires Torcy, Pontchartrain et Desmarets, dont Pontchartrain se trouva fort embarrassé.

L'heure approche pour Louis XIV, à peu près divinisé de son vivant, de reprendre sa condition mortelle. Avec la précision du témoin, mais aussi d'un lecteur du Journal *de Dangeau, Saint-Simon nous fait entrer dans l'intimité de l'agonie. Il reste à Louis le Grand d'être grand jusqu'au dernier souffle, c'est-à-dire d'accueillir la mort, dernier hôte du Château, avec une dignité qui n'interdit nullement l'espoir humain, trop humain, d'une rédemption.*

Mécanique de l'appartement du Roi pendant sa dernière maladie

Il ne faut pas aller plus loin sans expliquer la mécanique[2] de l'appartement du Roi depuis qu'il n'en sortait plus. Toute la cour se tenait tout le jour dans la galerie. Personne ne s'arrêtait dans l'antichambre la plus proche de sa chambre, que les valets familiers et la pharmacie, qui y

---

1. Ou « de momie », une sorte de bitume.   2. L'organisation ; Saint-Simon suit de près le texte du *Journal* de Dangeau.

faisaient chauffer ce qui était nécessaire ; on y passait seulement, et vite d'une porte à l'autre. Les entrées[1] passaient
dans les cabinets par la porte de glace qui y donnait de la
galerie, qui était toujours fermée, et qui ne s'ouvrait que
lorsqu'on y grattait[2], et se refermait à l'instant. Les ministres
et les secrétaires d'État y entraient aussi, et tous se tenaient
dans le cabinet qui joignait la galerie. Les princes du sang ni
les princesses filles du Roi n'entraient pas plus avant, à
moins que le Roi ne les demandât, ce qui n'arrivait guère. Le
maréchal de Villeroi, le Chancelier, les deux bâtards, M. le
duc d'Orléans, le P. Tellier, le curé de la Paroisse, et quand
Mareschal, Fagon et les premiers valets de chambre n'étaient
pas dans la chambre, ils se tenaient dans le cabinet du
Conseil, qui est entre la chambre du Roi et cet autre cabinet
où étaient les princes et princesses du sang, les entrées et les
ministres. Le duc de Tresmes, premier gentilhomme de la
chambre en année, se tenait sur la porte entre les deux cabinets, qui demeurait ouverte, et n'entrait dans la chambre du
Roi que pour les moments de son service absolument nécessaire. Dans tout le jour personne n'entrait dans la chambre
du Roi que par le cabinet du Conseil, excepté ces valets
intérieurs ou de la pharmacie qui demeuraient dans la première antichambre, Mme de Maintenon et les dames familières, et pour le dîner et le souper, le service et les courtisans
qu'on y laissait entrer. M. le duc d'Orléans se mesurait[3] fort
à n'entrer dans la chambre qu'une fois ou deux le jour au
plus un instant, lorsque le duc de Tresmes y entrait, et se
présentait un autre instant une fois le jour sur la porte du

---

1. Ici comme par la suite, le mot désigne ceux qui ont les grandes ou les
petites entrées.   2. Pour se faire entendre de l'huissier qui se trouve
derrière.   3. Limitait ses visites.

cabinet du Conseil dans la chambre, d'où le Roi le pouvait voir de son lit. Il demandait quelquefois le Chancelier, le maréchal de Villeroi, le P. Tellier, rarement quelque ministre, M. du Maine souvent, peu le comte de Toulouse, point d'autres, ni même les cardinaux de Rohan et de Bissy, qui étaient souvent dans le cabinet où se tenaient les entrées. Quelquefois, lorsqu'il était seul avec Mme de Maintenon, il faisait appeler le maréchal de Villeroi ou le Chancelier, ou tous les deux, et fort souvent le duc du Maine. Madame ni Mme la duchesse de Berry n'allaient point dans ces cabinets, et ne voyaient presque jamais le Roi dans cette maladie, et, si elles y allaient, c'était par les antichambres, et ressortaient à l'instant.

Extrémité du Roi Le samedi 24, la nuit ne fut guère plus mauvaise qu'à l'ordinaire, car elles l'étaient toujours. Mais sa jambe parut considérablement plus mal et lui fit plus de douleur. La messe à l'ordinaire, le dîner dans son lit, où les principaux courtisans sans entrées le virent. Conseil de finances ensuite, puis il travailla avec le Chancelier seul. Succédèrent Mme de Maintenon et les dames familières. Il soupa debout en robe de chambre en présence des courtisans pour la dernière fois. J'y observai qu'il ne put avaler que du liquide, et qu'il avait peine à être regardé. Il ne put achever, et dit aux courtisans qu'il les priait de passer, c'est-à-dire de sortir. Il se fit remettre au lit ; on visita sa jambe, où il parut des marques noires. Il envoya chercher le P. Tellier et se confessa. La confusion se mit parmi la médecine. On avait tenté le lait et le quinquina à l'eau ; on les supprima l'un et l'autre sans savoir que faire. Ils[1] avouèrent qu'ils lui

---

1. Les médecins.

croyaient une fièvre lente depuis la Pentecôte, et s'excusaient
de ne lui avoir rien fait sur ce qu'il ne voulait point
de remèdes, et qu'ils ne le croyaient pas si mal eux-mêmes.
Par ce que j'ai rapporté de ce qui s'était passé dès avant ce
temps-là entre Mareschal et Mme de Maintenon là-dessus,
on voit ce qu'on en doit croire.

Le Roi reçoit   Le dimanche 25 août, fête de
les derniers   Saint-Louis, la nuit fut bien plus
sacrements   mauvaise. On ne fit plus mystère
du danger, et tout de suite grand et imminent. Néanmoins, il voulut expressément qu'il ne fût rien changé à
l'ordre accoutumé de cette journée, c'est-à-dire que les
tambours et les hautbois, qui s'étaient rendus sous ses
fenêtres, lui donnassent, dès qu'il fut éveillé, leur musique
ordinaire, et que les vingt-quatre violons jouassent de
même dans son antichambre pendant son dîner. Il fut
ensuite en particulier avec Mme de Maintenon, le Chancelier et un peu le duc du Maine. Il y avait eu la veille
du papier et de l'encre pendant son travail tête à tête
avec le Chancelier ; il y en eut encore ce jour-ci, Mme de
Maintenon présente, et c'est l'un des deux que le Chancelier écrivit sous lui son codicille[1]. Mme de Maintenon et
M. du Maine, qui pensait sans cesse à soi, ne trouvèrent
pas que le Roi eût assez fait pour lui par son testament ; ils
y voulurent remédier par un codicille, qui montra également l'énorme abus qu'ils firent de la faiblesse du Roi
dans cette extrémité, et jusqu'où l'excès de l'ambition
peut porter un homme. Par ce codicille le Roi soumettait
toute la maison civile et militaire du Roi au duc du Maine
immédiatement et sans réserve, et sous ses ordres au maré-

---

1. Un ajout à son testament.

chal de Villeroi, qui par cette disposition devenaient les maîtres uniques de la personne et du lieu de la demeure du Roi ; de Paris par les deux régiments des gardes et les deux compagnies des mousquetaires ; de toute la garde intérieure et extérieure ; de tout le service, chambre, garde-robe, chapelle, bouche, écuries ; tellement que le Régent n'y avait plus l'ombre même de la plus légère autorité, et se trouvait à leur merci, et en état continuel d'être arrêté, et pis, toutes les fois qu'il aurait plu au duc du Maine. Peu après que le Chancelier fut sorti de chez le Roi, Mme de Maintenon, qui y était restée, y manda les dames familières, et la musique y arriva à sept heures du soir. Cependant le Roi s'était endormi pendant la conversation des dames ; il se réveilla la tête embarrassée, ce qui les effraya et leur fit appeler les médecins. Ils trouvèrent le pouls si mauvais qu'ils ne balancèrent pas à proposer au Roi, qui revenait cependant de son absence, de ne pas différer à recevoir les sacrements. On envoya querir le P. Tellier et avertir le cardinal de Rohan, qui était chez lui en compagnie, et qui ne songeait à rien moins, et cependant on renvoya la musique qui avait déjà préparé ses livres et ses instruments, et les dames familières sortirent. Le hasard fit que je passai dans ce moment-là la galerie et les antichambres pour aller, de chez moi dans l'aile Neuve, dans l'autre aile chez Mme la duchesse d'Orléans, et chez M. le duc d'Orléans après. Je vis même des restes de musique dont je crus le gros entré. Comme j'approchais de l'entrée de la salle des gardes, Pernost, huissier de l'antichambre, vint à moi, qui me demanda si je savais ce qui se passait, et qui me l'apprit. Je trouvai Mme la duchesse d'Orléans au lit d'un reste de migraine, environnée de dames qui faisaient la conversation, ne pensant à rien moins. Je m'approchai du lit et dis le fait à Mme la duchesse d'Orléans, qui n'en voulut rien croire, et qui m'assura qu'il y avait actuellement musique et que le Roi était bien ; puis, comme je lui avais parlé bas, elle demanda tout haut aux dames si elles en avaient ouï dire quelque chose. Pas une n'en savait un mot, et Mme la duchesse d'Orléans demeurait rassurée. Je lui dis une seconde fois que j'étais sûr de la chose et qu'il me paraissait qu'elle valait bien la peine d'envoyer au moins aux nouvelles, et en attendant de se lever. Elle me crut, et je passai chez M. le duc d'Orléans, que j'avertis aussi, et qui avec raison jugea à propos de demeurer chez lui, puisqu'il n'était point mandé.

En un quart d'heure depuis le renvoi de la musique et des dames, tout fut fait. Le P. Tellier confessa le Roi, tandis que le cardinal de Rohan dut prendre le Saint Sacrement à la chapelle, et qu'il envoya chercher le curé et les saintes huiles. Deux aumôniers du Roi, mandés par le Cardinal, accoururent, et sept ou huit flambeaux portés par des garçons bleus [1] du château, deux laquais de Fagon, et un de Mme de Maintenon. Ce très petit accompagnement monta chez le Roi par le petit escalier de ses cabinets, à travers desquels le Cardinal arriva dans sa chambre. Le P. Tellier, Mme de Maintenon, et une douzaine d'entrées, maîtres ou valets, y reçurent ou y suivirent le Saint Sacrement. Le Cardinal dit deux mots au Roi sur cette grande et dernière action, pendant laquelle le Roi parut très ferme, mais très pénétré de ce qu'il faisait. Dès qu'il eut reçu Notre-Seigneur et les saintes huiles, tout ce qui était dans la chambre sortit devant et après le Saint Sacrement. Il n'y

---

1. Au service du Roi.

demeura que Mme de Maintenon et le Chancelier. Tout aussitôt, et cet aussitôt fut un peu étrange, on apporta *Le Roi achève* sur le lit une espèce de livre ou de *son codicille,* petite table ; le Chancelier lui pré- *parle à M. le duc* senta le codicille, à la fin duquel il *d'Orléans* écrivit quatre ou cinq lignes de sa main, et le rendit après au Chancelier. Le Roi demanda à boire, puis appela le maréchal de Villeroi, qui, avec très peu des plus marqués, était dans la porte de la chambre au cabinet du Conseil, et lui parla seul près d'un quart d'heure. Il envoya chercher M. le duc d'Orléans, à qui il parla seul aussi un peu plus qu'il n'avait fait au maréchal de Villeroi. Il lui témoigna beaucoup d'estime, d'amitié, de confiance, mais ce qui est terrible avec Jésus-Christ sur les lèvres encore qu'il venait de recevoir, il l'assura qu'il ne trouverait rien dans son testament dont il ne dût être content, puis lui recommanda l'État et la personne du Roi futur. Entre sa communion et l'extrême-onction et cette conversation, il n'y eut pas une demi-heure ; il ne pouvait avoir oublié les étranges dispositions qu'on lui avait arrachées avec tant de peine, et il venait de retoucher dans l'entre-deux son codicille si fraîchement fait, qui mettait le couteau dans la gorge à M. le duc d'Orléans, dont il livrait le manche en plein au duc du Maine. Le rare est que le bruit de ce particulier[1], le premier que le Roi eût encore eu avec M. le duc d'Orléans, fit courir qu'il venait d'être déclaré Régent. Dès qu'il se fut retiré, le duc du Maine, qui était dans le cabinet, fut appelé. Le Roi lui parla plus d'un quart d'heure, puis fit appeler le comte de Toulouse, qui était aussi dans le cabinet, lequel fut un autre quart

---

1. De cet entretien en tête à tête.

d'heure en tiers avec le Roi et le duc du Maine. Il n'y avait que peu de valets des plus nécessaires dans la chambre avec Mme de Maintenon. Elle ne s'approcha point tant que le Roi parla à M. le duc d'Orléans. Pendant tout ce temps-là, les trois bâtardes du Roi[1], les deux fils de Madame la Duchesse et le prince de Conti avaient eu le temps d'arriver dans le cabinet. Après que le Roi eut fini avec le duc du Maine et le comte de Toulouse, il fit appeler les princes du sang, qu'il avait aperçus sur la porte du cabinet dans sa chambre, et ne leur dit que peu de chose ensemble, et point en particulier ni bas. Les médecins s'avancèrent presque en même temps pour panser sa jambe. Les Princes sortirent, il ne demeura que le pur nécessaire et Mme de Maintenon. Tandis que tout cela se passait, le Chancelier prit à part M. le duc d'Orléans dans le cabinet du Conseil, et lui montra le codicille. Le Roi pansé sut que les Princesses étaient dans le cabinet. Il les fit appeler, leur dit deux mots tout haut, et prenant occasion de leurs larmes, les pria de s'en aller parce qu'il voulait reposer. Elles sorties avec le peu qui était entré, le rideau du lit fut un peu tiré, et Mme de Maintenon passa dans les arrière-cabinets.

Scélératesse   Le lundi 26 août la nuit ne fut pas
des chefs   meilleure. Il fut pansé, puis enten-
de la Constitution   dit la messe. Il y avait le pur néces-
saire dans la chambre, qui sortit après la messe. Le Roi fit demeurer les cardinaux de Rohan et de Bissy. Mme de Maintenon resta aussi comme elle demeurait toujours, et

---

1. La princesse de Conti douairière, fille de Mme de La Vallière, ainsi que la duchesse d'Orléans et Madame la Duchesse, filles de Mme de Montespan.

avec elle le maréchal de Villeroi, le P. Tellier et le Chancelier. Il appela les deux cardinaux, protesta qu'il mourait
dans la foi et la soumission à l'Église, puis ajouta en les
regardant qu'il était fâché de laisser les affaires de l'Église
en l'état où elles étaient[1], qu'il y était parfaitement ignorant, qu'ils savaient, et qu'il les en attestait, qu'il n'y avait
rien fait que ce qu'ils avaient voulu, qu'il y avait fait tout
ce qu'ils avaient voulu, que c'était donc à eux à répondre
devant Dieu pour lui de tout ce qui s'y était fait, et du trop
ou du trop peu ; qu'il protestait de nouveau qu'il les en
chargeait devant Dieu, et qu'il en avait la conscience nette,
comme un ignorant qui s'était abandonné absolument à
eux dans toute la suite de l'affaire. Quel affreux coup de
tonnerre ! Mais les deux cardinaux n'étaient pas pour s'en
épouvanter ; leur calus[2] était à toute épreuve. Leur réponse
ne fut que sécurité et louanges, et le Roi à répéter que dans
son ignorance il avait cru ne pouvoir mieux faire pour sa
conscience que de se laisser conduire en toute confiance
par eux, par quoi il était déchargé devant Dieu sur eux. Il
ajouta que pour le cardinal de Noailles, Dieu lui était
témoin qu'il ne le haïssait point, et qu'il avait toujours été
fâché de ce qu'il avait cru devoir faire contre lui[3]. À ces
dernières paroles, Blouin, Fagon, tout baissé et tout courtisan qu'il était, et Mareschal, qui étaient en vue et assez

---

1. Dans sa lutte obsessionnelle contre le jansénisme, Louis XIV a demandé
au pape une bulle, la constitution *Unigenitus*, que le clergé ni le Parlement
n'acceptent. Le Roi, dans ses derniers mois, a même songé à la faire enregistrer
d'autorité en tenant un lit de justice, c'est-à-dire en se rendant lui-même au
Parlement. Mais la mort en a décidé autrement.   2. Leur endurcissement.
3. Le cardinal de Noailles, archevêque de Paris, s'était opposé aux jésuites dans
l'affaire de la Constitution, et le Roi lui avait défendu de paraître en sa présence,
d'où le chantage qui va suivre.

près du Roi, se regardèrent, et se demandèrent entre haut et bas si on laisserait mourir le Roi sans voir son archevêque, sans marquer par là réconciliation et pardon, que c'était un scandale nécessaire à lever. Le Roi, qui les entendit, reprit la parole aussitôt, et déclara que non seulement il ne s'y sentait point de répugnance, mais qu'il le désirait. Ce mot interdit les deux cardinaux bien plus que la citation que le Roi venait de leur faire devant Dieu à sa décharge. Mme de Maintenon en fut effrayée ; le P. Tellier en trembla. Un retour de confiance dans le Roi, un autre de générosité et de vérité dans le pasteur, les intimidèrent. Ils redoutèrent les moments où le respect et la crainte fuient si loin devant des considérations plus prégnantes[1]. Le silence régnait dans ce terrible embarras. Le Roi le rompit par ordonner au Chancelier d'envoyer sur-le-champ chercher le cardinal de Noailles si ces messieurs, en regardant les cardinaux de Rohan et de Bissy, jugeaient qu'il n'y eût point d'inconvénient. Tous deux se regardèrent, puis s'éloignèrent jusque vers la fenêtre, avec Le Tellier, le Chancelier et Mme de Maintenon. Tellier cria tout bas et fut appuyé de Bissy. Mme de Maintenon trouva la chose dangereuse ; Rohan, plus doux ou plus politique sur le futur, ne dit rien, le Chancelier non plus. La résolution enfin fut de finir la scène comme ils l'avaient commencée et conduite jusqu'alors, en trompant le Roi et se jouant de lui. Ils s'en rapprochèrent et lui firent entendre avec force louanges qu'il ne fallait pas exposer la bonne cause[2] au triomphe de ses ennemis, et à ce qu'ils sauraient tirer d'une démarche qui ne partait que de la

---

1. Pressantes.   2. Celle de la Constitution.

bonne volonté du Roi, et d'un excès de délicatesse de conscience ; qu'ainsi ils approuvaient bien que le cardinal de Noailles eût l'honneur de le voir, mais à condition qu'il accepterait la Constitution et qu'il en donnerait sa parole. Le Roi encore en cela se soumit à leur avis, mais sans raisonner, et dans le moment le Chancelier écrivit conformément[1], et dépêcha au cardinal de Noailles. Dès que le Roi eut consenti, les deux cardinaux le flattèrent de la grande œuvre qu'il allait opérer (tant leur frayeur fut grande qu'il ne revînt à le vouloir voir sans condition, dont le piège était si misérable et si aisé à découvrir), ou en ramenant le cardinal de Noailles, ou en manifestant par son refus et son opiniâtreté invincible à troubler l'Église, et son ingratitude consommée pour un roi à qui il devait tout, et qui lui tendait ses bras mourants. Le dernier[2] arriva. Le cardinal de Noailles fut pénétré de douleur de ce dernier comble de l'artifice. Il avait tort ou raison devant tout parti sur l'affaire de la Constitution ; mais quoi qu'il en fût, l'événement de la mort instante du Roi n'opérait rien sur la vérité de cette matière, ni ne pouvait opérer par conséquent aucun changement d'opinion. Rien de plus touchant que la conjoncture, mais rien de plus étranger à la question, rien aussi de plus odieux que ce piège, par rapport au Roi, de l'état duquel ils achevèrent d'abuser si indignement, et par rapport au cardinal de Noailles qu'ils voulurent brider[3], ou noircir[4] si grossièrement. Ce trait énorme émut tout le public contre eux avec d'autant plus de violence, que l'extrémité du Roi rendit la liberté que sa

---

1. Écrivit en ce sens au cardinal de Noailles.   2. Le dernier cas.
3. Faire obéir.   4. Calomnier.

terreur avait si longtemps retenue captive. Mais quand on en sut le détail, et l'apostrophe du Roi aux deux cardinaux sur le compte qu'ils auraient à rendre pour lui de tout ce qu'il avait fait sur la Constitution, et le détail de ce qui là même s'était passé tout de suite sur le cardinal de Noailles, l'indignation générale rompit les digues et ne se contraignit plus ; personne au contraire qui blâmât le cardinal de Noailles, dont la réponse au Chancelier fut en peu de mots un chef-d'œuvre de religion, de douleur et de sagesse.

Adieux du Roi Ce même lundi 26 août, après que les deux cardinaux furent sortis, le Roi dîna dans son lit en présence de ce qui avait les entrées. Il les fit approcher comme on desservait, et leur dit ces paroles, qui furent à l'heure même recueillies : « Messieurs, je vous demande pardon du mauvais exemple que je vous ai donné. J'ai bien à vous remercier de la manière dont vous m'avez servi, et de l'attachement et de la fidélité que vous m'avez toujours marquée. Je suis bien fâché de n'avoir pas fait pour vous ce que j'aurais bien voulu faire. Les mauvais temps en sont cause. Je vous demande pour mon petit-fils la même application et la même fidélité que vous avez eue pour moi. C'est un enfant qui pourra essuyer bien des traverses. Que votre exemple en soit un pour tous mes autres sujets. Suivez les ordres que mon neveu vous donnera. Il va gouverner le Royaume. J'espère qu'il le fera bien ; j'espère aussi que vous contribuerez tous à l'union et que si quelqu'un s'en écartait, vous aideriez à le ramener. Je sens que je m'attendris et que je vous attendris aussi, je vous en demande pardon. Adieu, messieurs, je compte que vous vous souviendrez quelquefois de moi. » Un peu après que tout le monde fut sorti, le Roi demanda le maréchal de Villeroi, et lui dit ces mêmes paroles, qu'il retint bien, et qu'il a depuis rendues : « Monsieur le Maréchal, je vous donne une nouvelle marque de mon amitié et de ma confiance en mourant. Je vous fais gouverneur du Dauphin, qui est l'emploi le plus important que je puisse donner. Vous saurez par ce qui est dans mon testament ce que vous aurez à faire à l'égard du duc du Maine. Je ne doute pas que vous ne me serviez après ma mort avec la même fidélité que vous l'avez fait pendant ma vie. J'espère que mon neveu vivra avec vous avec la considération et la confiance qu'il doit avoir pour un homme que j'ai toujours aimé. Adieu, monsieur le Maréchal, j'espère que vous vous souviendrez de moi. » Le Roi, après quelque intervalle, fit appeler Monsieur le Duc et M. le prince de Conti qui étaient dans les cabinets, et sans les faire trop approcher, il leur recommanda l'union désirable entre les princes, et de ne pas suivre les exemples domestiques sur les troubles et les guerres[1]. Il ne leur en dit pas davantage ; puis entendant des femmes dans le cabinet, il comprit bien qui elles étaient, et tout de suite leur manda d'entrer. C'était Mme la duchesse de Berry, Madame, Mme la duchesse d'Orléans, et les princesses du sang qui criaient, et à qui le Roi dit qu'il ne fallait point crier ainsi. Il leur fit des amitiés courtes, distingua Madame, et finit par exhorter Mme la duchesse d'Orléans et Madame la Duchesse de se raccommoder. Tout cela fut court, et il les congédia. Elles se retirèrent par les cabinets pleurant et criant fort, ce qui fit croire au-dehors, parce que les fenêtres des

---

1. Allusion à la Fronde. Le jeune Monsieur le Duc est l'arrière-petit-fils de Monsieur le Prince, le Grand Condé.

cabinets étaient ouvertes, que le Roi était mort, dont le bruit alla à Paris et jusque dans les provinces. Quelque temps après il manda à la duchesse de Ventadour de lui amener le Dauphin. Il le fit approcher et lui dit ces paroles devant Mme de Maintenon et le très peu des plus intimement privilégiés ou valets nécessaires, qui les recueillirent : « Mon enfant, vous allez être un grand roi. Ne m'imitez pas dans le goût que j'ai eu pour les bâtiments, ni dans celui que j'ai eu pour la guerre. Tâchez au contraire d'avoir la paix avec vos voisins. Rendez à Dieu ce que vous lui devez, reconnaissez les obligations que vous lui avez, faites-le honorer par vos sujets. Suivez toujours les bons conseils, tâchez de soulager vos peuples, ce que je suis assez malheureux pour n'avoir pu faire. N'oubliez point la reconnaissance que vous devez à Mme de Ventadour [1]. Madame (s'adressant à elle), que je l'embrasse », et en l'embrassant lui dit : « Mon cher enfant, je vous donne ma bénédiction de tout mon cœur. » Comme on eut ôté le petit prince de dessus le lit du Roi, il le redemanda, l'embrassa de nouveau, et, levant les mains et les yeux au ciel, le bénit encore. Ce spectacle fut extrêmement touchant ; la duchesse de Ventadour se hâta d'emporter le Dauphin et de le remener dans son appartement. Après une courte pause, le Roi fit appeler le duc du Maine et le comte de Toulouse, fit sortir tout ce peu qui était dans sa chambre et fermer les portes. Ce particulier dura assez longtemps. Les choses remises dans leur ordre accoutumé, quand il eut fait avec eux, il envoya chercher M. le duc d'Orléans qui était chez lui. Il lui parla fort peu

---

1. Gouvernante du petit Louis XV.

de temps et le rappela comme il sortait pour lui dire encore quelque chose qui fut fort court. Ce fut là qu'il lui

Le Roi ordonne que son successeur aille à Vincennes et revienne demeurer à Versailles

ordonna de faire conduire, dès ce qu'il[1] serait mort, le Roi futur à Vincennes, dont l'air est bon, jusqu'à ce que toutes les cérémonies fussent finies à Versailles et le château bien nettoyé après, avant de le

ramener à Versailles où il destinait son séjour. Il en avait apparemment parlé auparavant au duc du Maine et au maréchal de Villeroi car après que M. le duc d'Orléans fut sorti, il donna ses ordres pour aller meubler Vincennes, et mettre ce lieu en état de recevoir incessamment son successeur. Mme du Maine, qui jusqu'alors n'avait pas pris la peine de bouger de Sceaux avec ses compagnies et ses passe-temps, était arrivée à Versailles, et fit demander au Roi la permission de le voir un moment après ces ordres donnés. Elle était déjà dans l'antichambre. Elle entra et sortit un moment après.

Le Roi brûle des papiers; ordonne que son cœur soit porté à Paris aux Jésuites. Sa présence d'esprit et ses dispositions

Le mardi 27 août, personne n'entra dans la chambre du Roi que le P. Tellier, Mme de Maintenon, et pour la messe seulement le cardinal de Rohan et les deux aumôniers de quartier. Sur les deux heures, il envoya chercher le Chancelier, et, seul avec lui et Mme de Maintenon,

lui fit ouvrir deux cassettes pleines de papiers dont il lui fit brûler beaucoup, et lui donna ses ordres pour ce qu'il voulut qu'il fît des autres. Sur les six heures du soir, il manda

---

1. Dès qu'il...

encore le Chancelier. Mme de Maintenon ne sortit point de sa chambre de la journée, et personne n'y entra que les valets, et, dans des moments, l'apparition du service le plus indispensable. Sur le soir il fit appeler le P. Tellier, et, presque aussitôt après qu'il lui eut parlé, il envoya chercher Pontchartrain, et lui ordonna d'expédier aussitôt qu'il serait mort un ordre pour faire porter son cœur dans l'église de la maison professe des jésuites à Paris, et l'y faire placer vis-à-vis celui du Roi son père, et de la même manière. Peu après il se souvint que Cavoye, grand maréchal des logis de sa maison, n'avait jamais fait les logements de la cour à Vincennes, parce qu'il y avait cinquante ans que la cour n'y avait été ; il indiqua une cassette où on trouverait le plan de ce château, et ordonna de le prendre et de le porter à Cavoye. Quelque temps après ces ordres donnés, il dit à Mme de Maintenon qu'il avait toujours ouï dire qu'il était difficile de se résoudre à la mort ; que pour lui, qui se trouvait sur le point de ce moment si redoutable aux hommes, il ne trouvait pas que cette résolution fût si pénible à prendre. Elle lui répondit qu'elle l'était beaucoup quand on avait de l'attachement aux créatures, de la haine dans le cœur, des restitutions à faire. « Ha ! reprit le Roi, pour des restitutions à faire, je n'en dois à personne comme particulier ; mais pour celles que je dois au Royaume, j'espère en la miséricorde de Dieu. » La nuit qui suivit fut fort agitée. On lui voyait à tous moments joindre les mains, et on l'entendait dire les prières qu'il avait accoutumées en santé, et se frapper la poitrine au *Confiteor*[1].

Le mercredi 28 août, il fit le matin une amitié à Mme de Maintenon qui ne lui plut guère, et à laquelle

---

1. C'est-à-dire à la prière de confession.

elle ne répondit pas un mot. Il lui dit que ce qui le consolait de la quitter était l'espérance, à l'âge où elle était, qu'ils se rejoindraient bientôt. Sur les sept heures du matin il fit appeler le P. Tellier, et comme il lui parlait de Dieu, il vit dans le miroir de sa cheminée deux garçons de sa chambre assis au pied de son lit qui pleuraient. Il leur dit : « Pourquoi pleurez-vous ? Est-ce que vous m'avez cru immortel ? Pour moi, je n'ai point cru l'être, et vous avez dû, à l'âge où je suis, vous préparer à me perdre. » Un espèce de manant provençal fort grossier apprit l'extrémité du Roi en chemin de Marseille à Paris, et vint ce matin-ci à Versailles avec un remède qui, disait-il, guérissait la gangrène. Le Roi était si mal et les médecins tellement à bout, qu'ils y consentirent sans difficulté en présence de Mme de Maintenon et du duc du Maine. Fagon voulut dire quelque chose ; ce manant, qui se nommait Le Brun, le malmena fort brutalement, dont Fagon, qui avait accoutumé de malmener les autres et d'en être respecté jusqu'au tremblement, demeura tout abasourdi.

Le Brun, Provençal, malmène Fagon et donne de son élixir au Roi. Duc du Maine On donna donc au Roi dix gouttes de cet élixir dans du vin d'Alicante sur les onze heures du matin. Quelque temps après il se trouva plus fort, mais le pouls étant retombé et devenu fort mauvais, on lui en présenta une autre prise sur les quatre heures, en lui disant que c'était pour le rappeler à la vie. Il répondit en prenant le verre où cela était : « À la vie ou à la mort, tout ce qui plaira à Dieu. » Mme de Maintenon venait de sortir de chez le Roi, ses coiffes baissées, menée par le maréchal de Villeroi, par-devant chez elle sans y entrer, jusqu'au bas du grand degré, où elle leva ses coiffes. Elle embrassa le

Maréchal d'un œil fort sec en lui disant : « Adieu, monsieur le Maréchal », monta dans un carrosse du Roi qui la servait toujours, dans lequel Mme de Caylus l'attendait seule, et s'en alla à Saint-Cyr, suivie de son carrosse où étaient ses

Mme de Maintenon se retire à Saint-Cyr
femmes. Le soir le duc du Maine fit chez lui une gorge chaude fort plaisante de l'aventure de Fagon avec Le Brun. On reviendra ailleurs à parler de sa conduite et de celle de Mme de Maintenon et du P. Tellier en ces derniers jours de la vie du Roi. Le remède de Le Brun fut continué comme il voulut, et il le vit toujours prendre au Roi. Sur un bouillon qu'on lui proposa de prendre, il répondit qu'il ne fallait pas lui parler comme à un autre homme, que ce n'était pas un bouillon qu'il lui fallait, mais son confesseur, et il le fit appeler. Un jour qu'il revenait d'une perte de connaissance, il demanda l'absolution générale de ses péchés au P. Tellier, qui lui demanda s'il souffrait beaucoup. « Eh ! non, répondit le Roi, c'est ce qui me fâche, je voudrais souffrir davantage pour l'expiation de mes péchés. »

Chârost fait réparer la négligence de la messe
Le jeudi 29 août, dont la nuit et le jour précédent avaient été si mauvais, l'absence des tenants[1], qui n'avaient plus à besogner au-delà de ce qu'ils avaient fait, laissa l'entrée de la chambre plus libre aux grands officiers, qui en avaient toujours été exclus. Il n'y avait point eu de messe la veille, et on ne comptait plus qu'il y en eût. Le duc de Chârost, capitaine des gardes, qui s'était aussi glissé dans la chambre, le trouva mauvais avec raison, et fit demander au Roi par un des valets familiers s'il ne serait pas bien aise de l'entendre. Le

---

1. Ici, ceux qui possèdent les charges principales.

Roi dit qu'il le désirait, sur quoi on alla querir les gens et les choses nécessaires, et on continua les jours suivants.

Rayon de mieux du Roi ; solitude entière chez M. le duc d'Orléans Le matin de ce jeudi, il parut plus de force, et quelque rayon de mieux qui fut incontinent grossi, et dont le bruit courut de tous côtés. Le Roi mangea même deux petits biscuits dans un peu de vin d'Alicante avec une sorte d'appétit. J'allai ce jour-là sur les deux heures après midi chez M. le duc d'Orléans, dans les appartements duquel la foule était au point depuis huit jours, et à toute heure, qu'exactement parlant une épingle n'y serait pas tombée à terre. Je n'y trouvai qui que ce soit. Dès qu'il me vit, il se mit à rire et à me dire que j'étais le premier homme qu'il eût encore vu chez lui de la journée, qui jusqu'au soir fut entièrement déserte chez lui. Voilà le monde. Je pris ce temps de loisir pour lui parler

Misère de M. le duc d'Orléans ; il change sur les états généraux et sur l'expulsion du Chancelier de bien des choses. Ce fut où je reconnus qu'il n'était plus le même pour la convocation des états généraux[1], et qu'excepté ce que nous avions arrêté sur les Conseils, qui a été expliqué ici en son temps, il n'y avait pas pensé depuis, ni à bien d'autres choses, dont je pris la liberté de lui dire fortement mon avis. Je le trouvai toujours dans la même résolution de chasser Desmarets et Pontchartrain[2], mais d'une mollesse sur le Chancelier

---

1. Saint-Simon avait longuement – et inutilement – démontré à Philippe d'Orléans la nécessité de convoquer les états généraux.   2. Desmarest est aux Finances et Pontchartrain fils, ennemi mortel du mémorialiste, à la Marine. Un nouveau pouvoir signifie de nouveaux ministres.

qui m'engagea à le presser, et à le forcer de s'expliquer. Enfin il m'avoua avec une honte extrême que Mme la duchesse d'Orléans, que le maréchal de Villeroi était allé trouver en secret, même de lui, l'avait pressé de le voir et de s'accommoder avec lui sur des choses fort principales auxquelles il voulait bien se prêter sous un grand secret, et qui l'embarrasseraient périlleusement s'il refusait d'y entrer, s'excusant de s'en expliquer davantage sur le secret qu'elle avait promis au Maréchal et sans lequel il ne se serait pas ouvert à elle. Qu'après avoir résisté à le voir, il y avait consenti ; que le Maréchal était venu chez lui il y avait quatre ou cinq jours en grand mystère, et, pour prix de ce qu'il voulait bien lui apprendre et faire, il lui avait demandé sa parole de conserver le Chancelier dans toutes ses fonctions de chancelier et de garde des Sceaux, moyennant la parole qu'il avait du Chancelier, dont il demeurait garant, de donner sa démission de la charge de secrétaire d'État[1] dès qu'il l'en ferait rembourser en entier. Qu'après une forte dispute, et la parole donnée pour le Chancelier, le Maréchal lui avait dit que M. du Maine était surintendant de l'éducation, et lui gouverneur avec toute autorité ; qu'il lui avait appris après le codicille et ce qu'il portait, et que ce que le Maréchal voulait bien faire était de n'en point profiter dans toute son étendue ; que cela avait produit une dispute fort vive, sans être convenus de rien quant au Maréchal, mais bien quant au Chancelier, qui là-dessus l'en avait remercié dans le cabinet du Roi, confirmé la parole de sa démission de secrétaire d'État aux conditions susdites, et pour marque de reconnaissance lui avait là même montré le codicille. J'avoue que je fus outré d'un

---

1. Voysin a gardé la Guerre en recevant les Sceaux en 1714.

commencement si faible et si dupe, et que je ne le cachai
pas à M. le duc d'Orléans, dont l'embarras avec moi fut
extrême. Je lui demandai ce qu'il avait fait de son discernement, lui qui n'avait jamais mis de différence entre M. du
Maine et Mme la duchesse d'Orléans, dont il m'avait tant
de fois recommandé de me défier et de me cacher, et si
souvent répété par rapport à elle que nous étions dans un
bois[1]. S'il n'avait pas vu[2] le jeu joué entre M. du Maine et
Mme la duchesse d'Orléans pour lui faire peur par le maréchal de Villeroi, découvrir ce qu'ils auraient à faire, en
découvrant comme il prendrait la proposition et la confidence de ce qui n'allait à rien moins qu'à l'égorger, et
n'hasardant rien à tenter de conserver à si bon marché leur
créature abandonnée[3], et l'instrument pernicieux de tout
ce qui s'était fait contre lui, et dans une place aussi importante dans une régence dont ils prétendaient bien ne lui
laisser que l'ombre. Cette matière se discuta longuement
entre nous deux. Mais la parole était donnée. Il n'avait pas
eu la force de résister, et avec tant d'esprit il avait été la
dupe de croire faire un bon marché par une démission en
remboursant, que le Chancelier faisait bien meilleur en
s'assurant du remboursement entier d'une charge qu'il
sentait bien qu'il ne se pouvait jamais conserver, et qui lui
valait la sûreté de demeurer dans la plus importante place,
tandis que le moindre ordre suffisait pour lui faire rendre
les sceaux, l'exiler où on aurait voulu, et lui supprimer une
charge qui, comme on l'a vu, ne lui coûtait plus rien
depuis que le Roi lui en avait rendu ce qu'elle avait été
payée[4], lui qui sentait tout ce qu'il méritait de M. le duc

---

1. Nous n'étions pas en confiance, en sécurité.   2. [Je lui demandai] s'il
n'avait pas vu…   3. Voysin.   4. «Cette libéralité était bien due aux

d'Orléans, et qui, avec la haine et le mépris de la cour et du militaire, qu'il s'était bien et si justement acquise, n'avait plus de bouclier ni de protection après le Roi, du moment que son testament serait tacitement cassé comme lui-même n'en doutait pas. Aux choses faites il n'y a plus de remède ; mais je conjurai M. le duc d'Orléans d'apprendre de cette funeste leçon à être en garde désormais contre les ennemis de toute espèce, contre la duperie, la facilité, la faiblesse, surtout de sentir l'affront et le péril du codicille s'il en souffrait l'exécution en quoi que ce pût être. Jamais il ne me put dire à quoi il en était là-dessus avec le maréchal de Villeroi. Seulement était-il constant[1] qu'il n'avait été question de rien par rapport au duc du Maine, qui par conséquent se comptait demeurer maître absolu et indépendant de la maison du Roi civile et militaire, ce qui subsistant, peu importait de la cascade[2] du maréchal de Villeroi, sinon au maréchal, mais qui faisait du duc du Maine un maire du palais, et de M. le duc d'Orléans un fantôme de régent impuissant et ridicule, et une victime sans cesse sous le couteau du maire du palais. Ce prince avec tout son génie n'en avait pas tant vu. Je le laissai fort pensif et fort repentant d'une si lourde faute. Il reparla si ferme à Mme la duchesse d'Orléans, qu'ils eurent peur qu'il ne tînt rien pour avoir trop promis. Le Maréchal mandé par elle fila doux, et ne songea qu'à bien serrer ce qu'il avait saisi, en faisant entendre qu'à son égard il ne

---

services de cette âme damnée de la Constitution, de Mme de Maintenon et de M. du Maine, et à l'unique dépositaire des manèges et du testament du Roi » (V, 197).

1. Certain.   2. Peu importait ce qui s'était passé avec le maréchal de Villeroi, conséquence indirecte de la toute-puissance du duc du Maine.

disputerait rien qui pût porter ombrage ; mais la mesure de la vie du Roi se serrait[1] de si près qu'il échappa aisément à plus d'éclaircissement, et que par ce qu'il s'était passé, dans le cabinet du Roi, du Chancelier à M. le duc d'Orléans immédiatement, la bécasse demeura bridée à son égard[2], si j'ose me servir de ce misérable mot.

Le soir fort tard ne répondit pas à l'applaudissement qu'on avait voulu donner à la journée, pendant laquelle il avait dit au curé de Versailles, qui avait profité de la liberté d'entrer, qu'il n'était pas question de sa vie, sur ce qu'il lui disait que tout était en prières pour la demander, mais de son salut, pour lequel il fallait bien prier. Il lui échappa ce même jour, en donnant des ordres, d'appeler le Dauphin le jeune Roi. Il vit un mouvement dans ce qui était autour de lui. « Hé pourquoi ? leur dit-il, cela ne me fait aucune peine. » Il prit sur les huit heures du soir de l'élixir de cet homme de Provence.

Le Roi fort mal ;
fait revenir
Mme de
Maintenon
de Saint-Cyr

Sa tête parut embarrassée ; il dit lui-même qu'il se sentait fort mal. Vers onze heures du soir sa jambe fut visitée. La gangrène se trouva dans tout le pied, dans le genou, et la cuisse fort enflée. Il s'évanouit pendant cet examen. Il s'était aperçu avec peine de l'absence de Mme de Maintenon, qui ne comptait plus revenir. Il la demanda plusieurs fois dans la journée ; on ne lui put cacher son départ. Il l'envoya chercher à Saint-Cyr ; elle revint le soir.

Le vendredi 30 août, la journée fut aussi fâcheuse qu'avait été la nuit : un grand assoupissement, et dans les

----

1. Se réduisait.   2. Il s'était fait avoir – pour rester dans le ton de l'expression.

intervalles la tête embarrassée. Il prit de temps en temps un peu de gelée et de l'eau pure, ne pouvant plus souffrir le vin. Il n'y eut dans sa chambre que les valets les plus indispensables pour le service, et la médecine[1], Mme de Maintenon et quelques rares apparitions du P. Tellier, que Blouin ou Mareschal envoyaient chercher. Il se tenait peu même dans les cabinets, non plus que M. du Maine. Le Roi revenait aisément à la piété quand Mme de Maintenon ou le P. Tellier trouvaient les moments où sa tête était moins embarrassée ; mais ils étaient rares et courts. Sur les cinq heures du soir Mme de Maintenon passa chez elle, distribua ce qu'elle avait de meubles dans son appartement à son domestique, et s'en alla à Saint-Cyr pour n'en sortir jamais.

Le samedi 31 août la nuit et la journée furent détestables. Il n'y eut que de rares et de courts instants de connaissance. La gangrène avait gagné le genou et toute la cuisse. On lui donna du remède du feu abbé Aignan, que la duchesse du Maine avait envoyé proposer, qui était un excellent remède pour la petite vérole. Les médecins consentaient à tout parce qu'il n'y avait plus d'espérance. Vers onze heures du soir on le trouva si mal qu'on lui dit les prières des agonisants. L'appareil[2] le rappela à lui. Il

Dernières paroles du Roi. Sa mort récita des prières d'une voix si forte, qu'elle se faisait entendre à travers celle du grand nombre d'ecclésiastiques et de tout ce qui était entré. À la fin des prières il reconnut le cardinal de Rohan, et lui dit : « Ce sont là les dernières grâces de l'Église. » Ce fut le dernier homme à qui

---

1. Les valets appliquant les prescriptions des médecins.   2. Les préparatifs.

il parla. Il répéta plusieurs fois : *Nunc et in hora mortis*, puis dit : « Ô mon Dieu, venez à mon aide, hâtez-vous de me secourir. » Ce furent ses dernières paroles. Toute la nuit fut sans connaissance, et une longue agonie, qui finit le dimanche 1er septembre 1715 à huit heures un quart du matin, trois jours avant qu'il eût soixante-dix-sept ans accomplis, dans la soixante-douzième année de son règne. Il se maria à vingt-deux ans en signant la fameuse paix des Pyrénées, en 1660. Il en avait vingt-trois quand la mort délivra la France du cardinal Mazarin, vingt-sept lorsqu'il perdit la Reine sa mère, en 1666. Il devint veuf à quarante-quatre ans en 1683, perdit Monsieur à soixante-trois ans en 1701, et survécut tous ses fils et petits-fils excepté son successeur, le roi d'Espagne, et les enfants de ce prince. L'Europe ne vit jamais un si long règne, ni la France un roi si âgé. Par l'ouverture de son corps, qui fut faite par Mareschal son premier chirurgien, avec l'assistance et les cérémonies accoutumées, on lui trouva toutes les parties si entières, si saines, et tout si parfaitement conformé, qu'on jugea qu'il aurait vécu plus d'un siècle sans les fautes dont il a été parlé qui lui mirent la gangrène dans le sang[1]. On lui trouva aussi la capacité de l'estomac et des intestins double au moins des hommes de sa taille, ce qui est fort extraordi-

---

1. Le Roi suit un régime de « fruits et de boissons » qui, d'après Saint-Simon, lui « noyèrent l'estomac ». « Tant d'eau et tant de fruits, sans être corrigés par rien de spiritueux, tournèrent son sang en gangrène à force d'en diminuer les esprits et de l'appauvrir par ces sueurs forcées des nuits, et furent cause de sa mort, comme on le reconnut à l'ouverture de son corps. Les parties s'en trouvèrent toutes si belles et si saines qu'il y eut lieu de juger qu'il aurait passé le siècle de sa vie. Son estomac surtout étonna et ses boyaux par leur volume et leur étendue au double de l'ordinaire, d'où lui vint d'être si grand mangeur et si égal » (V, 412).

naire, et ce qui était cause qu'il était si grand mangeur et si égal.

Qui fut Louis XIV, non seulement le Roi, mais l'homme ? Pour répondre à une telle question, les Mémoires *s'interrompent en une longue parenthèse : le « Tableau du règne », que peint un Saint-Simon à la fois admiratif et critique. Son « caractère » de Louis XIV brasse l'anecdote et la Providence, les purges du Roi et l'abîme. Avec une intuition géniale et la mauvaise foi qui fait les chefs-d'œuvre, le mémorialiste conte le quotidien de la cour, il dit les êtres et les choses de cette « mécanique » de pouvoir, rend à merveille l'esprit des lieux, condamne, applaudit, ironise, et surtout il nous entraîne dans une visite guidée d'un monde dont le Roi fut en partie le démiurge : Versailles. On verra ici naître le Château, rêve symbolique, prison de luxe, arène des ambitions, huis clos de masques, en un mot scène où se bousculent les intérêts les plus divers et les personnalités les plus contradictoires. Leçon de morale et de politique, le « Tableau du règne » est aussi l'oraison funèbre d'un temps dont Saint-Simon n'est plus mais qui entre, par lui, dans l'identité collective.*

Caractère de Louis XIV

Ce fut un prince à qui on ne peut refuser beaucoup de bon, même de grand, en qui on ne peut méconnaître plus de petit et de mauvais, duquel il n'est pas possible de discerner ce qui était de lui ou emprunté, et dans l'un et dans l'autre rien de plus rare que des écrivains[1] qui en aient été bien informés, rien de plus difficile à rencontrer que des gens qui l'aient connu par eux-

---

1. Au sens général : de gens qui écrivent.

mêmes et par expérience, et capables d'en écrire, en même temps assez maîtres d'eux-mêmes pour en parler sans haine ou sans flatterie, de n'en rien dire que dicté par la vérité nue en bien et en mal. Pour la première partie[1], on peut ici compter sur elle ; pour l'autre[2], on tâchera d'y atteindre en suspendant de bonne foi toute passion.

Il ne faut point parler ici de ses premières années. Roi presque en naissant, étouffé par la politique d'une mère qui voulait gouverner, plus encore par le vif intérêt d'un pernicieux ministre[3], qui hasarda mille fois l'État pour son unique grandeur, et asservi sous ce joug tant que vécut ce premier ministre, c'est autant de retranché sur le règne de ce monarque. Toutefois il pointait sous ce joug. Il sentit l'amour, il comprenait l'oisiveté comme l'ennemie de la gloire ; il avait essayé de faibles parties de main[4] vers l'un et vers l'autre, il eut assez de sentiment pour se croire délivré à la mort de Mazarin[5], s'il n'eut pas assez de force pour se délivrer plus tôt. C'est même un des beaux endroits de sa vie, et dont le fruit a été du moins de prendre cette maxime que rien n'a pu ébranler depuis, d'abhorrer tout premier ministre, et non moins tout ecclésiastique dans son Conseil. Il en prit dès lors une autre, mais qu'il ne put soutenir avec la même fermeté, parce qu'il ne s'aperçut presque pas dans l'effet qu'elle lui échappa sans cesse, ce fut de gouverner par lui-même, qui fut la chose dont il se piqua le plus, dont on le loua et le flatta davantage, et qu'il exécuta le moins. Né avec un esprit au-dessous du médiocre[6], mais un esprit

---

1. C'est-à-dire être « bien informé » de qui était le Roi.   2. C'est-à-dire « parler » du Roi « sans haine et sans flatterie ».   3. Mazarin.   4. Tentatives.   5. En 1661. Louis XIV est né le 5 septembre 1638.   6. Au-dessous de la moyenne.

capable de se former, de se limer, de se raffiner, d'emprunter d'autrui sans imitation et sans gêne, il profita infiniment d'avoir toute sa vie vécu avec les personnes du monde qui toutes en avaient le plus, et des plus différentes sortes, en hommes et en femmes de tout âge, de tout genre et de tous personnages. S'il faut parler ainsi d'un roi de vingt-trois ans, sa première entrée dans le monde fut heureuse en esprits distingués de toute espèce. Ses ministres au-dedans et au-dehors étaient alors les plus forts de l'Europe, ses généraux les plus grands, leurs seconds les meilleurs, et qui sont devenus des capitaines en leur école, et leurs noms aux uns et aux autres ont passé comme tels à la postérité d'un consentement unanime. Les mouvements dont l'État avait été si furieusement agité au-dedans et au-dehors, depuis la mort de Louis XIII, avaient formé quantité d'hommes qui composaient une cour d'habiles et d'illustres personnages et de courtisans raffinés. La maison de la comtesse de Soissons, qui comme surintendante de la maison de la Reine logeait à Paris aux Tuileries, où était la cour, qui y régnait par un reste de la splendeur du feu cardinal Mazarin son oncle, et plus encore par son esprit et son adresse, en était devenue le centre, mais fort choisi. C'était où se rendait tous les jours ce qu'il y avait de plus distingué en hommes et en femmes, qui rendait cette maison le centre de la galanterie de la cour, et des intrigues et des menées de l'ambition, parmi lesquelles la parenté influait beaucoup, autant comptée, prisée et respectée lors, qu'elle est maintenant oubliée. Ce fut dans cet important et brillant tourbillon où le Roi se jeta d'abord, et où il prit cet air de politesse et de galanterie qu'il a toujours su conserver toute sa vie, qu'il a si bien su allier avec la décence et la majesté. On peut dire qu'il était fait pour elle, et qu'au milieu de tous les autres hommes, sa taille, son port,

les grâces, la beauté, et la grand-mine qui succéda à la beauté,
jusqu'au son de sa voix et à l'adresse et la grâce naturelle et
majestueuse de toute sa personne, le faisaient distinguer jusqu'à sa mort comme le roi des abeilles[1], et que, s'il ne fût né
que particulier, il aurait eu également le talent des fêtes, des
plaisirs, de la galanterie, et de faire les plus grands désordres

*Mme de La
Vallière ; son
caractère*

d'amour. Heureux s'il n'eût eu que
des maîtresses semblables à Mme de
La Vallière, arrachée à elle-même
par ses propres yeux, honteuse de l'être[2], encore plus des
fruits de son amour reconnus et élevés malgré elle, modeste,
désintéressée, douce, bonne au dernier point, combattant
sans cesse contre elle-même, victorieuse enfin de son
désordre par les plus cruels effets de l'amour et de la jalousie,
qui furent tout à la fois son tourment et sa ressource, qu'elle
sut embrasser assez au milieu de ses douleurs pour s'arracher
enfin, et se consacrer à la plus dure et la plus sainte pénitence[3]. Il faut donc avouer que le Roi fut plus à plaindre que

---

1. Les abeilles n'ont pas de roi, comme chacun le sait, mais une reine. La
réalité apicole ne nuit pas, cependant, à la qualité de l'image.   2. D'être la
maîtresse du Roi. Elle le devint en 1661, et donna au Roi quatre enfants, dont
seule survécut la première Mlle de Blois, épouse du prince de Conti mort en
1685 : on parle donc d'elle sous le nom de « princesse de Conti douairière ».
Voir les arbres généalogiques, p. 453.   3. Dans la chronique de 1710, le
mémorialiste soulignera sa « pénitence si soutenue tous les jours de sa vie fort
au-dessus des austérités de sa règle ». Mme de La Vallière était devenue
carmélite en juin 1675 : « Sa délicatesse naturelle avait infiniment souffert de la
sincère âpreté de sa pénitence de corps, d'esprit, et d'un cœur fort sensible, dont
elle cachait tout ce qu'elle pouvait ; mais on découvrit qu'elle l'avait portée
jusqu'à s'être entièrement abstenue de boire pendant toute une année, dont
elle tomba malade à la dernière extrémité. Ses infirmités s'augmentèrent, elle
mourut enfin d'une descente dans de grandes douleurs, avec toutes les marques
d'une grande sainteté, au milieu des religieuses, dont sa douceur et ses vertus

blâmable de se livrer à l'amour, et qu'il mérite louange d'avoir su s'en arracher par intervalles en faveur de la gloire.

Le Roi hait les sujets, est petit, dupe, gouverné, en se piquant de tout le contraire Les intrigues et les aventures que, tout roi qu'il était, il essuya dans ce tourbillon de la comtesse de Soissons, lui firent des impressions qui devinrent funestes, pour avoir été plus fortes que lui. L'esprit, la noblesse de sentiments, se sentir, se respecter, avoir le cœur haut, être instruit, tout cela lui devint suspect et bientôt haïssable. Plus il avança en âge, plus il se confirma dans cette aversion. Il la poussa jusque dans ses généraux et dans ses ministres, laquelle dans eux ne fut contrebalancée que par le besoin, comme on le verra dans la suite. Il voulait régner par lui-même. Sa jalousie là-dessus alla sans cesse jusqu'à la faiblesse. Il régna en effet dans le petit ; dans le grand il ne put y atteindre, et jusque dans le petit il fut souvent gouverné.

Grâces naturelles du Roi en tout ; son adresse, son air galant, grand, imposant Rien n'était pareil à lui aux revues, aux fêtes, et partout où un air de galanterie pouvait avoir lieu par la présence des dames. On l'a déjà dit, il l'avait puisée à la cour de la Reine sa mère, et chez la comtesse de Soissons. La compagnie de ses maîtresses l'y avait accoutumé de plus en plus. Mais toujours majestueuse, quoique quelquefois avec de la gaieté, et jamais devant le monde rien de déplacé ni d'hasardé, mais jusqu'au moindre geste, son marcher, son port, toute sa contenance, tout mesuré, tout décent, noble, grand, majestueux, et toutefois très naturel, à quoi l'habi-

---

l'avaient rendue les délices, et dont elle se croyait et se disait sans cesse être la dernière, indigne de vivre parmi des vierges » (III, 941).

tude et l'avantage incomparable et unique de toute sa figure
donnait une grande facilité. Aussi, dans les choses sérieuses,
les audiences d'ambassadeurs, les cérémonies, jamais
homme n'a tant imposé, et il fallait commencer par s'accoutumer à le voir, si en le haranguant on ne voulait s'exposer à
demeurer court. Ses réponses en ces occasions étaient toujours courtes, justes, pleines et très rarement sans quelque
chose d'obligeant, quelquefois même de flatteur, quand le
discours le méritait. Le respect aussi qu'apportait sa présence, en quelque lieu qu'il fût, imposait un silence et jusqu'à une sorte de frayeur. Il aimait fort l'air et les exercices,
tant qu'il en put faire. Il avait excellé à la danse, au mail[1], à
la paume. Il était encore admirable à cheval à son âge. Il
aimait à voir faire toutes ces choses avec grâce et adresse.
S'en bien ou mal acquitter devant lui était mérite ou démérite. Il disait que de ces choses qui n'étaient point nécessaires, il ne s'en fallait pas mêler, si on ne les faisait pas bien.
Il aimait fort à tirer, et il n'y avait point de si bon tireur que
lui, ni avec tant de grâces. Il voulait des chiennes couchantes excellentes ; il en avait toujours sept ou huit dans
ses cabinets, et se plaisait à leur donner lui-même à manger
pour s'en faire connaître. Il aimait fort aussi à courre le cerf,
mais en calèche depuis qu'il s'était cassé le bras en courant à
Fontainebleau, aussitôt après la mort de la Reine. Il était
seul dans une manière de soufflet[2] tiré par quatre petits

---

1. « Jeu d'exercice où on pousse avec grande violence et adresse une boule de
buis qu'on doit faire à la fin passer par un petit archet de fer qu'on nomme la
passe. Le mail est un jeu honnête aussi bien que la paume » (Furetière). Le jeu
annonce notre actuel croquet.   2. « Ancienne espèce de voiture à deux
roues, fort légère, où il n'y avait place que pour une ou deux personnes, dont
le dessus et le devant, étant de cuir ou de toile cirée, se levaient et se repliaient

chevaux, à cinq ou six relais, et il menait lui-même à toute bride avec une adresse et une justesse que n'avaient pas les meilleurs cochers, et toujours la même grâce à tout ce qu'il faisait. Ses postillons étaient des enfants, depuis neuf ou dix ans jusqu'à quinze, et il les dirigeait.

Politique du plus grand luxe; son mauvais goût Il aima en tout la splendeur, la magnificence, la profusion. Ce goût, il le tourna en maxime par politique, et l'inspira en tout à sa cour. C'était lui plaire que de s'y jeter en tables, en habits, en équipages, en bâtiments, en jeu. C'étaient des occasions pour qu'il parlât aux gens. Le fond était qu'il tendait et parvint par là à épuiser tout le monde en mettant le luxe en honneur, et pour certaines parties en nécessité, et réduisit ainsi peu à peu tout le monde à dépendre entièrement de ses bienfaits pour subsister. Il y trouvait encore la satisfaction de son orgueil par une cour superbe en tout, et par une plus grande confusion qui anéantissait de plus en plus les distinctions naturelles. C'est une plaie qui, une fois introduite, est devenue le cancer intérieur qui ronge tous les particuliers, parce que de la cour il s'est promptement communiqué à Paris et dans les provinces et les armées, où les gens en quelque place ne sont comptés qu'à proportion de leur table et de leur magnificence depuis cette malheureuse introduction qui ronge tous les particuliers, qui force ceux d'un état à pouvoir voler à ne s'y pas épargner pour la plupart, dans la nécessité de soutenir leur dépense, et que la confusion des états, que l'orgueil, que jusqu'à la bienséance entretiennent, qui par la folie du gros va toujours en augmen-

---

comme un soufflet dans le beau temps, et s'abaissaient et s'étendaient pendant la pluie » (Littré).

tant, dont les suites sont infinies, et ne vont à rien moins qu'à la ruine et au renversement général. Rien jusqu'à lui n'a jamais approché du nombre et de la magnificence de ses équipages de chasses et de toutes ses autres sortes d'équipages. Ses bâtiments, qui les pourrait nombrer? En même temps, qui n'en déplorera pas l'orgueil, le caprice, le mauvais goût? Il abandonna Saint-Germain, et ne fit jamais à Paris ni ornement ni commodité que le Pont-Royal, par pure nécessité, en quoi, avec son incomparable étendue, elle est si inférieure à tant de villes dans toutes les parties de l'Europe. Lorsqu'on fit la place de Vendôme, elle était carrée. M. de Louvois en vit les quatre parements[1] bâtis. Son dessein était d'y placer la Bibliothèque du Roi, les Médailles, le Balancier[2], toutes les académies, et le Grand Conseil, qui tient ses séances encore dans une maison qu'il loue. Le premier soin du Roi, le jour de la mort de Louvois, fut d'arrêter ce travail, et de donner ses ordres pour faire couper à pans les angles de la place, en la diminuant d'autant, de n'y placer rien de ce qui y était destiné, et de n'y faire que des maisons, ainsi qu'on la voit. Saint-Germain, lieu unique pour rassembler les merveilles de la vue, l'immense plain-pied d'une forêt toute joignante, unique encore par la beauté de ses arbres, de son terrain, de sa situation, l'avantage et la facilité des eaux de source sur cette élévation, les agréments admirables des jardins, des hauteurs et des terrasses, qui les unes sur les autres se pouvaient si aisément conduire dans toute l'étendue qu'on aurait

Le Roi ne fait rien à Paris, abandonne Saint-Germain. S'établit à Versailles. Veut forcer la nature

---

1. Les quatre côtés.   2. La Monnaie.

voulu, les charmes et les commodités de la Seine, enfin
une ville toute faite, et que sa position entretenait par elle-
même, il l'abandonna pour Versailles, le plus triste et le
plus ingrat de tous les lieux, sans vue, sans bois, sans eau,
sans terre, parce que tout y est sable mouvant ou maré-
cage, sans air par conséquent, qui n'y peut être bon. Il
se plut à tyranniser la nature, à la dompter à force d'art et
de trésors. Il y bâtit tout l'un après l'autre sans dessein
général ; le beau et le vilain furent cousus ensemble, le
vaste et l'étranglé. Son appartement et celui de la Reine
y ont les dernières incommodités, avec les vues de cabinets
et de tout ce qui est derrière les plus obscures, les plus
enfermées, plus puantes. Les jardins dont la magnificence étonne, mais dont le plus léger usage rebute,
sont d'aussi mauvais goût. On n'y est conduit dans la
fraîcheur de l'ombre que par une vaste zone torride, au
bout de laquelle il n'y a plus où que ce soit qu'à monter
et à descendre ; et avec la colline, qui est fort courte, se
terminent les jardins. La recoupe[1] y brûle les pieds, mais
sans cette recoupe, on y enfoncerait ici dans les sables, et
là dans la plus noire fange. La violence qui y a été faite
partout à la nature repousse et dégoûte malgré soi. L'abondance des eaux forcées et ramassées de toutes parts les
rend vertes, épaisses, bourbeuses ; elles répandent une
humidité malsaine et sensible, une odeur qui l'est encore
plus. Leurs effets, qu'il faut pourtant beaucoup ménager,
sont incomparables. Mais de ce tout il résulte qu'on
admire et qu'on fuit. Du côté de la cour, l'étranglé suf-
foque, et ces vastes ailes s'enfuient sans tenir à rien. Du

---

1. « Il se dit des éclats de pierres dont on se sert quelquefois pour affermir les
allées des jardins » (Littré).

côté des jardins, on jouit de la beauté du tout ensemble, mais on croit voir un palais qui a été brûlé, où le dernier étage et les toits manquent encore. La chapelle qui l'écrase, parce que Mansart voulait engager le Roi à élever le tout d'un étage, a de partout la triste représentation d'un immense catafalque. La main-d'œuvre y est exquise en tous genres, l'ordonnance nulle ; tout y a été fait pour la tribune, parce que le Roi n'allait guère en bas, et celles des côtés sont inaccessibles par l'unique défilé qui conduit à chacune. On ne finirait point sur les défauts monstrueux d'un palais si immense, et si immensément cher, avec ses accompagnements qui le sont encore davantage : orangerie, potagers, chenils, Grande et Petite écuries pareilles, commun[1] prodigieux. Enfin une ville entière où il n'y avait qu'un très misérable cabaret, un moulin à vent, et ce petit château de carte que Louis XIII y avait fait pour n'y plus coucher sur la paille, qui n'était que la contenance étroite et basse autour de la cour de marbre qui en faisait la cour, et dont le bâtiment du fond n'avait que deux courtes et petites ailes. Mon père l'a vu et y a couché maintes fois. Encore ce Versailles de Louis XIV, ce chef-d'œuvre si ruineux et de si mauvais goût, et où les changements entiers des bassins et de bosquets ont enterré tant d'or qui ne peut paraître, n'a-t-il pu être achevé. Parmi tant de salons entassés l'un sur l'autre, il n'y a ni salle de comédie, ni salle à banquets, ni de bal, et devant et derrière il reste beaucoup à faire. Les parcs et les avenues, tous en plants[2], ne peuvent venir. En gibier, il faut y en jeter sans cesse ; en rigoles de quatre et cinq lieues de cours, elles sont sans nombre ; en murailles enfin, qui par leur

---

1. Destiné aux cuisines et au service.   2. En jeunes arbres.

immense contour enferment comme une petite province
du plus triste et du plus vilain pays du monde. Trianon,
dans ce même parc et à la porte de Versailles, d'abord
maison de porcelaine à aller faire des collations, agrandie
après pour y pouvoir coucher, enfin palais de marbre, de
jaspe et de porphyre, avec des jardins délicieux ; la Ménagerie vis-à-vis, de l'autre côté de la croisée du canal de
Versailles, toute de riens exquis, et garnie de toutes sortes
d'espèces de bêtes à deux et à quatre pieds les plus rares ;
enfin Clagny, bâti pour Mme de Montespan en son
propre, passé au duc du Maine, au bout de Versailles,
château superbe avec ses eaux, ses jardins, son parc. Des
aqueducs dignes des Romains de tous les côtés ; l'Asie ni
l'Antiquité n'offrent rien de si vaste, de si multiplié, de si
travaillé, de si superbe, de si rempli de monuments les
plus rares de tous les siècles en marbres les plus exquis de
toutes les sortes, en bronzes, en peintures, en sculptures,
ni de si achevé des derniers[1].

Ouvrages
de Maintenon

Mais l'eau manquait quoi qu'on
pût faire, et ces merveilles de l'art
en fontaines tarissaient, comme
elles font encore à tous moments, malgré la prévoyance de
ces mers de réservoirs qui avaient coûté tant de millions à
établir et à conduire sur le sable mouvant et sur la fange.
Qui l'aurait cru ? Ce défaut devint la ruine de l'infanterie.
Mme de Maintenon régnait ; on parlera d'elle à son tour.
M. de Louvois alors était bien avec elle ; on jouissait de la
paix. Il imagina de détourner la rivière d'Eure entre
Chartres et Maintenon, et de la faire venir toute entière à
Versailles. Qui pourra dire l'or et les hommes que la tenta-

---

1. Des derniers siècles.

tive obstinée en coûta pendant plusieurs années, jusque-là
qu'il fut défendu sous les plus grandes peines, dans le
camp qu'on y avait établi et qu'on y tint très longtemps,
d'y parler des malades, surtout des morts, que le rude
travail et plus encore l'exhalaison de tant de terres remuées
tuaient ? Combien d'autres furent des années à se rétablir
de cette contagion ! Combien n'en ont pu reprendre leur
santé pendant le reste de leur vie ! Et toutefois non seulement les officiers particuliers, mais les colonels, les briga-
diers, et ce qu'on y employa d'officiers généraux n'avaient
pas, quels qu'ils fussent, la liberté de s'en absenter un quart
d'heure, ni de manquer eux-mêmes un quart d'heure de
service sur les travaux. La guerre enfin les interrompit en
1688, sans qu'ils aient été repris depuis ; il n'en est resté
que d'informes monuments qui éterniseront cette cruelle
folie. À la fin, le Roi, lassé du beau et de la foule, se
persuada qu'il voulait quelquefois
du petit et de la solitude. Il chercha
Marly
autour de Versailles de quoi satis-
faire ce nouveau goût. Il visita plusieurs endroits, il parcou-
rut les coteaux qui découvrent Saint-Germain et cette vaste
plaine qui est au bas, où la Seine serpente et arrose tant de
gros lieux et de richesses en quittant Paris. On le pressa de
s'arrêter à Luciennes, où Cavoye eut depuis une maison
dont la vue est enchantée ; mais il répondit que cette heureuse situation le ruinerait, et que, comme il voulait un
rien, il voulait aussi une situation qui ne lui permît pas de
songer à y rien faire. Il trouva derrière Luciennes un vallon
étroit, profond, à bords escarpés, inaccessible par ses maré-
cages, sans aucune vue, enfermé de collines de toutes parts,
extrêmement à l'étroit, avec un méchant village sur le penchant d'une de ces collines qui s'appelait Marly. Cette

clôture[1] sans vue, ni moyen d'en avoir, fit tout son mérite. L'étroit du vallon où on ne se pouvait étendre y en ajouta beaucoup. Il crut choisir un ministre, un favori, un général d'armée. Ce fut un grand travail que dessécher ce cloaque de tous les environs qui y jetaient toutes leurs voiries, et d'y rapporter des terres. L'ermitage fut fait. Ce n'était que pour y coucher trois nuits, du mercredi au samedi deux ou trois fois l'année, avec une douzaine au plus de courtisans en charges les plus indispensables. Peu à peu l'ermitage fut augmenté ; d'accroissement en accroissement, les collines taillées pour faire place et y bâtir, et celle du bout largement emportée pour donner au moins une échappée de vue fort imparfaite. Enfin, en bâtiments, en jardins, en eaux, en aqueducs, en ce qui est si connu et si curieux sous le nom de machine de Marly[2], en parcs, en forêt ornée et renfermée, en statues, en meubles précieux, Marly est devenu ce qu'on le voit encore, tout dépouillé qu'il est depuis la mort du Roi ; en forêts toutes venues et touffues qu'on y a apportées en grands arbres de Compiègne, et de bien plus loin sans cesse, dont plus des trois quarts mouraient et qu'on remplaçait aussitôt ; en vastes espaces de bois épais et d'allées obscures, subitement changées en immenses pièces d'eau où on se promenait en gondoles, puis remises en forêts à n'y pas voir le jour dès le moment qu'on les plantait (je parle de ce que j'ai vu en six semaines) ; en bassins changés cent fois ; en cascades de même à figures successives et toutes différentes ; en séjours de carpes[3] ornés de dorures et de peintures les plus exquises, à peine achevées, rechangées et

---

1. Ce lieu fermé sur lui-même. 2. Cette machine hydraulique, véritable exploit technique, était destinée à amener l'eau de la Seine aux bassins et aux jeux d'eaux. 3. En bassins.

rétablies autrement par les mêmes maîtres, et cela une infinité de fois. Cette prodigieuse machine dont on vient de parler, avec ses immenses aqueducs, ses conduites et ses réservoirs monstrueux, uniquement consacrée à Marly sans plus porter d'eau à Versailles. C'est peu de dire que Versailles tel qu'on l'a vu n'a pas coûté Marly. Que si on ajoute les dépenses de ces continuels voyages, qui devinrent enfin au moins égaux aux séjours de Versailles, souvent presque aussi nombreux, et tout à la fin de la vie du Roi le séjour le plus ordinaire, on ne dira point trop sur Marly seul en comptant par milliards. Telle fut la fortune d'un repaire de serpents et de charognes, de crapauds et de grenouilles, uniquement choisi pour n'y pouvoir dépenser. Tel fut le mauvais goût du Roi en toutes choses, et ce plaisir superbe de forcer la nature, que ni la guerre la plus pesante, ni la dévotion ne put émousser.

Amours du Roi   De tels excès de puissance et si mal entendus, faut-il passer à d'autres plus conformes à la nature, mais qui en leur genre furent bien plus funestes ? ce sont les amours du Roi. Leur scandale a rempli l'Europe, a confondu la France, a ébranlé l'État, a sans doute attiré les malédictions sous le poids desquelles il s'est vu si imminemment près du dernier précipice, et a réduit sa postérité légitime à un filet unique de son extinction en France[1]. Ce sont des maux qui se sont tournés en fléaux de tout genre, et qui se feront sentir longtemps. Louis XIV, dans sa jeunesse plus fait pour les amours qu'aucun de ses sujets, lassé de voltiger et de cueillir des faveurs passagères, se fixa enfin à La Vallière : on en sait

---

1. Allusion à Louis XV, fils cadet du duc de Bourgogne, âgé de cinq ans à la mort de Louis XIV.

les progrès et les fruits. Mme de Montespan fut celle dont la rare beauté le toucha ensuite, même pendant le règne de Mme de La Vallière. Elle s'en aperçut bientôt, elle pressa vainement son mari de l'emmener en Guyenne ; une folle confiance ne voulut pas l'écouter. Elle lui parlait alors de bonne foi. À la fin le Roi en fut écouté, et l'enleva à son mari avec cet épouvantable fracas qui retentit avec horreur chez toutes les nations, et qui donna au monde le spectacle nouveau de deux maîtresses à la fois. Il les promena aux frontières, aux camps, des moments aux armées, toutes deux dans le carrosse de la Reine. Les peuples accourant de toutes parts se montraient les trois reines, et se demandaient avec simplicité les uns aux autres si ils les avaient vues. À la fin Mme de Montespan triompha, et disposa seule du maître et de sa cour, avec un éclat qui n'eut plus de voile ; et pour qu'il ne manquât rien à la licence publique de cette vie, M. de Montespan, pour en avoir voulu prendre[1], fut mis à la Bastille, puis relégué en Guyenne, et sa femme eut de la comtesse de Soissons, forcée par sa disgrâce, la démission de la charge créée pour elle de surintendante de la maison de la Reine, à laquelle on supposa le tabouret attaché, parce qu'ayant un mari, elle ne pouvait être faite duchesse. On vit après sortir de son cloître de Fontevrault la reine des abbesses[2], qui chargée de son voile et de ses vœux, avec plus d'esprit et de beauté encore que Mme de Montespan sa sœur, vint jouir de la gloire de cette Niquée[3] et être de tous

---

1. Prendre quelque licence, c'est-à-dire oser se plaindre de la situation.
2. Voir son portrait dans la chronique de 1703 (p. 137).   3. Héroïne de l'*Amadis de Gaule* (1508), roman de chevalerie de Montalvo. Une fée avait placé Niquée sur un trône magnifique pour la soustraire à l'amour de son frère ; le personnage est synonyme de splendeur et d'adoration.

les particuliers du Roi les plus charmants par l'esprit et par les fêtes, avec Mme de Thianges son autre sœur, et l'élixir le plus trayé[1] de toutes les dames de la cour. Les grossesses et les couches furent publiques. La cour de Mme de Montespan devint le centre de la cour, des plaisirs, de la fortune, de l'espérance et de la terreur des ministres et des généraux d'armée, et l'humiliation de toute la France. Ce fut aussi le centre de l'esprit, et d'un tour si particulier, si délicat, si fin, mais toujours si naturel et si agréable, qu'il se faisait distinguer à son caractère unique[2]. C'était celui de ces trois sœurs, qui toutes trois en avaient infiniment, et avaient l'art d'en donner aux autres. On sent encore avec plaisir ce tour charmant et simple dans ce qui reste de personnes qu'elles ont élevées chez elles et qu'elles s'étaient attachées ; entre mille autres on les distinguerait dans les conversations les plus communes. Madame de Fontevrault était celle des trois qui en avait le plus ; c'était peut-être aussi la plus belle. Elle y joignait un savoir rare et fort étendu : elle savait bien la théologie et les Pères, elle était versée dans l'Écriture, elle possédait les langues savantes, elle parlait à enlever[3] quand elle traitait quelque matière. Hors de cela l'esprit ne se pouvait cacher, mais on ne se doutait pas qu'elle sût rien de plus que le commun de son sexe. Elle excellait en tous genres d'écrire ; elle avait un don tout particulier pour le gouvernement et pour se faire adorer de tout son ordre, en le tenant toutefois dans la plus exacte régularité. Quoiqu'elle eût été faite religieuse plus que très cavalièrement, la sienne[4] était pareille dans son abbaye. Ses séjours à la cour, où elle ne sortait point de chez ses sœurs, ne donnèrent jamais

---

1. Trié sur le volet.   2. Nouvelle allusion à l'« esprit Mortemart ».
3. À ravir.   4. Sa régularité.

d'atteinte à sa réputation que par l'étrange singularité de voir un tel habit partager une faveur de cette nature, et si la bienséance eût pu y être en soi, il se pouvait dire que dans cette cour même elle ne s'en serait jamais écartée. Mme de Thianges dominait ses deux sœurs, et le Roi même, qu'elle amusait plus qu'elles. Tant qu'elle vécut, elle le domina, et conserva même après l'expulsion de Mme de Montespan hors de la cour les plus grandes privances[1] et des distinctions uniques. Pour Mme de Montespan, elle était méchante, capricieuse, avait beaucoup d'humeur, et une hauteur en tout dans les nues dont personne n'était exempt, le Roi aussi peu que tout autre. Les courtisans évitaient de passer sous ses fenêtres, surtout quand le Roi y était avec elle ; ils disaient que c'était passer par les armes, et ce mot passa en proverbe à la cour. Il est vrai qu'elle n'épargnait personne, très souvent sans autre dessein que de divertir le Roi, et comme elle avait infiniment d'esprit, de tour et de plaisanterie fine, rien n'était plus dangereux que les ridicules qu'elle donnait mieux que personne. Avec cela elle aimait sa maison et ses parents, et ne laissait pas de bien servir les gens pour qui elle avait pris de l'amitié. La Reine supportait avec peine sa hauteur avec elle, bien différente des ménagements continuels et des respects de la duchesse de La Vallière, qu'elle aima toujours, au lieu que de celle-ci il lui échappait souvent de dire : « Cette pute me fera mourir. » On a vu en son temps la retraite, l'austère pénitence et la pieuse fin de Mme de Montespan[2]. Pendant son règne elle ne laissa pas d'avoir des jalousies. Mlle de Fontanges plut assez au Roi pour devenir maîtresse en titre. Quelque étrange que fût ce doublet, il n'était pas nouveau ; on l'avait vu de Mme de La

---

1. Relations privilégiées.   2. Voir, p. 174, dans la chronique de 1707.

Vallière et de Mme de Montespan, à qui celle-ci ne fit que rendre ce qu'elle avait prêté à l'autre. Mais Mlle de Fontanges ne fut pas si heureuse, ni pour le vice, ni pour la fortune, ni pour la pénitence. Sa beauté la soutint un temps, mais son esprit n'y répondit en rien. Il en fallait au Roi pour l'amuser et le tenir. Avec cela il n'eut pas le loisir de s'en dégoûter tout à fait. Une mort prompte, qui ne laissa pas de surprendre, finit en bref ces nouvelles amours[1]. Presque tous ne furent que passades.

Belle inconnue très connue   Un seul subsista longtemps[2], et se convertit en affection jusqu'à la fin de la vie de la belle, qui sut en tirer les plus prodigieux avantages jusqu'au tombeau, et en laisser à ses deux fils l'abominable et magnifique héritage, qu'ils surent bien faire valoir. L'infâme politique du mari, qui a un nom propre en Espagne qui veut dire cocu

---

1. Elle mourut à vingt ans, en 1681, en pleine affaire des Poisons.
2. L'amour de Mme de Soubise. Elle mourut en 1709 : « Elle avait passé sa vie dans le régime le plus austère pour conserver l'éclat et la fraîcheur de son teint : du veau et des poulets ou des poulardes rôties ou bouillies, des salades, des fruits, quelques laitages, furent sa nourriture constante, qu'elle n'abandonna jamais, sans aucun autre mélange, avec de l'eau quelquefois rougie ; et jamais elle ne fut troussée comme les autres femmes, de peur de s'échauffer les reins et de se rougir le nez. Elle avait eu beaucoup d'enfants, dont quelques-uns étaient morts des écrouelles, malgré le miracle qu'on prétend attaché à l'attouchement de nos rois : la vérité est que, quand ils touchent les malades, c'est au sortir de la communion. Mme de Soubise, qui ne demandait pas la même préparation, s'en trouva enfin attaquée elle-même quand l'âge commença à ne se plus accommoder d'une nourriture si rafraîchissante. Elle s'en cacha, et alla tant qu'elle put ; mais il fallut demeurer chez elle les deux dernières années de sa vie, à pourrir sur les meubles les plus précieux, au fond de ce vaste et superbe hôtel de Guise qui, d'achat ou d'embellissement et d'augmentations, leur revient à plusieurs millions » (III, 350).

volontaire et ne s'y pardonne jamais, souffrit volontiers cet amour, et en recueillit des fruits immenses en se confinant à Paris, servant à l'armée, n'allant presque point à la cour, faisant obscurément les fonds[1], et distribuant tous les avantages que de concert avec lui sa belle moitié en tirait. C'était la maréchale de Rochefort chez qui elle allait attendre l'heure du berger[2], laquelle l'y conduisait, et qui me l'a conté plus d'une fois, avec des contretemps qui lui arrivèrent, mais qui ne firent obstacle à rien, et ne venaient point du mari, qui était au fond de sa maison à Paris, qui, sachant et conduisant tout, ignorait tout avec le plus grand soin, et changea depuis son étroite maison de la place Royale pour le palais des Guises, dont ils ne pourraient reconnaître l'étendue ni la somptuosité qu'il a pris depuis entre ses mains, et en celles de ses deux fils. La même politique continua le mystère de cet amour, qui ne le demeura que de nom, et tout au plus en très fine écorce[3]. Le mystère le fit durer ; l'art de s'y conduire gagna les plus intéressées[4], et en bâtit la plus rapide et la plus prodigieuse fortune. Le même art le soutint toujours croissant, et sut, quand il en fut encore temps, le tourner en amitié et en considération la plus distinguée. Il mit les enfants de cette belle, qui était pourtant rousse[5], en situation de s'élever et de s'enrichir eux et les leurs de plus en plus, même après elle, et de parvenir à un comble de tout, dont avec eux

---

1. Avançant la mise pour en tirer des bénéfices.   2. « On dit proverbialement l'heure du berger, pour dire l'heure favorable à un amant pour gagner sa maîtresse » (Furetière).   3. Très superficiellement.   4. Par sa conduite, Mme de Soubise ne se fit pas des ennemies des deux femmes les plus concernées par ses relations avec le Roi, Mme de Montespan et Mme de Maintenon. 5. Louis XIV n'aimait donc pas les rousses ?

jouit avec éclat la troisième génération aujourd'hui dans toute son étendue, et qui a mis les plus obscurs par eux-mêmes et les plus ténébreux, mais de leur nom, en splendeur inhérente. C'est savoir tirer plus que très grand parti la femme de sa beauté, le mari de sa politique et de son infamie, les enfants de tous les moyens mis en main par de tels parents, mais toujours comme les fils de la belle. Une autre[1] tira beaucoup aussi toute sa vie de la même conduite, mais ni la beauté, ni l'art, ni la position de cette belle, ni de son camard et bouffon de mari, ne permit à celle-ci ni la durée, ni la continuité, ni rien de l'éclat où l'autre parvint et se maintint, et qu'elle fit passer à ses enfants, petits-enfants, et en gros à tout leur nom. Celle-ci[2] n'avait qu'à vouloir. Quoique le commerce fût fini depuis très longtemps, et que les ménagements extérieurs fussent extrêmes, on connaissait son pouvoir à la cour ; tout y était en respect devant elle. Ministres, princes du sang, rien ne résistait à ses volontés ; ses billets allaient droit au Roi, et les réponses toujours à l'instant du Roi à elle sans que personne s'en aperçût. Si très rarement, par cette commodité unique d'écriture, elle avait à parler au Roi, ce qu'elle évitait autant que cela était possible, elle était admise à l'instant qu'elle le voulait. C'était toujours à des heures publiques, mais dans le premier cabinet du Roi, qui était et est encore celui du Conseil, tous deux assis au fond, mais les portes des deux côtés absolument ouvertes, affectation qui ne se pratiquait jamais que lorsqu'elle était

---

1. Mme de Roquelaure. Sa fille ayant été enlevée par le prince de Léon, elle alla se jeter aux pieds du Roi pour lui demander justice ; le Roi « la releva avec la galanterie d'un prince à qui elle n'avait pas été indifférente » (III, 158).
2. Mme de Soubise.

avec le Roi, et la pièce publique contiguë à ce cabinet pleine de tous les courtisans. Si quelquefois elle ne voulait dire qu'un mot, c'était debout à la porte en dehors du même cabinet, et devant tout le monde, qui aux manières du Roi de l'aborder, de l'écouter, de la quitter, n'avait pas peine à remarquer jusque dans les derniers temps de sa vie, qui finit plusieurs années avant celle du Roi, qu'elle ne lui était pas indifférente. Elle fut belle jusqu'à la fin. Une fois en trois ans un court voyage à Marly, jamais d'aucun particulier avec le Roi, même avec d'autres dames. L'unisson[1] soigneusement gardé avec tout le reste de la cour. Elle y était presque toujours, et souvent au souper du Roi, où il ne la distingua jamais en rien. Telle était la convention avec Mme de Maintenon, qui de son côté contribua en récompense à tout ce qu'elle put désirer. Le mari, qui l'a survécue de quelques années, presque jamais à la cour, et des moments, vivait obscur à Paris enterré dans le soin de ses affaires domestiques qu'il entendait parfaitement, s'applaudissant du bon sens qui, de concert avec sa femme, l'avait porté à tant de richesses, d'établissements et de grandeurs, sous les rideaux de gaze qui demeurèrent rideaux, mais qui ne furent rien moins qu'impénétrables. Il ne faut pas oublier la belle Ludres, demoiselle de Lorraine, fille d'honneur de Madame, qui fut aimée un moment à découvert[2]. Mais cet amour passa avec la rapidité d'un éclair, et l'amour de Mme de Montespan demeura le triomphant.

---

1. C'est-à-dire qu'elle fut toujours traitée à la cour comme le méritait son rang, sans privilèges particuliers.   2. La « belle Ludres » occupa le Roi en 1675, entre Mme de La Vallière et Mme de Montespan, ou plutôt en même temps.

Il faut passer à un autre genre d'amour, qui n'étonna pas moins toutes les nations que celui-ci les avait scandalisées, et que le Roi emporta tout entier au tombeau. À ce peu de mots qui ne reconnaîtrait la célèbre Françoise d'Aubigné, marquise de Maintenon, dont le règne permanent n'a pas duré moins de trente-deux ans. Née dans les îles de l'Amérique[1], où son père, peut-être gentilhomme, était allé avec sa mère chercher du pain, et que l'obscurité y a étouffés, revenue seule et au hasard en France, abordée[2] à La Rochelle, recueillie au voisinage par pitié chez Mme de Neuillan, mère de la maréchale-duchesse de Navailles, réduite par sa pauvreté et par l'avarice de cette vieille dame à garder les clefs de son grenier et à voir mesurer tous les jours l'avoine à ses chevaux ; venue à Paris à sa suite, jeune, adroite, spirituelle et belle, sans pain et sans parents, d'heureux hasards la firent connaître au fameux Scarron[3]. Il la trouva aimable, ses amis peut-être encore plus. Elle crut faire la plus grande fortune et la plus inespérable d'épouser ce joyeux et savant cul-de-jatte, et des gens qui avaient peut-être plus besoin de femme que lui l'entêtèrent de faire ce mariage, et vinrent à bout de lui persuader de tirer par là de la misère cette charmante malheureuse. Le mariage se fit, la nouvelle épouse plut à toutes les compagnies qui allaient chez Scarron. Il la voyait fort bonne et en tous genres ; c'était la mode d'aller chez lui, gens d'esprit, gens de la cour et de la ville, et ce qu'il y avait de meilleur et de plus distingué, qu'il n'était pas en

1. En réalité à Niort, mais ses parents étaient partis faire fortune à la Guadeloupe. 2. Ayant abordé. 3. Auteur burlesque du *Virgile travesti*, mais surtout du *Roman comique*.

état d'aller chercher hors de chez lui, et que les charmes de
son esprit, de son savoir, de son imagination, de cette
gaieté incomparable parmi ses maux, et toujours nouvelle,
cette rare fécondité, et la plaisanterie du meilleur goût,
qu'on admire encore dans ses ouvrages, attirait continuellement chez lui. Mme Scarron fit donc là des connaissances de toutes les sortes, qui pourtant, à la mort de son
mari, ne l'empêchèrent pas d'être réduite à la Charité de sa
paroisse de Saint-Eustache. Elle y prit une chambre pour
elle et pour une servante dans une montée, où elle vécut
très à l'étroit. Ses appas[1] élargirent peu à peu ce mal-être.
Villars, père du maréchal, Beuvron, père d'Harcourt,
Villarceaux, qui demeurèrent les trois tenants[2], bien
d'autres l'entretinrent. Cela la remit à flot, et peu à peu
l'introduisit à l'hôtel d'Albret, par là à l'hôtel de Richelieu
et ailleurs ; ainsi de l'une à l'autre[3]. Dans ces maisons,
Mme Scarron n'était rien moins que sur le pied de compagnie ; elle y était à tout faire, tantôt à demander du bois,
tantôt si on servirait bientôt, une autre fois si le carrosse de
celui-ci ou de celle-là étaient revenus[4], et ainsi de mille
petites commissions dont l'usage des sonnettes, introduit
longtemps depuis, a ôté l'importunité. C'est dans ces maisons, principalement à l'hôtel de Richelieu, beaucoup plus
encore à l'hôtel d'Albret, où le maréchal d'Albret tenait
un fort grand état, où Mme Scarron fit la plupart de ses
connaissances, dont les unes lui servirent tant, et les autres
leur devinrent si utiles. Les maréchaux de Villars et d'Harcourt par leurs pères, et avant eux, Villars, père du

---

1. Ses charmes.   2. Le tenant est l'« amant d'une femme qui en a
plusieurs l'un après l'autre » (Littré).   3. D'une maison à une autre.
4. Accord au pluriel par le sens.

maréchal, en firent leur fortune ; la duchesse d'Arpajon, sœur de Beuvron, en fut, sans l'avoir pu imaginer, dame d'honneur de Mme la dauphine de Bavière à la mort de la duchesse de Richelieu, que la même raison avait faite aussi dame d'honneur de la Reine, puis, par confiance, de Mme la dauphine de Bavière, et le duc de Richelieu chevalier d'honneur pour rien, qui en eut de Dangeau cinq cent mille livres, à qui cette charge fit la fortune. La princesse d'Harcourt, fille de Brancas si connu par son esprit et par ses rares distractions, qui avait été bien avec elle, Villarceaux et Montchevreuil, chevaliers de l'Ordre tous deux, au premier desquels son père fit passer à trente-cinq ans le collier qui lui était destiné, et nombre d'autres se sentirent grandement de ces premiers temps.

Mme Scarron élève en secret M. du Maine et Madame la Duchesse, et reconnus et à la cour demeure leur gouvernante. Le Roi ne la peut souffrir et s'en explique très fortement. Elle prend le nom de Maintenon en acquérant la terre

Elle dut à la proche parenté du maréchal d'Albret et de M. de Montespan[1] l'introduction décisive à l'incroyable fortune qu'elle fit quatorze ou quinze ans après. M. et Mme de Montespan ne bougeaient de chez le maréchal d'Albret, qui tenait à Paris la plus grande et la meilleure maison, où abondait la compagnie de la cour et de la ville la plus distinguée et la plus choisie. Les respects, les soins de plaire, l'esprit et les agréments de Mme Scarron réussirent fort auprès de Mme de Montespan. Elle prit de l'amitié pour elle, et quand elle eut ses premiers enfants du Roi, M. du

---

1. Ils étaient cousins germains.

Maine et Madame la Duchesse[1] qu'on voulut cacher, elle
lui proposa de les confier à Mme Scarron, à qui on donna
une maison au Marais pour y loger avec eux, et de quoi les
entretenir et les élever dans le dernier secret. Dans les
suites, ces enfants furent amenés à Mme de Montespan,
puis montrés au Roi, et de là peu à peu tirés du secret, et
avoués. Leur gouvernante fixée avec eux à la cour, y plut
de plus en plus à Mme de Montespan, qui lui fit donner
par le Roi à diverses reprises. Lui, au contraire, ne la pouvait souffrir ; ce qu'il lui donnait quelquefois, et toujours
peu, n'était que par excès de complaisance, et avec un
regret qu'il ne cachait pas. La terre de Maintenon étant
tombée en vente, la proximité de Versailles en tenta si bien
Mme de Montespan pour Mme Scarron, qu'elle ne laissa
point de repos au Roi qu'elle n'en eût tiré de quoi la faire
acheter à cette femme, qui prit alors le nom de Maintenon,
ou fort peu de temps après. Elle obtint aussi de quoi en
raccommoder le château, et attaqua le Roi encore pour
donner de quoi rajuster le jardin, car MM. d'Angennes y
avaient tout laissé ruiner. C'était à sa toilette où cela se
passait, et où le seul capitaine des gardes en quartier suivait
le Roi. C'était M. le maréchal de Lorges[2], homme le plus
vrai qui fut jamais, et qui m'a souvent conté la scène dont
il fut témoin ce jour-là. Le Roi fit d'abord la sourde oreille,
puis refusa ; enfin, impatienté de ce que Mme de
Montespan ne démordait point et insistait toujours, il se
fâcha, lui dit qu'il n'avait déjà que trop fait pour cette
créature, qu'il ne comprenait pas la fantaisie de Mme de
Montespan pour elle, et son opiniâtreté à la garder après
tant de fois qu'il l'avait priée de s'en défaire ; qu'il avouait

---

1. En 1670 et 1673.   2. Beau-père du mémorialiste.

pour lui qu'elle lui était insupportable, et que pourvu
qu'on lui promît qu'il ne la verrait plus et qu'on ne lui en
parlerait jamais, il donnerait encore, quoique pour en dire
la vérité, il n'eût déjà que beaucoup trop donné pour une
créature de cette espèce. Jamais M. le maréchal de Lorges
n'a oublié ces propres paroles, et à moi et à d'autres il les a
toujours rapportées précises et dans le même ordre, tant il
en fut frappé alors, et bien plus à tout ce qu'il vit depuis de
si étonnant et de si contradictoire. Mme de Montespan se
tut bien court, et bien en peine d'avoir trop pressé le Roi.
M. du Maine était extrêmement boiteux ; on disait que
c'était d'être tombé d'entre les bras d'une nourrice. Tout
ce qu'on lui fit n'ayant pas réussi, on prit le parti de
l'envoyer chez divers artistes[1] en Flandres et ailleurs dans
le Royaume, puis aux eaux, entre autres à Barèges. Les
lettres que la gouvernante écrivait à Mme de Montespan

Le Roi rapproché de Mme de Maintenon, qui enfin supplante Mme de Montespan pour lui rendre compte de ces
voyages étaient montrées au Roi ; il
les trouva bien écrites, il les goûta,
et les dernières commencèrent à
diminuer son éloignement. Les
humeurs de Mme de Montespan

achevèrent l'ouvrage. Elle en avait beaucoup, elle s'était
accoutumée à ne s'en pas contraindre. Le Roi en était
l'objet plus souvent que personne ; il en était encore
amoureux, mais il en souffrait. Mme de Maintenon le
reprochait à Mme de Montespan, qui lui en rendit de
bons offices auprès du Roi. Ces soins d'apaiser sa maîtresse
lui revinrent aussi d'ailleurs, et l'accoutumèrent à parler

---

1. Hommes de l'art, entre le rebouteux et l'ostéopathe ; le mot pouvait aussi
désigner l'alchimiste.

quelquefois à Mme de Maintenon, à s'ouvrir à elle de ce qu'il désirait qu'elle fît auprès de Mme de Montespan, enfin à lui conter ses chagrins contre elle et à la consulter là-dessus. Admise ainsi peu à peu dans l'intime confidence, et sans milieu, de l'amant et de la maîtresse, et par le Roi même, l'adroite suivante sut la cultiver, et fit si bien par son industrie[1] que peu à peu elle supplanta Mme de Montespan, qui s'aperçut trop tard qu'elle lui était devenue nécessaire. Parvenue à ce point, Mme de Maintenon fit à son tour ses plaintes au Roi de tout ce qu'elle avait à souffrir d'une maîtresse qui l'épargnait si peu lui-même, et à force de se plaindre l'un à l'autre de Mme de Montespan, celle-ci en prit tout à fait la place, et se la sut bien assurer. La fortune, pour n'oser nommer ici la Providence, qui préparait au plus superbe des rois l'humiliation la plus profonde, la plus publique, la plus durable, la plus inouïe, fortifia de plus en plus son goût pour cette femme adroite et experte au métier[2], que les jalousies continuelles de Mme de Montespan rendaient encore plus solide par les sorties fréquentes que son humeur aigrie lui faisait faire sans ménagement sur le Roi et sur elle, et c'est ce que Mme de Sévigné sait peindre si joliment en énigme dans ses lettres à Mme de Grignan, où elle l'entretient quelquefois de ces mouvements de cour, parce que Mme de Maintenon avait été à Paris assez de la société de Mme de Sévigné, de Mme de Coulanges, de Mme de La Fayette, et qu'elle commençait à leur faire sentir son importance. On y voit aussi dans le même goût des traits charmants sur la faveur voilée, mais brillante, de Mme de Soubise[3].

---

1. Habileté.   2. Et qui savait s'y prendre.   3. Voir plus haut « Belle inconnue très connue », p. 411.

Cette même Providence, maîtresse absolue des temps et des événements, les disposa encore en sorte que la Reine vécut assez pour laisser porter ce goût à son comble, et point assez pour le laisser refroidir. Le plus grand malheur qui soit donc arrivé au Roi, et les suites doivent faire ajouter à l'État, fut la perte si brusque de la Reine par l'ignorance profonde et l'opiniâtreté du premier médecin d'Aquin, au plus fort de ce nouvel attachement enté sur le dégoût de la maîtresse, dont les humeurs étaient devenues insupportables, et que nulle politique n'avait pu arrêter. Cette beauté impérieuse, accoutumée à dominer et à être adorée, ne pouvait résister au désespoir toujours présent de la décadence de son pouvoir, et ce qui la jetait hors de toute mesure, c'était de ne pouvoir se dissimuler une rivale abjecte à qui elle avait donné du pain, qui n'en avait encore que par elle, qui de plus lui devait cette affection qui devenait son bourreau, par l'avoir assez aimée pour n'avoir pu se résoudre à la chasser tant de fois que le Roi l'en avait pressée, une rivale encore si au-dessous d'elle en beauté, et plus âgée qu'elle de plusieurs années[1] ; sentir que c'était pour cette suivante, pour ne pas dire servante, que le Roi venait le plus chez elle, qu'il n'y cherchait qu'elle, qu'il ne pouvait dissimuler son malaise lorsqu'il ne l'y trouvait pas, et le plus souvent la quitter, elle, pour entretenir l'autre tête à tête ; enfin avoir à tous moments besoin d'elle pour attirer le Roi, pour se raccommoder avec lui de leurs querelles, pour en obtenir des grâces qu'elle lui demandait. Ce fut donc dans des temps si propices à cette enchanteresse que le Roi devint libre. Il passa les premiers jours à Saint-Cloud chez Monsieur, d'où il alla à Fontainebleau, où il passa tout l'automne. Ce fut là

---

1. Mme de Maintenon est née en 1635, Mme de Montespan en 1640.

où son goût, piqué par l'absence, la lui fit trouver insupportable. À son retour on prétend, car il faut distinguer

Le Roi épouse le certain de ce qui ne l'est pas,
Mme de on prétend, dis-je, que le Roi
Maintenon parla plus librement à Mme de
Maintenon, et qu'elle, osant essayer ses forces, se retrancha
habilement sur la dévotion et sur la pruderie de son dernier
état ; que le Roi ne se rebuta point, qu'elle le prêcha et lui
fit peur du diable, et qu'elle ménagea son amour et sa
conscience l'un par l'autre avec un si grand art, qu'elle
parvint à ce que nos yeux ont vu, et que la postérité
refusera de croire. Mais ce qui est très certain et bien vrai,
c'est que, quelque temps après le retour du Roi de
Fontainebleau, et au milieu de l'hiver qui suivit la mort
de la Reine, chose que la postérité aura peine à croire,
quoique parfaitement vrai et avéré[1], le P. de La Chaise,
confesseur du Roi, dit la messe en pleine nuit dans un des
cabinets du Roi à Versailles. Bontemps, gouverneur de
Versailles, premier valet de chambre en quartier[2] et le plus
confident des quatre[3], servit cette messe où ce monarque
et la Maintenon furent mariés, en présence d'Harlay,
archevêque de Paris, comme diocésain, de Louvois, qui
tous deux avaient, comme on l'a dit[4], tiré parole du Roi

---

1. Quoique [le fait soit] parfaitement vrai et avéré. 2. Voir son portrait
dans la chronique de 1701, p. 94. 3. Des quatre premiers valets de
chambre. 4. Le ministre vient de découvrir que Louis XIV s'apprête à
épouser secrètement Mme de Maintenon : « Surpris d'être découvert, [le Roi]
s'entortilla de faibles et transparents détours, et, pressé par son ministre, se mit à
marcher pour gagner l'autre cabinet où étaient les valets, et se délivrer de la
sorte ; mais Louvois, qui l'aperçut, se jette à ses genoux et l'arrête, tire de son
côté une petite épée de rien qu'il portait, en présente la garde au Roi, et le prie
de le tuer sur-le-champ s'il veut persister à déclarer son mariage, lui manquer de

qu'il ne déclarerait jamais ce mariage, et de Montchevreuil uniquement en troisième, parent, ami et du même nom de Mornay que Villarceaux, à qui autrefois il prêtait sa maison de Montchevreuil tous les étés, sans en bouger lui-même avec sa femme, où Villarceaux entretenait cette reine comme à Paris[1], et où il payait toute la dépense, parce que son cousin était fort pauvre, et qu'il avait honte de ce concubinage chez lui à Villarceaux en présence de sa femme, dont il respectait la patience et la vertu.

Dureté du Roi.
Excès de contrainte
avec lui

C'était un homme uniquement personnel[2] et qui ne comptait tous les autres, quels qu'ils fussent, que par rapport à soi. Sa dureté là-dessus était extrême. Dans les temps les plus vifs de sa vie pour ses maîtresses, leurs incommodités les plus opposées aux voyages et au grand habit de cour, car les dames les plus privilégiées ne paraissaient jamais autrement dans les carrosses ni en aucun lieu de cour, avant que Marly eût adouci cette étiquette, rien, dis-je, ne les en pouvait dispenser. Grosses, malades, moins de six semaines après leurs couches, dans d'autres temps fâcheux, il fallait être en grand habit, parées et

---

parole ou plutôt à soi-même, et se couvrir aux yeux de toute l'Europe d'une infamie qu'il ne veut pas voir. Le Roi trépigne, pétille, dit à Louvois de le laisser. Louvois le serre de plus en plus par les jambes de peur qu'il ne lui échappe ; lui représente l'horrible contraste de sa couronne, et de la gloire personnelle qu'il y a jointe, avec la honte de ce qu'il veut faire, dont il mourra après de regret et de confusion, en un mot fait tant qu'il tire une seconde fois parole du Roi qu'il ne déclarera jamais ce mariage » (V, 491).

1. Cette reine est « la Maintenon » ; on a vu que Villarceaux avait été un de ses premiers « tenants ».   2. Qui ne pensait qu'à lui.

serrées dans leurs corps[1], aller en Flandres et plus loin
encore, danser, veiller, être des fêtes, manger, être gaies et
de bonne compagnie, changer de lieu, ne paraître craindre
ni être incommodées du chaud, du froid, de l'air, de la
poussière, et tout cela précisément aux jours et aux heures
marquées, sans déranger rien d'une minute. Ses filles, il les
a traitées toutes pareillement. On a vu en son temps[2] qu'il
n'eut pas plus de ménagement pour Mme la duchesse de
Berry, ni même pour Mme la duchesse de Bourgogne,
quoi que Fagon, Mme de Maintenon, etc., pussent dire et
faire, quoiqu'il aimât Mme la duchesse de Bourgogne
aussi tendrement qu'il en était capable, qui toutes les deux
s'en blessèrent[3], et ce qu'il en dit avec soulagement, quoiqu'il n'y eût point encore d'enfants. Il voyageait toujours

Voyages du Roi. son carrosse plein de femmes : ses
Sa manière d'aller maîtresses, après ses bâtardes, ses
belles-filles, quelquefois Madame,
et des dames quand il y avait place. Ce n'était que pour les
rendez-vous de chasse, les voyages de Fontainebleau, de
Chantilly, de Compiègne, et les vrais voyages, que cela
était ainsi. Pour aller tirer, se promener, ou pour aller
coucher à Marly ou à Meudon, il allait seul dans une
calèche. Il se défiait des conversations que ses grands officiers auraient pu tenir devant lui dans son carrosse, et on
prétendait que le vieux Chârost, qui prenait volontiers ces
temps-là pour dire bien des choses, lui avait fait prendre ce
parti il y avait plus de quarante ans. Il convenait aussi aux
ministres, qui sans cela auraient eu de quoi être inquiets

---

1. Leur corset.   2. Voir, dans les chroniques de 1708 et de 1711, la
« scène des carpes », p. 197, et le « Voyage de Fontainebleau », p. 293.
3. Firent des fausses couches.

tous les jours, et à la clôture exacte qu'en leur faveur lui-même s'était prescrite, et à laquelle il fut si exactement fidèle. Pour les femmes, ou maîtresses d'abord, ou filles ensuite, et le peu de dames qui pouvaient y trouver place, outre que cela ne se pouvait empêcher, les occasions en étaient restreintes à une grande rareté, et le babil fort peu à craindre. Dans ce carrosse lors des voyages, il y avait toujours beaucoup de toutes sortes de choses à manger : viandes, pâtisseries, fruits. On n'avait pas sitôt fait un quart de lieue que le Roi demandait si on ne voulait pas manger. Lui jamais ne goûtait à rien entre ses repas, non pas même à aucun fruit, mais il s'amusait à voir manger, et manger à crever. Il fallait avoir faim, être gaies, et manger avec appétit et de bonne grâce, autrement il ne le trouvait pas bon, et le montrait même aigrement : on faisait la mignonne, on voulait faire la délicate, être du bel air[1] ; et cela n'empêchait pas que les mêmes dames ou princesses qui soupaient avec d'autres à sa table le même jour, ne fussent obligées, sous les mêmes peines, d'y faire aussi bonne contenance que si elles n'avaient mangé de la journée. Avec cela, d'aucuns besoins il n'en fallait point parler, outre que, pour des femmes, ils auraient été très embarrassants avec les détachements de la maison du Roi et les gardes du corps devant et derrière le carrosse, et les officiers et les écuyers aux portières, qui faisaient une poussière qui dévorait tout ce qui était dans le carrosse. Le Roi, qui aimait l'air, en voulait toutes les glaces baissées, et aurait trouvé fort mauvais que quelque dame eût tiré le rideau contre le soleil, le vent ou le froid. Il ne fallait seulement pas s'en apercevoir, ni d'aucune autre sorte

1. Se singulariser.

d'incommodité, et allait toujours extrêmement vite, avec des relais le plus ordinairement. Se trouver mal était un démérite à n'y plus revenir. J'ai ouï conter à la duchesse

Aventure
de la duchesse
de Chevreuse

de Chevreuse, que le Roi a toujours fort aimée et distinguée, et qu'il a, tant qu'elle l'a pu, voulu avoir toujours dans ses voyages et dans ses particuliers[1], qu'allant dans son carrosse avec lui de Versailles à Fontainebleau, il lui prit au bout de deux lieues un de ces besoins pressants auxquels on ne croit pas pouvoir résister. Le voyage était tout de suite[2], et le Roi arrêta en chemin pour dîner sans sortir de son carrosse. Ces besoins, qui redoublaient à tous moments, ne se faisaient pas sentir à propos, comme à cette dînée, où elle eût pu descendre un moment dans la maison vis-à-vis. Mais le repas, si ménagé qu'elle le put faire, redoubla l'extrémité de son état. Prête à tous moments à être forcée de l'avouer et de mettre pied à terre, prête aussi très souvent à perdre connaissance, son courage la soutint jusqu'à Fontainebleau, où elle se trouva à bout. En mettant pied à terre, elle vit le duc de Beauvillier, arrivé de la veille avec les enfants de France, à la portière du Roi. Au lieu de monter à sa suite, elle prit le Duc par le bras, et lui dit qu'elle allait mourir si elle ne se soulageait. Ils traversèrent un bout de la cour Ovale, et entrèrent dans la chapelle de cette cour qui heureusement

---

1. En 1712, le roi voulut que Mme de Chevreuse, après une longue maladie qui lui interdisait de paraître en grand habit, «revînt à Marly avec dispense de tout ce qui était public, et que là, et à Versailles, elle vînt les soirs le voir chez Mme de Maintenon sans corps, et, tout comme elle voudrait pour sa commodité, à leurs dîners particuliers et à toutes leurs parties familières» (IV, 559).
2. Sans faire d'étapes.

se trouva ouverte, et où on disait des messes tous les
matins. La nécessité n'a point de loi ; Mme de Chevreuse
se soulagea pleinement dans cette chapelle, derrière le duc
de Beauvillier qui en tenait la porte. Je rapporte cette
misère pour montrer quelle était la gêne qu'éprouvait
journellement ce qui approchait le Roi avec le plus de
faveur et de privance, car c'était alors l'apogée de celles
de la duchesse de Chevreuse. Ces choses qui semblent
des riens, et qui sont des riens en effet, caractérisent trop
pour les omettre. Le Roi avait quelquefois des besoins et
ne se contraignait pas de mettre pied à terre ; alors les
dames ne bougeaient du carrosse.

Mme de Maintenon Mme de Maintenon, qui craignait
voyage à part ; n'en fort l'air et bien d'autres incommo-
est guère moins dités, ne put gagner là-dessus
contrainte aucun privilège. Tout ce qu'elle
obtint, sous prétexte de modestie et d'autres raisons, fut
de voyager à part de la manière que je l'ai rapporté[1] ; mais
en quelque état qu'elle fût, il fallait marcher, et suivre à
point nommé, et se trouver arrivée et rangée avant que le
Roi entrât chez elle. Elle fit bien des voyages à Marly dans
un état à ne pas faire marcher une servante. Elle en fit un à
Fontainebleau qu'on ne savait pas véritablement si elle ne
mourrait pas en chemin. En quelque état qu'elle fût, le
Roi allait chez elle à son heure ordinaire, et y faisait ce
qu'il avait projeté ; tout au plus elle était dans son lit.
Plusieurs fois y suant la fièvre à grosses gouttes, le Roi qui,
comme on l'a dit, aimait l'air et qui craignait le chaud

---

1. « Dans les voyages, le carrosse de Mme de Maintenon menait ses femmes
de chambre, et suivait celui du Roi où elle était. Elle s'arrangeait de façon que le
Roi en arrivant la trouvait toute établie lorsqu'il passait chez elle » (V, 564).

dans les chambres, s'étonnait en arrivant de trouver tout fermé, et faisait ouvrir les fenêtres, et n'en rabattait rien, quoiqu'il la vît dans cet état, et jusqu'à dix heures qu'il s'en allait souper, et sans considération pour la fraîcheur de la nuit. S'il devait y avoir musique, la fièvre, le mal de tête n'empêchait rien, et cent bougies dans les yeux. Ainsi le Roi allait toujours son train sans lui demander jamais si elle n'en était point incommodée.

Vie publique du Roi

Après avoir exposé avec la vérité et la fidélité la plus exacte tout ce qui est venu à ma connaissance par moi-même, ou par ceux qui ont vu ou manié les choses et les affaires pendant les vingt-deux dernières années de Louis XIV[1], et l'avoir montré tel qu'il a été, sans aucune passion, quoique je me sois permis les raisonnements résultants naturellement des choses, il ne me reste plus qu'à exposer l'écorce extérieure de la vie de ce monarque, depuis que j'ai continuellement habité à sa cour. Quelque insipide et peut-être superflu qu'un détail, encore si public, puisse paraître après tout ce qu'on a vu d'intérieur, il s'y trouvera encore des leçons pour les rois qui voudront se faire respecter et qui voudront se respecter eux-mêmes. Ce qui m'y détermine encore, c'est que l'ennuyeux, je dirai plus, le dégoûtant pour un lecteur instruit de ce dehors public[2] par ceux qui auront pu encore en avoir été

---

1. Soit à partir de 1693. Mais les *Mémoires* commencent en 1691 avec la présentation, par le duc Claude, du vidame de Chartres au Roi et son entrée dans les mousquetaires.   2. C'est-à-dire ce qui n'est pas du goût d'un lecteur instruit de ce dehors public.

témoins, échappe bientôt à la connaissance de la postérité, et que l'expérience nous apprend que nous regrettons de ne trouver personne qui se soit donné une peine pour leur temps si ingrate, mais, pour la postérité, curieuse, et qui ne laisse pas de caractériser les princes qui ont fait autant de bruit dans le monde que celui dont il s'agit ici. Quoiqu'il soit difficile de ne pas tomber en quelques redites, je m'en défendrai autant qu'il me sera possible. Je ne parlerai point de la manière de vivre du Roi quand il s'est trouvé dans ses armées ; ses heures y étaient déterminées par ce qui se présentait à faire, en tenant néanmoins régulièrement ses

Où seulement conseils ; je dirai seulement qu'il
et quels hommes n'y mangeait soir et matin qu'avec
mangeaient des gens d'une qualité à pouvoir
avec le Roi avoir cet honneur. Quand on y

pouvait prétendre, on le faisait demander au Roi par le premier gentilhomme de la chambre en service. Il rendait la réponse, et dès le lendemain, si elle était favorable, on se présentait au Roi lorsqu'il allait dîner, qui vous disait : « Monsieur, mettez-vous à table. » Cela fait, c'était pour toujours, et on avait après l'honneur d'y manger quand on voulait, avec discrétion. Les grades militaires, même d'ancien lieutenant général, ne suffisaient pas ; on a vu que M. de Vauban, lieutenant général si distingué depuis tant d'années, y mangea pour la première fois à la fin du siège de Namur[1] et qu'il fut comblé de cette distinction, comme aussi les colonels de qualité distinguée y étaient admis sans difficulté. Le Roi fit le même honneur à Namur à l'abbé de Grancey, qui s'exposait partout à

---

1. Saint-Simon n'a pourtant pas conté la scène.

confesser les blessés et à encourager les troupes. C'est l'unique abbé qui ait eu cet honneur. Tout le clergé en fut toujours exclu, excepté les cardinaux et les évêques pairs, ou les ecclésiastiques ayant rang de prince étranger. Le cardinal de Coislin, avant d'avoir la pourpre, étant évêque d'Orléans, premier aumônier et suivant le Roi en toutes ses campagnes, l'archevêque de Reims, qui suivait le Roi comme maître de sa chapelle, y voyait manger le duc et le chevalier de Coislin, ses frères, sans y avoir jamais prétendu. Nul officier des gardes du corps n'y a mangé non plus, quelque préférence que le Roi eût pour ce corps, que le seul marquis d'Urfé par une distinction unique, je ne sais qui la lui valut en ces temps reculés de moi ; et du régiment des gardes, jamais que le seul colonel, ainsi que les capitaines des gardes du corps. À ces repas tout le monde était couvert ; c'eût été un manque de respect dont on vous aurait averti sur-le-champ de n'avoir pas son chapeau sur sa tête. Monseigneur même l'avait ; le Roi seul était découvert. On se découvrait quand le Roi vous parlait, ou pour parler à lui, et on se contentait de mettre la main au chapeau pour ceux qui venaient faire leur cour le repas commencé, et qui étaient de qualité à avoir pu se mettre à table. On se découvrait aussi pour parler à Monseigneur et à Monsieur, ou quand ils vous parlaient. S'il y avait des princes du sang, on mettait seulement la main au chapeau pour leur parler, ou s'ils vous parlaient. Voilà ce que j'ai vu au siège de Namur, et ce que j'ai su de toute la cour. Les places qui approchaient du Roi se laissaient aussi aux titres, et après aux grades ; si on en avait laissé qui ne s'en remplissent pas, on se rapprochait. Quoique à l'armée, les maréchaux de France n'y avaient point de préférence sur les ducs, et ceux-ci, et les princes étrangers ou qui en avaient rang, se plaçaient les uns avec les autres comme ils se rencontraient, sans affectation. Mais duc, prince ou maréchal de France, si le hasard faisait qu'ils n'eussent pas encore mangé avec le Roi, il fallait s'adresser au premier gentilhomme de la chambre. On juge bien que cela ne faisait pas de difficulté. Il n'y avait là-dessus que les princes du sang exceptés. Le Roi seul avait un fauteuil ; Monseigneur même, et tout ce qui était à table, avaient des sièges à dos de maroquin noir qui se pouvaient briser[1] pour les voiturer, qu'on appelait des perroquets. Ailleurs qu'à l'armée, le Roi n'a jamais mangé avec aucun homme en quelque cas que ç'ait été, non pas même avec aucun prince du sang, qui n'y ont mangé qu'à des festins de leurs noces quand le Roi les a voulu faire, comme on en a vu le oui et le non en leurs temps. Revenons maintenant à la cour.

Matinée du Roi À huit heures le premier valet de chambre en quartier, qui avait couché seul dans la chambre du Roi, et qui s'était habillé, l'éveillait. Le premier médecin, le premier chirurgien, et sa nourrice tant qu'elle a vécu, entraient en même temps. Elle allait le baiser ; les autres le frottaient et souvent lui changeaient de chemise, parce qu'il était sujet à suer. Au quart, on appelait le grand chambellan, en son absence le premier gentilhomme de la chambre d'année, avec eux les grandes entrées. L'un de ces deux ouvrait le rideau qui était refermé, et présentait l'eau bénite du bénitier du chevet du lit. Ces messieurs étaient

---

1. Plier.

là un moment, et c'en était un de parler au Roi, s'ils avaient quelque chose à lui dire ou à lui demander, et alors les autres s'éloignaient. Quand aucun d'eux n'avait à parler, comme d'ordinaire, ils n'étaient là que quelques moments. Celui qui avait ouvert le rideau et présenté l'eau bénite présentait le livre de l'office du Saint-Esprit, puis passaient tous dans le cabinet du Conseil. Cet office fort court dit, le Roi appelait; ils rentraient. Le même lui donnait sa robe de chambre, et ce pendant les secondes entrées ou brevets d'affaires[1] entraient; peu de moments après, la chambre[2]; aussitôt, ce qui était là de distingué, puis tout le monde, qui trouvait le Roi se chaussant; car il se faisait presque tout lui-même avec adresse et grâce. On lui voyait faire la barbe de deux jours l'un, et il avait une petite perruque courte, sans jamais en aucun temps, même au lit les jours de médecine, paraître autrement en public. Souvent il parlait de chasse, et quelquefois quelque mot à quelqu'un. Point de toilette[3] à portée de lui, on lui tenait seulement un miroir. Dès qu'il était habillé, il allait prier Dieu à la ruelle de son lit, où tout ce qu'il y avait de clergé se mettait à genoux, les cardinaux sans carreau[4]; tous les laïcs demeuraient debout, et le capitaine des gardes venait au balustre pendant la prière, d'où le Roi passait dans son cabinet. Il y trouvait ou y était suivi de tout ce qui avait cette entrée, qui était fort étendue par les charges, qui l'avaient toutes. Il y donnait l'ordre à chacun pour la

---

1. «On appelle à la cour un brevet d'affaires, le brevet qui donne permission d'entrer dans la chambre du roi quand les autres se sont retirés, et dès qu'il est sur sa chaise d'affaires» (Furetière), c'est-à-dire sur sa chaise percée.   2. Les gens de service attachés à la chambre du Roi.   3. De meuble de toilette.   4. Sans coussin.

journée ; ainsi on savait, à un demi-quart d'heure près, tout ce que le Roi devait faire. Tout ce monde sortait ensuite ; il ne demeurait que les bâtards, MM. de Montchevreuil et d'O comme ayant été leurs gouverneurs, Mansart, et après lui d'Antin, qui tous entraient, non par la chambre, mais par les derrières, et les valets intérieurs. C'était là leur bon temps aux uns et aux autres, et celui de raisonner sur les plans des jardins et des bâtiments, et cela durait plus ou moins selon que le Roi avait affaire. Toute la cour attendait cependant dans la galerie, le capitaine des gardes seul dans la chambre assis à la porte du cabinet, qu'on avertissait quand le Roi voulait aller à la messe, et qui alors entrait dans le cabinet. À Marly la cour attendait dans le salon, à Trianon dans les pièces de devant, comme à Meudon. À Fontainebleau on demeurait dans la chambre et l'antichambre. Cet entre-temps était celui des audiences quand le Roi en accordait, ou qu'il voulait parler à quelqu'un, et des audiences secrètes des ministres étrangers en présence de Torcy. Elles n'étaient appelées secrètes que pour les distinguer de celles qui se donnaient sans cérémonie à la ruelle du lit, au sortir de la prière, qu'on appelait particulières, où celles de cérémonie se donnaient aussi aux ambassadeurs. Le Roi allait à la messe, où sa musique chantait toujours un motet. Il n'allait en bas qu'aux grandes fêtes, ou pour des cérémonies. Allant et revenant de la messe, chacun lui parlait qui voulait, après l'avoir dit au capitaine des gardes, si ce n'était gens distingués, et il y allait et rentrait par la porte des cabinets dans la galerie. Pendant la messe les ministres étaient avertis, et s'assemblaient dans la chambre du Roi, où les gens distingués pouvaient aller leur parler ou causer avec eux.

Le Roi s'amusait peu au retour de la messe, et demandait presque aussitôt le Conseil. Alors la matinée était finie.

Conseils

Le dimanche il y avait Conseil d'État, et souvent les lundis ; les mardis, Conseil de finances ; les mercredis, Conseil d'État ; les samedis, Conseil de finances. Il était rare qu'il y en eût deux par jour, et qu'il s'en tînt les jeudis ni les vendredis. Une ou deux fois le mois, il y avait un lundi matin Conseil de dépêches ; mais les ordres que les secrétaires d'État prenaient tous les matins, entre le lever et la messe, abrégeaient et diminuaient fort ces sortes d'affaires. Tous les ministres étaient assis en rang entre eux, après le chancelier et le duc de Beauvillier, et le maréchal de Villeroi, qui succéda au duc de Beauvillier, excepté au Conseil de dépêches, où tous étaient debout tout du long, excepté les fils de France quand il y en avait, le chancelier et le duc de Beauvillier. Rarement, pour des affaires extraordinaires évoquées, et vues dans un bureau de conseillers d'État, ces mêmes conseillers d'État venaient à un conseil donné exprès de finance ou de dépêche, mais où on ne parlait que de cette seule affaire. Alors tous étaient assis, et les conseillers d'État y coupaient[1] les secrétaires d'État et le contrôleur général, suivant leur ancienneté de conseiller d'État entre eux, et un maître des requêtes rapportait debout, lui et les conseillers d'État en robes. Le jeudi matin était presque toujours vide. C'était le temps des audiences que le Roi voulait donner, et le plus souvent des audiences inconnues, par les derrières ; c'était aussi le grand jour des bâtards, des bâtiments, des valets intérieurs, parce que le

---

1. Passaient devant ; les conseillers d'État appelés pour une affaire particulière parlent avant les secrétaires d'État, qui leur sont pourtant supérieurs.

Roi n'avait rien à faire. Le vendredi après la messe était le temps du confesseur, qui n'était borné par rien, et qui pouvait durer jusqu'au dîner. À Fontainebleau, ces matins-là qu'il n'y avait point de conseil, le Roi passait très ordinairement de la messe chez Mme de Maintenon ; et de même à Trianon et à Marly, quand elle n'était pas allée dès le matin à Saint-Cyr. C'était le temps de leur tête-à-tête sans ministre et sans interruption, et à Fontainebleau jusqu'au dîner. Souvent, les jours qu'il n'y avait pas de conseil, le dîner était avancé plus ou moins pour la chasse ou la promenade. L'heure ordinaire était une heure ; si le Conseil durait encore, le dîner attendait et on n'avertissait point le Roi. Après le Conseil de finances, Desmarets restait souvent seul à travailler avec le Roi.

Dîner du Roi. Service

Le dîner était toujours au petit couvert, c'est-à-dire seul dans sa chambre, sur une table carrée vis-à-vis la fenêtre du milieu. Il était plus ou moins abondant ; car il ordonnait le matin petit couvert ou très petit couvert ; mais ce dernier était toujours de beaucoup de plats et de trois services sans le fruit. La table entrée, les principaux courtisans entraient, puis tout ce qui était connu, et le premier gentilhomme de la chambre en année allait avertir le Roi ; il le servait, si le grand chambellan n'y était pas. Le marquis de Gesvres, depuis duc de Tresmes[1], prétendit que, le dîner commencé, M. de Bouillon[2] arrivant ne lui pouvait ôter le service, et fut condamné. J'ai vu M. de Bouillon arriver derrière le Roi au milieu du dîner, et M. de Beauvillier[3], qui servait, lui vouloir donner le service, qu'il

1. Premier gentilhomme de la chambre. 2. Grand chambellan.
3. Premier gentilhomme de la chambre, entre autres fonctions.

refusa poliment, et dit qu'il toussait trop et était trop
enrhumé ; ainsi il demeura derrière le fauteuil, et M. de
Beauvillier continua le service, mais à son refus public. Le
marquis de Gesvres avait tort. Le premier gentilhomme de
la chambre n'a que le commandement dans la chambre,
etc., et nul service ; c'est le grand chambellan qui l'a tout
entier, et nul commandement ; ce n'est qu'en son absence
que le premier gentilhomme de la chambre sert ; mais si le
premier gentilhomme de la chambre est absent, et qu'il n'y
en ait aucun autre, ce n'est point le grand chambellan qui
commande dans la chambre, c'est le premier valet de
chambre. J'ai vu, mais fort rarement, Monseigneur et messeigneurs ses fils au petit couvert debout, sans que jamais le
Roi leur ait proposé un siège. J'y ai vu continuellement les
princes du sang et les cardinaux tout du long. J'y ai vu assez
souvent Monsieur, ou venant de Saint-Cloud voir le Roi,
ou sortant du Conseil de dépêches, le seul où il entrait ; il
donnait la serviette et demeurait debout. Un peu après, le
Roi, voyant qu'il ne s'en allait point, lui demandait s'il ne
voulait point s'asseoir ; il faisait la révérence, et le Roi
ordonnait qu'on lui apportât un siège ; on mettait un tabouret derrière lui. Quelques moments après, le Roi lui disait :
« Mon frère, asseyez-vous donc. » Il faisait la révérence et
s'asseyait jusqu'à la fin du dîner, qu'il présentait la serviette[1]. D'autres fois, quand il venait de Saint-Cloud, le Roi
en arrivant à table demandait un couvert pour Monsieur,
ou bien lui demandait s'il ne voulait pas dîner. S'il le refusait, il s'en allait un moment après sans qu'il fût question
de siège ; s'il l'acceptait, le Roi demandait un couvert pour
lui. La table était carrée ; il se mettait à un bout, le dos au

---

1. Pour que le Roi s'essuie les mains.

cabinet. Alors le grand chambellan, s'il servait, ou le premier
gentilhomme de la chambre donnait à boire et des assiettes
à Monsieur, et prenait de lui celles qu'il ôtait, tout comme
il faisait au Roi ; mais Monsieur recevait tout ce service avec
une politesse fort marquée. S'ils allaient à son lever, comme
cela leur arrivait quelquefois, ils ôtaient le service au premier
gentilhomme de sa chambre, et le faisaient, dont Monsieur
se montrait fort satisfait. Quand il était au dîner du Roi, il
remplissait et il égayait fort la conversation. Là, quoique à
table, il donnait la serviette au Roi en s'y mettant et en
sortant, et en la rendant au grand chambellan, il y lavait[1].
Le Roi d'ordinaire parlait peu à son dîner, quoique par-ci
par-là quelques mots, à moins qu'il n'y eût de ces seigneurs
familiers avec qui il causait un peu plus, ainsi qu'à son lever.
De grand couvert à dîner, cela était extrêmement rare :
quelques grandes fêtes, ou à Fontainebleau quelquefois,
quand la reine d'Angleterre y était. Aucune dame ne venait
au petit couvert ; j'y ai seulement vu très rarement la maréchale de La Motte, qui avait conservé cela d'y avoir amené
les enfants de France, dont elle avait été gouvernante. Dès
qu'elle y paraissait, on lui apportait un siège, et elle
s'asseyait, car elle était duchesse à brevet. Au sortir de table
le Roi rentrait tout de suite dans son cabinet. C'était là un
des moments de lui parler, pour des gens distingués. Il
s'arrêtait à la porte un moment à écouter, puis il entrait, et
très rarement l'y suivait-on, jamais sans le lui demander, et
c'est ce qu'on n'osait guère. Alors il se mettait avec celui qui
le suivait dans l'embrasure de la fenêtre la plus proche de la
porte du cabinet, qui se fermait aussitôt, et que l'homme
qui parlait au Roi rouvrait lui-même pour sortir en quittant

---

1. Il s'essuyait les mains.

le Roi. C'était encore le temps des bâtards et des valets
intérieurs, quelquefois des bâtiments, qui attendaient dans
les cabinets de derrière, excepté le premier médecin, qui
était toujours au dîner et qui suivait dans les cabinets.
C'était aussi le temps où Monseigneur se trouvait quand il
n'avait pas vu le Roi le matin ; il entrait et sortait par la
porte de la galerie. Le Roi s'amusait à donner à manger à ses
chiens couchants, et avec eux plus ou moins, puis demandait sa garde-robe, changeait [1] devant le très peu de gens
distingués qu'il plaisait au premier gentilhomme de la
chambre d'y laisser entrer, et tout de suite le Roi sortait par
derrière et par son petit degré dans la cour de Marbre pour
monter en carrosse. Depuis le bas de ce degré jusqu'à
son carrosse lui parlait qui voulait, et de même en revenant.

***Promenades
du Roi***
Le Roi aimait extrêmement l'air,
et, quand il en était privé, sa santé
en souffrait par des maux de tête et
par des vapeurs, que lui avait causées un grand usage de
parfums autrefois, tellement qu'il y avait bien des années
qu'excepté l'odeur de la fleur d'orange, il n'en pouvait
souffrir aucune, et qu'il fallait être fort en garde de n'en
avoir point, pour peu qu'on eût à l'approcher. Comme il
était peu sensible au froid et au chaud, même à la pluie, il
n'y avait que des temps extrêmes qui l'empêchassent de
sortir tous les jours. Ces sorties n'avaient que trois objets :
courre le cerf, au moins une fois la semaine, et souvent
plusieurs, à Marly et à Fontainebleau avec ses meutes et
quelques autres ; tirer dans ses parcs, et homme en France
ne tirait si juste, si adroitement, ni de si bonne grâce, et il y
allait aussi une ou deux fois la semaine, surtout les

---

1. Changeait d'habit.

dimanches et les fêtes, qu'il ne voulait point de grandes chasses et qu'il n'avait point d'ouvriers ; les autres jours voir travailler et se promener dans ses jardins et ses bâtiments. Quelquefois des promenades avec des dames, et la collation pour elles, dans la forêt de Marly et dans celle de Fontainebleau, et dans ce dernier lieu, des promenades avec toute la cour autour du canal, qui était un spectacle magnifique où quelques courtisans se trouvaient à cheval. Aucuns ne le suivaient en ses autres promenades que ceux qui étaient en charges principales qui approchaient le plus de sa personne, excepté lorsque, assez rarement, il se promenait dans ses jardins de Versailles, où lui seul était couvert, ou dans ceux de Trianon, lorsqu'il y couchait et qu'il y était pour quelques jours, non quand il y allait de Versailles s'y promener et revenir après. À Marly de même ; mais s'il y demeurait, tout ce qui était du voyage avait toute liberté de l'y suivre dans les jardins, l'y joindre, l'y laisser, en un mot, comme ils voulaient. Ce lieu avait encore un privilège qui n'était pour nul autre ; c'est qu'en sortant du château, le Roi disait tout haut : *Le chapeau, messieurs* ; et aussitôt courtisans, officiers des gardes du corps, gens des bâtiments se couvraient tous, en avant, en arrière, à côté de lui, et il aurait trouvé mauvais si quelqu'un eût non seulement manqué, mais différé à mettre son chapeau, et cela durait toute la promenade, c'est-à-dire quelquefois quatre et cinq heures en été, ou en d'autres saisons quand il mangeait de bonne heure à Versailles pour s'aller promener à Marly, et n'y point coucher. La chasse du cerf était plus étendue. Y allait à Fontainebleau qui voulait ; ailleurs, il n'y avait que ceux qui en avaient obtenu la permission une fois pour toutes, et ceux qui en avaient obtenu le justaucorps, qui était uniforme, bleu avec des galons, un d'argent entre deux d'or, doublé de rouge. Il y en avait un assez grand nombre, mais jamais qu'une partie à la fois, que le hasard rassemblait. Le Roi aimait à y avoir une certaine quantité, mais le trop l'importunait et troublait la chasse. Il se plaisait qu'on l'aimât, mais il ne voulait pas qu'on y allât sans l'aimer : il trouvait cela ridicule, et ne savait aucun mauvais gré à ceux qui n'y allaient jamais. Il en était de même du jeu, qu'il voulait gros et continuel dans le salon de Marly pour le lansquenet, et force tables d'autres jeux par tout le salon. Il s'amusait volontiers à Fontainebleau, les jours de mauvais temps, à voir jouer les grands joueurs à la paume, où il avait excellé autrefois, et à Marly très souvent à voir jouer au mail, où il avait aussi été fort adroit. Quelquefois, les jours qu'il n'y avait point de conseil, qui n'étaient pas maigres, et qu'il était à Versailles, il allait dîner à Marly ou à Trianon avec Mme la duchesse de Bourgogne, Mme de Maintenon et des dames, et cela devint beaucoup plus ordinaire ces jours-là les trois dernières années de sa vie. Au sortir de table en été, le ministre qui devait travailler avec lui arrivait, et, quand le travail était fini, il passait jusqu'au soir à se promener avec les dames, à jouer avec elles, et assez souvent à leur faire tirer une loterie toute de billets noirs[1], sans y rien mettre[2] ; c'était ainsi une galanterie de présents qu'il leur faisait au hasard, de choses à leur usage, comme d'étoffes et d'argenterie, ou de joyaux ou beaux ou jolis, pour donner plus au hasard. Mme de Maintenon tirait comme les autres, et donnait presque toujours sur-le-champ ce qu'elle avait gagné. Le Roi ne tirait point, et souvent il y avait plusieurs

---

1. Toute de billets gagnants.   2. Sans qu'elles dussent y mettre une mise, c'est-à-dire acheter un billet.

billets sous le même lot. Outre ces jours-là, il y avait assez souvent de ces loteries quand le Roi dînait chez Mme de Maintenon. Il s'avisa fort tard de ces dîners, qui furent longtemps rares, et qui sur la fin vinrent à une fois la semaine avec les dames familières, avec musique et jeu. À ces loteries il n'y avait que des dames du palais et des dames familières, et plus de dames du palais depuis la mort de Madame la Dauphine ; mais il y en avait trois, Mmes de Lévis, Dangeau et d'O, qui étaient familières. L'été, le Roi travaillait chez lui au sortir de table avec les ministres, et lorsque les jours s'accourcissaient, il y travaillait le soir chez Mme de Maintenon.

Soirs du Roi

À son retour de dehors, lui parlait qui voulait depuis son carrosse jusqu'au bas de son petit degré. Il se rhabillait comme il avait changé d'habit, et restait dans son cabinet. C'était le meilleur temps des bâtards, des valets intérieurs et des bâtiments. Ces intervalles-là, qui arrivaient trois fois par jour, étaient leurs temps, celui des rapporteurs de vive voix ou par écrit, celui où le Roi écrivait s'il avait à écrire lui-même. Au retour de ses promenades, il était une heure et plus dans ses cabinets, puis passait chez Mme de Maintenon, et en chemin lui parlait encore qui voulait. À dix heures il était servi. Le maître d'hôtel en quartier, ayant son bâton, allait avertir le capitaine des gardes en quartier dans l'antichambre de Mme de Maintenon, où, averti lui-même par un garde de l'heure, il venait d'arriver. Il n'y avait que les capitaines des gardes qui entrassent dans cette antichambre, qui était fort petite, entre la chambre où étaient le Roi et Mme de Maintenon, et une autre très petite antichambre pour les officiers, et le dessus public du degré, où le gros était. Le capitaine des gardes se montrait à l'entrée de la chambre, disant au Roi qu'il était servi, revenait dans l'instant dans l'antichambre. Un quart d'heure après, le Roi venait souper, toujours au grand couvert, et depuis l'antichambre de Mme de Maintenon jusqu'à sa table lui parlait encore qui voulait. À son souper, toujours au grand couvert avec la maison royale, c'est-à-dire uniquement les fils et filles de France et les petits-fils et petites-filles de France, étaient toujours grand nombre de courtisans et de dames tant assises que debout, et la surveille des voyages de Marly, toutes celles qui voulaient y aller ; cela s'appelait se présenter pour Marly. Les hommes demandaient le même jour le matin, en disant au Roi seulement : « Sire, Marly. » Les dernières années, le Roi s'en importuna ; un garçon bleu écrivait dans la galerie les noms de ceux qui demandaient, et qui y allaient se faire écrire. Pour les dames, elles continuèrent toujours à se présenter. Après souper, le Roi se tenait quelques moments debout, le dos au balustre du pied de son lit, environné de toute la cour ; puis avec des révérences aux dames, passait dans son cabinet, où en arrivant il donnait l'ordre. Il y passait un peu moins d'une heure avec ses enfants légitimes et bâtards, ses petits-enfants légitimes et bâtards, et leurs maris ou leurs femmes, tous dans un cabinet, le Roi dans un fauteuil, Monsieur dans un autre, qui dans le particulier vivait avec le Roi en frère, Monseigneur debout ainsi que tous les autres princes, et les princesses sur des tabourets. Madame y fut admise après la mort de Madame la Dauphine. Ceux qui entraient par les derrières s'y trouvaient, et qu'on a nommés, et les valets intérieurs avec Chamarande, qui avait été premier valet de chambre en survivance de son père, et qui était devenu depuis premier maître d'hôtel de

Mme la dauphine de Bavière[1] et lieutenant général distingué, fort à la mode dans le monde, et avec fort peu d'esprit un fort galant homme, et bien reçu partout. Les dames d'honneur des princesses et les dames du palais de jour attendaient dans le cabinet du Conseil, qui précédait celui où était le Roi à Versailles et ailleurs. À Fontainebleau, où il n'y avait qu'un grand cabinet, les dames des princesses, qui étaient assises, achevaient le cercle avec les princesses au même niveau et sur mêmes tabourets ; les autres dames étaient derrière, en liberté de demeurer debout ou de s'asseoir par terre sans carreau, comme plusieurs faisaient. La conversation n'était guère que de chasse ou de quelque autre chose aussi indifférente. Le Roi, voulant se retirer, allait donner à manger à ses chiens, puis donnait le bonsoir, passait dans sa chambre à la ruelle de son lit, où il faisait sa prière comme le matin, puis se déshabillait. Il donnait le bonsoir d'une inclination de tête, et tandis qu'on sortait, il se tenait debout au coin de la cheminée, où il donnait l'ordre au colonel des gardes seul ; puis commençait le petit coucher, où restaient les grandes et secondes entrées ou brevets d'affaires. Cela était court. Ils ne sortaient que lorsqu'il se mettait au lit. Ce moment en était un de lui parler pour ces privilégiés. Alors tous sortaient quand ils en voyaient un attaquer le Roi, qui demeurait seul avec lui. Lorsque le Roi mourut, il y avait dix ou douze ans que ce qui n'avait point ces entrées ne demeurait plus au coucher, depuis une longue attaque de goutte que le Roi avait eue, en sorte qu'il n'y avait plus de grand coucher, et que la cour était finie au sortir du souper. Alors le colonel des gardes prenait l'ordre

---

1. Épouse de Monseigneur, morte en 1690.

avec tous les autres, et les aumôniers de quartier et le grand et le premier aumônier sortaient après la prière.

Jours de médecine

Les jours de médecine[1], qui revenaient tous les mois au plus loin, il la prenait dans son lit, puis entendait la messe, où il n'y avait que les aumôniers et les entrées. Monseigneur et la maison royale venaient le voir un moment ; puis M. du Maine, M. le comte de Toulouse, lequel y demeurait peu, et Mme de Maintenon venaient l'entretenir. Il n'y avait qu'eux, et les valets intérieurs dans le cabinet, la porte ouverte. Mme de Maintenon s'asseyait dans le fauteuil au chevet du lit. Monsieur s'y mettait quelquefois, mais avant que Mme de Maintenon fût venue, et d'ordinaire après qu'elle était sortie ; Monseigneur toujours debout, et les autres de la maison royale un moment. M. du Maine, qui y passait toute la matinée et qui était fort boiteux, se mettait auprès du lit sur un tabouret, quand il n'y avait personne que Mme de Maintenon et son frère. C'était où il tenait le dé[2] à les amuser tous deux, et où souvent il en faisait de bonnes[3]. Le Roi dînait dans son lit sur les trois heures, où tout le monde entrait, puis se levait, et il n'y demeurait que les entrées. Il passait après dans son cabinet, où il tenait Conseil, et après il allait à l'ordinaire chez Mme de Maintenon, et soupait à dix heures au grand couvert.

Dévotions

Le Roi n'a de sa vie manqué la messe qu'une fois à l'armée, un jour de grande marche, ni aucun jour maigre à moins de vraie et très rare incommodité.

1. Les jours où le Roi prenait médecine, c'est-à-dire se purgeait.
2. Menait la conversation. 3. Racontait de bonnes histoires.

Quelques jours avant le carême, il tenait un discours public à son lever, par lequel il témoignait qu'il trouverait fort mauvais qu'on donnât à manger gras à personne, sous quelque prétexte que ce fût, et ordonnait au grand prévôt d'y tenir la main, et de lui en rendre compte. Il ne voulait pas non plus que ceux qui mangeaient gras mangeassent ensemble, ni autre chose que bouilli et rôti fort court, et personne n'osait outrepasser ses défenses, car on s'en serait bientôt ressenti. Elles s'étendaient à Paris, où le lieutenant de police y veillait et lui en rendait compte. Il y avait douze ou quinze ans qu'il ne faisait plus de carême ; d'abord quatre jours maigres, puis trois, et les quatre derniers de la Semaine sainte. Alors son très petit couvert était fort retranché les jours qu'il faisait gras, et le soir au grand couvert tout était collation, et le dimanche tout était en poisson ; cinq ou six plats gras tout au plus, tant pour lui que pour ceux qui à sa table mangeaient gras. Le Vendredi saint, grand couvert matin et soir, en légumes sans aucun poisson, ni à pas une de ses tables. Il manquait peu de sermons l'avent et le carême, et aucune des dévotions de la Semaine sainte, des grandes fêtes, ni les deux processions du Saint Sacrement, ni celles des jours de l'ordre du Saint-Esprit, ni celle de l'Assomption. Il était très respectueusement à l'église. À sa messe tout le monde était obligé de se mettre à genoux au *Sanctus*, et d'y demeurer jusqu'à la communion du prêtre, et s'il entendait le moindre bruit ou voyait causer pendant la messe, il le trouvait fort mauvais. Il manquait rarement le salut les dimanches, s'y trouvait souvent les jeudis, et toujours pendant toute l'octave du Saint Sacrement. Il communiait toujours en collier de l'Ordre, rabat et manteau, cinq fois l'année, le

Samedi saint à la Paroisse[1], les autres jours à la chapelle, qui étaient la veille de la Pentecôte, le jour de l'Assomption et la grand-messe après, la veille de la Toussaint et la veille de Noël, et une messe basse après celle où il avait communié, et ces jours-là point de musique à ses messes, et à chaque fois il touchait les malades[2]. Il allait à vêpres les jours de communion, et après vêpres il travaillait dans son cabinet avec son confesseur à la distribution des bénéfices qui vaquaient. Il n'y avait rien de plus rare que de lui voir donner aucun bénéfice en d'autres temps. Il allait le lendemain à la grand-messe et à vêpres. À matines et à trois messes de minuit en musique, et c'était un spectacle admirable que la chapelle ; le lendemain à la grand-messe, à vêpres, au salut. Le Jeudi saint, il servait les pauvres à dîner, et après la collation il ne faisait qu'entrer dans son cabinet, et passait à la tribune adorer le Saint Sacrement, et se venait coucher tout de suite. À la messe il disait son chapelet (il n'en savait pas davantage), et toujours à genoux excepté à l'évangile. Aux grandes messes, il ne s'asseyait dans son fauteuil qu'aux temps où on a coutume de s'asseoir. Aux jubilés, il faisait presque toujours ses stations à pied, et tous les jours de jeûne et ceux du carême où il mangeait maigre, il faisait seulement collation.

Il était toujours vêtu de couleur plus ou moins brune avec une légère broderie, jamais sur les tailles[3], quelquefois rien qu'un bouton d'or, quelquefois du velours noir. Toujours une veste de drap ou de satin, rouge ou bleue ou verte, fort brodée. Jamais de bague, et jamais de pierreries

---

1. À l'église de Versailles.　　2. Le Roi est thaumaturge, il a le pouvoir de guérir les écrouelles.　　3. Sur les coutures.

qu'à ses boucles de souliers, de jarretières, et de chapeau, toujours bordé de point d'Espagne avec un plumet blanc. Toujours le cordon bleu dessous, excepté des noces ou autres fêtes pareilles qu'il le portait par-dessus, fort long, avec pour huit ou dix millions de pierreries. Il était le seul de la maison royale et des princes du sang qui portât l'Ordre dessous, en quoi fort peu de chevaliers de l'Ordre l'imitaient, et aujourd'hui presque aucun ne le porte dessus : les bons par honte de leurs confrères, et ceux-là embarrassés de le porter. Jusqu'à la promotion de 1661 inclusivement, les chevaliers de l'Ordre en portaient tous le grand habit à toutes les trois cérémonies de l'Ordre, y allaient à l'offrande, et y communiaient. Le Roi retrancha lors le grand habit, l'offrande et la communion. Henri III l'avait prescrite à cause des huguenots et de la Ligue. La vérité est qu'une communion générale, publique, en pompe, prescrite à jour nommé trois fois l'an à des courtisans, devient une terrible et bien dangereuse pratique, qu'il a été très bon d'ôter ; mais pour l'offrande, qui était majestueuse, où il n'y a plus que le Roi qui y aille, et le grand habit de l'Ordre réduit aux jours de réception, et le plus souvent encore seulement pour ceux qui sont reçus, cela ôte toute la beauté de la cérémonie. À l'égard du repas en réfectoire avec le Roi, on a dit ailleurs[1] ce qui l'a fait supprimer.

Autres bagatelles Il ne se passait guère quinze jours que le Roi n'allât à Saint-Germain, même après la mort du roi Jacques II[2]. La cour de Saint-Germain venait aussi à

---

1. En 1703. Le repas fut supprimé afin d'éviter à la table du Roi le mélange des chevaliers de l'Ordre et des ministres l'ayant reçu.   2. Roi d'Angleterre en exil en France, où il mourut en 1701.

Versailles, mais plus souvent à Marly, et souvent y souper, et nulle fête de cérémonie ou de divertissement qu'elle n'y fût invitée, qu'elle n'y vînt et dont elle ne reçût tous les honneurs. Ils étaient réciproquement convenus de se recevoir et se conduire dans le milieu de leur appartement. À Marly, le Roi les recevait et les conduisait à la porte du petit salon du côté de la Perspective, et les y voyait descendre et monter dans leur chaise à porteurs ; à Fontainebleau, tous les voyages, au haut de l'escalier à fer à cheval, depuis que le Roi leur eut accordé de ne les aller plus recevoir et conduire au bout de la forêt. Rien n'était pareil aux soins, aux égards, à la politesse du Roi pour eux, ni à l'air de majesté et de galanterie avec lequel cela se passait à chaque fois. On en a parlé ailleurs[1] plus au long. À Marly, ils demeuraient en arrivant un quart d'heure dans le salon, debout au milieu de toute la cour, puis passaient chez le Roi ou chez Mme de Maintenon. Le Roi n'entrait jamais dans le salon que pour le traverser, pour des bals, ou pour y voir jouer un moment le jeune roi d'Angleterre ou l'électeur de Bavière. Les jours de naissance ou de la fête du Roi et de sa famille, si observés dans les cours de l'Europe, ont toujours été inconnus dans celle du Roi, en sorte que jamais il n'y en a été fait la

---

1. Ainsi lors du mariage de Mademoiselle avec le duc de Lorraine, en 1698 : « Le lendemain sur le midi, toute la cour s'assembla chez la reine d'Angleterre dans l'appartement de la Reine mère, comme cela se faisait tous les jours tant qu'elle était à Fontainebleau, tous les voyages ; les Princesses n'y osaient manquer, Monseigneur et toute la famille royale pareillement, et Mme de Maintenon elle-même, et toute habillée en grand habit : on y attendait le Roi, qui y venait tous les jours prendre la reine d'Angleterre pour la messe, et qui lui donnait la main tout le chemin allant et revenant, et faisant toujours passer le roi d'Angleterre devant lui » (I, 562).

moindre mention en rien, ni différence aucune de tous les autres jours de l'année.

Le Roi peu regretté   Louis XIV ne fut regretté que de ses valets intérieurs, de peu d'autres gens et des chefs de l'affaire de la Constitution. Son successeur n'en était pas en âge. Madame n'avait pour lui que de la crainte et de la bienséance ; Mme la duchesse de Berry ne l'aimait pas, et comptait aller régner. M. le duc d'Orléans n'était pas payé pour le pleurer, et ceux qui l'étaient[1] n'en firent pas leur charge. Mme de Maintenon était excédée du Roi depuis la perte de la Dauphine, elle ne savait qu'en faire ni à quoi l'amuser ; sa contrainte en était triplée, parce qu'il était beaucoup plus chez elle, ou en parties avec elle. Sa santé, ses affaires, les manèges qui avaient fait tout faire, ou pour parler plus exactement, qui avaient tout arraché pour le duc du Maine, avaient fait essuyer continuellement d'étranges humeurs, et souvent des sorties, à Mme de Maintenon. Elle était venue à bout de ce qu'elle avait voulu ; ainsi, quoi qu'elle perdît en perdant le Roi, elle se sentit délivrée, et ne fut capable que de ce sentiment. L'ennui et le vide dans la suite rappelèrent les regrets, mais comme elle n'influa plus rien de sa retraite, il n'est pas temps de parler d'elle, ni des occupations qu'elle s'y fit. On a vu jusqu'à quelle joie, à quelle barbare indécence le prochain point de vue de la toute-puissance jeta le duc du Maine[2]. La tranquillité glacée de son frère

---

1. Les bâtards.   2. De retour de chez le Roi à l'agonie, il avait imité Fagon devant ses proches : « les voilà tous aux grands éclats de rire, et lui aussi, qui durèrent fort longtemps », « indécence que les antichambres surent bien remarquer, et la galerie encore sur laquelle cet appartement donnait, proche et

ne s'en haussa ni baissa. Madame la Duchesse, affranchie de tous ses liens, n'avait plus besoin de l'appui du Roi ; elle n'en sentait que la crainte et la contrainte ; elle ne pouvait souffrir Mme de Maintenon, elle ne pouvait douter de la partialité du Roi pour le duc du Maine dans leur procès de la succession de Monsieur le Prince ; on lui reprochait depuis toute sa vie qu'elle n'avait point de cœur, mais seulement un gésier[1] ; elle se trouva donc fort à son aise et en liberté, et n'en fit pas grand-façons. Mme la duchesse d'Orléans me surprit. Je m'étais attendu à de la douleur ; je n'aperçus que quelques larmes, qui sur tous sujets lui coulaient très aisément des yeux, et qui furent bientôt taries. Son lit, qu'elle aimait fort, suppléa à tout pendant quelques jours, avec la façon de l'obscurité qu'elle ne haïssait pas ; mais bientôt les rideaux des fenêtres se rouvrirent, et il n'y parut plus qu'en rappelant de fois à autre quelque bienséance. Pour les princes du sang, c'étaient des enfants. La duchesse de Ventadour et le maréchal de Villeroi donnèrent un peu la comédie, pas un autre n'en prit même la peine ; mais quelques vieux et plats courtisans comme Dangeau, Cavoye, et un très petit nombre d'autres qui se voyaient hors de toute mesure, quoique tombés d'une fort commune situation, regrettèrent de n'avoir plus à se cuider[2] parmi les sots, les ignorants, les étrangers, dans les raisonnements et l'amusement journalier d'une cour qui s'éteignait avec le Roi. Tout ce qui la composait était de deux sortes : les uns, en

---

de plain-pied de la chapelle, où des passants de distinction entendirent ces éclats » (V, 601).

1. On a pu lire son portrait, p. 199, dans la chronique de 1708.   2. À s'outrecuider, c'est-à-dire à faire les importants.

espérance de figurer, de se mêler, de s'introduire, étaient
ravis de voir finir un règne sous lequel il n'y avait rien
pour eux à attendre ; les autres, fatigués d'un joug pesant,
toujours accablant, et des ministres bien plus que du Roi,
étaient charmés de se trouver au large ; tous en général
d'être délivrés d'une gêne continuelle, et amoureux des
nouveautés. Paris, las d'une dépendance qui avait tout
assujetti, respira dans l'espoir de quelque liberté, et dans
la joie de voir finir l'autorité de tant de gens qui en abu-
saient. Les provinces, au désespoir de leur ruine et de leur
anéantissement, respirèrent et tressaillirent de joie, et les
parlements et toute espèce de judicature, anéantie par les
édits et par les évocations, se flatta, les premiers de figurer,
les autres de se trouver affranchis. Le peuple ruiné,
accablé, désespéré, rendit grâces à Dieu avec un éclat
scandaleux d'une délivrance dont ses plus ardents désirs
ne doutaient plus. Les étrangers, ravis d'être enfin, après
un si long cours d'années, défaits d'un monarque qui
leur avait si longuement imposé la loi, et qui leur avait
échappé par une espèce de miracle au moment qu'ils
comptaient le plus sûrement de l'avoir enfin subjugué, se
continrent avec plus de bienséance que les Français. Les
merveilles des trois quarts premiers de ce règne de plus de
soixante-dix ans, et la personnelle magnanimité de ce roi
jusqu'alors si heureux, et si abandonné après de la fortune
pendant le dernier quart de son règne, les avait justement
éblouis. Ils se firent un honneur de lui rendre après sa
mort ce qu'ils lui avaient constamment refusé pendant
sa vie.

Les arbres généalogiques

Les arbres généalogiques

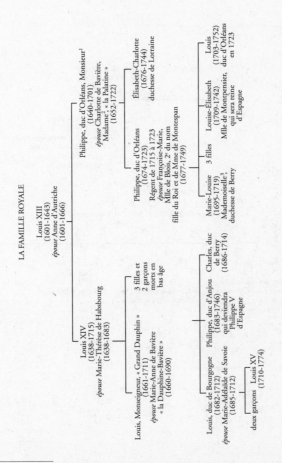

LA FAMILLE ROYALE

Louis XIII (1601-1643) *épouse* Anne d'Autriche (1601-1666)

Philippe, duc d'Orléans, Monsieur[1] (1640-1701) *épouse* Charlotte de Bavière, Madame[2], « la Palatine » (1652-1722)

Élisabeth-Charlotte (1676-1744) duchesse de Lorraine

Philippe, duc d'Orléans (1674-1723) Régent de 1715 à 1723 *épouse* Françoise-Marie, Mlle de Blois, 2e du nom fille du Roi et de Mme de Montespan (1677-1749)

Louis (1703-1752), duc d'Orléans en 1723

Louise-Élisabeth (1709-1742) Mlle de Montpensier, qui sera reine d'Espagne

3 filles

Marie-Louise (1695-1719) Mademoiselle[3], duchesse de Berry

Louis XIV (1638-1715) *épouse* Marie-Thérèse de Habsbourg (1638-1683)

3 filles et 2 garçons morts en bas âge

Louis, Monseigneur, « Grand Dauphin » (1661-1711) *épouse* Marie-Anne de Bavière « la Dauphine-Bavière » (1660-1690)

Charles, duc de Berry (1686-1714)

Philippe, duc d'Anjou (1683-1746) qui deviendra Philippe V d'Espagne

Louis, duc de Bourgogne (1682-1712) *épouse* Marie-Adélaïde de Savoie (1685-1712)

deux garçons   Louis XV (1710-1774)

---

1. Gaston d'Orléans, frère de Louis XIII, était aussi « Monsieur ». **2.** Henriette d'Angleterre, première femme de Monsieur, était aussi « Madame ». **3.** On distingue « Mademoiselle », fille du duc d'Orléans, de la « Grande Mademoiselle », fille de Gaston, par conséquent cousine germaine de Louis XIV.

Les arbres généalogiques

LES BÂTARDS

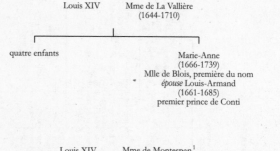

Louis XIV — Mme de La Vallière
(1644-1710)

quatre enfants

Marie-Anne
(1666-1739)
Mlle de Blois, première du nom
épouse Louis-Armand
(1661-1685)
premier prince de Conti

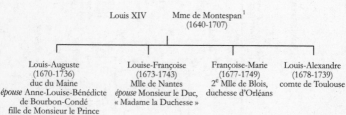

Louis XIV — Mme de Montespan[1]
(1640-1707)

Louis-Auguste
(1670-1736)
duc du Maine
épouse Anne-Louise-Bénédicte
de Bourbon-Condé
fille de Monsieur le Prince

Louise-Françoise
(1673-1743)
Mlle de Nantes
épouse Monsieur le Duc,
« Madame la Duchesse »

Françoise-Marie
(1677-1749)
2ᵉ Mlle de Blois,
duchesse d'Orléans

Louis-Alexandre
(1678-1739)
comte de Toulouse

---

1. Aux deux garçons et deux filles nés du « double adultère », il faut ajouter deux garçons morts en bas âge.

Les arbres généalogiques

FAMILLES DE CONDÉ ET DE CONTI

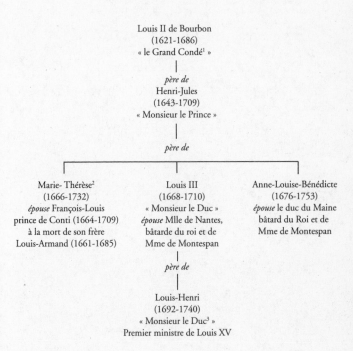

Louis II de Bourbon
(1621-1686)
« le Grand Condé[1] »

père de
Henri-Jules
(1643-1709)
« Monsieur le Prince »

père de

Marie- Thérèse[2]	Louis III	Anne-Louise-Bénédicte
(1666-1732)	(1668-1710)	(1676-1753)
épouse François-Louis	« Monsieur le Duc »	*épouse* le duc du Maine
prince de Conti (1664-1709)	*épouse* Mlle de Nantes,	bâtard du Roi et de
à la mort de son frère	bâtarde du roi et de	Mme de Montespan
Louis-Armand (1661-1685)	Mme de Montespan	

père de

Louis-Henri
(1692-1740)
« Monsieur le Duc[3] »
Premier ministre de Louis XV

---

1. De Henri II de Bourbon (1588-1646), oncle du roi Henri IV, descendent Louis II de Bourbon, dit « Monsieur le Prince le héros », dit « le Grand Condé », la duchesse de Longueville et le prince de Conti : trois personnages notables de la Fronde, avec Gaston d'Orléans. **2.** Il y a ainsi à la cour deux princesses de Conti : l'aînée ou la « douairière », fille du Roi et de Mme de La Vallière, et la « jeune », fille de Monsieur le Prince. **3.** Il y a ainsi dans les *Mémoires* deux « Monsieur le Duc » successifs, sans confusion possible, le fils succédant au père.

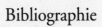

Bibliographie

Œuvres de Saint-Simon

Mémoires, Additions au Journal de Dangeau, édition d'Yves Coirault, Gallimard, « Bibliothèque de la Pléiade », Paris, 8 vol., 1983-1988. Cette édition de référence est reprise dans les textes choisis des *Mémoires*, établis et présentés par Yves Coirault dans la collection « Folio », 2 vol., 1990 et 1994. On y trouvera également un certain nombre de textes hors *Mémoires*, dont la *Lettre anonyme au Roi*.

Traités politiques et autres écrits, édition d'Yves Coirault, Gallimard, « Bibliothèque de la Pléiade », Paris, 1996.

Les Siècles et les Jours, Lettres (1693-1754), édition d'Yves Coirault, Champion, Paris, 2000.

Hiérarchie et mutation, Écrits sur le kaléidoscope social, édition d'Yves Coirault, Champion, Paris, 2002.

En complément de ces volumes, on consultera :

Grimoires de Saint-Simon, Nouveaux inédits, publiés et présentés par Yves Coirault, Klincksieck, Paris, 1975.

Textes inédits de Saint-Simon, publiés et présentés par Yves Coirault et François Formel, Vendôme, Éd. du Tricentenaire, 1985.

Corpus bibliographique, Sources manuscrites et imprimées, Documents, par Yves Coirault et François Formel, Vendôme, Éd. du Tricentenaire, 1988.

Bibliographie

ÉTUDES CRITIQUES, ESSAIS, BIOGRAPHIES

Approches textuelles de Saint-Simon, textes réunis par Marc Hersant et Pascal Debailly, Textuel n° 58, université Paris-7, 2009.

ASTIER (Emmanuel d'), *Sur Saint-Simon*, Gallimard, Paris, 1962.

BASTIDE (François-Régis), *Saint-Simon par lui-même*, Éd. du Seuil, « Écrivains de toujours », Paris, 1957.

BLANQUIE (Christophe), *Les Masques épistolaires de Saint-Simon*, Honoré Champion, Paris, 2009.

BRANCOURT (Jean-Pierre), *Le Duc de Saint-Simon et la Monarchie*, Cujas, Paris, 1971.

BRODY (Jules), SPITZER (Leo), *Approches textuelles des « Mémoires » de Saint-Simon*, G. Narr-J.-M. Place, Tübingen-Paris, 1980.

CABANIS (José), *Saint-Simon l'admirable*, Gallimard, Paris, 1974.

–, *Saint-Simon ambassadeur, ou le Siècle des Lumières*, Gallimard, Paris, 1987.

COIRAULT (Yves), *L'Optique de Saint-Simon*, Armand Colin, Paris, 1965.

–, *Les Additions de Saint-Simon au Journal de Dangeau, Perspectives sur la genèse des « Mémoires »*, Armand Colin, Paris, 1965.

–, *Les Manuscrits de Saint-Simon, Bilan d'une enquête aux Archives diplomatiques*, PUF, Paris, 1970.

–, *L'Horloge et le Miroir, Mémoires, Août 1715*, CDU-SEDES, Paris, 1980.

–, *Dans la forêt saint-simonienne*, Universitas, Paris, 1992.

DE LEY (Herbert), *Saint-Simon Memorialist*, University of Illinois Press, Chicago, 1975.

DE WAELHENS (Alphonse), *Le Duc de Saint-Simon, immuable comme Dieu et d'une suite enragée*, Faculté universitaire Saint-Louis, Bruxelles, 1981.

DE WEERDT-PILORGE (Marie-Paule), *Les « Mémoires » de Saint-Simon, Lecteur virtuel et stratégies d'écriture*, Voltaire Foundation, Oxford, 2003.

Éloquence de Saint-Simon, *Cahiers Saint-Simon*, n° 36 (2008).

FATTA (Corrado), *Esprit de Saint-Simon*, Corrêa, 1954.

FORMEL (François), *Alliances et généalogies à la cour du Grand Roi : le souci généalogique chez Saint-Simon*, Éd. du Tricentenaire, Vendôme, 1983-1984.

–, *Le Duc de Saint-Simon, comte de La Ferté-Vidame, mémorialiste et épistolier*, Éditions Books on Demand, www.bod.fr, 2009.

GARIDEL (Delphine de), *Poétique de Saint-Simon : cours et détours du récit historique dans les « Mémoires »*, Champion, Paris, 2005.

GUILBERT (Cécile), *Saint-Simon ou l'encre de la subversion*, Gallimard, Paris, 1994.

HERSANT (Marc), *Le Discours de vérité dans les « Mémoires » du duc de Saint-Simon*, Champion, Paris, 2009.

HIMELFARB (Hélène), *Saint-Simon, Versailles, les arts de cour*, Perrin-Château de Versailles-Société Saint-Simon, 2006.

HOURCADE (Philippe), article « Saint-Simon » du *Dictionnaire du Grand Siècle*, Fayard, Paris, 1990.

–, *La Bibliothèque du duc de Saint-Simon et son cabinet de manuscrits* (1693-1756), Classiques Garnier, 2010.

–, *Bibliographie critique du duc de Saint-Simon*, Classiques Garnier, 2010.

JOUSSET (Philippe), *La Passion selon Saint-Simon*, Ellug, Grenoble, 2002.

JUDRIN (Roger), *Saint-Simon*, Pascal Galodé éditeur, Saint-Malo, 2009.

LA VARENDE (Jean de), *Monsieur de Saint-Simon et sa Comédie humaine*, Hachette, Paris, 1955.

LE ROY LADURIE (Emmanuel), *Saint-Simon ou le système de la cour*, Fayard, Paris, 1997.

LORIEUX (Denis), *Saint-Simon*, Perrin, Paris, 2001.

POISSON (Georges), *Monsieur de Saint-Simon*, Flammarion, Paris, 1987 ; rééd. 2000.

–, *Album Saint-Simon*, Gallimard, « Bibliothèque de la Pléiade », Paris, 1963.

–, *Saint-Simon, Sceaux et l'Île-de-France*, Société Saint-Simon, 2009.

RAVIEZ (François), *Le Duc de Saint-Simon et l'écriture du Mal : une lecture démonologique des « Mémoires »*, Champion, Paris, 2000.

ROORYCK (Guy), *Saint-Simon, ou la volupté resserrée : de la parole du témoin au discours du mémorialiste*, Droz, Genève, 1992.

ROUJON (Jacques), *Le Duc de Saint-Simon*, Dominique Wapler, 1958.

STEFANOVSKA (Malina), *Saint-Simon, un historien dans les marges*, Champion, Paris, 1998.

VAN DER CRUYSSE (Dirk), *Le Portrait dans les « Mémoires » du duc de Saint-Simon*, Nizet, Saint-Genouph, 1971.

–, *La Mort dans les « Mémoires » de Saint-Simon*, Nizet, Saint-Genouph, 1981.

VAN ELDEN (D. J. H.), *Esprits fins et esprits géométriques dans les « Mémoires » de Saint-Simon*, Martinus Nijhoff, La Haye, 1975.

Ajoutons que les *Cahiers Saint-Simon* publient chaque année les actes de la journée d'études de la Société Saint-Simon depuis 1973, ainsi que de nombreux articles sur le mémorialiste et son époque.

LE GENRE DES MÉMOIRES

BRIOT (Frédéric), *Usage du monde, usage de soi. Enquête sur les mémorialistes d'Ancien Régime*, Éd. du Seuil, Paris, 1994.

CHARBONNEAU (Frédéric), *Les Silences de l'histoire : les mémorialistes français du XVIIe siècle*, Presses de l'université Laval, Québec, 2001.

Bibliographie

COIRAULT (Yves), « Autobiographie et Mémoires (XVIIe-XVIIIe siècle) ou existence et naissance de l'autobiographie », *Revue d'histoire littéraire de la France*, novembre-décembre 1975.

–, « De Retz à Chateaubriand : des Mémoires aristocratiques à l'autobiographie symbolique », *RHLF*, janvier-février 1989.

FUMAROLI (Marc), « Les Mémoires du XVIIe siècle au carrefour des genres en prose », *XVIIe siècle*, nos 94-95, 1971.

HIPP (Marie-Thérèse), *Mythes et réalités. Enquête sur le roman et les Mémoires (1660-1700)*, Klincksieck, Paris, 1976.

LESNE (Emmanuèle), *La Poétique des Mémoires (1650-1685)*, Champion, Paris, 1996.

ZANONE (Damien), *Écrire son temps. Les Mémoires en France de 1815 à 1848*, Presses universitaires de Lyon, Lyon, 2006.

Le Genre des Mémoires. Essai de définition, Actes du colloque de Strasbourg (mai 1994), édités par Madeleine Bertaud et François-Xavier Cuche, Klincksieck, Paris, 1995.

De L'Estoile à Saint-Simon. Recherches sur la culture des mémorialistes au temps des trois premiers rois Bourbons, Actes du colloque de Strasbourg (mai 1992), édités par M. Bertaud et A. Labertit, Klincksieck, Paris, 1993.

Table

MÉMOIRES DE SAINT-SIMON

1691

1692

1694

1695

Table

Table

Table

Table

Table

1712

Table

Table

Table

Isabelle de Bourbon-Parme

« Je meurs d'amour pour toi... »

Lettres à l'archiduchesse Marie-Christine
1760-1763

Édition établie par Élisabeth Badinter

LA LETTRE ET LA PLUME

Princesse de Metternich

« Je ne suis pas jolie, je suis pire »

Souvenirs 1859-1871

LA LETTRE ET LA PLUME

Le Livre de Poche

Composition réalisée par IGS-CP

Achevé d'imprimer en février 2011, en France sur Presse Offset par
Maury-Imprimeur - 45330 Malesherbes
N° d'imprimeur : 162553
Dépôt légal 1ʳᵉ publication : mars 2011
Librairie Générale Française - 31, rue de Fleurus - 75278 Paris Cedex 06

30/8891/1